JN174666

源氏物語と和歌の論

異端へのまなざし

久富木原　玲

青簡舎

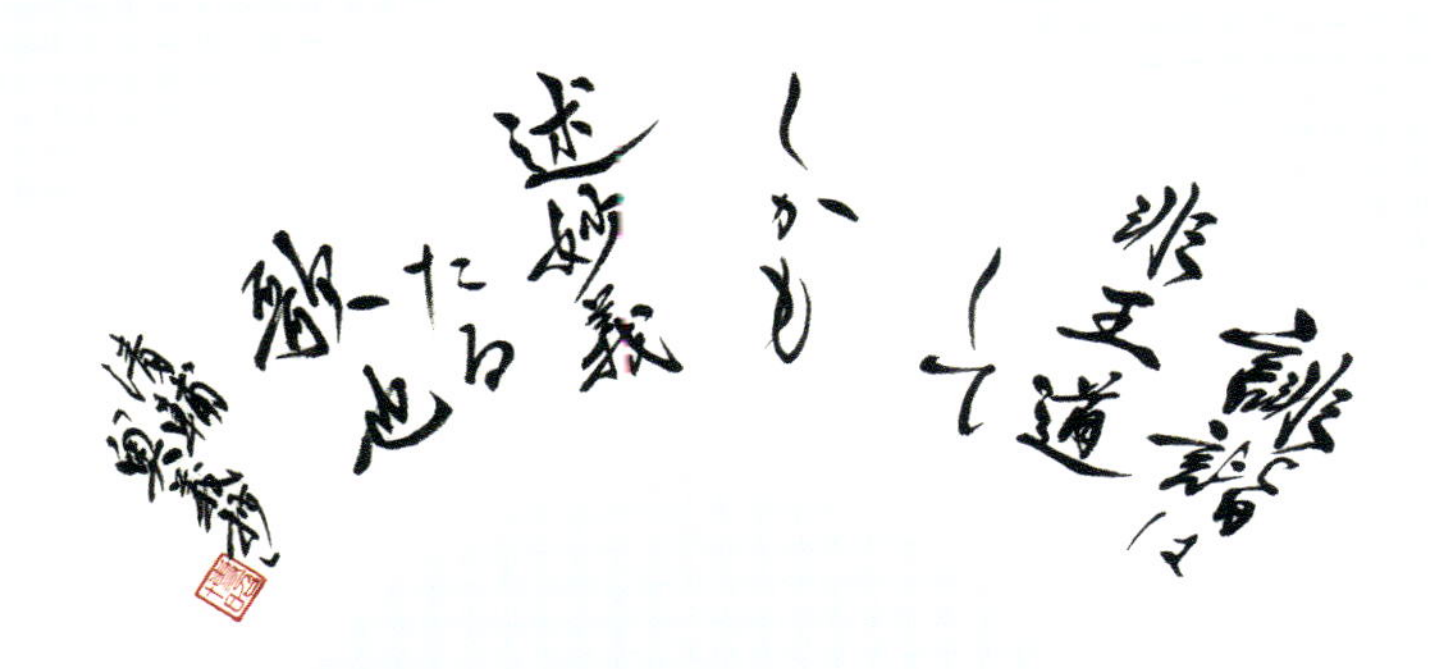

奥義抄の一節
川畑博昭氏揮毫

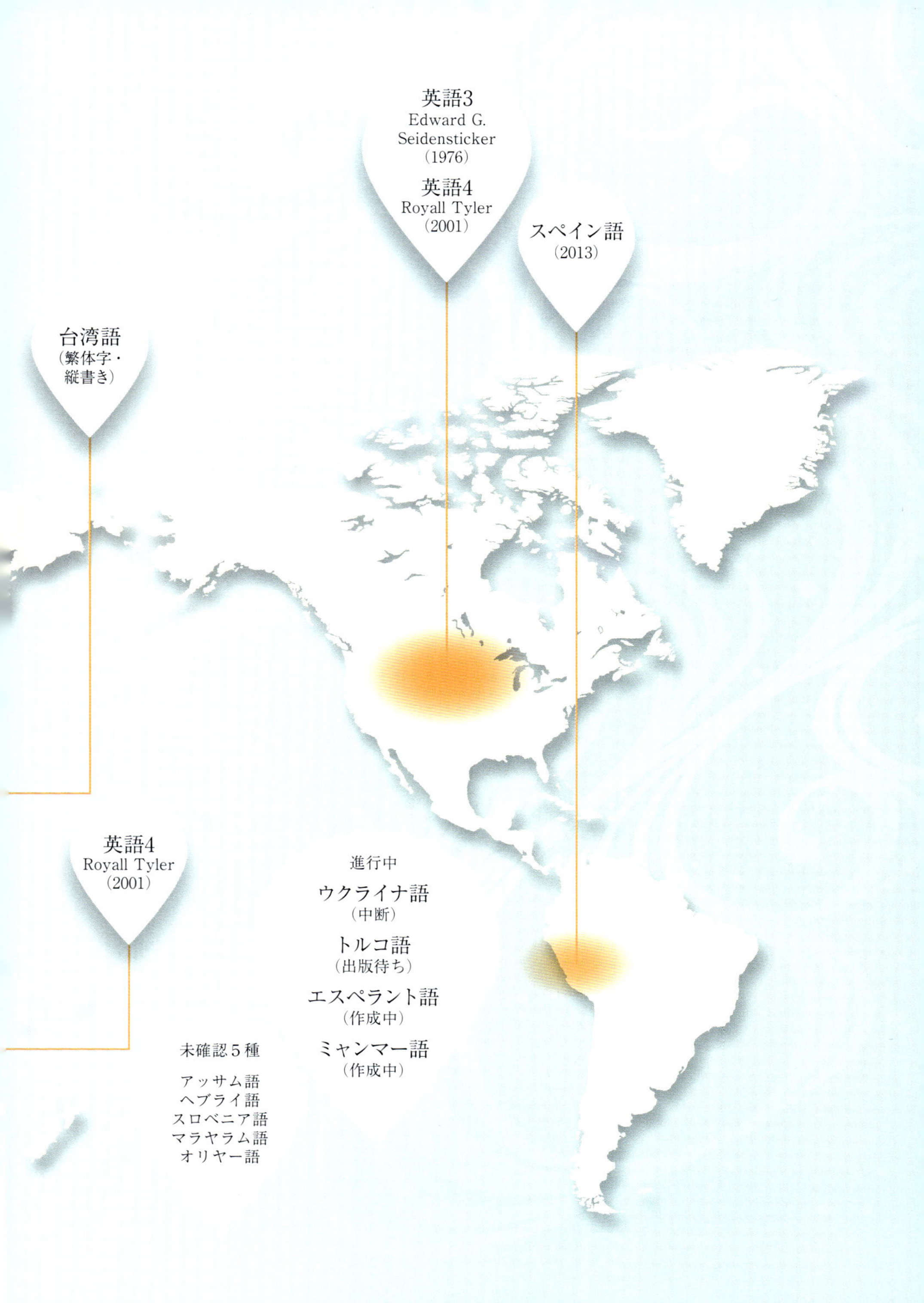
英語3
Edward G.
Seidensticker
(1976)
英語4
Royall Tyler
(2001)
スペイン語
(2013)
台湾語
(繁体字・
縦書き)
英語4
Royall Tyler
(2001)
進行中
ウクライナ語
(中断)
トルコ語
(出版待ち)
エスペラント語
(作成中)
ミャンマー語
(作成中)
未確認5種
アッサム語
ヘブライ語
スロベニア語
マラヤラム語
オリヤー語

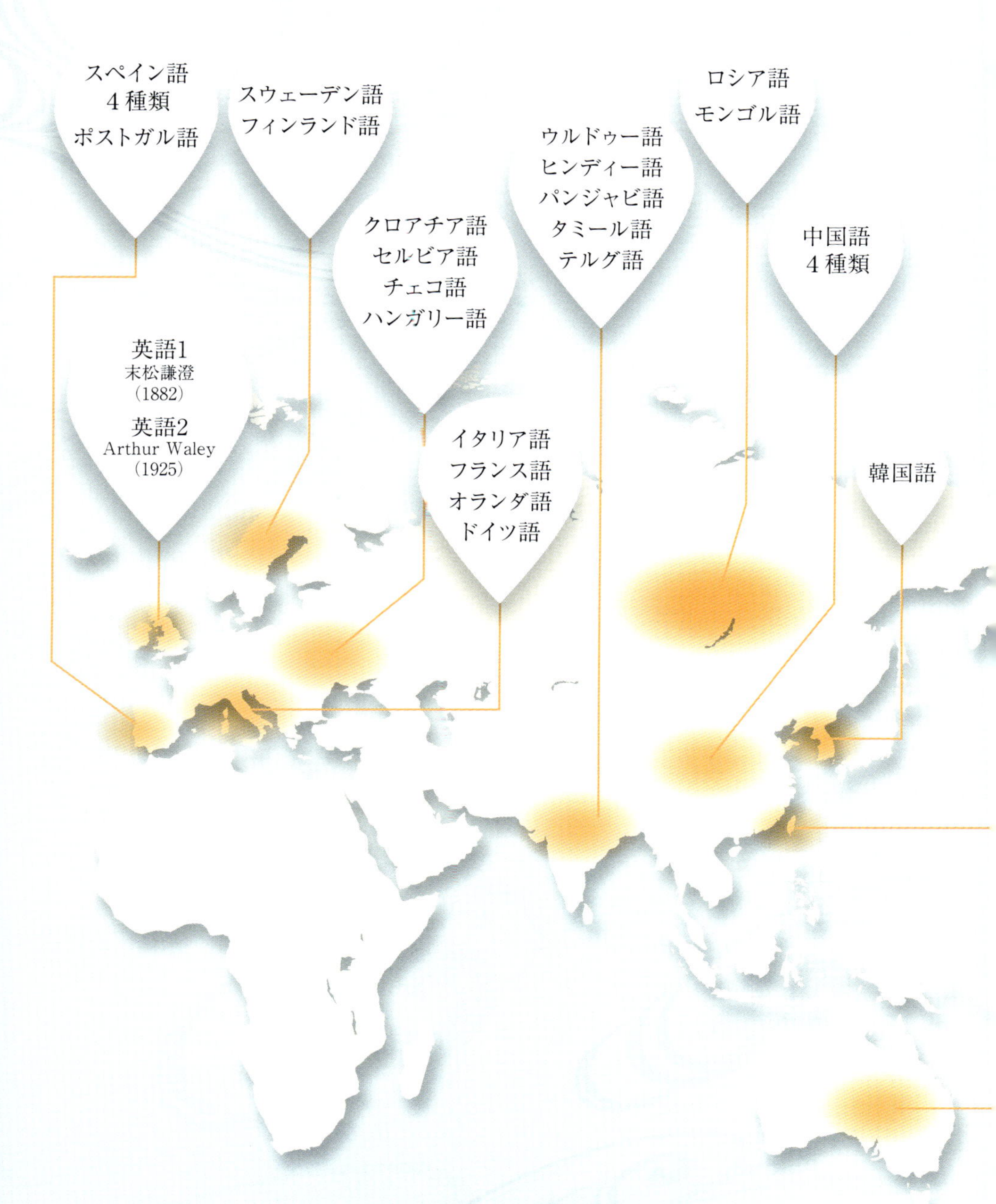

源氏物語翻訳世界地図

参考：伊藤鉄也「『源氏物語』の翻訳状況」(『総研ジャーナル』No. 15、2009年)
原案：久富木原玲　制作協力：名倉ミサ子

SEMINARIO DE DERECHO CONSTITUCIONAL COMPARADO

"LA MONARQUÍA JAPONESA Y LA MONARQUÍA ESPAÑOLA"

EL PAPEL DEL SENADO

Palacio del Senado. Sala "Clara Campoamor"
Madrid, 11.11.2013 12:00 hh.
Información: info@politicas-e.net
www.politicas-e.net

INSTITUTO INTERNACIONAL
DE CIENCIAS POLÍTICAS
国際政治学研究所

Año de Japón en España (en 2013 y 2014)

El Año Dual España-Japón conmemora 400 años de relaciones comerciales y políticas entre ambos paises. El Instituto Internacional de Ciencias Políticas ha querido sumarse a esta importante efemérides con la celebración de un Seminario de Derecho Constitucional Comparado que aborda la importancia de la Institución Monárquica en España y Japón como elemento de estabilidad política y en las relaciones bilaterales entre ambos paises.

En 1613 (año 18 de la Era Keicho), el señor feudal Date Masamune (1567-1636) del señorio de Sendai, tras obtener el permiso de Tokugawa Ieyasu (shogun retirado, 1592-1616), decidió enviar una delegación a Europa (España y Roma) con el objetivo de solicitar el establecimiento de relaciones comerciales con Nueva España (México) y el envío de misioneros a Japón. Esta misión, conocida como "Embajada Keicho a Europa", fue encabezada por el Samurai Hasekura Tsunenaga (1570-1621) y el fraile franciscano español Luis Sotelo.

La misión, habiendo salido de Sendai, Japón, en octubre de 1613, llegó a España en octubre de 1614 después de atravesar el Océano Pacífico y el Océano Atlántico. Posteriormente Hasekura se trasladó a Madrid y fue recibido en audiencia por el monarca Felipe III en enero de 1615. Hasekura recibió el bautismo en Madrid y visitó al Pontífice Paulo V

ENTIDAD CON ESTATUTO DE MIEMBRO CONSULTIVO ESPECIAL DEL CONSEJO ECONÓMICO Y SOCIAL DE LAS NACIONES UNIDAS

スペイン国会上院における
「比較憲法セミナー
日本の君主制とスペインの君主制」
のプログラム

源氏物語と和歌の論——異端へのまなざし　目次

第Ⅲ部　歌人としての紫式部 ――源氏物語とその周辺

第Ⅳ部　源氏物語の和歌 ――浮舟論へ向けて

第Ⅴ部　源氏物語の表現とその機能

第Ⅵ部　歌語り・歴史語りの場と表現

第Ⅶ部 異端へのまなざし ──『源氏物語』近江君の考察から

凡例

一　『源氏物語』の本文の引用は、小学館刊行新編日本古典文学全集により、巻名・頁数を記した。巻名の前に付した①②などの数字は、新編全集全六巻のうちの、第一巻・第二巻などの巻数を示す。本文に付した傍線・波線・記号・番号などは、すべて私による。

一　勅撰集の本文は新日本古典文学大系（岩波書店）により、『万葉集』を除く私撰集・私家集は『新編国歌大観』により、適宜、漢字表記に改めた。『万葉集』は、小学館刊行新編日本古典文学全集によった。

一　『古事記』『日本書紀』『日本霊異記』および『竹取物語』『伊勢物語』『大和物語』『平中物語』などの神話・説話・物語は、注記のない場合は、すべて小学館刊行新編日本古典文学全集によった。

一　『蜻蛉日記』『和泉式部日記』、『俊頼髄脳』などの仮名日記、歌論書（和歌説話）などは、注記のない場合は、すべて小学館刊行新編日本古典文学全集によった。

一　『袋草紙』『閑居友』などの和歌説話は、新日本古典文学大系によった。

一　『続日本紀』『日本後紀』は『新訂増補　國史大系』（吉川弘文館）によった。引用本文に付した傍線・波線・記号・番号などは、すべて私による。

一　右以外の文献・作品の出典については、その都度、掲げることとした。

一　『源氏物語』の本文の異同は、『源氏物語大成』（中央公論社）、『河内本源氏物語校異集成』・『源氏物語別本集成続』（桜楓社・おうふう）を参照した。

一　『源氏物語』の古注は以下を参照した。

『源氏物語奥入』　池田亀鑑編『源氏物語大成』巻七　研究・資料編（中央公論社）
『紫明抄』『河海抄』　玉上琢彌編『紫明抄　河海抄』（角川書店）
『花鳥余情』　伊井春樹編『松永本　花鳥余情』源氏物語古注集成（桜楓社）
『細流抄』　伊井春樹編『内閣文庫本　細流抄』源氏物語古注集成（桜楓社）
『弄花抄』　伊井春樹編『弄花抄』源氏物語古注集成（桜楓社）
『明星抄』　中野幸一編『明星抄』源氏物語古注釈叢刊（武蔵野書院）
『岷江入楚』　中野幸一編『明星抄』源氏物語古注釈叢刊（武蔵野書院）

一　本文及び索引の人名・書名等の表記は、原則として新字体に改めた。

序にかえて ―『源氏物語』という異文化―

還暦を過ぎた頃になって、突然、海外からの風が吹いてきた。二〇一三年三月にブラジル・サンパウロ大学で講演をさせていただく機会を得たのである。これが私にとっての「春一番」となり、これ以降、思いがけず海外の大学との頻繁に交流するようになった。同じ年の一一月にはスペインの大学に調査に出かけ、翌一二月にはサンパウロ大学の研究者を本務校である愛知県立大学に招いて国際シンポジウムを開催した。さらに二〇一四年三月は、パリ国際シンポジウムに参加し、同年六月にはオーストラリア国立大学における「アジア・オセアニアの日本研究を目指す大学院生のためのフークショップ」で基調講演を行った。さらに翌七月にはスペイン・マドリッドでスペインの研究者たちとの国際シンポジウムのための打ち合わせを兼ねて研究発表をし、二〇一五年一月には、愛知県立大学で二日間にわたる日本・スペイン国際シンポジウムを開催したのであった。さらに同年一一月には、スペイン・マドリッドのCEUサン・パブロ大学において学術交流の一環として講演を行った。その折の講演録がここに収めた「古典文学が放つ権力相対化の力――『源氏物語』と『ラサリーリョ・デ・トルメスの生涯』」である。

「序」にあたる部分に、なぜこのような「あとがき」めいたことを記し、さらに講演録まで置くのかという理由について述べておきたい。それは右のマドリッドの大学での講演とそこに至る過程で、『源氏物語』を異文化だと錯覚してしまうような経験をしたからである。私は海外での講演やシンポジウムへの参加は数えるほどしか経験していないが、その中でもこのマドリッドのCEUサン・パブロ大学での講演が最も難しくて印象に残っている。この大学で日本文学の海外への発信のありかたや自分の研究の姿勢あるいは方向性についてあらためて考えさせられたのである。そこで自分に内在化していたはずの研究対象が、まるで「あくがれいづる魂」のように自分の身体の外へ外へと浮遊していくような感覚を味わった。そんな中で生まれた講演録は、浮遊する魂をつなぎ止めるべく試行錯誤しつつ何とか自分との折り合いをつけようとした結果なのである。

難しい異文化体験と言ったのは、この講演の対象となるマドリッドの学生たちが法学部に属していて、彼らは日本語はもちろんのこと、日本文化や日本文学などへの関心はほとんどないに等しかったからである。総合大学で文学部もあるのだが、日本語を教える学科や科目はなく、もちろん日本語を話せるスタッフもいない。

現在、日本文学・日本文化を自文化以外に開いていくことは急務とされているが、『源氏物語』に関して言えば、本書の口絵・カバーに掲げた「『源氏物語』翻訳世界地図」のように世界各地で翻訳がなされており、もちろんスペインにも翻訳はある。だが、法学部の学生たちは日本の古典文学には興味など持ち合わせてはいないのである。

その点、最初に訪れたサンパウロ大学には日本語や日本文化、日本文学に関する授業があり、また世界最大規模の日系社会を擁する南米随一の大学であることも相俟って、日本文化に対する関心は非常に高かった。まだ日本語を習い始めたばかりの学生、あるいは日本文学を専攻していない学生も日系か否かにかかわらず大変な熱気で迎えてくれ、講演後には質問者が列をなした。あるいはまた、日欧米の研究者が集った、パリ国際シンポジウムではきわめて専門性が高く、密度の濃い議論をすることができた。

ゆえに私はマドリッドのCEUサン・パブロ大学の法学部学生たちに対して、どのように向き合えばいいのか、途方に暮れたのであった。

当然のことながら、通訳は必要である。翻訳された自分の原稿を見て実感したことだが、日本語の原稿をスペイン語に訳すと二倍以上の分量になり、講演者が日本語で話すのをスペイン語の通訳が追いかける（逐語通訳）の場合、最低でも二〇分×三＝一時間位はかかってしまう。漢字や熟語が組み込まれた日本語が実に効率的にできていることに今更ながら気づかされ感嘆したのだったが、これに風俗・習慣の違い、地域や時代の相違等々が加わるのだから、翻訳という営為がいかに大変な作業であるか、外国語に疎い私は、一瞬、日本語や日本文学それ自体が「異文化」であるかのような錯覚に陥った。

日本からの講演者は四名であった。それぞれに通訳が付くと、ひとり一時間ほど、四名で四時間余を要するので、ならば講演者自身がスペイン語を読み上げてはどうかということになり、ネイティブに朗読してもらった録音を聴いて、各自、ヨーロッパへ向かう飛行機の中で必死に読む練習をしたのだが、それでもやはりスペイン語の翻訳の分量そのものが多く、またいかにローマ字読みに徹するとしても、馴れない外国語を速く読むのはどうしてもうまくいかず、マドリッドに到着した後も猛練習を続けたものの、時間を短縮することはできなかった。

そこで講演会場になっている法学部講堂の使用時間内に収めるために、それぞれの講演を半分に縮めることにして、四人が自分の日本語原稿を削れるだけ削って早口の日本語で話し、それをネイティブなみにスペイン語の堪能な同僚が早口のスペイン語で通訳する、ということになった。（講演者は本来五名の予定だったが、この同僚が通訳に徹することにしたため、四名の講演となったのである。）

こうしてスペイン語で読む練習は中止され、原稿を短縮する作業が開始された。翌々日が講演という日の夜、夕食を終えた四人と通訳を務めてくれる同僚の計五人は、一部屋に集まって、原稿の削除箇所の確認と読み上げる時間の計測を行った。それぞれがそれぞれの講演の内容について、さらに削除可能な箇所を指摘し合い、時間を正確に測った。三人分を終えた時は、夜中の三時半を回っていたと思う（もうひとりの分は、翌日に回した）。

当日は、幸いに法学部の学生たちは私たちの話に、それこそ「異文化体験」として興味を持ってくれたようだった。日本語で話したことも結果的にはよかった。今まで聴いたこともない言語の響きを愉しんでくれたようで、その上、質問も出て、心底、ほっとした。

さて、このように右往左往した話をあえて記すのは、先にもふれたように日本文学の研究や異文化への発信について、特にこのマドリッドで考えさせられたからである。

私の数少ない経験からすると、パリ国際シンポジウムにしてもオーストラリア国立大学のワークショップにしても、現地には日本語の堪能なスタッフが複数いて、さらに日本語を学ぶ学生たちもおり、我々日本人研究者は、いわば設備や環境の整った場所へ行き、自分の研究上の関心事を日本語で話してくればいいのである。もちろん海外では日本国内よりも大きな枠組みでテーマ設定がなされたりして、ある程度、発想の転換が必要とされる場合もある。しかしマドリッドの法学部学生たちに話すことになった時、私は今までに培った知識や研究、大学での授業や講演の経験などのすべてを以てしても全く通用しないのではないかという不安を抱かざるを得なかった。

およそ日本人研究者が異文化に発信する時、多かれ少なかれ「教える」ということが意識されているように思われてならない。訪れる国の状況を勘案した講演内容を工夫するのは当然だとしても、そこにもやはり「教える」工夫という意識は働く。私の場合もブラジル・サンパウロ大学の時のことを思い出すと、確かに「伝えたい、教えたい」という意識が強かったと思う……。最近、著名な海外の日本文学研究者と話す機会があったが、彼女が「海外に行くということは、結局、（海外の研究者が）教えてもらうということでしょう」とひとりごとのようにつぶやいたのも印象に残っている。そうとばかりは言えないとは思うものの、日本文化を発信する時、それは「教える」ということと一体化している感がある。

だが、マドリッドの法学部学生たちに対しては、そんな意識は持ちようがなかった。あったのはただひとつ、お互いの共通項を見つけるにはどうすればいいかということであった。どうすれば『源氏物語』を彼らの興味の片隅にすべり込ませることができるのか。同じスペインでも文学部ならば、「日本の文化の粋＝源氏物語」について教えるのだという意識が頭をもたげたかも知れない。けれども法学部の学生たちに、一〇〇〇年前の日本に、こんなにすばらしい文学があった、などと話して何になるというのか。

考えあぐねた末、たまたま別の関心から読んでいた『ラサリーリョ・デ・トルメスの生涯』という小説を引き合いに出すことにした。一六世紀中頃、スペインの、いわゆる大航海時代に書かれたこの小説が、彼の地の教科書に載っていることを知ったからであった。それなら法学部の学生たちと同じ土俵に立つことができるし、この小説がラサリーリョという少年が大人になるまでの自伝的な形式を襲っているため、光源氏の人生を描く『源氏物語』と比較できないこともないと考えたのである。この小説は源氏とは対照的で、ひとりの貧しい少年が住む家もなく何人もの大人に仕えながら糊口をしのいで成長し、最終的には教会の最も下っ端の役人に「上り詰める」ことができて満足するところで終わる。だが同時にひとりの男の人生を描きつつ、実は当時の教会の腐敗ぶりを厳しく告発する内容を持つ。ならば、天皇という権力と教会権力という問題に焦点を当ててみてはどうか。さらに、この『ラサリーリョ・デ・トルメスの生涯』という小説は教会批判の内容のために、長らく禁書扱いにされたという点も、『源氏物語』がたとえば第二次世界大戦下で国定教科書に掲載されながら、他方では天皇制との関係で検閲に近いことが行われたり、中世には紫式部堕地獄説が行われたりした事情などもあることから、時代や地域は異なっても比べてみる価値はあるのではないかと思ったのである。

比較文学のイロハも何もわからずにきわめて単純な自己流の分析を試みたにすぎないのだが、とにかくスペインの法学部学生たちと何かひとつでもつながるものをつかみたくて考えついた、まさしく苦肉の策であった。これに対して出た質問は「日本では天皇制を論じても問題にはならないのか」というものだった。

私は「現代においては論じることそれ自体には特に問題はない」と答えたが、別の日本史学の講演者は、「問題視されることもある」と付け加えた。

時間の制約があって質疑はここで終わらざるを得なかったが、なぜそのような質問が出たのかを推測すると、その学生はおそらく王や天皇を戴く国としてスペインと日本は似ているが、日本の天皇は国民が批判したりすることのない絶対的な権威を持つ存在だというイメージを持っていたのではないか。ちょうどその前年の二〇一四年から一五年にかけて、日本・スペイン交流四〇〇年の記念行事がさまざまな形で行われ、スペインでは天皇と当時のファン・カルロス国王とが対比されたり[注1]「同じ」君主制の国として双方の君主制度についての「日本の君主制とスペインの君主制」と題するシンポジウムなども行われたりした[注2]。このようなタイトルのシンポジウムが行われること自体、私には驚きであった。王室があるのはもちろん知ってはいたが、スペインと日本を共に「君主制」としてとらえる発想は全くなかったからである。しかし、その学生にとっては、一九七八年憲法によってスペインの君主制が議会の統制を受けるという形で復活した経緯や、そうであるにもかかわらず二〇一四年にはファン・カルロス前国王とその家族の不祥事による王室の不人気によって新国王が即位するに至ったことなども、スペインの王室と天皇との違いに関心を抱く契機として作用したのであろう[注3]。

学生が発したこのような質問を、私自身はどのように受け止めるべきであろうか。この時、私は『源氏物語』研究者としてだけではなく、現代日本に生きる自分のありかたが根底から問われていると感じ、日本文学あるいは日本の文化の根幹にかかわる重要な部分を、海外の学生の素朴な質問によって射抜かれたような思いを抱いたのであった。

マドリッドでの私の試みはひどくお粗末な、しかも一回限りのものではあったが、このようなわけで最も印象に残る出来事として今も私の心をとらえ続けている。おそらくそれは、私が初めて日本が異文化地域からどのように見られているのか、そしてそれをどのように受け止めるべきかということを意識させられた瞬間だった。

異文化交流というのは、日本文化を海外に紹介したり教えたりすること自体が目的なのではなく、逆に海外の地域や国々から日本を眺め、日本に関する言説や反応を通して日本の文化を捉え直すことにこそ意義があるのだという、至極、当たり前のことにようやく思い至った次第である。

スペイン語で講演しようとした無謀な試みなども含めて、外国あるいは外国語というものにわずかではあっても身体を投げ出して……と言うと大げさなのだが、実際、スペイン語での講演の練習をした時は、外国語の壁が大きく立ちはだかって自分の論なのに全く別人による別の話としか思えず、どんなに努力しても古い土壁がほろほろと崩れ落ちるように、日本人としてのアイデンティティが崩れていってしまうような心許なさを味わった。結局のところ、翻訳と通訳の力を借りなければ何もできなかったのではあるが、あらかじめ日本で用意した日本語の原稿を持って行くのではなく、身体を使ってぶつかっていこうとして、そこに映し出される滑稽なまでの自分の姿そのものに、「教える」という、上からの目線ではない異文化交流をわずかながら体験できたように思う。そして異文化からこちら側へ投げかけられる日本文化に対する問いかけをほんの少しでも前向きに受け止めていこうとする気持ちが芽生えてきた。

『源氏物語』に関する諸々の問題、それが影響を受けた漢文学などからのさまざまな要素や東アジアにおける『源氏物語』の位置、あるいは現代世界における数多くの翻訳の存在、世界各地の『源氏物語』研究者の研究等々、『源氏物語』そのものが内包するもの、あるいは受容し発信すべき事柄は多種多様だが、これらに限らず『源氏物語』の専門家やそれを享受する集団の存在しないところに飛び込んで行くとき、『源氏物語』は私たちの前に思いもかけない相貌を帯びた「異文化」として立ち現れてくるのではないか、そんな予感がしている。

〔注〕

1　二〇一六年現在はフェリペ国王。フェリペ国王はファン・カルロス前国王の皇太子だったが、二〇一四年六月に前国王が退位して、国王に即位した。

2　二〇一四年一一月一日、マドリッドのスペイン国会上院で「比較憲法セミナー　日本の君主制とスペインの君主制」が開催された。日本から招待されたパネリストは比較憲法研究者の川畑博昭・愛知県立大学准教授ひとりであった。この外、在スペインの日本人として佐藤悟・駐スペイン日本国大使、高木香代子・マドリッド自治大学教授がパネリストを務めた。スペイン側からは、憲法学者のマヌエル・アラゴン・レイェス元スペイン憲法裁判所裁判官でマドリッド自治大学教授やアントニオ・ロビラ・ビニャス同大教授、国会上下院副議長など、総勢九名による研究報告が行われ、意見交換が行なわれた。翌年、このシンポジウムは一冊の本にまとめられ、皇太子に謹呈された。なお、私は上記の国会上院における「比較憲法セミナー」開催時にたまたま研究調査でマドリッドに滞在していたため、パネリストのひとり川畑准教授の所属する機関の学部長として、このセミナー出席への招待を受けた。

3　スペイン議会君主制はスペイン内戦終結後、フランコ独裁政権を経て一九七八年スペイン憲法によって議会君主制となり、ファン・カルロス前国王が即位したが、二〇一一年には国王を初めとする王家関係者の不適切な行動によって王室廃止の意見が上回るという調査結果が出され、二〇一四年には支持率が史上最低の三・六八パーセントにまで落ちた（調査結果や支持率については、イグナシオ・ラモス・パウルデ・ラ・ラストラ「一九七八年憲法における範としてのスペイン王室の性格」（『日出づる国と日沈まぬ国―日本・スペイン交流の４００年』勉誠出版・二〇一六年）参照。

〔講演録〕

古典文学が放つ権力相対化の力

―『源氏物語』と『ラサリーリョ・デ・トルメスの生涯』―

二〇一五年二月三日　於スペイン・マドリッド、CEUサンパブロ大学法学部講堂

はじめに

本日は『源氏物語』と『ラサリーリョ・デ・トルメスの生涯』についてお話したいと思います。日本とスペインのふたつの古典作品を比較するのは、たいへん無謀なことだと思われるかも知れません。前者は一〇〇〇年前、後者は約四五〇年ほど前に書かれたもので、東洋と西洋の、それぞれ国も異なり時代状況も文化も全く異なっていて、どこにも共通点などないからです。ですから今まで誰も比較した人がいなかったのは当然だといえましょう。けれども「人間は権力とどのように向き合うのか」という視点を持つと、それぞれの作品の相違を超えて共通するものがたちあらわれてくるように思います。主人公と権力との関係の描き方を通して「古典文学が放つ権力相対化の力」について考察します。

(1) ラサリーリョ・デ・トルメス―最下層の庶民の人生

一六世紀の大航海時代（発見の時代）に、『ラサリーリョ・デ・トルメスの生涯』という名作が生まれました。ラサリーリョという家庭的に恵まれず極貧の生活を送る少年が各地をさすらいつつ幾多の困難を乗り越え、自らの智恵に

よって、そして時にはずる賢く立ち回って遂には教会の末端の組織に職を得るという話です。この小説をみなさんはよくご存じですね。教科書にも載っていると聞いていますが、庶民の人生を描くこと自体、当時としては画期的だったと思われます。しかも、その貧しい庶民の人生を通して教会の腐敗を暴き、痛烈に批判した権力批判の書であったために、後に禁書とされたことはご存じの通りです。

（2）『源氏物語』—高貴な主人公および世界における翻訳

日本の古典文学において、ひとりの男の生涯をフィクション（小説や物語）として描いた初期の作品として『源氏物語』を挙げることができます。この作品は今からちょうど一〇〇〇年前の一一世紀初めに成立しました。その主人公は天皇の皇子として生まれた高貴な人物です。これも日本の教科書に載っていますが、さらに現在、世界各国で三〇言語以上に翻訳されており、もちろん、スペインでも翻訳され出版されています。そこでまず、世界における翻訳状況とスペイン語訳の本の表紙をご紹介しましょう。

映像資料①②③（本稿では割愛する）

①『源氏物語』翻訳世界地図（口絵及びカバー）

②一九四一年スペイン語版（一九九八年再版、一七世紀日本の版画イラスト入り）

③二〇〇六年　スペイン語版（二〇一五年夏、マドリッドの書店で筆者が購入）

『源氏物語』は、このように世界各国で翻訳され読まれています。

（3）光源氏の反権力的行為―父后との密通

『源氏物語』は、さまざまな女性との恋愛遍歴を重ねる物語です。それゆえ一般的には好色な人生を送った男性の物語として受け止められています。けれども彼の恋には、権力の中枢を侵すような実に危険な行為が含まれていました。それは父天皇の后との密通です。主人公は、この密通によって生まれた我が子を父天皇の皇子と偽って皇太子の地位に就け、遂には天皇に即位させるのです。光源氏は自分の子を天皇にすることによって、自らの血筋を天皇制に組み込むわけですが、それは天皇の子として生を享けながら、政治的配慮によって臣下に下ろされた光源氏が権力を奪取する行為に外なりませんでした。それは政治的権威としての天皇制を内側から突き崩していく危険性を帯びていました。

（4）「万世一系」の乱れを認める天皇

自分が密通によって生まれたことを知った天皇（光源氏の子）は、自ら外国（中国）の歴史や書物を丹念に調べますが、外国には例が認められるものの日本には見出せないことを確認します。しかしそれにもかかわらず、この天皇は正統な天皇の血筋に別の血が紛れ込むことは日本においてもあり得たに違いないと確信するのです。つまり『源氏物語』は天皇自身に「万世一系」という天皇家が直系の血筋によって受け継がれてきた伝統と正統性を持つわけではないことを認めさせているわけです。

ここで注目されるのは、天皇がこのように判断する根拠になっているのが外国の歴史や書物だということです。天皇は、外国で起こったことが日本において全く起こらなかったとは考えにくいと思ったのです。このような認識は、外からの視座によって自国の歴史を照らし返して初めてつかみ取ることができるのだといえましょう。

（5）物語＝書かれざる歴史的「真実」

「万世一系」の乱れ、即ち天皇家の血統が必ずしも直系によって維持されてきたわけではないと認めることは、国家による正式な歴史書には記されていなくても「書かれざる歴史的真実」があり得るという考え方を示すものです。その、あり得たかも知れない「真実」を物語というフィクションの形で書いたものが『源氏物語』なのです。ここには歴史と文学との関係性がよくあらわれています。極めて単純な言い方をすると、国家の編纂した歴史書は権力の側による表面的な事実の記録であるのに対して、物語は歴史の裏側から「書かれざる真実」をすくい取るものだということです。物語は事実そのものではないけれども、歴史の裏側に隠されたり抑圧されたりした生身の人間の営みを浮かび上がらせるものだということができるでしょう。

（6）禁書あるいは言論統制

『ラサリーリョ・デ・トルメスの生涯』の場合も同様でしょう。話そのものはフィクションですが、当時、似たような貧しい境遇を必死で生きた人々が大勢いたはずです。このような庶民の生き方や教会の腐敗ぶりは、事実ではなくても「真実」を抉り出していると考えられます。その意味で「真実」とは「リアリティ」と言い換えることもできます。だからこそ、禁書の対象とされたのでしょう。日本では前近代においては『源氏物語』は禁書とされることはありませんでしたが、近代になって中央集権的な国民国家が成立して天皇が絶大な政治権力を持つようになった時、特に第二次世界大戦下において厳しい言論統制、言論弾圧がなされ、そのうねりに『源氏物語』も巻き込まれました。密通によって「万世一系」を揺るがす話が書かれていたからです。

（7）兄天皇の寵姫との密通場面

『源氏物語』に「万世一系」を疑う天皇が登場するのは驚くべきことです。密通によって生まれた天皇自身に日本の天皇制の歴史にも同様のことがあり得たはずだと判断させるのは、『源氏物語』の天皇制に対する認識を示すものだと言わねばなりません。

ただ、物語は父后との密通場面には、ほんの少ししか筆を割いていませんし、後に数多く描かれた『源氏物語』絵や絵巻にも、この父后との間の密通場面を描いたものは、皆無と言ってよいほどです。けれども兄天皇の寵姫である朧月夜との出会いと密通の場面はしばしば絵画化されています。即ち光源氏は父天皇だけでなく続いて即位した兄天皇の寵姫とも密通するわけで、ふたりの天皇の権威を侵す行為が光源氏の恋の主軸をなしているのです。そして父天皇の后との密通は隠蔽されるのに対して兄天皇の寵姫との密通は発覚して光源氏は地方に流され、物語は大きく展開していくことになります。この兄天皇の寵姫との出会いはとりわけ優美な場面として古来、愛されて来ましたので、その絵画を少し、ご紹介しておきましょう。

絵画資料④⑤⑥（本稿では割愛する）

④花宴巻・朧月夜と出会う場面の絵
⑤細殿で契る場面の絵
⑥現代の漫画

（8）むすびに代えて

『源氏物語』は主に最高級の貴族社会や宮廷を舞台に優雅な恋物語を描くのですが、光源氏が天皇の后と密通するのは天皇の権威を内側から崩壊させ、さらには自らの血を天皇制の中に組み込んで権力を奪い取る行為に外なりません。

このような『源氏物語』の高貴な身分に属する主人公と最下層の庶民のラサリーリョとは極めて対照的ですが、そこにはひとつの共通点を見出すことができます。

ラサリーリョが最終的に得た「触れ役」は教会関係の仕事の中でも最も賤しい仕事だったとされていますが、本人はとても誇らしく思っていますし、良き妻を得たことにも感謝しています。けれどもその妻はどうやらラサリーリョに紹介してくれた教会の「偉い人」と道ならぬ関係にあるということがほのめかされています。そこには教会の「偉い人」の堕落ぶりと、それにもかかわらず、この境遇を有り難がっているラサリーリョの哀れで屈辱的な姿が浮かび上がります。「偉い人」から仕事や妻、つまり生活の基盤となるもののすべてを与えてもらっているラサリーリョは、堕落した教会によって人間としての尊厳までも支配されているのです。権力というものの持つ非人間的な残酷さを見せつけられる思いです。

一方、光源氏は自分の子を天皇に即位させ、自らも天皇に準ずる位に就きます。けれども後半生においては正妻に密通され、我が子ならぬ罪の子を我が子として抱かねばならないという皮肉な運命に直面します。彼が追い求めて来た栄華は内側から崩れ落ちていくのです。これは彼の権力への欲望が肥大化していったがゆえに味わわねばならなかった苦しみでした。

『源氏物語』と『ラサリーリョ・デ・トルメスの生涯』は国も時代状況も社会的地位も全く異なる東洋と西洋の物語（小説）ですが、共にひとりの男の生涯を通して権力に翻弄される人間像を鮮やかに描き出しているのです。

第Ⅰ部　神仏をめぐる歌と儀式

第1章　和泉式部と仏教

一

捨てはてんと思ふさへこそ悲しけれ君に馴れにし我が身と思へば　　続・五一（注1）

和泉式部と仏教との関係は、この一首に収斂するように思われる。詞書に「なほ尼にやなりなまし、と思ひ立つにも」とあるが、最愛の帥宮に先立たれ、仏教に救済を求めようとしてなお彼女をこの世にひきとめるのは、「君に馴れにし我が身」だというのである。愛する人の肌のぬくもり、その感触が自分の身体にたしかに残っている。自分自身をいわばその人の形見と感ずる時、我と我が身にいとおしさがつのって世を背くほだしになる。家集ではこの歌の次に、

思ひきやありて忘れぬおのが身を君が形見になさむ物とは　　続・五二

という詠が置かれ、「おのが身」そのものが形見であることが追認される。愛のかたみを子どもや手紙や思い出の品々に求めるのではなく、ある瞬間をたしかに共有しあった人の感触を自身の身体の裡に感じとり、それだけを相手とのきずなとするのは和泉独得の愛のとらえ方だと言わねばならない。

無論、和泉にも子どもは愛する人の分身であり、それ以上に愛する人の御身そのものだとする母親らしい認識は

あった。だがそんなふうに心を鎮めようとしても、どうしようもなく気持ちが乱れて慰まない、そんな和泉の姿がかたどられた歌がある。

わりなくもなぐさめがたき心かな子こそは君が同じ事なれ　　続・八九

帥宮の一周忌法要の折、無心な様子のわが子を見ての感慨である。君と「同じ事」である子を目の前にしていても嘆きはつのるばかり。真の形見はやはり「おのが身」であるほかない。和泉にとっては我が肉体が受けとめた相手の感触、それが愛の出発点であり、目的そのものだった。だから何もかも捨てて出家しようと思ったとき、愛の場それ自体としてある自分の身体のみが大いなる未練となって立ちはだかる。そんな和泉に世を背くことなどできるはずがない。

愛する人が生きているときは勿論のこと、亡くなってからでさえも彼女の身体は愛の場であり続ける。だから次のような歌が詠まれるのは自然の成りゆきなのである。

えこそなほうき世と思へどそむかれぬおのが心のうしろめたさに[(注2)]　　正・二九八

これは「身を観ずれば岸の額に根を離れたる葦、命を論ずれば江の頭に繋がざる舟」という『和漢朗詠集』の詩句の各音節を、四十三首の歌の頭に順次据えて詠んだものの一首である。この、「無常」をテーマにした詩句に向き合いながら、和泉は「おのが心のうしろめたさに」と言う。道心を守り通せるかどうか、自分でも不安なのだ。だが、「君に馴れにし我が身」そのものを愛のかたみにする彼女にしてみれば、「おのが心」などあてにならないものであって当然である。仏よりも亡くなった人の生身の感触こそが、和泉を生かすのだから。

そんな和泉のあり方をものがたる歌に、

梅の香を君によそへて見るからに花のをり知る身ともなるかな　　続・九四

という作がある。帥宮が亡くなって、悲しみにうちひしがれ涙に沈んでいる和泉を梅の香が訪なう。和泉はその甘い香にさそわれて愛するひとを思い起し、そのことによってようやく花の咲いたことを知り、春の訪れに気づいた。梅の芳香によって一瞬、帥宮の現身の匂いを感じて現実にひき戻され、そうして初めて時の移ろいに驚くわけで、いわば宮の身体の香が和泉に季節を知覚する感覚をとり戻してくれたのである。愛する人の死を嘆き、悲しみぬいて外界の何ものをも知覚できなくなった和泉に生きている実感を与えてくれるのは、やはり愛する人の身体の感触にほかならない。

二

最愛の人を喪ってもなお、我が身を「捨てはて」ることのできなかった和泉は宮仕えに出る。そして、その彰子中宮の後宮で、和泉は紫式部に出会うことになるが、作家は早速、この恋多き同僚の恋愛事件を自らの創作に利用した。『源氏物語』の最後のヒロイン浮舟は、和泉をモデルとする部分がある。浮舟の人物造型に和泉のイメージが関与することについては千葉千鶴子に論考があり、筆者もふれたことがある(注3)ので深くは立ち入らないが、和泉と浮舟とはともに帥宮、匂宮という身分違いの高貴な人と激しい恋に落ち、しかも死別、生別の相違はあっても愛する人と永遠に別れなければならないから、その恋の経緯はよく似ている。浮舟という名称も和泉の歌に因んだものだといわれるが、浮舟の詠む歌にもまた和泉詠を意識したものが散見される。

たとえば入水に失敗し尼になった浮舟が詠む、

袖ふれし人こそ見えね花の香のそれかとにほふ春のあけぼの

という歌が手習巻にみえる。これは仏道に励んで過去を忘れ去ろうとする浮舟を梅の芳香が訪ない、その匂いに突き動かされて詠出されたものである。庭の梅の香に今はもう逢うこともない「袖ふれし人」匂宮の芳香を我知らず感じてしまう浮舟の姿は、帥宮を亡くした和泉が梅の香に宮を想い起す歌への連想をよびさます。実は「春のあけぼの」という浮舟の歌の結句も、和泉によって初めて和歌に詠まれた表現であった。和泉の置かれた状況、和泉の感受性、そして和泉の用いた表現、それらの要素を総集したものとしてこの浮舟詠はある。

だが、和泉をモデルにし、和泉の歌を意識した歌を浮舟に詠じさせながら、その人物造型の内実や結末にはかなりの懸隔が存する。和泉は帥宮を一途に愛し、死に別れて出家しようと思うが世を捨てきれない。これに対し浮舟は匂宮に心惹かれたが、ふたりの男性の愛の板ばさみになって苦しみ、自殺未遂したうえに最後は尼になってしまう。恋の闇に進み入って惑うことを身上とする和泉に対して、恋に惑うことに恐れと罪の意識を持たずにはいられない浮舟。逆に出家に対しては自らの道心に不安を抱き世を捨てきれない和泉だが、浮舟の方はただひたすら髪を下ろすことを希い、実の弟にさえも対面しない心強さを見せる。主体性に欠け、運命のいたずらに流されるが、恋を契機として信仰に目覚めていく浮舟と、周囲から指弾されるような恋の果てに愛する人を喪い、それでもなお、現身の自分への強い歌着心を見せる和泉とは対照的である。

紫式部は和泉を浮舟のモデルとしながら、その魂の志向するところは全く異なるものとして描いた。それは『源氏物語』をしめくくる最後の物語としての構想によるものなのであろうが、同時に和泉のあり方への同時代人の批判ともよめて興味深い。ともあれ最愛の人を喪ったら出家して菩提を弔うというのが、当時の信仰心厚い人の生き方であったに違いない。さしもの好き人光源氏にも、紫上の死を見送って一年の喪に服した後この世を去るという結末が与えられている。女性であれば尚更、尼になって身をつつしみ後世を願ったであろう。(注4)

だが、これとは対照的な和泉のあり方だからこそ、

冥きより冥き途にぞ入りぬべきはるかに照らせ山の端の月　　正・一五〇

の歌の世界が、かえって説得力を帯びて迫ってくる。ここには幽暗の闇に縁どられた和泉の生と、明るく澄んだ月に表象される仏教という対比がある。女という疎外された性であるうえに、その女たちのあり方からもはじき出された「浮かれ女」だからこそ、いっそうはげしく救済を求めずにはいられないのである。後世、これが遊女たちの結縁の歌とされたのもうなずける。

男の生身の感触を受けとめる自らの身体のみを生きる拠り所とする和泉であってみれば、救済されざる魂にこの世もあの世もともに「冥き途」と映るのは当然であろう。しかし「冥き途」は果して文字通り暗く、絶望の闇なのであろうか。そして仏教は和泉にとってはるかに遠いものなのであろうか。

和泉の歌の特色のひとつは、幽暗の闇に一条の光がさし込み、闇と光との強烈なコントラストが現出されることにある。「冥きより」の歌も闇の中から仰ぎ見る月だからこそいっそう美しく明るい。有名な、

物おもへば沢のほたるもわが身よりあくがれいづる魂かとぞ見る

（宸幹本一六七四、番号、本文とも旧版岩波文庫による）

の歌の場合も、はげしい嘆きのために魂があくがれ出ていきそうになっているのだが、その結果得たものは闇に点滅する蛍とのコントラストの美しさである。これには貴船明神が感応して「魂散るばかり物な思ひそ」と慰めたという話が伝わっているが、激しい物思いは自らの魂をあくがれさせ、その果てに一種恍惚の境地を現前させる。

さきにみた「身を観ずれば」の連作の中の、

瑠璃の地と人も見つべしわが床は涙の玉と敷きに敷ければ　　正・二八七

という歌の場合も同様である。ここでは嘆きのあまりたえまなく落ちる涙が、まるで玉を一面に歌きつめたかのようで、人が見たらきっと瑠璃の地だと思うにちがいない、とうたわれている。瑠璃の地とは、薬師経に「瑠璃為地、金縄界道」とあるように、美しい法悦の世界である。朗詠集の詩句の一音ずつを頭に置き、しかも「る」という詠みにくい音で始めなければならないという制約を勘案してもなお、「見つべし」というかなり強い調子のもの言いに見立てをこえた意思を感じざるを得ない。わが涙の落ちるさまを、自分は勿論のこと、他者もまた「瑠璃の地」と見るはずだというのだから、主観的にも客観的にも和泉の涙、つまり彼女の嘆きそのものに仏の国があることになる。和泉は嘆きの極まるところにこうした法悦の感覚を体験したようだ。

三

『和泉式部集』の最初に配された百首歌の中に、

梅が香におどろかれつつ春の夜は闇こそ人はあくがらしけれ　　正・八

という歌がみえる。『古今集』の有名な、

春の夜の闇はあやなし梅の花色こそ見えね香やは隠るる　　巻一・四一

の本歌取りだが、この、闇を揶揄する理知的な本歌に比べると、「闇こそ人はあくがらしけれ」と言い放つ和泉詠は全く異なる強烈な印象を与える。行手の見えない空間、つかまえどころのない闇は、若き和泉の心をとらえてはなさなかった。

そしてここで注目したいのは、和泉は単に闇に「あくがか」れているのではなく、梅の芳香のありかを求めて闇に対

していることである。和泉は梅をことのほか愛したらしく、

まさざまにさくらもさかんみにはみん心のむめのかほはしのびて（注5）　　　　正・二一三

といった作もある。桜は和泉にとって問題ではない。「心のむめのかほ」という表現に至っては、梅はまるで和泉の心をとらえて放さない恋人のようでもある。梅の香は亡き帥宮の身体の匂いにもよそえられたように、梅の花も恋も和泉の官能をよびさまし、幽暗の闇、しかしえもいわれぬ香を漂わせた甘美な世界へといざなっていく。そうした恋という闇への憧れが、すでにみたような、

物おもへばさはのほたるもわが身よりあくがれいづる魂かとぞ見る

という魂のあくがれいずる事態を招いたとしても和泉にとってはむしろ本望だったのではあるまいか。梅の芳香を求めて闇の中へと魂があくがれいでていくことと、その同じ闇の中で傷つき蛍をわが魂のあくがれいでた姿ととらえることとは表裏をなすはずだ。傷ついて得たものにせよ、むしろそうだからこそ、暗闇の蛍は鮮烈で美しい。そしてそれは前掲の、

瑠璃の地と人も見つべしわが床は涙の玉と敷きに敷ければ

の歌をも想起させずにはおかない。嘆きの果てに流す涙を「瑠璃の地」と見る和泉は、苦しみの中に法悦の境を感じている。和泉の嘆きは、じかに仏や神と通じあっているのである。闇にあくがれいでた魂は、明るさの中では決して見ることのできない美しい光景に出会う。

そしてまた「はるかに照らす山の端の月」を真に仰ぎみることのできるのも、「冥き途」に自らを置くことのできる者のみに許されている。闇にあくがれいく魂のみが見ることのできる一条の光、それが「冥きより」の歌の月であり、「物思へば」の蛍であり、「瑠璃の地」の美しい涙なのである。そしてこれらの光はまた梅の花とも置き換えられ

る。梅は和泉の魂を闇にさまよい出させていくものとしてあったが、果して、

月の明かき夜、梅の花を人にやるとて

いづれとも分かれざりけり春の夜は月こそ花の匂ひなりけれ　　続・一七一

という、梅の花＝月光とする極めて個性的な見立ての歌を和泉は詠んでいる。和泉にとって梅の花と月光とは「いづれとも分か」つことのできない等価のものとしてある。つまり自らを導いてくれることを希ったはるかな月光（信仰）と、甘美な恋心へと誘う梅の花は和泉の中では同じものとしてとらえられており、恋と信仰は彼女においては全く矛盾しない。和泉の場合、出家するかどうかは真の問題ではなく、一途に恋をしてその嘆きの中で法悦の境へと至るというのが彼女流の信仰の方法だったのではあるまいか。

次の歌にみられるように、和泉式部は自らを救済されざる罪深い存在だと認識してはいたが、

遠くて行ひする音を聞きて

悲しきはおなじ身ながらはるかにも仏によるの声を聞くかな　　正一一九

そのような知的な理解とは別の次元で、和泉の裡なる魂は甘美なものを求めて行手の見えない闇へと惑い入っていく。それは往々にして激しい嘆きと苦しみを招来するが、それこそが和泉にとっては仏の国へ至る回路であった。和泉の信仰は、この世は闇という概念をことばとして常識として受けとめるのではなく、その闇を手探りで歩み、傷つくことによって体感することにあったといえよう。貴族仏教的な法華経全盛の時代に、和泉は同時代人に先んじて、煩悩深く傷つき苦しむ人間こそが救われるという念仏宗教にひらかれる地平を生きていたのかも知れない。

〔注〕

1　本文、歌番号は新編国歌大観「和泉式部集」「和泉式部続集」に拠り、それぞれ正、続という略称を用いた。適宜漢字に改めた箇所がある。

2　「そむかれね」とする本文があるが、この打消の意の「ね」の方が正しいであろう。

3　千葉千鶴子「和泉式部と〈浮舟〉の造形―和泉式部試論」（『帯広大谷短期大学紀要』一九八四年三月）、久富木原「和泉式部の花と夢の歌―小町詠を起点として」（『論集和泉式部』和歌文学会編、一九八八年九月）

4　後の『建礼門院右京大夫集』には、愛する人を喪ってもなお出家できない心情を訴んだ歌がみえるが、彼女はそんな自分を「身ぞうとましき」と捉えている。また忘れようとしても忘れられないつらさを「おもかげばかり身にそふぞうき」とも言う。出家にまでは至らずとも、こうした心情の方が一般的だったであろう。「君に馴れにし我が身」をいとおしみ肯定的にとらえる和泉の感覚は、やはり特異と言わねばならない。

5　「かほは」を「かをば」とする本文もある。おそらく、「かをば」の方が正しいのであろう。その場合、和泉は梅の花の、特に香に心惹かれていることになるが、「顔」でも「香」でもともに恋人にながるものとして矛盾することはない。

第2章　皇太神宮儀式帳における「大物忌」 ―斎宮との関係性をめぐって―

はじめに

『皇太神宮儀式帳』は、伊勢神宮の禰宜が神宮の儀式次第について記し、平安時代初期の延暦二三（八〇四）年、朝廷に解文として提出されたものである。従って公式な儀式の記録としての体裁をなすが、しかしそのような中にも、実際に神宮祭祀を執り行う伊勢土着の禰宜・荒木田氏を中心とする神官たちの側の論理や自己主張が見え隠れしている。それは皇祖神を祀る伊勢神宮に仕える者という大きな制約のなかでの、朝廷神話を書き替える営為でもあったといえよう。ここでは特に、伊勢神宮に朝廷から派遣される国家最高の巫女・斎宮と、禰宜の一族で斎宮の代理とされる大物忌に焦点を当てつつ、『儀式帳』の中で斎宮と大物忌がどのように描かれているのか、また両者の関係はどのように定位されるのかといった問題について考えていく。

一

まず、斎宮と大物忌との関係について、斎宮とは出自、身分を全く異にする大物忌が果たして斎宮の代理たり得るのかどうか、そうだとするなら、いかにしてそのようなことが可能であるのかについて見ていく。結論めいたことをいえば、『儀式帳』では大物忌は斎宮の代理として叙述されるだけでなく斎宮よりも重要な巫女として定位され、斎宮と大物忌との間には逆転の構図を見ることができる。

『皇太神宮儀式帳』の目次に従うと、その九項目目に「禰宜・内人・物忌」などの職掌に関する記事がみえる。伊勢神宮の祭祀に実際に携わる人々の具体的な役割を記したものであるが、その大物忌の条だけが他の条と趣を異にする。他の職掌については職務内容を淡々と記すのみにとどまっているのに対し、大物忌に関しては短いながらその伝承もしくは由来譚にまで筆が及んでいるのである。(注1)まず、その全文を挙げてみよう。

大物忌、無位神主小清女
父、無位神主黒成。
右二人卜食定補任之日、後家之雑罪・祓浄、斎慎供奉。職掌、天照太神朝御饌夕御饌供奉。此初太神乎頂奉斎倭姫内親王、朝庭還参上時爾、今禰宜神主公成等先祖天見通命乃孫乃川姫命乎、倭姫乃御代爾、大物忌為弖、以二川姫命一、太神乎令二博奉一弖従二其時一始弖、太神専手付奉弖傳奉。今従二斎内親王一、大物忌者於二大神一近傳奉、晝夜不避、迄二今世一尤重。仍大物忌元発由如レ件。亦父毛子・共忌慎供奉。具顕二月記条一。

ここには、天照大神の鎮座地を伊勢の地に定めた倭姫内親王が朝廷に帰参したことが語られている。その時、現在の禰宜神主公成の先祖の孫である川姫命が倭姫の代わりに大物忌として天照大神に仕えるようになったのだという。(注2)従って、大物忌は今でも斎内親王よりも天照大神のお側近くに仕え、昼夜を問わずお仕えして最も重要な役割を果たしているというのである。

大物忌の職掌は、右の記述にもみえるように天照大神に朝夕の御饌を奉ることである。従ってたしかに、日々、天照大神のお側に仕えていることになる。さらに各儀式をみると、大物忌は、年中三節祭（六月・十二月の月次祭と神嘗祭）には大御饌を供え、式年遷宮の際には新宮の御戸開きに関与する。即ち新しい正殿の戸を開く時、使いの中臣・太神宮司及び禰宜に先んじて戸に手を付けて初めて、禰宜が戸を開けるのである。このとき大物忌は「御鎰」を賜っていて、必ず一番先に戸に手を触れるということが注記されている。更に式年遷宮という、伊勢神宮で最も大掛りな儀式の折にも、大物忌はやはり特別な任務を負って加わっているのである。天照大神に最も近いところでお仕えしていると述べる『儀式帳』の記述は、このような意味では正鵠を得ているといえよう。

しかし、倭姫が朝廷に還御した折に、川姫命がその「御代」となったという点についてはどうなのか、問題となろう。これに関連して考慮すべきは、『儀式帳』の冒頭部分に配置された倭姫巡行記事の最後部にも倭姫が朝廷に参上したという記述がみえること、それに続いて禰宜の始祖伝承が語られている事実である。この部分を書き出してみる。

（伊勢鎮座が決まった後、祓い清めをするように定められたという記事に続いて、）
爾時、太神宮禰宜氏、荒木田神主等遠祖、国摩大鹿島命孫、天見通命乎禰宜・定弖、倭姫内親王、朝廷爾参上坐支。従二是時一始弖、禰宜氏无二絶事一弖、職掌供奉。（以下略）

ここでは禰宜の先祖が大鹿島命であること、倭姫の朝廷参上の時に禰宜が定められたことの二点が記されている。まず第一点については次のように考えることができる。大庭島命は倭姫巡行記事によれば、倭姫に随行した五大夫のひとりで中臣氏ということになっている。中臣氏は朝廷の祭祀を中心的に担っており、この伊勢神宮の式年遷宮といった重要な儀式の際にも勅使として朝廷から派遣されている。従って五大夫であって、しかも中臣氏である大鹿島命は禰宜にとって自らの先祖として戴くのに最適な人物であったといえよう。こうしたところには、中央における権威や論理に自らを組み込むことによって自らの立場を由緒正しいものとして有利にしたり正当化したりするといった、ごく自然な禰宜の心理があらわれている。

これに対して第二点についてはどうであろうか。倭姫は禰宜を定めてから都に帰り、それ以来、禰宜は絶えることなく神に御仕えしてきたとされている。極めて簡単な記事だが、禰宜が初めて神に仕えたのは倭姫が都に帰ったときからだという記述のしかたになっている点に注目したい。つまり、ここでは倭姫と禰宜の存在とがあたかも交替可能なものとして叙述されているのである。ここには倭姫の代わりに神宮の祭祀を執り行ってきたのだという、禰宜の立場を主張する意識が読み取れる。禰宜は中央で祭祀を掌握する中臣氏という権威の系譜に自らを位置付ける一方で、実際に神宮祭祀を動かしてきたのは自分たちなのだという主張と自負の念を刻みこむことを忘れてはいない。

ここで大物忌の伝承に立ち戻ってみると、大物忌が倭姫の代理であるということの布石は、すでに『儀式帳』の序文ともいうべき倭姫巡行記事の最後に付された禰宜の始祖伝承の中に用意されていたことが知られるのである。『儀式帳』はまず、倭姫が都に帰る際に禰宜が定められたことを語り、禰宜が倭姫に代わる立場で祭祀を執り行ってきたとも読みとれるような記述をしたうえで、次に「職掌雑任」の項で大物忌が倭姫の「御代」であることを明確に叙述するに至る。このような二段構えの叙述方法によって、大物忌と禰宜が、倭姫という、各地を巡行したのちに伊勢に神宮を定め伊勢神宮を創始した最高の巫女と肩を並べる存在であることをアピールするのである。

そして、禰宜の言説はこのレベルにとどまらない。大物忌が倭姫の代理になったというだけでなく、斎宮よりも神の近くに仕えて枢要な地位を占めていると述べるのであるが、このような大物忌が斎宮をしのぐ地位に就いたという記述は一体何に基づくのであろうか。『儀式帳』はこのことに関しては、ごく簡単に「倭姫が伊勢を離れる際に、禰宜の先祖の孫の川姫命が倭姫の代理として、大物忌として神に仕え、以来現在まで斎内親王よりも神の近くで昼夜を問わずお仕えしている。」と記すのみである。しかし、このような簡潔な記事によって、むしろ大物忌の存在感がクローズアップされてくる。即ちここでは倭姫の代理として仕えるようになったという最初の由来と、それが現在まで絶えることなく続いていると述べるのみにとどまっており、倭姫の後に赴任した斎宮の事績が全く記されないからである。その結果、倭姫以降あたかも斎宮が神宮に存在しなかった時期があるかような、あるいはそうした時期が長く続いたかのような、さらには斎宮は存在しても全くその存在意義がなかったかのような印象を与えずにはおかない。そのような状況の中で、大物忌がずっと神の近くで仕えてきたとなれば、当然、大物忌の方が実質的な巫女で、斎宮は形ばかりの存在だということになろう。

すでに述べたように、禰宜と大物忌の職掌の由来は、短いながら、ともに伝承としての形をとっている。いわば物語的な記述がなされているのであって、その意味では『儀式帳』の冒頭を飾る倭姫巡行の物語と対応するといえよう。本書はまさしく儀式次第書であって、倭姫、禰宜、大物忌以外には、記紀神話にもみえない独自の物語的な叙述がなされた部分は認められないからである。内容的にみても、禰宜は倭姫が伊勢を離れるときに定められ、大物忌はその禰宜の孫という語り方になっており、連動している。そして大物忌の条に至っては、単なる代理にとどまらず、斎宮よりも神に親しくお仕えしていると述べるのである。禰宜のアピールの狙いはまさしくここにあったと考えられる。こうした記述によって、斎宮と大物忌との位置づけは完全に逆転する。

二

『儀式帳』には、このように斎宮と大物忌との逆転の構図が嵌め込まれているが、こうした言説が導かれる必然性は伊勢神宮の儀式そのものの中にも存在したと考えられる。最も重要な儀式である式年遷宮を例にしつつ、斎宮と大物忌のそれぞれの役割をみることにしよう。式年遷宮は、まず新宮を造る準備のための行事を行なうことから始まる。その中心となるのは、新宮正殿の「心柱」を用意して立てる行事である。この「心柱」は「忌柱」とも称され、吉日を選んで伐採する「山口神祭」を執り行い、次にやはり吉日を選んで柱として造りあげ、さらに宮地を鎮める行事を済ませたうえで柱を立てるのだが、この、柱を立てるところで大物忌が登場する。

「忌柱」とは、その名称が示す通り、単に建築上大事な柱というにとどまらない。岡田精司によれば、本来は忌柱自体が御神体だったのではないかと考えられているのだが（注３）、その柱を禰宜と大物忌のふたりで立てるのである。その後、諸役夫が「柱竪」とあるので、実際には柱はこれらの人々の手によって立てられ据えつけられるのだが、まずは禰宜と大物忌によって立てることが枢要な儀式として行なわれたわけである（注４）。

この儀式が終わると、吉日を選んで御神体を収める「御船代木」を造り、装束ほか諸々の遷宮に必要なものが整うと、遷宮の儀式を迎えることになるが、ここでもまた禰宜と大物忌は特別な任務を遂行する。やや長くなるが、遷宮行事のおよそ前半部分、即ち新しい正殿の戸が開けられて御神体を正殿に遷す場面までを簡単に追ってみよう。

九月十六日の「亥時」になると、使いの中臣が遷宮の「告刀」を奏上する。この時、使い以下、行事に参列する人々は新宮に参入するが、使いも大神宮司も共に正殿には入らず、その「御橋の下」に待っている。その時、正殿に最初に参上するのが大物忌である。そして大物忌が手を付け初めると、次に禰宜が参上して正殿の戸を開き、正殿の中の四角に灯をともす。それから大神宮司が人垣に仕える人々に太玉串を捧げ持たせて率いて来て、正殿の「御橋」の許に侍っている（使いの中臣はこのときはすでに「外直会殿」にいる）。そこで再び登場するのが大物忌である。大物忌は鍵を賜っていて正殿の戸を開く。割注によれば、まず大物忌が忌戸に手を付け、次に禰宜が参上して戸を開くとあるから、大物忌は実際に鍵を使って開けるのではなく、鍵は儀礼的に使用されるのであろう。これより前、すでに戸を開けて正殿の中の四角に灯をともしていることが記されていることからも、そのことは推測されよう。施錠してあるのではなく、戸を開ける前に大物忌が鍵を持った手で戸に触れることが必要なのである。（注5）

さて、このようにして戸が開けられ、禰宜が「正殿の内」に灯をともし（すでに四角には灯がともされているので、ここでは正殿の中心部に灯をともすのであろう）、「御船代」を開いて御神体を戴いて遷し奉る。相殿の神、即ち天手力男神と万幡豊秋津姫命はそれぞれ宇治内人と大物忌父が遷し奉る。

以上のように、遷宮儀式において大物忌と禰宜は、神を遷すという中心的な役割を正殿や御神体に最も近いところで果たしていることがわかる。こうした役割は禰宜が神に仕えて「朝夕祈申」（倭姫巡行物語の最後、禰宜の始祖伝承と職掌を語る部分）し、大物忌もまた「太神に近くかしづきまつり夜昼避らず」仕えているという日常の任務を反映するものと考えられる。

ではこのとき、斎宮はどこで何をしているのだろうか。

実は斎宮は新宮正殿にはいない。斎宮は九月十五日巳時に太神宮に参入して太玉串を奉ると、その日のうちに度会の離宮に帰ってしまい、遷宮儀式のハイライトともいえる翌十六日の、新宮に御神体を遷す儀式には参列しないのである。儀式における斎宮の存在感のなさには驚きを禁じ得ない。

では斎宮は遷宮儀式においてどのような役割を果たしているのか、儀式の進行に従って、ここであらためてもう少し詳しくみてみよう。

遷宮儀式は十四日に始まるが、この日は正殿の内の壁代の帳と宝殿の御幌などを用意する。翌十五日巳時に斎宮が太神宮に参入するが、すぐには神宮内には入らずに、まず外の川原院に侍っている。しばらくしてから手輿で旧宮の御門の外まで参り、そこで手輿を降りて玉垣御門と瑞垣御門との間の東の方（いわゆる斎王侯殿）に入って侍っている。すると大神宮司が太玉串と蘰木綿を捧げて、第三御門で侍っているところへ、女孺ひとりが出てきて大神宮司より太玉串と蘰木綿を受け取って斎宮の許へ持ってくる。斎宮は女孺より受け取って蘰木綿を身に付け、太玉串を捧げ持って拝み奉ると度会の離宮へ帰る。そして翌十六日、斎宮不在のまま御神体を新宮正殿に遷す儀式が行なわれるのである。

即ち、斎宮は新宮正殿に遷す儀式の前日に、正殿から最も遠い玉垣御門内の斎王侯殿までしか入らず、そこにこもったまま拝んで儀式の場を去るのである。

斎宮のありかたは、その翌日、禰宜や大物忌によって初めて新宮正殿が開けられ、かれらが御神体に最も近いところで奉仕するのと対照的である。斎宮は正殿そのものに立ち入らないどころか、幾重にも設けられた御門の最も外側に位置する場所で神を拝むのである。正殿の中に入って神に奉仕するのは大物忌と禰宜のふたりだけで、その御橋の許で待機するのが使いの中臣と大神宮司であり、正殿から最も遠い斎王侯殿で拝むのが斎宮ということになる。大物忌は斎宮の代理として伝承されるが、実は全く対照的なかたちで儀式に登場するのである。また、この遷宮儀式では、斎宮が参入する十五日には大物忌も禰宜も儀式の表面にはあらわれず、翌日の十六日には逆に斎宮不在で大物忌と禰宜が活躍するというのも対照的であり、さらに斎宮と禰宜・大物忌との間には全く接点がないというところが注目される。

しかし、この遷宮儀式に次いで重要とされる六月・十二月の月次祭及び神嘗祭という年中三節祭においては、わずかながら斎宮と大物忌との間に接点が認められる。これらはほぼ同様の儀式なので、ここでは六月の例に従って、まず簡単に儀式の流れをみていくことにする。

六月朔日より諸準備が始まり、十五日夜には禰宜、内人、大物忌、物忌父が正殿に入って中を清め、朝夕の大御饌を奉る。稲は大物忌が受け取って竈で炊き、海産物は、禰宜、内人が志摩の国の神境の海で漁してきたものと、志摩国及び度会郡より献上されたものを奉る。翌十六日も湯貴御饌祭に奉仕し、十七日の早朝に朝御饌を奉る。ここまでは禰宜、内人、大物忌その他の物忌や彼らの父が奉仕するのだが、この日の午時になって、ようやく斎宮が参入し、いったん川原殿に輿を留めて手輿によって大三重東殿の席に就く。大神宮司が御蘰木綿を持って大神宮に向かって跪くと、命婦がこれを受け取って斎宮に奉り、斎宮は拍手して木綿を取って蘰に着ける。太玉串もまた命婦が大神宮司より受け取って斎宮に奉り、斎宮は拍手して自ら執って捧げ、内玉垣御門に参入して席に就く。それから席を離れて前へ進み再拝すると、命婦が斎宮の太玉串を受け取って大物忌に授ける。大物忌がこれを受けて立ち、瑞垣御門の西のほとりに置き終わると、斎宮は元の席に就く。そののち、禰宜、宇治大内人も太玉串を捧げ終わると、禰宜が御鎰を給わって大物忌を先に立てて内院に参る。大物忌の父が東宝殿を開き、御調糸を進入し終わると、荒祭宮に向かって四回拝み奉る。ただし、斎宮は荒祭宮には向かわない。以上の儀式が終わると、直会が行なわれ、斎宮は離宮に還る。

この儀式で注目されるのは、大物忌が斎宮から太玉串を受け取って（命婦を介してではあるが）、正殿前の瑞垣御門に置くという点である。これは伊勢神宮の儀式における斎宮と大物忌との間の唯一の接点であり、また大物忌が斎宮から受け取った太玉串を神に捧げるということでは、斎宮の代理としての役割を担っているからである。ここには、巫女として斎宮の職務を部分的に受け継ぐ大物忌の姿がある。しかし代理というには、あまりにもささやかな接点ではある。斎宮は天照大神に近づかないことを常としており、元旦も神宮には参拝せず、逆に三日には禰宜、内人、物忌らが斎宮を拝し奉る。斎宮が神宮に参入するのは、式年遷宮のほかは前述のごとく年中三節祭の時のみ、一年に三回だけであるが、こうした場合も右にみるように正殿に面する瑞垣御門にまですすむことはないのである。斎宮の任務はむしろ神に近づかないことによって神に奉仕するのだという印象がつよい。岡田精司は斎宮は籠もることによって神に仕えるのだと説く(注6)が、そうしたこととともに、斎宮自身が天皇の代理という役割を担っているということを見過ごしてはならない。斎宮は天皇一代かぎりの巫女として神に仕え、また天皇は在位中は決して伊勢神宮に参拝することはなく、宮中から遙拝するのみであったことを考え併せると、斎宮がふだんは神宮から離れた斎宮寮で過ごし、二十年に一回、あるいは年三回、特別な儀式の場合に神宮に参入しても、正殿に入るどころかその正面の瑞垣御門にさえ近づかないのは、天皇の、神宮に対するありかたと類似するものがあるからである。斎宮は巫女であって神を祀る者ではあるが、同時に天皇の代理として祀られる存在でもある。さらに斎宮寮においては神宮へ赴くとき以外は、内裏における神事を模した儀礼が斎宮を中心にすえて執り行われたのであり、ここで斎宮はまさしく天皇の分身として存在し、斎宮寮はあたかも都から遠く離れた「ミニチュアの内裏」であった(注7)。祀り祀られる斎宮は、ひたすら神に奉仕する大物忌とは巫女としてわずかにつながる点を有するにしても、当然のことながら両者の性格はかなり異なっているといえよう。しかしながら、儀式において斎宮から太玉串を受け取って神に捧げるという役割を負う大物忌のありかたは、斎宮の代理としての言説を導きだす必然性を含み持っている。そして、大物忌が斎宮よりも神に重んじられているという逆転の構図も、このように儀式において、また、日々神の近くに仕えているという実質的な祭祀者としての活動を基軸に据えたところで語り出されたものではないかと考えられる。

三

それにしても、年中三節祭の儀式において、斎宮だけが荒祭宮に「向」かわないというのは、なぜなのであろうか。正殿での儀式後には必ず荒祭宮を拝することになっているのだが、ここで『儀式帳』は「但内親王不レ向二荒祭宮一」と注記するのである。ここには斎宮の特殊性が顕在化しているかのように思われる。

荒祭宮は伊勢地方の日の神信仰の本拠地だとも説かれるが[注8]、たしかに神宮において特別な存在であるようだ。たとえば『皇太神宮年中行事』によれば、三節祭の十五日夜、正殿において神おろしのことがあり、「神を下ろし奉る」歌がうたわれる。当時その歌は御巫内人「秘蔵」の歌であったが、ある年この御巫内人が遅参したために祭儀の進行に支障を来してしまった。そこで著者である権禰宜兼大内人荒木田忠仲は、今後のために翌朝、御巫内人を呼び出して歌詞を聞き出したというのだが、その場所こそが荒祭宮だったのである。正殿でうたわれる秘事中の秘事である神下ろしの歌を聞き出す場所が、正殿ではなく、荒祭宮であったという[注9]ことは示唆的である。

荒祭宮は荒魂が鎮まる宮である以前に、神が現われる、発現する場所だとすれば、まさしく神の現われ給う場所で神下ろしの歌が伝授されねばならなかったのではなかろうか。そして津田博幸が指摘するように、これが荒祭宮でなされたことは長元四（一〇三一）年の斎内親王託宣事件と無関係ではないであろう[注10]。『太神宮諸雑記』にみえるように、斎宮に荒祭宮が憑依し虚偽の託宣をしてきた斎宮寮長官夫婦が糾弾されるという事件である。このときの託宣は、皇太神宮は天降りして以来、人間に「寄翔」したことはないのだから、長官夫婦が皇太神宮の託宣だとするのは偽りだとするものであった。

荒祭宮とはまさしく天照大神の荒魂を祭る宮であるが、同時にこの朝廷によって形成された伊勢神宮という制度以前の、土着の日神信仰の霊威を発現するところだったのだと考えられる。たとえば三節祭における十六日夜の、神体に最も近づく行事には、伊勢大神宮司と斎宮は全く関与しないことなども右のことと無関係ではないものと思われる。宮司はいわば事務局長で祭祀の秘儀には関わらないのは当然としても、当然、秘儀に関わるはずだと思われる斎宮もまた、すでにみたように十七日に一日だけ参宮して太玉串を奉じるのみである。すでにふれたように斎宮は籠もることによって神に奉仕するという面を持つが(注11)、それだけでは、なぜ正殿まで赴きながら、わざわざ荒祭宮を拝しないということが明言されねばならないのかという疑問を解くことはできない。これについてはやはり、斎宮が神を祀る巫女であると同時に、天皇の分身であるという二重性を負っていることを勘案せざるを得ない。斎宮はこうした存在であるがゆえに、正殿の奥深く鎮まっている和魂に仕えるのであって、いつ何時猛威を振るうかも知れぬ荒祭宮には直接かかわらないことになっていたのではあるまいか。

ここで長元四年に荒祭宮が憑依した斎宮託宣事件を再度想い起したい。この託宣は、偽りの託宣をしている斎宮寮権頭夫妻を追放すべきこと、都の民間宗教者が「太神宮」の名をかたることを取り締まるべきこと、さらには、後一条天皇が天照大神を敬う心がないことを批判し、果てはこのたびの事件に関して斎宮本人の責任を問うという内容であった。これらはすべて、神宮側か斎宮と斎宮を派遣している天皇および朝廷の、神宮側に対する失策を告発する様相を帯びていることは明らかである(注12)。深沢徹はこれを伊勢神官団が斎宮女官団に壊滅的な打撃を与えるべく仕組んだ政治的謀略だった可能性が高いとみるが、少なくとも荒祭宮は全面的に神宮の神官たちが管理掌握していることが推測される。斎藤英喜は、「儀式帳」は神に対して神官たち自身が天皇の罪ではなく神官たちの罪として我が身に引き受ける言説が組み込まれた、神と接触する神官たちの精神的、実践的なテキストであると説くが、[注13]そのことは同時に神官たちが祭祀権を領導することを意味している。正殿でのこのような祭祀のありかたに対して、荒祭宮の方でははじめから全面的に斎宮を排除し、神官たちが祭祀を独占していたのではなかろうか。とすれば荒祭宮によってなされる託宣にもまた、神官たちが深く関与したであろうと考えられるのである。荒祭宮は伊勢神宮が制度化される以前の日神信仰の流れを汲む、制度内におさまりきらない荒らぶる神を祀り、それゆえにこそ斎宮はこれを拝さず、ごく稀になされる託宣は斎宮に代表される朝廷や天皇を告発するという威力をふるったのであろう。

むすびにかえて

『延喜式』に記されるように、荒祭宮は正殿と全く同等な神格とされている。にもかかわらず、斎宮はなぜ荒祭宮を拝さないのであろうか。ここで天照大神の荒魂が日本書紀の神功皇后神話において次のように語られているということを想起したい。神功皇后摂政元年二月条に、朝鮮半島へ向かう皇后の船が進まなくなったときに、天照大神は「我が荒魂をば、皇后に近くべからず。」[注14]と教え、皇后から離して摂津国に祀らせたという記事がみえる。船が順調に航海するためには、天照大神の荒魂を皇后から引き離すことが肝要だと天照自身が教えたというのである。これに関連して考え併せたいのは、崇神天皇六年条にみえるよく知られた記事である。天照大神が宮中から移されて倭の笠縫邑に祀られるのだが、その理由は神としての勢いが強すぎたからとされている。この場合は、倭大国魂という神と二柱の神が共に住み給うことが不可能ということで、それぞれ別々の巫女をつけて祀らせたのだが、そもそも天照大神はその誕生の時点から、父母であるイザナキ・イザナミも強烈な霊異を感じて長く地上にとどめておいてはいけないと判断して速やかに天に送られたとされている。このような一連の『日本書紀』の記述によれば天照大神は天皇や宮中から離れたところに祀られなければならないと考えられていたことが知られる。従って斎宮が荒祭宮を拝さないのは、あるいはこうした神話の記事に則ったものとも考えられる。しかし後述するように、神宮の神官たちは記紀神話とは異なる伝承を書き記し独自の姿勢を示すのであり、さらにこれまでみてきたように、『儀式帳』が大物忌を斎宮よりも重要な存在として意味づけ、禰宜自身もまた倭姫と同等の立場で朝廷と国土の平安を祈ることをその職掌としていること、つまり朝廷を相対化して神官たち自身の存在意義を打ち出している事実に鑑みれば、斎宮が荒祭宮を拝さないことを『日本書紀』の記述に則ったものと考えるのは難しい。伊勢の神官たちは天照大神を天皇や宮中に近づけてはならないということを逆手にとって、斎宮と荒祭宮との間に距離を置き、そのことを『儀式帳』に書き込んだという可能性も考えられる。少なくとも「但内親王不ㇾ向㆓荒祭宮㆒」と文字化されることによって、荒祭宮は朝廷と直截的にはつながらない神であるという印象を与えることは確かである。延喜式においても『日本書紀』の神功皇后神話においても、荒祭宮もしくは荒魂はあきらかに朝廷の側の神とされているが、神官たちは天皇の分身としての斎宮は荒祭宮を拝さないという注記を入れることによって、荒魂を朝廷の神とは異質の、何か特別な神であることを印象づけ、実質的に自分たちの信奉する神として位置づけたのではないか。

　そもそも、神官たちは朝廷神話としての記紀神話に則らず、さらにいえばこれを捨象して『儀式帳』を執筆したと考えられる点がある。たとえば倭姫がヤマトタケルに剣を授ける話は、伊勢神宮の霊験譚としてよく知られているが、朝廷神話にとって大事なこの神話は『儀式帳』には全く記されていない。神宮にとっても、その霊験を説くのに効果こそあれ不都合な話ではないはずだが、全くふれていない。このヤマトタケルの話に象徴されるように、朝廷神話と神宮側の伝承とは全く別々に形成されたとする見方もあるが、[注15]『儀式帳』が記紀神話よりも約一世紀後の成立であること、さらに朝廷を相対化し、朝廷と自分たち神官の位置を逆転させる構図をもっていることを考え併せると、単に自己の伝承を伝えるだけではない、ある作為を感じさせる。『儀式帳』は解文という制約の中で、最大限に自分たちの論理を打ち出して構成されているのである。長元四年の荒祭宮の託宣が朝廷と天皇、そして斎宮そのひとを攻撃するものであったのは、こうした論理の延長線上に当然起こるべくして起こった事件だったといえよう。斎宮と大物忌との関係性もこうした論理から紡ぎ出されたのである。

〔注〕

1　禰宜については別の箇所で由来譚が述べられているが、これに関しては後述する。また、山向物忌についても由来譚があるが、これは岩戸神話と類似するものであるのに対し、大物忌は以下に述べるように、独自の視点からの記述である点で注目されるのである。

2　原文には、「御代」とある。「ミヨ」・「オムカハリ」と両様に読めるが、倭姫が朝庭に還参するときに、大物忌を定めたという文脈からすれば、意味的には「オムカハリ」即ち代理として読んだ方が適当かと考えられる。

3　岡田精司「古代王権と太陽神」『古代王権の祭祀と神話』（塙書房、一九七〇年）参照。

4　山向物忌の由来譚が、記紀神話と類似しているとはいえ、その職掌が物語的に記述されているのは、山向物忌がこの重要な柱を伐りにいく山口神祭に関与するからではないかとも考えられる。

5　義江明子「物忌童女と母」『日本古代の祭祀と女性』（吉川弘文館、一九九六年）は、大物忌が「御戸開き」に関与することについて、「もし、神に最も身近な奉仕は童女の役割だったというなら、たとえ所作だけにしても大物忌が正体に手を懸けるはずである」考え、大物忌の所作は、本来は介助役として「相具す」母良の役割だったのではないかと説く。義江説の根幹にある、古代祭祀において成人女性の働きを再考しようとする試みは大変意義深いが、平安初期の『儀式帳』で大物忌がこのような奉仕をすることを、直ちに「母良」の役割だったものが形骸化したのだと捉えることについては、今少し考えてみる必要があるのではないか。

6　岡田精司「伊勢神宮の成立と古代王権」『古代祭祀の史的研究』（塙書房、一九九二年、二八〇頁）参照。

7　深澤徹「斎宮の二つの顔」『アマテラス神話の変身譜』森話社、一九九六年。

8　岡田精司は「古代王権と太陽神」（注3参照）において、「荒祭宮が本来の神かの祭神であったか」と説き、折口信夫の「荒祭宮は、…太陽神としての性格を示すもの」という説を紹介する。

9　古橋信孝は「アラ」の語義について、「神が威力を発動している」状態を意味すると説く（「常世波寄せる荒磯」『古代和歌の発生』東京大学出版会、一九八八年）。

10　津田博幸「罪を申す・考」『日本文学』一九九三年五月（のち斎藤英喜編『日本文学を読みかえる1日本神話の生成と構造』所収）

11　注6に同じ。

12　注7に同じ。

13　注10の津田論文および斎藤英喜の一連の仕事（「伊勢神宮のトポロジー」『アマテラスの深みへ』新曜社、一九九六年）等を参照されたい。

14　「皇居」とする本文もある。

15　注6（二八二～二八五頁）参照。

第3章　平安和歌における神と仏 ―『袋草紙』「希代の歌」を手がかりに―

はじめに

平安時代最後の勅撰集である『千載集』は『後拾遺集』に引き続いて神祇と釈教の部を独立させたが、それは神祇が重んじられたというより、神祇もまた仏教的世界観において捉えられていくことを物語るものであった。それを端的に示すのが、天台止観によって和歌を浮言綺語の戯れとする俊成の思考である。『千載集』において『拾遺集』哀傷の釈教的歌群に配された歌を誹諧歌に移したことは、これを象徴するが、(注1) その兆候はすでに藤原清輔の『袋草紙』「希代の歌」に明確にあらわれている。

「希代の歌」とは、『袋草紙』上巻の末尾に誦文歌と共に置かれた歌群である。漢詩三首を含む九四首のこの歌群は、神仏に関する作歌事情もしくは作者の珍しい例を集めたものであり、神、仏、権化人、仏神感応歌という順に配されて、次に亡者、臨終の歌が続き、最後に幼児、賤夫、乞者の歌で締めくくられている。ここに収められた歌には出典未詳歌が多く、後の勅撰集の釈教歌、神祇歌の出典としての役割を果たしているのだが、注目されるのはこれらの多様な歌が次のような注によって包括されているということである。

已上仏神及び権化と聖人なる故に、この縁をもつてこれを網羅せしむ。衆生併せて出離生死の因となすべきのみ。

「希代の歌」は神仏その他の歌を含む多種多様な歌を仏教的論理によって捉え直しているのである。本稿では希代の歌に見られる仏神を手がかりにして考察したい。

まずは「希代の歌」における聖徳太子の歌についてみていく。

権化の人の歌

聖徳太子、救世観音の化身なり。

しなるや片岡山のいひにうゑてふせるたび人あはれ親なし

達磨和尚、文殊の化身なり。

いかるがや富の緒川のたえばこそわがおほきみのみ名はわすれめ

これは達磨の餓人の躰を作して伏せるを見て、太子のよみ給ふ返歌なり。

ここでは達磨は「餓人」としてこの世にあらわれていて、それが実は「文殊化身」だったということになっているが、原典である『日本書紀』（下、推古二一年）には「文殊」はみえず「飢者」とある。

十二月の庚午の朔に、皇太子、片岡に遊行でます。時に飢者、道の垂に臥せり。仍りて姓名を問ひたまふ。而るを言さず。皇太子、視して飲食を与へたまふ。即ち衣裳を脱きて、飢者に覆ひて言はく、「安に臥せれ」とのたまふ。則ち歌して曰はく、

しなてる　片岡山に　飯に飢て　臥せる　その田人あはれ　親なしに　汝生りけめや　さす竹の　君はや無き　飯に飢て臥せる　その田人あはれ

とのたまふ。

聖徳太子が片岡に遊行し、飢えた人に遭う。そこで太子は御衣で飢えた人を覆い、歌を詠む。翌日、使者は飢えた人の死亡を報じ、太子が埋葬するように指示したところ屍がなく衣だけがあった。以後、使者が驚くようなことばかりが続き、太子が飢えた人を神仙の人と見抜く非凡な人であることを伝えている。ここで「飢えた人」は「真人」、つまり道教で道の奥義を極めて神仙となった人のことをいうので、道教的な視点から捉えられていることがわかる。

この後これらの歌を採った『拾遺集』（哀傷一三五〇、一三五一）や『今昔物語集』でも「飢えたる人」もしくは「飢人」とし、『日本霊異記』では「乞匃の人」とするのだが、『俊頼髄脳』に至って、突然、この「飢者」は「文殊師利菩薩」の化身とされる。『袋草紙』はこの『俊頼髄脳』を継承するのであり、この頃になってから不思議な現象を仏教者の所為として解釈するようになっていったことがわかる。本来「飢人」とされていたのが院政期の歌学書において、「文殊師利菩薩」「達磨」へと変化したのである。

これをさらに先鋭化させたのが『千載集』であった。『千載集』は巻一九に釈教、巻二〇に神祇の部立を設けて独立させたばかりでなく、歌それ自体を仏教的理念によって捉え直した。それが明確にあらわれているのが、

題しらず　　空也上人(注2)

ごくらくははるけきほどときききしかどつとめていたるところなりけり　　一二〇一

という歌を巻一八、雑下の「誹諧歌」に配する点である。この歌は『拾遺集』では哀傷歌の釈教的な歌群の中に置かれており、この歌の前後には、

性空上人のもとに、よみてつかはしける　　雅致女式部

暗きより暗き道にぞ入りぬべきはるかに照せ山のはの月　　一三四二

市門にかきつけて侍りける　　空也上人　　一三四四

ひとたびも南無阿弥陀仏と言ふ人の蓮の上にのぼらぬはなし

大僧正行基詠み給ひける　　一三四六

法華経を我が得し事はたき木こり菜摘み水汲み仕へてぞ得し

といった釈教歌もしくはこれに準ずる歌が配されている。またこの哀傷の部立の最後には前述した聖徳太子と「飢人」との唱和がある。このような歌群の中に置かれた「ごくらくは」の歌を誹諧歌として捉えるところに『千載集』の撰者俊成の和歌観がよくあらわれている。

この歌は『袋草紙』でも前掲の聖徳太子の歌や行基菩薩の歌などと共に「権化の人」の歌に配されていた。これを俊成は一八〇度転換させて誹諧歌として捉えてみせる。「権化の人」の釈教的な歌ですら、誹諧歌になりうるのだとしているのである。さらにこの歌は誹諧歌の最後に置かれ、次に釈教歌が配置されている。ここには誹諧歌と釈教歌を峻別する意識と同時に誹諧歌から釈教歌への連続が示されている。和歌それ自体が誹諧歌なのであり、俊頼、清輔、俊成へと移るに従って、仏教的世界観へと加速している様が見てとれる。

豊富な仏神の歌を含む「希代の歌」『千載集』の歌は神仏の歌を網羅しようと試みた貴重な資料となっている。平安後期という時代に、考え得る限りの神仏の歌が並べられているのである。さらに「希代の歌」九四首中六七首までが神仏にかかわっており、約七割を占めている。どのような神仏がどのように配置されているのか検証することは平安和歌と神仏のありかたの一端をとらえることにつながるであろう。

一、神明御歌

「神御歌」は「大神宮」「賀茂」「平野」「稲荷」「春日」「大原野」「三輪明神」「住吉」「北野」「貴布禰」「熊野」「天宮」「蟻通し明神」「新羅明神」の一三項目、合計二二首あるが、まず興味深く思われるのは、稲荷御歌である。

稲荷御歌

　ながき夜のくるしきことを思へかし何なげくらむかりのやどりを

　これは近年の事なり。或僧聊か相の論事有りて、稲荷に百日参詣して祈念する夢にこれを見ると云々。

或る僧はお寺ではなく稲荷という神に百日の参詣をするのだが、遺産相続のもめ事を稲荷大明神に愁訴したのであった。

　親の処分をゆゑなく人におし取られけるを、この事ことわり給へと稲荷にこもりて祈り申しける法師の夢に、社の内より言ひ出し給へりける歌

　長きよのくるしきことを思へかしなになげくらむ仮のやどりに　　　詞花集・四〇九

石原清志によれば、これは己が本来の仏教徒の立場を自覚せよという趣旨の歌で託宣歌の典型的な一形態だという。(注3)

『八代集抄』には、「長き夜の苦しき」を「未来の生々世々の苦海のうき事を思へかし。法師の身にて、かりの宿りに世にたとひ何事をえても、しばしの程なる物をとの託宣なるべし」とある。

なお『後拾遺集』「神祇」には次のような歌がみえる。

　稲荷によみてたてまつりける　　　恵慶法師

稲荷山みづの玉垣うちたたきわがねぎごとを神もこたえよ　法師が稲荷に「わがねぎごと」を祈っているから、右に挙げた「希代の歌」における稲荷に百日参詣するのと同様である。

また『千載集』「神祇」には、

述懐歌の中によみ侍りける　法印慈円

わが頼む日吉のかげはおく山のしばの戸までもさゝざらめやは　一二七五

という日吉に祈った作がみえる。「わがたのむ」とあるから、これもまた右の『後拾遺集』における「わがねぎごと」と軌を一にする発想だといえよう。

同じく『千載集』「神祇」には、

高野山を住みうかれてのち、伊勢国二見浦の山寺に侍りるに、大神宮の御山をば神路山と申す、大日如来御垂迹を思ひてよみ侍ける　円位法師　一二七八

深く入りて神路のおくを尋ぬればまたうゑもなき峰の松風

という作品もみえる。天照大神が「大日如来御垂迹」と捉えられており、(注4)あるいはまた、同じく『千載集』「神祇」には、

百首歌めしける時、神祇歌とてよませ給うける　崇徳院御製　一二五九

道の辺の塵に光をやはらげて神も仏の名告るなりけり

とみえるように、神祇歌には神仏習合の跡がくっきりと刻まれている。さらに、

日吉大宮の本地を思ひてよみ侍りける　法橋性憲　一二七六

いつとなくわしのたかねにすむ月のひかりをやどすしがのからさき

これもまた神仏習合の例である。平安時代の神祇歌には仏教的な思考が入りこんでいて、「神祇」と「釈教」は部立こそ異なるが内容的には截然と分かれていたわけではなかったのである。(注5)

なお『拾遺集』「哀傷」には仏事を忌むはずの斎院が、御八講に寄せた歌が配されている。

女院御八講捧物に金して亀の形を造りて、詠み侍りける　一三三七

業尽す御手洗河の亀なれば法の浮木に逢はぬなりけり

「ごふつくす」「のりのうきぎ」といった仏教的な表現を以て詠まれている。だが少し時代が下ると、大斎院選子は『発心和歌集』を詠んでいる。収載歌のすべてが仏典から抽出した経句を歌題とした法文歌集であり、和歌史上最初の本格的な法文歌集であった。(注6)

ところでこれらの歌のほかにも『後拾遺集』、『千載集』「神祇」歌の作者には法師が散見される。まず『後拾遺集』から見てみると、

式部大輔資業伊与守にて侍ける時、かの国の三島の明神に東遊してたてまつりけるによめる　能因法師　一一七二

有度浜(うどはま)にあまの羽衣むかしきてふりけむ袖やけふの祝子(はふりこ)

八幡にもうでてよみ侍りける　増基法師　一一七四

ここにしもわきていでけん石清水神の心をくみて知らばや

住吉にまうでてよみ侍りける　蓮仲法師　一一七五

住吉の松のしづえに神さびてみどりに見ゆるあけの玉垣

次に『千載集』「神祇」には次のような歌が見える。

俊恵法師　一二六五

住吉のまつのゆきあひのひまよりも月さえぬれば霜はおきけり

三輪社にてかすみを詠める　僧都範玄　一二六九

すぎがえをかすみこむれどみわの山神のしるしはかくれざりけり

石清水の社の歌合とて人々よみ侍りける時、社頭の月といへる心をよめる　能蓮法師　一二八〇

石清水きよき流れの絶えせねばやどる月さへ隈なかりけり

これらの中には歌合の作もあるが、八幡や住吉に詣でて詠まれた歌もある。いずれにしても、神祇歌の作者に法師が少なからず認められることには注目してよい。

遡って『拾遺集』「神楽歌」にも僧が認められる。

すみよしにまうでて　安法法師　五八九

天くだるあら人神のあひおひを思へば久し住吉の松　五九〇

我問はば神世の事も答へなん昔をしれる住吉の松

日吉の社にて詠み侍りける　僧都実因　五九三

ねぎかくる日吉の社のゆふだすき草のかき葉も言やめて聞け

ちなみに僧が神祇歌の作者になるのは『新古今集』にも五首あるが、神に願い事などをする例は見あたらない。(注7)

ここで想起されるのは、『源氏物語』における明石入道である。入道は出家者でありながら住吉明神をも信仰している。神と仏とは同時に信仰できたのである。なお『袋草紙』の著者が撰んだ『続詞花集』の釈教の部には神祇伯顕

仲の歌が入れられており、

瞻西上人釈迦講おこなひけるに、人々ささげ物に歌をそへておくりけるに、ひとへをやるとて

神祇伯顕仲　　四七一

なつごろものりのためにとぬぎつれば今日はすずしき身とぞ成りぬる

このような例を見ると、神と仏とは相互乗り入れ可能なのであった。

ところで『袋草紙』「希代の歌」、神明の歌の冒頭には大神宮の御歌が置かれている。斎宮が神懸かりして天照大神の託宣をしたのである。

大神宮の御歌

さか月にさやけきかげのみえぬるはちりのおそれはあらじとぞ思ふ

これは、長元四年六月七日、祭主輔親斎宮に参るの間、俄に雨下り風吹きて、斎宮自ら託宣して帝の御事なんど仰せられて、御みき度々召して盃給ふとて詠じ給ふ歌なり。輔親御和し奉りて云はく、

おほぢちちむまごすけちかみよ迄にいただきまつるすべら大神

斎宮が神懸かりするのは珍しくこの一例だけである。片山剛によれば、大神宮託宣歌と輔親の和歌は相通事件という具体的な詠歌背景を捨てて、人と神の間に交わされた歌という希代性と輔親の名誉の二点が大きく採り上げられ、それは神祇・和歌の家として自ら恃むところ少なからぬ大中臣家に伝えられたからであろう。『後拾遺集』は撰者通俊の血縁から判断して大中臣家から直接資料を得たものと思われ、早くも相通事件は無視されていると説かれている。(注8)

相通事件とは斎宮寮頭相通とその妻古木古曾が言葉巧みに、自らには二所の太神宮（皇太神宮と豊受太神宮）が、二人の子には荒祭宮と多賀宮が、女房たちにはその他五所の別宮が憑いていると詐称したもので、託宣は偽りをもって

世人を惑わせた相通の企てに対して神罰を与えるべきで、そのためにやむを得ず祭りの場において託宣に及んだのであり、相通を配流しようと思うので、輔親は早々に朝廷に報告せよとのことであった。(注9)

深沢徹は祭主輔親がこの事件をめぐって政治工作をしていると考えられること、託宣の内容からして一旦祭主輔親によって解釈され、整理し直されたものであることは明白であるとする。つまり「託宣」のコトバは、その最初の時点で、すでにある政治的な立場から取捨選択され、己の利害にかかわる事柄については誇張され、もしくは隠蔽されるといった「検閲」を経た上で、初めて外部に伝達されたのだとする。(注10)

その可能性はなきにしもあらずといったところであろう。だが、『後拾遺集』「神祇」の巻頭歌であり、『袋草紙』の「希代の歌」の巻頭歌でもあるこの歌は、斎宮の託宣が珍しければ珍しいほど希代の歌として相応しい。そして「輔親和し奉りて」歌を詠んでいるのは、たとえば神功皇后が神懸かりしたときに皇后に近侍してその託宣を受けるサニハとしての武内宿禰のような存在を想起させる。託宣を聞くサニハはその託宣を解釈して外部に伝えるというのがその重要な任務であった。従ってこの託宣の話は短いが物語的な、あるいは神話的な陰影を帯びた記事だといえよう。この話は『後拾遺集』「神祇」の冒頭にみえ、『袋草紙』とほぼ同じ内容である。この歌は、「杯に曇りのない明るい光が差しているのが見えるので、微塵の恐れもないということを知れよ。」というほどの意になろうか。これに対して、輔親はアマテラスを代々、末代まで戴き申し上げることでございますと和した。ここで注目されるのは、「ちりのおそり」である。『袋草紙』では「塵のおそれ」とし、これが適切であると考えられるが、そもそもなぜアマテラスは「微塵の恐れもない」と託宣しなければならなかったのであろうか。アマテラス信仰が磐石であるならば、このような託宣は必要なかったのではあるまいか。斎宮寮のオキコソらが流罪になったが、そのように斎宮寮内での巫女的な活動が行われていたとすれば、アマテラスの存在意義と卓越性とがあらためて宣言されなければならなかったのであろう。

ともかく、輔親は神祇・和歌の家としての力を十分に発揮したのであるが、一方で彼は釈教的な歌も詠んでいる。

寿量品のこころを

この世にていりぬとみえし月なれどわしの山にはすむとこそ聞け　風雅集・二〇五四

中根千絵によれば、『今昔物語集』に見える

サキノ日ニカツラノヤドヲミシユヘハケフ月ノワニクベキナリケリ

という歌も釈教歌だと説く。「月の輪」が歌語として使われる場合には月輪観（満月を思い浮かべ悟りの境地に至る瞑想）をふまえていると考えられ、右の歌は「以前に神を祀る大中臣の家のある「桂」の場所に行ったのは、仏の悟りを得るためのきっかけだったのだ」という意味になるという。神を祀る輔親がこのように仏教的な和歌を詠むこと、月を仏教の象徴的存在である釈迦に見立てて詠んでいる点で輔親と神仏との関係は明らかで、『今昔物語集』の和歌の場合も釈教的な和歌を祭主の家の者である大中臣輔親が詠んだからこそ賞賛されたのであると説いている(注11)。

神話的といえば、次の宇佐の場合も同様である。

宇佐の御歌

ありきつつ来つつみれどもいさぎよき君が心をわれわすれめや

これは孝謙天皇弓削法皇に位を譲らんとて、和気清麿を使となして宇佐宮に申さしめ給ふの時、帰り来て許さざるの由を奏す。仍りて法皇怒りて、清麿の足を切りてうつぼ舟に乗せて流す。時に宇佐宮に流れ寄れり。かの神、清麿が清廉をあはれみて、この歌を誦して清麿の膝を膝を撫で給ひし時に、足満足すと云々。今の和気氏の祖なり。

（訳）これは孝謙天皇が弓削法皇に帝位を譲り和気清麻呂を使者にして宇佐八幡にそのよしを申させた時に、清麻呂は帰京して八幡が帝の譲位を許さないと奏上した。法皇は怒って清麻呂の足を切り、丸木船に乗せて流した。すると船は宇佐に流れ着いた。八幡は清麻呂の清廉を哀れんでこの歌を詠み、清麻呂の膝をお撫でになると、足が満足になった。）

道鏡が帝位をうかがった時の話であるが、歴史的事実に加えてうつほ譚とでもいうべき短い説話を伴っている点で注目される。

この歌は『新古今集』「神祇」（一八六三）に入集しているが、左注には「石清水の御歌といへり」とあり、次の一八六四の歌「西の海たつ白浪のうへにしてなに過ぐすらんかりこの世を」の左注として、「この歌は、称徳天皇の御時、和気清麻呂を宇佐宮にたてまつり給ける時、託宣し給けるとなん」とあって、うつほ舟の話は載っていない。

斎宮が神懸かりして、輔親がこれに和した歌の二首目には、

　草の花なびくもまたずつゆの身のおきどころなくなげくころかな

　　これは、大中臣輔弘闕なきの時、祭主の事を祈念して寝たる夢にいへる歌なり。

とみえる。このように夢を見るのは、賀茂・稲荷の歌、住吉の御歌、熊野の歌、蟻通明神の歌など四例である。

賀茂神の御歌を挙げると、

　われたのむ人いたづらになしはてばまた雲わけてのぼるばかりぞ

　ゆふだすきかくる袂はわづらはし解けばゆたかにならんとをしれ

　　この次の歌（右の二首）は、寛弘元年十二月七日に高遠卿の夢に見る所なり。年四〇ばかりなる女人、青色の紙の書を捧げて、賀茂の上の御社よりの使と称して来りて云はく、「この文、これを取れ」と。開き見ればこの歌一首あり。この後大弐を拝すと云々。家集に見えたり。

といえよう。

「年四〇ばかりなる女人」が「青色の紙の書」を捧げて賀茂の使いとして現れるというのは、極めて具体的で珍しい

神の御歌は外に、賀茂・平野・住吉・春日・大原野・三輪明神・北野・貴布禰・熊野・天宮・蟻通明神・新羅明神などである。

春日明神の場合、翁が出てくるが、これは春日明神の変化だとされている。住吉明神は「現形して答え給ふ歌」とあるが、ここではどのような姿で現形したかは記されていない。後述するが、赤染衛門の歌に感応した住吉明神は「白髪老翁」だったという。

二、仏の御歌

「希代の歌」における仏の御歌の場合も、夢に現れたり、あるいは夢を見る例が散見される。

次は「ある僧」の夢に現れて三人で一首の歌を詠んだものである。

仏の御歌

中比、ある僧の夢に、きよげなる僧三人寄りあひてよみける歌一人は「あはれなり」、次の僧「ひはくれ方になりぬれど」、また次「にしへゆくべき人のなきかな」。これ疑ひなく仏菩薩か。定頼集に見えたり。

これは清輔撰の『続詞花集』の釈教の部の最後にも置かれている。

清水寺観音の御歌の項の三首目には、次の作がある。

梅の木のかれたるえだに鳥のゐて花さけさけとなくぞわりなき

このはての歌は、まづしき女の清水寺に百日参り、泣く泣く祈念する夢に、御帳の中より小さき僧出で来りて云ひける歌なり。

これもまた『続詞花集』「釈教」に収められている。「小さき僧」が出てきて歌を詠んだものとしては、外に次の例がある。

仏の御歌

朝ごとにはらふ塵だにあるものを今いくよとてたゆむなるらん

これは行をつとめてくるしかりければ、暁方にまどろめる夢に、小さき僧の枕上にありて云ひける歌なり。

「毎朝払っても塵は残るものであるのに、この現世の時の過ぎ行くのは無常迅速である。それなのにわずか幾夜かの修行で汝は怠るのか」とするこの歌は、たゆむことなき仏道修行の必要性を説いた啓蒙的で教訓的な内容であり、その背景には伝承的説話的要素も考えられる。(注12)

なお「権化人歌」がみえるが、権化とは神仏が衆生を救済するために仮に姿を変えて此の世に現れることをいうが、この項は聖徳太子を救世観音の化身とし、その他はすべて僧であるから仏御歌の中に含めてよいであろう。

聖徳太子　救世観音化身
達磨和尚　文殊化身
行基菩薩　文殊化身
婆羅門僧正

さらに伝教大師、弘法大師、慈覚大師、慈恵僧正、空也上人、聖宝僧正、玄賓僧都、恵心僧都源信、檀那僧都、覚連、法橋、千観内供、空也上人、増賀上人、書写上人性空、といった高僧を配列している。ここで、千観内供の歌も

挙げられているが、その、

極楽ははるけきほどと聞きしかどつとめていたるところなりけり

という歌に、石原清志は次のような注を施している。

「人がこの憂世の生を終わり、常々願生したいと希求する理想郷極楽浄土は遥か十万億土と聞いている。しかしひたぶるに専修念仏の修行を積めば、御仏は極楽へ引摂して下さるとも聞いている。それゆえ、極楽は欣求浄土の信仰に燃えて称名念仏一途に精進して命終の暁に往生するところであるよ」(注13)。

これは『拾遺集』の哀傷の中の、釈教的な歌群に収められていた作であった。『袋草紙』もこの後を襲っていることがわかる。だが、これを誹諧歌に配列したのは『千載集』であった。「つとめていたる」が楽観的だとして本格的な釈教歌を目指したのであろう。

さらに『袋草紙』には仏神感応歌として、貫之、赤染衛門、能因、経信、津守国基、修理進某妹、故顕輔卿、大江匡房の記事がならぶが、その配列は貫之から顕輔までが神で、最後の正房が仏である。貫之は「ありとほしの神」、赤染衛門は住吉神、能因は三島明神、津守国基は玉津島明神、修理進は北野天満宮、顕輔も北野、また匡房は安楽寺である。これらの多くは説話的な記事を伴っている。二、三挙げてみよう。

赤染衛門は息子が重病になったのは、住吉明神の祟りだというので、その社にみてぐらを奉納した時に三首の歌を書いたところ、人の夢に白髪の老人が出てきてそのみてぐらを取って行ったのがみえ、その後息子は回復した。三首の歌は次の通りである。

代らんとおもふ命はをしからでさても別れんことぞかなしき

たのみては久しくなりぬ住吉のまづこのたびのしるしみせなん

千代せよとまだみどりごにありしよりただ住吉の松をいのりき

また津守国基は住吉明神の堂建立の時、和歌の浦の玉つ島に神の社があると聞いたので、歌を詠んだところ、その日の夢に唐衣を着た十人ばかりの女房が出てきてとるべき石のことを教えたが、夢のお告げのままに石があった。

次には無実の罪で嫌疑をかけられた歌が二首続く。いずれも北野天満宮に祈っている。

修理進某妹

思ひ出づやなき名の立つはうかりきとあら人神もありしむかしを

女房の装束がひと揃いなくなった時、北野天神に参籠して詠んだ。その後、本当の犯人が出てきたのである。

故顕輔卿

身をつみて照らしをさめよます鏡たがいつはりのくもりあらすな

清輔の父顕輔が人の中傷によって無実の罪に問われ、帝のご機嫌を損ねてしまったので、大きな唐鏡を北野天神に寄進して、その鏡台の裏に書いた歌で、その後無実の罪だったことが明らかになった。父親の身に実際に起こったことを記すことによって、神話的物語的な話から一気に現実的なレベルに引き寄せる効果を創出している。

これらは仏神感応歌を集めたものだが、実際にはほとんど神が感応している。『後拾遺集』の斎宮が託宣する話や和泉式部に貴布禰明神が感応した話はいずれも神であるが、希代の歌には現世利益的な願いごとにも感応する例がある。前掲の、「草の花なびくもまたずつゆの身のおきどころなくなげくころかな」という歌もそうで、「これは大中臣輔弘闕なきの時、祭主の事を祈念して寝たる夢にいへる歌なり。」とある。

『千載集』も同様で、

大納言辞し申して出で仕へず侍りける時、住吉の社の歌合とて人々よみ侍りけるに、述懐の歌とてよみ侍り

ける
右おほいまうちぎみ
数ふれば八年経にけりあはれわが沈みしことはきのふと思ふに　一二六二

そののち神感あるやうに夢想ありて、大納言にも還任し侍るとなん

蔵人にならぬ事を歎きて、年ごろ賀茂社にまうで侍りけるを、二千三百度にも余り侍けるとき、貴布禰のやしろにまうでて柱に書き付け侍ける　平実重
今までになど沈むらん貴舟川かばかり早き神を頼むに　一二七〇

かくてのちなん、ほどなく蔵人になり侍りける、近衛院の御時なり

片岡の祝にて侍りけるを、同じき社の禰宜に渡らんと申しけるころ、よみてかきつけ侍りける
賀茂政平
さりともと頼みぞかくるゆふだすき我が片岡の神と思へば　一二七一

そののちなん禰宜にまかりなりにけり

このように神が感応する例が認められるが、いずれも現世的な内容である。『千載集』「神祇」には、

白河法皇熊野へまゐらせ給うける御ともにて、塩屋の王子の御前にて、人々歌よみ給けるに、よみ侍りける
後三条内大臣
思ふ事くみて叶ふる神なれば塩屋に跡を垂るるなりけり　一二五八

この歌からわかるように、神は「思ふことくみて叶ふる」もので、現世的な願望に応えてくれた。神仏習合の時代ではあるが、仏には来世を祈り、神には現世のことを祈るという感覚があったものと思われる。

三、むすびにかえて

ここであらためて勅撰集の神祇釈教歌に目を転じてみよう。『拾遺集』巻二〇哀傷の後半部に二六首の釈教歌が置かれているが、その初めの方には出家に関する歌、そして、

性空上人のもとに、詠みて遣はしける　雅致女式部

暗きより暗き道にぞ入りぬべき遙に照らせ山の葉の月　　巻二〇・哀傷・一三四二

という和泉式部の歌に代表されるような釈教歌や経供養した折の歌などが配されている。さらに末尾には本稿の「はじめに」で採り上げた聖徳太子が飢え人に遭う歌が置かれている。『拾遺集』における神の歌は巻十の神楽歌に収められているが、後半には安和元年大嘗会風俗の歌が二三首配されていることから、宮廷での儀式歌が神楽歌の一端を占める形になっている。

だが『後拾遺集』になると神楽歌の部立を廃して神祇を設け、これと並べて釈教を置き各々一九首ずつにしている。神祇・釈教を一対のものとして捉えるのはここに始まった。神祇冒頭には前述のように、斎宮の託宣の歌が載っている。次に和泉式部の、

男に忘られて侍ける頃、貴布禰にまいり(ゐ)て御手洗川に蛍の飛び侍けるを見てよめる

もの思へば沢のほたるもわが身よりあくがれ出づるたまかとぞ見る　　一一六二

御かへし

奥山にたぎりておつる滝つ瀬にたまちる許ものな思ひそ　　一一六三

この歌は貴舟明神の御返しなり、男の声にて和泉式部が耳に聞えけるとなんいひ伝へたる

山田昭全によれば、勅撰集における釈教歌のうち経句・経文を詠んだ法文歌は約半数を占めているが、古今・後撰には法文歌を見いだすことはできない。『拾遺集』になって行基作と伝えられる、

法華経を我が得し事はたき木こり菜摘み水汲み仕へてぞ得し　　哀傷・一三四六

百くさに八十くさ添へて賜ひてし乳房の報今日ぞ我がする　　同・一三四七

があるが、これは希な例で、本格的な法文歌の出現は『後拾遺集』になってからである。「月輪観を詠める」「寿量品」「普門品」など一九首中八首を数える。『千載集』になると、「法華経薬草喩品」「提婆品格」「華厳経」など五四首中三五首にのぼる。(注15)

清輔はどうかというと、『続詞花集』釈教の部には三四首中、二一首の法文歌がある。これを『千載集』と比べてみると、『千載集』が六四パーセント、『続詞花集』が六一パーセントで、双方とも釈教における法文歌が約六割を占めておりほぼ同じ割合である。『続詞花集』より前の『後拾遺集』(19首中8)、金葉集(10首中7)、詞花集(5首中2)に比べれば、『続詞花集』に至って釈教歌の歌数も法文歌の数も飛躍的に多くなっていることがわかる。ちなみに、『続詞花集』は勅撰集になるべく撰じられたのだが、天皇が崩御したため私撰集として扱われることになった。山田によれば、法文歌は仏教の中心をなす教典とストレートに結びついており、法文歌の分析、特に法華経の分析を通じて日本人の仏教受容を比較的純粋な形で取り出すことができるとする。(注16)残念ながら『続詞花集』釈教部の法文歌には法華経は一例しか認められないのだが、二一首という法文歌の歌数だけでも清輔の釈教歌に対する関心の深さが知られる。『袋草紙』「希代の歌」の末尾に「已上、仏神及び権化と聖人なる故に、この縁をもつてこれを網羅せしむ。衆生併せて出離生死の因となすべきのみ。」と記されたのも、当然の帰結であった。

〔注〕

1　久富木原「誹諧歌―和歌史の構想・序説」（『源氏物語　歌と呪性』、若草書房、一九九七年）

2　この歌は作者に異同が見られる。『拾遺集』は仙慶法師。『袋草紙』では千観内供とする。

3　石原清志『釈教歌の研究―八代集を中心として』（同朋舎出版、一九八〇年）

4　天照大神＝大日如来＝盧舎那仏という本地垂迹説の思想は、すでに奈良時代に生まれていた。（大隅和雄「神仏習合理論の展開」『国文学解釈と鑑賞』〈特集中世の「神」と文芸〉至文堂、一九八七年、九月）

5　岡村孝子は、神仏習合する前段階の国家的な祈願のために行われた神事と仏事を『続日本紀』から抽出して、次のように説く。天武政権において国家形成の柱となったものは神祇信仰であった。『続日本紀』から文武朝・元明朝・元正朝における国家的祈願をみると、ほとんどが神祇においてであり、祈雨祈願である。仏教の受容においても、この時期は神祇の補完として祓う効力や神明の加護的効験（鎮護国家）の期待が見られる。仏教受容の画期は聖武朝だが、旱や飢饉、疫病の流行により、政治的困難を極めていたので、聖武天皇は光明皇后と共に仏教の功徳によって困難を乗り越えようとしたのであって、神祇への祈願は決して少なくはない。称徳、光仁、桓武朝では神祇への祈願が再び多くなる。奈良時代は天武天皇以来の神祇を柱とした国家形成が成されていた時代であった（『古代神祇信仰と仏教―宇佐八幡宮の成立』思文閣出版、二〇〇五年）。

なお高取正男は神仏習合の理論的根拠を示す文献として『続日本紀』天平神護元（七六五）年一一月二三日条にみえる称徳天皇重祚の大嘗祭にあたっての宣命を挙げる。出家した称徳天皇が僧形法体のままで宮廷の最大祭儀である大嘗祭を主催し、しかも太政大臣の道鏡を列席させたのを神の立場から忌避する意見を申し立てたのに対して女帝は仏法を護り尊だのが神々の本意であるとして、神々を仏法から隔離する必要はないと主張したのである（『神道の成立』、平凡社選書、一九八九年）。

6　山田昭全によれば、『発心和歌集』は法文歌の先駆として彗星のように出現した。「著者選子内親王の敬虔な信仰心にともなう抜群の創造力の賜物といわざるを得ない」とする。「釈教歌の成立と展開」『仏教文学講座』第4巻（勉誠社、一九九六年）

7　たとえば『新古今集』一八八七番には「八幡宮の権官にてとしひさしかりけることを恨みて、御神楽の夜まゐりて、榊にむすびつけ侍りける　法印成清　榊場にそのゆふかひはなけれども神に心をかけぬまぞなき」とある。権官時代に詠んだ歌で、その当時は法印ではなかったと考えられるが挙げておく。
8　片山剛「伊勢太神宮託宣歌と輔親の和歌」(『平安文学研究』一九八四年一二月)
9　『太神宮諸雑事記』にみえる。
10　深沢徹「斎宮のふたつの顔―長元四年の「伊勢荒祭神託宣事件をめぐって」『アマテラス神話の変身譜』(森話社、一九九六年)
11　中根千絵「『今昔物語集』における月の表現二題」『神話・象徴・文化Ⅱ』(楽浪書院、二〇〇六年)
12　注3参照
13　注3参照
14　藤井正雄は、神道は神祭りを通して日本の民族意識を統合する機能を果たし、仏教は先祖の霊を祀る仏壇をシンボライズして〈家〉を規制する役割を果たしてきたという事実は、神仏が現代人の一人ひとりのパーソナリティの奥底に沈潜して生き続けている、いわば日本の文化伝統となって〈見えない宗教〉と化していることを表わすと述べ、日本人の心意とは何か、また日本人のアイデンティティとは何かを問う際には〈神仏〉は欠かせないキー・タームとなっていると説く(「日本人にとっての神と仏」『岩波講座日本文学と仏教8』一九九三年。今野達・佐竹昭宏・上田長照編)
15　注6参照。なお『金葉集』『詞花集』には「釈教」の部立はないが、それぞれ第一〇巻に釈教歌を配している。
16　注6参照。

〔補注〕　神仏習合をめぐる説の例
大隅和雄は、七世紀の後半、白鳳時代のころから仏教が大きな力を持つようになると、仏教の立場に立つ人々の間では神は人間と同じように煩悩の苦から逃れられない存在であり、仏法によって救済される対象と考えられるようになったと説く(「神仏習合理論の展開」『国文学解釈と鑑賞』一九九七年九月、二七頁)。また高取正男は宮廷祭儀における僧俗混在の忌避ないし神仏隔離の思想、及び神仏習合の理論的根拠を示す文献として『続日本紀』天平神護元年(七六五年)十一月二十三年条にみえる称徳天皇重祚の大嘗祭にあたっての宣命を挙げている（『神道の成立』平凡社選書一九八九年、三六・四三頁）。それは出家した称徳天皇が僧形法体のままで宮廷の最大祭儀である大嘗祭を主催し、しかも寵用する太政大臣禅師の道鏡を列席させたのを、神の立場から忌避する意見を申したてたのに対し、女帝は教典に説く護法禅神の教理をかりて、仏法を護り尊ぶのが神々の本意であるとし、神々を仏法から隔離する必要はないと主張したのである。

また藤井正雄は「仏教の側に立ってみると、それは土着化のそのものであった」として、次のように述べている。「土着化の過程はまさに仏教が積極的に神道、民俗宗教・信仰に働きかけ意味付けを与えて溶け込んでいく、いわゆる「民俗の仏教化」と、仏教自体が神道、民俗宗教・信仰に影響を与えて溶け込んでいく、いわゆる「仏教の民俗化」の相互作用があって初めて可能であった」。（「日本人にとっての神と仏」『岩波講座日本文学と仏教8』）

第Ⅱ部　夢歌から源氏物語、源氏物語以後へ

第4章　夢歌の位相 ―小野小町・以前・以後―

はじめに

果たして古代和歌において夢はどのように詠まれたのか。西郷信綱の名著『古代人と夢』においても、和歌についてはほとんどふれられていない。散文では、夢は神仏の啓示もしくは予言として機能し、恋と結びつく例はほとんどないのに対して[注1]、『万葉集』では夢を詠んだ歌九九首が認められるが、その大部分が恋歌であることが大きな特色になっている[注2]。そのような古代和歌の解明のために小町の歌を手がかりに、夢の歌がどのように詠まれ、継承されていったか、あるいはどのように変化したのかということについて考えていきたい。

従来、小町の夢歌は独特だと評されてさまざまに論じられてきたが、その大きな理由は小町詠が万葉と古今とを結びつける一瞬の時の輝きを放つからだと思われる。本稿ではまず、万葉と古今との間の連続・不連続を見極めた上で、小町がここにどのように位置づけられ、独自性を発揮しているのかについてたどっていく。

一、万葉集夢歌と古今集夢歌の連続・不連続

（1）呪的言語の消滅

『万葉集』における夢歌の八〇パーセント以上は恋歌であるが、この傾向は平安時代初期の勅撰集にも受け継がれる。『古今集』・『後撰集』・『拾遺集』の三代集の夢歌は七〇パーセント前後ほどが恋部に配されているのである。万葉時代から平安初期に至る時期には、夢と恋歌とが密接に結びついていたことがわかる。(注3) しかし、そこには当然のことながら連続性とともに断絶の要素も認められる。小町の夢歌は、その両方の特色を実にきわやかに示しているのだが、ここではまず『古今集』の夢歌から『万葉集』を眺めることによって、双方の連続・不連続を確かめてみることにしたい。

『古今集』の夢歌は三四首、うち恋部に配されたものは二四首で、七六パーセントを占めている。八代集の中では最も『万葉集』に近い比率を示すのだが、『万葉集』に比べて次のような点で明確な変化が認められる。

まず第一に「うけひ」の語が見えないことが挙げられる。(注4)『万葉集』では、「うけひ」は次のように詠まれている。

都道を遠みか妹がこのころは祈ひて寝れど夢に見え来ぬ　巻四・七六七・家持

水の上に数書くごとき我が命妹に逢はむとうけひつるかも　巻一一・二四三三・寄物陳思

さね葛後も逢はむと夢のみをうけひ渡りて年は経につつ　巻一一・二四七九・右同

相思はず君はあるらしぬばたまの夢にも見えずうけひて寝れど　巻一一・二五八九・正述心緒

「うけひ」は誓約をして事を行い、その結果から神意を伺う一種の呪術であり、記紀神話以来、散見される習俗であ

る。無論、右の歌の場合には夢の中で恋人に逢うことを目的としている。そのような魂の回路、魂逢いの場を得るための「うけひ」が、『古今集』にはみえないのである。同様のことは、「手向」・「袖返す」といった語についてもいえる。これらは『万葉集』では次のように詠まれている。

いかならむ名に負ふ神に手向せば我が思ふ妹を夢にだに見む　巻一一・二四一八・寄物陳思

我妹子を夢に見え来と大和路の渡り瀬ごとに手向ぞ我がする　巻一一・三一二八・羈旅発思・人麻呂

我妹子に恋ひてすべなみ白たへの袖返ししは夢に見えきや　巻一一・二八一二・問答

我が背子が袖返す夜の夢ならしまことも君に逢ひたるごとし　巻一一・二八一三・同

白たへの袖折り返し恋ふればか妹が姿の夢にし見ゆる　巻一二・二九三七

また、夢が予言や前兆として機能する歌は『万葉集』には、

剣太刀身に取り添ふと夢に見つ何の兆（さが）そも君に逢はむため　巻四・六〇四・笠女郎

我が思ひを人に知るれや玉櫛笥開き明けつと夢にし見ゆる　巻四・五九一・笠女郎

という二首があるが、(三5)『古今集』になると消滅するのである。

(2) 新しい表現の出現

逆に、『万葉集』には見えず、『古今集』に特徴的な表現方法も認められる。『古今集』における次のような例には、夢路を通う途中の具体的な表現がなされている。

住の江の岸に寄る波夜さへや夢の通ひ路人目よくらむ　恋二・五五九・敏行

夢路にも露や置くらむ夜もすがら通へる袖のひちてかはかぬ　恋二・五七四・貫之

現にはさもこそあらめ夢にさへ人目を守ると見るがわびしさ　恋三・六五六・小町（以下同じ）

夢路には足も休めず通へども現にひとめ見しごとはあらず　恋三・六五八

これらは傍線部にみられるように、現在進行形的な表現になっており、臨場感がある。このような夢路を通う表現は勿論のこと、「夢路」という語さえも『万葉集』には見あたらない。ただし「夢路を通う途中の表現」の、前段階的ともいうべき表現をもつ歌はある。

夕さらば屋戸開け設けて我待たむ夢に相見に来むと言ふ人を　巻四・七四四・家持

人の見て言咎めせぬ夢に我今夜至らむ屋戸さすなゆめ　巻一二・二九一二

門立てて戸もさしたるをいづくゆか妹が入り来て夢に見えつる　巻一二・三一一七

これら三首はいずれも『遊仙窟』の「今宵戸ヲ閉スコト莫レ、夢裏ニミマシガ辺ニ向（まうでこ）ム」という一節に拠っていることが指摘されており、三首とも女の方から男の許を訪れるという点で共通している。なお、いずれにも「屋戸」や「戸」が詠まれており夢路を通う途中というよりも、到着点を詠んでいるということで、「夢路を通う途中の表現」の前段階的なところに位置する。

現にか妹が来ませる夢にかも我か迷える恋の繁きに　巻一二・二九一七

という作の場合、『遊仙窟』に拠るのかどうか特定はできないが、「妹が来ませる」とあるので、内容的には先の三首と同様に到着点を詠んでいると考えられる。これらの歌は夢路を通う途中というよりも、到着点を詠んでいるということで、「夢路を通う途中の表現」の前段階的なところに位置する。

以上のように、『万葉集』における夢歌は夢見の呪術・技法に依拠するかたちで詠まれるが、『古今集』になると、こうした表現・発想は希薄になり、あるいは消滅する。そして、逆に夢路を通っていくその臨場性を具体的に表現するところに特色がでてくる。しかし、『後撰集』以降の勅撰集になると、このような古今的な特色もまた姿を消す。これは八代集の恋部に占める夢歌の割合が低くなっていくのと呼応するもので、夢は呪的な魂の回路だという認識が急速に失われていく状況を映し出しているのだと考えられる。『古今集』は、その過渡期あるいは転換期としての様相を帯びているのである。

(3) 夢見る人と見られる人との関係

もうひとつ、万葉と古今との夢歌における発想の違いについてみておこう。『古今集』では、自分が思うから相手の夢を見るという歌に限定される。

思ひつつ寝ればや人の見えつらむ夢と知りせば覚めざらましを　　小町　　恋二・五五二
君をのみ思ひ寝にねし夢なればわが心から見つるなりけり　　躬恒　　恋二・六〇八

もう一首、やはり小町の、

うたた寝に恋しき人を見てしより夢てふものは頼みそめてき　　恋二・五五三

という作は自ら思うのか、あるいは相手が思ってくれるから夢を見るのか、両様の解釈ができるが、『古今集』では「思ひつつ」の歌の次に配されているので、ここでは前者の解釈がなされていると考えられる。とすれば、二首ともに自分が思うから相手の夢を見るというパターンになる。

これに対して、『万葉集』には三つの発想パターンがある。まず『古今集』と同じく、自分が思うから相手の夢を見るという場合である。

朝柏潤八(うるや)川辺の篠の目の偲ひて寝れば夢に見えけり　　巻一一・二七五四

思ひつつ寝ればかもとなぬばたまの一夜も落ちず夢にし見ゆる　巻一五・三七三八・中臣宅守

旅に去にし君しも継ぎて夢に見ゆ我が片恋の繁ければかも　巻一七・三九二九・坂上郎女

右の歌のうち、中臣宅守の「思ひつつ」の歌は前掲の、小町の「思ひつつ」の先蹤として指摘されている作である。
次に挙げるのは、最も多いパターンで、相手が思ってくれるから、自分の夢に現れるという歌である。

真野の浦の淀の継ぎ橋心ゆも思へや妹が夢にし見ゆる　巻四・四九〇・ふきの刀自

いかばかり思ひけむかもしきたへの枕片去る夢に見えける　巻四・六三三・娘子

我が背子がかく恋ふれこそぬばたまの夢に見えつつ寝ねらえずけれ　巻四・六三九・娘子

朝髪の思ひ乱れてかくばかりなねが恋ふれそ夢に見えける　巻四・七二四・坂上郎女

思ふらむその人なれやぬばたまの夜ごとに君が夢にし見ゆる　巻一一・二五六九

門立てて戸もさしたるをいづくゆか妹が入り来て夢に見えつる　巻一二・三一一七

みをつくし心尽くして思へかもここにももとな夢にし見ゆる　巻一二・三一六二

以上のように、夢歌の発想としては最も例が多い（注6）。
これらのほかに、『万葉集』には自分が思うと相手の夢に現れるという発想の歌も認められる。

夜昼といふわき知らず我が恋ふる心はけだし夢に見えきや　巻四・七一六・家持

直に逢はずあらくも多くしきたへの枕去らずて夢にし見えむ　巻五・八〇九・旅人

いずれにしても、夢見る人と見られる人との関係は『万葉集』の場合は魂が双方向に往来するのに対して、『古今集』の場合は一方向に限られる。『古今集』においては夢は男女双方の思いが行き交う回路だとする発想がかなり希薄になっていることがわかる。夢が男女の魂逢いの呪術として機能していた万葉時代に比べ、平安時代になると恋歌に果たす夢の役割が希薄になっていったことをここにもうかがうことができる。

二、小町歌の特異性

(1) 万葉・古今の特色を併せ持つ歌

小町の夢歌は、万葉・古今の連続・不連続の中にどのように位置づけられるのであろうか。この問題を考える前に、小町歌が特に『万葉集』との関連性において研究史の中でどのように捉えられてきたのかということについて、ごく簡単にたどっておきたい。昭和四〇年代ころまで、小町詠は万葉歌とは全く異なる独自性を達成しているというのが通説となっていた。その代表的なものが秋山虔の小町歌の万葉歌との隔絶を論ずるものであった。[注7] 五〇年代に入り、後藤祥子・山口博によって小町詠の漢詩文との関係の深さが指摘・分析されるに及んで、『万葉集』との隔絶性は決定的なものとなった。[注8] だから、もはや小町は万葉の叙情に戻れるわけがないとされたのである。だが、このような万葉隔絶論に一石を投じたのが久保木寿子で、氏は小町の夢歌が正述心緒の形に偏っており、これは万葉の夢歌の伝統を再構成する小町らしい達成だと説く。[注9] この論ののち、小町歌は万葉歌から全く隔絶しているのではなく、その表現史の伝統の中にあるという捉え方が一般的になりつつあるといってよい。藤原克己の文章を引いておこう。

> (小町歌は) 漢詩文の影響はたしかにあるが、単なる翻案ではない。万葉以来の連綿たる表現史の伝統と、漢詩に由来するであろう発想や言語感覚とが、もはやわかちがたく混融し、純粋なやまとことばの表現として結晶している。―中略―ひとたび漢詩の影響やその他の要因によって自立性・虚構性を高めた歌ことばの世界では、おのずからことばがことばを吸い寄せてゆくような歌の生成のいとなみが生まれた。[注10]

この藤原論文は現在の、あるいは今後の小町歌を評する指針になっていくものと思われる。小町歌は漢文や万葉歌の影響を両方から受けており、しかもそれをも感じさせないほど個性ゆたかな独自性を持っているという捉え方である。たしかにその通りであろう。ただ、前掲の久保木論文は小町歌の正述心緒という形式にのみ言及しており、これを受けた藤原論文は万葉の表現史とのかかわりについてふれながらも、それは「わかちがたく混融し」ているとして、万葉との接点に関する具体的な論及はなされていない。従って、ここでは久保木・藤原論文を念頭に置きつつ、具体的な表現に即しながら万葉歌との接点を探ってみたい。

まず、『古今集』に載る小町の夢歌六首を示すと、

ア　思ひつつ寝ればや人の見えつらむ夢と知りせば覚めざらましを　　恋二・五五二

イ　うたた寝に恋しき人を見てしより夢てふ物は頼みそめてき　　恋二・五五三

ウ　いとせめて恋しき時はむばたまの夜の衣を返してぞ着る　　恋二・五五四

エ　現にはさもこそあらめ夢にさへ人目を守(も)ると見るがわびしさ　　恋三・六五六

オ　かぎりなき思ひのままに夜も来む夢路をさへに人はとがめじ　　恋三・六五七

カ　夢路には足もやすめず通へども現にひとめ見しごとにはあらず　　恋三・六五八

右にあきらかなように、「うけひ」・「手向」などの呪術的な行為が見えない点で、『古今集』の特色と一致する。また予言・予兆の歌もない。ただし、ウ「よるの衣を返してぞ着る」の場合、夢の語は詠まれていないが、夢の歌群の中に配列されているから、「袖返す」ことと同じだと考えられている(注11)。とすると、『万葉集』以来の夢の呪術を詠んだ歌は、この小町の一首だけということになるのである。このように小町詠に万葉以来の古い発想が残存することは特筆されるであろう。しかし、同時に『古今集』で新しく登場する「夢路を通う途中」の表現もまた、エ・オ・カ、特に

オ・カの「思ひのままにけふも来む」・「足もやすめず通へども」といった表現に明確に認められるのであって、小町の夢歌は万葉・古今の両方の要素を併せ持っているという特色がある。

(2) 小町の夢歌は男性の立場で詠まれたのか

ここで問題になるのは、果たして小町の歌が女の立場で詠まれたのかどうかということである。というのは、ア・イ・ウは女から恋う歌であり、エ・オ・カは男性的な動作主が仮構されており、きわめて能動的な作だからである。

後藤祥子は、平安時代の和歌においては恋の初期段階には女から恋う歌はなく、契りを結んだ後、男を恨む体裁をとるのが一般的で、小町の「思ひつつ」のような歌は例外的であること、そうでないとすれば一途に貴人を恋う場合しか考えられず、小町歌の独自性は六歌仙時代に流行した、男女が入れ替わって詠む一種の倒錯趣味に由来する男歌(男性の立場に立った歌)である可能性があると説く(注12)。これを受けて小嶋菜温子は、小町歌には男性的な動作主が仮構されているとし、特にオ・カの歌の「来む」・「足もやすめず通へども」などにはそれが端的にあらわれていると指摘し、男女の境界は取り外し可能とするのである(注13)。たしかに古今夢歌の「夢路を通う途中」の歌の場合、その動作主は小町を除くと男性ばかりである。夙に金子元臣は、オの歌の「来む」という表現に疑問を呈し、「当時の習慣として、普通は男より、女の許に通ひたりき。されば、この歌、婦人の作としてはふさはざるがごとし」と指摘している(注14)。

だが、第一節で挙げた『万葉集』にみられる「夢路を通う途中」の前段階に位置する歌四首においては夢の中で男の許を訪れるのは、すべて女の方なのである。これらのうちの三首は、いずれも『遊仙窟』の影響を受けた作とされており、「今宵戸ヲ閉スコト莫レ、夢裏ニミマシガ辺ニ向(まうでこ)ム)」という一節に拠っており、三首とも、「戸」という表現が詠み込まれている。もう一首は、

現にか妹が来ませる夢にかも我か迷へる恋の繁きに　巻一二・二九一七

という歌で、やはり女の方が夢に現れる。ここには「戸」という表現がみえないから、直接『遊仙窟』に拠ったのではないのかも知れないが、表現としてはかえって、こなれた詠みぶりになっている。このように夢の中で女の方からやって来るという発想には漢詩文が関与するものと思われるが、いずれにしても、すでに『万葉集』の時点で女の方から夢の中を来るという表現がなされていたことを確認しておきたい。この角度から小町詠が捉えられるのではなかろうか。

ただし女の方から来るという夢を見るのは決まって男なのであり、性別が判明する場合のみではあるが、自分が思って相手の夢を見る（あるいは見たい）という歌の詠歌主体は、男性に限られている。

現には逢ふよしもなしぬばたまの夜の夢にを継ぎて見えこそ　巻五・八〇七・旅人

いかならむ名に負ふ神に手向せば我が思ふ妹を夢にだに見む　巻一一・二四一八

白たへの袖折り返し恋ふればか妹が姿の夢にし見ゆる　巻一二・二九三七

我妹子を夢に見え来と大和路の渡り瀬ごとに手向ぞ我がする　巻一二・三一二八・人麻呂集

思ひつつ寝ればかもとなぬばたまの一夜もおちず夢にし見ゆる　巻一五・三七三八・宅守

あしひきの山き隔りて遠けども心し行けば夢に見えけり　巻一七・三九八一・家持

このように、歌の表現に「妹」がでてきたり、作者名からわかる例では男性の歌ばかりなのである。この点で、小町の、自ら相手の夢を見、そして夢の中を通っていくという歌は特殊だということがわかる。五首目の宅守歌は小町の「おもひつつ」の先蹤とされるが、これもやはり男が女の夢を見ているのであり、これらには男の願望が投影されているという見方もできる。

ところが、『万葉集』にはこのような例にあてはまらず、女性が自ら思って相手の夢を見るという例もあるのである。(注15)

旅に去にし君しも継ぎて夢に見ゆ我が片恋の繁ければかも　　巻一七・三九二九・坂上郎女

この歌は恋歌の体裁をとってはいるが、作者が甥の家持に送った歌であり純然たる恋歌ではない。この当時、男性どうしで恋歌を詠んだりすることがしばしば行われていたことを考えると、女が男の夢を見るとうたうことは一般的には見られないことであるにせよ、親愛の情を恋になぞらえる感覚からすれば、それほど特殊な歌だというわけではない。つまり相手との関係を恋愛関係として設定すれば、詠みだされ得るものである。そしてこの、女が思って相手の夢を見るという一首の存在は、小町詠を考えるとき重要だと思われる。この延長線上に女の立場で詠まれた小町歌が位置づけられるからである。現在残っている資料には女の方から思って男の夢を見るという例は見出し難いのだが、男の発想をひとひねりした状況設定や、虚構性を持つことによって女の歌として詠出され得るのだということを坂上郎女の作は示しているのである。(注16)

ところで『万葉集』には、次のような問答歌がみえる。

門立てて戸もさしたるをいづくゆか妹が入り来て夢に見えつる　　巻一二・三一一七

門立てて戸はさしたれど盗人の穿(ほ)れる穴より入りて見えけむ　　同・三一一八

男が女の夢を見て、いったいどこから忍び込んで夢にあらわれたのか、と詠みかけたのに対して、女が盗人のあけた穴からでも入って見えたのでしょうと応じている。男の歌の発想は『遊仙窟』に拠っており、女はそれに「盗人の穿れる穴」から入ったと戯笑的表現によって答えている。中国文学を媒介にした知的で親密なやりとりであり、その意味で、虚構的な要素を持っており、注目される。ただし、坂上郎女作と決定的に異なるのは、夢を見ているのはやはり男の方だという点である。

坂上郎女の場合、あくまでも女が男の夢を見ているのであって、その点で小町詠を「女が恋して女が夢を見ている」という立場で捉えるための先蹤として貴重な例だといえよう。既に『万葉集』でこのような発想がなされていたということは、小町の夢歌もまた女の立場で詠まれたと解釈できる道筋が作られていたと考えていいのではないか。

（3）漢詩文の影響

漢詩文の役割は『遊仙窟』にとどまらない。夙に後藤祥子、山口博が『玉台新詠』などで試みられた閨怨詩がいかに深く小町詠に影響を与えたかについて論じている。(注17) さらに『伊勢物語』六九段に大きな影響を与えたといわれる『鶯鶯伝』が小町の夢歌にも密接に関連することが大塚英子によって指摘されている。(注18)『鶯鶯伝』は作者である張生が鶯鶯と出会い、そして別れる物語だが、そこには女の方から男の寝所に行き、夢かうつつかわからない逢瀬を持つという場面がある。大塚論文は、夢の中であっても「女が」・「歩いて」、恋人の許へ行くという発想は小町独自のもので、『鶯鶯伝』に拠っているとする。さらに氏はふたりが離ればなれになったあと、夢の中で張生と逢い、一途に恋うているという書簡を送る条に注目し、小町詠はこれとぴったり重なるのであり、小町は鶯鶯という女の立場で詠んだのではないかと説く。

このように、すでに『万葉集』において坂上郎女のように女の方から恋うて男の夢を見るという下地が創られ、さらに小町詠が『鶯鶯伝』のヒロインの立場に立っているのだとすれば、小町詠は男の立場に立った歌ではなく女の一途な恋心を詠んだ作としても十分に享受できる。これに加えて、女の側から積極的な行動をするヒロイン像として『伊勢物語』六九段の斎宮という人物像があることは周知の通りである。この六九段そのものが『鶯鶯伝』の強い影響下に書かれており、実際に「女」が「歩いて」男の許へ行くという場面が描かれている。さらにその斎宮の歌には

「夢」の語がキイ・ワードとして詠みこまれて、重要な機能を果たしている。六九段は『鶯鶯伝』を翻案しつつ業平が創作したのであろうとされるが、小町もまた同時代の六歌仙のひとりとして同じ素材を女の立場に立って自分の歌に活かしたことは十分に考えられる。『遊仙窟』を念頭に置いた男女の問答歌があったように、同じ作品を男女それぞれの側からとらえて詠むということは、すでに万葉時代にも行われていた。また坂上郎女のように女の方から思いを寄せて男の夢を見る歌が『万葉集』にあり、また、女が夢路を通っていくというのも、漢詩文や同時代の『伊勢物語』に鮮明な人物造型がなされているという文学的な状況が、この時代にはあったのである。小町の「思ひつつ」の歌は女が女の心情を詠んだ点にあたらしさがあったのではないか。(注19)

(4) 配列の問題点

だが、やはり恋の初期段階に女から恋う歌はないという『古今集』の配列の問題は残る。そこで、前掲の「夢路を通う途中の表現」の歌四首についてみてみたい。うち、敏行・貫之といった男性の作は恋二に配列され、小町の歌の方は二首ともに恋三に振り分けられているのである。その必然性はどこにあるのだろうか。再度、これらの歌を掲げてみよう。

住の江の岸による波夜さへや夢の通ひ路人目よくらむ　　恋二・五五九・敏行

夢路にも露や置くらむよもすがら通へる袖のひちてかはかぬ　　恋二・五七四・貫之

現にはさもこそあらめ夢にさへ人目を守ると見るがわびしさ　　恋三・六五六・小町（以下同じ）

夢路には足も休めず通へども現にひとめ見しごとはあらず　　恋三・六五八

敏行・貫之の作も小町歌もいずれも「夢路を通う途中」を詠んだものであることをあらためて確認しておきたい。敏行の「住の江の」の歌と小町の「うつつには」の歌とは、傍線部分のように「人目」をよけるという表現まで一致している。それなのに、なぜ恋二と恋三に振り分けられねばならなかったのか。もし、小町歌が男性に仮託されていると解釈されているのならば、恋二に配列されてもよかったはずである。それをあえて切り離したのは、小町歌をまさしく女の歌としてとらえたからだとしか考えられないのである。即ち、恋二における「夢路を通う途中」の歌は男が通う歌で、恋三は女の方が通う歌として配列されているものと思われる。とすると、恋二の「思ひつつ」以下の女から恋う小町詠三首は男が夢路をたどって逢いに来てくれる（あるいは、それを望む）歌ということにならないか。恋二の小町詠三首は男のほうが夢の中を訪ねてきてくれた歌で、恋三の小町歌三首は今度は女の方から出かけていく歌として配列されているのではあるまいか。小町の「夢路を通う途中」の歌が、恋二のほぼ同内容の敏行・貫之歌と切り離されて、あえて恋三に配列されているのは、このように小町詠を女の歌として捉えているからだと考えられる。

（5）小町歌のリアリティー

「夢路」という語を詠んだ歌は意外に少なく作者も限られている。以下に平安前期の例を挙げるが、これ以降は平安後期の院政期になってようやく詠まれるようになるのである。（前掲の『古今集』の例歌は除く）

夢路にも宿貸す人のあらませば寝覚めに露は払はざらまし　後撰集・七七〇・よみ人しらず

秋の夜の夢路に露ぞおきけらし通ふとしつる袖ひちにけり　古今六帖・五四七・露

けさの床の露おきながらかなしきはあかぬ夢路をこゆるなりけり　貫之集・六七一

衣手ぞ今朝はぬれたるおもひねの夢路にさへや雨はふるらむ　躬恒集・四五

かからむとおもはむ人の夢路にもつらき心を見えじとぞ思ふ　中務集・二二六

心にもあらずうかりし夢路には忘れぬものぞわびしかりける　仲文集・四一

勅撰集、私撰集、私家集の順に挙げたが、はじめの四首はいずれも夢路と露（雨）を結びつけて詠んでいる。二首目の『古今六帖』の歌が「露」の項に入っているのも注目される。『古今集』の貫之作も同様で、これは「夢路を通う途中」をリアルに表現する工夫だと思われる。だが逆に『中務集』・『仲文集』では「途中」の表現がみえず、それだけ臨場感が希薄になり「夢路」の語が実際に通っていく路としてのリアリティを失って固定化した熟語として使われている。平安後期の夢路の歌も同様であることから、「途中」をリアルに表現する試みは敏行・小町と『古今集』撰者を中心とする作者・時代に限定的になされたものと考えられる。

だが、そのリアルな表現にも小町・敏行と『古今集』撰者たちとでは差異がある。前者は「露」ではなく、「人目をよける」ことを詠むのである。人目や人言を気にする発想は次のように『万葉集』に散見され、

人目多み目こそ忍ぶれ少なくも心の中に我が思はなくに　巻一二・二九一一

うつせみの人目を繁み逢はずして年の経ぬれば生けりともなし　同・三一〇七

だからこそ夢の中で人目を気にせずに逢いたいという歌も詠まれることになる。

人の見て言咎めせぬ夢に我今夜至らむ屋戸さすなゆめ　同・二九一二

人の見て言咎めせぬ夢にだに止まず見えこそ我が恋止まむ　同・二九五八

うつせみの人目繁くはぬばたまの夜の夢にを継ぎて見えこそ　同・三一〇八

こうしてみると小町・敏行の「人目をよける」歌は、右に挙げたような万葉歌の、夢ならば人目を気にしなくていいという発想を前提にしつつ、さらにそれでもなお人目が気になってしまうという心理を詠んでいることがわかる。小町の「限りなき思ひのままにけふも来む夢路をさへに人はとがめじ」の歌も、右の万葉歌のような「人の見て言咎め

せぬ」という発想・表現を受け継いだものと考えられる。つまり小町・敏行詠は万葉的な発想・表現の延長上にあり、それをひとひねりした作なのである。ちなみに敏行には、

恋ひわびて打ちぬるなかに行き通ふ夢の直路はうつつならなむ　　古今集・五五八

という歌もある。この「直路」という語は『万葉集』に「月夜良み妹に逢はむと直路からわれは来つれど夜ぞ更けにける　巻一一・二六一八」とみえる。(注20)すでにふれたように小町には「衣を返す」という万葉以来の呪術を詠んだ歌もあるが、敏行はこのように万葉語そのものを詠んでいるのであり、小町・敏行は表現や発想において『万葉集』と確実につながっている。このような要素は貫之・躬恒を初めとする以後の歌人たちには認められず『万葉集』とはいまひとつ隔たりがあることがわかる。

このように小町・敏行の歌には万葉と古今の間という時代性がよくあらわれており、その意味でこのふたりの歌人はひとくくりにして考えることができるのだが、小町詠にはやはり独特の雰囲気がある。その理由のひとつとして、「夢路の途中」の描写に切迫感があり、それが切実な恋あるいは現実には逢えない絶望的な恋への想像をかきたてるのではないかと考えられる。敏行の歌と比べてみよう。

敏行　住の江の岸による波よるさへや夢の通ひ路人目よくらむ　　古今恋二・五五九

小町　うつつにはさもこそあらめ夢にさへ人目を守ると見るがわびしさ　　同・恋三・六五六

すでに見たとおり、この二首はよく似た内容である。敏行歌には流麗な趣があって百人一首の歌として人口に膾炙するが、「夢路の途中」の表現としては小町歌の方がずっと生き生きとした表現になっている。敏行歌には「人目よくらむ」とあって、「らむ」という実際には見ていないことを推量する助動詞を用いているから、厳密に言えば「人目」を避けながら夢の中を通っていくことを想像する歌なのである。これに対して小町詠は「うつつにはさもこそあら

め」とあって、「うつつ」の方を推量しているのであって、夢の中を通っていくその行動の方をこそ現実のこととして詠んでいる点に特色がある。小町のもう一首の『古今集』の「夢路には足も休めず通へどもうつつにひとめ見しごとはあらず」という作では「うつつ」を基準にしながらも、それと同じレベルで「足も休めず通へども」とあるように夢の中を実際に通っていくその姿を詠んでいる。きわめて能動的な行為を夢の中の女の行動として描くのである。

小町以外の夢路を通う歌は、敏行に限らず貫之の古今歌「夢路にも露や置くらむ」・躬恒集の「雨は降るらむ」などにおいても、露や雨のために濡れたことを夢から醒めた後に気づくという設定になっている。また『古今六帖』の「露ぞ置きけらし」の「らし」は確かな根拠に基づいて推定する助動詞であるが、これもやはり通った後の事象を捉えて「夢路の途中」を推量する点では貫之らの作と同様である。小町詠はこのような歌と比較すると、「途中」の行動そのものをリアルタイムで描く点で特異である。『鶯鶯伝』も女が自ら行動するわけだが、これは作者は男性である。閨怨詩の作者が男性であり、女性の立場に立ってその心情を語るという形をとるのと同じなのである。たとえば素性法師の百人一首歌「今来むと言ひしばかりに長月の有明の月を待ち出つるかな」（古今集六九一）は男性が待つ女の心情を詠んだものであり中国の閨怨詩の影響を受けている。だとすると、小町の夢歌は「男が女の心情を詠む」閨怨詩的な和歌を男ではなく女が詠んだところに、万葉の伝統を活かしながらも斬新な作品として登場したのではないかと考えられる。

むすび

平安時代になると、恋歌と夢との結びつきは万葉時代のように必ずしも特別なものではなくなっていき、恋歌以外のさまざまな部立にまで広がっていく。この傾向はさらに進み、平安中期あたりから夢は釈教歌としても詠まれるようになっていく。また『新古今集』では神祇の部にも入れられるようになる。これは呪的な回路としての夢が、宗教や信仰及び儀式といった、より意識的で体系的なものに変化してきたことを示している。

夢歌が恋歌以外のところへ拡散していく背景には、仏教の問題がかかわっていると考えられる。夢が釈教歌に詠まれるようになるということは、夢と仏教との結びつきが強化されたかのように思われるが、実はそうではない。夢は本来、神や非日常の世界から発せられる啓示であった。これにならって、仏もしばしば夢に現れるかたちをとるが、仏教的無常観、特に浄土信仰の浸透によって、夢は一方ではかないこの世という日常世界の比喩そのものになっていったからである。(注21)『万葉集』や三代集における夢の歌は、離れている男女の魂を結びつける、あるいはそのように願うという意味で、非日常的な世界や回路を念頭に置いているわけだが、釈教歌における夢は浄土世界に対比される現実世界にほかならない。つまり、その場合、夢は初めからこちら側の世界にあるもので、それまでの非日常世界からもたらされる夢とは全く逆の位置にある。無論、『万葉集』において夢は初め挽歌として詠まれ、その後も引き続き哀傷歌として詠まれていったから、この世の無常との接点はたしかにあった。しかしそれは向こう側へ行ってしまった人を恋い慕い、魂の交信を求める行為であったのに対して、釈教歌の場合には、そのような交信の要素はなく、死後に往生する浄土と夢のようにはかない現世とは初めから截然と分別されているのである。その意味では、王朝期における夢は素朴な非日常世界との交信というレベルから思想性・宗教性のレベルへと移行していったのだといえよう。(注22)

このような夢歌の変遷の中に小町詠を置いてみると、夢という呪的な回路を現実感あふれる表現によって生き生きと詠んだ歌として光彩を放つ。さらに小町歌は古代から中世へかけての和歌史において、万葉以来の恋と結びつく夢歌の伝統を受け継ぐと同時に国風文化成立以前の中国文学の影響を鮮烈に受容し、万葉・古今両方の要素を発揮する。そのような意味で一瞬の時を最大限に封じ込め、独特でかつ、普遍性をもった歌として我々の前にたちあらわれてくるのである。

〔注〕

1　西郷信綱『古代人と夢』（平凡社選書、一三、一九七二年）では、このような例について論じられている。『伊勢物語』・『源氏物語』においては恋に関連する記述もみえる。

2　表1を参照されたい。

3　表2を参照されたい。

4　『古今集』から『新古今集』に至る八代集においては、『拾遺集』五九五番に一首のみえるが、これは神楽歌である。

5　二首ともに作者は笠女郎であり、贈られた相手もまた、家持である。本来散文に一般的な予言・予兆の歌は後期万葉の、しかも限定された作者にのみ認められる。

6　韓圭憲は、『万葉集』では相手が思ってくれるからという用例が多いと説く。また『文選』・『玉台新詠』の分析から、「中国詩では相手に思われるから夢を見るというのは皆無」だとする（「万葉集の『夢』の歌の考察―発想類型をめぐって―」『国語国文研究』第一〇四号一九九六年一〇月、北大国語国文学会）。

7　秋山虔「小野小町的なるもの」『王朝女流文学の形成』塙選書一九六七年。

8　後藤祥子「小野小町試論」『日本女子大学紀要文学部』（一九七七年第二七号）、及び山口博『閨怨の詩人　小野小町』（一九七九年）。

9　久保木寿子「小野小町」(『一冊の講座　古今和歌集』一九八七年)
10　藤原克己「小野小町の歌ことば」(『和歌文学論集』2、風間書房、一九九四年)
11　これに関する分析は『古今余材抄』に詳しい。
12　後藤祥子「女流による男歌―式子内親王歌への一視点」(『平安文学論集』一九九二、風間書房)のち、『和歌とは何か』(一九九七年、有精堂)に再録。
13　「恋歌とジェンダー――業平・小町・遍照」『国文学』(一九九六年一〇月)
14　金子元臣『古今和歌集評釈　全』は、この評に続けて「必ず作者を小町とせば、三句のこむは、こよの誤にはあらじか。」とする。
15　菊池威雄氏の御教示による。
16　坂上郎女歌と似た作でもう一首、「間なく恋ふれにかあらむ草枕旅なる君が夢にし見ゆる」(六二四)という歌があり、新全集頭注は「恋ふれ」の主語は作者だとする。詞書から作者は女性だと知られ、これも女が恋して男の夢を見る例に入ることになる。とすれば虚構性などなくても女性の側から恋うて男の夢を見るという歌が存する例になるわけだが、この作の場合、果たして「恋ふれ」の主語が作者かどうか解釈の分かれるところであろう。相手が思ってくれているから女の夢に現れたという逆の場合も考えられるので、この歌の解釈については今の段階では留保しておきたい。
17　注8の後藤・山口論文参照。
18　大塚英子「小町の夢・鴬鴬の夢」(『和漢比較文学叢書』第一一巻、一九九三)
19　後藤祥子によって「業平が唐代小説の翻案を試み、康秀が離合詩に挑んだように、小町も又閨怨詩の女主人公に擬して新しい歌の世界を展いたのではないか」という卓見があらためて印象深く想起される(注8の後藤論文参照)が、ここではすでに万葉時代から、女性歌人によってその先蹤となるような試みがなされていたこと、さらに小町は閨怨詩だけでなく業平と同じ唐代小説を女性の立場から詠歌した可能性が高いことを確認しておきたい。
20　古注釈(顕註密勘など)は「夢のただちは万葉に夢の直道とかけり」とするが、「夢の直道」の語は『万葉集』にはみえず、『新撰万葉集』に一首認められる。

21　後撰集時代には、無常の思いを一〇首の連作として詠んだ中に「世の中を何にたとへんうたたねの夢路ばかりに通ふ玉鉾」（順集一二二）とある。無常のたとえとして、露・風・雲などとともに「夢路ばかりに通ふ玉鉾」が採り上げられている。平安後期から中世にかけての夢の機能については、本書・第8章「夢想の時代―院政期における和歌と散文の夢」を参照されたい。

表1　万葉集の夢歌

巻	歌数	内容及び内訳	備　考
一	0		
二	2	挽歌	天皇の死を悼み恋うる長歌
三	1	雑歌	
四	19	相聞	相聞
五	3	雑歌	うち二首は相聞的な表現
六	0		
七	4	雑歌3・譬喩1	
八	1	相聞	相聞
九	2	雑歌1・挽歌1	雑歌一首は恋歌
十	2	相聞	相聞
十一	19	正述心緒12・寄物陳思4・問答4	すべて恋歌
十二	26	相聞2・正述心緒15・問答5・羈旅4	相聞二首以外もすべて恋歌
十三	5	相聞3・雑歌1・挽歌1	相聞
十四	1	相聞	相聞
十五	6	挽歌その他	挽歌一首以外は恋歌
十六	0		
十七	7	相聞その他	夢に鷹を見る歌二首以外は恋歌
十八	0		
十九	1	挽歌	妻を恋うる挽歌
二十	0		

※夢歌99首中、相聞28首。これに恋歌の内容を持つ55首を含めると、恋歌83首は夢歌の84％。（相聞的な表現を含む挽歌・雑歌4首も加えると、88％）

表2　八代集の夢歌

勅撰集名	夢歌の数	恋部の歌数（%）
古今集	34	26（76）
後撰集	36	25（69）
拾遺集	27	17（63）
後拾遺集	18	6（33）
金葉集	13	8（62）
詞花集	6	3（50）
千載集	40	13（26）
新古今集	80	29（36）

※全集・詞花の割合が5割以上になっているが、夢歌及び恋部の歌数の絶対数が低いので三代集と同等に考えることはできない。

第5章　女が夢を見るとき ―夢と知りせばさめざらましを―

一、平安時代、女は夢を見なかった?

思ひつつ寝ればや人の見えつらむ夢と知りせば覚めざらましを

恋する人を思いながら寝たからであろうか、その人の姿が見えた、夢だとわかっていたら、覚めなかったものを。

絶世の美人だったと言われ、さまざまな伝説を残す小野小町の名歌として、人口に膾炙する作品である。この歌は現実よりも夢の世界の方に重きが置かれており、現実には逢うことのできない恋をしている女性の切ない心情をうたいあげたものと解されている。一夫多妻・通い婚が一般的で自分から積極的に行動することが難しかった平安貴族女性にとって、夢で恋しいひとに逢いたいと願うのはごく自然なことのように思われるのだが、しかし当時それは必ずしも自然な発想ではなかった。

『古今集』では恋の始まりの段階においては女から一途に恋う例がないことから、近年、小町の夢歌は男性の立場で詠まれた男歌ではないかという見方がなされているほどである。いかにも妖艶な趣をたたえる小町の歌に、なぜ男歌の可能性が考えられるのだろうか。前掲の作も含め『古今集』から、夢を詠んだ小町の歌六首を挙げる。

①思ひつつ寝ればや人の見えつらむ夢と知りせば覚めざらましを　恋二・五五二
②うたた寝に恋しき人を見てしより夢てふものは頼みそめてき　恋二・五五三
③いとせめて恋しき時はむばたまの夜の衣を返してぞ着る　恋二・五五四
④うつつにはさもこそあらめ夢にさへ人目を守ると見るがわびしさ　恋三・六五六
⑤限りなき思ひのままに夜も来む夢路をさへに人はとがめじ　恋三・六五七
⑥夢路には足もやすめず通へどもうつつにひとめ見しごとはあらず　恋三・六五八

⑤⑥の「来む」「足もやすめず通へども」という表現は男性的な動作そのものである。(注1)「来む」とは当時「行く」の意で使われたから、ここでは「相手が来てくれる」のではなく「自分が行く」という意味になる。そこで早くから「当時の習慣として、普通は男より、女の許に通ひたりき。されば、この歌、婦人の作としてはふさはざるがごとし。必ず作者を小町とせば、三句のこむはこよの誤にはあらじか」(注2)とする疑問が呈されたのであった。

そもそも平安時代の和歌においては恋の初期段階に女から恋う歌はなく、契りを結んだ後、男を恨む体裁をとるのが一般的であった。(注3)そして、『古今集』巻二には、このような恋の初期段階にあたる歌が配されるのだが、小町の①～③歌は、まさしくこの中に置かれている。つまり、恋する人に夢の中でもいいから逢いたいと願う①「思ひつつ」の歌は男の恋心を表現する歌群にあり、女の歌としては珍しい発想なのである。②③の歌の場合も女の方から恋うて「夢てふもの」を頼みにし、あるいは「夜の衣を返して」着るという行為自体が能動的なのである。

平安時代の作品で最も夢の記事の多い『源氏物語』の場合はどうであろうか。一七〇ほどの用例があるが、女が恋しい人の夢を見たり、あるいは見たいと思う例は皆無である。女が夢を見るのは、たとえば末摘花が父親の故常陸宮の夢を見たり、宇治の中の君の夢に父である故八の宮が現れるなど、亡くなった父が娘を案じて夢に現れるなど恋以外の場合に限られる。すでに死ぬ覚悟をしている浮舟のことをその母が夢に見るという例もあるが、これら三例は子を案じる親が夢に姿を現したり夢を見たりしているわけで、女が恋するひとの夢を見るというのは、恋に悩む多くの女君が登場する『源氏物語』においても、浮舟に一例認められるだけである。(注4)

ただ、恋の場面にはしばしば夢の語が使われており、女の歌に詠まれたりもしている。たとえば若紫巻には源氏と藤壺が密通したときに交わした、

見てもまたあよまれなる夢の中にやがてまぎるるわが身ともがな　　源氏

世がたりに人や伝へんたぐひなくうき身を醒めぬ夢になしても　　藤壺

という歌がある。ふたりとも夢を詠んでいるのだが、源氏の方は「こうしてお逢いすることができてもまたお目にかかれる夜はめったにないのですから、いっそこの夢の中にこのまま紛れて消えてしまいとうございます」と詠み、藤壺の方は「後々の世までの語りぐさとならないでしょうか。類なくつらいこの身を覚めることのない夢の中のものとしましても」と応えている。源氏にとっての夢は藤壺と逢えた歓びをあらわすものだが、藤壺のそれは決して明けることのない絶望的な思いを込めたものになっている。恋に関する夢の語を男は肯定的に、女は否定的にとらえており、対照的に描かれているのがわかる。

ところで小町以降の、夢に関連する平安期の女歌として注目されるものに、いわば「人に語るな」歌群とでもいうべきものがある。

夢とても人に語るな知るといへば手枕ならぬ枕だにせず　　伊勢集三二三

うつつにはこころもこころ寝ぬる夜の夢とも夢と人に語るな　　中務集一八一

忘れても人に語るなうたたねの夢見てのちもながからじよを　　馬内侍集一四

あさましや寝ぬとも人は見えけりとゆめとも夢に人に語るな　和泉式部集五三七

枕だに知らねばいはじ見しままに君に語るな春の夜の夢

和泉式部続集二七三、新古今集恋三・一一六〇では第四句「君かたるなよ」

こういった歌は自らの行為、行動ではなく、「人に語るな」という相手の行動に対する呼びかけである。「人」という第三者を想定することによって、自分と相手とのふたりだけの恋の世界を浮かび上がらせて妖艶な雰囲気が創り出されているが、小町詠のように自ら夢を見たり、夢の中で行動したりする歌はここには認められないのである。

とすると、小町詠はやはり男の立場に立った歌なのだろうか。

最新の研究成果においても、『古今集』にはことばの主体としての男性が構築されていることが指摘されている。(注5)そこには男性が占有することばの型があふれており、たとえば「飽く」ということばは男女双方に使われているが、「飽かず」という表現は男性だけが使い、これに対して「飽かれやはせぬ」（十分満足されようか）という受け身型は女性だけの表現となって抽出されるという。「飽かず」を核とした語だけを例にとってみても、男性は恋ばかりでなく、季節その他のさまざまな事象に愛着を持ち、執着し続ける心の表現法を独占していると説かれている。そして、そのような「特徴的連語」として挙げられている項目の中に、さきに問題にした小町の表現のひとつ、「通ふ」の語もあり、これは「対象に向かって行動する主体」を示す。とすれば、小町の夢路を通う歌は、やはり男の立場に立ったものだということになる。

だが、『古今集』は夢路を通う歌について微妙な配列をしている。次の四首を見てみよう。

恋二
住の江の岸による波よるさへや夢の通ひ路人目よくらむ　恋二・五五九・敏行
夢路にも露や置くらむ夜もすがら通へる袖のひちてかはかぬ　恋二・五七四・貫之

恋三
うつつにはさもこそあらめ夢にさへ人目を守ると見るがわびしさ　恋三・六五六・小町
夢路には足もやすめず通へどもうつつに一目見しごとはあらず　恋三・六五八・小町

いずれも夢路を通う歌であり、しかも敏行の「住の江」の歌と小町の「うつつには」の歌は、「人目」をよけるという表現まで一致している（二重傍線部）。それなのになぜ、この二首は恋二と恋三に振り分けられねばならなかったのか。もし、小町歌が男性の立場での作だと解釈されているのならば、恋二に配されてもよかったはずである。それをあえて切り離しているのは、小町歌がまさしく女の歌としてとらえられているからではなかろうか。

『古今集』の序文も小町について次のように批評している。

小野小町は古の衣通姫の流なり。あはれなるやうにて、つよからず。いはば、よき女のなやめるところあるに似たり。つよからぬは女の歌なればなるべし。

このような序文を掲げ、集中に小町の名を明記するからには、やはりその作品を「女の歌」として位置づけているものと思われる。

二、女も夢路を通ったのか？

『古今集』恋部で、夢路を通う歌が恋二と恋三とに振り分けられているのはなぜか。恋部の配列について少し見ておきたい。恋部は一から五まであり、おおよそ恋の始まりから終わりまでのプロセスを追うかたちで構成されている。まず恋部から女性作者を拾い出してみると次のようになる。

恋一　０（八三首中）
恋二　４（六四首中）
　内訳　小町四首（五五二・五五三・五五四・五五七）
恋三　６（六一首中）
　内訳　小町五首（六二三・六三五・六五六　六五七・六五八）
　　　　伊勢一首（六七六）
恋四　４（七〇首中）
　内訳　伊勢三首（六八一・七三三・七四一）
　　　　小町一首（七二七）
恋五　６（八二首中）
　内訳　伊勢四首（七五六・七八〇・七九一・八一〇）
　　　　小町一首（七九七）

典侍藤原直子朝臣一首（八〇七）

右のように、女性歌人の作が実に少ないこと、その中で小町は恋二から恋五まですべて登場しており、さらに恋二には小町の歌しかないことがわかる。それだけでも小町歌が特殊な位置にあると知られる。そしてこれらの中で恋の初期段階に女から恋う歌は、たしかに恋二冒頭に続けて並べられた次の小町の歌しかない。

思ひつつ寝ればや人の見えつらむ夢と知りせば覚めざらましを　五五二

うたた寝に恋しき人を見てしより夢てふ物は頼みそめてき　五五三

いとせめて恋しき時はむばたまの夜の衣を返してぞ着る　五五四

次の恋三になると、恋が具体化する段階に入り、実際に契りを結んだとわかる例が認められるようになる。朝の別れを惜しんだ二首を拾って挙げておく。

秋の夜も名のみなりけり逢ふといへば事ぞともなく明けぬるものを　小野小町　六三五

しののめのほがらほがらと明けゆけばおのがきぬぎぬなるぞ悲しき　よみ人しらず　六三七

これに対して、恋二に配された歌は、男性の作ではあっても、契りを結んだのかどうかについては断定しにくいものばかりである。「通ふ」という語も見えるが、それは夢の中を通っていく場合に限定される。

恋ひわびてうち寝るなかに行きかよふ夢の直路はうつつならなむ　藤原敏行　五五八

住の江の岸による波よるさへや夢の通ひ路人目よくらむ　同　五五九

夢路にも露や置くらむ夜もすがら通へる袖のひちてかはかぬ　紀貫之　五七四

つまり、男性は恋二の段階では実際に通うのではなく、夢の中を通っているのである。

そのほかの歌は、たとえば、

河の瀬になびく玉藻の水隠(みがく)れて人に知られぬ恋もするかな　紀貫之　五六五
秋の野に乱れて咲ける花の色のちぐさに物を思ふころかな　同　五八三

などというように、相手に知られず、ひとり心乱れるという恋歌になっている。恋二においては男性でもまだ直接的な行動には出ておらず、心の中で思い乱れているという状態であって、積極的な行動は夢の中での「通い」に限られている。そして実際に「通う」行動は恋三・六三二業平歌に至ってようやくあらわれる。『伊勢物語』でもよく知られている、

人知れぬわが通ひ路の関守はよひよひごとにうちも寝ななむ

という歌で、これは詞書にも「垣の崩れより通ひけるを」とある。

とすれば、小町の夢路を通う歌は、あえて恋三の方にずらされたのではないかと考えられる。つまり恋二においては男でさえも夢の中でしか通って行かないのであるから、女の方は「思ひつつ寝」るしかないものとして位置づけられ、女が夢の中を通うのは次の恋三に入ってからだとされているのではないか。これが敏行・小町の夢の通い路の歌がほぼ同内容であるにもかかわらず、恋二と恋三に振り分けられた理由だと思われる。

さて、ここで恋一に戻ってみると、よみ人しらず歌の中に夢を詠んだ歌が五首あることに気づく。

よひよひに枕さだめむ方(かた)もなしいかに寝し夜か夢に見えけむ　五一六
思ひやる境はるかになりやするまどふ夢路に逢ふ人のなき　五二四
夢のうちにあひ見むことを頼みつつ暮らせるよひは寝む方もなし　五二五
恋ひ死ねとする業ならしむばたまの夜はすがらに夢に見えつつ　五二六
涙河枕流るるうき寝には夢もさだかに見えずぞありける　五二七

これらは恋する人が夢に見えた、あるいはそうなるように夢を頼みにする歌であるが、特に五二五の「夢のうちにあひ見むことをたのみつつ」という歌は、恋二の、冒頭三首のうちの小町歌「夢てふものはたのみそめてき」との間に表現・発想の類似性が認められる。小町歌はたまたま夢に見えたことから夢を頼みにしており、一方、右のよみ人知らず歌は夢の中で相手がどの方向からやって来るのかわからないと詠んでいて、むろん厳密にいえば異なるのだが、しかし夢を頼みにするという点と相手の方が夢の中に訪れてくれるという点は同じなのである。とすると、ここには「夢路を通う」歌が恋二と恋三とに振り分けられるのと同様の現象が認められるのではないか。即ち「夢を頼みにする」歌もまた、恋一と恋二に振り分けられているということである。歌の完成度はともかくとして、発想の点では相手が夢の中に現れた、あるいは現れてほしいという点で恋一のよみ人知らず歌群と恋二の小町歌群とは同じである。にもかかわらず、なぜ分けられたのかといえば、恋一には女性作者の歌が全くなかったことからわかるように、これらのよみ人知らず歌は男性の歌として捉えられていると考えられる。つまり男が夢を見る歌は恋一に入れられ、女が夢を見る歌は、一段階ずらされて恋二に配されているのである。

ここで夢歌における男女の役割に着目しながら恋部の流れを概観すると、次のようになる。

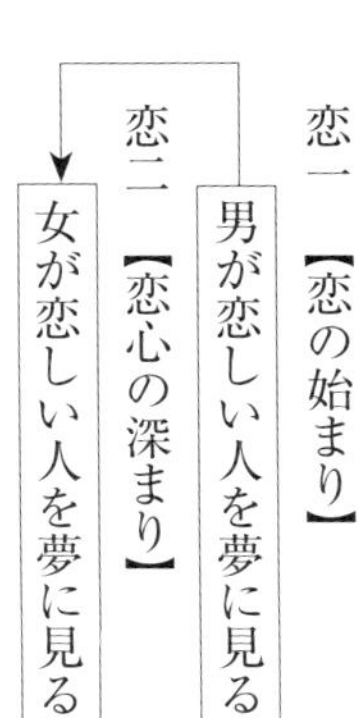

男が恋しい人の許へ夢路を通っていく歌三首（五五八・五五九・五七四）

恋三【恋の具体化―契りを結ぶ】

契りを結ぶが夢がうつつかわからない（よみ人しらず六四一）

男の後朝の歌（よみ人しらず六四二）

女（斎宮）と男が逢う（業平六四五・よみ人しらず六四六）

うつつと夢の対比（よみ人しらず六四七）

女が恋しい人の許へ夢路を通っていく歌三首（六五六・六五七・六五八）

恋四【思うようにいかない恋】

女は夢の中であっても自分の方からは逢いに行くまいと思う伊勢六八一

恋五【恋の終わり】

夢路にまで忘れ草が生い茂る（よみ人しらず七六六）

夢で逢うことさえ難しくなり忘れられていく（よみ人しらず七六七）

夢に見られるものが近いといえるなら、愛のない者同士は最も遠い存在である（兼芸法師七六八）

右は夢を詠んだ歌のみをたどったものだが、恋部全体の基本的な流れと相違するものではない。ここで小町の夢路を通う歌は男女が契りを結ぶ歌群の中に置かれており、しかもその後には恋四・伊勢の、「自分の方から相手の夢に現れるようなことはすまい」という歌が置かれている。この相手の夢に現れるまいという伊勢の歌は、打ち消しの形をとっているものの、女の方もまた夢路を通っていくことを前提にしなければでてこない発想である。つまり『古今集』では女は契りを結んだ後に、夢路を通うのだとされているのであり、女の恋と男の恋は実に整然とずらされながら配置されていることがわかる。

女はただ単に受け身なのではない。恋のプロセスにおいて男よりワンテンポ遅れるかたちにされてはいるが、少なくとも夢に関しては同じ発想、同じ行動をとるのである。これが『古今集』が女歌に与えたひとつの枠組であった。

三、小町歌の広がり

女が夢を見る、あるいは女が夢路を通う歌が『古今集』では男性よりも一段階ずつずらされて配されているのだとすれば、小町歌をあえて男歌だと捉える必然性はなくなる。だが、小町だけがなぜ突出したかたちで姿を現すのかということについては、もう少し考えてみなければならない。恋四にみえる伊勢の「夢にだに見ゆとは見えじ」という歌は夢路を通うことを前提にする発想ではあるが、打ち消しの表現になっており、積極的に夢路を通うのは、やはり小町歌しかないからである。

この問題を考えるためにまず『万葉集』との関係について見ていこう。

『万葉集』には夢の歌が多く、その数は九九にのぼり、そのほとんどが恋の歌である。これらについて夢見る人と見られる人との関係に着目すると、次のように三つの種類に分けられる。

1　相手が思ってくれるから、自分の夢に現れる
2　自分が思うから、相手の夢を見る

3　自分が思うから、相手の夢に現れる

小町歌との関連を考えると、2が問題になる。この中で作者の性別がわかる例をみると、次のようになる。

《男が女を思い、女の夢を見る・見たい》

いかならむ名に負ふ神に手向(たむけ)せば我思ふ妹を夢にだに見む　巻一一・二四一八

白たへの袖折り返し恋ふればか妹が姿の夢にし見ゆる　巻一二・二九三七

我妹子を夢に見え来と大和路の渡り瀬ごとに手向けぞ我がする　同・三一二八

あしひきの山き隔(へな)りて遠けども心し行けば夢に見えけり　大伴家持　巻一七・三九八一

《女が男を思い、男の夢を見る》

西海道節度使判官佐伯宿禰東人が妻、夫君に贈る歌一首

間なく恋ふれにかあらむ草枕旅なる君が夢にし見ゆる　巻四・六二一

旅に去にし君しも継ぎて夢に見ゆ我が片恋の繁ければかも　大伴坂上郎女　巻一七・三九二九

このように、作者の性別が判明する六首中、二首に女が男を恋して夢を見る例が認められるのである。(注6)女が夢を見る主体として歌を詠んだ時代が小町以前にはたしかにあったのであり、その意味で小町詠は『万葉集』の世界と確実につながっている。

そこでまず発想・表現において『万葉集』と小町歌が地続きであることについて簡単にふれておきたい。小町の夢歌の一首、

いとせめて恋しき時はむばたまの夜の衣を返してぞ着る

の「夜の衣を返」すのは、夢で逢うための呪的な行為だと考えられる。『万葉集』に、

我妹子に恋ひてすべなみ白たへの袖返ししは夢に見えきや　巻一一・二八一二

我背子が袖返す夜の夢ならしまことも君に逢ひたるごとし　同・二八一三

白たへの袖折り返し恋ふればか妹が姿の夢にし見ゆる　同・二九三七

などとみえるが、小町の「夜の衣を返す」という表現は「袖返す」と同じだと考えられている。『万葉集』には、このほかにも夢を見るための呪的表現としての「うけひ」があるが、『古今集』には全く例がみえない。このことだけでも、『古今集』が呪的な行為や発想を失いつつあることがわかるが、そのような中で小町詠はわずかに『万葉集』の発想を残しているのである。また、

うつつにはさもこそあらめ夢にさへ人目をよくと見るがわびしさ　五五九

などと、夢の中で「人目」を気にすることを詠む点で、小町歌は次のような万葉歌との共通点をもつ。

人の見て言咎めせぬ夢に我今夜至らむ屋戸さすなゆめ　巻一二・二九一二

人の見て言咎めせぬ夢にだに止まず見えこそ我が恋止まむ　同・二九五八

うつせみの人目繁くはぬばたまの夜の夢にを継ぎて見えこそ　同・三一〇八

『古今集』における、このような発想の歌は、小町歌以外には、

住の江の岸による波夜さへや夢の通ひ路人目よくらむ　五五九

という藤原敏行の歌が認められるだけである。彼には、

恋ひわびてうち寝るなかに行きかよふ恋の直路はうつつならなむ　五五八

という作もあるが、この「直路」という語は『万葉集』に、

月夜良み妹に逢はむと直路からわれは来つれど夜そ更けにける　巻一一・二六一八

とみえ、敏行が万葉語をそのまま詠み込んでいることがわかる。敏行は『古今集』恋三で業平と贈答歌を交わしているように、六歌仙時代の歌人で小町とは同時代に属している。この敏行と小町がともに「人目を気にする」夢の歌を詠み、また小町は万葉の夢の呪術を、敏行は「直路」という万葉語を詠んでいるのは六歌仙時代の特色のひとつかとも推測されて非常に興味深い。さてここで再度、敏行と小町の夢路を通う歌を比較してみよう。

敏行　住の江の岸による波よるさへや夢の通ひ路人目よくらむ　　恋二・五五九

小町　うつつにはさもこそあらめ夢にさへ人目を守ると見るがわびしさ　　恋三・六五六

これら二首はすでに見たとおり、よく似た内容である。敏行歌は百人一首の名歌としてよく知られ、流麗な趣を持つが、臨場感という点では小町詠の方が生き生きとした表現になっている。それは前者が「人目よくらむ」というように、推量の助動詞「らむ」を用いて夢路を通うことを想像するかたちになっているのに対して、後者には「うつつにはさもこそあらめ」とあって、「うつつ」の方を推量しており、夢の中を通っていく行動を現実のこととして詠んでいるからであろう。小町のもう一首の、

夢路には足もやすめず通へどもうつつに一目(ひとめ)見しごとはあらず

という作の場合も、やはり実際に夢の中を通っていく姿をリアルタイムで詠んでいる。これが小町の歌が独特の印象を与える秘密のひとつだと思われる。

ところで『万葉集』には、前掲の女が夢を見るという歌のほかに、女の方から夢の中を訪れる歌がある。

夕さらば屋戸開け設(ま)けて我待たむ夢に相見(あひみ)に来むと言ふ人を　　大伴家持　巻四・七四四

門立てて戸もさしたるをいづくゆか妹が入り来て夢に見えつる　　巻一一・三一一七

この二首は『遊仙窟』の「今宵戸ヲ閉スコト莫レ、夢裏ニミマンガ辺ニ向（まうでこ）ム」という一節に拠ってい

るが、一首目は作者が家持であり、二首目には「妹が入り来て」とあることから、女の方が夢をたどって訪れていることがわかる。ただし、それは男の立場から詠まれており、いわば男性の側の願望の投影されたものであって、女性が主体的に夢路を通って行くわけではない。これに対して小町の夢の歌は女性が自ら思い主体的に行動するところに独自性がある。だが、物語の世界に目を転じると、女の方から男の許を訪れる『伊勢物語』六九段の斎宮の行動が想い起こされる。斎宮は狩の使いとしてやって来た昔男の寝所に、深夜自分のほうから出かけて行くという、非常に大胆な行動をとる。この場合、夢の中を通って行くのではなく、実際に女の方から出かけていく点で極めて大胆なのだが、斎宮と昔男の交わす歌は次のように夢の語がキイ・ワードとして使われている。

　君や来(こ)しわれやゆきけむおもほえず夢かうつつか寝てかさめてか　斎宮
　かきくらす心のやみにまどひにき夢うつつとは今宵さだめよ　昔男

ここで斎宮は実際に「女の方から」「歩いて」男の許に行ったのだが、その行動は「夢かうつつか」わからないとして、いわば「夢」の語でくるまれたかたちになっている。

この斎宮の物語は中国文学の鶯鶯と張生との恋物語『鶯鶯伝』の翻案として書かれたものだとされている。(注7) ここには、ふたりが離ればなれになったあと、夢の中で張生と逢い、一途に恋うているという手紙を送る場面があり、特に夢の中で「女が」「歩いて」、恋人のところへ行く場面は小町の夢の中を通っていく歌と一致する。(注8) つまり、『伊勢物語』も小町も中国文学の影響を受けて、それぞれあらたに創作されたものということになる。

これに対して『万葉集』にも恋のために積極的に発想したり行動したりする歌が少なからず見受けられるが、それらは夢の中のこととして詠まれることはない。

　君が行く道の長手(ながて)を繰り畳(たた)ね焼き滅ぼさむ天(あめ)の火もがも　狭野弟上娘子(さののおとがみをとめ)　巻一五・三七二四

人言を繁み言痛み己が世にいまだ渡らぬ朝川渡る　　但馬皇女　巻二・一一六

といった作をみてみよう。前者は配流される夫が行く道をたぐり寄せて焼き尽くして行けないようにしてしまいたいとうたうように、能動的な激しい情熱によって詠まれている。後者の但馬皇女は高市皇子の許にありながら穂積皇子へ走ったことで知られ、この歌はそのような恋における自身の行動もしくは発想を詠んでいるわけだが、これらは夢という言葉でくるまれたりはしないのである。

『万葉集』では実際に「女が」「歩いて」行けたが、小町の歌においては夢の中でしか行けないところに哀切な情緒が漂う。この違いは、ひとつには『万葉集』の時代と『古今集』の時代における女性の生活の変化によるものであろう。『万葉集』には、戸外で行動する女性がしばしば登場する。たとえば巻一の巻頭歌では雄略天皇が丘の上で若菜摘みをしている女性（菜摘ます児）にうたいかけており、また東歌には労働に従事する女性の姿が生き生きと詠まれているが、万葉後期の貴族の歌にも、

春の苑紅にほふ桃の花下照る道に出で立つ娘子　　家持　巻一九・四一三九

とみえるように、桃の花の咲きにおう戸外に「出で立つ娘子」の姿が華やかに浮かびあがる。

ところが『古今集』においては戸外の女性を描く歌が見当たらないばかりか、女から恋う歌もまたほとんど見られなくなっている。

小町の夢の歌は、このような『古今集』にあって、「女から恋う」という能動性をもつ点で異彩を放っている。そしてそれは『古今集』のみにとどまらず、以降の平安期の女歌にも全く見いだせないものであった。小町歌がこのように特殊な位置を占めるのは、積極的に行動する女性が描かれる万葉歌の発想や表現という伝統とのつながりを持つとともに、前掲の『鶯鶯伝』という先端的な中国文学を生かしているからだと考えられるのである。

女の方から男の許を訪れるのは中国の神仙思想に由来するが、このような発想は日本の古い伝承の中にも息づいている。『伊勢物語』六九段の斎宮が男の許へやってくる物語もまた単なる翻案ではなく、このような神仙の女が男の許を訪れる古い話がその基底にあって成立したものと考えられる。小町歌もまた同様であるが、しかしそれが独特なのは、男の願望として描かれるのではなくあくまでも女自身の願望ないし行動として詠まれる点にある。(注9)

四、小町詠から源氏物語へ

万葉歌や古来の伝承とつながりつつ中国文学をも生かして独自の世界を拓いた小町の歌は、平安時代の女歌には受け継がれていかなかった。しかし小町の発想は物語的な想像力の中で生かされたのではないかと思われる。『源氏物語』で六条御息所が生霊になる条に興味深い夢の記事がある。

大殿には、御物の怪いたう起こりていみじうわづらひたまふ。この御生霊、故父大臣の御霊など言ふものありと聞きたまふにつけて、思しつづくれば、身ひとつのうき嘆きよりほかに人をあしかれなど思ふ心もなけれど、もの思ひにあくがるなる魂は、さもやあらむと思し知らるることもあり。年ごろ、よろづに思ひ残すことなく過ぐしつれどかうしも砕けぬを、はかなきことのをりに、人の思ひ消ち、無きものにもてなすさまなりし御禊の後、一ふしに思し浮かれにし心鎮まりがたう思さるるけにや、すこしうちまどろみたまふ夢には、かの姫君と思しき人のいときよらにてある所に行きて①、とかくひきまさぐり②、現にも似ず、猛くいかきひたぶる心出で来て、うちかなぐる③など見えたまふこと度重なりにけり。あな心憂や、げに身を棄ててや往にけむと、うつし心ならずおぼえたまふをりをりもあれば、

葵巻

ここでは夢の中で女が自分から出かけて行き（傍線部①）、さらに能動的に行動する自分の姿を見ているのであり（傍線部②③）、小町歌の能動性と共通する。御息所が夢の中で訪れるのは恋する相手ではなく葵の上だが、もちろん源氏そのひとに対する激しい恋心がその根本にあり、それが御息所を突き動かしている。この記事の後に生霊となって源氏と対面することを考えあわせても、訪れのない男の許へ魂があくがれ出ていった、つまり夢の中を通って男の許へ行ったのだということになる。

『源氏物語』の一七〇例に及ぶ夢の記事の中で、夢を見る人間のほとんどが自分以外の人の夢を見ており、自分自身の夢を見るのはわずか二例のみである。ひとつが明石入道で、もうひとつが六条御息所である。前者は右手に須弥山を捧げ持ち、その山の左右から日月が上るという夢で、神仏の予言としての意味を持っており、散文作品においては上代以来、最もポピュラーな例であるが、御息所の夢は特異である。明石入道の夢は自身の姿を見ているとはいえ、自ら行動するものではないのに対して、御息所の方は自分が外へ出かけて行くだけでなく、第三者を打ち据えるという激しい自己の行動そのものを描くからである。

『蜻蛉日記』や『更級日記』にも夢の記事があることはよく知られているが、それらはいずれも僧や神仏が現れてお告げを与えるかたちになっており、作者本人が行動するわけではない。小町のような能動性は和歌に限らず、散文の中でもきわめて珍しいと言わねばならない。物語の伝統からいえば『伊勢物語』六九段の斎宮の例があったが、夢見る行為、夢の中を通っていく行動という点では、右の御息所のありかたは小町の歌に遡るしかないのである。夢の中で自ら思い、自ら行動するという小町歌の発想は、わずかに『源氏物語』の一場面に生かされる形になった。

このように小町と六条御息所とは夢に自分の姿を見るというところが共通するのだが、この点に関していえば同様のパターンはすでに神話に見い出すことができる。三浦佑之の指摘によれば、夢で神の声を聞く例に対して映像を見る夢はわずか三例しかないが、それらはいずれも自分自身の姿を見るところに特色がある。(注10) 特に自ら行動する点に着目した場合、崇神天皇がふたりの皇子のうちどちらを天皇にしようかと迷い、ふたりに夢を見させてその内容で判断しようとした話は興味深い。兄は「自ら御諸山に登り、東に向かって槍や刀を振り回す」という夢を見、弟は「自ら御諸山に登り、縄を四方に張って粟を食べる雀を追い払う」という夢を見た(崇神紀四八年正月)。弟の方は垂仁天皇となるが、後に自分の運命を左右する時点でやはり自身の姿を夢に見ている(垂仁記紀)ことから、三浦は垂仁天皇は「映像を見ることのできる天皇」であり、夢に限って言えば、「異質な能力をもった人物として描かれている」と指摘する。小町や『源氏物語』の作者がこの話を意識していたかどうか無論わからない。しかし三浦が紹介するように、昔話には「夢見小僧」に代表される視覚的な夢を語る話型があることを考えると、発想としてはよく知られたパターンに属したのではなかろうか。そして昔話では「夢に映像を見るためには魂の浮遊や飛行が不可欠だった」ことを考え併せると、御息所の魂が浮遊して生霊となる場面は、このような昔話のパターンと軌を一にすることがわかる。小町が夢の中を通っていく歌が臨場感に満ちているのも同様の地平にあろう。小町の、夢の中を行動するリアルな表現には浮遊する魂を感じさせ、そのために一途で切実な雰囲気をたたえたものとして読者の前に立ち現れる。『古今集』「仮名序」が小町について「よき女のなやめるところあるに似たり」と評していたことを想起したい。「なやめる」女と魂の浮遊とは、六条御息所が「もの思ひにあくがるなる魂」を自覚したように、そして失恋した和泉式部がもの思いをして蛍に我が身の「あくがれいづる魂」(注11)を見たように、容易につながり得るものであろう。「夢と知りせばさめざらましを」の歌も、夢歌に独自性を発揮した歌人小町の一連の作品の中で捉えられ、いっそうあはれ深い女の歌として享受されてきたのだと思われる。

〔注〕

1 小嶋菜温子「恋歌とジェンダー―業平・小町・遍昭」(『国文学』、学燈社、一九九六年・一〇月)

2 金子元臣『古今和歌集評釈全』

3 これに関連して、後藤祥子は小町の歌が六歌仙時代に流行した男女が入れ替わって詠む男歌である可能性があると説く(「小野小町試論」『日本女子大学紀要文学部』二七号、一九七七年)。男歌の可能性があることは、山口博『閨怨の詩人小野小町』(三省堂、一九七九)でも指摘されている。

4 源氏物語と夢については本書、第6章、第7章で扱った。特に浮舟については後者を参照されたい。

5 近藤みゆき「古今集の「ことば」の型―言語表象とジェンダー」(『ジェンダーの生成古今集から鏡花まで』)国文学研究資料館編古典文学講演シリーズ8、二〇〇二・三)のち『古代後期和歌文学の研究』(風間書房、二〇〇五年)所収。

6 大伴坂上郎女作は、恋歌の体裁をとって甥の家持に贈った歌である。

7 渡辺秀夫『平安朝文学と漢文世界』(勉誠社、一九九一年)に研究史がまとめられている。

8 大塚英子「小町の夢・鶯々の夢」(『和漢比較文学叢書』第一一巻、汲古書院、一九九一年)

9 斎宮の大胆な行動を描いた伊勢物語六九段も、感情表現においては、ほとんど男の側に偏っている。女の方は「いとあはじとも思へらじ」と打ち消しの表現になっているのに対して、昔男の方は「いとうれしくて」「いといたうなきて」「心はそらにて」「いとかなしくて」「いとこころもとなくて」などと数回にわたり直接的に表出されている。女は大胆な行動をとってはいるが、その心の動きが明確に記されているわけではない。

10 三浦佑之「夢に聞く人と夢に見る人」(『神話と歴史叙述』若草書房、一九九八年)

11 男に忘られて侍りける頃、貴布禰に参りて御手洗川に蛍の飛び侍けるを見て詠める「もの思へば沢の蛍もわが身よりあくがれ出づるたまかとぞ見る」(『後拾遺集』巻二〇・一一六二)

第6章　女歌と夢

はじめに

古代の人々にとって、夢はそれ自体として独自な現実であり、神の啓示がなされる時空であった。(注1)西郷信綱は神話や説話あるいは物語の例を駆使して、このことを論じたが、本稿では和歌における夢はどうであったのか、とりわけ女歌と夢とはどのようにかかわるのかという問題について考える。

一、夢と恋歌

手始めに、新編国歌大観で八代集の夢の歌を引いてみよう。（　）内は恋部に配された数とその割合である。

勅撰集	夢歌の数	恋部の歌数
古今集	三四首	（二六首・七六％）
後撰集	三六首	（二五首・六九％）
拾遺集	二七首	（一七首・六三％）

後拾遺集　一八首　（六首・三三％）
金葉集　一三首　（八首・六二％）
詞花集　六首　（三首・五〇％）
千載集　四〇首　（一三首・二六％）
新古今集　八〇首　（二九首・三六％）

このように並べてみると、夢という語に対する、各時代の好尚のおおまかな変遷をたどることができる。『古今集』・『後撰集』・『拾遺集』の三代集は約三〇首程度で、『後拾遺集』以後、『詞花集』に至るまで夢の歌は次第に減少するが、『千載集』になると再び三代集に並ぶ数になり、『新古今集』ではさらに倍増して最も多くなる。

さて、これら夢歌の多くは、恋歌として詠まれているところに特色があり、三代集においては六割から八割近くが恋の部に配されているのである。これに対し、『新古今集』における恋部の夢歌は四割弱しかないが、雑歌にも恋歌が多く認められ、これらも含めると夢を詠んだ恋歌は確実に増える。

しかし、問題は恋歌の割合にあるのではない。そもそも散文の分野においては、夢が恋とかかわることはきわめて稀であるという事実に照らし合わせると、逆に和歌における夢と恋との独自な結びつきが浮上してくるのである。『古事記』や『日本書紀』などの神話では、夢は多く祭式的な手続きを経て得られる託宣として実際に効力を発揮し実践されるものであった。もちろん時代的な変化があって、古くは夢は皇太子を決めるなど公的な意味合いを担っていたが、次第に私的なものへと変っていったこと、そこに仏教が介在していることなどはすでに指摘されている通り（注2）だが、散文の場合、恋と結びつく例はほとんど認められないのである。後述するように、たとえば『源氏物語』には夢の語を含む恋歌が認められるが、その背景には『伊勢物語』の歌が密接に関与しており、やはり和歌との関連性を無視することはできない。だとすれば和歌において夢と恋とは、なぜ、どのように結びつくのか、また女歌と夢はどのようにして結びつき得るのかという問題が浮上してくる。

平安時代の夢の歌といえば、まず小野小町の詠歌の数々が想起されて女性独特の発想であるかのように思われがちだが、男性にも夢の歌はある。『古今集』の、

住の江の岸に寄る波よるさへや夢の通ひ路人目よくらむ　恋二・五五九

という歌などは百人一首の歌としてよく知られている。この「夢の通ひ路」という表現は、平安時代になってから使われるようになったが、恋しい人と夢の中で逢うというのはすでに『万葉集』でも詠まれている。散文においては、夢は時代が古いほど公的な性格が濃厚にあらわれる傾向があるが、和歌の世界では夢ははやくから私的な恋情にかかわっている点に特色がある。(注3)

ちなみに『万葉集』には夢の中で逢えるように「うけひ」をするという歌がみえる。

都道を遠みか妹がこのころは祈(うけ)ひて寝れど夢に見え来ぬ　家持・巻四・七六七

さね葛後も逢はむと夢のみをうけひ渡りて年は経につつ　巻一一・二四七九

相思はず君はあるらしぬばたまの夢にも見えずうけひて寝れど　巻一一・二五八九

右の例歌ではいずれも失敗に終わるか、或いはまだ実現には至っていないが、本来「うけひ」とは、夢を見るための一種の祭式的な手続きであるから、その意味では王位を継ぐべきものを決めるために沐浴し祈って寝て夢を得たり（『日本書紀』崇神紀）、同様にして得られた夢によつて自分が帝位に就くことを確信したという天武天皇の故事（『古事記』序）などと通い合うものがある。和歌における夢は、個人的な恋という感情のレベルに属するにもかかわらず、国家の将来を左右するような場合と同じく、明確な目的を持つて祈るということがなされていたのである。(注4)

このように恋における夢は、『万葉集』の時代には、ある目的のために神意を問うという、夢の本来的なありかたと接点を持っていた。平安時代の、小野小町のあまりにも有名な、

思ひつつ寝ればや人の見えつらむ夢と知りせば覚めざらましを　古今集・恋二・五五二

という詠もまた、上代の人々の、夢は信ずべきものであり、またそうだからこそ、ある目的のために夢を見るように祈るのだという考え方と明らかにつながっている。『万葉集』には、

朝柏（あさかしは）潤八河辺（うるやかはへ）の篠の目の偲（しの）ひて寝（ぬ）れば夢に見えけり　巻一一・二七五四

という、恋しい人を思いながら寝るとその人が夢に現われるという歌があるが、これなどは小町詠の先蹤としてとらえていい歌であろう。

だが、「女歌と夢」という視点から見た場合、女が恋しい人を思って相手の夢を見るという例が果たして『万葉集』にあるのかどうか。右の歌の場合は詠歌主体の性別がわからないし、古くから小町歌の先蹤として注目されてきた中臣宅守の、

思ひつつ寝ればかもとなぬばたまの一夜もおちず夢にし見ゆる　巻一五・三七三八

は男性の作であることがはっきりしているからである。

二、小町詠の能動性

小町の夢歌はおそらく『万葉集』と接点を持ちながら、同時にそこから新たな飛翔を遂げている。そのことを次に見ていこう。

①思ひつつ寝ればや人の見えつらむ夢と知りせば覚めざらましを　恋二・五五二
②うたた寝に恋しき人を見てしより夢てふものは頼みそめてき　同・五五三
③いとせめて恋しき時はむばたまの夜の衣を返してぞ着る　同・五五四
④うつつにはさもこそあらめ夢にさへ人目を守ると見るがわびしさ　恋三・六五六
⑤限りなき思ひのままに夜も来む夢路をさへに人はとがめじ　同・六五七
⑥夢路には足もやすめず通へどもうつつに一目見しごとはあらず　同・六五八

以上六首が小町の夢歌のすべてである。これらは巻二と巻三のふたつの巻に配されているが、『古今集』は恋の始まりから順を追って配列されており、巻二は恋の初期段階にあたる。①②③の歌はそのような状況下で、女の方から男を思う歌になっている。これについて、後藤祥子は平安期においては恋の初期段階では女からの歌はなく、あるとすれば一途に貴人を恋う場合で、そうでなければ契りを結んだ後の怨み歌の体裁をとる形が一般的であるとして、小町の「思ひつつ」のような歌は例外的であり、男女が入れ替わって詠む一種の倒錯趣味が流行した六歌仙時代の意識とも関連があるのではないかと説いている(注5)。小嶋菜温子はこれを受けつつ、小町詠には男性的な動作主が仮構されていると述べる(注6)。確かに⑤の歌の「来む」(注7)、⑥の「足もやすめず通へども」という能動的な動作表現は、女の許へ通っていく男の姿を彷彿させるのである。

小町の夢歌は、夢でしか逢えない切ない女の恋心を情緒ゆたかに表出しているという印象が強いのだが、実はこのように男歌の可能性を考えさせるほど能動的な表現なのである。では、このような歌は『万葉集』にも認められるのだろうか。夢を見る人と見られる人の関係に着目すると、『万葉集』には、次の三パターンの歌がある(注8)。

a相手が思ってくれるから、自分の夢に現われる

b自分が思うから、相手の夢を見る
c自分が思うから、相手の夢に現われる

小町詠との関連で問題になるのはbの場合である。うち、性別がわかる歌を選び出すと次のようになる。

《男が女を思い、女の夢を見る（見たい）》

いかならむ名に負ふ神に手向せば我思ふ妹を夢にだに見む　巻一一・二四一八
白たへの袖折り返し恋ふればか妹が姿の夢にし見ゆる　巻一二・二九三七
我妹子に夢に見え来と大和路の渡り瀬ごとに手向ぞ我がする　同・三一二八
あしひきの山き隔りて遠けども心し行けば夢に見えけり　家持・巻一七・三九八一

《女が男を思い、男の夢を見る》

旅に去にし君しも継ぎて夢に見ゆ我が片恋の繁ければかも　坂上郎女・巻一七・三九二九

このように性別が判明する限りにおいては、男の方から思って女の夢を見る場合の方が多い。女の方から男を恋して相手の夢を見るという歌はわずか一例にすぎず、しかもこれは旅にある甥の家持を案じた大伴坂上郎女が恋歌の形に託して贈った歌であるから、万葉歌に一般的に見られる歌ということはできない。だが後期万葉に女の方から思い、男の夢を見るという発想の歌が存在することの意義は大きい。発想の上で小町詠との接点がここに確かに認められるからである。

では、小町詠のもうひとつの特徴である、女が夢路を通っていくという発想についてはどうであろうか。そもそも『万葉集』には「夢路を通う」という表現自体が存在しないのだが、その前段階的な歌が四首あって、うち三首は『遊仙窟』を背景にした歌として知られる。もう一首については特にそのような指摘はなされていないが、四首に共通するのは、すべて女の方が夢の中をたどってやってきたとする発想に基づいている。(注９) だからこの点でもまた、女が夢路を通うという小町詠の発想は万葉歌とつながるところがあることがわかる。

しかし、これら四首の歌は実はすべて男性の歌なのである。つまり男の願望として相手の女が夢の中に現われた、もしくは現われてほしいというのであって、女が自ら思い、通っていったという歌は見当らない。とすると、小町詠は確かに万葉歌との接点を持ち、その延長上にあるにしても、同時にそこから飛翔する要素を持っていると考えざるを得ない。

では、女が女の願望として、相手の夢を見たり自ら夢路をたどって行くという発想は、いったい何に由来するのだろうか。そこで参考になるのが大塚英子「小町の夢・鴬鴬の夢」(『和漢比較文学叢書』第十一巻　平五) である。大塚論文は『鴬鴬伝』の中で鴬鴬と張生が離ればなれになったあと、夢の中で張生と逢い、一途に恋うているという手紙を送る場面に着目し、小町詠はこれとぴったり重なると指摘する。特に夢の中で「女が」「歩いて」、恋人のところへ行くという発想は、小町独自のもので『鴬鴬伝』に拠ったものと説くのである。

すでに『鴬鴬伝』は、当時わが国の文学に影響を与えていたことが知られており、斎宮が男の許を訪れる話で有名な『伊勢物語』六九段は、これを翻案したものだとされる。(注10) しかし、白居易や元稹の詩を吸収し始めた九世紀の末、漢詩文の享受が成熟してきたとはいえ、それは単なる翻案ではなく、このような発想を受け入れる文学的な土壌が形成されつつあって可能になったのだと考えられる。(注11) このように見てくると、小町詠の能動性は漢文学や日本の文学的伝統や伝承を背景にしつつ虚構性を生かした新しい女歌として立ちあらわれてくるのではないか。(注12)「女が」「歩いて」というところだけに着目すれば、後述するように『万葉集』にもよく知られた但馬皇女の行動的な歌があるが、小町詠はこれに夢がからめてあるところが新しいのである。『万葉集』では、実際に「女」が「歩いて」行けたが、平安時代には夢の中でしか行けないところに禁忌性や哀切さがいっそう漂うということになる。『伊勢物語』の斎宮も、実際には「女が」「歩いて」行ったことになっているのに、その行動を「夢かうつつか」わからないものとして表現しており、やはり夢が関与するのである。こうしたところが、鶯鶯が夢の中で男を恋うということの文学化だと言うこともできる。しかし夢を介在させずに見てみると、女の方から男の許を訪れるという発想はすでに日本の文学や伝承にある。『竹取物語』のかぐや姫は月から来るし、その背景にある羽衣伝説も天の女が地上の男を訪なうものである。斎宮が巫女であり同時に神的な存在でもあるとすれば、(注13)彼女の方から男の許へ来るのも、こうした古くからの伝承がその下敷きとしてあったことが想定され、小町詠はそうした発想に漢文学によって夢を介在させた恋を虚構化したものとも考えられるのである。そういえば、『万葉集』でも女の方から来るという歌の大部分が漢文学の影響を受けていたのだった。しかし、女の方から来る、あるいは行く、というのは、現実にあった但馬皇女の禁忌の激しい恋や、かぐや姫・羽衣伝説のような地上の女性ではなく、神につながる浪漫的な恋をも連想させる。小町詠も斎宮の物語もそこに夢という茫漠とした表現を介在させることによって、さらに妖艶で広がりのある歌空間を得ることができたのではないか。男歌の可能性まで想定されるほどに解釈の多様性を抱えているのは、小町詠が日本と中国の文学をこのようなかたちで渾然一体化したものとして表現しているからだと考えられる。

三、平安期の女歌は受動的

以上のように考えると、小町詠は女歌として考えても少しも不自然ではない。しかし、そうであるにもかかわらず、平安時代の女歌には小町のような能動的な発想のものはほとんど見受けられない。そもそも、小町詠を巻二、巻三という恋の初期段階に配した『古今集』自身が、「仮名序」において次のように評している。

小野小町は、古の衣通姫の流なり。哀れなる様にて、強からず。言はば、好き女の、悩める所有るに似たり。強からぬは、女の歌なればなるべし。

「女」の歌は「強からぬ」ものだということを繰り返し述べて、女の歌はものやわらかな趣をその属性とすることを強調する。この評は必ずしも夢歌のみを対象としたものではないが、夢歌をその重要な特色のひとつとする小町詠が「あはれなるやうにてつよからず」という風情を湛え、何かに悩んでいる姿を映し出しているのだというイメージを創りだすには十分だ。「仮名序」は小町を、天皇を待つ歌を詠んだとされる衣通姫の流れとして位置づけ、一途に貴人を恋う待つ女のイメージを作り出すにとどまらず、「強からぬは女の歌なればなるべし」という一文を添えることによって、「強からぬ」表現が小町個人にのみかかわるのではなく、女歌一般にあてはまるのだという論理を提示するのである。

これに対して『万葉集』においては、女性の歌にも激しい情熱を行動的に表現する歌がみられる。

君が行く道の長手を繰り畳ね焼き滅ぼさむ天の火もがも　　巻一五・三七二四・狭野弟上娘子

という作などには、男性の歌表現にもなかなかみられないような激情が詠まれており、「つよからぬ」どころか強烈なインパクトがある。平安時代に入っても、女性が能動的な歌を詠むこともあったのかも知れないし、実際、小町の夢歌はそのような歌としての可能性を持っていたわけだが、「仮名序」が小町や女歌一般を「つよからぬ」風情を湛える歌だとするように、『古今集』撰者時代には小町の歌は受動的な女歌として享受されたことがわかる。では男歌としても通用するような能動的な歌が、なぜ正反対の受動的な女歌に変化しえたのであろうか。そこには女性の社会的な地位や制度などの諸条件も関与しているはずだが、当面の表現の問題としては、能動的な行為がまさしく「夢」

の中のこととして詠まれているということが重要な要因になっていることを考慮すべきであろう。ちなみに、『万葉集』の女性には自己の能動的な行為を表現する場合、夢の中のこととして詠むという発想はない。その端的な例として、

人言を繁み言痛み己が世にいまだ渡らぬ朝川渡る　巻二・一一六

といった但馬皇女の歌などが挙げられる。但馬皇女は高市皇子の許にありながら穂積皇子へ走ったことで知られ、この歌はその禁忌の恋における自身の行動を詠んでいるのだが、それは夢ということばでくるまれたりはしないのである。

このような万葉歌と比べてみると、『古今集』「仮名序」の女歌評は現実には行動しにくいがゆえに夢の中に自らの情念を解き放つしかないのだという解釈に基づくものと考えられる。夢に託すしかないからこそ、切々として悩ましげな風情が増幅されていく。それはまた「悩める」・「つよからぬ」という評語とも関連するものであろう。さらに小町を「衣通姫の流れ」とすることで、貴人を一途に待つ女のイメージもまた強く印象づけることになった。

そして、以後の平安期の夢にかかわる女歌はいわばこの「仮名序」と軌を一にするかのように、ひたすら待ち続ける閨怨の情を詠む受動的な歌ばかりが連ねられていく。たとえ夢の中であっても自分から行動するという発想は全く姿を消していくのである。たとえば和泉式部なども小町詠を意識した歌をいくつか詠んでいるが、それは、

はかもなきよをたのむかな宵のまのうたたねにだに夢はみずやと　正集・一七二

夢にだもあふとみるこそうれしけれのこりの頼みすくなけれども　正集・五二七

といったもので、小町の発想に寄り掛かりつつ、しかも小町の域にまで達していない。というよりも和泉式部の場合、むしろ夢を頼みにできない心情を詠む歌に特色がみられるのであって、

なかなかになぐさめかねつからころもかへしてきるにめのみさめつつ　　続集・一四八

という歌などは、小町の発想に拠りつつも、かえって我と我が身を慰めかねて目が冴えてきてしまうと詠むのである。これは帥宮挽歌群の中の歌であり、現実では決して逢えないからこそ夢の中で逢うことをたのみにするという発想が生かされてもいいはずだが、和泉式部の場合、逆に眠らずにひとを恋つつ夜を明かすことに最高の賛辞を与える。

夢にだにみであかしつる暁の恋こそ恋のかぎりなりけれ　　続集・一五一

情熱の歌人として知られる和泉式部だが、想念としては積極的であっても、小町のように直接的な動作を伴う能動性は詠まれないのである。

たとえば『源氏物語』若紫巻で語られる藤壺との密通の場面の歌には、『伊勢物語』六九段の斎宮の、

君や来しわれやゆきけむおもほえず夢かうつつか寝てかさめてか

という歌が活かされている。

見てもまたあふよまれなる夢の中にやがてまぎるるわが身ともがな　　（源氏）

世がたりに人や伝へんたぐひなくうき身を醒めぬ夢になしても　　（藤壺）

これら二首の歌はいずれも斎宮歌の「夢」をキイ・ワードにしているが、斎宮の行動を端的に表現する「われやゆきけむ」という語はまったく捨象されている。無論、この場面に至るまで源氏がいかに行動的であったかについては語り尽くされているから源氏の歌にはそれは不必要だとしても、藤壺の行動については受け身でしか語られず、その歌もまた秘密が世間に漏れることを恐れることに重きを置く内容である。「夢」の語も、斎宮のそれは逢瀬のときへの歓喜があふれ出ているような趣があるが、藤壺壺の「夢」は「うき身」を嘆くものであって恋に酔う夢ではない。逆

に「夢の中に」そのままぎれこんでしまうと詠んでいる源氏の歌の方が斎宮の「おもほえず」の心に重ねられている。「夢」は斎宮の場合と同様に禁忌の恋を象徴するキイ・ワードになっているものの、能動性の方は専ら光源氏だけのものになっているのである。(注14)

夢に関連する行為を詠んだ女歌の表現としては、次に挙げるような歌が数少ない例だと考えられるのではないか。相手に何かを望んだり、訴えたりするもので、「人に語るな」歌群とでもいうべき歌である。

①夢とても人に語るな知るといへば手枕ならぬ枕だにせず　伊勢集　三二三(新古今集・恋三・一一五九)
②うつつにはこころもこころ寝ぬる夜の夢とも夢と人に語るな　中務集　一八一
③忘れても人に語るなうたたねの夢見てのちもながからじよを　馬内侍集　一四(新古今集・恋三・一一六一)
④あさましや寝ぬとも人は見えけりとゆめとも夢と人に語るな　和泉式部集　五三七
⑤枕だに知らねばいはじ見しままに君に語るな春の夜の夢
(和泉式部続集二七三、新古今集・恋三・一一六〇では第四句「君かたるなよ」)

これらの歌の源流には僧正遍昭の、

名にめでて折れるばかりぞをみなへし我おちにきと人に語るな　古今集　二二六

という歌があるわけだが、この洒脱な歌を夢と結びつけて嫋嫋たる趣の女歌に仕立てたのが伊勢だった。平安中期あたりから、男性の歌にも夢と取り合せて詠んだ例が二、三見られるようにはなるが、これらの男性の歌とは違い、伊勢の歌はただ単に他人に知られることを危惧するのではなく、女性としてのプライドをかけた拒否の姿勢で閨怨の情をうたいあげる典型的な女歌になっている。『新古今集』で、この①の伊勢の歌と③馬内侍及び⑤和泉式部の三首が恋三の中に続けて配列されているのも、女と夢と「人に語るな」という表現が連携することによって、独特の妖艶な雰囲気を醸し出すところに着目したからだと思われる。これら三首はすべて平安期のもので、この時期の女歌は自らの行為や行動ではなく「人に語るな」という相手への訴えかけによって妖艶な雰囲気を創りだすところに眼目があったということになる。小町詠のように夢の中で自ら行動する歌、たとえ夢であっても外の世界へと飛び出していく歌は見当らないのである。

四、女歌の想像力

小町の能動性は平安期の女歌には全く受け継がれなかった。しかし、小町の発想は物語的な想像力の中で生かされたのではないかと思われる。『源氏物語』における六条御息所の生霊に関する造型がそうである。この物語には夢の記事が一五〇例ほどあり、夢を見る人間のほとんどは自分以外の人の夢を見ている。うち自分自身の夢を見るのはわずか二例のみである。(注15) ひとつは明石入道で、もうひとつが六条御息所なのである。前者は両手に須弥山を持ち、左右から日月が上るという夢で、これは神仏の御利益による予言としての役割を持ち、散文の作品においては最もポピュラーなパターンとして描かれる。後者は車争いで傷ついた六条御息所の魂があくがれ出て葵の上を打ち据えるという夢であるが、これは特異な夢だと言ってよい。前者は自身の夢だとはいっても自ら行動するものではないのに対し、後者は自分が外へ出掛けて行くというのにとどまらず、人を打ち据えるという激しい行動そのものを描く夢だからである。さらに、六条御息所の夢は恋と結びついており、散文には見受けられない特色を示す点で注目される。その、御息所が夢を見る場面の原文を挙げておこう。

年ごろ、よろづに思ひ残すことなく過ぐしつれどかうしも砕けぬを、はかなきことのをりに、人の思ひ消ち、無きものにもてなすさまなりし御禊の後、一ふしに思し浮かれにし心鎮まりがたう思さるるけにや、すこしうちまどろみたまふ夢には、かの姫君と思しき人のいときよらにてある所に①行きて、②とかくひきまさぐり、現にも似ず、猛くいかきひたぶる心出で来て、③うちかなぐるなど見えたまふこと度重なりにけり。あな心憂や、げに身を棄ててや往にけむと、うつし心ならずおぼえたまふをりをりもあれば―以下略―　葵巻

ここで注目したいのは、夢の中で女が自分から出かけて行って（傍線部①）、能動的に行動する（傍線部②・③）自分の姿を見ているということである。これは小町詠の能動性と確かに共通するものがある。御息所が向かっていくのは恋する人ではなく葵の上だが、その根本には源氏に対する激しい恋心があり、その思いが御息所を動かしている。また、この記事の直後に生霊になって源氏と対面することを考え併せると、訪れのない男の許へ魂があくがれいでて行ったと見ることもできる。『蜻蛉日記』や『更級日記』にも有名な夢の場面があるが、それらにはいずれも僧や神仏が登場し、作者に対してお告げを与えたりするなどの働きかけをするのであって、作者本人が行動するのではない。つまり、小町詠のような能動性は、和歌だけでなく散文の女流文学の中でもきわめて稀なのである。物語の伝統ということからいえば、すでに触れたように『伊勢物語』六九段の斎宮が自ら男の許を訪れる話があるが、平安期の女流文学ではこの六条御息所の夢の中での行動が唯一あきらかな例だといえよう。そして『伊勢物語』の場合は、歌の中に夢という語が出てくるものの、実際には斎宮が歩いて出掛けて行くわけだから、夢の中で行動するという点に限定すると、そのような例は皆無だということになる。つまり夢を見る女自身が行動するという例を求めるならば、小町の夢の歌に遡るしかないのである。夢の中で自ら思い、自ら行動するという小町詠の発想は、わずかに『源氏物語』の一場面に活かされているだけなのである。これはひとりの女の思いが生霊というあくがれいずる魂として凝縮したときに、和歌史が捨象した小町の新しい女歌を『源氏物語』が受けとめて継承したのだという見方もできる。生

霊という概念は『源氏物語』の新しい創造だということが指摘されているが、(注16)その意味では小町の夢歌も生霊という物語の想像力にかかわっているのである。

女歌と夢にかかわる想像力は藤壺の死霊とも関連すると思われる。藤壺が寝物語に紫の上に自分のことを話題にしたと恨んで死霊となって出現することを考えると、単に秘密が漏れることを恐れるだけではなく、プライドを傷つけられたという心情がからんでいるものと思われる。六条御息所の死霊もまた、自分が話題にされたことを恨んで出てきている。彼女はさらに生きているときにつれなくされたことよりも、死後に「おもふどち」との間で話題にされたことが恨めしいと語るのである。こうした発想は前掲の「人に語るな」歌群の中の、たとえば、

忘れても人に語るなうたたねの夢見てのちもながからじよを

という馬内侍の歌と共通するものがある。自分が忘れられることよりも、プライドの方が大事だというのである。この場合の「人」は一般的な人というよりは、自分以外の妻や恋人であろう。どちらの方がよりプライドを傷つけられるかを考えれば答えは自ら明らかである。(注17)このような女性の心理を端的に示したのが、六条御息所の死霊のことばであって、この点で「人に語るな」歌群と連動すると考えられる。藤壺の死霊が出現したとき、源氏は「ものにおそはるる心地して」と感じているから、場合によっては藤壺だって危害を加える可能性はあったわけだ。それは秘密が漏れることへの危惧にとどまらず、プライドを傷つけられた、つまり自分と相手との間だけで成立する対の関係を壊したことに対する悲しみであり怒りである。しかしいずれにしても、『源氏物語』においても女の方から行動するのは生身の女ではなく、生霊や死霊として造型されていることがわかる。(注18)小町詠の能動性や、その後の夢にかかわる女歌のエッセンスは『源氏物語』の想像力において、このようなかたちでわずかに継承されたのである。

〔注〕

1　西郷信綱『古代人と夢』（平凡社選書一三・一九七二年）

2　注1に同じ。

3　大久保広行は、『万葉集』相聞は夢と個が出会ったもので、夢は私的世界の中で生き生きと蘇生したと説く（「夢」『国文学』昭和四七年・五月）。

4　猪股ときわは、崇神天皇が夢を見るときに「うれひ」の状態に追い込まれていることに着目している（「『物知り人』と天皇の夢」（古代土曜会編『論集・神と天皇』）。恋歌と夢との結びつきもまた切なる祈りという点で、このような神話との共通性がある。

5　後藤祥子「女流による男歌―式子内親王歌への一視点」『平安文学論集』風間書房、一九九二年（のち「日本文学を読みかえる3『和歌とは何か』」所収）

6　小嶋菜温子「恋歌とジェンダー――業平・小町・遍照」『国文学』（学燈社、一九九六年・一〇月）

7　ここでは「自分が出かけて行く」の意。

8　詳しくは本書、第4章「夢歌の位相」参照。

9　歌番号のみを記すと、前三首は巻四・七四四、巻一二・二九一二・同三一一七、残り一首は巻一二・二九一七である。

10　渡辺秀夫『平安朝文学と漢文世界』（勉誠社、一九九一年）に研究史がまとめられている。

11　天野紀代子は禁忌の恋が文学化された理由のひとつに一〇世紀半ばの沈淪の詩人たちの語りの場を想定している（「閨怨詩に代る『禁忌の恋』の発見」『日本文学誌要』一九九六年七月）。

12　藤原克己「小野小町の歌ことば」（『古今集とその前後』和歌文学論集2　風間書房、一九九四年）が同様に説いており、指標となるが具体的な分析はなされていない。この点については本稿でも後述するが十分とは言い難いので、別稿を期すことにしたい。

13　平安時代の斎宮は、巫女であると同時に天皇の代理としての神の要素をも兼ね備えていたと考えられる（本書第2章「皇太神官儀式帳における大物忌」参照)。

14　『伊勢物語』六九段の禁忌の恋における能動性は、実は朧月夜の君の造型に活かされている(久富木原「朧月夜の物語」『源氏物語　歌と呪性』古代文学研究叢書5　若草書房・一九九七年)が、夢の歌とは直接にはかかわらないのでここではふれない。

15　三浦佑之によれば、記紀の夢説話においては天皇が神の声を聞くというのが大部分を占めるが、ごくわずかに映像を見る、しかも自分自身を見るという例があり、これはやや異なる能力を持つ天皇ではないかと説く(「夢に聞く人と夢に見る人」『神話と歴史叙述』古代文学研究叢書1　若草書房・一九九八年)。

16　藤本勝義『源氏物語の「物の怪」―平安朝文学と記録の狭間―』青山学院女子短期大学学芸懇話会シリーズ　一九九一(のち『古典ライブラリー4』として改訂増補版　笠間書院・一九九四年)

17　久保田淳『新古今和歌集全評釈』第五巻・恋三・一一五九番の伊勢の歌の〔鑑賞〕において「一般的にいって、情事に関して、男は饒舌であり、女は寡黙であるのではないだろうか。―中略―女が多くの男と交渉を持っても、それは指弾こそされ、決して手柄とはされなかった。そういう男と女の社会的な在り方の相違が、女にこういう歌を詠ませたのであろう」と説く(講談社、一九七七年)。しかしこのような社会的な要因以前に、男が別の女に自分のことを話す行為は、恋する男女の一対の関係を崩してしまうことを意味するから、「人に語るな」というのはその対の関係の破壊を恐れているのだと思われる。こうした和歌における男女の対概念については、別稿を期す予定である。

18　女の方から積極的に行動する人物としては源典侍があるが、滑稽譚として著しく戯画化されている点で特殊な存在である。

第7章　憑く夢・憑かれる夢 ―六条御息所と浮舟―

はじめに

『源氏物語』において、夢はどのように機能しているのか。本章ではこの作品の夢の全用例を検討して、それらが神仏や物の怪と深く結びついているということを確認する。その上で六条御息所が生霊になる夢と浮舟が物の怪に憑かれる場面が『源氏物語』の夢の描写の中で特殊な位置を占めることについて考察する。

御息所の生霊が現れる場面はあまりにもよく知られているが、本稿では御息所自身が生霊になる夢を見ているという点に着目する。また斎藤英喜は浮舟の入水時の思惟と行動を物の怪に取り憑かれた側のスピリチュアルな体験として捉えているが、(注1)これも夢うつつの状態の中でなされている。本文には「夢」の語はないが、橋本ゆかりはこの場面を浮舟の見た「夢」だとしており、(注2)実際そのようにしか読めない。

これらのふたつの場面が『源氏物語』の夢の描写として異彩を放つこと、さらにこれらがどのようなメカニズムによって描かれているのかを明らかにしたい。

一、夢と物の怪とのかかわり

河東仁は『源氏物語』のすべての夢の用例を見渡して、源氏や明石入道の日月の夢は連動して源氏の潜在王権を回復していく壮大なドラマを担っており、単なるエピソードの次元にとどまらず構造的な次元において夢信仰とのかかわりが深いとする。ところが宇治十帖に至ると、夢信仰の拒絶というモチーフが登場してくると説く。(注３) たとえば浮舟は母が連れて行ってくれた初瀬詣は何の甲斐もなかったとして同行を断っており、初瀬の霊夢に従い浮舟を娘にと望む妹尼の意向に背いて剃髪に踏み切っているとしつつ、林田孝和の説(注４)を引きながら、ここには正編における現世利益的な夢告や霊夢を以てしては救済されがたい「生の重さ」が語られており、さらに宇治十帖は八の宮のように、王権幻想に翻弄され、極楽往生に救いを求める人物が陰の主役になっているとする。

大筋においてこのように把握することに異論はないが、しかし右の論からは大事な視点が抜け落ちている。正編の夢は確かに構造的に源氏の王権奪取にかかわっているが、それならば他方で物語を大きく展開させる六条御息所が見る生霊の夢はどのように位置づけられるのであろうか。御息所の生霊なしには『源氏物語』は成り立ち得ないが、これはあきらかに明石入道に代表されるような現世利益の夢とは異なる様相を示している。この夢がどのように定位されるのかということを考えなければ、『源氏物語』の夢を論じたことにはならないであろう。

ところで河東論文は夢の全用例を二四とし、個別の夢について言及しているが、本稿では、二二例とし、ＡからＦの六種類に分類を試みた。(注５)

これらは、次のように、【物の怪や神仏あるいはこれに準ずるもの】と【その他】に分類できる。

【物の怪や神仏あるいはこれに準ずるもの】

A危害を加える場合

1夕顔巻　「いとおかしげなる女」の出現

2葵巻　御息所の生霊

3明石巻　故桐壺院、朱雀帝を睨む

4朝顔巻　故藤壺、恨む

B相手の身を案じ助けようとする場合

5須磨巻　暴風雨のさなか、「そのさまとも見えぬ人」が「宮」にまいるように促す（引き続き明石巻冒頭でもしきりに現れる）

6明石巻　暴風雨の後、桐壺院現れる

7明石巻　明石の入道の夢に「さまことなる物」、須磨に船を寄せよと命ずる。この時、「十三日にあらたなるしるし見せむ」と告げる。

8蓬生巻　末摘花、父宮の夢を見る

9総角巻　宇治の中の君、父宮の夢を見る

C成仏していない、供養を願うなど。

10夕顔巻　四十九日の夜、夕顔とあやしい女、夢に現れる

11玉鬘巻　夕顔の乳母、「おなじさまなる女」と一緒にいる夕顔の夢を見る。

12横笛巻　夕霧、柏木の夢を見る（Dにも入る）

13総角巻　阿闍梨、八の宮が供養を求める夢を見る

D事情を告げ知らせる

14若紫巻　藤壺との密通後、「おどろおどろしうさまことなる夢」を見る。（受胎告知）

15蛍巻　内大臣、夢を見て合わせる。（玉鬘が養女になっていること）

16若菜下　柏木、女三の宮の猫の夢を見る（受胎告知）

E神仏の予言

17若菜上　入道、明石君誕生の折に夢を見る

18手習巻　妹尼が長谷寺で夢を見る

【その他】

F生きている人の夢を見る

19若菜上　源氏、女三の宮の許で紫上の夢を見る

20浮舟巻　浮舟、匂宮の夢を見る

21浮舟巻　母、夜の夢に浮舟の夢を見る

22浮舟巻　母、昼寝の夢に「人の忌む」ことを見る

右のように整理してみると、【その他】以外の一八例は物の怪あるいは神仏の予言にかかわることが明らかで、『源氏物語』における夢が物の怪と密接にかかわっていることがわかる。また【その他】の中でも、〈19〉は紫上の生霊化の可能性を孕んだ夢であることを考えれば、これも物の怪の例に加えることができる。さらに〈21〉と〈22〉は死を決意した浮舟の母が娘を案ずる夢だが、手習巻に至って浮舟の入水未遂は法師の物の怪が憑いたのだと明かされるか

ら、母の夢は物の怪出現の予言になっていると考えられる。つまり〈20〉の一例を除いたすべてが物の怪にかかわる夢だと考えることができるのであり、『源氏物語』の夢は物の怪出現のために用意されているといっても過言ではない。〈20〉のみが浮舟と匂宮との「魂逢ひ」にかかわるもので異質であるが、[注6]残り二一例はすべて物の怪とかかわるとすることができる。ここではまず、『源氏物語』における夢と物の怪が緊密に結びついていることを確認しておきたい。

二、憑く夢 ―夢に自分の姿を見る六条御息所―

古代の神話や物語において、夢は神仏や霊異あるものがあらわれて夢見る者に啓示を与える回路であった。[注7]『源氏物語』はほぼこれを踏襲したが、その中には特筆すべき例外がある。それは自分自身を夢に見る場面が二例存することである。[注8]ひとつは六条御息所が物の怪となって葵上を襲う時、その自分の姿を夢に見る場面、もうひとつは若菜上巻で明らかにされる明石入道が見る夢である。入道の夢は、

わがおもと生まれたまはむとせしその年の二月のその夜の夢に見しやう、みづから須弥の山を右の手に捧げたり、―中略―みづからは、山の下の蔭に隠れて、その光にあたらず、山をば広き海に浮かべおきて、小さき舟に乗りて、西の方をさして漕ぎゆくとなむ見はべし。―以下略―　若菜上巻・一一三～四頁

というものであった。この夢については、『花鳥余情』が『過去現在因果経』に善慧上人が見た「五種の奇夢」を紹介する。普光仏は善慧上人に、夢に須弥山を見るのは生死を出ることであり、日は智光普照し、月は清涼わたり生じて熱悩を離れることなので、将来成仏する相なのだと説いた。『花鳥余情』はさらに物語に即して、月は中宮、日は

東宮にたとえられ、明石の姫君が中宮になって繁栄し、入道自身は西方極楽の岸に至るという、二世の願望を成就するめでたい夢だと解説する。

入道の夢は仏典にその根拠を求めることができるような瑞夢であった。またたとえ仏典になかったとしても瑞夢であることは明らかだと思われるような内容である。

だが、御息所の夢はどうであろうか。ここではふたつの点で従来とは全く異なった画期的な試みがなされている。ひとつは生きている人間の遊離魂が生霊になるということ、もうひとつは夢における啓示が神仏のような第三者から与えられるのではなく、自分自身の行為として示されるという点である。葵巻には次のようにみえる。

大殿には、御物の怪いたう起こりていみじうわづらひたまふ。この御生霊、故父大臣の御霊など言ふものありと聞きたまふにつけて、思しつづくれば、身ひとつのうき嘆きよりほかに人をあしかれなど思ふ心もなけれど、もの思ひにあくがるなる魂は、さもやあらむと思し知らるることもあり。年ごろ、よろづに思ひ残すことなく過ぐしつれどかうしも砕けぬを、はかなきことのをりに、人の思ひ消ち、無きものにもてなすさまなりし御禊の後、一ふしに思し浮かれにし心鎮まりがたう思さるるけにや、すこしうちまどろみたまふ夢には、かの姫君と思しき人のいときよらにてある所に行きて、とかくひきまさぐり、現にも似ず、猛くいかきひたぶる心出で来て、うちかなぐるなど見えたまふこと度重なりにけり。あな心憂や、げに身を棄ててや往にけむと、うつし心ならずおぼえたまふをりをりもあれば、さならぬことだに、人の御ためには、よさまのことをしも言ひ出でぬ世なれば、ましてこれはいとよう言ひなしつべきたよりなりと思すに、いと名立たしう、ひたすら世に亡くなりて後に恨み残すは世の常のことなり、それだに人の上にては、罪深うゆゆしきを、現のわが身ながらさる疎ましきことを言ひつけらるる、宿世のうきこと、すべてつれなき人にいかで心もかけきこえじ、と思し返せど、「思ふものを」

なり。　　　　　　　　　　　　　　　　　　　　　　　　　　葵巻・三五～三七頁

御息所は夢の中で、自分の行動をまざまざと見ている。葵上とおぼしき姫君の許へ「行きて」、「とかくひきまさぐり」「うちかなぐる」などという自身の具体的な身体動作を、映像として度々見ているのである。

入道の夢にも「みづから須弥の山を右の手に捧げたり」、「小さき舟に乗りて、西の方をさして漕ぎゆく」という動作が示されてはいるが、御息所の夢の場合はさらなる自身の積極的な行動、動作として他者に働きかけている。夢の内容も入道のそれはいかにも瑞夢であるが、御息所の夢は実におどろおどろしい。このような夢はこれまでにも語られたことがあったのであろうか。

『蜻蛉日記』にみえる、自分の腹の中に蛇がいて肝を食べているという夢などはやや気味が悪いが、これは自分の姿を見てはいても、自分が行動するわけではない。また右足に「大臣門」という文字が書かれる夢も見るが、これも自身の積極的な行動ではない。法師が銚子に水を入れて来て、右の膝に注ぎかける夢も有名だが、受動的な存在としての自分が描かれているといえよう。『更級日記』の作者の夢も「清げなる僧」や「清水寺の別当」あるいは「阿弥陀如来」などが現れて啓示を与えるのであって、自ら行動するのではない。これらにおいては僧や神が現れてある動作をする、あるいは啓示を与えているのであり、夢を見る本人は受動的な存在としてある。

一方、説話では自分自身の行為や動作を夢に見る例があり、『大鏡』の師輔や『江談抄』等に載る伴善男の話がよく知られている。師輔は左右の足で西東の大宮をまたいで、内裏を抱いて立つという夢を見た。『江談抄』の話もこれとほぼ同じで、伴大納言善男が佐渡国の郡司の従者だった頃、西の大寺と東の大寺とを跨いだ夢を見ている。共に吉夢だったのに、側の人に不用意に話し、その人が「股が裂ける」などとつまらぬ解釈をしたために悪い結果をもたらしてしまうのも同じである。(注9)このような夢のルーツは、有名な「夢野の鹿」の話に求めることができるだろう。

『風土記』逸文（摂津の国）に、愛人を持つ牡鹿が正妻の牝鹿に夢の話をしたところ、悪く解釈して告げた。牡鹿は牡鹿が淡路国の側妻の所へ行くのをやめさせようと思って、淡路に行ったら射殺されてしまうという夢合わせをしたのである。ところが牡鹿はやはり淡路の国の愛人が恋しくて出かけて行ったところ、牡鹿は夢判断の通りに殺されてしまった。ゆえに在地の人々は吉凶について神意をあらわすことわざとして、「刀我野に立てる真牡鹿(まをしか)も夢相(いめあはせ)のまにまに」（「夢も合わせ方（夢判断）次第で、悪く判断すると悪い事が起り、善い方に判断すると善い事が起る」日本古典文学大系四二三頁頭注）と伝えた。[注10]

この時、牡鹿は、

今夜の夢に我が背に雪零(ふ)りおけりと見き」といふ。また曰ひつ、「ススキ村生ひたりと見き。この夢は何の祥(しるし)ぞ」といふ。

と妻の牝鹿に語っている。牡鹿は背中に雪が積もり薄が生えている姿を見ているが、これは動作や行動を示すものではない。師輔や伴大納言の夢も六条御息所の夢に比べると、動作、行動というよりは、跨いだ「状態」を見ているに等しい。積極的な行動ではないのである。ところがひとつだけ、御息所の夢とよく似た例がある。

それは『日本霊異記』の編者景戒が見た夢である。景戒は、御息所と同じく、自分の魂が行動する気味の悪い夢を見ている。景戒の魂が見たのは、何と自分の死体を火葬にするという夢であった。

又、僧景戒が夢に見る事、延暦の七年の戊辰の春の三月十七日乙丑の夜に夢に見る。景戒が身死ぬる時に、薪を積みて死ぬる身を焼く。爰に景戒が魂神、身を焼く辺に立ちて見れば、意の如く焼けぬなり。即ち自ら楉(しもと)を取り、焼かるる己が身を策棠(ツ)キ、挽(カナふくし)に串キ、返し焼く。先に焼く他人に云ひ教へて言はく、「我が如くに能く焼け」といふ。己が身の脚膝節の骨、臂(カヒナ)・頭、皆焼かれて断れ落つ。爰に景戒が神識(たましひ)、声を出して叫ぶ。側に有る人の耳に、口を当てて叫びぬ。遺言を教へ語るに、彼の語り言ふ音、空しくして聞かれずあれば、彼の人答えず。爰に景戒惟ひ忖らく、死にし人の神は音無きが故に、我が叫ぶ語の音も聞えぬなりけり。夢の答来らず。唯惟へり、若しは長命を得むか、若しは官位を得むか。今より已後、夢に見し答を待ちて知らまくのみとおもふ。—以下略—

『日本霊異記』下巻「災と善との表相先づ現れて、しかる後に其の災と善との答を被りし縁　第三八

景戒の魂は自分の身体を火葬にするのを見ている。その魂は小枝を取って自ら自分の身体を突き、金串に刺して返しながら焼いている。景戒の脚・膝の骨、腕・頭はみな焼かれてちぎれ落ちる。魂は自らの動作をつぶさに見ているのである。気味の悪い夢であるが、景戒はこの夢を「若しは長命を得むか、若しは官位を得むか」という夢だと考えた。そして実際に数年後に延暦一四（七九五）年伝燈住位に任じられている。

御息所の場合は他者に暴力をふるい、死に至らしめるものであるのに対して、景戒の夢は自身の身体に対するものである点で異なるが、これらふたつの夢は自分の霊魂が自身の積極的な行動を見ている点で共通する。もっともふたつの話には直接的な関連性はないであろうが、自分の魂が行動し、身体に働きかける動作を行ったという先例が存在することは重要である。しかし景戒は夢を解釈して未来に関するよいお告げとして意味付けることができた。自分の死体を焼く行為がなぜ、吉夢として意味付けられるのか、現代の我々には理解し難いが、(注11)西郷信綱が説いたように「夢あわせは、神の啓示、他界からの信号としての夢を解読し未来を先取しようとする神的なわざ」で、「的確な判断によって夢をその夢で見た現実に的中させることにあった」(注12)のだとすれば、景戒は自分の未来を先取することに成功したのだといえよう。

それにしても景戒の夢の解釈は、明らかに自分に都合の良い解釈をしているように思われてならない。彼はそのよ

うにして意志的に吉夢に転換しているのではなかろうか。前掲の「夢野の鹿」の話や師輔伝、伴大納言の場合は、本当は吉夢だった（かも知れない）のに、つまらぬ人がつまらぬ解釈をしてしまったので、悪い結果をもたらしてしまった。ということは、いい解釈をすれば吉夢になるということだ。「夢野の鹿」の話で語られる通り、まさしく「夢合わせのまにまに」なのだが、これらの話にはもうひとつ共通点がある。夢をいい方に合わせようという意思が働いていないということである。「夢野の鹿」の場合は、牝鹿は意図的に悪く解釈しているし、師輔と善男の話の場合は、夢合わせした者がいい方に解釈しようという心づもりが全くなかったために、悪い結果になったのだと読める。

夢はただひたすら神仏の啓示であって避けられないというものではなく、そこに人間の側の解釈や意思の力が関与するのだと考えられていたのではないか。よく知られた『宇治拾遺物語』の「ひきのまき人」が夢を買う話なども、吉夢と知った上でこれを手に入れているのであって、つまりは人間の意思が吉夢を得る重要な要因になっている。悪い方に解釈すれば、その通りになるということは、即ち良い方へ夢解きすれば吉夢にすることができるのである。

悪い夢を避ける方法はあった。つまらぬ解釈をしないで希望を待つことのできる良い解釈をすること、あるいは夢違え(注13)をすることなどである。六条御息所はなぜそのようにしなかったのであろうか。御息所の夢も吉夢に転換させること、あるいは避けることができたかも知れない。だが、景戒は自身が宗教者であるから自身で解釈することができたが、御息所はこの夢を夢解きに語るわけにいかなかったし、夢の中の行動は自身の行為であると思い当たるものがあり、受け容れざるを得なかった。さらに景戒の場合は、自分は生きているのに自分の死体を焼いているわけだから現在のことではない。解釈によって転換する余地があるのは未来に関する夢であり、今まで見てきた夢もすべて将来についての夢だった。ところが御息所の夢はまさしく現在進行形のものであるために解釈をする余地はなく、変更不可能なのである。これはのちに御息所の着衣に芥子の香が染みついて取れないという事実によって、まさしく夢を見ているその時に葵上の所にいたことが証明されることからもわかることである。

この点に関しては『日本霊異記』に、夢の中での行為が現実であったことが示される興味深い話がある。和泉国の山寺に吉祥天女の像があり、これに恋い焦がれた修行者が天女と性交した夢を見るのだが、翌朝、天女像を見ると天女の腰の裳のあたりに精液のしみがついていたというのである（中巻「愛欲を生じて吉祥天女の像に恋ひ、感応して奇（めづら）しき表を示し縁第十三」）。多田一臣の指摘するように、夢は必ずしも夢ではなくたしかな事実だったのである。(注14)

右の修行者は自分自身の行為を夢に見、覚醒後に天女像の衣服にしみついた精液を見て事実だと知るわけだが、御息所の場合も夢の中での自身の暴力行為を衣服にしみついた芥子の匂いによって知るのである。視覚的な認知と嗅覚的なそれとの相違はあるにしても、類似のパターンの話が上代にすでに語られていたことを確認しておきたい。ともあれ現実に同時に起こっていることを御息所は夢に見ているのであり、これはすでに解釈の次元の問題ではない。同時進行の出来事であるから、予め避けて通ることもできない。つまり同時進行の夢それ自体が生霊出現のリアリティを支えているのである。ちなみにこのような同時進行の夢として想起されるのは、帚木巻で空蝉が源氏と契った後の、次のような場面である。

女、身のありさまを思ふに、いとつきなくまばゆき心地して、めでたき御もてなしも何ともおぼえず、常はいとすくすくしく心づきなしと思ひあなづる伊予の方のみ思ひやられて、夢にや見ゆらむとそら恐ろしくつつまし。

帚木巻・一〇三～四頁

新編全集の注は、傍線部を「当時、人を思うと、その人の夢に自分が現れると信じられていた」とするが、(注15)ここで注目すべきは空蝉の現在の姿、つまり源氏と一緒にいる今の状況が夫である伊予介に見えるという発想があるということである。空蝉は自分の今のありさまが現在進行形で相手の夢に見えるのを不安に思っていることが描かれているのだが、このような発想が当時あったのかどうかを確かめることはできない。だが空蝉と御息所の夢は、現在進行形の状況を映し出すという発想において共通するのである。

なお、自分の行動を夢に見るという例は、和歌の世界では小町の夢の歌に認められる。恋する人の許へ夢路をたどっていく有名な、

　夢路には足も休めず通へどもうつつにひとめ見しごとはあらず　　古今集・恋三・六五八

という詠で、ここには「足も休めず通へども」という自身の動作が詠み込まれている。御息所が夢に見たのは、葵上に暴力をふるう自分の姿であった。その後、源氏の前にあらわれて、

　なげきわび空に乱るるわが魂を結びとどめよしたがひのつま　　葵巻・四〇頁

という歌によって哀切な訴えをする。御息所の魂は生霊となって夢路をたどって行き、源氏に「魂むすび」をしてくれるように頼むのであるから、小町のように恋する人の許へ夢路を通って行くのと同様である。小町が夢に自らの思いを託したように、御息所は物の怪になっても、いや物の怪にならなければ伝えられない思いをじかに訴えるために夢の中を通って行った。御息所の同時進行の夢は、このような小町の恋の夢歌の発想に支えられていたのではないかと考えられる（注16）。

ところで「なげきわび」の歌は、『袋草紙』上巻「希代の歌」所収の「誦文（じゅもん）の歌」にみえる歌が参考になる。

　　人魂を見る歌
　たまはみつぬしはたれともしらねどもむすびとどめつしたがひのつま
　三反（さんべん）これを誦して、男は左、女は右のつまを結びて、三日を経てこれを解くと云々。

これは人魂を見た時に自分の魂があくがれ出て行かないように唱える呪文歌として伝わった。ここでの人魂はもちろ

ん死んだ人の魂であるが、御息所の生霊の歌は、これを改作したものだと考えられる。(注17)御息所の生霊の歌に関しては、『伊勢物語』一一〇段の、

むかし、男、みそかに通ふ女ありけり。それがもとより、「今宵夢になむ見えたまひつる」といへりければ、

思ひあまり出でにし魂のあるならむ夜ぶかく見えば魂結びせよ

という歌がよく引かれる。これは女が男の夢を見たと男に告げているだけで実際の内容はわからないのだが、御息所の生霊の歌ははっきりと自分の魂の行動を見ているのである。また「あくがれいづる魂」を詠んだ歌には、紫式部の同僚であった和泉式部に、

男に忘られて侍ける頃、貴布禰にまゐりて、御手洗川に蛍の飛び侍けるを見てよめる

ものおもへば沢の蛍も我が身よりあくがれいづる魂かとぞみる　後拾遺集巻二〇・一一六二

という絶唱がある。これに感応した貴船明神は男の声で、

奥山にたぎりておつる滝つ瀬のたまちる許ものな思ひそ　同・一一六三

という歌を返したとある。魂があくがれ出ていくような女の物思い、しかもそれは「男にわすられて侍けるころ」とあるような恋ゆえの物思いが原因であった。神はこのような心情を詠んだ歌に感応したのである。和泉の歌と『源氏物語』との先後関係は定かではないが、車争いのために魂があくがれ出づる御息所もまた神仏などの霊が交感するような状況にあったのだと考えることができる。

六条御息所のように生きている人間の遊離魂が生霊になるという造型は画期的であったが、それはこのように伝承や信仰、とりわけ和歌とのかかわりを背景としながら同時進行の夢を語ることによって、迫真の場面を創り出すことができたのであった。

三、憑かれる夢 ―性愛体験として知覚する浮舟―

浮舟に憑いた物の怪は横川僧都の加持によって現れて、次のように語っている。

おのれは、ここまで参で来て、かく調ぜられたてまつるべき身にもあらず。昔は、行ひせし法師の、いささかなる世に恨みをとどめて漂ひ歩きしほどに、よき女のあまた住みたまひし所に住みつきて、かたへは失ひてしに、この人は、心と世を恨みたまひて、我いかで死なんといふことを、夜昼のたまひしに頼りを得て、いと暗き夜、独りものしたまひしをとりてしなり。されど観音とざまかうざまにはぐくみたまひければ、この僧都に負けたてまつりぬ。今はまかりなん。　　手習巻・二九四～五頁

挫折して修行半ばで恨みを残して死んで物の怪となった法師は、大君にとり憑いて死なせ、次に浮舟をその標的とした。その時、浮舟がその夢を見たという記述はない。しかし、この法師の物の怪が去った直後に、意識を回復した浮舟は、入水する時のことを次のように回想している。

ただ、我は限りとて身を投げし人ぞかし、いづくに来たるにかとせめて思ひ出づれば、いといみじとものを思ひ嘆きて、皆人の寝たりしに、妻戸を放ちて出でたりしに、風ははげしう、川波も荒う聞こえしを、独りもの恐ろしかりしかば、来し方行く末もおぼえで、簀子の端に足をさし下ろしながら、行くべき方もまどはれて、帰り入らむも中空にて、心強く、この世に亡せなむと思ひたちしを、をこがましうて人に見つけられむよりは鬼も何も食ひて失ひてよと言ひつつつくづくとゐたりしを、いときよげなる男の寄り来て、いざたまへ、おのがもとへ、と言ひて、抱く心地のせしを、宮と聞こえし人のしたまふとおぼえしほどより心地まどひにけるなめり、知

らぬ所に据ゑおきて、この男は消え失せぬと見しを、つひに、かく、本意のこともせずなりぬると思ひつつ、いみじう泣くと思ひしほどに、その後のことは、絶えていかにもいかにもおぼえず、人の言ふを聞けば、多くの日ごろも経にけり―以下略―

手習巻・二九五～七頁

傍線部で示したように、浮舟は外へ出て行こうとした時、「いときよげなる男」が寄って来て自分を抱いたような気がして、それを匂宮だと錯覚した。そしてその瞬間、「心地まどひにける」状態になり、その後は全く意識をなくしてしまった。

法師の物の怪は浮舟が死にたがっていたのでとり憑いたのだと語ったが、右の浮舟の回想はまさしくこの時、物の怪に憑依されていたことを示すものである。心地惑っている状態で見た「いときよげなる男」は物の怪となった法師だということになる。斎藤英喜は、この浮舟の状態は悪霊に魅惑される瞬間であり、「聖なるもの」と出逢う神秘の体験だったのだとして、次のように説く。

この「いときよげなる男」という表現は、霊夢に顕現する神仏やその使いの姿の形容に多く見られるものであった。たとえば『更級日記』で孝標女の霊夢に登場するのは、「いと清げなる僧」「いみじくやんごとなく清らなる女」であったし、また孝標女の母が初瀬に参篭させ、夢告を聞かせた僧侶の夢に現れたのも「いみじうけだかう清げにおはする女」であった。とすると、浮舟が見た「いときよげなる男」とは、こうした霊夢に顕現する神仏やその使いの姿と重なってくることになる。(注18)

だが、ここで浮舟のこの神秘の体験に現れる「いときよげなる男」が「宮」だと認識されている点に注目したい。男は「いざたまへ、おのがもとへ」と言って寄って来て、抱き上げたような気がした、そしてどこかわからない所に自分を座らせたと感じている。物の怪に憑依された浮舟は、「宮」に誘われて声をかけられ抱かれていると思い、「宮能的陶酔」[注19]を味わっているのであり、性的体験として受け止めているのである。この時、浮舟は意識が朦朧としており、ほとんど夢を見ているのに等しい状態である。

ちなみに夢と憑依に関しては、『日本霊異記』に興味深い話がみえる。桑の木に登っていた娘が下から登って来た蛇とともに地上に落ち、蛇に犯されて放心状態になる。父母は医師を呼んで娘と蛇を同じ板に載せて家に連れ帰って庭先に置いた。医師は薬を調合し、娘の両手、両足を縛り、体を吊って女蔭を開いて薬を流し込んだ。するとこ蛇は離れて行ったので殺した。薬には猪の毛を混ぜてあったので、その毛が蛇の子に刺さり皆、娘の陰部より出てきた。正気に戻った娘は、父母に「我が意夢の如くにありき。今は醒めて本の如し」と言ったが、娘は三年後にまた蛇に犯されて死んでしまったという話である。（中巻四一「女人大きなる蛇に婚せられ、薬の力に頼りて、命を全くすること得し縁　第四一」）

多田一臣はこの話が蛇と巫女との通婚を語る三輪山神話の伝承の崩れとされていることを指摘した上で、蛇は神であり娘は巫女と考えられるが、神と巫女との婚姻（性交）は事実としてはあり得ないから、神が巫女に憑依した状態、神がかりの状態が、神婚として意識されたに違いないとして、さらに次のように指摘している。

実際に神がかりの状態にある巫女は、トランス状態の中で、神を性的対象として意識することが多いという。巫女は、夢を通じて神との性交を実感しているともいえる。そこで、この『霊異記』の話だが、蛇に犯された娘は、正気に戻った後、その時の状態について、両親に「我が意夢の如くにありき」と説明している。娘が夢を通じて、蛇（神）との性交を幻視していたことが、この言葉からうかがえる。

もっともここには「夢の如くに」とあるのみで、はっきり夢に見たと答えたわけではない。しかし、それゆえに夢と現実の曖昧さがかえって露呈しているともいえる。娘は蛇（神）との性交を幻視しつつも、同時に現実とのけじめが不分明な状態にあったということである。現実をウツツというが、それはまさしく夢とウツツのはざまに漂っているような状態であったに違いない。(注20)（傍線は私に施した）

浮舟の物の怪体験も右の娘の場合とよく似ている。それは夢うつつの中で性愛感覚に近いものとして体験されたのであった。

ただ、大きく異なるのは、『日本霊異記』の娘は「我が意、夢の如くに」と言っただけで、具体的な身体感覚を語っているわけではないのに対して、浮舟は「いときよげなる男の寄り来て」「抱く心地のせし」「宮と聞こえし人のしたまふとおぼへし」「知らぬ所に据ゑおきて」などと直接的な体験として知覚している。『源氏物語』は浮舟において物の怪に憑かれる側の伝承を再生しつつ、女の側からその性的な身体感覚を描いているのである。

最後に浮舟が実際に見たと記される夢〈20〉（131頁の分類における【その他】「F生きている人の夢を見る20」浮舟巻参照）について補足しておきたい。本章冒頭で述べたように、浮舟が物の怪に憑かれる場面には、夢を見たとは書かれていない。だが浮舟がそれ以前に匂宮の夢を見る場面があることと物の怪に憑かれる場面には密接な関連性があると考えられる。

夢〈20〉浮舟巻、浮舟、匂宮の夢を見る（129頁の夢の分類〔その他〕F）

わが心にも、それこそはあるべきことにはじめより待ちわたれ、とは思ひながら、①あながちなる人の御事を思ひ出づるに、②恨みたまひしさま、のたまひしことども面影につとそひて、いささかまどろめば、③夢に見えたまひつつ、いとうたてあるまでおぼゆ。

浮舟巻・一五七頁

第一節において、この夢は『源氏物語』の夢二一例中、唯一の例外として神仏や物の怪の夢ではなく男女の「魂逢ひ」の夢であるとした。河東仁はこのゆめについて「彼女のことを一途に思う匂宮の姿が現れている」とする。(注21)確かに浮舟は「いとうたて」と感じて匂宮の遊離魂を気味悪がっているように記されているが（傍線部③）、実は夢を見る前に匂宮のことを思い出していて（傍線部①）、逢瀬の時に匂宮が恨み言を言った様子やその言葉をまざまざと思い浮かべているのであり（傍線部②）、その状態でうとうととまどろんだ結果、その匂宮を夢に見るのである。匂宮の遊離魂がやって来るのではなく浮舟の方が宮の言葉や表情が忘れられないのだということが知られるのである。匂宮という存在が圧倒的な魅力によって浮舟の心を捉えているからこそ夢を見るのであり、これはまさしく小町の「思ひつつ寝ればや人の見えつらむ夢と知りせば覚めざらましを」（古今集恋二、五五二）という歌の趣である。[注22]

そもそも匂宮と最初に契りを結んだ際の浮舟の心境として、

はじめよりあらぬ人と知りたらば、いかが言ふかひもあるべきを、夢の心地するに　浮舟巻・一二五頁

とみえるように「夢の心地」としてとらえている。ここには薫と違う人と契ってしまったことに対する戸惑いも含まれているのであろうが、いずれにしても契りを結んだことを「夢の心地」とすることは注目される。また後に薫が訪れた折には目の前で薫が自分を引き取る話をしているのを聞いて、

ありし御さまの面影におぼゆれば、我ながらも、うたて心憂の身やと思ひつづけて泣きぬ。浮舟巻・一四四頁

とあるように、匂宮の「面影」が眼前にちらついて離れないのである。さらに匂宮との関係が薫に知られた後、引き離されて都へ迎えられる日が近づいた時の浮舟の心理についても、次のように記されている。

さて、あるまじきさまにておはしたらむに、いま一たびものをも聞こえず、おぼつかなくて帰したてまつらむことよ、また、時の間にても、いかでかここには寄せたてまつらむとする、かひなく恨みて帰りたまはんさまなどを思ひやるに、①例の、面影離れず、たへず悲しくて、②この御文を顔に押し当てて、しばしはつつめども、いといみじく泣きたまふ。　浮舟巻・一八六～七頁

匂宮がせっかく宇治を訪れてくれたのに、逢えないままにむざむざと帰してしまったことを思うと、「例の、面影離れず、たへず悲し」（傍線部①）いと思われてならない。匂宮の「面影」が脳裏に焼き付いてしまっていて、たまらなく悲しいのである。しかもこの時すでに浮舟は、死を決意して手紙を焼いて処分していた。それなのに「この御文を顔に押し当てて」ひどく泣いている（傍線部②）ところを見ると、匂宮の手紙を処分しきれずに残しておいたものがあったことがわかる。宮への未練がいかに深いかが知られるのである。ここには死を決意してもなお浮舟の脳裏から匂宮の「面影」が消え去ることはなく、宮からの手紙もすべて焼き尽くすことができないほどに宮に執着する浮舟のありようが描かれている。

このように浮舟は匂宮と契りを結んだ後、死を決意した後までも宮に執着して恋し続けていたことがわかる。つまり匂宮の夢を見る〈20〉は、宮の遊離魂ではなく浮舟自身が宮を恋し続けた結果として見た夢なのである。そうであるからこそ、浮舟が「いと清げなる男」に抱かれた時、その人を匂宮だと思い込んだのはきわめて自然なりゆきだったといえよう。この〈20〉の夢の記述があることによって、物の怪に憑かれた時の浮舟の思い込みは、錯覚というよりもむしろ、匂宮に対する性的願望そのものだったと考えられる。

ちなみに平安期の物語や日記において、女が男の夢を見る例はきわめて少ない。『伊勢物語』一一〇段に女が男に対して「夢を見た」と告げる話があるが、女が実際に男の夢を見たかどうかはわからない。同じく『伊勢物語』六三段の「つくも髪」の女のように「まことならぬ夢語り」をしたのかも知れないのである。また『蜻蛉日記』や『更級日記』に現れるのは、恋する男ではなく僧や神仏である。『源氏物語』においても女が男の夢を見る場合、末摘花や宇治の中の君など亡くなった父親である。従って一途に匂宮の面影を追い求め、それゆえに宮の夢を見る〈20〉の例は、夢の用例としてはきわめて特殊だと言わざるを得ない。(注23) そしてこの浮舟の見た夢が伏線として機能しているからこそ、物の怪に憑かれた時の浮舟の身体感覚が性的体験としてリアリティゆたかな語りになっているのである。

むすびに代えて

最近、倉本一宏が漢文日記を博捜して、平安貴族は夢をむやみに信じていたわけではなく冷静に対処し、場合によっては自分に都合のいいように利用したりしていたことを明快に論じた。(注24) 一方『源氏物語』にも夢を信じない人物が登場する。歯に衣着せぬ言動で強烈な個性を発揮する弘徽殿大后である。彼女は源氏の須磨流離を怒った故桐壺院が夢に出てきて睨んだと言って恐懼する朱雀帝に次のように言い放っている。

雨など降り、空乱れたる夜は、思ひなしなることはさぞはべる。軽々しきやうに、思し驚くまじきこと。

明石巻・二五二頁

こんな荒れ模様の天候の夜は心にそのように思いこんでいることが夢に現れるのだ、それは気のせいであって院の死霊などではないというのである。弘徽殿大后が夢というものを「自身が無意識のうちに、あるいは意識的に脳に蓄積した記憶や情報が脳を刺激し、見させたものである」という現代の大脳生理学による理解をしたはずなどないが、(注25) これは夢に対するきわめて合理的で理性ある判断であることは間違いない。気の弱い息子を励ますためもあったのであろうが、弘徽殿は夢のお告げなど全く信じないのである。そのような人物造型は、物の怪を「心の鬼」と解する歌(『紫式部集』四四)における思考と軌を一にするであろう。しかし桐壺院の死霊に睨まれた朱雀帝は眼を患って、源氏を須磨から召還することを決める。物語においては弘徽殿大后のような冷静で合理的な判断よりも、夢の論理の方が物語的現実を動かしていくのである。

『源氏物語』は夢という無意識の領域を最大限に活用した。そしてその夢の記事はすべて神仏や物の怪とかかわって描かれている。明石一族の栄華も、入道の夢がなかったならば物語的なリアリティを得ることはなかったであろう。『源氏物語』は神仏や物の怪を夢という無意識の領域に出現させることによって、日常的にはあり得ない展開を現実化する物語世界を創り出した。人間の魂の歴史の裡に幾重にも堆積している上代以来の神仏の霊夢や夢告という伝承されたパターンを駆使することによって、物語的なダイナミズムを描き出したのである。

しかしながら六条御息所が物の怪となって憑く夢と、浮舟が物の怪に憑かれる夢は特異であった。これらは神仏の啓示や王権、あるいは現世利益の実現などとは全く次元を異にしており、夢の時空を活用することによって、恋する女の魂と身体の極限状態あるいは自己の全存在を賭けた状況における魂と身体のありかたを、象徴的にしかも生々しく活写したのであった。

しかしながら六条御息所が物の怪になって憑く夢と浮舟が物の怪に憑かれる夢は特異であった。これらは神仏の啓示や王権あるいは現世利益の願いなどとは全く次元を異にしており、夢の時空を活用することによって恋する女の魂と身体の極限状態あるいは自己の全存在を賭けた状況における魂と身体のありかたを象徴的にしかも生々しく活写したのであった。

○

生霊の夢は女の魂と身体が抱える問題を凝縮させつつ物語を突き動かしていくが、その魂は死してなお死霊として立ち現れ女の救われ難さを余すところなく示す。一方、浮舟の見た夢と入水時に夢幻の境で見る幻影もまた、女の魂と身体の究極のありようを語りつつ、まさしく死と再生の物語へと転換させていく最も重要な要件となっている。さらに従来、言及されることのなかった『日本霊異記』の説話との発想における関係性も見逃せない。いずれにしても「憑く夢・憑かれる夢」は、神仏のお告げによる世界観とは一線を画し、女の魂と身体のありかを照らし出すべく取り組んだ、『源氏物語』の真骨頂を示すものであるといえよう。

〔注〕

1　斎藤英喜「「平安文学」のスピリチュアリティー孝標女・夕顔・浮舟の憑依体験をめぐって」叢書　想像する平安文学第3巻『言説の制度』（勉誠出版、二〇〇一年）

2　橋本ゆかり「源氏物語第三部における「衣」—変奏する〈かぐや姫〉たちと〈女の生身〉」平安文学と隣接諸学9『王朝文学と服飾・容飾』（竹林舎、二〇一〇年）

3　河東仁「『源氏物語』と『浜松中納言物語』」（王朝人の夢信仰三）『日本の夢信仰—宗教学から見た日本精神史—』玉川大学出版部、二〇〇二年。この外、夢の全用例に言及したものとして、久保田淳「『源氏物語』の夢—その諸相と働き—」（『文学』岩波書店二〇〇五年九・一〇月）がある。久保田は全用例を二〇例として、①亡くなった人間②生きている人間③人間ではない存在④将来を予言する神仏の四種類に分類するが、結論としては当事者が見るべくして見た夢で物語の推進力になっていると指摘するにとどまる。

4　林田孝和「源氏物語の夢の位相」『王朝びとの精神史』（桜楓社、一九九三年）

5　河東論文の表における⑤と⑥は同じ夢が継続してあらわれるものなので、まとめて一例と数え、⑨は⑧の夢の折に「後日示す」と予言され、その夢の場面は特に描かれていないので、これもまとめて一例とした。なお、池田利夫「源氏物語の夢語り」（『むらさき』第三輯、一九六四年）も、内訳は示さないものの、二二例としている。

6　この問題について河東仁（注3）は、匂宮があらわれる夢は万葉集以来、和歌の世界で詠まれてきた、夢を通じて交流する男女の恋歌のありかた、「魂逢ひ」に準ずるものだとする。ここではひとまずこのように考えておくが、この問題については後にあらためて取り上げる。

7　西郷信綱『古代人と夢』（平凡社選書13、一九七二年）

8　同時代の漢文日記には、自分の姿を夢に見ることが記されている。たとえば藤原行成は妻と自分が月を見ている夢を見ている（『権記』長保四（一〇〇二）年九月二六日条）し、実資は自分が関白頼通と抱き合っている夢を見ている（『小右記』長元二（一〇二九）年九月二四日条）。自分の姿や行動を夢に見ることは現代人もしばしば経験することではあるが、『源氏物語』中の例としては例外的なのである。『蜻蛉日記』『更級日記』については後にふれる。なお 三浦佑之によれば、記紀の夢説話においては天皇が神の声を聞く例が大部分だが、ごくわずかに映像を見る、しかも自分自身を見る例があり、これはやや異なる能力を持つ天皇ではないかと説く（「夢に聞く人と夢に見る人」『神話と歴史叙述』古代文学研究叢書1　若草書房、一九九八年）。自分自身の映像を見るのは確かに特殊な例かと思われるが、映像を見る夢が少ないのは、夢とはそもそも「見る」ものであるから何もコメントされていなくても何かしら映像を見ているのであり、それはごく一般的な事柄に属するので特記しないのではないかと思われる。これに対して自分自身を夢に見たり音声を聞いたりするのは珍しいため、神のお告げにするものとして特記されたのであろう。

9　伴大納言の話は鎌倉時代成立の『古事談』や『宇治拾遺物語』にも類話がみえる。

10　『日本書紀』巻一一「仁徳紀」三八年春正月に類話がある。

11　新編日本古典文学全集頭注は、「日本古来は土葬であって、火葬は仏教独自の葬法である。上巻二十二話は伝の見える道照は上巻二十八話にも当場するが、日本で最初に火葬された人である。ここらに火葬の夢が吉夢とされた理由があるのではあるまいか」とする。

12　西郷前掲書は、夢はその解釈（夢合せ）によって吉凶が変わると信じられてきたことを説き、河東前掲書も「夢は合わせがら」という項目の中で、『大鏡』の例を挙げつつ当時は夢の合わせ方次第で人生が左右されると信じられていた」と説く（第五章王朝人の夢信仰（二））。『大鏡』兼家伝にも矢が降ってくる夢を吉夢に合わせたことがみえる。

13　『袋草紙注釈』上（塙書房一九七四、五〇四頁）には夢違えの誦文歌が載る。また『蜻蛉日記』上巻には、道綱母を訪ねて来る予定の登子が、不吉な夢を見たので夢違えをすると言って兼家邸の方へ行ったことが記されている。新編日本古典文学全集の頭注は、この夢違えを「悪夢の災いからのがれるように、祈ったり、まじないをしたりすること」とするが、具体的にどのようなことをしたのかということについては不明。

14　多田一臣校注『日本霊異記』中、ちくま学芸文庫、一九九七年及び同「古代の夢―『日本霊異記』を中心に」（『文学』岩波書店、二〇〇五年九／一〇月号）に指摘されている。

15　参考までに記すと、『万葉集』の夢の歌においては三種類のパターンがあった。最も多いのは相手が思ってくれるから自分の自分の夢に現れるというもの、次に自分が思うから相手の夢を見るというもの、三つ目は自分が思うと相手の夢に現れるというものであった（本書第3章「夢歌の位相―小野小町以前・以後」参照）。

16　小町詠が御息所の夢の場面に受け継がれていったことについては、本書第5章「女が夢を見る時―夢と知りせばさめざらましを」及び第6章「女歌と夢」を参照されたい。

17　新潮古典集成『源氏物語二』の頭注に『拾芥抄』の例と共に挙げられている。

18　注1の斎藤論文。

19　新編日本古典文学全集二九六頁頭注一二は、浮舟巻で匂宮の「抱く」行為がしばしば語られており、そのときの官能的陶酔が強くしみついているので、誘う男を匂宮と幻覚したとする。また藤本勝義はこの時の浮舟を「錯乱状態の生んだ幻想」であり、「匂宮との体験を捨てきれなかったのではないか」と説く（「源氏物語の死霊」『源氏物語の「物の怪」』青山学院女子短期大学学芸懇話会シリーズ、一九九一年。のち『古典ライブラリー4』として改訂増補版、笠間書院、一九九四年。

20　多田論文「古代の夢―『日本霊異記』を中心に」（『文学』岩波書店二〇〇五年九・一〇月、注14論文に同じ）。

21　河東前掲書第六章一八一頁。

22　新大系脚注も、この小町の歌を挙げる。

23　女の方から男を恋う夢歌は、『万葉集』においてもわずか一首（巻四・六二一）しかみえない。外に坂上郎女の歌があるが、これは甥の家持を案じる気持ちを詠んだものである。平安時代には小町の歌があるのみで、以後の夢歌は受動的な詠みぶりに終始する（注15論文を参照）。即ち浮舟の夢は、『万葉集』や小町の夢歌の系譜の上に物語化されたものと考えられる。なお本書第19章「浮舟—女の物語へ—」では、浮舟の能動性に着目して、浮舟が匂宮の夢を見ていることを考察する。

24　倉本一宏『平安貴族の夢分析』吉川弘文館、二〇〇八年。

25　注24参照。

付記　昨年、今井上「『源氏物語』若菜巻の賀茂祭—六条御息所の死霊と柏木の死—」『国語と国文学』二〇一六年六月号が上梓された。ここでは、従来通説化していた藤本勝義『源氏物語の「物の怪—文学と歴史の狭間—」』（本章・注19参照）に対して、幾つかの疑問を提示して、根本から考え直そうと試みている。たとえば「賀茂祭は死霊の荒ぶる季節か」「賀茂祭前後の仏事は忌避されたか」といった問いかけによって当時の漢文日記等から明らかにしていく。今後、死霊の問題を考える際には避けて通れない好論である。

第8章　夢想の時代 ―院政期における和歌の夢・散文の夢―

はじめに

西郷信綱の『古代人と夢』は、古代の人々は夢を信じる世界に生きていたということを説いたが、[注1]果たしてそうなのであろうか。中世においても夢はしばしば記述され、あるいは夢をテーマにする作品なども出現して、「夢想の時代」ともいうべき様相を呈する。このような傾向は中世の始発としての院政期にもすでにうかがわれるわけだが、古代人が夢を信じていたのならば、中世という「夢想の時代」とはいったいどのような位相にあるのか。古代人における夢と、中世における夢にはどのような相違があるのかということを考える必要がある。

ここではまず、院政期において夢がどのような意味を担い、どのように機能していたのか、近年の研究成果から紹介してみよう。和歌世界と物語・説話世界では、夢の捉え方にも違ったものがあったようである。

中村文は和歌の分析を通して、夢はすでに現実を変える力がなく、また途中で覚醒したり断絶したりする場合が多く、「ねざめ」や「面影」といった表現へとつながっていくこと、また、これと関連して「夢の名残」・「見果てぬ夢」といった語が平安中期にはほとんど見いだせず、平安末期以降に一気に増大することを指摘している。[注2]たしかに覚醒する感覚はすでに平安中期の、たとえば和泉式部の歌などにみとめられ、[注3]小野小町歌のような夢を頼みにする発想はほとんどみられなくなっている。夢の語は和歌においてはのちの新古今歌風に顕著にあらわれるように、情緒的、あるいはまた感覚的な表現世界の広がりを構築するためのキイ・ワード的な役割を果たすようになる。このように和歌における夢は、いわば非実体的なレトリックの用語として機能するようになっていくのであり、院政期はそうした傾向が顕著にあらわれ始める時期だったといえよう。

だが佐倉由泰はこの時期の物語や説話において、夢は表現世界を支える事実として絶対化されていると説いている。(注4)物語及び説話においては、夢想・夢告を疑う言動がほとんど見られず、夢は表現世界を支える事実として絶対化されているのであり、和歌と物語・説話では、夢は対照的な位置関係にあるといえよう。しかし、物語・説話における絶対性は、現実世界でそのまま受け入れられているかというとそうではない。このことに関して佐倉論文は、当時、夢想や夢語りは信憑性にとぼしいとする見方もかなり強く、作品内で夢が絶対的なものとして機能するのは、すでに夢から醒めているという意識を前提として、醒めていないように装わんがために作為を凝らしていたのではないかと説いている。(注5)

ということは、結局のところ、和歌だけでなく物語・説話も、現実的には夢を信じない、あるいは信じられないという認識を基盤にして成り立っているということになる。(注6)では、同じ認識の上に立ちながら、なぜ対照的な位置関係を示すのであろうか。この問題を考えるためには、院政期だけに限定せずに、散文における夢と和歌における夢がそれぞれどのように定位されてきたのかということについてさかのぼってみる必要がある。

一、ジャンルが夢の機能を決定する

散文における夢のルーツは神話に求められる。そこでは夢は皇太子を決めるなど公的な場面で機能し、神の啓示として絶対的な役割を果たすものであった。特に天皇の支配体制を支えるものとして五世紀ころの社会においては歴史的現実として機能していたのであって[（注７）]、いわばこの当時の夢は国家によって掌握され管理されていたわけで、たしかに現実の場で効力を持っていたのである。しかし、応神記以後、『古事記』には夢の記事は登場しなくなり、夢の機能が国家的政治的領域から外されていったと考えられるが[（注８）]、それでも以後の物語や説話における夢が絶対的な「事実」としての役割を果たすのは、神話における夢の啓示における絶対性を受け継いでいるからだと思われる。そこではすでに国家的な要素は抜け落ちているにしても、本来、社会性、共同性を基盤に持っていたために疑いをさしはさまないないのは当然で、物語や説話における夢はいわば共同体の確認の場としての機能を帯びていたのではないかと考えられる。少なくともそれは共同性を前提とするものであったのではないか。

これに対して、万葉前期になると、神話で語られなくなった夢と入れ替わるかのように夢に挽歌として再登場する。まず最初に巻四において天皇の死を悼み恋うる歌として登場する点では、やはり公的な要素を色濃く持っていることが注目される。しかし、和歌における夢は悼み恋うるという心情にかかわる点が特色として挙げられる。ここで、夢は神話に特徴的であった神の啓示や予言というレベルから、人間の心情を表現するものへとその範囲を広げていったのである。こうしたプロセスを経て、『万葉集』における夢は、特にその後期に、相聞つまり恋歌と結びついて私的心情にかかわる表現として花開いていくことになるのである。

このようにみてくると、夢はまず散文の中で、公的な予言、啓示として機能する絶対的なものとしてあらわれ、次に和歌において天皇への挽歌という公的な歌を媒介にしつつ、私的な心情をうたう方法として活かされていったという道筋が浮かびあがってくる。その媒体となった天皇の死を悼み恋うる挽歌とは、まさしく天皇という神を恋うる歌であって、恋の相手を神になぞらえる意識をその基底に持つ恋歌にとって格好のモデルになった。なぜなら恋は相手と自分だけの対の関係を幻視するものであり、共同体の中で生きていながら、それとは無縁の特別な選ばれた関係であろうとするからである。この時、いわば人は神として、あるいは神になぞらえるかたちで恋をする。恋するというわけのわからない切実な感情が起こったとき、神に対する感情と重ね合わせるのである。夢が天皇への挽歌から相聞歌へとにじりよっていくことを、このような回路を経たものとして押さえることができる。

社会性、共同性を排して相手との対の関係だけを見つめようとする恋歌は、神との合体を切望するような、超現実的で反社会的な性格を帯びている。なかでも禁忌の恋がもっともドラマティックなものとされるのも、こうした反社会性による。これに対して物語や説話は社会的、政治的な役割を担う神話の系譜の上にあり、共同体の中で予言や啓示をもたらす神の顕現を望むという枠組みを持っている。時代が下るにつれて国家的、政治的な要素は希薄になり、個人の出世や現世利益を望む場合が多くなるが、いずれにしても社会生活や共同体における現実的な効果を期待する点では変わらないのである。実際問題としても、物語・説話は読者を想定し、あるいは現実に聞き手が存在する場合もあって共同性をその性格として有するが、和歌、特に恋歌における意識は一般的には特定のひとりの相手にのみ向けられるという特色がある。

このように和歌においては恋するふたりによる対の発想がその基盤にあり、物語・説話における夢の方は共同体の中で夢を信じるという了解の下に語られているのであって、おおまかなところでいえば、韻文と散文というジャンルによって夢の捉え方は、ほとんど逆のベクトルを示すのである。古代人が夢を信じたかどうかという現実のありかた以前に、まずジャンルによって夢の捉え方は異なってくるのであり、さらにいえばジャンルそれ自体が夢の機能を決定するのだということを認識する必要がある。

ちなみに古代人は夢を信じたと説いた西郷信綱の論は、実は散文だけを対象にしており和歌は扱っていない。つまり、神話以来の系譜にある物語・説話における夢の事例だけを見ていった場合、古代は夢が信じられた時代だという結論が引き出されてくるのは当然の結果だったといえよう。(注9)

このようにみてくると、初めに紹介した院政期の和歌と物語・説話が夢の力を信じることにおいて全く逆のベクトルを示すのは、ごく自然なありかたなのだと考えることができる。ただ、散文の場合は現実における効力についてはは留保せざるを得ないにしても、夢が絶対的な「事実」として機能する点では古代でも中世でも基本的にはあまり変わらないが、国家的なレベルから個人的なレベルへの移行が進んでいる点については、時代的な変化として押さえることができる。これに対して和歌における夢は『万葉集』では人と人との魂の回路としての機能を以て恋歌に集中するが、恋人たちは相手の魂を乞うことが切実であればあるほど、いつ変化するかも知れない不確かな相手の心に対する不安を抱かざるを得ず、ごくわずかな変化であっても敏感に反応する。恋歌は相手と対になることへの願望の表明であり、そのための個の感情だからきわめてゆらぎやすい。相手と強く結びついていたいという思いが強ければ強いほど、その結びつきに不安を感じるというジレンマにつねにさらされるのである。だから和歌における夢は、はかないもの、信じ難いものとして形象されやすい。従って、散文であっても相手との対の関係を常に求めることが作品の底流に流れている『蜻蛉日記』や『和泉式部日記』などでは、夢に対して懐疑的であったり、作品の冒頭が「夢よりもはかなき世の中を、嘆きわびつつ明かし暮らすほどに」という一文で始められたりするのである。(注10)むろん夢がはかないものの代名詞として機能するのは夢の歌のルーツに挽歌があり、それが以後も受け継がれて哀傷歌として詠まれていったこととも関係している。『和泉式部日記』の冒頭部分に置かれた「夢よりもはかなき世の中」という表現は、まさしく為尊親王の喪に服する和泉の、死者と向かい合う心情が縫い込められたものなのである。

なお、平安時代の物語には「夢語り」という言葉がみられる。『伊勢物語』六三段の、いわゆる「九十九髪」の話で、老母が「言ひ出でむもたよりなさに、まことならぬ夢がたりをす」という条、また、『源氏物語』若紫巻で、源氏が若紫を垣間見した後、若紫を引き取りたい旨を僧都に話すと、僧都は「うちつけなる御ゆめがたりにぞはべるなる」と笑って取り合わないといった場面などがある。西村亨によれば、これらは「かくかくしかじかの夢を見たということを、恋の相手や周囲の人に物語ることを意味することばで、みずからの恋の運命がこうであると告げることによって相手をも意志に従わせようとする」(注11)のである。夢が恋にかかわるのは散文では例が少なく、ここにはやはり恋と密接に結びついた和歌的な発想がかかわっているものと思われる。歌物語である『伊勢物語』、和歌と散文が融合した『源氏物語』ならではの「夢語り」なのである。(注12)

二、釈教の部立の意義 ―和歌における新傾向―

散文は表現として現実を実体化するものであったが、現実における効力は古代から中世にかけて次第に弱まっていった。それに対してジャンルの異なる和歌においてはその始発の時点から夢は現実を変える力を持ち得ず、かろうじて現実と交わるゆらぎそのものが歌として表現されてきたのであった。むろん、散文の表現としての絶対性が散文を支える面があったことを考慮すれば、古代における和歌の夢の方は何らかの力を持っており、それに対して院政期の和歌における夢がもはや現実と交わる力を失い、夢そのものも持続せず断絶して、はかないものとして表現される方向へ進んだのはごく自然の成り行きだった。ただ、和歌における新しい傾向として注目されるのは、夢という語が釈教歌の中に詠まれるようになることである。勅撰集の部立を参考にすると、釈教部に入っている夢の歌は次の通りである。

後拾遺和歌集　　一首（夢歌一八首中）
千載和歌集　　四首（夢歌四〇首中）
新古今和歌集　　三首（夢歌八〇首中）

数としてはずいぶん少ないようだが、勅撰集は『古今和歌集』の構成を範として、その伝統を守って来ているから、そこに新しい項目が立てられるのは大きな変化が生じていることを示している。釈教とは仏教的な歌であり、平安時代の和歌はこうした外来のことばや漢語、あるいは日常的、卑俗な表現を排除しながら和歌にふさわしい歌語による表現を創り上げてきたことを考えれば(注13)、釈教という仏教語がそのまま部立として設けられたこと自体、重要な意味を持つのである。それは、やまとことばにこだわり続けてきた和歌が仏教語を受容せざるを得なくなったという時代状況を映し出しているのである(注14)。

釈教という部立は『後拾遺集』に初めて設けられたが、この『後拾遺集』奏覧の年こそ、白河院による院政が開始された応徳三（一〇八六）年にあたっている。釈教の部立は以後の勅撰集に欠くことのできないものになっていくから、『後拾遺集』に初めて釈教という部立が置かれたのは、和歌史における中世の始発を示す象徴的なできごとだったのである。

『後拾遺集』・『千載集』の釈教歌について簡単に見ておこう。

『後拾遺集』巻二〇・釈教・一一八八には、

月輪観をよめる　　僧都覚超

月の輪に心をかけしゆふべよりよろづのことを夢と見るかな

という作がみえる。ここでは仏教に目覚めてみると、現世のすべてのことは夢のようにはかないものだとして、仏教世界を理想のものと捉えている。魂の回路として恋歌に多く詠まれた夢は相手との対の関係を願うあまり、逆にはかないものとしての性格を色濃く帯びていき、また夢は本来挽歌として詠まれたように哀傷、つまり人の死を悼む歌としても詠まれ続けていたこともあって、夢はすなわちはかないものとする捉え方はすでにあったが、夢の向こうもまたはかないものであるという感覚をつねに帯びていたのである。ところが釈教歌における夢の場合には、往生世界こそ確固たるものであるがゆえに、失われた天皇制支配による現実世界の効力の代わりに往生世界の効力が求められたのである。、この世のことはすべてむなしいのだとする想念は容易に受容されたであろう。

経典の内容を和歌に詠むことは平安中期あたりからしばしば行われており、その作者も僧に限定されていたわけではなかった。たとえばこの歌の次の一一八九番には、藤原公任の作が置かれているが、その詞書には、「維摩経十喩のなかに此身芭蕉のごとしといふ心を」とみえ、この世がいかに無常であるかが詠まれている。

『千載集』の釈教歌にも、同様に経典が詠まれたものが見受けられる。夢の語を含む四首の歌のうち二首がそうであり、うち一首はやはり「維摩経十喩」について詠まれている。経典を和歌に置き換えていく作業は、仏教的な世界観の浸透と、これを受けた仏道修行の一端を担うものであったと思われるが、同時にかつて漢詩を和歌によみかえたように、新しい発想や素材をいかに和歌らしく詠むかという試みの場でもあったのではないか。純粋に宗教的な営みだけではなく、詠歌の対象を広げていく興味にも支えられていたものと思われる。

しかし、『千載集』一二一〇番の藤原敦家の歌は、夢と往生世界とのつながりをはっきりと示している。

御嶽にまうで侍ける精進の程、金泥法華経書きたてまつりて、かの御山に納めたてまつらんとて、まゐり侍ける時、思ふ心や侍けん、物に書き付けておきて侍りける

夢覚めむそのあか月を待つほどの闇をも照らせ法のともし火

かくてまうで侍て、かの御山にてなんみまかりにける、その後、故郷にてこの歌は見出でて侍けるとなん

これは、往生するその瞬間まで仏に導いてほしいと訴えたもので、釈教歌に多く見受けられる経典を和歌に詠みかえるという、いわば学びの域もしくは教理の域を越えて、仏とじかに向かい合う臨場性を持っている点で注目される。だからこそ、左注のような記述が付け加えられたのであろう。「みたけ」で修行中だった敦家が歌を詠み、その山で亡くなったのだが、この歌は後に「ふるさと」（この場合は都における彼の住まいであろう）で見つかったというのである。敦家の信仰心の深さによって、なるほど極楽往生したであろうことを納得させるようなストーリー性を持っている。また、「みたけ」で書き付けられたはずの歌が、彼の死後、「ふるさと」で発見されたということで、その宗教心の深さだけでなく不思議なできごととして物語られているとも解釈できる。だとすれば霊験譚的な趣もある。いずれにしても、勅撰集の中に仏教説話的な要素が入り込んでいるのである。物語的な長い詞書を持った歌は、それまでにもなかったわけではないが、このように仏教説話的な要素をもつものは新しい傾向といえよう。（注15）

この敦家の歌をめぐる話から院政期後期には和歌と仏教との結びつきが、一般的な教義や教養の域を越えて個人の魂の救済へとその重みを増していたことが知られる。敦家の歌においては夢は人生そのものであって、その夢がさめるとき仏の世界へと迎えられるのだという考え方がなされており、夢はすでにはかない人生の代名詞になっているのである。かつては神の顕現する時空であり、また男女の魂の回路であった夢が、このように捉えられるところまでき

たのはやはり仏教との対比によるものであった。魂を受け止める異空間としての夢は、現実を相対化し死後の世界を絶対化する仏教によって異空間としての性格を希薄にしていった。現実が夢となり、現実以上の往生世界が浮かびあがったのである。

往生世界と並ぶ一種の確たる世界としての王朝物語、特に『源氏物語』が男性貴族たちによって強く意識されていったのは新古今時代であった。少なくとも、天皇支配の下、確実に効力を保持していた上代とは異なり、もはや現実は夢でしかなく、たしかなものは失われた王朝文化と浄土のみとなったのであった。そのような現実の中にあって、夢は王朝へとつながるかすかな回路となった。そして夢はあらゆる部立において駆使されることとなる。その推移を簡単にみてみよう。

三代集以降の『後拾遺集』から、夢を詠んだ歌の恋部における比率は急に低くなっていく。八代集の場合を示すと次のようになる。

勅撰集名	夢歌の数	恋部の歌数（%）
古今集	三四	二六（七六%）
後撰集	三六	二五（六九%）
拾遺集	二七	一七（六三%）
後拾遺集	一八	六（三三%）
金葉集	一三	八（六二%）
詞花集	六	三（五〇%）
千載集	四〇	一三（二六%）

新古今集　八〇　　　　二九（三六％）

恋部の比率を出してみたのは、『万葉集』において九割近くの夢歌が恋歌として詠まれており、恋歌の割合が低いということは、魂の回路としての夢の機能もまた低下していることの目安となると考えられるからである。右の表にあきらかなように『古今集』は『万葉集』に次いで約八割近く恋の夢歌を有し、『後撰集』・『拾遺集』もまた六〜七割に達しており、三代集全体で七割前後を保持している。これに対して、『後拾遺集』以後の『千載集』・『新古今集』は数そのものは三代集よりも増えているにもかかわらず、恋部の割合は二〜三割にすぎないのである。ただし、『金葉集』・『詞花集』の割合は五〜六割と高くなっているが、夢歌の絶対数自体が非常に少ないため、ここでは除外して考える。恋部の割合が低下しているということは、すなわち恋歌以外の夢歌が多く詠まれるようになってきているということを意味している。恋以外の部に拡散していくのが中世和歌の特色なのであり、こうした傾向が最も顕著にあらわれるのが釈教歌なのである。釈教の部立は、『後拾遺集』で初めて設けられたが、次の『金葉集』・『詞花集』までは雑部の中に神祇歌などとともに入れられていた。しかし、『千載集』からは釈教歌と神祇歌がそれぞれ独立した巻を形成するようになり、以来、中世の勅撰集の規範となっていく。院政期は中世和歌の基本的な枠組みを形成する時代だったのである。

このようにして夢歌は『新古今集』においてほぼすべての部立に配されることになる。恋、釈教のほか四季、羇旅、神祇などだが、四季歌の場合は古今集春歌にも一首見られるが、『新古今集』では夏、秋、冬のすべての季節にわたっている。神祇・釈教は『千載集』において初めて独立した巻になるが、羇旅歌の、

駿河なる宇津の山辺のうつつにも夢にも人にあはぬなりけり　　業平・九〇四

という作は、まさしく『伊勢物語』九段の歌である。また、

袖にふけさぞな旅寝の夢も見じ思ふ方よりかよふ浦風　定家・九八〇

という作は『源氏物語』須磨巻の源氏の、

恋わびてなく音にまがふ浦波は思ふかたより風や吹くらん

という歌を念頭に置いている。これらは物語空間に身を置いて詠歌するという新古今時代の発想に基づくものであり、こうした方法は、

春の夜の夢のうき橋とだえして峰にわかるる横雲の空　定家・春上・三八

という歌に代表されるように、羈旅歌だけではなく、四季や恋の歌などに広く見受けられる。このように『新古今集』の夢歌はさまざまな部立に拡散し、あるいはまた物語を背景にして詠み出されるところに特色がある。『新古今集』における夢歌は和歌がとりわけ恋と結びついていた『万葉集』や三代集のありかたとは異なる様相を帯びてきているのである。春の部に収められている右の定家詠は、恋の気分を揺曳させながらも恋歌そのものではなく、物語や漢文といった文学世界の広がりも含め、独特の不思議な雰囲気を湛えている。万葉時代は「うけひ」という呪術的な行為によって夢を見ようとし、また古今時代はそうした夢に関する呪術がリアリティを持ち得ている小町の、

思ひつつ寝ればや人の見えつらむ夢と知りせば覚めざらましを　恋二・五五二

うたたねに恋しき人を見てしより夢てふものは頼みそめてき　恋二・五五三

いとせめて恋しき時はむばたまの夜の衣をかへしてぞ着る　恋二・五五四

といった詠歌がなされたのに比べると、新古今時代における夢歌からは民俗的な呪性やリアリティが削ぎ落とされていることがわかる。定家は意識と無意識との境目、あるいは夜と昼との境が明確でない時間といった夢幻の境地を好んで詠み、これが新古今歌風の特色のひとつにもなっているが、このような境目の時刻がとりわけ甚深微妙な雰囲気

を醸し出すのは、仏が暁に見えるという当時の仏教的な考え方と無関係ではないと思われる。

いずれにしても俊成卿女の、

風かよふねざめの袖の花の香にかほる枕の春の夜の夢　　春下・一一二

という作などにもよくあらわれているように、新古今歌人にとって夢は甘美にして妖艶な雰囲気を表現するのにきわめて有効なことばだった。このようにして古代において夢見の技法を残存させた夢の歌は、中世になると文学的な世界や夢幻の境地を背景にしつつ、新しい美意識の世界を拓いていったのである。

それは物語を中心とする散文を取り込むことによってなされたわけで、いわば物語そのものの中に共同性を見いだしていたことになる。その共同性とは世俗の現実的な成功とは趣が異なるが、物語世界が共同の幻想となって歌人たちをつないでいたのである。それは同時に、和歌において夢が散文的な共同性によって支えられ、変質したことを物語っている。即ち物語世界としての夢が和歌に取り入れられていったのであり、その際、物語とは確たるものではあるが、かつての現実そのものの位相とは異なったものになってしまったのである。かつての散文は現実世界に効力を持ったが、新古今時代の物語としての散文は現実と対立し、あるいは対比される存在として顕現したのであった。このように夢は和歌を通じて物語をとりこみ、王朝憧憬、浄土発心の表現を担ったのである。

三、「夢の記」の出現　―散文における新傾向―

新古今歌風が華やかに花開くころ、正確に言うと鎌倉幕府成立の前年、健久二（一一九二）年から明恵の『御夢御日記』（以下、夢記と略称）は書き始められ、四十年間書きつがれていった。明恵はまた、経典の夢に関する部分を抄出して『夢経抄』も編んでいる。明恵がいかに夢に深い関心を寄せていたか、また、彼にとって夢がいかに宗教行為と直結していたかがわかる。ちなみに承久二（一二二〇）年頃に明恵は頻繁に夢合わせを行っているが、それは「明恵の夢がひとつの高揚期を迎えていること―それは明恵の宗教の高揚期でもあろう」(注16)といわれる。また『冥観伝』には明恵が座禅中や仏光三昧中に見た一〇種類の夢が記されており、それらは「真乗の奥義」だとして儀軌に則っていることが強調されていることから、明恵は日常に見る夢よりも仏光観中にみる夢をいっそう重視していたと考えられる。さらに明恵は儀軌に則り意図的に夢を選択して見ることができたと同朋に信じられていたといわれ、実際明恵の見る夢見る行為はそれに近い状況にあったと考えられている。(注17)だとすれば、明恵においては夢は偶然に見るものではなく、瑞夢を見るための修行もしくは訓練としての側面を持っていたことになる。換言すれば、明確な意志と意図を以って修行を積めば思い通りの夢を見ることができるのである。つまり、神仏のお告げはある日突然にもたらされるのではなく、夢を意図的に見ることができるということ、思い通りの夢が修行によって得られるということを示したのが『夢記』の特色であり、宗教的な修行と深く関連している点できわめて中世的だといえよう。このような作品が院政期後期に書き始められ、院政期終焉の時に高揚期を迎えていたことは注目される。

明恵の『夢記』は宗教的で作品化されたものとしては突出しているが、実はこれより約一〇〇年前に、自らの夢を記録していた宗教者があった。院政期始発の時期に成った(注18)『参天台五台山記』の作者、成尋阿闍梨である。彼の「夢記」そのものはまとまったかたちでは残っていないが、『参天台五台山記』の一〇月二九日条に、

今、「夢記」ヲ見ルニ、延久元年閏十月七日ノ夜ノ夢ニ、旅路ニ在リテ帝王御薬ヲ召シテ糧ヲ賜フ由云々。中心コレヲ思フニ、五台修行成就ノ相ナリテヘリ。今日、沿路糧料ノ宣旨ヲ見ル。昔ノ夢ニ符合ス。

とあるように、「夢記」をつけていたことがわかる。そして、この『参天台五台山記』は時に夢を記した後、その結

果としての幸運な体験を解き明かす体裁をとり、彼の見た夢と現実に起こったことを突き合わせて夢を解釈する夢解きとしての性格を持つ。伊井春樹が説くように、「夢記」と『参天台五台山記』との関係は、まず「夢記」に最大漏らさず見た夢を書き込み、後になってめぐりあわせた幸せに該当する記事を抽出して現実と結びつけるという作業をしたと考えられる。(注19) 成尋は「夢の因果を信じた、いわば運命論者といってもよく、夢の体験はすべてではないにしても必ずこの世に実現することを前提にし、その証を得るためにも「夢記」を記録していった」のであり、「彼にとって奇跡と称してもよいことがらは、いきなり出現するのではなく、まず夢による予示があるはずだとの考えによるのであろう」。さらに伊井論文は、『参天台五台山記』にみえる、壁島を離れて杭州に着くまでの多聞天、皇帝からの紫衣拝領、五台山の往復路での文殊菩薩による加護、祈雨の法での竜など、重要なポイントはすべて夢のお告げがあり、それがいずれも実現するということこそ、彼の人生そのものだったのであり、結果があって記録したのではなく、夢は彼にとっていつの日か実現可能な予示だと信じていたからこそ、「夢記」として書き留め、夢を実現する努力を怠らなかったのだと説く。

院政期という時代はその前期と後期にそれぞれ宗教者によるユニークな「夢記」を生み出したのである。だが、両者の夢に対する態度は対照的である。成尋にとってはまず夢のお告げがあり、後にそれが実現するわけだが、明恵の場合、夢は思い通りの夢を見るために修行するのであって、前者においては夢は受動的であるのに対して後者は能動的なのである。

同じころ、明恵のように思い通りの夢を見ようとする試みは、政治的な場でも行われていた。九条兼実が後白河院と摂関藤原基房及び平家一門に阻まれ、「乞夢」の効験にすがり、彼を中心とする共通目標に向かって吉夢を求め相互に交歓しあい、さらに念力を高めていこうとする精神的共同体を組織していたのである。菅原昭英がいうように、これは「中世の夢語り共同体」とでもいうべきものである。[注20] まず予示としての夢があって、その後に現実に幸運が起こるという成尋におけるパターンではなく、念力によって望み通りの夢を求めていこうとする考え方である点で、明恵における夢と軌を一にする。夢はある日突然に思わぬときにもたらされるものではなく、修行や念力によってこちらからはたらきかけて呼び寄せて創り出すものだという感覚なのである。ちなみに時代はもう少し下って、室町時代にも同様の「夢語り共同体」があった。伏見宮貞成とその同志たちは、後花園天皇の即位実現に至るまで『源氏物語』・和歌会・連歌会を営み皇位回復への執念を燃やし続けたが、それを支えたのが神仏の「夢告」だったのである。[注21]

神話など最も古い散文においては夢は天皇が司どり、政治と宗教もしくは呪術性を備えた場で発揮された。平安時代に入ると、そのような公的な性格や政治性は影をひそめ、私的で現世利益的な性格を色濃くしていく。ほとんどの場合、神仏は夢に現れるが、宗教者と夢との特別な結びつきがあるわけではない。西郷信綱が説くように夢を見るために寺社に参籠することはあったが、[注22] 明恵や兼実・伏見宮貞成の方がより意識的で、神話にみえる「うけひ」や「斎戒沐浴」して臨むというありかたに類似している。明恵は夢の宗教的な力を奪回しようとし、兼実・伏見宮貞成は現実の政治の場で夢の力を信じ、明確な目的を持って臨んだわけで、能動性という点で通じ合うところがある。たとえ権力回復という現世的な欲望であっても、努力して思い通りの夢をみようとするのは一種の修行という様相を呈している。特に、明恵の宗教性と伏見宮貞成の天皇位へのこだわりは、夢が本来宗教性と政治性の両方を帯びていたことを象徴的に示している。また伏見宮貞成の「夢語り共同体」は古代天皇制が瓦解した中世において、夢を天皇が管理・掌握していた上代のありかたを再起動させているものとして考えることもできよう。

院政期は、成尋と明恵というふたりの宗教者によって「夢記」が記録されたという点で特筆すべき時代である。しかも、前者と後者では夢のとらえかたが対照的であることが注目される。成尋にとっては夢は、ある日突然に予示・

予告としてやってくるものだが、明恵においてはあるべき夢は修行によって得られるものでこちらから能動的にはたらきかけていくものとしてある。いわば前者は受動的で、後者は能動的だということもできる。では受動的・能動的とは夢の捉え方にどのような相違があるのだろうか。失われた王朝と浄土とを受け身にとらえた前者の時代はやがて自らこれを獲得せんとする明恵のような人物を生み出す時代へと転回したのである。もはや何かを夢見るよりも何かを奪い取ろうとする動乱の時代へと足を踏み入失われた王朝と浄土とを受け身にとらえた前者の時代はやがて自らこれを獲得せんとする明恵のような人物を生み出す時代へと転回したのである。もはや何かを夢見るよりも何かを奪い取ろうとする動乱の時代へと足を踏み入れたのであった。

むすびにかえて

天皇制支配の中で、夢は神話とこれを受け継ぐ説話などの散文において実効性のあるものとしてとらえられてきた（夢は道具で圧倒的な支配力で実効性を発揮）しかし、和歌はこれと位相が異なり、恋と結びつく。恋において相手とのむすびつきを求めるのは人間の究極的な感情で、その究極の相手が天皇であるが、それが、唯一公の場で許されたのが挽歌であった。これが哀傷歌へとずらされるのである。神を幻視する恋歌はこのタブー性をひな形にするがゆえにおののきを秘めており、不安定でこれとつながるものこそが夢である。しかし散文のように天皇制を確立し、支えるためのものではなくゆらぎがある。現代ではこれを個と受け取るが、神との対立を軸とする近代的な個人性とは異なり、自分だけが神に慕い寄るものであり、それが古代的個人性なのだといえよう。

つまり散文と和歌では夢の機能が根本的に異なるのである。散文においては夢は真理や事実を示すものとして、神仏の啓示によって得られた。いわば世界そのものを構築する枠組みのようなものである。このような散文における夢の性格は上代のみならず古代を通じて物語や説話においてほとんど変化することなく受け継がれていく。だが、古代後期、いわゆる院政期あたりから夢の実効性に翳りが見え始める。というよりは、現実の世界で夢ははかないものという認識が一般化し、さらには現実そのものが夢のようにはかないものとして捉えられるようになっていく。もともと夢ははかないものという考え方はあったわけだが、それは前述の通り、哀傷歌や恋歌といった和歌のレベルにおいてであった。しかし院政期になると、現実世界そのものを夢として捉える発想が顕著になる。それでも散文の分野ではまだその基本構造を支える論理として残存するかたちで、夢の予言性、絶対性は一応、機能してはいるが、実際の現実感覚においてはそのような認識はほとんど喪失されていたことは佐倉論文が説く通りである(注23)。確固たる夢の世界がなぜ喪失されたのかというと、現実世界ははかなく夢のようなものであり、死後に往生する世界、つまり浄土こそが確固たるものだという仏教的な世界観が浸透したからである。極楽往生という死後の世界に究極的な人生の目的を定めたとき、現世はまさしく夢のようにはかない世界になる。つまり、夢はかつては現実の向こう側、非日常世界から送られてくる信号だったのだが、今や夢は現実と一体化し、浄土こそが確固たる向こう側の世界になったのであり、逆転現象が起こっているのである。

また、浄土とならび院政期の貴族たちにおける理想世界となったのが、王朝文化だった。『源氏物語』を代表とする王朝文化は喪われつつある、あるいはすでに喪われた天皇を頂点とした貴族による政治と文化を具現するものであった。院政期の和歌が『源氏物語』取りに執着するのには、こうした背景がある。同時に『新古今集』時代に『万葉集』に対する関心が高まるのも、天皇親政の時代への憧憬に支えられたものであった。

ここに至って和歌と散文においては、その相違は問題にならなくなってきたのである。

現実世界が夢となったという対比において、和歌と散文が一体化、もしくは一元化したともいえる。その結果、あらためて世界を予言し構築する本来の「夢」を取り戻す必要がでてきた。その端的な例が修行によって夢を獲得しようとする明恵のような存在となってあらわれる。鎌倉時代の九条兼実や室町時代の伏見宮貞成を中心とする一種の「夢語り共同体」もまた、基本的なところでは一致している。明恵が宗教体験としての夢を求めたのに対して、兼実や伏見宮は政治的な目的のための宗教的な夢を求めているという相違はあるが、夢が本来天皇制と深くかかわっていたことを考えれば、これは古代天皇制が瓦解した時代における最後の王政復古への願いを込めた夢であったといえよう。

夢が神仏の啓示であった、つまり向こう側から与えられるものであり、予言として運命や世界を把握するものであった時代から、夢はこちらから奪い取るという、新しい時代の幕開けを告げる活動が活発に行われたのが院政期であった。

〔注〕

1　西郷信綱『古代人と夢』平凡社選書一三、一九七二年。
2　中村文「反転する夢・断絶する夢—平安末期私家集に見る〈夢〉の意識」（『日本文学』一九九九年七月）
3　久富木原「和泉式部の花と夢の歌」『論集　和泉式部』（和歌文学会編、笠間書院、一九八五年）
4　佐倉由泰「夢想、夢告をめぐる物語の沈黙」（『日本文学』一九九九年七月）
5　注4に同じ。
6　倉本一宏（『平安貴族の夢分析』吉川弘文館、二〇〇八年）は、夢を信じない人々について述べている。なお河東仁『日本の夢信仰—宗教学から見た日本精神史』（玉川大学出版部、二〇〇二年）は、古代から近世までの夢の用例（含、「中国の夢信仰」）を博捜するが、和歌の夢は特に採り上げていない。
7　菅原昭英「古代日本の宗教的情操（二）―記紀風土記の夢の説話から―」（『史学雑誌』一九六九年一月）
8　大久保広行「夢」『国文学』一九七二年五月
9　注1前掲書参照。
10　西郷信綱は道綱母がリアリストだから、夢を簡単には信じないのだとする（注1前掲書）が、それ以前にジャンルの問題として考える必要がある。なお河東仁注6前掲書参照。
11　西村亨『王朝恋詞の研究』（おうふう、一九八一年）
12　『源氏物語』には多様な夢の記事がみえるが、これについては他日を期したい。
13　久富木原「誹諧歌―和歌史の構想・序説」『源氏物語歌と呪性』（若草書房、一九九七年）
14　仏教語の受容はすでに『万葉集』にも認められるが、それは巻一六のいわゆる戯笑歌に集中する。釈教歌的な歌は平安中期の『拾遺集』、あるいはそのあたりの私家集あたりから詠まれ始めている。
15　『拾遺集』には行基や聖徳太子の歌など著名なものはあるが、これらは説話がリライトされたものだという点で異なる。即ち、同時代のものではないのである。
16　奥田勲『明恵―遍歴と夢―』（東京大学出版会、一九七八年）
17　野村卓美「明恵と夢」（『日本文学』一九九九年七月）
18　院政時代は院政開始という意味では白河天皇譲位（一〇八六年）以降だが、摂関時代に継ぐ時代の意味で後三条天皇即位の年以後を含めるのが通説。その終わりは承久の乱（一二二一年）後、後鳥羽上皇の退位までとする（国史大辞典）。
19　伊井春樹「成尋阿闍梨の夢」と「夢記」―参天台五台山記の世界―」（『語文』（大阪大学）一九九五年一月）
20　菅原昭英「夢を信じた世界―九条兼実とその周囲」『季刊日本学2・1　通巻5号』一九八四年。
21　横井清「特論夢」『岩波講座　日本通史』第9巻中世3、一九九四年。
22　注1参照
23　注4参照

第Ⅲ部　歌人としての紫式部

——源氏物語とその周辺——

第9章　女性歌人の挑戦 ―額田王から晶子まで―

一、額田王と伊勢 ―宮廷歌人としての活躍―

（1）額田王―多彩な才能の開花

額田王は初期万葉を代表する女性歌人である。その作に、

額田王、近江天皇を思ひて作る歌一首

君待つと我が恋ひ居れば我が屋戸の簾動かし秋の風吹く　巻四・四八八

という歌がある。恋人を待つ女がかすかな風の音にも敏感に反応する、その瞬間の心の動きをとらえた繊細な抒情歌で、訪れを待つ期待感と寂寥感の入り混じる心をさりげなく、しかし的確に表現している。この時、女が待っていたのは天智天皇であった。額田王は天智天皇（六二六～六七一）に寵愛されたことで知られる。右の歌からは天皇の訪れをひたすら待ち続ける女の姿が浮かび上がる。『万葉集』には女が自由に情熱的に恋する自己を歌いあげる作品も散見されるものの、一般的には「待つ女」の歌が古代の女歌の典型としてあった。

だが、額田王は、このように受動的な、ただ待つだけの人ではなかった。たとえば次のような歌がある。

天皇、蒲生野に遊猟する時に、額田王の作る歌

あかねさす紫野行き標野行き野守は見ずや君が袖振る　　巻一・二〇

天智天皇が遊猟した時に、その実弟で皇太子の大海人皇子（後の天武天皇）が額田王に向かって袖を振った時、額田王は人に見られたら大変だとたしなめたのである。しかし大海人皇子は美しいあなたが人妻だからこそ恋い慕うのだと応じた。しかも額田王と皇子は、かつて夫婦であり、ふたりには十市皇女という子どもまでいた。

それゆえ、この歌は天皇と皇太子との三角関係の恋が背景にあると考えられたこともあった。だが、現在は「相聞」（恋歌）ではなく、「雑歌」に配列されていること、また歌の左注により天智天皇の薬狩りに群臣たちが従った時のものであることから、廷臣たちの居並ぶ宴の場で披露された座興的なやりとりだと解されている。天智・大海人の兄弟には実際に何らかの対立があり、それは天智天皇崩御後に、壬申の乱（六七二年）となって表面化する。だとすればなおさら、額田王の、皇太子の危険な行為をなだめるような、それでいて逆に挑発するかのような歌に対して、皇子が堂々とその挑発に乗って恋心を告白する歌はスリリングな効果を伴って宴席を湧かせたことであろう。額田王は、このように天皇の遊宴の席であやにくな関係をいわば演技として堂々と歌うことのできる歌人であり、天皇の訪れを待つだけの受動的な女性ではなかった。

恋にかかわる歌だけでなく、額田王は春秋いずれの季節がいいかを判定する「春秋判別歌」（巻一・一六）も詠んでいるが、これも宮廷の宴を雅やかに彩ったことであろう。この長歌は漢詩の影響を受けた対句を駆使しつつ、惑い揺れる心をうたって聴き手をどきどきさせながら展開する。さらに額田王は公的な儀礼歌まで詠んでいる。

熟田津に船乗りせむと月待てば潮もかなひぬ今は漕ぎ出でな　　巻一・八

斉明天皇は大化七（六六一）年、唐に滅ぼされた百済の遺臣が日本に救援を求めてきたのに応じて船団を率いた。これはその途中、伊予の熟田津に立ち寄り、筑紫に向かって出発する時に詠まれた歌で、戦勝祈願のための祭式の場における歌であった。(注1) 結句の「今は漕ぎ出でな」という表現は、軍団を鼓舞する力のこもった言挙げであり、天皇の意を受けて航海の安全を祈り全軍の士気を鼓舞する語気の強さは、国家的な行為を発揚する王者の風格を湛えている。このように額田王は天皇の立場に立って歌を詠む、代作歌人（「御言持歌人」ともいう）として活躍し、斉明天皇だけでなく天智天皇の代作もしている。天智天皇は、その即位の前年（六六七年）に大和の飛鳥から近江に都を移した。その四年前に日本軍は白村江の戦いで唐に大敗を喫したが、近江遷都も唐の侵略を顧慮しての決断だったとされる。その際に額田王は大和を去る心情を長歌に託した（万葉集巻一・一七～一八）が、それは単に故郷を離れる女性の感傷ではなく、近江遷都を決行した天智天皇の立場に立って、大和の国魂を象徴する三輪山に今後の王権の安泰を願ったのだとされている。(注2) 大和に王権が成立して以来、都が畿外に出た例はない。このような異例の遷都であるからこそ、王権守護を願う気持ちが強く込められた。そして近江朝で盛んに催された文芸サロン的な雰囲気の宴において作られたのが、前掲の「春秋判別歌」であった。額田王はそのような詩宴の場において、代作歌人としてだけでなく宮廷における「専門歌人」としても遇されたのである。

歌によって宮廷儀礼の場にかかわるこのような存在を宮廷歌人と呼ぶが、その始祖にこの後の近江朝で活躍する柿本人麻呂とされる。宮廷歌人は身分が低いのに対して額田王は皇族であるが、果たした役割はまさしく宮廷歌人であった。額田王は「待つ女」としての繊細な個の感情を詠むのと同時に、宮廷の詩宴における宮廷歌人、さらには天皇の立場に立った代作歌まで幅広く多彩な活躍をした。しかもその公的な歌にも個の抒情を織り込むところに特色がある。額田王は次節で述べるように集団に共有される歌の表現に個の抒情をしのばせて、歌謡から記載される和歌へと転換する柿本人麻呂の時代の先駆けとして大きな存在感を示したのであった。

(2)伊勢—知的で華麗な晴歌歌人

『古今集』の筆頭女流歌人である伊勢は宇多天皇(八六七~九三一)の中宮温子に仕え、天皇の寵を受けて皇子を生み、「伊勢の御」あるいは「伊勢の御息所」と称された。さらに天皇崩御の後は、その皇子敦慶親王に愛されて娘中務が生まれている。このように中流貴族の娘としては華麗な恋を経験する一方、有名な亭子院歌合など公的な歌合で活躍し、晴の場において多くの屏風歌を詠進している。天皇や親王の寵愛を受けながらも正式な妃には列せられず公的な歌を詠んだ点で額田王の場合と類似する。家集に『伊勢集』があり、『源氏物語』にも貫之と共に実名で記されるなど高く評価された。

伊勢の作品の中で人口に膾炙するのは、

難波潟みじかき蘆のふしのまも逢はでこの世をすぐしてよとや　新古今集・巻一一・恋一・一〇四九

という『百人一首』歌であろう。一本の蘆の節と節との間のように、ほんの短い間も逢わずにこの世を過ごせとあなたはおっしゃるのですかという難波潟の潮がひたひたと満ちてくるような嫋々たる女の恨み歌である。これは『伊勢集』四二九番にみえるが、この部分は混入歌群といって実は作者は未詳である。しかし後代の人々は、この歌を伊勢の代表作として享受してきた。伊勢その人の作としては、

春霞立つを見すてて行く雁は花なき里に住みやならへる　古今集・巻一・春上・三一

という歌がある。春霞が立つのに、それを見捨てて行く雁は花のない里に住み慣れているのかしらという意で、「帰雁」という漢詩の発想に拠っている。伊勢はまた玄宗皇帝と楊貴妃との悲恋をうたった白楽天の『長恨歌』をテーマにした屏風歌を詠むなど、時代の文化的思潮をいち早く身にまとって、知的な晴の歌を詠出する宮廷歌人として活躍した。それは中宮の死を悼む長歌(伊勢集・四六二)にもよくあらわれている。これは主に仕える人々がその死を嘆き

悲しみつつちりぢりに別れていく様子を詠んでいるが、その詠み方は次のような点で額田王の長歌とよく似ている。額田王が天智天皇崩御の際に詠んだ長歌（巻二・一五五）は、初めは宮廷歌人としての立場で客観的に歌うが、「我」への回路が周到につながれていて主・客を融合させる抒情の方法が用いられており、後の人麻呂の挽歌とは異なる特色を示すのである。（注3）伊勢の長歌もまず自らを「伊勢のあま」と三人称で歌い始め、次に自分をも含めた「われら」に置き換え、さらに「人々」という複数の三人称を登場させる。主観と客観を自在に織りなす詠法という点で、ふたりの作品は共通するのである。このような「独自な抒情の方法」によって、額田王と伊勢は晴の歌を個の情感あふれる作品に昇華させた。

二、小町と和泉式部 ―溢れる才気と情熱―

（1）小野小町　足を踏みしめて通う女

小町は『古今集』（九〇五年成立）以前の六歌仙時代（九世紀）の平安初期、和泉は紫式部と共に一条天皇（九八六―一〇一〇）中宮彰子に仕えた平安中期の歌人である。一般的にふたりに共通するのは、一途で情熱的な歌人というイメージであろう。小町には、

花の色はうつりにけりないたづらに我が身世にふるながめせしまに　　古今集・巻二・春下・一一三

思ひつつ寝ればや人の見えつらむ夢と知りせば覚めざらましを　　同・巻一二・恋二・五五二

というあまりにも有名な歌がある。一首目は、掛詞（「ふる」が「降る」と「経る」、「ながめ」が「長雨」と「物思いにふける」意のながめ）と縁語（「長雨」と「降る」）を駆使し、自然の花の移ろいに自身の物思いを重ねている。掛詞は一語に

よって景物と心情を同時にあらわす複雑な技法で、三十一文字というきわめて短い詩型をより豊かに表現することを可能にした。「花の色」は容色の衰えを嘆く意を掛けるとする説もあり、そうだとすると、男に飽きられる女の不安な心理や「待つ女」の姿が浮かびあがる。

これに対して、二首目の「思ひつつ」の歌は一途に人を恋する歌。『古今集』においては主体的能動的に恋をするのは男であって、女はきわめて受動的である。(注4) だが小町は女の側から男を一途に恋する点で、この原則から逸脱しているのである。とりわけ、

夢路には足もやすめず通へどもうつつに一目見しごとはあらず

古今集・巻一三・恋三・六五八

という歌は注目される。これは夢の中ではあるが、「女が通う」という女の主体的な行動として詠まれている。女から男の許に行くというシチュエーションは実は唐代の『鶯鶯伝』という作品に見え、小町歌はその影響を受けている。(注5)『伊勢物語』六九段の、夜中に斎宮が女の方から男の許へ行く話もこれを翻案したものだとされる。その男のモデルが在原業平であり、小町は彼と共に六歌仙のひとりに数えられている。平安初期には、万葉時代と同様に新しい中国文学の影響を強く受けながら歌が詠まれる文化的な環境があったのである。だがさらに興味深いのは、小町がここで「足」を詠んでいることとである。

身体表現は和歌にはあまり詠まれない。詠まれる場合でも、ごく限られた部位に制限される。平安中期に和泉式部は「耳」を詠んだが、これが『新古今集』に撰入された時、「耳」は「袖」に変更された。(注6) 勅撰集は正統的な雅びを目指して、それにふさわしくない表現を排除したのである。ところが、小町の「足」は残った。「足引きの」という枕詞がよく知られていたこともあろうが、それにしても「足」そのものが詠み込まれるのは極めて稀である。「足」は夢という幻想の空間に奇妙なリアリティをもたらす。それは身体を支えるからこそ、最も卑俗で非貴族的なもので

あるが、小町は夢の通い路を「足」を踏みしめて通う。『古今集』「仮名序」は「衣通姫流の人待歌、つまり受身の立場から」の恋歌に特色を見るが、（注7）実際の歌は意外性に満ちた強さを発揮する。小町には、また次の歌もある。

みるめなき我が身をうらと知らねばや離れなで海人の足たゆくくる　同・六二三

一般的には、「何回やって来ても私（小町）に逢える時のない自分（相手の男）の身をつらいと感じないから、あの人は足もだるいほど通って来るのかしら」と解されている。女の所にしげしげと通って来る男を冷笑するような歌である。「足たゆく来る」という「足」を含む表現が男の一生懸命な行為を具象化し、女の突き放した冷淡な態度が鮮烈に浮かび上がる。待つだけではない、したたかな女の表現がここにはある。小町は当時流行した中国文学の影響を受けつつ、勅撰集の規範から逸脱する自由な表現を駆使して独自の歌世界を築いている。

(2) 和泉式部──褻の歌の天才

黒髪の乱れも知らずうちふせばまづかきやりし人ぞ恋しき　後拾遺集・巻一三・恋三・七五五

髪が乱れるのもかまわずうち臥すと、恋人がやさしく髪をかきやって愛撫してくれたことが鮮やかに蘇ってくる。この歌の魅力は「黒髪の乱れ」「うち臥す」「かきやる」という身体的な表現によって形象されている。特に「かきやりし」という男の愛撫の動作を詠んだ点は画期的だった。この表現によって、女の姿態と男の仕草が映像として生き生きと浮かび上がって来る。また、

もの思へば沢の蛍も我が身よりあくがれ出づるたまかとぞみる　後拾遺集巻二〇・神祇・一一六二

という歌は男に忘れられて嘆いていた時、貴船神社に詣でて詠んだ。沢を飛び交う蛍が自分の体から抜け出していった魂のようだとする哀切な歌に、貴船明神が感応して「男の声で」歌を返したと伝えられ、闇の中に魂が蛍となって

飛び交う鮮烈な映像を喚起する。このように動的な映像を伴ういわば映画的な演出に長けた作品が和泉の歌の際立った特徴のひとつとしてある。

和泉は初め同じく中流貴族である橘道貞の妻になったが、冷泉天皇の皇子為尊（ためたか）親王と恋をし、この親王に先立たれると、弟の敦道親王と情熱的な恋をした。この敦道親王との恋が成就するまでを描いたのが、『和泉式部日記』である。だが、この親王にもわずか三年ほどで死別し、藤原道長の娘である中宮彰子の許に出仕する。和泉はここで紫式部の同僚として過ごした。『紫式部日記』は、「さほどすばらしい歌人ではない」と記すが、和泉は当代随一の歌人であり、勅撰集『後拾遺集』にも最多の入集を誇っている。和泉は屏風歌などの晴の歌には全く縁がなかったが、個の心情を情感豊かに歌い上げ、後世まで人々の心に深く刻まれる名歌を残した。

また和泉は最愛の敦道親王と死別した時には、

捨てはてんと思ふさへこそ悲しけれ君に馴れにし我が身と思へば　　和泉式部続集・五一

思ひきやありて忘れぬおのが身を君が形見になさむ物とは　　同・五二

などといった帥宮挽歌と呼ばれる絶唱を得た。自分の身体そのものが亡き宮の形見だから出家などできないとうたうのは和泉独特の感受性であり、恋の歌人の面目躍如といえよう。

しかし和泉の才能は恋歌にのみ発揮されたのではない。

くらきよりくらき道にぞ入りぬべきはるかに照らせ山の端の月　　和泉式部集・一五一

という歌は、自らの心の救済を願い、書写山の性空上人に贈られた。仏教の経典を踏まえたものであるが、それを自身の魂の救済を一途に求める歌に昇華させているのである。また、技巧的な歌も詠みこなした。その典型的な例が次の歌である。

津の国のこやとも人を言ふべきにひまこそなけれ蘆の八重葺き　　後拾遺集・巻一二・恋二・六九一

隙間のない蘆の八重葺きの小屋のように、人の見る目の隙がないので逢えませんと男の誘いを巧みな比喩で断わった
この作は、当時の和歌界の第一人者である藤原公任に絶賛された。

和泉はまた、誹諧歌の名手としても知られている。『後拾遺集』「誹諧歌」には、「六月祓え（みなづきはらえ）」を詠み込んだ次のような歌がみえる。

思ふことみなつきねとて麻の葉を切りに切りてもはらへつるかな　　巻二〇・雑六・一二〇四

塚本邦雄はこれを「凄まじい気魄の畳かけ」で「見事呪文となりおほせた」と絶賛する。（注8）後代、実際にこの歌は、六月祓えで「詠ずべし」とされたと伝わったとされている。（注9）和泉はこのように戯れの歌を詠み、また家集によれば男性に頼まれて代作をすることもたびたびであった。日常生活における歌のやりとり、すなわち褻（け）の歌において男の立場の歌も自在に詠みこなし、多彩な作品を残した。

三、式子内親王と永福門院　―中世の皇女・皇后歌人―

(1) 式子内親王―忍ぶ恋の歌人、男歌を詠む

玉の緒よ絶えなば絶えねながらへばしのぶることの弱りもぞする　　新古今集・巻一一・恋一・一〇三四

式子は『新古今集』を代表する女流歌人である。右の歌は『百人一首』にも入り、忍ぶ恋の歌として広く知られている。相手に告げることなく自分ひとりで堪え忍んでいると、もうとても堪えられそうにない、いっそのこと命を繋ぐ緒が切れてしまえばいいとうたう。

式子は後白河院の皇女で、独身の皇女から選ばれる賀茂の斎院を務めた。王城守護の神に仕える身で恋などできる環境にはなく、斎院を辞してからも生涯、独身だったことと、この歌のような忍ぶ恋の激しい心情を詠んだことから、忍ぶ恋を経験した歌人のように解されてきた。だが王朝和歌においては、忍ぶ恋をするのは一般的には女性ではなく男性の方だった。『百人一首』で知られる、

しのぶれど色に出でにけり我が恋は物や思ふと人の問ふまで　　拾遺集・巻一一・恋一・六二二

という歌も男性歌人（平兼盛）によるものである。

では、式子はなぜ忍ぶ恋の歌を詠んだのであろうか。それには平安末期から鎌倉時代にかけて流行した新古今歌風が影響している。藤原定家の父俊成が「源氏見ざる歌詠みは遺恨のことなり」（六百番歌合）という名言を吐いたように、当時の歌人にとって『源氏物語』は必読の書であった。これを念頭に置いて歌を詠むことは、和歌の世界に奥行きを与える枢要な方法のひとつとして意識化されていた。『新古今集』成立（一二〇五年）の一三年前に鎌倉幕府が誕生し、貴族政治から武家政治へと歴史の大転換期を迎えたが、そのような状況の中で『源氏物語』は失われた貴族社会の政治・文化・生活を体現する世界として、貴族の精神的な拠り所として機能した。

式子も『源氏物語』の人物の立場に立った歌を実践しており、須磨巻の光源氏や宇治の八の宮になぞらえた歌などを詠んでいる。(注10) 作中人物になりきれば、男性の立場で詠んでも少しも不自然ではない。だから「玉の緒」の歌も女三の宮に恋いこがれる柏木の立場で詠まれたのではないかとされる。(注11)「玉の緒よ」は、いわば男装の歌なのである。

もちろん、式子は「待つ女」の一途な心情も詠んでいる。

生きてよも明日まで人もつらからじこの夕暮れを問はば問へかし　　新古今集・巻一四・恋四・一三二九

「玉の緒よ」と同じく命令形が効果的に使われて、命を賭けた恋の心情が吐露されており、「この夕暮れ」と日時を限

定するため、さらなる緊迫感がある。しかし、これも実体験であった可能性は低い。院政期（平安後期）以降、題詠が盛んになり与えられた題に合う条件の中で詠まれることが多かったからである。一方で式子は、

山ふかみ春ともしらぬ松の戸にたえだえかかる雪の玉水　新古今集・巻一・春上・三

といった清新で繊細な叙景歌も得ている。このような微細な自然の景を的確に捉え、生き生きと描写するのも新古今歌風のもうひとつの特色であった。式子は平安中期に盛んだった宮廷サロンのような場に属したわけではないが、常に時代の最先端を行く和歌を詠出したのである。

（2）永福門院―叙景歌の達人

花の上にしばしうつろふ夕づく日入るともなしに影きえにけり　風雅集・巻三・春中・一九九

桜の花の梢にしばらくたゆたっている夕陽。（その美しさに見とれているうちに）いつ入るともなしにその光は消えてしまったことだよ。掛詞も縁語もない、また物語的な背景もなく、作者の眼はただ花の上にうつろっていく夕陽の光を見つめている。実に簡明で率直な歌である。「春中」に配列されているから、桜は満開なのであろう。その桜の花びらに、ひときわ色濃く染まった夕陽が降り注ぎ、その光はいつとはなしに弱々しくなって消えていく。時のうつろいに微妙な光のうつろいが重なる光景は、誰もがいつか見たことがあると思うような風景である。同様のことは次の歌にも言える。

真萩散る庭の秋風身にしみて夕日のかげぞかべに消え行く　同・四七八

この歌の傍線部分の表現は、有名な俊成の自賛歌、

夕されば野辺の秋風身にしみて鶉鳴くなり深草の里　千載集・巻四・秋上・二五九

を想起させる。俊成は『伊勢物語』一二三段の、別れて行こうとする男に、自分が鶉になったらせめて狩りに来てほしい（もう一度逢えるなら、狩られて死んでもいい）と訴えた女の物語を背景に置いて切なく物寂しい風情を詠んだ。だが永福門院は同じ表現を引きながら、俊成の歌や『伊勢物語』を全く感じさせない、静かで穏和な、夕陽のぬくもりさえ感じさせる世界を描いた。永福門院は古典をふまえて詠むそれまでの和歌の方法を相対化し、古典とは無関係の穏やかでなつかしい雰囲気を描き出したのであり、このような風景は誰もが共感できる普遍的な美の発見であった。

前掲の式子内親王の「松の戸」の歌も清新な風景を詠んでいるが、微細な自然をレンズを絞って写し、さらにそれを研ぎすまされた聴覚で聴き取るという緊張感があるのに対して、永福門院の歌はどこかやさしくのびやかで自然の中にとけ込んでいくような安心感を与えるのである。(注12) 近代になってから、『古今集』の理屈っぽい歌を非難して、「ありのままに」詠むことを標榜したのは正岡子規だったが、それより六百年ほども早く、すでにこのような作品が生まれていたのである。

では、このような歌風はどのようにして生まれたのであろうか。永福門院は伏見天皇（一二九〇〜一二九七）の皇后であるが、天皇、皇后共に京極為兼を和歌の指導者として仰いだ。京極家二代目となった為兼は定家の曾孫に当たり、祖父為家亡き後、御子左家は二条家、京極家、冷泉家の三流に分かれた。京極家二代目となった為兼の持論は、「おのおのともかくも心にまかせて、思ひ思ひに詠むべき」（野守鏡）というもので、自分自身の目で見、肌に感じ、心にひびくありのままの自然を自由にそのままの生きた姿でとらえよと説いた。無論、古典を否定したわけではない。伏見院も永福門院も『源氏物語』を愛読し、作中人物になりかわったような気持ちで歌を詠んでいた。(注13)

しかしながら、伏見院・永福門院は共に為兼の、既成の歌枕や縁語・掛詞に頼らず自由な表現を目指す新風和歌に共鳴して、京極派という新歌風に参画していった。そして伏見院は正和元（一三一二）年、『玉葉集』撰進の院宣を下し、さらに正平三（一三四八）年には『風雅集』が完成した。そして永福門院はこれらふたつの勅撰集の主要歌人のひとりとなったのである。その中に「待つ恋の心を」という題の、

おとせぬがうれしきをりもありけるよ頼みさだめて後の夕暮　　玉葉集・巻一〇・恋二・一三八二

という作品がある。これもまた何と自由でのびやかな歌であることか。式子内親王の「この夕暮れをとはばとへかし」という緊迫感のある作品とは対照的である。従来の和歌にこれほどまでに満ち足りて豊かな時を持ち得た「待つ女」の歌があったであろうか。不安や恨みとは無縁の、静かな幸福感に包まれたこの作品は、恋歌の新境地を拓いたのであった。

中世には、このように新古今歌風や京極派の新風が生まれたが、近世には時代を特色づける歌風は打ち立てられなかった。同様に女性歌人にも、古代・中世ほどには広く知られるような歌人は現れることはなかった。しかし近世中期の江戸では、女性歌人の育成者としても知られる国学の大成者、賀茂真淵が『新まなび』において「女歌」というジャンルを設けてその理想的な歌の姿を説いた。和歌は大衆化しつつあり、女性たちの率直な心情をあらわす表現手段となっていった。近世後期になると、地方にも有名な歌人が登場するようになり、その弟子の女性歌人たちもあらわれた。野村望東尼もそのひとりで、行動する勤王歌人として知られる。幕末の京都には太田垣蓮月があり、自作の歌を彫りつけた茶器を販売して生計を立てた点で、職業歌人の先駆として注目される。(注14)

四、与謝野晶子　―性愛を歌う―

やは肌のあつき血汐にふれも見でさびしからずや道を説く君　　みだれ髪・二六

春みじかし何に不滅の命ぞとちからある乳を手にさぐらせぬ　同・三二一

和歌はそれまで性愛を歌うことはほとんどなく、身体的な表現も極力、排除してきた。「肌」の語は王朝和歌の美意識から外れる個性的な歌を多く詠んだ曽祢好忠の歌（好忠集・二七二など）に見られるだけであり、「乳」は「垂乳根の母」という表現があるように、母性とのかかわりにおいてのみ詠まれてきた。道浦母都子が指摘するように、『みだれ髪』が「髪の歌から乳房の歌へ」と転回した点に、近代女性短歌のエポックを見ることができる。(注15) 晶子は女の性を絶対的に肯定して「肌」や「乳」を詠み、官能の歓びを高らかに謳いあげたのである。

晶子は浪漫的な歌風を目指す与謝野鉄幹主催の雑誌『明星』に属し、明治三四（一九〇一）年に『みだれ髪』を上梓した。その三年前には正岡子規が『歌よみに与ふる書』を世に問い、新しい和歌を生み出す必要性を説き、旧弊に堕した『古今集』的な和歌を痛烈に批判した。これより早く外山正一らの新体詩運動も活発に行われていたが、晶子は特に明治三二（一八九九）年に出た薄田泣菫の詩集『暮笛集』の影響を色濃く受けていた。「やは肌」の語も泣菫の詩「尼が紅」に見られる表現であった。また『みだれ髪』には、

こころみにわかき唇ふれて見れば冷かなるよしら蓮の露　一六一

人の子の恋をもとむる唇に毒ある蜜をわれぬらむ願ひ　三三四

酔に泣くをとめに見ませ春の神男の舌のなにかするどき　三六六

などと「唇」や「舌」の語がみえる。「唇」や接吻も泣菫の詩に認められる表現だが、これを短歌に詠んだのは画期的であった。

和歌史における「口」「唇」は、中世・近世にそれぞれ一首ずつ見られるだけであり、「舌」も近世に二首あるのみで、しかもこれら四首のうち三首までが滑稽な歌であり、もちろん勅撰集には全く見当たらない。晶子はこのような

言葉を官能の発露する表現として堂々と歌に詠んだ。それは和歌史において形成されてきた「待つ女」という受動的なイメージを壊し、男に挑んでいく自信あふれる女性像を創り出したのである。また、

みだれ髪を京の島田にかへし朝ふしてゐませの君ゆりおこす　五六
魔に向ふつるぎの束をにぎるには細き五つの御指と吸ひぬ　三五三
病みませるうなじに繊きかひな捲きて熱にかわける御口を吸ひぬ　三七三

といった歌には「ゆりおこす」「口吸ふ」という女自身の主体的な動作が詠まれている。「口吸ふ」は、泣菫の「接吻」よりも直接的で身体性の際だつ性愛表現であるが、晶子はさらに自分自身や自己の身体をも賛美する。

梅の渓のくれなゐの朝すがた山うつくしき我れうつくしき　三三六
罪おほき男こらせと肌きよく黒髪ながくつくられし我れ　三六二

これらの歌には自己に対する絶対的な自信があふれている。「梅の渓」の歌では「山」と「我」、即ち大自然と自分が同等の価値を持つことをうたい、「罪おほき」の歌には、造物主に創られた自分、神に選ばれた自分という揺るぎない自己肯定がある。このような自信が『みだれ髪』の歌々には漲っている。黒髪は『万葉集』などに男を待つ歌として詠まれて以来、女の性的身体の象徴として機能してきたが、それは和泉式部の「黒髪の乱れ」の歌（前出）に端的に示されるように、男に愛撫される対象であり受動的な身体に外ならなかった。晶子はこのような「黒髪」を、自己発信する身体のシンボルへと転換させ、一二〇〇年に及ぶ和歌史の流れを変えた。女の性と身体を肯定し、近代短歌への扉を開け放ったのである。

折口信夫が説いた「女歌」について馬場あき子は「恋の情感がいつも下敷きとなって匂やかさを保っているような歌」（注16）として理解するが、晶子の歌は、このような折口の言葉ではくくることのできない豊かさを備えている。それは

女の性に拠りながらも女だけではなく人間の性を肯定する人間賛歌になっており、一二〇〇年にわたって和歌が排除してきた身体や性愛に対する呪縛を解き放ったところにその大きな意義がある。

女性歌人たちは時代と切り結びつつ、自己を見つめ、自然を見つめて瑞々しい歌を詠んできたが、晶子はとりわけ、時代への、そして一〇〇〇年を超える和歌史への挑戦という点で際だった成果を残したのである。

〔注〕

1 多田一臣『額田王』（若草書房、二〇〇一年）
2 谷馨『額田姫王』（紀伊国屋書店、一九九四年）
3 身崎壽「額田王「山科御陵退散」挽歌試論」（『国語と国文学』一九八六年一一月）
4 近藤みゆき「『古今集』の「ことば」の型とジェンダー」『古代後期和歌文学の研究』（風間書房、二〇〇五年）
5 大塚英子「小町の夢・鶯鶯の夢」（『和漢比較文学叢書』第一一巻・汲古書院、一九九三年）
6 『新古今集』哀傷・七八三「ねざめする身をふきとおす風の音を昔は袖のよそに聞きけん」という和泉式部の袖の歌は、和泉式部続集一四五では下句「昔は耳のよそにききけん」として、「耳」が詠み込まれていた。
7 馬場あき子『女歌の系譜』（朝日選書、一九九七年）
8 塚本邦雄「ことばあそび悦覧記2」（『言語』一九七八年一〇月）
9 『世諺問答』
10 久富木原「源氏物語取りの和歌―式子内親王の場合―」『源氏物語の本文と受容』（源氏物語講座、第九巻、勉誠社、一九九二年、のち『源氏物語の変貌』おうふう、二〇〇八年所収）
11 後藤祥子「女流による男歌」『平安文学論集』（風間書房、一九九二年）

12　正岡子規『歌よみに与ふる書』（岩波文庫、一九五五年）
13　岩佐美代子『京極派歌人の研究』（笠間書院、一九七四年）
同・『京極派和歌の研究』（笠間書院、一九八七年）
14　村上明子『はじめて学ぶ日本女性文学史』（後藤祥子外編）（ミネルヴァ書房、二〇〇三年）
15　道浦母都子『女歌の百年』（岩波新書、二〇〇二年）
16　馬場あき子「女歌のゆくえ」（『短歌』一九七一年三月）

第10章　性愛表現としての「手枕」―万葉から和泉式部まで―

はじめに

「手枕」という共寝の身体的表現に着目しつつ、女・男の歌表現について考える。『万葉集』の男歌の大部分は「ひとり寝」を歎く歌で、その歌表現に関しては「手枕まかず」を基本形とするパターンに集約される。これに対して女歌はわずか三首が認められるのみであるが、それぞれに個性を発揮している。それらは「共寝の後」「共寝の時」「ひとり寝」に分けられ、ともに性愛表現としての身振り、しぐさ及び主体的な意思が示されている。これらを小町・和泉の歌と比較しつつ検討すると、小町の歌は『万葉集』の女歌の能動性を受け継ぐのであるが、『古今集』に配列された時点で、その能動性には制限が加えられていることがわかる。なお、「手枕」は『和泉式部日記』のキー・ワードとしての機能を持つが、身体的表現は希薄である。

一、『万葉集』における男歌と女歌との相違点

まず『万葉集』から男性の歌と女性の歌をそれぞれ分けて取り出してみる。(注1)

【男性の歌】

太宰帥大伴卿、故人を思ひ恋ひ恋ふる歌三首

1　愛しき人のまきてしきたへの我が手枕をまく人あらめや　巻三・四三八
2　帰るべく時はなりけり都にて誰が手本をか我が枕かむ　同・四三九
3　しきたへの手枕まかず間置きて年そ経にける逢はなく思へば　巻四・五三五

右、安貴王、因幡の八上釆女を娶る―以下略

4　大君の行幸のまにま我妹子が手枕まかず月そ経にける　家持・巻六・一〇三二
5　関なくは帰りにだにもうち行きて妹が手枕まきて寝ましを　同・同・一〇三六
6　沫雪の庭に降り敷き寒き夜を手枕まかずひとりかも寝む　同・巻八・一六六三
7　さ雄鹿の入野のすすき初尾花いつしか妹が手を枕かむ　巻一〇・二二七七
8　天雲の寄り合ひ遠み逢はずとも異(あた)し手枕我まかめやも　巻一一・二四五一
（澤瀉久孝『万葉集注釈』は男の歌とする）
9　若草の新手枕をまきそめて夜をや隔てむ憎くあらなくに　同・二五四二
10　験なき恋をもするか夕されば人の手まきて寝らむ児故に　同・二五九九
11　しきたへの枕をまきて妹と我と寝る夜はなくて年そ経にける　同・二六一五
12　ぬばたまの黒髪敷きて長き夜を手枕の上に妹待つらむか　同・二六三一
13　このころの眠(い)の寝らえぬはしきたへの手枕まきて寝まく欲りこそ　同・二八四四
（全集・新全集は男の歌とする）

14 足柄(あしがり)のままの小菅の菅枕あぜかまかさむ児ろせ手枕　巻一四・三三六九

15 大君の命恐みかなし妹が手枕離れ夜立(だ)ち来(き)ぬかも　同・三四八〇

16 大君の　遠の朝廷と　任(ま)きたまふ　官のまにま　み雪降る　越に下り来　あらたまの
年の五年　しきたへの　手枕まかず　紐解かず　丸寝をすれば（以下　略）　巻一八・四一一三

【女性の歌】

17 朝寝髪我は梳らじ愛(うるは)しき君が手枕触れてしものを　巻一一・二五七八

18 明けぬべく千鳥しば鳴く白たへの君が手枕いまだ飽かなくに　同・二八〇七

19 今更に君が手枕まき寝めや我が紐の緒の解けつつもとな　同・二六一一

（今更あの人の手枕をして寝るわけもないのに私の紐の緒は解けてしようがない）

（なお巻一一・二六二九「逢はずとも我は恨みじこの枕我と思ひてまきてさ寝ませ」の歌について新全集は、作者は女性かとする）

これらを分類すると次のようになる。男の歌は一六首（除く七夕）中一四首がひとり寝を歎く。1・2は死別、3不敬の罪、4仕事（大君）、5関、6不明、7願望、10女が違う男と手枕をする、11長い間逢えない、13眠れない、14誘い歌、15仕事（大君）16仕事（大君）。

このほか、8逢えなくても外の女と関係を持ったりしない、9新妻との夜を隔てることはない、12待つ女を思いやる）など、男のひとり寝の原因は多様だが、歌表現は「手枕まかず・手枕まく＋打ち消し」を基本形とするパターンに集約される。

これに対し、女歌は三首それぞれに表現・心情が異なる。19は「手枕＋まく」のパターンだが、男歌のように「ひとり寝」を歎くのではなく性愛の身振り・しぐさを詠み、欲望を主体的に表現する。17は共寝の後の余韻として感じている身体的性愛表現（朝寝髪・梳らじ・ふれて）、18共寝「飽かなくに」は欲望を主体的に表現している。19はひとり寝だが、過去における共寝の折の性愛的表現（「我が紐の緒の解けつつ」男歌では16の「紐解かず」）。三首とも共寝の折の身体の触れあいあるいはそのしぐさが性愛表現として想い起こされている。

従って男歌・女歌の相違点は次のようになる。男歌は「ひとり寝」の原因と結果を詠み、論理的だといえばそうだが、論が先行して性愛的表現は希薄である。これに対して女歌は共寝の後も最中も、さらには離別した後でさえも、それぞれ性愛的な表現を伴っている点で注目される。『万葉集』における「手枕」を指標とした性愛表現は、女歌においで突出してあらわれる。

二、平安期における男歌と女歌

次に平安期の歌集における歌を挙げると、二一首が認められる。その中で「ひとり寝」を嘆く歌は半数以上の一五首である。

1　ゆひしひもとく日をとほみしきたへのわが手枕にこけおひにけり　　古今六帖・第五「たまくら」・三三五一

2　君がせぬわがたまくらは草なれやなみだのつゆのよなよなにおく　　仁和御集・一一

3　秋ならでおく白露は寝覚めするわがた枕のしづくなりけり　　古今集・恋五・七五七

4　わぎもこがこざりしよひのうちわびて我がた枕をわれぞして寝し　　古今六帖・「たまくら」・三三五〇

5　背子が来て臥ししかたはら寒き夜は我が手枕を我ぞして寝る　　和泉式部集・七七

6　物をのみ思ひ寝覚の床の上にわが手枕ぞありてかひなき　　和泉式部続集・一四一

1「こけおひにけり」の歌はやや大げさな表現で、かえって切実な感情から遠い。また2は『万葉集』には見られなかった「たまくらは草なれや」という新しい発想が認められ、3は洗練された歌として注目される。4・5の「わが手枕をわれぞして寝る」はやや自嘲的気分が漂っており、これも『万葉集』には見られなかったものである。6は「ひとり寝」のさびしさがよく出てはいるが、『万葉集』女歌のような性愛的表現とは異なり、身体性は希薄である。

手枕の隙間の風も寒かりき身はならはしの物にぞ有りける　　拾遺集・恋四・九〇一

この歌は「身」に感じる「風」を詠む点でわずかに身体性が認められるが、平安期の特色として認められるのは、「手枕」あるいは「まくら」に関する妖艶な趣である。

7　ゆめとても人にかたるなしるといへばたまくらならぬまくらだにせず　　伊勢集・三二三

これは「まくら」が閨房の秘密を知っているということを詠んだもので、「人にかたるな」「まくらだにせず」という命令形と打ち消しの形が秘事をかえって際だたせている。「たまくら」の歌としては、たとえば、『周防集』に次のような贈答歌がみえる。

二条院にて―中略―藤大納言忠家これを御まくらにとて、かひなをみすの下よりさしいれたまへりければ

春のよのゆめばかりなるたまくらにかひなくたたむなこそをしけれ　　周防集・七

といふをききたまひて

ちぎりありて春のよふかきたまくらをいかがかひなきゆめになすべき　　同・八

これら二首は、一種の戯れの歌であるが、詞書を取り去ってしまうと、7の伊勢の作に通ずる艶麗な雰囲気を漂わせた歌になる。枕が閨房の秘密を知るというのは、

わが恋を人知るらめやしきたへの枕のみこそ知らばしるらめ　　古今集・五〇四

枕だにしらねばいはじみしままに君に語るな春の夜の夢　　和泉式部続集・二七三

などといった歌にも認められる。これらは「手枕」ではなく「枕」の例で、ひとり寝ではなく共寝の歌である。これを『万葉集』の共寝の女歌、11「明けぬべく千鳥しば鳴く白たへの君が手枕いまだ飽かなくに」と比べると、万葉歌が女の欲望を率直に主体的に表現するのに対して平安期の女歌は秘事として歌い上げることによって妖艶な雰囲気を創り上げていることがよくわかる。そしてそのためにますます身体的性愛的な表現からは遠ざかっていくのである。

ところで「手枕」の歌語は、『和泉式部日記』の中で、連続して八首詠まれている。

1宮　時雨にも露にもあてで寝たる夜をあやしく濡るる手枕の袖

とのたまへど、よろづにもののみわりなくおぼえて、御いらへすべき心地もせねば、ものも聞こえで、ただ月かげに涙の落つるを、あはれと御覧じて―中略―（女）「いかにはべるにか、心地のかき乱る心地のみして。耳にはとまらぬにしもはべらず。よし見たまへ、ア手枕の袖忘れはべる折やはべる」とたはぶれごとに言ひなして、

2女　頼もしき人もなきなめりかしと心苦しくおぼして、「今の間いかが」とのたまはせたれば、御返り、

今朝の間にいまは消ぬらむ夢ばかりぬると見えつる手枕の袖

と聞こえたり。「忘れじ」と言ひつるを、をかしとおぼして

3宮　夢ばかり涙にぬると見つらめど臥しぞわづらふ手枕の袖

さまざまに思ひ乱れて臥したるほどに、御文あり。

4宮　露結ぶ道のまにまに朝ぼらけ濡れてぞ来つる手枕の袖

イこの袖のことは、はかなきことなれど、おぼし忘れでのたまふもをかし。

5女　道芝の露におきゐる人によりわが手枕の袖もかはかず
6女　手枕の袖にも霜はおきてけり今朝うち見れば白妙にして
7女　人知れず心にかけてしのぶるを忘るとや思ふ手枕の袖
8宮　もの言はでやみなましかばかけてだに思ひ出でましや手枕の袖

以上であり、これら八首は宮四首、女四首だが、初めに宮が詠みかけている。1（宮）に対して2（女）、3・4（宮）に対して5・6（女）。7は逆に女から詠みかける形だが、これは宮が「手枕の袖は忘れたまひけるなめりかし」と言ったのに応えたものであり、初めから終わりまで宮がリードしており、『万葉集』女歌のような身振り、しぐさ、主体的な意思表示は希薄である。表現も、1「あやしく濡るる」2「夢ばかりぬる」3「涙にぬる」「臥しぞわづらふ」4「濡れてぞ来つる」5「露におきゐる人」6「霜」というように、表現を縁語的につないでいく。

「手枕の袖」の語は深まりいく愛の証として機能し、歌だけではなく、地の文や会話文でもアイウのように繰り返し話題にしている。高橋美果が指摘するように、「手枕の袖」は『和泉式部日記』の世界を象徴する言葉で、『万葉集』のような詠み方にはなっていない。万葉ではひとり寝を歎く歌が多いがここでは共寝をしており(注3)、身体的表現は希薄である。逆に精神的なつながりを見てとることができる。性愛的表現としての「手枕の袖」はやはり『万葉集』の女歌の特色として押さえられる。そしてこのような能動性は、わずかに小野小町の夢の中を「通う」という発想へとつながっていく。

ただし、小町の夢の中を通う歌は、『古今集』においては同様の男歌よりもワン・テンポずらしたところに配列されている。(注4)

住の江の岸による波よるさへや夢の通ひ路人目よくらむ　恋二・五五九・敏行
夢路にも露や置くらむ夜もすがら通へる袖のひちてかはかぬ　同・五七四・貫之
現にはさもこそあらめ夢にさへ人目を守ると見るがわびしさ　恋三・六五六・小町
夢路には足もやすめず通へどもうつつに一目見しごとはあらず　同・六五八・同

右に挙げるように、恋二に置かれた男歌と恋三の小町歌は、全く同じ発想、表現がなされているにもかかわらず、配置が異なる。『古今集』においては恋のプロセスに従って歌が置かれているので、女歌は男歌よりも一段階ずらして配列されていることがわかる。即ち、ことばの切り取り方が男女、共通している場合には、配列を変えて男性と同じ表現としては扱わないのである。

平安期の和歌、特に女歌は身体性を喪失すると共に勅撰集的規範によって大きな制約を受けていることが伺われる。

〔注〕

1　「手枕」という歌語に関して論じた先駆的論文に下西善三郎「万葉「手枕」考―古今以後を視野におさめて―」(『国語国文』第五六巻第一号―六二九号、一九八七年一月)があるが、下西論文は基本的に、1男の手枕―手枕を・男が・相手にさしのべる、としてうたう、2女の手枕―手枕を・女が・相手にさしのべる、としてうたう、という分類方法をとっている。たとえば、巻一一・二八〇七

明けぬべく千鳥しば鳴く白栲の君が手枕いまだ飽かなくに

という歌の場合には、

・「手枕」をさしのべる主体は「君」
・女の当事者の立場からうたわれた「男の手枕」

として分析するのだが、この説明では「女の当事者」とあるものの、一方では「主体」は「君（男）」とされているので、一首の中で「当事者」と「主体」がそれぞれ「女」・「男」となり、非常に紛らわしい。また下西は万葉では多くの場合、「男の手枕」「女の手枕」としてうたいわけたとし、しかも「手枕」をさしのべる主体を「女」としてうたうことが多かった（七八パーセント）とするが、これは単に「男歌16」対「女歌3」の比率によるものではないか。詠む主体が男なら女の手枕を求め、逆なら男の手枕を求めるのが自然なので、一首の中に「当事者」と「主体」の両方を持ち込むことによって、男歌、女歌の「性と言葉」の判別がしにくくなる。そこで本稿では、歌を詠む主体を男女で分けて分析する方法をとることにした。

2　七夕の歌二首は除く。

3　高橋美果「和泉式部日記の手枕の袖―歌言葉が導く和泉式部の恋」（『国語国文学会誌』第39号、一九九六年三月）

4　本書・第5章「女が夢を見るとき―夢と知りせばさめざらましを」参照。なお『古今集』に、ことばの主体としての男性が構築されており、男性の言葉の型があふれていることについては、近藤みゆき「古今集のことばの型―言語表現とジェンダー―文字列総比較の応用から―」（『古代後期和歌文学の研究』風間書房、二〇〇五年）を参照されたい。

第11章　歌人伊勢・その作品の特色をめぐって ―先蹤としての額田王へ―

はじめに

平安中期の華やかな文学作品の数々は、当然のことながらこの時期になって突如として花開いたわけではなかった。そこに至るまでに相応の準備期間を必要としたことはいうまでもない。女性による文学という点に限定すると、関根慶子が指摘するように『源氏物語』を代表とするこれらの諸作品は和歌における伊勢と、散文における道綱母とを特に重要な先駆として持った。(注1) その『源氏物語』には貫之と伊勢が二回ずつ実名で記され、また引歌では伊勢が貫之を抜くもっとも多い歌数を示していることなどから、紫式部が伊勢に深く傾倒していたことが窺われる。関根氏はさらに式部の和歌の一傾向にも伊勢がその先蹤となっていると指摘され、それ以外にも『更級日記』や『とはずがたり』が伊勢の歌を引用していることにふれて、伊勢の歌が女性による作品にいかに愛誦されたかがわかると述べている。(注2)

本稿では文学史においてかくも枢要な位置を占めた伊勢の歌の特色とその方法の一端をあきらかにしつつ、後世の歌人たちへの影響についてもみていくことにしたい。同時に最初の宮廷歌人として活躍した額田王との位相についてもふれてみたいと考えている。伊勢が平安女性文学に先駆的な役割を果たしたことは確かだが、その詠歌の質や存在のありかたを万葉時代から照射するという試みはほとんどなされていないようだ。両者の和歌に直接の影響関係が認められないからであろうが、『万葉集』と『古今集』を代表する晴歌の女性歌人を対比してみるのもそれほど無意味なことではないと思われる。

一

『伊勢集』を一瞥してまず気付くことは、流麗で無理のないなだらかな作品がそろってはいるが、やはり伊勢独特の発想や・表現が垣間見られるということである。

たとえば「花のかがみ」という表現。

京極院に亭子みかどおはしまして花の宴せさせたまふに、まゐれとおほせらるれば、みにまいれり、いけに花ちれり

としごとに花のかがみとなるみづはちりかかるをやくもるといふらん　九七

詞書からわかるように「花のかがみ」とは、桜の花びらがはらはらと散って池の水面がまるで花を写す鏡のようだというのである。落花の風情を実像ではなく池に写るいわば虚像の方を詠むのであるが、これは伊勢ひとりの方法ではなく同時代の貫之も好んで用いている。(注3)また、下の句の「ちりかかるをやくもるといふらん」という鏡の縁語を織りこんだ理知的な表現もきわめて古今的な発想というべく、(注4)一首全体としては時代の枠の中にあるものと言わざるを得ない。しかし、「花のかがみ」という印象深い表現は伊勢独自のものといえよう。

この語は勅撰集では『千載集』に一首（巻一・四四）だけみえ、私家集では『秋篠月清集』に一首、『拾玉集』に一

首、『壬二集』に一首、そして『拾遺愚草』に四首載るから、新古今時代になってその代表的な歌人たち、特にそのオピエオン・リーダー的な藤原定家に愛された表現だといえる。すくなくとも新古今歌人たちの注意を喚起するものだったことは確かなようである。

しかしこの歌自体は新古今時代になって急に脚光を浴びるようになったわけではなかった。『古今集』のほか、和歌体十首の「両方致思体」・和歌十体の「両方」・三十人撰の「伊勢十首」・三十六人撰の「伊勢」などの秀歌選のほか、『奥義抄』や『桐火桶』といった歌学書にも取り上げられて名歌としてよく知られていたわけだが、新古今時代の歌人たちはこの歌の、特に「花のかがみ」という表現に惹かれたのである。すでに述べたように一首全体としてはきわめて古今集的であって、たとえば前掲の和歌体十種も「此の体、古歌之所好」云々と評しているとおり、理知的だが流麗で無理を感じさせない「古歌」的な作なのである。しかし同じく水面に映る情景を詠んだとしても、たとえば貫之の、

池水にさきたる藤の風ふけば波の上にたつ浪かとぞみる　貫之集・九五

藤浪の影しうつれば我宿の池の底にも花ぞ咲きける　同・五〇六

などといった作品と比べてみると、その発想はともかくとして、「波の上に立つ波」などというのは理屈っぽいと言わざるを得ないし、「影し映れば」というのもあまりにも直接的な表現であるのに対して、伊勢の「花のかがみ」の方はひとひねりした表現でありながらしかも優雅さを失っていない。

似たような例に「水の春」がある。

からさきにて

なみのはなおきからさきにみえつるはみづのはるともかぜぞなりける

波のしぶきが沖のずっと向こうにみえるのは、風が水の春になってしまったからなのだなあという意だが、くだいて言えば春風が立って波のしぶきを起こし、海にも春が訪れたという感慨を深くするということである。即ち下の句は二重の倒置を含んでいる。「春の水（海）」とあるべきところが転倒し、また主語としての「かぜ」の上に位置することによって「みづのはる」を強めている。こうしてこの語は、きわめて印象深い表現となってたちあらわれる。

そもそもこの歌は『古今集』巻一〇物名「からさき」に配されているようにことばあそびの要素が色濃く、そのような必要性から生み出された表現ともいえよう。しかし個性的な表現でありつつも不自然さを感じさせることはない。こちらの歌は先の「花のかがみ」のごとく新古今歌人に愛されたというようなことはないのだが…。このほかには『玉葉集』二七四にただ一例をみるだけであり、伊勢独特の表現と考えられる(注5)。片桐洋一が伊勢の、

そこともしらでほかにわたりけるをりに、かくれたるとなむ思ひけると、をとこのいひければ

おもひがはたえずながるる水のあわのうたかた人にあわできえめや　三〇四

という作について、「あれこれと思い思う自分を『思ひ川』という実体のない、しかも今までだれもまったく使ったことのない歌語によって表現する大胆さに驚くのである」(注6)と述べているが、ここでみた「花の鏡」や「水の春」もまた、同様に伊勢の歌語作りのすばらしさを物語っていると考えられる。

ところで「花のかがみ」のところでふれたように、貫之や伊勢の場合、水面に映る風景を詠むのがひとつの特徴となっているが、これに加えて貫之は「水底」ということばに特に関心を示していることも注目される。『伊勢集』にも一首みえるが、「水底」という表現が当時どのような位相にあったのか、その最先端にあった貫之の例をみながら考えてみることにしよう。

二

貫之の「水底」の歌の中には次のような作品がみえる。

月影の見ゆるにつけて水底を天つ空とや思ひまどはむ　　貫之集・四六五

水底の月の上より漕ぐ舟の棹にさはるは桂なるらし　　土佐日記

これらは単に水面に映る映像を詠むのにとどまらず、天と水底との転倒が見られるのが特色である。さらに後者の方は、虚像として詠みながら下句では現実の如く錯覚するというかたちになっており、虚実ないまぜになった不思議な歌世界を現出している。

ちなみに新編国歌大観「私家集編Ⅰ」の索引を一瞥してみると、中世初頭の歌人たちまで含めたデータにおいて「水底」を詠んだ五六首中一一首までが貫之の作になる。貫之の作が約二割を占めるということはやはり特筆すべきであろう。同世代では、躬恒三首、伊勢一首、それ以前の例では人麿一首、赤人一首、小町一首である。人麿、小町の歌をみてみよう。

水底におふる玉藻のうちなびき心を寄せて恋ふるこの頃　　人丸集・一八三、拾遺集・六四〇参照

浪の面をいで入る鳥はみなそこをおぼつかなくはおもはざらなん　　小町集・六七

人麿作の上の句は序詞になっているが、実景を念頭に置いたものであり、小町作のほうは実景そのものである。赤人作については後述するが、これら先行する二作品に比べれば、貫之の歌の「水底」が発想を全く異にするものであることはあきらかである。彼の歌は「水底」に映る映像の方に執着するからである。躬恒の三首のうちの二首も貫之に

ひとしい。

おなじとし一〇月九日、更衣たち菊の宴したまふ、そのひ、さけのだいのすはまの銘のうた、をんなみづのほとりにありてきくの花をみる

きくの花をしむこころはみなそこのかげさへいろはふかくぞありける　躬恒集・一九一

むらさきのいろのふかきはみなそこにみえつるふぢのはなにざりける　同・二四一

躬恒のもう一首は

かげをだにみせずもみぢのちりぬべしみなそこにさへなみかぜやふく　同・四七二

という歌だが、これは「水底」にまで地上と同じ風が吹くと詠んでいて、貫之の前掲の「月影の見ゆるにつけて水底を天つ空とや思ひまどはむ」の作が「水底」を天空と転倒させる発想と相似する。

ところで『古今集』撰者時代以前に「水底」を詠んだのは、すでに挙げた人麿・小町のほかに赤人があった。

あまのがはみなそこまでにてらすふねつひにふなびといもとみえずや　赤人集・二六九

これは牽牛・織女が、天の川のあまりの明るさにかえって人目を忍んで逢うチャンスを逃がしてしまったことを詠んでいるのであろう。古代の人々にとっては天空にも川があり、そこにはもちろん「水底」があるわけだ。こういう神話的心性に育くまれて、天空や地上と「水底」とを転倒させる貫之や躬恒のような作品が生まれたのだとも考えられる。

伊勢の「水底」の歌は、

桜のあるかはづらに

みなそこにうつるさくらの影みればこのかはづらぞたちうかりける

という作であるが、躬恒の作が「菊・藤・もみぢ」を詠んでいたのと同様に、「桜」という植物をからませてある点で似たような発想の歌である。ちなみに「水底」の歌には「影」が詠まれることが多いが、『伊勢集』にも次のような詞書をもつ歌がみえる。

　七月七日たらひにみづいれて影みるところ
めづらしくあふたなばたはよそ人も影みまほしき物にざりける　八三

当時の人々は七夕の日には「たらゐにみづいれて」その星影を見ていたことが知られる。伊勢には屛風歌にも、

　御屛風のうた、たなばたの影みるところ
わたるとて影をだにみじたなばたは人のみぬまをまちもこそすれ　一六九

という作品がみえるが、「水底」に映る「影」や天空との転倒が詠まれるのは、このような実際の習慣に加え、その様子が屛風にも描かれていたという文化的な側面に支えられていたことに関連するところもあろう。ところで『大和物語』一四七段には、娘がふたりの男性に求婚されて入水し、男たちも彼女の後を追って死ぬといういわゆる生田川の話がみえるが、この話の後には、さらに興味深いエピソードが記されている。伊勢を中心とする四人の女房と中宮温子の皇女の五人が、女ひとりと水底に消えた男の身になりかわってそれぞれ歌を詠むという話である。「水底」にはこのような関心も注がれていた。こうした営為には『万葉集』にも載る昔物語の続きを考える愉しさとともに死後の世界への興味も含まれていたのであろう。

だが一一首もの「水底」を詠んだ貫之の歌は、その種類も発想も躬恒や伊勢よりも広範囲にわたる。次に箇条書きにして示してみる。なお亭子院歌合の一首も加えておく。

藤　二首（四〇五・六七七）

やまぶき　一首（四六五）
紅葉　二首（二六・三〇〇ただしこれは紅葉を花と見立てる）
花　二首（三〇〇・三〇二）
月　三首（三一三・四五五・七七六）
自分の影　一首（三五八）
鳥　一首（六七一）
蛙　一首（亭子院歌合）

ここで注目されるのは、「やまぶき」の花の詠である。

うつるかげありとおもへば水底のものとぞ見まし款冬の花

これはたとえ水底に「やまぶき」の花が映っていようといまいと、あるいはほかのものの「かげ」であってもかまわないから、現実の花ではなく「水底のもの」としてみたいというのである。(注7)「まし」という反実仮想の助動詞が用いられているから、虚像であることを認めつつその虚像をこそ眺めていたいという心理があらわれている。これは前掲の躬恒や伊勢のように実際に「水底」に映る映像をうたうのとは異なるレベルにあるといえよう。貫之の歌には先にふれたように、

水底の月の上より漕ぐ舟の棹にさはるは桂なるらし

という作のごとく、虚の世界の方をこそ実感しているかのような感覚が認められるのである。貫之歌には見立てをこえた幻影の世界への傾倒がある。

三

伊勢はこの貫之のような歌人と同じ時代の空気を吸い、彼と肩を並べて活躍した宮廷歌人であった。しかし伊勢は貫之の影響を受けながらも幻の映像への興味はあまり深くなかったようである。先にふれた『大和物語』の続きの歌にしても、水中への興味というよりは、物語の恋人たちの死後の物語を紡いでいくという意識の方が強かった。『伊勢集』冒頭も物語的であり、また多くの屏風歌を残したことを考えると物語的な興味や想像力はゆたかであったことはたしかだが、ここでは伊勢が特に好んだと思われる表現についてみていくことにしたい。

そのひとつは「花すすき」である。この語をもつ歌を伊勢は五首得ている。これは、

寛平御時后宮の歌合の歌　在原棟梁

秋の野の草のたもとか花すすきほにいでてまねく袖と見ゆらむ　古今集・秋上・二四三

という作にみえるように、また「花すすき」が風に吹かれるといかにも人を手招きしているようにみえることを考えても、特に個性的なものではない。ただ伊勢の場合、五首のうち三首までが哀傷歌のなかで詠まれているということには注目してよいのではないか。それらは伊勢が仕えた温子中宮の死を悼む長歌と、さらにまた彼女が愛を受けた宇多天皇の国忌の歌にも詠み込まれている。（注8）一般的に哀傷歌に取り合わされる景物を『古今集』にみてみると、「空蝉」（八三一・八三三）、「桜」（八三二・八五〇）、「もみぢば」（八四〇・八四八・八五九）、「ふぢ衣」（八四一）、「露」（八四二・八六〇）、「郭公」（八四九・八五五）、「梅花」（八五一）、「白雲」（八五六）、「霞」（八五七）などとなっているが、これらと共に「ひとむらすすき」（八五三）が一首入っている。

これら哀傷歌に詠まれる素材や景物は、「空蝉」や「桜」、「露」、「もみぢば」のようにはかないもの、「梅花」のように昔の人をしのぶ花とされているもの、「郭公」のごとくあの世からの使者と考えられているものであり、また「雲」や「霞」などは亡き人は天にかえっていくという発想から用いられたものであろう。さらに「ふぢ衣」は喪服をあらわすものであり、「もみぢば」の場合は散りやすくはかないもの（八五九）というだけでなく、はげしい悲しみに流す紅涙をほのめかすものでもあろう（八四〇）。もう一首の「もみぢば」は、亡くなった人の家を訪ねたところ、まだ紅葉していなかったので「ぬしなきやど」はもみじも色づかないのか、さびしいことだと詠んでいる（八四八）。この八四八の歌は、先に挙げた素材や景物とは位相の異なる詠み方がなされている。つまり素材そのものが死とか、命のはかなさを表象するのではなく、亡くなった人の庭に植えられている植物を見て感慨にふけっているのである。同様の歌がもう一首ある。それが「ひとむらすすき」の歌である。詞書がやや長くなるが、この「ひとむらすすき」の歌を書き出してみよう。

藤原利基朝臣の、右近中将にて住み侍りける曹司の、身まかりて後、人も住まずなりにけるを、秋の夜更けて、ものよりまうで来けるついでに見入れければ、元ありし前栽も、いと繁く荒れたりけるを見て、早くそこに侍りければ、昔を思ひ遣りて、よみける　　御春有助

君が植ゑし一群（ひとむら）すゝき虫の音のしげき野辺ともなりにけるかな　　古今集・八五三

歌にあきらかなように、「ひとむらすすき」は亡きひとが植えたものであった。この素材が哀傷歌に詠まれたのは、まさにこういう事情があったからなのであろう。ちなみに『後撰集』、『拾遺集』をも含めたいわゆる三代集の哀傷歌には、「ひとむらすすき」は全く見当らない。死を悼む歌の素材としてはやはり一般的ではないのであろう。

以上、『古今集』の哀傷歌についてみてきたのは、無論、伊勢の「花すすき」が亡きひとを悼む表現としてどのよ

うな位相にあるかを知るためであった。バランス感覚にすぐれた伊勢が、哀傷歌の表現としては珍しい部類に属する「花すすき」を中宮及び帝を悼む歌にも詠み込んでいるのはなぜなのかという疑問を持たざるを得ないからである。このように考えるとき、前掲の『古今集』哀傷歌における「ひとむらすすき」の例同様、伊勢の場合もまた「花すすき」が中宮や天皇と特別なゆかりをもっていたのではないかという思いを抱くのである。

天皇の場合については後述するが、中宮との心の交流の過程において伊勢にとってはこの「花すすき」が中宮のやさしさを象徴するようなきわめて印象深い思い出を喚起するようなことばであったことは確かなことのようである。『伊勢集』の日記的物語的な部分の最後近くに、長い詞書をもつ中宮との次のような歌のやりとりがみえる。

いまはみを心うがりてただ宮づかへをのみなむしける、きさきの御心かぎりなくなまめきて、よにたとへむかたなくむおはしましける、この人のざうしに前ざいをかしうううゑてなむすみけるを、あきさとにまかりいでたりけるに、などかいままではまゐらぬ、おそくまゐるめればざうしの松むしもなきやみ、花ざかりもすぎぬべし、とのたまはせたれば、御かへりにきこえさする

松むしもなきやみぬなるあきののにたれよぶとてか花みにもこむ　二一八

御かへし

よぶとしもこえはきこえではなすすきしのびにまねくそでもみゆめり　二一九

またかくきこえたてまつれる

人もきぬをばながそでもまねかればいとどあだなるなをやたちなむ　二二〇

御かへし

我まねくそでともしらではなすすきいろかはるとぞおもひわびつる　二二一

これは温子中宮がいかに伊勢にやさしい心をもって接していたかを示すエピソードのひとつである。(注9) 伊勢は後宮の自分の曹司に前栽を趣深くしつらえて住んでいたが、秋のある日里下がりしたところ中宮から曹司の松虫も鳴きやみ花盛りも過ぎてしまうから早く戻って来るようにとの仰せがあった。そこで伊勢は二八「松かしも」の歌を送るのだが、それに対して届いたのが中宮の二九「よぶとしも」の歌であった。この中宮の歌の中に「はなすすき」の語がみえる。詞書と歌の内容からして、中宮は伊勢の曹司の前栽で誰かがあなたをこっそり手招きしていますよ、だから早く帰っていらっしゃいと呼びかけている。しかし伊勢はそんなふうにして戻っていったりしたら、「あだなる」名がたってしまいます、と応えてなおも帰ろうとはしない（三〇）。すると中宮は、あなたを手招きしているのはほかならぬこの私ですよと、中宮自身が伊勢の帰りを待ちわびているという歌を送った。

これら二組の贈答歌は、中宮と伊勢との間がいかにこまやかな心の交流で支えられていたかを物語っている。中宮が「しのびにまねくそで」（二九）と男の人が待っているかのような表現を用いたのに対して、伊勢は「いとどあだなる」名が立ってしまうでしょうからと応じているが、伊勢はなにか男の人との噂でもたてられて里下りしてしまったのであろうか。あるいはまた、相手の歌を逆手にとって拒絶する男女間の歌のやりとりのようにややたわむれて中宮との歌の贈答を楽しんでいるのであろうか。いずれにしても中宮は、人知れずあなたの帰りを心待ちにしているのは、この私ですよと伊勢に対する温い心情を吐露する。中宮のこの最後の歌にはほんとうに早く戻って来てほしいという気持ちがあふれており、伊勢を感激させたことであろう。

この時の中宮の二首の歌のいずれにも「はなすすき」が詠まれていることに注目したい。実家に帰ってしまった伊勢を、中宮はこの「はなすすき」という言葉によって一刻も早く自分の許へ戻ってくるように真心こめて説得したのであった。中宮はこのほかにも、宇多天皇の寵を賜って授かった御子を実家に預けて宮仕えせねばならない伊勢に同情し慰める歌なども詠んでいるから、中宮が亡くなった時、伊勢の脳裏に浮かんだのはこれらの「はなすすき」の歌々だったのに違いない。それは中宮のやさしさの象徴ともいうべきことばだったのではあるまいか。(注10)

「七条の后うせたまひて」と題する長歌の後半には、次のようにある。

秋のもみぢと人人は　おのがちりぢり　わかれなば　たのむかげなく　なりはてて　とまる物とは　花すすき
君なきにはに　むれたちて　そらをまねかば　はつかりの　なきわたらんを　よそにこそみめ　四六二

「はなすすき」はやはり『古今集』哀傷歌の「きみがうゑしひとむらすすき」同様、「君なきにはにむれたちて」悲しみを誘うのである。そしてそれは「ひとむらすすき」ではなくそれよりももっと例外的な「はなすすき」でなければならなかった。

しかし「ひとむらすすき」ならまだ哀傷歌にふさわしい感じがするが、「はなすすき」の方は一般的には恋歌の方が似つかわしい。たとえば『伊勢集』にもみえる次の贈答歌を見てみよう。

秋野花見行くときくをとこ
あきののにいでぬとならばはなすすきしのびにわれをまねきやはせぬ　四五
かへし
いづかたにありときかばか花すすきはかなきそらをまねきたてらん　四六

伊勢が秋の野の花見に出掛けると聞いて、男が「はなすすき」が手招きするように、こっそり私を誘ってくれているのではなかろうか、と暗に自分も一諸に行きたいと言ってきたのに対して、伊勢はお招きする気など全くありませんよと軽くいなしている。

伊勢はこのような男女の恋のかけひきのような場合にも詠まれる言葉を、中宮の死を悼む長歌に入れているのである。ちなみに『古今集』には、すでにふれたように伊勢の長歌以外に「はなすすき」を詠んだ歌が五首みえるが、そのうち二首が秋の歌で、あとの三首は恋歌である。秋歌の一首は、

　題しらず　　　　　　　　　　　　　平貞文

　今よりは植ゑてだに見じ花すすきほにいづる秋はわびしかりけり　　　　　秋上・二四二

という歌で秋の季節のさびしさが詠まれているが、もう一首の、

　寛平御時后宮の歌合の歌　　　　　在原棟梁

　秋の野の草のたもとか花すすきほにいでてまねく袖と見ゆらむ　　　　　秋上・二四三

という歌は、花すすきを擬人化して恋の気分を漂わせたものになっている。恋歌三首のうち二首はともに「花すすき」のあとに「ほにいでてこふ」（恋一・五四九・恋三・六五三）という表現を伴っており、残りの一首は「ほにいでて人にむすばれにけり」（恋五・七四八）とあって、いずれにしても「花すすき」が恋心のあらわれとしてとらえられているといえよう。

　このように「花すすき」は伊勢の時代には、どちらかといえば恋心や恋の雰囲気を感じさせる語であった。それをあえて中宮を悼む長歌に詠みこんだのは、やはりかつて中宮から賜った歌に詠まれていたからではないかと考えられる。「花すすき」は伊勢にとっては中宮のやさしさの象徴であり、また「君なきには」つまり中宮との交流の場の象徴でもあったのだと考えられる。ところで前掲の男性との贈答歌の伊勢の歌に、「花すすきはかなきそらをまねきたてらん」とみえるが、長歌の方にも「花すすき……そらをまねかば」とある。「花すすき」と「まねく」という語はしばしば共に詠まれるが、「そらをまねく」という表現は伊勢独特のものである。「人を手招きしているような」という意味で使われる「花すすき」だが、伊勢の眼にはそれはとらえどころのない「そら」を招いているようなはかない

ものと映っていたのであろう。「花すすき」と「そら」の組合せは後世になって二首詠まれている。『実方集』と『大斎院前の御集』に一首ずつみえる。これらが伊勢の影響を受けているか否かは定かではないが、前者には、

清涼殿御前のすすきをむすびたるを、たれならんといひて、ないしの命婦のむすびつけさせける

ふくかぜのこころもしらではなすすきそらにむすべる人やたれぞも　　実方集・一七

とある。詞書によれば、清涼殿御前にすすきが植えられているということである。これまで中宮への長歌の方についてのみ見てきたが、清涼殿は天皇が政務をおこなうところであるから、伊勢の時代にも同様であったとすれば宇多帝の御国忌に「花すすき」を詠んだのも天皇をしのぶ歌としてごく自然なことであったのかも知れない。それは、

花すすきよぶこどりにもあらねどもむかしこひしきねをぞなきぬる　　伊勢集・三七〇

という歌である。

中宮を悼む長歌の場合は伊勢の曹司の「花すすき」をめぐる中宮の歌を念頭に置き、帝の御国忌の歌の方は清涼殿の天皇を思い描きつつ「むかしこひしき」と詠んだのではあるまいか。

四

伊勢の歌は古今的特色を備えながらも、随所にこの人独特の表現や個性的なことばづかいが窺われるのである。彼女の作品はまた、後世の歌詠みたちの、特に個性的な歌人の歌ごころにも、ある感銘を与えたようである。

「あひにあひて」という表現もそのひとつである。

世中のうきことを

あひにあひて物おもふときのわがそではやどる月さへぬるるかほなる　　二〇八

『古今六帖』にも採られたこの名作を念頭に置いて、和泉式部は女小式部内侍を亡くした悲しみの歌に、

あひにあひて物おもふ春はかひもなし花もかすみもめにしたたねば　　和泉式部正集・五六六

と詠んだのであろう。下句の表現は異なるが、初句と第二句がほとんど等しいのでそれと知られる。そしてこの伊勢の歌は、前述の「花のかがみ」と同様、新古今歌人たちに注目されたようである。

慈円の「詠百首和歌」には、

わが袖にやどるならひのかなしきはぬるるがほなる夜半の月影　　拾玉集・三五五六

とあって、「あひにあひて」の語はないが、初句と四句に類似の表現が使われている。それもそのはずで、この百首は「以古今為其題目」という目的によって伊勢の歌そのものを題にして詠まれたものであるから、初句は避けられたのであろう。また藤原家隆は、「院百首」において、

あひにあひて物おもふ比の夕暮に鳴くやさ月の山ほととぎす　　壬二集・五八七

と詠み、初句と第二句をそのままとっている。定家もまた「内大臣家百首」において、

秋は又ぬれこし袖のあひにあひてをじまのあまぞ月になれける　　拾遺愚草・一一三二

という作を得ている。慈円の詠は伊勢歌の心をそのまま詠んだもので、家隆や定家作の方はそれぞれ夏と秋の季節感を感じさせる歌になっている。『古今集』・『後撰集』の両方に採られた名歌である伊勢の歌は人口に膾炙していたと思われるが、その歌句は和泉式部以来ずっと詠まれなかったということになる。しかしながら新古今時代になってその中心的な歌人たちによって詠歌の糧とされたのである。もっともこの歌は『源氏物語』須磨巻に引歌として用いられているから(注11)、定家らの関心はその精緻な源氏読みの姿勢に由来する可能性もある。

さて次の、

おもふことありけるに

みのうきをいはばはしたになりぬべしおもへばむねのくだけのみする　　伊勢集・二一八

この歌は、関根慶子も指摘するように（注12）和泉式部の、

なげく事ありとききて、人のいかなる事ぞととひたるに

ともかくもいはばなべてになりぬべしねになきてこそみせまほしけれ　　和泉式部正集・一六二

という名歌の成立に関与することはたしかである。このほかにも、『新古今集』恋三には、伊勢の、

忍びたる人とふたりふして

夢とても人にかたるな知るといへば手枕ならぬ枕だにせず　　三三三

という歌と和泉式部の、

枕だにしらねばいはじみしままに君にかたるな春の夜の夢　　和泉式部続集・二七三

という作品が肩を並べて配列されている（伊勢詠・一一六〇、和泉詠一一六一）。無論、和泉は「もとより先行する伊勢の歌を知って、その上でこのように歌っているのであろう」（注13）と考えられる。

和泉式部も親王の愛を受けているから紫式部とはまた違った意味で伊勢に関心を寄せていたのかも知れないが、それにしてはその数は意外に少なく、また明らかに参考にしているにもかかわらず、歌の印象はかなり異なっている。前掲の「あひにあひて」の歌と和泉の子を亡くした悲しみの歌の場合は、表現を同じくするところはあっても悲嘆の度合いが異なるせいか、伊勢歌の方が妖艶で和泉の方は大きな悲しみに包まれており、それぞれの置かれた状況の相違が出ているように思われるが、二首目の伊勢の「みのうきを」の詠の下句「おもへばむねのくだけのみする」とい

うのと、和泉式部の下句「ねになきてのみせまほしけれ」という表現を比べると、後者の方がより具体的身体的な表現によって情感のうねりを詠んでいるように感じられる。

また、三首めの「ゆめとても人にかたるな」の作にしても、和泉の「みしままに君にかたるな春の夜の夢」の方が艶麗な雰囲気をたたえている。これらふたつの歌を比べると、伊勢の歌の方は理屈っぽく観念的にさえ見えてくる。和泉詠は伊勢詠を参考にしつつ本歌をしのぐ和泉式部流の名歌を得たといえよう。窪田空穂『新古今和歌集完本評釈』が、「伊勢の歌も歌才のゆたかさが現われているが、式部の余裕を持ちながら、含蓄ある簡潔な詞句で、同じことを美しく現わしている手腕は、はるかに上である。際立った歌才である」と説くとおりであろう。前述の「花のかがみ」の歌とその他一首についても、伊勢の詠みぶりを「かしこく巧みておもしろけれど、小町のはかなくなだらかなるには劣れり。歌はおろかげにて詠むこそよけれ、女はましてなり」（『打聴』）と評する古注釈もある。伊勢には百人一首で有名な、

難波潟短き蘆のふしの間も逢はでこの世を過ぐしてよとや　新古今集・恋・一〇四九

という婀娜たる名作があるが、こうして前掲の和泉式部の作品と比較してみると、「あひにあひて」の作を除けば、たしかにいくぶん固い印象が残るのは否めない。(注14)

しかし伊勢の、

風吹けばいはうつなみのおのれのみくだけてものをおもふころかな　三八三

という作は、後に『重之集』につぎのように載り、『百人一首』にも採られて人口に膾炙することになった。

かぜをいたみいはうつなみのおのれのみくだけてものをおもふころかな　重之集・三〇三

初句がほんのすこし変わっただけで、ほとんど伊勢の歌そのままである。そしてこの「くだけてものをおもふころか

な」という下句は、こののち曽根好忠や藤原家隆によっても詠まれている。

やまがつのはてにかりほすむぎのほのくだけてものをおもふころかな　　好忠集・一三五

伊勢のうみの塩瀬にさわぐさざれ石のくだけて物を思ふ比かな　　壬二集・三八二

いずれも伊勢の作同様、上の句が序詞として機能している。この「三八三番」歌は、『伊勢集』古歌群に混入した作だと解されているが（『伊勢集全注釈』など参照）、家隆が「伊勢のうみ」を詠みこんでいるのは、あるいはこの歌を伊勢として意識しているのであろうか。伊勢は家集の中でしばしば「伊勢のうみにとしへてすみしあま」（二一九）とか「伊勢のあま」（四六二）と自称しているし、他人からも「伊勢のうみにあそぶあま」（四六〇）と呼ばれたりしているからである。が、それはともかくとして、『伊勢集』に混入した「くだけてものをおもふころかな」という下の句は、『万葉集』によく見受けられる「言はでおもふぞ言ふにまされる」といった下の句に似た機能を果たしている。この場合、感情を吐露する下の句に、詠者の独自の叙景表現を重ねあわせる技量が問われるのである。古今的美やテクニックにたけた伊勢ではあるが、同時に『万葉集』のいわば共同体的な心情に個人的な叙景を重ねる寄物陳思の歌の発想をももっていたと受け止められていたのかも知れない。

同様のことは、次の歌の場合にもあてはまる。

我がこひはありそのうみのかぜはやみしきりによするなみのまもなし　　四一二

「我がこひは」を冒頭に置き、しかも「石」を詠みこんだ歌はすでに『万葉集』にみられるが、その比喩はたとえば、

我が恋は千引きの石を七ばかり首に掛けむも神のまにまに　　巻四・七四三

といった素朴で滑稽味さえ感じさせるものである。これに対して伊勢の作は、「百人一首」にもとられてよく知られた二条院讃岐の、

寄石恋といへるこころをよめる

我が袖は潮干に見えぬおきの石の人こそしらねかはく間ぞなき　千載集・恋二・七六〇

の詠を想起させる。作者讃岐はこの歌によって「沖の石の讃岐」とも呼ばれたらしい。「沖の石」という語句がいかに印象的であったかを物語っている。ところで恋の思いを打ち寄せる波にたとえる早い例は、伊勢と同時代の興風が、

我が恋はしらむとならばたごのうらにたつらんなみのかずをかぞへよ　興風集・五八

と詠んでおり波との組合せが伊勢の発想と似通っている。しかし歌の情景は伊勢の方がずっとリアルで心の微妙なゆらめきを描出しており、伊勢の歌と讃岐の歌との共通点の方が印象に残る。「ありそ（荒磯）」に対して讃岐の「沖の石」、「なみのまもなし」に対して「かはくまもなし」ということばづかいの対応性をみても、讃岐詠が伊勢のこの歌を先蹤としてもつことはあきらかであろう。また、伊勢には、

うらちかくなみはたちよるさざれいしのなかのおもひはしるやしらずや　四三四

という作もある。讃岐の歌の発想には、この歌も投影しているように思われる。

そもそも「石」を恋歌に詠むこと自体珍しく、「沖の石」は、西行に一首、

はなれたるしららのはまのおきのいしをくだかであらふ月の白波　山家集・百首・月十首・一四七六

とみえるが、純然たる自然詠である。「さざれ石」の場合は二首、恋歌に詠まれた例がある（兼盛集二六、源賢法眼集五二）が、これも伊勢以後の作である。伊勢と同時代の歌といえば、

はまちどりあとふみつくるさざれいしのいはほとならむときをまてきみ　躬恒集・二九三

などという歌で、後世の作品にも「さざれいしのいはほ」と続き、祝歌の例が多い。「石」を恋歌に仕立てたのは伊

勢の独特な発想によるものであった。無論、『万葉集』には、

　信濃なる千曲の川の小石も君し踏みてば玉と拾(ひり)はむ　　巻一四・東歌・三四〇〇

という印象深くも愛らしい相聞歌があるが、これは本当の「石」である。恋心の比喩として用いたのは伊勢がはじめてだったのであり、このようなところにもこの歌人の面目躍如たるものがある。(注15)

五

以上、伊勢の歌表現の特色と後代への影響をめぐってあらあら見てきたが、逆に伊勢の先蹤となった歌人への視点もあってしかるべきではないか。その場合、伊勢に先立つこと二百年余り、わが国最初の宮廷歌人として活躍した額田王という存在への配慮がなされてもいいのではないかと思われる。額田王はその歌才をもって天智天皇に愛され晴れの場で歌を詠んだ万葉歌人だが、この額田王こそ伊勢の先駆とすべき存在ではなかろうか。和歌表現自体に直接の影響関係は認められないところから、このふたりの女流歌人が比較対照されたり並び称されたりすることはほとんどなかったと思われるが、万葉と古今とをそれぞれ代表する宮廷女流歌人として、その詠歌のありかたの差異、もしくは同質性について考えてみてもよいのではないか。

まず、それぞれの身分において、ふたりとも天皇の「妻にして妻にあらぬ」ありかたには共通する部分がある。額田は、「いずれかの折天智の寵を受け、妻であったかもしれないけれど、単なる妻や愛人だけの身分で天智後宮に列していた者でもなかったらしい」(注16)これに対して伊勢は宇多天皇の中宮温子の女房ではあったが、帝の寵を受け、その間に御子まで授かり、帝の命による屏風歌を数多く作っている。つまりふたりとも天皇の寵愛を受けた時期があった

が、天皇との関係はそれにとどまらず、和歌を詠作する歌人として仕えた点に特筆すべき共通性が認められる。

宮廷歌人としてのありかたについては、額田は「その場の首長の代作を果す」ような「詞人」という職能にあったとする説や、これとほぼ同様の見解を示す「御言持ち歌人」という説が主流を占めるように、額田は宮廷の代作歌人としての立場にあったと考えられる。額田の代作性についてはすでに折口信夫が古代祭祀儀礼と結びつけて、巫女的な役割をもっていたことを論じているが、伊勢の場合、巫女性は希薄である。しかし「代作歌人」・「御言持ち歌人」の面影は十分に残している。すでにふれたように、帝の命を受けた屏風歌や歌合せの歌の制作、さらに天皇の国忌の歌やまた中宮の死を悼む長歌などを詠む伊勢は十分にそのようなイメージを負っている。(注17)(注18)(注19)

そして二人のこれらの作品には、しばしば漢詩文の影響が見られることも注意される。額田王の場合、たとえば、

冬ごもり　春さり来れば　鳴かざりし　鳥も来鳴きぬ　咲かざりし　花も咲けれど　山をしみ　入りても取らず　草深み　取りても見ず　秋山の　木の葉を見ては　黄葉をば　取りてそしのふ　青きをば　置きてそ嘆く　そこし恨めし　秋山そ我は

万葉集・巻一・一六

という長歌が、「漢詩文の影響に基づく整然たる表現形式と理知的内容をもつ新文芸」であることは、特にその対句表現などに明らかである。漢詩文は額田の歌表現を支えるひとつの重要な要素であった。同様に、宇多天皇の許で催されたさまざまな宮廷雅宴や天皇の下命による屏風歌を詠んだ伊勢もまた、古今集時代の漢詩文文化をたっぷりと吸収していた。名歌として知られる伊勢の、(注20)

はるがすみ立つを見すてて行く雁は花なき里に住みやならへる

古今集・巻一・三一

という作の「帰雁」のテーマは、万葉時代にはなかった漢詩の発想によるものであった。また伊勢の代表的な屏風歌は玄宗皇帝と揚貴妃との悲恋をうたった白楽天の『長恨歌』を和歌に詠みなおしたものであった。額田王も伊勢も宮

廷歌人として、それぞれの時代の空気をいちはやく身にまとい、そこに繊細な女歌の感覚を盛り込んで独特な抒情味をもつ歌を創造していったのである。
次に長歌の挽歌についてみてみよう。天智天皇の崩御に際して額田王が詠んだ歌について、身崎壽は興味深い分析を行なっている。

やすみしし　わご大君の　恐きや　御陵仕ふる　山科の　鏡の山に　夜はも　夜のことごと　昼はも　日のことごと　音のみを　泣きつつありてや　ももしきの大宮人は　行き別れなむ　万葉集・巻二・一五五

この歌から「ももしきの大宮人」の二句を削除してみると、つぎのような享受が可能になるというのである。やや長くなるが該当箇所を引用する。

（この長歌には）〈われ〉のたちあらわれはないにもかかわらず、一編の叙述はもののみごとに〈われ〉を主体とする表現の次元におちついてしまうだろう。そのようなかくれた構造が一五五にはくみこまれている。そしてそれを作者によってしくまれた発想の形式とかんがえることも、あながちにあやまりとはきめつけられないのではなかろうか。つまり一方で主─客を分離し、「大宮人」を〈景〉として客体的な描写の対象に封じこめていながら、他方では、もういちど主─客を融合させるという表現上の操作がこころみられているのだ。─中略─それはのちの人麻呂による日並皇子挽歌の長歌などともことなる、独自な抒情の方法として位置づけられなければならないだろう。
そして、そのような表現構造のうちに、わたくしたちはいわば額田王なるものをみいだすことができるのではないだろうか。(注21)

身崎のいわんとするところは、額田王の長歌には「主客融合」の発想が認められるということだ。そしてこの挽歌の抒情の構造をまとめて次のように説いている。

〈しのひ〉の行為や心情の体現者として「大宮人」が造型される一方で、その「大宮人」と主―客の関係にたちつつ、心情的にはよりそう〈われ〉が、その背後に暗示される。だからこの作品では、叙述としてはそとがわから客観的に描写していながら、実は〈われ〉への回路が周到につながれているのだ。その意味で、額田王の作に共通する主情性、感情の横溢、といった特徴は、かたちをかえながらもこの作品にまでおよんでいるといえるのではないか。

同様のことは、伊勢の長歌の場合、より明確にたちあらわれる。

おきつなみ　あれのみまさる　みやのうちに　年へてすみし　いせのあまも　ふねながしたる　心ちして　よらんかたなく　かなしきに　なみだのいろの　くれなゐに　われらがなかの　しぐれにて　秋のもみぢと　人人はおのがちりぢり　わかれなば　たのむかげなく　なりはてて　とまる物とは　花すすき　君なきにはに　むれたちて　そらをまねかば　はつかりの　なきわたらんを　よそにこそみめ　四六二

まず、あるじに仕える人々がその死を嘆き悲しみつつちりぢりに別れていくという歌の内容において、額田作と伊勢作とはよく似ている。(注22)また、伊勢はまず自らを「いせのあま」と三人称で歌いはじめるが、次に自分をも含めた「われら」と言い換え、さらに「人人」という、額田の場合の「大宮人」と同じような複数の三人称を登場させている。主観と客観を自在に織りなす詠法である。身崎論文が額田作について論じたようなありかたが、伊勢の場合にはより顕著に認められるのである。「主―客」の関係が一首の長歌に同時に組み込まれることが額田の「独自な抒情の方法」だとしたら、伊勢の長歌の詠法はこの額田の作の延長上にあるといえないだろうか。このようなふたりの共通性には、晴れの歌を詠む宮廷歌人でありつつも、同時に情感あふれる抒情歌をも詠んでいるということが挙げられる。

その代表作として額田王には、

君待つと我が恋ひ居れば我が屋戸の簾動かし秋の風吹く　　万葉集・巻四・四八八
があり、伊勢には、すでにふれた歌だが、
難波潟短き蘆のふしの間も逢はでこの世を過ぐしてよとや　　新古今集・恋一・一〇四九
があるという具合である。額田王も伊勢もそれぞれの時代の和歌史の大転換期の渦中にあって、その最先端で歌才を磨き、晴れの歌の歌人として活躍したが、その一方で個性的な発想や表現を工夫したのであった。
そしてこのふたりの女流歌人は天皇や親王に愛されるという華やかな逸話を残している点でも共通している。しかしながら、額田王伝説とか、伊勢伝説とかを残していないのはどうしてなのだろうか。たとえば敦道親王に愛された和泉式部の恋愛遍歴よりもはるかに華麗であるにもかかわらず、このふたりは和泉のように伝説化されることはほとんどない。それは額田も伊勢も伝説化されることを拒む何かを背負っていたとしか思えない。伝説化された歌人としては和泉式部のほかに小野小町や西行が有名だが、これらの歌人たちに共通するのは、その時々の心情を自由に詠んだいわゆる褻の歌が人々の印象に刻みこまれているということである。そのような魂に訴えかけていく歌こそだ伝説の核になっているのではあるまいか。
青木生子はこう述べている。「額田の作品にはどれ一つとして私の日常的な歌はなかった。宮廷の中で公に生活した女の歌であった。」(注23)と。当代を代表する晴歌の歌人であった伊勢もまた額田と似たような状況に置かれていたといえるのではなかろうか。そして伊勢の時代は特に、和歌を漢詩と同じレベルにまでひきあげようとした当時の好尚と相俟って理知的な詠みぶりを彼女に強いたとも思われる。晴歌歌人としての当時の栄光と、小町や和泉と並び称されることのなかった後世の一種の不遇の原因をここにかいまみるような気がするのは見当違いというものであろうか。

〔注〕

1　関根慶子「歌人伊勢」『中古の歌人』（日本歌人講座、弘文堂、一九六八年）

2　注1に同じ。

3　貫之が水面の映像や鏡に映る像を好んで詠んだことについては、長谷川政春「貫之歌の原質と位相」『紀貫之論』、藤岡忠美「投影のイメージ」『紀貫之』（『王朝の歌人』一二六〜一三六頁）などに指摘がある。

4　しかしながら小町谷昭彦は「『散りかかる』『塵かかる』の掛詞は鋭角的である。」（『古今和歌集評釈』三〇『国文学』昭・一九八五年七月）と説いている。

5　『古今集』の本文には、「浪の花おきからさきてちりくめり水の春とは風やなるらむ」とあり、初句以外はかなり異同がみられる。また『忠岑集』二〇にはこの『古今集』本文と同じ歌が躬恒の作として入れられている。

6　片桐洋一『伊勢』（日本の作家7、二一一頁）。なお、秋山虔・小町谷照彦・倉田実『伊勢集全注釈』（日本古典評釈全注釈叢書、角川書店、二〇一六年一一月）は、『源氏物語』「真木柱」巻の玉鬘が詠む「ながめする軒のしづくに袖濡れてうたかた人をしのばざらめや」は、この伊勢の歌をふまえたものとする。

7　『土佐日記』には、暁月夜に出航したところ「雲の上も海の底も、同じごとくになむありける」とあり、「棹は穿つ波の上の月を。船は圧（おそ）ふ海のうちの天を」という漢詩が引用されている。この歌はこうした情景と漢詩の趣を生かして詠まれている。

8　宇多崩御は、承平元（九三一）年七月一九日。

9　「二八―三一番」の歌にみえる中宮と伊勢の温いこころの交流について、『伊勢集全注釈』（注6参照）は「二八番」の「補説」として、他の説も紹介しながら、「伊勢退出の理由が仲平らとの恋愛問題であった」可能性を説く。萩谷朴は「東宮御息所温子小箱合」にみえる両者の歌について興味深い指摘をしている。伊勢の歌は「君にとし思ひかくればうぐひすの花のくしげもをしまざりける」（三五七）、中宮のかえしは「みづのえのかたみとおもへばうぐひすのはなのくしげもあけてだにみず」（三五八）とあるが、氏はこの贈答歌について、次のような理由で奇異に感じると言われる。伊勢が中宮に思いをかけて贈った小箱に対して、日頃知遇の厚い中宮が「開けてさえみない」という素っ気ない返歌しか与えていないからである。氏はこれについてこの箱合の行なわれた寛平八、九（八九六〜七）年頃に伊勢は、宇多天皇の皇子を産んだとされるから、一時宮仕えを退いて里居していたため、せめてもの心尽くしに小箱を贈ったのではないかとされる。伊勢が天皇の寵を受けたことは、中宮も寛容に許していたのであろうが、たまたまこのような時期にあたったこともあり、女らしい嫉妬の感情が小さな火花を散らしているのがこの贈答歌にはみられ興味深いと述べている。たしかに萩谷のいうように、中宮の「あけてだにみず」ということばには他の歌々に比べると少々冷たさが感じられないでもない。それに伊勢は小箱に紅梅のつぼみを入れて贈ったことを歌でも暗示しているのだから、これを「みづのえのかたみ」つまり浦島太郎の箱と解するのにはやや不快感がひそんでいるようにも思われる。想像をたくましくすれば、伊勢の贈った箱をあけたら、白い煙でも出て一瞬にして白髪になってしまったら困りますからと言っているようにも解されるからである。稀にみるうるわしい主従の関係にも、一時的にせよ、このような感情のゆらめきがあったのだとすれば、それはむしろ中宮の人間らしく女性らしい部分を垣間見せてくれているということになろう。

10　『伊勢集全注釈』（注6参照）は、「花すすき」に関して「三〇番」の「補説」で、「松虫」と共に「いわば親愛に結ばれるふたりの優雅な情念を共有する贈答歌」において「いずれも人を待つ「松虫」、人を招く「花薄」という秋の景物の表象性を有効に活用したもの」と説く。なお、「三七〇番」の歌にみえる「帝」は、後述の如く、宇多帝をしのんだものとみる。醍醐帝とする解釈もあるが、中宮に深くかかわる鍵語として宇多説を採る。また、伊勢は、次の後撰集の贈答歌にみえるように、かつて温子の許で共に過ごした中宮宣旨に「はなすすき」を送り、昔を偲んだこともあった。

　　ひとのもとに、をばなのいとたかきをつかはしたりければ返事にしのぶぐさをくはへて　　中宮宣旨

花薄穂にいづる事もなきやどは昔忍ぶの草をこそ見れ（二八八）

　　返し伊勢

やどもせにうゑなめつゝぞ我は見る招くをばなに人やとまると（二八九）

11　須磨退去前の源氏が、花散里を訪ねる場面に

女君の濃き御衣に映りて、げに濡るる顔なれば、「月かげのやどれる袖はせばくともとめても見ばやあかぬ光を」云々とある。（傍線は稿者）

12　注1参照
13　久保田淳『新古今和歌集全評釈』における「鑑賞」欄において指摘されている。
14　山下道代は『王朝歌人伊勢』（筑摩書房、一九九一年）の「序章」において、伊勢が後世の人々に忘れられたのは「あまりに純粋に勅撰集世界の歌人でありすぎたのかも知れない」と述べているが、和泉式部の身体表現ゆたかな詠と比較すると、伊勢の歌はやはり観念的な印象を免れない。なお「難波潟短き蘆の」の歌は、混入歌群で作者未詳とされる。
15　「四三四番」歌の「石」をめぐっては、『伊勢集全注釈』（前掲、注6）の「補説」に詳しい解説がなされている。伊勢歌の場合、先行する作品とは「異質」であり、「特異な用法」であるが、こうした先行歌とも相俟って、『永久百首』『久安百首』で詠まれ、『百人一首』の讃岐作も、これに連なっていたことが言及されている。
16　青木生子「宮女―額田王」（『国文学』学燈社、一九七五年一二月号）
17　中西進『万葉集の比較文学的研究』
18　伊藤博『万葉集の歌人と作品』
19　折口信夫「額田王」『折口信夫全集』第九巻
20　注16参照。
21　身崎壽「額田王「山陵退散」挽歌試論」（『国語と国文学』一九八六年二月）
22　たとえば額田の歌は、天智天皇崩御の際の「妻たちの挽歌」とはまったく趣を異にしている。「妻たちの挽歌」が主観のみに終始するのに対して、額田は主観と客観とがないまぜになったかたちで叙述することについては、注20の身崎論文を参照されたい。もっとも伊勢の挽歌の場合は、はじめから中言の女房として詠んでいる。
23　注16参照。

付記　二〇一六年一一月末日に、秋山虔・小町谷照彦・倉田実『伊勢集全注釈』（角川書店）が上梓され、拙著の出版直前に接し得たのは、まことに幸運であった。但し、本文中への引用は難しく、辛うじて注に入れるにとどまった。小町谷照彦氏に続き、二〇一六年には秋山虔先生が逝去されたが、倉田実氏によって完成に漕ぎつけられた。学恩に深く感謝している。

第12章　和泉式部と紫式部 ―和歌から物語へ―

はじめに

和泉式部の歌といえば、

黒髪の乱れも知らずうち伏せばまづかきやりし人ぞ恋しき　　和泉式部集・八六（以下正集と記す）

もの思へば沢の螢も我が身よりあくがれ出づるたまかとぞ見る　　後拾遺集・雑六・一一六二

など、現代でも愛誦される作品が多い。これに対し、紫式部の方は一般的に知られている歌としては、

めぐりあひて見しやそれともわかぬまに雲隠れにし夜半の月かげ　　紫式部集・一　以下歌番号のみ記す

という『百人一首』の作くらいであろうか。それぞれの家集に収められた歌は和泉が一六〇〇首ほどで、紫式部はその約一二分の一の一二六首にすぎない。しかし、歌数の違いが問題なのではない。和泉の場合、しばしば歌そのものが自立して鮮やかな場面を構成する。和泉に関しては波乱に満ちたその人生への興味が重ねられていることもあろうが、事実は逆である。和泉の歌がドラマティックだからこそ、彼女の人生もクローズアップされるのである。先の「黒髪の」の歌はその典型で、ここには黒髪が乱れるのもかまわずに嘆く女の姿態が生き生きと浮かびあがる。と同時に、かつて女の髪をやさしく愛撫してくれた男の動作と、その男の不在も打ち出されており、女と男の現在と過去

のある一瞬の物語があざやかに立ち上ってくるのである。一首の歌の場を時が流れ、そこに女の恋心が点滅する。紫式部の「めぐりあひて」の歌も、さやかな月がさっと雲に隠れてしまうという自然の一瞬をとらえ、そこに親友との別れを重ねたもので、ここにも出会いと別れのドラマがある。しかし「めぐりあひて」・「見し」という紫式部の表現は、和泉の「黒髪の乱れ」・「うち伏せば」・「かきやりし」といったことばに比べると、いかにも平板である。和泉の使う動詞は、女も男も歌の中で動いて生きている。そうした意味でドラマを感じさせるのである。

このようなわずかな例からみても、和泉は「うたう女」であり、紫式部の方は『源氏物語』の作者としての「書く女」(注1)というイメージが強い。基本的にこのようにとらえることに異存はないのだが、同時に和泉は『和泉式部日記』という物語的な作品を書いているし、紫式部もまた『紫式部集』という家集を残し、『源氏物語』のために七九五首にのぼる歌を作ってもいる。ふたりは共に、歌と散文のあわいを往き来する「うたう女」であると同時に、「書く女」でもあった。こうしたことを念頭に置きつつ、まずそれぞれの家集の歌を中心にみていくことにしたい。

一、泣く女・泣かない女

和泉式部の歌に、

　　嘆く事ありと聞きて、人のいかなる事ぞと問ひたるに

ともかくもいはばなべてになりぬべし音に泣きてこそ見せまほしけれ　　正集・一六二

という作がある。和泉がつらい思いをしていると聞いて、ある人が「一体どんなことがあったのですか。」と気づかったところ、「ことばに出してしまうと、ありふれたことになってしまいます、声を出して泣いている様子を見せ

たいものです。」と答えたというのである。和泉はことばで説明するよりも、泣いている姿の方が自分の嘆きをずっと率直に伝えられると考えているらしい。さらに言えば、悲嘆の原因や内容自体よりも泣くという行為そのものの表現が大切なのである。しかも声を出して泣く姿を見せたいというのだから、身体性や臨場感がゆたかで、そのひたすらに嘆く姿を見れば事情を知らない人でも同情し、ある種の感動を禁じ得ないであろう。勿論、これもことばによる表現なのであって、説明をすべて捨象して一挙に声を出して泣くことを提示するところに意外性があるのだが、そうして示されるものが声を挙げて泣くという動作であることは、やはり注目される。

和泉にはまた、次のような作もみえる。

内侍うせて後、頭中将、みづから聞こえむとのたまへるに

涙をぞ見せば見すべきあひみても言には出でむかたのなければ　同・三三一

和泉の娘小式部内侍の死後、その夫であった藤原公成に対して詠んだ歌である。娘の夫と会う時には、涙をこそ見せたいものだ、この悲しみをどんなことばで表せばいいのかわからないので、と言うのである。婿と自分はこの世の中で娘の死を最も悲しんでおり、だからこそ自分の嘆きをよく理解してくれるはずである。その悲しみの極みを伝えるのに、ことばでは到底言い尽くせないから、ただただ自分の涙を見せるしかないと言う。ここにも、深い悲しみや激しい嘆きを表現するのに、ことばよりも涙を流す動作の方に重きを置く和泉の感性がはっきりとあらわれている。

この二首には、ことばで表現することと涙を流して泣くこととの相違が明確に示されているが、これを裏付けるように和泉の歌には涙の歌、泣く歌が非常に多い。その中には、涙を美しい玉と見る作がしばしば見受けられ、就中、左の二首は特筆されてよいであろう。

緒を弱み乱れて落つる玉とこそ涙も人のためには見ゆらめ　同・二八二

瑠璃の地と人も見つべしわが床は涙の玉と敷きに敷ければ　同・二八七

一首目は、嘆きの果てに流す涙を通してあった糸からはらはらとこぼれ落ちる美しい玉と見ているが、二首目はさらに法悦の境地として詠んでいる。(注2) 和泉にとって悲嘆の末に流す涙は美しい玉にもよそえられるものであり、さらには瑠璃色をした法悦の世界を顕現するものであった。涙の歌が多いのは女性歌人には一般的な傾向だともいえようが、このように和泉の歌は身体性から法悦の境地に至るまで独特の感覚によって詠み出されている。

では紫式部の場合はどうかといえば、家集に見る限り、「泣かない女」である。もっとも涙の歌は次に見るように二首認められるが、それらは自分が泣いているのではない。相手が泣いているのに対して応える歌なのである。

文の上に、朱といふ物をつぶつぶとそそきかけて、涙の色など書きたる人の返りごとに

紅の涙ぞいとどうとまるる移る心の色に見ゆれば　紫式部集・三一

のちに夫になる宣孝と思われる人物が、手紙の紙面の上に朱を点々と注ぎかけて、「これは私の涙の色です」と言ってきた。自分は今、あなたを思って血の涙を流しているのですというのである。紅涙は感極まったときに流す涙のことである。それほどにもあなたを思う心は深く、これがその紅涙ですよと訴えているのだが、情熱的というより茶目っ気のある態度である。そこで紫式部の方も「紅涙の跡だと言われるとますますあなたが嫌になってきます。移ろいやすいお心が朱の色にはっきり示されているので」と切り返している。結婚間近の恋人どうしの歌であって、ここでの涙は嘆きや悲しみとは無縁で、むしろ幸福感に満ちている。

もう一首は、渡殿で局の下から流れ出す水を、同僚の小少将とともに眺めていたところ、小少将が、

影見ても憂きわが涙落ち添ひてかごとがましき滝の音かな　同・六八

と詠みかけたのに対して、

ひとりゐて涙ぐみける水の面にうき添はるらん影やいづれぞ　　　　同・六九

と答えたものである。この場合は、紫式部自身も涙ぐんでいるのだが、「涙」の語は相手の歌の語句の一部を取る、あるいは相手のことばに誘われるという返歌のあり方に添ったかたちになっており自発的な表現ではない。紫式部は家集に見る限り、自ら涙する歌を全く詠んでいないのである。『紫式部日記』に深い憂愁と無常の心情を書き付けた人であってみれば、現世にそうやすやすと適応して生きていたはずもなく、時には泣きたいことも自然と涙がこぼれ落ちることもあったに違いない。紫式部はそうした歌を詠まなかったのか、あるいは詠んでも家集に残すことを好まなかったのであろうか。

人が涙を流す最も一般的な場合は、恋をして感じやすくなっている時と、親しい人の死にあった時であろう。少なくとも和歌の世界ではそうである。和泉は恋の歌、哀傷の歌に幾度も涙を詠んでいる。特に、情熱的な恋の相手であった帥宮に先立たれた折の悲痛な叫びにも似た歌々は、帥宮挽歌としてよく知られている。無論、前述のように紫式部も恋をしたことはあった。しかし彼女には涙は無縁である。涙の歌は先に見たとおり二首のみ、うち恋の歌は一首にすぎず、それも紅涙だと言って手紙に朱を点々と落としてよこす一風変わった恋文に対して、その紅涙にこそ心変わりする色が見えると切り返すのであって、ここには丁々発止とやりあう紫式部の才気こそあれ、恋の思いに涙するものやわらかな感情は感じられない。本来、男の歌に対して切り返すのは女歌の一般的なパターンではあったのだが、紫式部の宣孝とのやりとりは、その詞書にもよく示されているように恋にのめりこんでいくような閨怨の情をたたえた表現は認められない。言い寄ってくる相手が「うるさくて」（二九）とか、すねてしまった相手に「すかされて」（三三）、つまり宣孝をなだめすかしたり、相手がふてくされると「笑ひて」（三四）返事を書いたりと、親子ほどの年齢差にもかかわらず紫式部の方がよほど余裕があり現実的である。それは、宣孝が彼女にとって高貴な相手ではなく、同じ受領階級に属する男性だったからかも知れない。(注3)しかしそのことを差し引いてもなお、紫式部の歌は自己の感情表現としては、抑制の効いた作が目立つように思われる。夫との三年に満たない結婚生活が夫の死によって突然の終わりを迎えたときも、小さな娘をひとりかかえて残された紫式部の生々しい嘆きが歌として表現されることはなかった。彼女の哀傷歌は後述するようにストレートな感情表現でないだけでなく、そしてその詠出の契機も自ら詠んだわけではなく、第三者、あるいは絵という媒体があってはじめて歌のかたちになった。和泉式部と紫式部をその家集によってながめると、それぞれ「泣く女」・「泣かない女」というイメージが歌の表現から立ち上ってくるのであり、それはそのまま愛と死に対する彼女たちそれぞれの自己表現のありかたを示しているように思われる。

二、哀傷歌の対照性

哀傷歌におけるふたりの表現方法の相違をみてみたい。まず帥宮の死を嘆く和泉の歌をいくつか挙げてみよう。

捨て果てんと思ふさへこそ悲しけれ君に馴れにし我が身と思へば　続集・五一

思ひきやありて忘れぬおのが身を君が形見になさむものとは　同・五二

語らひし声ぞ恋しき俤はありしそながら物も言はねば　同・五四

ひたすらに別れし人のいかなれば胸にとまれるここちのみする　同・六二

傍線で示したように、身体的な表現が顕著である。初めの二首は、出家しようと思うと悲しくてとてもできない、宮に馴れ親しんだ自分の身体だと思うと愛着がこみあげてくるからという歌と、自分の身体こそが愛する人の形見なのだとあらためて思い知る歌である。共に自身の身体に愛の記憶が生々しく刻みつけられている。いや、愛の記憶というよりも和泉の身体そのものが愛のいとなみの場として、これらの和歌に現前する。愛する人の形見といえば、子どもか遺品であるのがふつうだが、自分の生身の身体を形見とする和泉の発想はユニークで、帥宮挽歌以外にも、こうした歌を詠んでいる。（注4）

この人の歌には身体がきわめて印象的に詠まれるのが大きな特色となっている。特にこの場合、身体の特定の部分が歌の核になっており、亡き人の「声」が恋しいという第三首、あるいはもうこの世にはいないあの人が、なんだか自分の「胸」に止まっているような気がするという第四首と共通するものがある。身体の特定部分を詠んだものとしては、このほかに「耳」を詠み込んだ歌も散見される。

人知れず耳にあはれときこゆるはもの思ふ宵の鐘の音かな　　同・一三六

など、九首認められる（正・一三七・一九三・八五〇・八六四、続・一四五・二五六・三三四・五四七）。

ところで和泉は娘にも先立たれており、その際の哀傷歌にも絶唱が多いが、

若君、御送りにおはするころ

此の身こそ子の代はりには恋しけれ親恋しくは親を見てまし　　正集・四七九

という詠は、自分自身が亡くなった娘の代わりに恋しいことです、若君が、もし親（小式部）を恋しくお思いでしたら、その親である私に会いにいらっしゃればよいのにという意で、ここにもやはり自分自身を愛娘の身代わりとする発想があらわれている。和泉の場合、恋人にしても娘にしても生者の側から亡くなった人を見るのではなく、自身の身体が此岸と彼岸とを結びつける一種の媒体としてある。愛する人の死を嘆きながら、その死者と一体化する和泉の感覚がある。

では紫式部の哀傷歌はどうであろうか。

去年より薄鈍なる人に、女院隠れさせたまへる春、いたう霞みたる夕暮に、人のさし置かせたる

雲の上も物思ふ春は墨染めに霞む空さへあはれなるかな　紫式部集・四〇

返し

なにかこのほどなき袖を濡らすらむ霞の衣なべて着る世に　同・四一

一首目はある人が夫を亡くした紫式部の心を思いやって贈ってきたもの。女院は一条天皇の母后詮子。「天皇も深い嘆きに沈んでいらっしゃる今年の春は、夕暮の空までが薄墨色の喪の色のようで悲しい気持ちになります。」というこの優しい歌に対して、紫式部は「つまらぬ私ごときがどうして夫の死だけを悲しんで袖を濡らしていたのでしょう。女院がお隠れになってすべての人が喪服に身を包んでいるといいますのに。」という歌を返している。ここで紫式部は個人的な悲しみを公けの悲しみの中に紛れこませ一般化している。もとより自分から嘆きを訴えたのではなく、心やさしい慰めの歌が贈られたことを契機として返したもので、挨拶の歌という要素を含んでいるのである。

このほか、夫の死について詠んだ歌は一首のみである。

世のはかなきことを嘆くころ、陸奥に名あるところどころ書いたるを見て、塩釜

見し人の煙となりし夕べより名ぞむつましき塩釜の浦　同・四八

これは挨拶の歌ではないが、しかし紫式部自身の心の内奥からほとばしり出てくるような感情を直截に詠んだものではない。絵という媒体があって、そこではじめて歌が詠まれるというかたちをとっている。しかも一首全体からすれば、感動の比重は「塩釜の浦」の方にかかっている。哀傷歌というよりも名所絵に寄せた屏風歌の体裁をとっているのである。屏風にはしばしば人物が描かれており、その絵の中の人物の立場で詠歌される場合が多く、その歌は必然

的に虚構性の色濃い歌になる。ここで紫式部が見ている屏風には人物が描かれているかどうかは定かではないが、自己の悲しみを原形に近づけるのではなくむしろ逆方向に、つまり虚構性や一般性に還元しようとする姿勢が感じられる。ちなみに、紫式部は娘時代に姉を亡くしている（一七）が、その哀傷歌も家集には全くみえない。

ところで、「煙」は火葬のそれで、哀傷歌にはしばしば詠まれる語であるが、和泉も帥宮亡き後、次のような歌を詠んでいる。

向かひゐて見るにも悲しけぶりにし人を桶火の灰によそへて　　続集・六〇

「桶火の灰」とは「火桶の灰」のことである。和泉は今、自分の目の前にあり、また実際手を触れてもいるであろう火桶の中の灰に、火葬された状態の宮を見ているのである。たしかに火葬の灰も火桶の灰も同じ灰ではあるが、非日常的な火葬と普段の生活の道具である火桶のそれとを直結させる発想は、やはり特異だといわねばならない。紫式部が名所絵に描かれた煙を見て夫の哀傷歌を詠むのに対して、和泉は「向かい」あってじかに手を触れることのできる「桶火の灰」に死者を感じ取っている。紫式部が一種の虚構空間に夫の死を位置づけようとするのに対し、和泉は愛する人の生身のからだがそのかたちを失って灰になってしまったことを、自分の手のひらに伝わる火桶の灰のぬくもりとして捉えている。「桶火の灰」は亡き人の温かみを肌に感じさせてくれてもいるのである。和泉の感覚は悲しみを直視するというのとも異なっていて、いわばその悲しみのただ中に身を置いて、そこにおのずから死者とのさらなるつながりを見いだしているかのようである。その意味では和泉にとって死は近しいものとしてある。

和泉にはまた、こんな作もある。

山寺に籠りたるを、とかくする火の見えければ

たちのぼる煙につけておもふかないつまた我を人のかくせん　　同・二三五

山寺に籠もっているとき、火葬する煙を見て詠んだものである。誰だかわからないが、荼毘(だび)に付されている。和泉は立ち上るその煙を見て、いつの日か、自分が火葬されるときのことを思っている。「煙」を介して見知らぬ人の死と、自分の死とが重なり合ってくるのである。ここにも、人の死をそのまま自分のこととして捉える和泉の感性を見てとることができる。

これら「煙」の歌だけ比べても、和泉と紫式部の表現方法はきわめて対照的だということがわかる。和泉は愛する人の死を独特の感性で捉え、死を身近なもの、目で見、手のひらで感じるものとしており、全く知らない人の荼毘の煙をみても、自分自身が火葬される場面を連想するのである。人の死を、いわば自分の身体によって感じ取っている。これに対して、紫式部は夫の死でさえも、名所絵の中のある風景として表現する。そこには「むつまじきかな」という感情が込められてはいるが、それは和泉のように身体感覚を通したものではない。和泉が死者に近づこうとするのに対して、紫式部は死者との間に距離を置こうとしているかにみえる。これは、ふたりのそれぞれの人生を表現する方法と無関係ではないだろう。和泉は自分の身のまわりで起こるさまざまなことに直截にかかわっていくが、紫式部の方はそうしたことから一歩退いて自己の人生さえも一幅の絵のように離れたところから眺めている。

三、自立する歌・しない歌

紫式部の場合、その家集にも「絵を見ての詠歌群」ともいうべき歌々が認められる。四五～四八番と続く中の四首の歌とこれより前の三〇番の歌がそうである。前述の、夫に先立たれた頃詠んだ歌もこの中に配されている。特に注目されるのは、物の怪が憑いている女の後ろにもとの妻が鬼になってあらわれ、夫がお経を読んで物の怪を責めてい

る絵を見て詠んだ歌（四四・四五）である。紫式部は、

亡き人にかごとはかけてわづらふもおのが心の鬼にやはあらぬ　紫式部集・四四

と詠み、亡くなったもとの妻のせいにしているけれど、実は男（夫）自身がうしろめたい気持ちを持っているからではないのかと考えている。紫式部の物の怪観がよくあらわれた歌としてよく知られているが、きわめて客観的、合理的精神の持ち主であったことがわかる。そして、これもまた絵に描かれた事象を契機として詠まれているのである。いわば、この歌は絵あるいは詞書とともに成り立っているのである。『紫式部集』には、純粋な自然詠や自己の生の感情を詠んだ歌がほとんどみえない、即ち独詠歌がごくわずかであるのに対して、「絵を見ての詠歌群」ともいうべきグループがあること、(注5)内裏における贈答歌や祝いの歌などが目立つことを考え併せると、紫式部の歌は詠歌を促すような場や契機が存在することによって紡ぎ出されてくるという側面をもっていたことが知られる。心の中をさまざまな思いが去来することはあっても、それが自発的、内発的な歌として詠み出されてくることは少なかったのではないか。

和泉の方はどうであったか。『後拾遺集』神祇の部には「物の怪」ではないが、本稿の冒頭に挙げた、自分の魂が遊離していく感覚を詠んだ歌とこれに感応した神の歌が載っている。

男に忘られて侍ける頃、貴布禰に参りて御手洗川に螢の飛び侍けるを見てよめる

もの思へば沢の螢も我が身よりあくがれいづるたまかとぞみる　後拾遺集・雑六・一一六二

御返し

奥山にたぎりて落つる滝つ瀬のたま散るばかりものな思ひそ　同・一一六三

このうたは貴舟の明神の御返しなり、男の声にて和泉式部が耳に聞こえけるとなん言ひ伝へたる

和泉の歌は自らの魂が揺さぶられて遊離していくような身体的感覚を詠んだもので、紫式部詠のように客観的分析的な歌とは全く趣を異にする。そして詞書がなくても歌そのものの発揮するイメージは鮮やかである。闇の中でほの青い螢の火がゆらぐ中に激しいもの思いをする女の姿が浮かびあがるのであり、一首自体が絵画的で物語性をはらんでいる。ちなみにこの歌は和泉の家集にはみえない。詞書は『後拾遺集』に採られるときに付されたものか、あるいはそのような話とともに伝えられていたという可能性もある。つまり、歌の方が詞書を生み出したということも考えられるのであって、いわば歌物語を創り出していくような力を和泉の歌は持っている。歌がまずあって、そこから物語が派生していく『伊勢物語』のような場合である。身体性ゆたかな一人称の歌は、物語や説話を創り出していく磁場を形成する力を持っているのではなかろうか。また右に掲げたように、この歌に感動した貴船明神が魂が散るほどのもの思いをしないようにという歌を返して慰めたという話が『後拾遺集』に載っていることは、こうした説話が和泉の死後あまり時を経ないで伝えられていたことを雄弁に物語っている。和泉式部伝説が各地に残っているのも、この人の人生が起伏に富んだものだったからというだけでなく、それ以前に歌の喚起力の大きさによるものであったと思われる。

さて『和泉式部日記』もまた、和泉と帥宮との歌のやりとりを中心に物語が展開しており、歌日記ないしは歌物語の体裁をなしている。だから地の文は歌の説明として機能する。『和泉式部日記』に引歌や和歌的な文章がほとんどみられないのは、こうしたことと関連するのではないかと考えられる。歌そのものが自立し、地の文はいわば歌に付随するものとしてあるからではなかろうか。このように和泉の歌は歌としてとりわけ印象深く喚起力が強いがゆえに物語的ともいわれる『和泉式部日記』ではあるが、かえってそれまでの歌物語の系譜から大きく踏み出すことができなかったのではないかと思われる。

これに対して紫式部の歌は内発性に乏しく、絵に触発されたり贈答歌といった外的条件によって詠まれることがその大きな特色のひとつとして挙げられた。そこでの歌はいわば外的要因に依存しており、自立していない。この場合の歌はある現実的な状況、ある設定があって初めて詠みだされているのである。しかし、そのことが逆に『源氏物語』という物語設定の中で登場人物の歌を詠み分けていく契機になったのだと思われる。

無論、『源氏物語』にも喚起力の大きな和歌がないわけではない。そのひとつに六条御息所が生霊となって詠む歌がある。生霊のことばとともに記す。

「いで、あらずや。身の上のいと苦しきを、しばしやすめたまへと聞こえむとてなむ。かく参り来むともさらに思はぬを、もの思ふ人の魂はげにあくがるるものになむありける」となつかしげに言ひて、

なげきわび空に乱るるわが魂を結びとどめよしたがひのつま　葵巻

歌そのものがきわめて印象深いのだが、生霊はこの歌だけで自らの切ない心を訴えようとしているのではないことに着目したい。そのことばの中にすでに『伊勢物語』第一一〇段の、

思ひあまり出でにし魂のあるならむ夜深く見えば魂結びせよ

という歌の表現が取り入れられている。さらに、「もの思ふ人の魂」・「あくがるる」といった語から、前掲の和泉の「もの思へば沢の螢も我が身よりあくがれいづる魂かとぞみる」という歌もまた織り込まれていると考えられる。生霊の歌を鮮烈なものにするために、その会話にも歌物語や同僚の個性ゆたかな歌の表現を重ね合わせているのである。また、生霊の「なげきわび」という歌自体、

魂は見つ主は誰とも知らねども結びとどめつ下がひのつま　袋草紙「誦文歌・人魂を見る歌」

という伝承歌の上句をごく一部変えたものである。(注6) これは本来、人魂を見たときに自己の魂が遊離していかないよう

に唱える呪文であった。「結びとどめつ」とあるのはそのためである。闇の中で人魂に遭遇するという気味の悪い体験をしたときに急いで自分の衣服を結びとめ、「もう結んだのだから魂は出ていかない」と自分に言い聞かせて不安を打ち消そうとする心理が、「結びとどめつ」の「つ」という完了の助動詞によくあらわれている。物語作者は、これを「結びとどめよ」という命令形に変えることによって、御息所が「どうか私の魂が遊離していかないように私の衣服を結びとどめてください」、あるいは「乱れ散った魂をあなたの力でこの身に戻してください」と源氏に訴えかける歌に変身させているのである。「自ら結ぶ」おまじないが、わずか一文字の改変によって源氏に対して「結んでください」と相手への愛情をひたすらに求める哀切きわまりない生霊の歌となるのは、前述のように先行の歌物語やのちに神仏感応歌の伝説を生み出すような喚起力ある同時代の和泉式部詠をちりばめた生霊自身のことばに彩られることによって、その哀切さが際立つ仕組みになっているからである。ここでは生霊のことばは単なる歌の状況説明にとどまってはいない。このことばと歌とは、特に傍線部分の「もの思ふ人の魂はげにあくがるるもの」および「空に乱るるわが魂」において緊密に連動している。

ここには歌の詞書や説明を超えた有機的な歌文融合のかたちが認められる。『源氏物語』はこのようにして和歌と地の文を一体化し、あるいはその相乗効果によって独特の和歌的文章を創りあげたのだが、それは歌そのものの自立とは逆の方向性を持っていたからだともいえるのである。

四、『和泉式部日記』・『源氏物語』へ

『和泉式部日記』にも会話と歌とが響きあって物語が進展していく場面がある。日記の中ほどに「女」が思い乱れ

て臥しているのを帥宮が揺り起こして、

時雨にも露にもあてで寝たる夜をあやしく濡るる手枕の袖　五四頁

と詠みかけた。「時雨にも露にもあたらずこうして一緒に共寝しているのに不思議なことに私の手枕の袖が濡れることですよ。しあわせなはずなのにどうして泣いているのですか。」という心である。女は返事を求められて「手枕の袖忘れはべる折やはべる」と答えたが、翌朝の宮の便りに、女は、

今朝の間にいまは消ぬらむ夢ばかりぬると見えつる手枕の袖　五四頁

「やはり今はもう涙も乾いてしまわれて私のことなどお忘れになられたのでしょう。」と、今度は歌で返事した。宮は昨夜、女が「手枕の袖を忘れる折がございますかしら。」と言った通りでおもしろいと思われて、また「手枕の袖」を詠み込んだ歌を贈っている。これに続く場面でも「手枕の袖」を詠んだ宮からの歌が届けられ、「女」も同様に返歌している。

露むすぶ道のまにまに朝ぼらけ濡れてぞ来つる手枕の袖　五八頁

この袖のことは、はかなきことなれど、おぼし忘れでのたまふもをかし。

道芝の露におきゐる人によりわが手枕の袖もかわかず

この後四組の贈答歌が置かれ、その最後の歌に今度は宮の方が「手枕の袖は忘れたまひにけるなめりかし」と付け加えたので、「女」は「あの手枕の袖を私が忘れたとお思いになるのですか」と歌を詠み、宮もまた「私が黙っていたらあなたは手枕の袖のことなど思い出しはしなかったでしょう」という歌で応酬している。

ここで「手枕の袖」が何度も話題になっているのは、思い乱れた様子の「女」をいじらしく思った宮が、あなたには私がついているのだから心配することはないのですよ、とやさしく包み込む気持ちをこめた歌の中に詠まれた表現

だからであり、「女」の方もこのことを忘れませんと応えているからである。この「手枕の袖」の歌が契機となって、宮は「女」を迎える準備はまだできていないながらも、「ただおはせかし」（ただもう一途に私の所にいらっしゃい）と訴える。それまではひどい噂のためにふたりの仲が絶えようとしたこともあったが、この「手枕の袖」の歌のやりとりによって、ふたりの気持ちは高まっていき、宮は「女」を自邸に引き取ろうと決心し、そのように考える理由を具体的に述べる。そして、これを受けて「女」も宮のことば通りにしてみようという気持ちになることが心中思惟のかたちで示される。ここでは、和歌の中の表現が会話の中に生かされ、そのことによって次の和歌に再び同じ表現が詠み込まれ、それがまた地の文に記されて、さらにまたお互いの贈答歌に詠み込まれ、相手との心の絆を深めていくのである。まず和歌があって、その中の表現が核となって登場人物の会話や心理をかたちづくりあらたな和歌へと展開させるのである。

和歌が男と女の心を結びつけ、あらたな絆になっていく点に着目すると、この『和泉式部日記』という作品は、『伊勢物語』にみられるような和歌が威力を発揮する、歌物語的な要素を色濃く持っていることがわかる。ちなみに、ここでは宮のことばにも「空行く月」という『伊勢物語』第一一段の歌がみられる。

忘るなよほどは雲居になりぬとも空行く月のめぐり逢ふまで　　拾遺集・雑上・四七〇

『拾遺集』の詞書によれば、女との別離に際した歌で、別れ別れになってなかなか会えなくなることを詠んだものである。宮はこんなことにならないようにと『伊勢物語』の歌の表現を織り込みながら、迷う「女」を説得するのである。自ら詠みかけた「手枕の袖」の歌だけでなく、歌物語の「空行く月」をも援用して「女」の心を動かそうとする。これに対して、「女」もまた「山のあなた」の歌を意識しながら現在の自分の心のありかたを測っている。「山のあなた」の歌とは、

み吉野の山のあなたに宿もがな世の憂き時のかくれがにせむ　　古今集・雑下・九五〇

で、「女」が宮の誘いに対して、そのふところにとびこんでいこうとする気持ちの傾きを示していることがよみとれる。

宮と「女」との「手枕の袖」の歌だけでなく、『伊勢物語』や『古今集』の歌が、一種の引歌として有効に使われているのである。しかし、『和泉式部日記』にあっては、これらの歌語の使用は登場人物の会話、もしくは心中思惟の部分に限られる。いわゆる地の文には、引歌的な表現は認められないのである。言い換えれば、和歌を詠出する主体の発言に関してのみ許されているということになる。つまり歌は歌として独立しており、地の文はあくまでも歌と歌とをつなぐ文章として機能しているのであって和歌的文章ではないのである。こうした点でもやはり『和泉式部日記』は、まず歌があってその来歴や状況を説明する、あるいは歌が核となってキイワードとなる和歌表現を軸にあらたな物語が進展していくといった歌物語的な様相を帯びていることが知られる。

これに対して『源氏物語』における和歌的文章では、ある特定の和歌表現が軸になって男と女の心を結びつけて展開していくというよりも、逆に和歌的キイワードが互いの心のすれ違いを浮きあがらせる場合がしばしば見受けられる。葵巻の六条御息所と源氏の贈答歌についてみてみよう。

（御息所）袖ぬるるこひぢとかつは知りながら下り立つ田子のみづからぞうき

山の井の水もことわりにとぞある。（中略）（光源氏）袖のみ濡るるやいかに。深からぬ御ことになむ。

浅みにや人は下り立つわが方は身もそぼつまで深きこひぢを　　三五頁

六条御息所が「袖の濡れる泥（恋路）と知りながらそこへ踏み込んでしまう自分の身のつたなさが思われる」と詠みかけたのに対して、源氏は「袖が濡れるだけとは、あなたのお気持ちが深くないからでしょう。私の方は全身がびっしょり濡れるほどの泥（恋路）に踏み込んでいますよ」と応えている。
ここでは「袖ぬるる」がキイワードになっているが、御息所の引歌として、

くやしくぞ汲みそめてける浅ければ袖のみ濡るる山の井の水　古今六帖・二・九八七

があるから、源氏はこれを受けて「浅みにや」という初句から始めたのである。源氏歌は贈答歌のパターンである切り返しの体裁をとってはいるのだが、しかし実は酷薄なまでに的をはずしている。（注7）御息所の引歌は源氏の気持ちが浅いゆえに私の袖が濡れるのですと訴えているのに、源氏は御息所の気持ちが浅いのだと受け取っているからである。源氏歌は、『伊勢物語』第一〇七段や古今集歌でよく知られている、

浅みこそ袖はひつらめ涙川身さへ流ると聞かばたのまむ

という歌の発想に寄りかかっている。ここでは浅い（いいかげんな）涙を流して袖が濡れるのは同一人物（相手の男）だが、御息所の引歌の場合、浅いのは相手の気持ちであり、だからこそこちらが涙を流すのであって、気持ちが浅いのと涙を流すのとではそれぞれ動作の主体が異なっている。それなのに源氏は御息所の気持ちが浅いから袖を濡らす程度の涙しか流れないのだと解釈した。しかも彼は、御息所が自らを農夫にたとえ、プライドも捨ててまさに泥まみれの一途な思いを訴えているのに、女の歌を誤解した状態でただ自分の気持ちが深いのだというありきたりで一方的な、さらには言い訳もしくは押しつけめいた歌を返しているのである。この贈答歌のあと生霊が出現する場面になることを考えれば、女の方からの渾身の和歌が相手に通じなかった、その絶望感が生霊出現の根源的な契機としてあるものと思われる。（注8）『和泉式部日記』の「手枕の袖」に比べて、この場面の「袖濡るる」は、同じく涙を流す表現として類似するものであるにもかかわらず、全く対照的な機能と結果を示すのである。

六条御息所に限らず、和歌による心の通いあいに対する絶望感、もしくは不信感や心のすれ違いを、『源氏物語』

はしばしば描いている。たとえば夕顔巻で「なにがしの院」に着いたとき、不安を隠しきれない歌を詠む夕顔に対して、源氏はただ単に慣れない場所に来たからだろうとかわいく思うのだが、夕顔の不安はそのような生やさしいものではなく、自らの死を予感する切実なものであった。そのような夕顔の恐怖感に思い至るはずもない、源氏の楽観的な返歌との落差は大きい。

最愛の紫の上の場合でも、心のすれ違いが描かれる。新枕の直前、葵祭に出かける折に源氏は自ら紫の上の髪をそいで、行く末長くあなたの将来を見届けましょうと永遠の愛を誓うが、紫の上の方は「満ち干る潮」のように「さだめな」い源氏のありかたに不安を隠しきれない。女歌のパターンであるとしても、晩年の紫の上の絶望に思いを致すと、新枕の直前に詠まれたこの一組の唱和は、源氏ひとりを頼るしかなかったこの女君の一生を貫く「さだめな」いありかたを暗示する歌だと考えられる。源氏は十分に愛するつもりでも、あるいは愛したつもりでも、女の心は不安に満ちている。源氏と紫の上との間には新枕の直前から埋めがたい溝があり、紫の上の歌はその溝の深さをはっきりと印象づけている。

そして宇治十帖では、歌は人に不信をつのらせ、わずかにつなぎとめられた関係をも破壊するという逆効果をもたらす場合さえあらわれる。総角巻に中君と結婚した匂宮がなかなか宇治を訪れる機会がなく、その上、都の権門との縁談が持ち上がっていることを聞いた大君が匂宮から届いた歌を「耳馴れにたる」と評する場面がある。ありきたりの表現をそのまま使った歌には、真摯な思いが感じられないというのである。この歌によって妹の置かれた状況を絶望的に受けとめた大君の病勢はつのり、ついに亡くなってしまう。匂宮の歌は結果的に大君を死に追いやったのであった。

これは歌に絶望して生霊になった六条御息所の場合と本質的に等しい。『源氏物語』は和歌的文章を駆使しながら、同時に「歌のわかれ」をあますところなく描き出す。つまり歌によって人と人とが結ばれるのではなく、むしろその孤独な状態を浮き彫りにし、さらには人間関係を破壊してしまうといった歌物語とは逆方向のありかたを示すのである。

生霊も大君の死もマイナス方向の歌の磁力が招来した結果なのである。たとえば生霊も死霊も多弁だが、それだけで終わらずに必ず歌をもってアピールしている。すでにみたように紫式部は自らの歌に、物の怪は男（夫）の「心の鬼」によってこそ幻視されるものだと詠んでいるが、『源氏物語』においてはそのような合理的分析的な判断で片付けられるようなものとして描かれているわけではない。物の怪退散のための芥子の実の匂いが六条御息所の身体にしみついてとれないといった描写からも、源氏ひとりの良心の呵責によってのみ現出しているものではないことが知られる。源氏の思い込みに起因するのであれば、なぜわざわざ歌が詠み出されなくてはならないのか。それは生霊が歌を詠むとき、まさしく物の怪がその場に現れて自身の凝縮した思いを訴えているという臨場感に満たされるからである。実際に対面しているのは源氏ひとりだが、物の怪はたしかにそこに厳然としてあるのだという存在感を与えているのが和歌なのである。紫式部はこのように、和歌の力によって呪的な存在である物の怪をリアルに表現していく。(注9)

ちなみに、生霊の歌は人魂を見たときの伝承歌を活用しており、さらにその前に置かれたことばも遊離魂の感覚を詠んだ和泉式部歌を引歌的に使っているのも、同時代的な現実味を付与するのに効果を発揮している。さらに御息所の死霊の場合も同様である。どのようなことばを尽くしても、それだけでは源氏の心に映る幻影にすぎないかも知れぬが、和歌を詠む死霊なら実際に存在するものとして享受されるはずである。なぜなら、和歌は本来一人称的で、本人自身が詠出するのだという認識があるからである。物語歌は特にそうで、登場人物その人の詠作として享受される。しかも死霊の歌はかなりインパクトの強いものであった。

わが身こそあらぬさまなれそれながらそらおぼれする君はきみなり　　若菜下巻

死霊は、自分は変わり果ててしまったけれど昔と同じくそらとぼけている源氏は昔のままだと言い放ち、恨めしい、恨めしいと泣き叫ぶ。生霊の歌は、まだ源氏にすがりつくような哀切さを漂わせているが、この歌は六条院を内側から瓦解させていくことを宣言しているような迫力がある。表現の点でも生霊の場合と違って引歌は一切使わず、「そらおぼれする」という、歌にはほとんど詠まれない語を用いているところに特色がある。その用例をみてみると、同時代の『公任集』に一首あるほかは、『紫式部集』に一首あるのみで、下って新古今時代にわずか二例認められる程度である。つまり紫式部のみが『源氏物語』と自身の家集にそれぞれ一例ずつ使用しているのである。この表現はこの時代になって初めて歌に詠まれ、就中、紫式部に偏っていることが知られる。果たしてこれは作者自身にとって思い出深い表現であった。娘時代に、のちに夫となる藤原宣孝に初めて、しかも自分の方から詠みかけた歌の中にこの語がみえるのである。それは、

おぼつかなそれかあらぬかあけぐれのそらおぼれする朝顔の花　　紫式部集・四

という詠で、「（部屋へ忍んで来たのは）あなたかしら、明け方の暗がりの中で顔をお見せになりながら、そらとぼけていらっしゃるのですね。」というほどの意味になる。(注10)紫式部の家へ来ていた宣孝が紫式部と姉のいる部屋をのぞき見したからではあるが、それにしてもすかさず「おぼつかな」と言い、「そらおぼれする」と決め付けて相手を詰問するような気迫には死霊の歌と相通じるものがある。すでにみたように『紫式部集』に見る限り、彼女が自発的に詠んだ歌はごくわずかであることを考え併せれば、その意味でも注目されるのである。対象にまっすぐ向かって挑んでいく、自らのエネルギーのこもった歌を、作者は死霊の歌表現に活かしたのであった。

むすび

和泉式部の歌は、身体的表現がゆたかで、生き生きとした表情をみせる。そのため、詠者自身のいのちの輝きが込められた作品として享受される。時間も空間も超えて現代でもなお愛誦されるゆえんである。そこには、歌が屹立する詞書不要の一人称の歌世界がある。だから、『和泉式部日記』のような散文の分野でも、歌が主で地の文が従といった趣をもつのはむしろ当然のことであろう。この点では『和泉式部日記』はいわば歌物語の延長といってもよい。これに対して紫式部の歌は場や虚構といった設定を必要とする場合が多い。感情が自発的内発的に表現されることが少ないので、歌そのものの喚起力は小さい。しかし、そのことが物語という歌が詠出する場を創り出し、同時に和歌的文章が誕生する契機をもたらした。一首の和歌の喚起力は弱くても、いや、そうだからこそ和歌をちりばめた文章表現が必要とされ、これによって和歌と地の文とを有機的に融合させて、和歌をも含めた独特の文体が紡ぎ出されたのである。

歌物語的な『和泉式部日記』も、虚構性にすぐれ歌文融合という独特の文体をもつ『源氏物語』も和泉式部と紫式部におけるそれぞれの和歌表現の個性と無縁ではなかった。

〔注〕

1　目崎徳衛・竹西寛子「対談　書く女とうたう女」(『国文學』一九七八年七月)

2　久富木原玲「和泉式部と仏教」本書第1章所収。

3　後藤祥子「女流による男歌―式子内親王歌への一視点―」(『平安文学論集』一九九二年、のち『日本文学を読みかえる3　和歌とは何か』有精堂、一九九六年、所収)は、平安前期における女歌の場合、純粋に人を恋う歌は貴顕に憧れるのが原則だと説く。

4　六二三・六五五にも同様の歌がみえる。

5　三田村雅子はこの歌群に注目し、紫式部は絵に没入することによって物語という虚構世界への手がかりをつかんだのではないかとする卓論を展開している(「琴・絵・物語」『源氏物語感覚の論理』有精堂、一九九六年)。

6　新潮日本古典集成『源氏物語　二』頭注五にもこの歌を挙げる。

7　新編日本古典文学全集「葵」巻・三五頁、頭注二四は「切り返すのが贈答の常だが、袖だけ濡れる程度では情愛も深くないとする源氏の応じ方は、意識的に的をはずしている」とする。

8　久富木原玲「源氏物語と和歌―生霊の歌をめぐって―」(『源氏物語　歌と呪性』若草書房、一九九七年所収)

9　陣野英則「六条御息所の死霊と光源氏の罪―死霊の言葉を手がかりとして―」(『中古文学論攷』一七号一九九六年一二月)は、死霊の「語り」に着目して、「幻覚」ではなくあくまでも物の怪が発したことばとして受けとめられるように語られていると説く。

10　この歌の解釈については久保朝孝「紫式部の初恋」(『新講　源氏物語を学ぶ人のために』世界思想社、一九九五年)において諸説整理され、歌の相手は宣孝ではないという久保の新説が出されている。併せ参照されたい。

第13章　歌人としての紫式部 ―逸脱する源氏物語作中歌―

はじめに

紫式部の歌人としての足跡は日記、家集、『源氏物語』という三つの分野にわたって残されている。『紫式部集』については、すでに配列、構造の問題、『源氏物語』との関連性、同時代の歌人だちとの交渉に関する問題、および集中の一首や語句、地名を採り上げて論じたものまで、さまざまな角度から多くの分析がなされて成果を挙げており、また『源氏物語』の歌についても物語内でどのように機能しているか、精緻な考察がなされている。(注1)これらの論には、それぞれのジャンル相互のかかわりあいについてふれだものも見受けられるが、三分野にわたって俯瞰し、なおかつ、和歌史に位置づけようと試みたのは後藤祥子であった。(注2)後藤論文は、『源氏物語』が一貫して公宴和歌を軽視しており、専門女流歌人とは異なる和歌意識を持っていたと思われること、日記においては家の女が歌詠みの女房として主家の要請に応えるべく公宴和歌や装飾的な和歌に執心しつつも鋭い批評意識を持っており、物語や家集の主調とは異質な緊張を示すこと、また、物語中の陳腐な歌語に対する厳しい批判は寛弘前後の新旧交替のせめぎあいを反映しており、その対象は後撰集時代であること、新古今時代に継承される『源氏物語』中の新出歌語には女流歌人の発想を超える新しさも見られ、次代の晴儀和歌に応え得る前衛的な工夫を試みていたと分析している。

『源氏物語』が特に新古今時代の和歌に多大な影響を与えたことはすでに周知の事実であり、久保田淳の言を借りるならば、「あたかも大きな湖に幾多の河川が流れ込むように、和歌をも含めて、それ以前の文学作品のさまざまな発想は、一旦源氏に流れ込み、そこから更に流れ出していった」のであった。(注3)『源氏物語』は和歌史と散文史とが交錯する、まさにその接点に位置するという点でも文学史上きわめて注目すべき場として我々の前に存在する。

このように問題は多岐にわたるが、歌人としての紫式部を考えるとき格別に興味深く思われるのは、『源氏物語』作中歌にはそれまでの和歌にほとんど詠まれることのない語句が散見されるということである。中には源氏以前には全く用例のないものもあり、新古今歌風にも受け継がれていかない語句もある。源氏以前もしくは、以後にわたって、いわば孤立する表現さえ存在するのであり、そのような現象はいったい何に由来するのか、どのような必然性によって導き出されてくるのか。そうした前衛的な態度は伝統的和歌的美意識からは生み出されず、和歌とは無縁な、あるいはそこから逸脱したところから表現化されるものであろう。そのように考えるとき、そこには和歌史と散文史との接点もしくは破れ目が露呈しているのではないかという思いにとらわれる。

藤原俊成の、「紫式部、歌よみの程よりも物書く筆は殊勝なり。その上花の宴は殊に艶なるものなり。源氏見ざる歌詠みは遺恨の事なり。」（六百番歌合）ということばはよく知られており、しばしば歌人としての紫式部を批評する際に引き合いに出されるように、現代においても歌よりもやはり物語の方にすぐれているという印象が強いのだが、しかし、近年『紫式部集』自体に物語的な要素が色濃く認められることが指摘されている。久保朝孝は紫式部の初恋を扱ったと思われる家集第四、五首の贈答歌について、『伊勢物語』の世界をふまえながら虚構化していると説き、(注4)前田敬子は家集四四、四五の有名な物の怪の絵に関して詠まれた贈答歌を手がかりにしつつ、『紫式部集』の絵をめぐる歌群が夕顔巻の構想と重要なかかわりを持つのではないかと指摘している。(注5)家集の歌が絵という一種の虚構の場から生まれて、そこからさらに『源氏物語』の構想が導き出されていったのではないかとするのである。

さらに物語性が集全般に及ぶという論を展開するのが山本淳子である。氏は和歌表現だけでなく、詞書の文章も歌相互における登場人物や状況の関係を明示して文脈をつなぐという仕掛けが施されていることを分析した上で、これらの手法すべてに共通するのが読者を巻き込んでその憶測や見通しを誘いながら展開していくという進行のありかただと論じ、物語的な家集にしたのはかなり意図的だったのではないかと論じている。さらに紫式部は『源氏物語』と日記の著作を持ってはいるが、記名の文学としての和歌や家集こそが、自分が所有・管理し、自作と主張しうる作品としてあり、そこで自身の最も得意とする物語的な手法を駆使するのは、むしろ自然ななりゆきだったとも述べている。(注6)

たしかに日記は主家の記録を旨とし、『源氏物語』も必ずしも作者において管理・所有されるものではなかったであろう。加えて、後世、第三者の手が加えられていったことも十分に考えられる。従って、作中歌も果たしてすべてが紫式部自身の作であるかどうかわからない。だが、紫式部が物語の作者として信じられてきたという事実もまた避けて通ることはできない。その意味で、作中歌を物語作者、紫式部の創作歌として和歌史に位置づける試みはやはり必要なのではないかと思われる。八〇〇首近くにのぼる和歌を対象にすることは容易ではないが、ここではその考察のひとつの指標とすべく、『源氏物語』中の特異な歌表現に着目しつつ考察を試みたい。ただし、今回の調査は全体の和歌の約三分の一にも満たぬ二一七首にとどまったことをお断りしておく。

なお、家集にも特異な表現が見られるので、物語との関連も含めて簡単にふれておきたい。まず注目されるのは四番目に置かれた、

おぼつかなそれかあらぬかあけぐれのそらおぼれするあさがほの花　　紫式部集・四

という歌の「そらおぼれ」の語である。この作は後に夫になる宣孝に送ったとされているが、この「そらおぼれ」の語は、同時代に一首、

五月雨は空おぼれする時鳥時になく音は人もとがめず　　公任集・五四九

とみえるものの、これ以前は全く用例が見当たらず、後世においても、わずかに新古今時代（壬二集）に一首詠まれただけの、きわめて珍しい表現である。(注7) 紫式部が自身の恋の相手に送った歌に、このように特異な語が詠み込まれていることだけでも興味深いのだが、さらに面白いのは、この語が六条御息所の死霊の歌に使われているという事実である。

わが身こそあらぬさまなれそれながらそらおぼれする君は君なり　　④若菜下巻

源氏の態度を「そらとぼけている」と言って泣き叫びながら非難する場面で詠まれたもので、死霊が歌を詠むというかなり特殊な状況において、式部は自分の記念すべき歌の表現を選びとっているのである。

また、家集の詞書に、「からひと見にゆかむ」（二八番）とあるが、この「からひと」という語も珍しく、詞書に用いられた例は院政期の源俊頼を待たねばならない。その後も物語合等に若干見えるのみであるが、この語は後述する（二四六頁）ように、『源氏物語』紅葉賀巻で藤壺の歌に詠まれている、いわば問題作である。

なお、物語とは直接かかわらないが、

やよひのついたち、かはらにいでたるに、かたはらなるくるまに、ほふしのかみをかぶりてはかせだちたるをにくみて

はらへどのかみのかざりのみてぐらにうたてもまがふみみはさみかな　　紫式部集・一四

という作の「みみはさみ」という語は、和歌には全く例を見ない、いわば孤立した表現である。だが、この語からは

『堤中納言物語』「虫めづる姫君」冒頭部分の、

明け暮れは、耳はさみをして、手のうらにそへふせて、まぼりたまふ。

という一節が想起されるように、散文においては、それほど珍しい表現ではない。『源氏物語』にも、

また、まめまめしき筋を立てて、耳はさみがちに、美相なき家刀自の、ひとへにうちとけたる後見ばかりをして、　①帚木巻

乳母も起き騒ぎ、上も御殿油近く取り寄せさせたまひて、耳はさみしてそそくりつくろひて、抱きてゐたまへり。　④横笛巻

などと、「家事にいそしみ、なりふりかまわぬ姿」（新全集頭注）が描かれている。前者は左馬頭の弁の女性論の一節であり、後者は雲居雁が夜泣きする乳児をせわしなくあやしている場面である。（注8）

こうしてみると「虫めづる姫君」の場合は同じ女性でも虫の観察に熱中するので、これらとはやや異質だが、しかし何と言っても『紫式部集』の「耳はさみ」は法師の一風変わった姿を指弾するのに用いられており、散文にも見られないような例だといえよう。紫式部の歌表現は家集・物語を問わず、一般的な用法から逸脱する傾向があったことが窺われる。

一、おこ的人物造型に関する語、あるいは口語的散文的な表現

『源氏物語』の文体はいわゆる歌文融合の文体で、文章自体が和歌的な表現を織り込んで成り立っている。だが一方で、物語の内容や展開が地の文の表現を歌の中へ引き込んでいく場合もまた多々存在する。このような点で『源氏

物語』の和歌は、勅撰集的な和歌から逸脱する方向性を色濃く持っている。

その最も典型的な例は近江君の歌とこれをからかった弘徽殿女御方の女房詠であろう。両者の間には、

草わかみひたちの浦のいかが崎いかであひ見んたごの浦波　　近江君

ひたちなるするがの海のすまの浦に波立ち出でよ箱崎の松　　弘徽殿女御の女房

という贈答がなされた（③常夏巻・二四九～五〇頁）。このように一首の中に歌枕をいくつも詠み込むのは、平安和歌の美意識から大きく外れるものであり、勅撰集や私撰集の誹諧歌に配された歌にも見出すことができない。これは近江君というおこ的な人物造型から繰り出されたものであり、さらには『源氏物語』が内包する神話的、古代的な要素から必然的に導き出されたものであった(注9)。いわば物語の持つ磁場がこのような歌を創り出していったのであり、末摘花の歌をからかって同一の語を何度も繰り返した、

396唐衣またからころもからころもかへすがへすもからころもなる　　③行幸巻

という歌の場合にも同様のことがいえる。

このように『源氏物語』の和歌は、まず物語的な状況があって、そこに規制されつつ生み出されていく場合があることがわかる(注10)。その結果、歌の表現も地の文と連動することになり、一般的な和歌には詠まれない表現が多くなったのだと考えられる。

しかし、これら二例は歌枕の多用や同一語の多用が奇異な印象を与えるのであって、語句自体が和歌的でないわけではない。これに対して、たとえば帚木巻では風病の薬を服用している博士の娘との贈答歌に「ひる」（にんにく）が詠まれている例がある。

17ささがにのふるまひしるき夕暮にひるますぐせと言ふがあやなさ（男）

18あふことの夜をし隔てぬ仲ならばひるまも何かまばゆからまし（女）　①帚木巻

「昼間」ににんにくの意の「ひる」が掛けられているのだが、和歌における「ひる」は「干る」の用例だけであって、きわめて特殊だと言わねばならず、また「ひる」（にんにく）は説話の世界では希にみる力を発揮するものとして語られ、神話でも呪的な力を持つものとして捉えられており、決して滑稽譚として登場するわけではない。(注11)しかし、『源氏物語』では明らかにおこ話として描かれている。男（式部丞）が博士の娘を訪ねると女は次のように応答する。

声もはやりかにて言ふやう、「月ごろ風病重きにたへかねて、極熱の草薬（ここでは「にんにく」の意）を服して、いと臭きによりなむえ対面賜らぬ。目のあたりならずとも、さるべからむ雑事らはうけたまはらむ」といとあはれにむべむべしく言ひはべり。　同

そこで「わかりました」と答えて立ち去ろうとする男に、女は「この香（にんにくの匂い）失せなむ時に立ち寄りたまへ」と「高やかに言ふ」が、「ひる」のにおいまでが鼻についてくるのもやりきれず、男は歌を詠みかけたものの、言い終わらぬうちに逃げるように走って帰ろうとすると、女が追いかけてきて返歌を詠みかけたとある。このとき女は「風病」・「極熱」・「草薬」・「対面」・「雑事」など漢語を畳みかけるように使い、さらに「いと臭きに」などと露骨な言い回しをしている。

また、この博士の娘は言葉遣いだけでなく、「声もはやりかにて言ふやう」とか、「高やかに言ふ」とあるように、早口でかん高い声で物を言い、帰ろうとする男を追いかけて歌を詠むなど、きわめて行動的なのである。雨夜の品定めの面々はこの話を聞いて、「あさまし」とあきれ果て、作り事だと笑ったとある。そして、「いづこのさる女かあるべき。おいらかに鬼とこそ向かひゐたらめ。むくつけきこと」と爪はじきした。このように一風変わった言葉を用

い、早口でまくし立てるのは、実は冒頭に挙げた近江君に顕著に見受けられる特徴でもあった。近江君の母は、娘の早口は出産時に産屋に控えていた妙法寺の別当大徳の早口にあやかったのだと嘆き、父内大臣は大徳の早口は犯した罪の報いであって、おしとどもりは法華経の悪口を言った罪にも数えられていると言っている。早口は、いわば仏教の罪にも加えられているのである。(注12)

博士の娘の場合も、ふつうの女君にはみられないような物言いをし、さらに早口で話す点で近江君に準ずる存在だといえよう。しかし歌ことばに限っていえば、近江君の歌は一首中に歌枕をいくつも重ねて詠んだところが笑いの対象になるのだが、歌枕自体はその名の通り、逆にきわめて和歌的なのである。しかし、博士の娘の歌の「ひる」はことばそのものが和歌的でなく、卑俗な日常生活の一コマがそのままあらわれている。近江君も褻器を口に出して言ったりするなど、貴族社会の常識をわきまえないところがあったが、しかし、さすがにそのような日常的な言語を和歌に詠み込むことはなかった。とすると、博士の娘の話は、ごく短い挿話だが、近江の君の場合よりも、よりいっそう和歌的な美意識を逸脱しているといえよう。「ひる」ということばが歌に詠まれることによって、この話はさらなるおこ話になったのである。このように歌ことばならざる表現が歌に織り込まれることによって、博士の娘の話はいっそう「そらごと」として受け止められ、鬼と向かい合っている方がましだとけなされもしたのであろう。「ひる」を歌に詠むことは『源氏物語』の場面による積極的な選択なのである。

このように和歌にはほとんど詠まれることのない語を用いることによって、その人物の輪郭をくっきりと浮かび上がらせるのは、若紫巻の僧都に端的に示されている。僧都は光源氏を賞賛して、

〈優曇華〉

52優曇華の華待ち得たる心地して深山桜に目こそうつらね　①若紫巻

と詠んでいるが、仏教語を詠むのは少々堅物である僧都の造型と関係しているのだろう。夕顔巻においては源氏自身の歌に、

30優婆塞が行ふ道をしるべにて来む世も深き契りたがふな　①夕顔巻

と詠まれていて、夕顔に来世までの愛を語っている。「優婆塞」は『好忠集』三三九に、

うばそくがあさなにきざむ松の葉は山の雪にやうづもれぬらん

とみえ、『長能集』七九にも、

うばそくがおこなふ山のやまざくらけふのみゆきのためにぞありける

とあるが、和歌にはやはり珍しい表現で、仏教語や漢語などは勅撰集では誹諧歌に配されてきたのである。夕顔巻で源氏が詠んでいるのは夕顔の家で一夜を明かした折に、「鶏の声などは聞こえで、御岳精進にやあらん、ただ翁びたる声に額づくぞ聞こゆる。」とあり、さらに「南無当来導師」と拝む声が聞こえてくる。契りを結んだ男女が迎える朝とはかなり趣の異なった状況の中で詠まれたのであり、物語の地の文に導かれた表現だといえる。また、前掲の僧都の「優曇華」は『源氏物語』以前の用例はなく、以後もわずか二首が詠まれたにすぎない。このような特殊な語を詠む僧都の造型、つまりこれもやはり物語の要請によって導き出された表現なのである。

〈さしぐみに〉

僧都はこの直前にも、

50さしぐみに袖ぬらしける山水にすめる心は騒ぎやはする　①若紫巻

と詠んでいる。「さしぐみに」という語は散文的な表現で、平安時代はもちろんだが新古今時代にもその用例は見当たらず、『心敬集』、『黄葉集』に至ってわずかに一首ずつみえるのみである。

〈しじま〉

このほか、末摘花を象徴する語としての「しじま」がある。

72いくそたび君がしじまに負けぬらんものな言ひそといはぬたのみに　①末摘花巻

これは源氏が末摘花に逢って、いろいろと語りかけるけれども、いつもの通り何の答えも返って来ないのを嘆いて詠まれたものである。この沈黙という意の「しじま」の語は和歌にはそれほど多くは詠まれておらず、国歌大観の全用例で見ても、わずか一二例にすぎない。うち平安時代の作は源氏以外では一首のみで、ほぼ同時代の『大斎院前の御集』三一九に、

かねのうたよまむと少将のいへば、ものいはじとかはべりつるとうちにいへば、少将、

かねのおとにものはいはじとおもへどもきみにまけぬるしじまなりけり

とあり、ものを言うまいと思っていたが、負けてしまったとおどけてみせている。「鐘」「しじま」「まけぬる」という語のうち、源氏の歌には「しじま」と「負ける」の二語が詠み込まれているから、源氏歌はこの『大斎院前の御集』の歌と何らかの関連を有することも考えられる。また「鐘」については、末摘花方の女房が次のように応答している。

〈さすがにて・こたへまうきぞ〉

73鐘つきてとぢめむことはさすがにてこたへまうきぞかつはあやなき　①末摘花巻

末摘花の沈黙に閉口している源氏を見かねた侍従が、末摘花が答えているように装って詠んだ歌である。「さすがにて」・「こたへまうきぞ」という表現はともに源氏以前にはなく、以後においても前者はいわば空前絶後の表現であり、後者は平安後期に一首（頼政集五二三）、室町時代に一首（雪玉集八一九四）認められるだけで、これもまたきわめ

て珍しいと言わねばならない。源氏取りの和歌の流行を見た新古今時代にもその用例は認められず、和歌的ではなく散文的口語的な表現ではないかと考えられる。

末摘花にはまた、万葉語を連想させる表現も用いられている。

〈いぶせさ・たるひ〉

75夕霧のはるる気色もまだ見ぬにいぶせさそふる宵の雨かな　①同

「いぶせし」の語は、源氏以前では『万葉集』に、

九月のしぐれの雨の山霧のいぶせき我が胸誰を見ば止まむ　巻一〇・二二六三

など三首が見えるのみである。特に右の一首には「雨」と「霧」とが詠まれていて注目される。『万葉集』を意識したものかどうかさだかではないが、このふたつの語が詠み込まれた歌は院政期に集中する用例の中にも見当たらない。平安時代の最も早い用例としては、

八重繁るむぐらの門のいぶせさに鎖さずや何をたたく水鶏ぞ　後拾遺集・夏・一七〇

という作がある。「八重茂る葎の門」には後の蓬生巻における末摘花邸を想起させるものがあるとはいえ、源氏の歌表現との連絡は見て取れない。いずれにしても源氏の歌は表現としては『万葉集』に求められるのであり、平安時代においては院政期以前は「いぶせし」という語そのものが、和歌にはほとんど詠まれないものだったことがわかる。

77朝日さす軒のたるひはとけながらなどかつららのむすぼほるらむ　①末摘花巻

第二句の「たるひ」もまた、『万葉集』を想起させる語である。志貴皇子の、

石走る垂水のうへのさわらびの萌え出る春になりにけるかも　万葉集・巻八・一四一八

という歌を、である。源氏注でもこれを挙げている。ただ、『万葉集』では「たるひ」ではなく「たるみ」であるか

ら『源氏物語』歌も『源氏注』も『古今六帖』七や『和漢朗詠集』一五の方の歌に拠っているものと思われる（岩そそくたるひのうへのさわらびのもえ出る春になりにけるかな）。同様の例に、三位（頭）中将が妹葵の上の死を悼んで詠んだ、

121雨となりしぐるる空の浮雲をいづれの方とわきてながめむ　　②葵巻

という歌がある。「浮雲」という語は、『万葉集』九〇一、『新撰万葉集』二六六、『和漢朗詠集』二八七、『新撰朗詠集』二七二〇にみえるほかは、院政期の基俊、清輔集などに詠まれるにすぎない。これは、この歌の直前にある「雨となり雲とやなりけん、今は知らず」という漢詩（全唐詩所収の愛人に死別した時のもの）をふまえた源氏のひとりごとと対応するかたちで詠まれているのである。

77の歌は源氏が末摘花の古めかしくも滑稽な様子に閉口して、口実を作って早く退散しようとしている折のものである。この歌のすぐ前には、「いたう恥ぢらひて、口おほひしたまへるさへひなび古めかしう、ことごとしく儀式官の練り出でたる肘もおぼえて、さすがにうち笑みたまへる気色、はしたなうすずろびたり。」とあるように、末摘花の古めかしくてしゃちこばった様子に源氏が興ざめしているさまが描かれている。77歌は、そのような源氏の心境に沿って詠まれており、「たるひ」という『万葉集』を想起させる語も古めかしい印象に一役買っている。75の「いぶせし」も『万葉集』にみえる語であったが、ともに末摘花に対して用いられていることから、この女君の古めかしいありようと万葉的な語の持つイメージとがなにかしら結びついているものと考えられる。この後、末摘花が初めて歌を贈る（79歌）場面でも歌が意外に上手なので不思議に思う条があるが、一緒に届けられた衣箱は「重りかに古代なる」ものとして笑いの対象になっている。末摘花については、しばしば「古代」ということばが使われるのであり、この「衣箱」の中に入っていた衣装もまた「古めきたる」とされている。次に末摘花を訪れる条にも「古めきたる鏡台」と見え、正月であるにもかかわらず、ことさらに古さが強調されている。

ところで古めかしい衣箱を見た源氏は、「袖まきほさむ人もなき身に、いとうれしき心ざしにこそは」と言って絶句する。「袖まきほさむ」とは「涙に濡れた袖を枕に共寝してくれる人」の意で、自分にはそういう人がいないから実にうれしい好意だという源氏の言葉は、この女君に対する痛烈な皮肉である。そしてこの皮肉こそ、

淡雪は今日はな降りそ白たへの袖まき乾さむ人もあらなくに　　巻一〇・二三二一

という万葉歌の第四句に拠っているのである。

ところで「たるひ」とは「つらら」の意だが、同じ意味であるにもかかわらず、これらが一首の中に同時に詠まれているのは、この場面の滑稽な感じを強調するものである。

「古代」と『万葉集』とはともに連携しつつ、末摘花の時代錯誤的なありようを浮かび上がらせる。

このように「たるひ」の語は『万葉集』のふるめかしさと同時に、「つらら」と一緒に詠み込まれることによって、滑稽さを醸し出すという二重のはたらきをしている。『源氏注』も志貴皇子の歌を挙げていることは既に述べたが、しかし、そのような印象とは別に、歌表現という点で言えば曽祢好忠に、

みねに日や今朝はうららにさしつらむ軒のたるひのしたの玉水　　好忠集六、続詞花集・春上六

という作がある。この歌には「軒のたるひ」という源氏の歌と同じ表現が見え、これに「日」が射してとけるという点でも共通するので、好忠歌との関連も考えられる。あるいは好忠歌第二句の「けさはうららに」の語から「つらら」と誤写された可能性もあろう。

『大弐高遠集』三六九には、

我が宿の軒のたるひのひまもなみさえこそまされひとりぬる夜は

とあり、「軒のたるひ」が詠まれている。この表現は『源氏物語』以前には『好忠集』だけにみえ、同時代の作とし

てはこの一首のみであるが、ほぼ同時代に『好忠集』を享受したと思われる作として注目される。源氏以降になると『相模集』に三首みえ、うち一首は「たるひ」とともに「つらら」も詠まれており、あるいは源氏の歌を意識していることも考えられる。

『万葉集』・『好忠集』との関連では、「鈴鹿川八十瀬の波」の語も挙げられる。

〈鈴鹿川八十瀬の波〉

140ふりすてて今日は行くとも鈴鹿川八十瀬の波に袖はぬれじや　②賢木巻

141鈴鹿川八十瀬の波にぬれぬれず伊勢まで誰か思ひおこせむ

六条御息所が伊勢に出発する折りに交わされた源氏との贈答歌である。「鈴鹿川八十瀬」はすでに『万葉集』にみえるが、平安時代には好忠に一首あるのみで、しかも「鈴鹿川八十瀬の波」という表現になっている。

すずかがはやそせのなみのおとなきはこほりやせぜにむすびとめつる　好忠集・三六二

中世以降には、

ふりすててみやこはいでぬすずかがはやそせの波に袖はぬれつつ　隆信集・三六五

といった源氏取りの作がいくつか見受けられるが、『源氏物語』の「鈴鹿川八十瀬の波」の語は『万葉集』に淵源を持つものの、『好忠集』を経由して詠まれた可能性もあろう。

同じく、『万葉集』や『好忠集』にその淵源が求められるものに、

93人妻はあなわづらはし東屋の真屋のあまりも馴れじとぞ思ふ　①紅葉賀巻

がある。これは源氏を誘う歌を詠んだ源典侍に対して詠まれたもので、「人妻」・「東屋」の語は直接的には催馬楽「東屋」に拠っており、和歌の世界においては珍しく平安時代までにおける和歌の用例のほとんどが『万葉集』であ

る。『古今六帖』の二首もそうで、源氏以前の創作歌では『好忠集』五八二の一首のみである。

このように和歌の詠みぶりが一風変わっていたり、口語的な表現を詠むのは末摘花や近江君、さらに博士の娘、源典侍、僧都といった一般的な貴族の美意識から外れる人物がまず目につくのだが、六条御息所にも口語的散文的と思われる独特な表現が散見される。

〈いかにまがへて・こは世に知らぬ〉

133神垣はしるしの杉もなきものをいかにまがへて折れるさかきぞ　②賢木巻

野の宮を訪れた源氏に対して御息所が詠んだ歌であるが、第三句「いかにまがへて」は全く前例のない表現である。後世に源氏取りされた後村上院御製の、

寄榊恋といふことをよませ給ひける

つらさをばいかにまがへて榊葉のかはらぬ色とたのみそめけん　新葉集・九一七

という作のほかは近世初期の『麓のちり集』一五一に一首みえるだけで和歌にはきわめて希な表現と言わねばならない。「変らぬ色をしるべにてこそ、斎垣も越えはべりにけれ。さも心憂く」と変わらぬ愛を誓いつつ源氏が榊を差し出す場面は有名だが、新古今時代の歌人たちも、この表現には全く関心を寄せていない。伊勢下向を決心した御息所に対する儀礼的な挨拶を、真っ向から否定する女歌独特の切り返しであるにもかかわらず、である。

〈こは世に知らぬ〉

135あかつきの別れはいつも露けきをこは世に知らぬ秋の空かな　②賢木巻

先の133歌、御息所の切り返しに対して歌で応酬した源氏が、一夜を共に語り明かして別れる時に詠んだ歌である。ここに「思ほし残すことなき御仲らひ」、つまり物思いの限りをし尽くしたふたりの間に、ほんとうの別れが来るので

ある。そのとき見る明け方の空は、「ことさらに作り出でたらむやう」に格別な光景として胸に沁み入るものがあった。そのような万感胸に迫る状況を受けて「こは世に知らぬ」という表現がある。直前の記述を受ける「こ」という指示代名詞を含み込んだもので、平安時代にはほかには見当たらず新古今時代にも詠まれていない。物語の内容を受ける指示語を伴っているため、和歌には取り入れられにくかったのではないかと推測される。

〈なほざりごと〉

138国つ神空にことわるなかならばなほざりごとをまづやたださむ　同

斎宮群行の当日、別れを借しむ源氏から贈られた歌に返した斎宮（実は女別当）の作であるが、「なほざりごと」の語は源氏以前に用例を見出すことはできない。院政期の俊頼には一首あるが、国歌大観全体でもわずか十首という少なさである。ちなみに「国つ神」の語は『万葉集』にみえるが、源氏において詠まれるまで和歌に用例を見出すことはできない。以後、近世まで含めてもわずか三首しか詠まれていない。源氏の場合、斎宮に関する物語空間があって初めて「国つ神」の語も生きているのである。同様のことは135の「こは世に知らぬ」の場合についても言える。「こは」という指示語は、物語の状況を受けることによってはじめて具体的な感慨を伴った表現になる。

〈ぬれぬれず〉

141鈴鹿川八十瀬の波にぬれぬれず伊勢まで誰か思ひおこせむ　同

いよいよ伊勢に下るとき、六条御息所が源氏に応えた返歌である。「袖はぬれじや」と言ってきた源氏に対して、「ぬれぬれず」と同じ語を重ねつつ切り返している。この「ぬれぬれず」という表現は、意外にも源氏以前には全く例が見られない。

「ぬれぬれず」というように同語を重ねることによって、「八十瀬の波」がひたひたと寄せてくる情景が浮かんでくるのと同時に、打ち消しのかたちにはなっているが、すっかり未練を断ち切ったわけではない御息所の心模様までがたちのぼってくるような効果がある。平易な表現のようだが、これは御息所の歌のまさしく要になるものであろう。

このように、御息所の歌に独特な語がしばしば選ばれているのは、ひとつにはこの女君が生霊になったり斎宮の母として伊勢に下ったりというように、特殊な物語の場を生きていることと関係があると思われる。その意味では末摘花や近江君あるいは若紫巻の僧都、博士の娘などと同様だといえよう。

ちなみに、藤壺も、

〈から人〉

85から人の袖ふることは遠けれどたちゐにつけてあはれとは見き　①紅葉賀巻

という歌を詠んでいるが、初句の「から人」は源氏以前には『万葉集』と『古今六帖』にしか用例の認められないかなり珍しい語である。これは紅葉賀巻の冒頭、朱雀院行幸に先立って試楽が催された折、源氏は青海波を見事に舞い、帝をはじめ人々の感動ぶりは並み一通りではなかった。藤壺の返歌もその舞の見事さに詠まれたものであろう。

さて、この「から人」の語は、『古今六帖』に、

家持宅宴三月三日

から人の舟をうかべてあそびけるけふぞわがせこ花かづらせよ　第一・歳時・六〇

から人のころもそむてふむらさきの心にしみておもほゆるかも　第五・色・むらさき・三五〇三

とみえるが、これらはいずれも『万葉集』巻一九・四一五三の家持歌と巻四・五六九の大典麻田連陽春(だいてんあさだのむらじやす)歌である。後者は『猿丸集』にもみえるが、以後詠まれるようになるのは院政期に入ってからである。つまり、源氏の歌が「から人」の最も早い『万葉集』の享受だということになるのである。しかし歌の内容からすれば、『万葉集』であれ

『古今六帖』であれ、いずれにしても源氏の歌との関連性がそれほどあるわけではない。ならば、歌語としての享受というよりは一般的な語として「から人」を使ったのであろうが、それが歌に詠まれると、その瞬間に万葉的なニュアンスを帯びてくる。源氏と藤壺の贈答歌に西丸妙子は額田王の面影を指摘するが(注13)、たしかに「から人」という語は万葉世界の雰囲気を漂わせるものだといえよう。だとすれば、これもまた特殊な物語の場を生きる人物を端的に浮かび上がらせるものとして選択されたのだということができる手法のひとつといえる。ただ、御息所の場合は一語で示されるような語句ではなく、ほかの語とは代替不可能な内面の心の葛藤を表現するものとして使われているように思われる。つまり散文的な表現は必ずしも滑稽な人物や場面を描くのではなく、既存のことばでは言い表しようのない心情を吐き出す表現としても用いられていることがわかる。そのような意味で、御息所における散文的な表現は特筆に値するものと思われる。

なお、そこで想起されるのが和泉式部の歌表現である。和泉は誹諧歌の名手で、しばしば口語的散文的表現をしている。無論、自身は誹諧歌を詠もうという意図はなかったのかもしれないが、切実な心情を吐露するとき、使い古されたことばではない、独特の表現が生まれるのである。たとえば、

六月祓をよめる

思ふことみなつきねとて麻の葉を切りに切りてもはらえつるかな　　後拾遺集・雑六・一二〇四

これは誹諧歌に配されているが、塚本邦雄が「和泉一代の秀作に数えてよい(注14)」と評するように、やりきれない心の葛藤がただならぬ迫力を以て訴えかけてくるのである。その迫力のひとつの要素に「切りに切りても」という同語反復があるが、これなどは前掲の御息所の141「ぬれぬれず」などと同様の効果を生み出している。御息所歌は迫力というより哀切な趣に満ちているが、いずれにしても先例に拠らないで自分だけの魂を歌いあげようとしている点で軌を一

にしているのである。

ところで総角巻に中の君と結婚した匂宮がなかなか宇治を訪ねられずに歌を送ってくる場面があるが、その「ながむるは同じ雲居をいかなればおぼつかなさをそふる時雨ぞ」という歌を大君は「耳馴れにたる」と評している。ありふれた物言いには誠意が感じられないと思った大君は恨めしさを募らせていくのである。

このように『源氏物語』は古めかしい表現どころかきわめて和歌的な表現に対しても、鋭い批評意識を示している。魂と魂を結びつける歌は、個別の一回的な表現でなければならぬというように。

御息所の歌に、それまでほとんど使われたことのない表現が詠み込まれているのも、このような意識によるのだと考えられる。

二、造語的表現をめぐって

散文的口語的な言い回しに限らず、『源氏物語』には一般にはあまり見受けられない表現を持つ歌が多い。次に、そのような例を挙げてみよう。
〈おぼろけならぬ〉
102深き夜のあはれを知るも入る月のおぼろけならぬ契りとぞ思ふ　①花宴巻
花宴の後、弘徽殿の細殿に立ち寄った源氏が思いがけなくも朧月夜の歌を誦じつつ現れる女君の袖を捉えて詠む歌であるが、この「おぼろけならぬ」という表現は源氏以前には詠まれたことのない表現であった。平安時代の用例は一〇首認められるが、すべて源氏以降の歌ばかりで、しかも一首を除いてすべて「春の夜の月」「夕月夜」「三日月」

「有明の月」といったことばを伴っており、源氏歌との関連が推測される。また残りの一首は、

ひとめをもつつまぬほどにこひしきはおぼろけならぬこころとをしれ　　範永集・七八

とあって大胆な恋心を詠んでいるから、これも朧月夜との恋を意識したものである可能性が考えられる。

これに続く、

〈草の原・小篠が原〉

103うき身世にやがて消えなば尋ねても草の原をば問はじとぞ思ふ

104いづれぞと露のやどりをわかむまに小篠が原に風もこそ吹け　　①花宴巻

という二首は、源氏と朧月夜が契りを交わした際に詠み交した、あまりにも有名な贈答歌である。しかし、「草の原」・「小篠が原」という語もまた、それまでの和歌には全く見られない表現なのである。物語の分野では「草の原」は『宇津保物語』に、

むらさきののべのゆかりに君によりくさのはらをももとめつるかな

とあり、源氏以降、『狭衣物語』や『松浦宮物語』でも一首ずつ詠まれている。和歌の世界で詠まれるようになるのは新古今時代で、それもわずかふたりの歌人が合計五首を創作するにとどまっている。(注15)「草の原」は、いわば物語から物語へと受け継がれた語であり、和歌世界ではなじみのうすいものだったことがわかる。それもたとえば、

きえはてんくさのはらまでとはずともつゆのあはれはかけむとすらむ　　林下集・二九〇

の作は、詞書から病気見舞いの歌だと知られるが、「消え」「問う」の語を伴い、さらに次の源氏の返歌の「露」まで詠み込んでおり、明らかに源氏取りの作である。

次の104の「小篠が原」という語は「草の原」以上に特殊で前例も見あたらない。まさに源氏初出の語である。そして後世においても、これを詠み込んだ和歌は次の三首のみである。

五月雨は行くべき道のあてもなし小篠が原も滝にながれて　西行法師家集・七六〇

風吹けば小篠が原にすむ人はただ一むらの雨かとぞきく　和歌一字抄・九六九

あさぢふのこざさがはらにおく露ぞ世のうきつまと思ひみだるる　源氏注・二七四

「風」の語を伴った一字抄はあるいは源氏を念頭に置いているのかも知れない。西行歌の方は直接的な関連は見て取れないが、いずれにしても、この語は源氏独特の名詞だということがわかる。ではなぜ、このような前例のない語を使わなければならなかったのであろうか。

さらにこのすぐ後、源氏は朧月夜が「草の原」と歌を返したときの面影を思い出しながら、

105世に知らぬ心地こそすれ有明の月のゆくへを空にまがへて

と詠んでいる。この第四句「月のゆくへを」という表現もまた、『源氏物語』によって最初に詠み出されたものである。以後もその用例は少なく、新古今時代に二首、

有明の月のゆくへをながめてぞ野寺のかねはきくべかりける　玄玉集・一八六

ほのみてし月のゆくへもしらぬ身はこころのやみにまよふとをしれ　林下集・一九四

のように見られるのみである。ただ、この語は物語に四例みえる点で注目される。

春の夜の月のゆくへを知らずしてむなしき空をながめわびぬる　浜松中納言物語・一六

すみはてん月のゆくへのあやふさにうかべるくもをながめてぞふる　有明の別れ・一六

かくれにし月のゆくへをわすれずはそなたのそらのみちをたづねよ　同・七二

よしここに我がたまのをはつきななむ月のゆくへをはなれざるべく　松浦宮物語異本歌・七一

これも「草の原」「小篠が原」同様、和歌よりもむしろ物語歌として受け継がれていったことがわかる。

108心いる方ならませばゆみはりのつきなき空に迷はましやは

花宴巻の最後に配された朧月夜の歌であるが、「心いる」という初句は非常に珍しい表現で、平安時代にはこれ以外には三首認められるのみである。

あづさ弓こころいるまに山里のはなみにはゆく人もあらじな　大弐三位集・一

ゆみはりのつきもてるひもおしなべてあきのかたにぞこころいるらむ　宰相中将君達春秋歌合・九七

きみをなほうらやましとぞ思ふらむおもはぬやまに心いるめり　多武峰少将物語・五五

つねならぬ山のさくらに心入りて池のはちすをいひなはなちそ　後拾遺集・雑五・一一五二・重之

最後の『多武峰少将物語』は源氏以前に成立しており、また「こころいり」という連用形を用いた歌として、があるのだが、源氏の歌がこれらと相違するのは「こころいる」に「射る」を掛けて「弓」の縁語としている点である。源氏以降の作はいずれも、この源氏の詠み方を踏襲している。その例として鎌倉時代の作を挙げておく。

もろ人の心いるらしあづさ弓ひくまののべの秋萩の花　拾遺愚草・二一〇七

誰がかたに心いるともあづさ弓ひきののつづらくる夜有りせば　宝治百首・三一九二

おろかなるこころいるべき道とても月まちはててはれぬ心ぞ　通具俊成卿女歌合・二二

このように「心いる」の語は源氏以前に和歌と物語にそれぞれ一例ずつ見受けられるけれども、源氏の場合は独自の使い方を加えて後の作品に影響を与えたのである。

なお物語の文脈から導き出されたのかどうかはわからないが、次のような例もある。

〈下荻〉

40ほのめかす風につけても下荻のなかばは霜に結ぼほれつつ　①夕顔巻

軒端荻が源氏への返歌として詠んだ歌の第三句目、「下荻」という表現はこれ以前には全く見られない。この後、平安時代には『狭衣物語』に二首、『有明の別れ』に一首が認められるのみであり、物語歌だけに受け継がれたことがわかる。

折れ返り起き臥しわぶる下荻の末越す風を人の問へかし　狭衣物語・九四

下荻の露消えわびし夜なよなも訪ふべきものと待たれやはせし　同・九七

したをぎの我にしなびくかぜならばあだなるあきのこゐはしらせじ　有明の別れ・四九

新古今時代になって、ようやく和歌の世界でも詠まれるようになる。

昨日までよそにしのびし下荻の末葉の露に秋風ぞふく　新古今集・秋歌・二九八

した荻もおきふしまちの月の色に身を吹きしをる床の秋風　拾遺愚草・一四三四

いまよりの夕暮かこつした荻をうちつけに吹く秋の初風　同・二〇二九

軒ちかき山の下荻こゑたてて夕日がくれに秋風ぞふく　壬二集・六二九

色をだに袖よりつたふ下荻の忍びし秋の野べのゆふ露　金槐和歌集・五三一

霜まよひなかばかれゆく下荻に秋のすゑばの色を見るかな　後鳥羽院御集・八四三

以上、勅撰集と私家集の例のみ挙げてみた。これらの歌は『源氏物語』ないしは後続の物語歌に啓発されて詠まれたものと思われるが、特に最後に挙げた後鳥羽院の作は、「下荻」はかりでなく、「霜」・「なかは」という語も伴っており、源氏取りの歌であることがあきらかである。

ところで、「下荻」という語は『源氏物語』の全くのオリジナルなのであろうか。似たような表現で「荻の下葉」という語があるが、これも源氏以前では次のようにわずか一首である。

秋風のをぎの下葉を吹きみだるそらにみちつるひぐらしの声　元真集・六五

荻は『万葉集』以来詠まれてきたが、『古今集』には見えず、『後撰集』以降の勅撰集に数首ずつ採られている。そのうち「荻の上葉」という表現は『後拾遺集』三二一にあるが、「下荻」という語は見当たらず、やはりこの語は「荻の下葉」をアレンジした、一種の造語として考えてよさそうである。造語という点では、若紫の髪そぎをする時に源氏が詠んだ、

110はかりなき千尋の底の海松ぶさの生ひゆく末は我のみぞ見む　②葵巻

の「海松ぶさ」という語も同様である可能性が高い。源氏以前の用例は皆無で、以後も草根・松下・卑懐・漫吟・刈藻などに詠まれているだけであり、散文においてもお伽草紙に見られるくらいで、ほとんどその例をみることはできないのである。

「海松」ならば歌語として一般的だが、ここで特に「海松ぶさ」としているのは若紫巻でかいま見した折にその髪が繰り返し描かれていることとも関連していようか。

ア　髪は扇をひろげたるやうにゆらゆらとして、　二〇六頁

イ　いはけなくかいやりたる額つき、髪ざしいみじううつくし。　二〇七頁

ウ　尼君、髪をかき撫でつつ、「梳ることをうるさがりたまへど、をかしの御髪や。（以下略）」　二〇七〜二〇八頁

エ　伏し目になりてうつぶしたるに、こぼれかかりたる髪つやつやとめでたう見ゆ。　二〇八頁

このようにかいま見の場面で四回も言及されている。しかも①②は源氏の視点から、③は尼君の言葉として、④は再

び源氏の視点から描かれている。見る側、触れる側の両方から、若紫の髪の見事さが描かれる。若紫の登場は見事な髪によって印象づけられているのである。特に、尼君の言葉は若紫の髪の手入れについて話している点で注目される。これは、110歌の場面で、源氏自ら若紫の髪そぎをするのと対応していると思われる。削ぎながら、「うたて、ところせうもあるかな。いかに生ひやすらむ」と言うのも、尼君が詠んだ、

45生ひ立たむありかも知らぬ若草をおくらす露ぞ消えんそらなき

の初句と響きあう。これは無論、110の源氏歌「生ひゆく末は我のみぞ見む」という下句とも連動している。「海松ぶさ」は、このような若紫の髪をめぐる言説にかかわって、他とは比べられない格別に豊かなものとして創られたのではなかったか。

〈四方の嵐〉　②賢木巻

150浅茅生の露のやどりに君をおきて四方の嵐ぞ静心なき

桐壺院崩御後、源氏は藤壺の寝所に侵入するが思いを遂げられずに雲林院に籠もってしまう。しかし紫の上のことがやはり気になってたびたび手紙を書くのであるが、これはその折の歌。「四方の嵐」は院政期頃になってようやく歌に詠まれるようになる語で、源氏以前に詠まれた形跡はない。

「浅茅生の露」が「四方の嵐」に吹き散るという風景は、院に先立たれ、さらに藤壺にも拒まれて行き場をなくしてしまった源氏の気持ちを象徴したものであるが、特に「四方の嵐」は右に述べたような事情、つまり源氏を愛してくれる父親もしくは母親的な存在を失ったという喪失感を深く滲ませた表現である。彼が籠もった雲林院が「故母御息所の御兄弟」のいる坊、つまり桐壺更衣ゆかりの寺であるのも、父親を亡くし、また藤壺という母親的な存在への愛が拒まれたときに実の母ゆかりの寺に籠もることになるのは必然的なものがあったと思われる。

さらに、この歌で注目されるのは第二句の「露のやどり」である。源氏はこれ以前に朧月夜に対しても、この語を用いた歌を詠んでいるからである。

104いづれぞと露のやどりをわかむまに小篠が原に風もこそ吹け　①花宴巻

朧月夜と初めて契りを結んだ後に交わした歌であった。雲林院参籠は藤壺の拒否に逢った直後だが、実は源氏はその直前に朧月夜と逢っている。そして歌を交わして別れる場面には「静心なくて出でたまひぬ」と描かれている。『源氏物語』の歌には地の文の表現や状況をふまえたものが散見されるが、朧月夜との逢瀬の折の歌表現や藤壺拒否の直前に朧月夜と逢った折の地の文のことばが、いずれもこの賢木巻の源氏の歌に織り込まれていることについては注目してもよいのではなかろうか。「四方の嵐」の歌は、朧月夜との密会時の語で彩られているのである。それは、この後、源氏が直面する事態を暗示しているように思われる。藤壺の出家、源氏や左大臣方への圧迫という政治情勢の変化に続いて、右大臣によって朧月夜との密会が発覚するところまで事態は一気に進むのである。それは朧月夜との初めての密会の折に、噂になるのを恐れて詠んだ前掲歌に引き続き、藤壺拒否の直前、朧月夜の許を「静心なく」出ていった源氏自身の行動が引き寄せた結果であり、それはまさしく「四方の嵐」そのものであったといえよう。

ちなみに「露のやどり」は、『源氏物語』の中で三回にわたって詠まれている。

104いづれぞと露のやどりをわかむまに小篠が原に風もこそ吹け　①花宴巻

150浅茅生の露のやどりに君をおきて四方の嵐ぞ静心なき　②賢木巻

642色かはる袖をばつゆのやどりにて我が身ぞさらにおきどころなき　⑤椎本巻

この語句は『伊勢物語』五六段の、

わが袖は草の庵にあらねども暮るれば露のやどりなりけり

に求められ、一見、いかにも歌語的な表現のように思われるのだが、『後撰集』・『拾遺集』・『和泉続集』にそれぞれ一首ずつみえるのみで決して多いとはいえず、むしろ『うつほ物語』に一首、右のように源氏に三首、『唐物語』に一首あるように、物語の方に目立つのである。104は源氏が初めて朧月夜と契りを結んで別れるときのもの、150は桐壺院崩御後に藤壺の寝所に近づいて思いを遂げられずに憂悶しつつ雲林院に参籠している時に、紫の上を案じて送った歌である。また642は父八の宮を亡くした大君から見舞いに訪れた薫に贈られた歌である。同じ「露のやどり」をさまざまな場合に使い分けていることがわかる。

〈ひだりみぎにも〉

205うしとのみひとへにものは思ほえでひだりみぎにもぬるる袖かな　②須磨巻

侘び住まいをする源氏が十五夜に殿上の遊びをなつかしみ、父桐壺院に似てきた朱雀帝を思いだしつつ、「恩賜の御衣」を肌身離さずそばに置いて詠んだ歌である。「ひだりみぎにもぬるる袖」とは、「片方では帝の恩寵を感じて流す涙に、もう一方では勅勘のつらさに流す涙に濡れる、の意」（新全集・頭注）であるが、この「ひだりみぎ」という語は、わずかながら同時代に一首、

ゆくみちのひだりみぎなるすまひ草かたわけてこそとるべかりけれ　赤染衛門集・五六六

とあるが、後世にも義忠合に一首みえるのみで和歌には希な表現である。ただし『万葉集』に、

不二相念一　人乎也本名　白細之　袖漬左右二　哭耳四泣裳
相思はぬ人をやもとな白たへの袖漬つまでに音のみし泣かも　巻四・六一四

吾妹子之　吾呼送跡　白細布乃　袂漬左右二　哭四所念
我妹子が我を送ると白たへの袖漬つまでに泣きし思ほゆ　巻一一・二五一八

などのように、泣くことと「袖」・「左右」がともに詠まれているのは気になるところである。無論、この場合の「左右」は「まで」という助詞として使われているのだが、あるいは「左右両方の袖を濡らした」というような訓みが当時あって、源氏の歌とかかわりを持つことも考えられないではない。(注16)

〈綱手縄〉および〈ひきての綱〉

206琴の音にひきとめらるる綱手縄たゆたふ心君しるらめや　②須磨巻

207心ありてひきての綱のたゆたはばうち過ぎましや須磨の浦波　同巻

「綱手縄」も「ひきての綱」も『源氏物語』によって最初に詠まれた語句である。「綱手縄」の方は院政期から近世に至るまで七十首あまり詠まれているが、「ひきての綱」の方は後世にも全く使用されることはなかった。

これら二首は大宰大弐が上京の途次源氏を見舞った際、その娘の五節の君が舟の中から歌を送り源氏が返歌したものである。

浦づたひに逍遥しつつ来るに、外よりもおもしろきわたりなれば心とまるに、大将かくておはすと聞けば、あいなう、すいたる若きむすめたちは、舟の中さへ恥づかしう心げさうせらる。まして五節の君は、綱手ひき過ぐるも口惜しきに、琴の声風につきて遙かに聞こゆるに、所のさま、人の御ほど、物の音の心細さとり集め、心あるかぎりみな泣きにけり。帥、御消息聞こえたり。　同巻・二〇三～四頁

このように舟中からの見舞いという特殊な状況から詠みだされているわけだが、ここには「綱手ひき過ぐる」というかたちで、この場の様子が語られている。207の「ひきての綱」は、地の文から容易に導き出されるものであった。和歌史には例を見ない表現であっても、物語中に置かれると地の文との響き合っているために、全く違和感がないのである。

もっとも「綱手」の語自体は『古今集』の、

陸奥はいづくはあれど塩釜の浦こぐ舟の綱手かなしも　巻二〇・東歌・一〇八八

という作などによってよく知られており、歌にもしばしば詠まれてはいるが、「綱手縄」の語があらわれるのは『源氏物語』以降なのである。「綱手」から「綱手縄」となったのは、筑紫から浦づたいに上京する大宰大弐の舟中から贈られるという物語の臨場感によって生まれたのだと思われる。

〈ひとかたにやは〉

216 知らざりし大海の原に流れきてひとかたにやはものは悲しき　②須磨巻

三月上巳の日に祓えをさせた源氏が、舟に人形を載せて流すのを見て詠んだものである。「ひとかたにやは」とは、「ひとかたならず」の意に「人形」をかけており、源氏以前には全く例を見ない。以後も中世、近世を通じて、わずか七首詠まれたにすぎず、源氏の用例はかなり早い時期のものであり、後代これに喚起されるかたちでこの語が詠まれていったのではないかと推測される。

とにかくに身のうきことのしげければひとかたにやはそではぬれける　八条院高倉・続後撰集・雑中・一一七九

あまのすむ里のとまやの葛かづら一かたにやはうら風もふく　前大納言為家・続千載集・恋五・一五七七

うれしとも一かたにやはながめらるるまつ夜にむかふ夕ぐれの空　永福門院・風雅集・恋二・一〇三九

勅撰集に採られた右の三首をみると、二首目の作には「とまや」・「うら風」が詠まれており、明らかに源氏・須磨巻を念頭に置いたものであることがわかる。最初の続後撰の歌は源氏取りだとは断定はできないものの、「身のうきこと」について詠まれている点で通い合うものはある。

数ならぬ身の憂きことも面影も一方にやは有明の月　とはずがたり・巻三・六七

という歌も同様である。また、

　思ひかへすよのことわりにちる花の一かたにやは春をうらみむ　　雪玉集・五二四

なども惜春がテーマになっているが、三月三日に詠まれた源氏の歌と通い合うところがないわけではない。だが、三首目の歌は源氏とは全くかかわりがないように見受けられる。たとえば、

　ひだりみぎにもみぢをみる

　あづまぢやさかよふ山の秋のいろはひとかたにやはながめられける　　実家集・一八二

と詠んだ例があるが、これは「人形」を詠んでいるのでないことは明らかである。なお、「ひとかたに」・「ひとかたならず」・「ひとかたならぬ」といった語は、各々六首前後ずつ見えるが、すべて院政期以降の歌ばかりである。

〈かかる命〉

38うつせみの世はうきものと知りにしをまた言の葉にかかる命よ　　①夕顔巻

「かかる命」も『源氏物語』の例が最初であり、その後も、

　逢不会恋の心を　　前中納言定家

とひこかしまたおなじ世の月をみてかかる命に残る契りを　　風雅集・恋五・一三七一

　題しらず　　西園寺内大臣女

人は猶いとひやすらむおなじ世のたのみばかりにかかる命を　　新千載集・恋二・一二七〇

の二首を数えるのみであり、あまり見かけない表現である。『源氏物語』の独特な言葉遣いが認められる例である。ちなみに「世はうきもの」という表現は院政期以降に詠まれるようになるもので、『源氏物語』以前は『伊勢集』一三五に、

白露のかはるもなにか惜しからむありてののちも世は憂きものを

の一首のみが認められる。伊勢は『源氏物語』の中に貫之と並んで実名で挙げられる歌人として知られているが、たとえば、

光ありと見し夕顔の上露はたそがれ時のそらめなりけり　①夕顔巻

「そらめ」という表現は、先行する作品としては『伊勢集』にのみ見られ、同時代でも『大斎院前御集』三三九・『大斎院御集』五四に二首認められるだけである。

三、独特な発想

表現そのものは一見ありふれているようだが、発想として和歌に詠まれることがほとんどないものに、

21見し夢をあふ夜ありとやなげく間に目さへあはでぞころも経にける　①帚木巻

という歌がある。紀伊守家に方違えに来た源氏が空蝉と契ったあと、空蝉の弟の小君を召して文使いとして送ったものである。特に変わった表現はないように思われるのだが、しかし「見し夢をあふ夜ありやと」という部分は、「先夜の夢が正夢になって再び逢える日があろうか」という意であり、「夢があふ」とは夢が現実になることである。このように、過日、空蝉と契ったことを夢にとりなしているのは、この手紙が他人の目に触れても大丈夫なように用心したからである。夢が現実になることは明石入道の予言的な夢がその代表的な例として挙げられるが、『源氏物語』のほかにも説話や日記、物語などにしばしば見受けられ、古代・中世の人々にとってごくふつうに受け入れられていた発想であった。しかし、歌に詠まれた例はないのである。つまり源氏の場合、人妻との恋ということで実事のあっ

たことを明示できないという物語の文脈上から、このような言い方がなされたのであって、当時の夢に対する考え方がその背景にある。(注17)しかし問題はこれにとどまらない。「夢をあふ」という表現は勅撰集のみならず、その他の私家集・私撰集、また平安時代以外の時代においてもその用例が見当たらないからである。つまり、夢が正夢になるという発想や表現は、当時の習俗としてあったにもかかわらず和歌にはなじまなかったということになる。『源氏物語』はそのような題材を和歌に取り入れて詠んでいる。それは、とりもなおさず『源氏物語』の和歌が物語の論理によって創作されているということを示している。当然と言えば当然なのだが、物語が和歌史にも見られない歌を創り出す原動力となっていることに注目すべきであろう。

四、主語が地の文にある

29朝霧の晴れ間も待たぬけしきにて花に心をとめぬとぞみる　(一)夕顔巻

源氏が六条御息所の許を訪れて帰る朝、女房の中将が源氏の歌に応えたものであるが、この歌だけではいったい誰が（あるいは何が）、「花に心をとめ」ないのかわからない。地の文がなければ歌の主体は判明せず、歌の意味もまた、わからないのである。主語が省かれた歌はよく見受けられるのだが、その多くは詠み手を主体としている。一人称はそれでも通ずるが、三人称が省略されると歌の意味を伝達するのは困難になる。地の文もしくはその詠まれた状況の説明がなければ、歌としての機能を果たさないのである。即ちこの歌は物語の中に置かれて初めて生きてくるのであって、いわば物語の中から紡ぎだされた作だといえよう。

なお、

54夕まぐれほのかに花の色を見てけさは霞の立ちぞわづらふ　①若紫巻

という歌は、源氏が北山から都に帰る際に若紫に心惹かれて立ち去り難く思っている旨、尼君に送ったものである。物語の文脈からいえは「花の色（若紫）を見る」のも「立ちわづらふ」のも当然のことながら、源氏だということになるが、地の文から離してみると、「見る」のは詠者だとしても「立ちわづらふ」まで同様に考えるのは難しい。和歌を独立させて読む限り、「立ちぞわづらふ」の主語は「霞」とするのが自然であろう。しかし、そのように解すると、一首の意味は判然としない。意味が通るようにするためには、物語の中に置くしかないのである。従って、これもまた、主語が地の文にある例のひとつと言えよう。

五、表現そのものは珍しくはないが、接続する語までふくめてみると用例がない

〈ほのぼの見つる〉

寄りてこそそれかとも見めたそかれにほのぼの見つる花の夕顔　①夕顔巻

この歌は夕顔の花を載せて届けられた扇に書かれた歌、

心あてにそれかとぞ見る白露の光そへたる夕顔の花

に対する源氏の返歌である。「もっと近くに寄って、はっきりとお目にかかろうと思います、夕暮れ時にぼんやりと見た花の夕顔を」の意であるが、第四句の「ほのぼの見つる」という表現は平易なようで、実は先行の歌には用例が見られない、珍しいものである。この表現の認められる例は新古今時代の、

夕顔をよめる　前太政大臣

白露のなさけおきけることの葉やほのぼの見えし夕顔の花　　新古今集・夏歌・二七六

の一首しかないが、これは明らかに源氏取りの作である。(注18)

ところで「ほのぼの」の語の用例としては、

ほのぼのと明石の浦の朝霧に島がくれ行く舟をしぞ思ふ　　古今集序・同・四〇九、人丸集、和漢朗詠集

がよく知られている。「ほのぼのと」は「明石」にかかっているが、『源氏物語』以前の用例は一例を除いて、次のように「明石」ないし、「有明」・「明け行く」など「明」「あけ」の語にかかったり、これを伴ったりしている。

月影にみえしを花のほのぼのとあけつるばかりわびしきはなし　　古今六帖・第五・雑思・二七三四

ほのぼのとあり明の月の月影にもみぢ吹きおろす山おろしの風　　信明集・一八、和漢朗詠集・四〇二

ほのぼのとあかしのはまを見わたせば春の浪わけ出づるふねのほ　　順集・八

ほのぼのとあかしのうらをこぎくれば昨日こひしきなみぞたちける　　重之集・一〇〇

ほのぼのとあまのとわたりあけたればこきまぜなりや四方の玉垣　　海人手古良集・二九

ほのぼのと明行くほどはうちなびきしののめよりぞねはなかれける　　本院侍従集・二六

唯一の例外は『源氏物語』とほぼ同時代に詠まれた、

ほのぼのにひぐらしのねぞきこゆなるこやまつむしのこゑにはあるらむ　　実方集・一七九

という歌で、「ひぐらし」もしくは「きこゆ」にかかるかたちになっている。これは、従来の用例が「明」「明ける」にかかり、多く「月」を伴って、時刻は「朝」であったのを、ここでは「日」「くらし（暗し）」という語を用いて、イメージを反転させているのであって、その意味では、「ほのぼの」と「たそかれ」を結びつけた源氏の用例に近い。『実方集』の歌が「きこゆ」であるのに対し、源氏の歌が「見つる」とあるところも対照的であると同時に、「聞く」・

「見る」という五感にかかわる動詞にかかわっている点でも共通性がある。『源氏物語』の歌は和歌世界においても例外的な歌と一脈通じているのである。

『源氏物語』の歌表現が独特なのは、次の歌の場合にもあてはまる。

〈露のかごと〉

39ほのかにも軒端の荻を結ばずは露のかごとを何にかけまし　①夕顔巻

第四句「露のかごと」はこれ以前には用例がみえず、新古今時代以降になってようやく詠まれるようになっていく。「荻を結ぶ」という表現も意外に詠まれていない。

そもそも源氏以前に「結ばずは」「露のかごと」といった語句は使われていないのだが、ここで注目したいのは「荻を結ぶ」という表現である。和歌においては源氏以前の用例はない。(注19) なお、紫式部の娘の『大弐三位集』には、次の二首が見られる。

かどちかにをぎのすゑを、むまにのりながらむすびてゆく人なんあるときききて

なほざりにほずゑをむすぶ荻のはのおともせでなど人のゆきけん　八

かへし

ゆきがてにむすびしものを荻のはのきみこそおともせではねにしか　九

同時代の作としては、『和泉式部続集』に一首、

中中にをぎのはをだにむすびせば風にはとくるおともしてまし　四八七

とあるのが注目される。「荻の葉を結ぶ」という表現は和歌の世界では、この和泉の作が最も早いからである。大弐三位の歌も和泉の歌にあるように「音」とともに詠まれているから、『源氏物語』だけの影響だとは言い切れない。

和泉にはまた、

をぎ風に露吹きむすぶ秋の夜は独ねざめのとこぞさびしき　　和泉式部続集・四一〇

という作もあり、これは前掲の薫の、

をぎの葉に露吹きむすぶ秋風も夕べぞわきて身にはしみける　　⑥蜻蛉巻

の歌と上の句がほとんど同じであるから、物語の方が和泉の作を受けて詠まれたものと考えられる。(注20)

ついでながら、源氏以前にはほとんど詠まれていないもので、和泉歌となんらかの関連が推測されるものを次に挙げておく。

〈胸のあくべき〉

147嘆きつつわがよはかくて過ぐせとや胸のあくべき時ぞともなく　　②賢木巻

源氏が朧月夜と密会した折に女君の歌に応えたものであるが、「胸のあくべき」という表現は和泉式部の、

わが胸のあくべき時やいつならんきけばはねかくしぎも鳴くなり　　和泉式部続集・一五三

の作一首にしか見ることはできない。この歌は、「あか月の恋」九首の五首目に配されており、右の源氏の歌もまた、「夜深き暁月夜のえもいはず霧りわたれる」中で詠まれたものであった。源氏歌はこの和泉の「あか月の恋」の語句を取り入れたのではあるまいか。

〈はなだの帯〉

98中絶えばかごとやおふとあやふさにはなだの帯は取りてだに見ず　　①紅葉賀巻

源典侍をめぐって頭中将と応酬する場面で源氏が詠んだ歌である。周知の通り、催馬楽「石川」を念頭に置いているが、「はなだの帯」が詠まれたものは源氏以前には皆無である。しかし、同時代に次の三首があるので挙げておく。

なきながす涙にたへでたえぬればはなだのおびの心地こそすれ　和泉式部続集・二〇八
なれぬればはなだのおびのかへるをもかへすかとのみおもほゆるかな　和泉式部続集・三四九
結ぶともとくともなくて中たゆるはなだのおびのこひはいかがする　赤染衛門集・一一〇

これらの歌と『源氏物語』との具体的な関連性についてはわからないが、和泉と赤染というお互いに親交のある歌人どうしのごく狭い範囲の、女流に催馬楽「石川」が享受されていたことがうかがわれるのである。

〈葦間になづむ舟〉

62いはけなき鶴の一声聞きしより葦間になづむ舟ぞえならぬ　①若紫巻

源氏が若紫のかわいらしい声を初めて聞いて、尼君に消息した折の歌である。これに続けて「同じ人にや」とあるから、「堀江漕ぐ棚無し小舟漕ぎかへりおなじ人にや恋ひわたりなむ」（古今集恋四・よみ人しらず）が念頭に置かれていることはあきらかである。この歌が関与することによって、新全集が指摘するように「鶴・葦間・なづむ舟・江」といった縁語仕立ての歌が出来あがっている。だが、この流暢な歌も表現史からみれば、やや特異な組み合わせによって成り立っている。まず、「なづむ」という語で「舟」を主語とする例は見当たらない。主語に限らず、「なづむ」と「舟」との組み合わせ自体が見あたらないのである。

『万葉集』・『古今六帖』においては、「なづむ」の動作主は一首を除き、すべて人間である（万葉一首のみ「うま」一九六）。平安時代に入ると『後拾遺集』の歌に、

栗津野のすぐろのすすきつのぐめば冬たちなづむ駒ぞいばゆる　春上・四五

「なづむ」と「駒」との組み合わせが詠まれてのち、「駒」が一般的になってくる。

先行する作品で唯一、「舟」と「なづむ」との結びつきが見られるのは『土佐日記』の、

きときてはかはのぼりぢのみづをあさみふねもわがみもなづむけふかな　五〇

という歌である。また『和泉式部集』に、

なにはがたみぎはのあしにたづさはるふねとはなしにある我が身かな　二八四

とみえ、ここには「なづむ」の語はないが、「舟」と「我が身」が対比されていること、また『土佐日記』の歌が「難波潟」の「葦」を漕いで川を上ってきたところで詠まれているのを受けるように、難波潟の葦も共に詠まれていることなどを考え併せると、和泉の歌は『土佐日記』を意識して詠まれた可能性がある。

「なづむ」と「舟」との組み合わせからいえば源氏の歌は『土佐日記』だが、難波潟の葦に行きなずむ舟に自己をたとえた和泉の歌との関連も考えられないわけではない。源氏の歌には難波潟は詠まれていないが、この歌が若紫も読めるように「ことさら幼く書きな」されており、女房たちがこれを「御手本に」と言っているところから察すれば、これ以前に源氏が若紫を所望したときに、尼君が「まだ難波津をだにはかばかしうつづけはべらざめれば」と応えているのを受けたものであろう。即ち、手習いの初めにお手本にする「難波津」の歌も習得していない若紫のために詠まれたのが「いはけなき」の歌だったとも思われるのである。

なお全く用例がないわけではないが、ごくわずかしかなく、『源氏物語』が意識して組み合わせたと思われる例を挙げておく。

〈あさぼらけ〉と〈霧〉

66あさぼらけ霧立つそらのまよひにも行き過ぎがたき妹が門かな

ここでは「あさぼらけ」と「霧」が組み合わされているが、一般的には「あさぼらけ」に続くのは「月」・「水」・「白波」・「雪」・「露」などである。「霧」を伴うものも二首、次のようにそれぞれ一首ずつ、

あさぼらけたつきりはらのこまのあしをしののめはらひみにもくるかな　能宣集・三九九
あさぼらけもみぢばかくすあききりのたたぬさきにぞ見るべかりける　道信集・五一

とあるが、これらは内容的には特に物語と関連するわけではないようである。注目したいのは『源氏物語』において「あさぼらけ」を詠んだ歌が二首あって、いずれも「霧」と結びついているということである。

〈あさぼらけ霧立つ〉

66あさぼらけ霧立つそらのまよひにも行き過ぎ難き妹が門かな　①若紫巻
626あさぼらけ家路も見えずたづねこし槙の尾山は霧こめてけり　⑤橋姫巻

前者は光源氏の歌で、後者は薫の詠である。この物語では、「あさぼらけ」は「霧」と結びつくことになっているらしい。『源氏物語』独特の言語感覚のひとつといえよう。

〈影をのみ—みたらし川〉

109影をのみみたらし川のつれなきに身のうきほどぞいとど知らるる　②葵巻

葵巻の車争いの直後、みじめな思いにうちひしがれながら、それでも源氏の晴れ姿を見たい気持ちにあらがえない六条御息所の心情を詠んだ歌である。まず初句の「影をのみ」という表現はよくあるようでいて、実は源氏以前には全く見られない。以後の鎌倉時代にもわずか四首を数えるのみで、意外に特殊な語といえる。さらに、「みたらし川」と結びつく例は全く見ることができない。「みたらし川」は『伊勢物語』六五段に、

恋せじとみたらし川にせしみそぎ神はうけずもなりにけるかな

とみえ、これを受け継いだと思われる作が源氏以前、もしくは同時代に五首詠まれているが、「影をのみ」と「みたらし川」とが結びつく例は皆無である。このように特殊な結びつき方がなされるのは、「みたらし」には「見る」が

掛けられているのだと考えられる。というのは、車争いで脇に追いやられた御息所の心情が「笹の隈にだにあらねばにや」と記されているからである。これは、

ささの隈檜の隈河に駒とめてしばし水飼へ影をだに見む

古今集・神遊びの歌・一〇八〇（万葉集・巻一二・三〇九七に類歌。「民謡か」とされる）

という歌を念頭に置いており、馬を止めて水を飲ませる間だけでも、恋しい人の姿を見ていようというのである。ここから、結句の「影をだに見む」という語のことばつづきが御息所の「影をのみみたらし川に」という歌に投影しているものと思われる。右の『古今集』神遊び歌は「ひるめ」の歌とされており、また『伊勢物語』のみたらし川も神に祈る歌であるから、神に関する歌どうしが結びついて御息所の歌が出来上がったことが推測される。御息所は車争いの場面の直前から突然「斎宮の母御息所」として登場しているところから、恋に悩む内容ではあるが、特に神にかかわる表現が選ばれ、結びつけられているのであろう。「ひるめ」は日の神であり、斎宮はオオヒルメに仕える巫女であるから、『古今集』のひるめの歌の一部が取り出されてくる必然性があるし、またこの日は斎院御禊の日であるから、これに関連して「みたらし川」が引き寄せられているのであろう。

〈野辺の松虫〉

136おほかたの秋の別れもかなしきに鳴く音な添へそ野辺の松虫　②賢木巻

野の宮の別れの場面で御息所が詠む歌である。「野辺」も「松虫」も和歌にはしばしば詠まれてきたが、意外なことに「野辺の松虫」という表現はなかったのである。新古今時代でも、定家に一首見られるだけである。三代集において「野辺」とともに詠まれるのは、「小松」「鶯」「若菜」「桜」「霞」「藤波」および秋の景物としては「おみなへし」が多く、ほかには「秋萩」「ひとむらすすき」などがある。「野辺の虫」（古今集・四五一）「はたおる虫」（拾遺集・一八

○）などもみえるが、「松虫」との組み合わせは見当たらない。ふたつの語が結びついたのは、直前の地の文に「風冷やかに吹きて、松虫の鳴きからしたる声も、をり知り顔なるを」とあるのと、野の宮の描写が有名な「はるけき野辺を分け入りたまふよりいとものあはれなり。」という一文で始められているのを受けているのであろう。そして「松虫」の用例の多くが「人松虫」と続けられるように、人を待つ心をにじませている。それは、「出でがてに、御手をとらへてやすらひたまへる」という、源氏が御息所の肌にふれる場面が初めて描かれ、それによって「松虫」に重ねられた御息所の恋情が「鳴く音な添へそ」という声を伴いって、いっそう情感のこもったものになるのである。一方、この歌は『斎宮女御集』の、

あきののにしのびかねつつなくむしは君まつむしのねにやあるらむ　二九

という作の風情を下敷きにしていると思われる。（注21）六条御息所の母娘一緒の伊勢下向は斎宮女御徽子女王が娘の斎宮規子内親王とともに伊勢下向した史実を準拠にすることは周知の通りで、この野宮訪問の場面にも『斎宮女御集』の和歌が随所にちりばめられている。

〈下葉散りゆく〉

143かげ広みたのみし松や枯れにけん下葉散りゆく年の暮かな　②賢木巻

源氏の弟兵部卿宮が桐壺院崩御後、「御前の五葉の雪にしをれて、下葉枯れたるを見たまひて」詠んだ歌である。「下葉」は一般的には「萩の下葉」として『万葉集』以来三代集にしばしば見受けられ、その多くは「色づく」・「もみぢ」として詠まれている。「松」とともに詠まれるのは拾遺集になってからであり、それも二例と数は少ない。うち、一例はやはり「いろづく」ことを詠んでいる。ただ、残りの、

松といへど千とせの秋にあひくれば忍びに落つる下葉なりけり　拾遺集・雑下・五一七

という作が松の下葉が落ちる、つまり散るのを詠んだ唯一の歌である点で注目される。しかし「下葉散りゆく」という表現はありふれているようでいて、実は源氏以前には全く見出すことができない。これはおそらく、少し前の「御四十九日までは、女御、御息所たち、みな院に集ひたまへりつるを、過ぎぬれば、散り散りにまかでたまふ。」という一文を響かせたものと思われる。地の文の語が、先の「引き手の綱」と同じように和歌の中に取り入れられた結果、それまでに例のない表現になったのだといえよう。そして眼前の松の有様と人々が散り散りに退出していくわびしさとが重ね合わされるかたちで、地の文と和歌とが相互乗り入れしているひとつの小さな例をここに見ることができる。

〈いまいく世をか〉

148逢ふことのかたきを今日にかぎらずはいまいく世をか嘆きつつ経ん　②賢木巻

これは源氏が藤壺の寝所に近づくものの、藤壺の苦悩深く、遂にはほとんど生きた人のようではない事態になってしまったときに詠んだものである。源氏も藤壺のそのようなありさまに接して絶望的な気持ちになり、このまま死んでしまいたいと訴える。しかしそうなればまた、「この世ならぬ罪」になる、つまり後の世までの罪障となると思い詰めている。したがって、この「いまいく世をか」という前例のない表現は、このような源氏の思い詰めた心情を含み込んでいることになる。新古今時代になってから、

ほととぎすいまいくよをかちぎるらむおのがさ月のありあけのころ　秋篠月清集・七二六

老いぬれば身にとりとむる年月のいまいくよをかあかしくらさん　壬二集・二六七四

といった歌が作られている。しかし、『源氏物語』の特殊な状況を受け止めた内容になっているわけではない。

〈春日のくもりなき〉

214雲ちかく飛びかふ鶴もそらに見よわれは春日のくもりなき身ぞ

「春日」も「くもりなき」もそれぞれきわめてありふれた語だが、これらふたつを組み合わせた歌は源氏以前には見当たらない。そもそも「くもりなき」という語は、一般的には「鏡」や「月」を形容するもので、「春日」とともに詠まれるものではなかった。しかし場面は源氏が須磨にさすらって一年が経って桜の盛りの頃を迎えている。そこに宰相中将、かつての頭中将が須磨を訪れる。積もる話の後、都に帰る中将に対して、源氏は自身の潔白を訴える歌を詠みかけたのである。物語の季節が春だから、「春日のくもりなき」という表現になったのであろうが、実際には春の季節は霞がかかりやすく曇りやすいから、この特殊な表現には源氏の格別な思いが込められていたのではないかということも考えられる。この組み合わせを持った歌があらわれるのは、国歌大観の全用例中、源氏以外に六例あるが、すべて源氏以降、中世から近世にかけての作である。たとえば伏見院の、

みかさ山あふぐ春日もくもりなき心のそこはてらしみるらん　伏見院御集・七五一

という作などは「こころ」にかかっている点で、もっとも源氏歌に近く、「春日」も伴っているので、本歌取りに準じた歌として考えることができる。

むすびにかえて

『源氏物語』の和歌には、口語的散文的な珍しい表現が多々認められる。万葉語や好忠の用いた表現が使用される場合には、独特の人物造型と密接に結びついており、きわめて意識的に用いられたものと思われる。主語が地の文に求められる歌が見受けられる点にも和歌と物語との密着度の大きさが窺われる。また源氏以前には見られなかった造

語的表現もしばしば認められ、さらに独特な発想の歌も織り込まれている。また、ひとつひとつの表現はありふれていても組み合わせ方がそれまでに例を見ないものもしばしば見受けられる。これらの特色が、どのような必然性をもって出現し物語とどのようにかかわるのかという問題については、今回は全体の三分の一に満たない調査にすぎないため結論は引き延ばさざるを得ない。しかし物語との関係だけでなく、紫式部の特異な語への関心、和歌になじまぬ語に対する興味は家集からもうかがうことができる。無論、これら以外の諸要件も考慮する必要はある。今回は和歌史に位置づけるまでには至らなかったが、『源氏物語』全体を眺めたときに、これらの特色ある表現群がどのような様相を呈するのか、なお後考をまちたい。

〔注〕

1　『源氏物語』との関連性について追究した論に、今井源衛「源氏物語と紫式部集」(『文学』一九六七年五月)、山本利達「紫式部集と源氏物語」(『源氏物語講座4』一九九二年七月)、久保朝孝「紫式部の初恋―明け暗れのそらおぼれ・虚構の獲得」(『新講源氏物語を学ぶ人のために』)、前田敬子「『紫式部集をめぐる歌群と『源氏物語』夕顔の巻」(『国語国文学』一九九七年三月)、斎藤正昭「朝顔の姫君と筑紫の五節登場の謎」『紫式部集』との関係から」(『いわき明星大学人文学部研究紀要』一九九七年三月)など。配列や構造あるいは主題について論じたものに、久保木寿子「紫式部集の構成と主題」(『和歌文学研究』一九七七年九月)、伊藤博「紫式部集の諸問題―構成を軸に」(『中央大学文学部紀要』一九八九年三月)、後藤祥子「紫式部冒頭歌群の配列」(『講座平安文学論究6』一九八九年一〇月)、原田敦子「紫式部集の配列―越前往還の旅をめぐって」(『大阪成蹊女子短期大学研究紀要』一九九一年三月)、山本淳子「『紫式部集』の方法上・下」(『国語国文』一九九六年一〇月(上)一一月(下))、同『心の旅―『紫式部集』旅詠五首の配列」(『日本文学』一九九六年一二月)など、地名を取り上げたものに廣田収「『紫式部集』の地名」(『同志社国文学』一九八八年一月)があり、また、日記との関係を説いたものに原田敦子「日記と家集の間―紫式部日記と紫式部集―」(『中古文学』一九七七年一〇月)、物語、日記、家集に言及したものに仲田庸幸「紫式部の文芸観素描―源氏物語、紫式部日記、紫式部集―」(『源氏こぼれ草』一九七七年九月)がある。『源氏物語』作品形成の方法としての和歌の機能については、小町谷照彦『源氏物語の歌ことば表現』を主な成果として、近年、数々の考察が試みられているが、ここでは特に挙げない。なお、『紫式部集』関連の論文は、廣田収・横井孝・久保田孝夫『紫式部集からの挑発―私家集研究の方法を模索して』(笠間書院・二〇一四年)の末尾に11「紫式部・紫式部集研究年表(補遺稿)」があり、注釈から論文まで網羅して有益である。

2 後藤祥子「源氏物語の和歌―その史的位相」『源氏物語と和歌研究と資料Ⅱ―古代文学論叢第八輯―』紫式部学会編(武蔵野書院一九八二年四月)

3 久保田淳「和歌への再生」(『国文学』学燈社一九六七年一二月)

4 久保朝孝「紫式部の初恋―明け暗れのそらおぼれ・虚構の獲得」『新講源氏物語を学ぶ人のために』(世界思想社、一九九五年二月)

5 前田敬子「『紫式部集』絵をめぐる歌群と『源氏物語』夕顔の巻」『国語国文学』福井大学国語学会(一九九七年三月)

6 山本淳子「『紫式部集』の方法上・下」(『国語国文』一九九六年一〇月(上)、同年一一月(下))

7 公任歌はのちに新古今一〇四四に、紫式部歌は続拾遺一〇〇二に採られいる。

8 「耳はさみ」の語は、『うつほ物語』にも二例みえるが、いずれも女性がかいがいしく立ち働く様子を描いている。

9 久富木原「源氏物語と呪歌―末摘花・近江君の場合」『源氏物語』歌と呪性』(若草書房、一九九七年)及び本書第33章「舌の本性にこそはあらめ」参照。

10 「からころも」については後藤祥子が取り上げて、「末摘花的「からころも」は古今でも拾遺でもない後撰集時代」の用法だと指摘している(注2の論文参照)。

11 「ひる」については、『古事記』倭建命の東国征伐に、「足柄の坂本に至りて、御粮を食む処に、其の坂の神、白き鹿と化りて来立ちき。爾くして、即ち其の咋ひ遺せる蒜の片端を以て、待ち打ちしかば、其の目に中てて、乃ち打ち殺しき。」(景行天皇七　弟橘比売)とある。『日本書紀』景行天皇条にも同様の話を載せる。蒜はその強烈な臭いによって邪気を払うとされた。また、『古事記』応神天皇条には、「いざ子ども　野蒜摘みに　蒜摘みに　我が行く道の　香細し　花橘は　上つ枝は鳥居枯らし　下枝は　人取り枯らし　三つ栗の　中つ枝の　ほつもり　赤ら嬢子を　誘ささば宜しな」（四　日向の髪長比売）とみえる。

説話集には、すばらしい僧が極寒のとき黄河を渡る船が沈んで皆死亡したにもかかわらず、この僧だけは氷を割って陸に上り自分のからだはきわめて熱い」と語り、少しも寒い様子はなかったが、実はこの僧は蒜を食していた（『今昔物語集』巻七・四四）という話や、童病みにかかった三位中将がすぐれた持経者を訪ねたところ風邪をひいて蒜を食していたが、そのことには構わず経を読み、三位中将はたちまちにして回復したという話（『宇治拾遺物語』一四一）がみえる。このように、説話の中の蒜は、特別にすぐれた僧と密接にかかわるものとして描かれている。ただ、『後拾遺集』「誹諧歌」には、「君がかすよるの衣をたなばたはかへしやるひるくさしとて」という作がみえ、これは一種の笑い話になっている。

12　久富木原・本書第33章「舌の本性にこそはあらめ」

13　西丸妙子「藤壺中宮への額田王の面影」（『平安文学論集』風間書房、一九九二年一〇月）、のち『斎宮女御集と源氏物語』（青簡舎、二〇一五年）。なお、「からひと」の語は、『紫式部集』二八の詞書に「としかへりて、からひと見にゆかむといひけるひとの」云々とある。平安時代にこのように記したのは『紫式部集』のほかには、『散木奇歌集』に「はかたにはべりける唐人どもあまたまうできてとぶらひけるによめる」とあるのみである。中世においても、「からひと」は物語歌合の詞書に二例ほか若干を数えるのみできわめて少ない。珍しいことばを好んで使った俊頼に先駆けて家集に記した紫式部の言語感覚の一端が窺われる。

14　塚本邦雄「ことばあそび悦覧記2」（『古語』一九七八年一〇月）

15　谷知子「藤原良経と草の原」（『フェリス女学院大学文学部紀要』第36号、二〇〇一年三月）、のち『中世和歌とその時代』（笠間書院、二〇〇四年）所収。

16　「ひだりみぎ」に関する興味深い論として、最近、大塚誠也「「左右」の修辞法の展開―紫式部から後冷泉朝へ―」（『早稲田大学大学院文学研究科紀要』第六一輯、二〇一五年）が出た。大塚論文は、紫式部の著述には三つのパターンが確認でき、次世代の後冷泉朝は、その影響を受けているが、二つのパターンにとどまること、さらにこの「左右」の修辞は、紫式部をルーツとする一方で、その交流や女房文化圏内の流行としても捉えられると指摘する。

17　このようにタブーをかかえた恋に夢の語を伴うのは、藤壺や朧月夜などとも共通し、その淵源をたどれば『伊勢物語』六九段に逢着する。しかし、ここで注目したいのは、「夢を合ふ」という表現である。この歌の中ではこれは「正夢になる」の意だが、表現自体としては、夢を合わせる、もしくは夢合わせするの意で、若紫巻では「夢合ふ」という語が会話の中に使われている。藤壺との密会に続く場面で、藤壺が懐妊し源氏は「おどろおどろしうさま異なる夢を見た」。そこで、「合はする者を召して」夢占いをさせたところ想像を絶するような結果が出たので、「みづからの夢にはあらず、人の御事を語るなり。この夢合ふまで、また人にまねぶな。」と口止めをしたとある。「夢合ふ」は和歌の用例としては見出し難いが、このように会話や説話などにはしばしば認められる。右の源氏の夢の内容は具体的には語られていないが、明石入道の夢がそうであったように、未来を予言するものであったことは間違いない。夢が未来を予言するのは、説話的な発想そのものである。なお、夢が信じられていたことについては、西郷信綱『古代人と夢』平凡選書参照。

18　似たような例に、「片山の垣ねの日かげほのみえて露にぞうつる花のゆふがほ」（秋篠月清集一三〇・夕顔）があり、これも藤原良経の源氏取りの作である。なお、以下に挙げる「ほのぼのと」は、共立女子大学文芸学部大学院源氏ゼミ（二〇〇〇年度）において、内田さゆり氏の報告の際に話題になったことを付け加えておく。

19　「露吹きむすぶ」の語については、注2後藤論文に言及がある。

20　和泉歌との関連については、寺本直彦「源氏物語と同時代和歌との交渉―和泉式部の歌の場合」（紫式部学会編『源氏物語・枕草子　研究と資料』―古代文学論叢第三輯　武蔵野書院）及び千葉千鶴子「和泉式部と〈浮舟〉の造形―和泉式部試論」（『和歌とは何か』（日本文学を読みかえる3）有精堂一九九六年）などがある。

21　ただし、「あきののに」の歌は、女王が命絶えようとした折に詠んだ歌に対する村上天皇の返歌である。なお、『斎宮女御集』と六条御息所との関連は周知の事実だが、たとえば「194うきめ刈る伊勢をの海人を思ひやれもしほたるてふ須磨の浦にて」（須磨巻）の「うきめ刈る」の語なども、『斎宮女御集』の「都のみ恋ひしきものはうきめ刈るあまのすみかにふる身なりけり」（二四四）によると考えられる。

第14章　紫式部と貫之―『源氏物語』における引歌表現―

一、

『源氏物語』に実名で記される歌人に伊勢と貫之がある。連名で挙げられるのは桐壺・総角巻の二ケ所で、貫之はこのほかにも賢木・絵合巻にも見え、計四ヶ所に及ぶ。貫之がいかに重んじられていたかが推察されるが、伊勢・貫之のふたりは引歌の数においても他に抜きんでている。引歌に用いられた歌人の五位までを示すと、次のように両歌人が上位二位を占める。(注1)

伊勢　二四首
貫之　二三首
業平　二〇首
躬恒　一七首
小町　一七首
友則　一三首

貫之歌を引くことが明記されるのは、総角巻冒頭で、八の宮の一周忌近くに宇治を訪れた薫が大君たちが名香の糸を撚りかけているのを見る場面である。

結びあげたるたたりの、簾のつまより几帳の綻びに透きて見えければ、そのことと心得て、「わが涙をば玉にぬかなん」とうち誦じたまへる、伊勢の御もかうこそはありけめとをかしく聞こゆるも、内の人は、聞き知り顔にさし答へたまはむもつつましくて、「ものとはなしに」とか、貫之がこの世ながらの別れをだに、心細き筋にひきかけけむをなど、げに古言ぞ人の心をのぶるたよりなりけるを思ひ出でたまふ。⑤総角巻・二二三〜四頁

これは伊勢・貫之が連名で記される二ケ所のうちのひとつだが、ふたり共に歌が引かれる最初の例である。伊勢の歌は中宮温子の薨去後、法会の組み糸を撚った折のもので、貫之の方は旅立つ時の別れの歌である。貫之は、

糸による物ならなくに別れ路の心ぼそくも思ほゆるかな　古今集・羇旅歌・四一五(注2)

と詠んでいる。この場面は、八の宮を失った姫君たちの心細げな様子を仏に奉る名香の糸に関連させつつ、「糸」にまつわる古歌や歌語が散りばめられ修辞技巧が凝らされている。小町谷照彦が指摘するように、これほど凝った場面は外に例がなく、この「「糸」の風景」は姫君たちと薫を結びつけて物語の展開に重要な意味をもたらす。即ち、大君の「心細さ」は鍵語となって、さまざまな人物の「心細さ」とそれを受け止める人々の心情とが物語を紡ぎ出し、薫と姫君たちの双方にかかわる人間存在を運命的に把握する心情を表象するものとなっていくのである。(注3)この時「糸」という物象を「心細さ」に結びつけ、その心象風景を喚起させる要ととして機能するものこそが貫之の引歌なのであった。

総角巻には、もうひとつ貫之の歌が引かれている。大君が匂宮から届いた歌を読んで発言する条である。ここでは実名は記されないが、大君の言葉は貫之・伊勢の引歌によって縁どられている。

「限りあれば、片時もとまらじと思ひしかど、ながらふるわざなりけりと思ひはべるぞや。ア明日知らぬ世の、さ

すがに嘆かしきも、誰がため惜しき命にかは」とて、大殿油まゐらせて見たまふ。
例の、こまやかに書きたまひて、
ながむるは同じ雲居をいかなればおぼつかなさをそふる時雨ぞ
「かく袖ひつる」などいふこともやありけむ、耳馴れにたる、なほあらじごとと見るにつけても、恨めしさまさりたまふ。
⑤総角巻・三一三頁

傍線部ア・イは、それぞれ貫之、伊勢の、
紀友則が、身まかりにける時、よめる
明日知らぬ我が身と思へど暮れぬまの今日は人こそかなしかりけれ
古今集・哀傷歌・八三八
岩くぐる山井の水をむすびあげてたがため惜しき命とか知る
伊勢集・四二四

という歌を引く。大君の短い発言は貫之・伊勢の歌ことばによって成り立っている。貫之の引歌には父宮の死によって心の支えを失った大君の深い無常観が、また伊勢の引歌表現には匂宮に中の君を大切にしてほしいと願う切なる思いが込められている。ところが、匂宮の歌に対して大君から発せられたのは、「耳馴れにたる」（傍線部ウ）という評であった。ありきたりの平凡な表現で、中の君への愛情が感じられないというのである。そして大君は、この時から「恨めしさまさりたまふ」（傍線部エ）という精神状態へと陥っていく。匂宮の平凡な歌が大君を絶望させたのである。

大君は匂宮と六の君との縁談を耳にして心を痛め、父宮の所へ行きたいと思い詰めていたのであったが、この匂宮の手紙を読んだ後、遂に重態に陥る。都から遠く離れた地にあって、身分が違い、後見もいない姉妹にとって、匂宮とはせめて心だけは通い合わせたかった。それを可能にするものこそが歌であった。ゆえに最後の絆である歌への望みを失ったことが大君を死へと追いつめていく。これは六条御息所の生霊が源氏の歌に対する絶望から顕在化するよ

うに、大君は自身の心と身体を死へと追いつめていくのである。[注5]
大君物語は結婚を拒否し、自ら死を求めていくところにその特色があるが、大君を重態へと追い込み死を決定づける転回点に、匂宮の歌があった。大君の言葉が伊勢・貫之という特別な歌人の表現によって語られることの重みはここにある。それは伊勢・貫之の引歌表現が「耳馴れ」た歌によって裏切られ無惨に破壊されることを意味している。大君の歌への絶望は、大君物語のテーマにかかわる問題を孕んでいる。

総角巻では、『源氏物語』全体で最も引歌数の多い伊勢・貫之が二箇所にわたって引かれ、しかも宇治の姉妹にかかわる箇所で重ね合わされるようにして引用されている。なぜこの巻だけに、そして宇治の姉妹たちだけに伊勢・貫之の引歌が集中するのか。それまで伊勢・貫之は、桐壺巻で『長恨歌』にかかわる歌を詠んだとされるように、いわばビッグ・ネームとして引き合いに出されてきたのであったが、総角巻に至り両歌人の歌表現が実際に二ケ所にわたって重ねて引かれ、さらに大君の心を支える歌表現として言語化されている。大君は伊勢・貫之の言説をふたつながら内在化し焦点化させる特別な人物として造型されているのだといえよう。そして貫之の引歌の「心細さ」が大君物語の鍵語として機能していくのに対して、二つ目の「明日知らぬ世の」という表現は歌を核とする大君の思いが、無惨に裏切られ、まさしく「明日知らぬ世」としての死を招来する結末へと急転回させる機能を果たすのである。

二、

次に貫之の引歌のうち、最も多く引かれる歌に注目してみたい。[注6]

おほかたの我が身一つのうきからになべての世をも怨みつる哉　　拾遺集・恋五・九五三

自分がとてもつらい思いをすると、つい世の中すべてを恨んでしまうというこの歌は、一〇ケ所にわたって引かれて(注7)おり、登場人物たちのさまざまな状況における心情を受け止めたり、人物造型の一端を担う表現として機能している。(注8)

まずこれら一〇例を形態的な面から見ると、二つの場合に分けられる。ひとつは「我が身一つの」という上句の物象部分の一部を引くものであり、もうひとつは下句の心情表現を引くものである。前者は二例、後者は八例である。

まず前者についてみると、宿木巻に次のようにみえる。

(1)　わが身ひとつのと涙ぐまるるが、さすがに恥づかしければ、
　　秋はつる野辺のけしきもしのすすきほのめく風につけてこそ知れ　⑤宿木巻・四六六頁

中の君は匂宮邸に引き取られ懐妊したものの、匂宮は六の君と結婚して夜離れが多くなった。宇治から出て来たことを後悔する中の君は薫に宇治への同行を頼んだりもするが、かえって匂宮に薫との仲を疑われる。そこで「わが身ひとつの」と貫之の歌の一部を口ずさむ。だが本当は貫之歌の下句「なべての世をも怨みつるかな」という心情を伝えたいのである。もうひとつは、中将の君が浮舟を中の君に預ける時に、

(2)　「わが身ひとつとのみ言ひあはする人もなき筑波山のありさまもかく明らめきこえさせて、いつもいつも、いとかくてさぶらはまほしく思ひたまへなりはべりぬれど、かしこにはよからぬあやしの者ども、いかにたち騒ぎ求めはべらん。以下略」　⑥東屋巻・四九頁

と語る。八の宮に冷淡にされ、娘の浮舟も認知されずに東国で過ごさなければならなかった自分の身の憂さを語る場面である。これら会話文の中で使われているのは、目の前に会話の相手がいるため、直接的に自分の心情を訴えずに、「我が身ひとつ」という物象部分を引いて、心情部分は相手の判断に委ねているのである。

だが会話の中でも心情部分を引いた例も見られる。八の宮と弁の尼の二例である。橋姫巻で阿闍梨から薫の道心の

ことを聞いた八の宮が、

(3) 宮、世の中をかりそめのことと思ひとり、厭はしき心のつきそむることも、わが身に愁へある時、なべての世も恨めしう思ひ知るはじめありてなん道心も起こるわざなめるを……　⑤橋姫巻・一三一頁

と答える場面、また、弁の尼が薫に大君の死を嘆いて、

(4) 「厭ふにはえて延びはべる命のつらく、またいかにせよとて、うち棄てさせたまひけんと恨めしく、なべての世を、思ひたまへ沈むに、罪もいかに深くはべらむ」　⑤早蕨巻・三五八頁

と語りかける場面である。八の宮は薫の質問に答える形で道心とは自分の経験によって無常観の認識へと深化していくのだと語っている。また弁の尼の方は大君の死の悲しみを薫と共有しており、ふたりで世の無常を語り合っている。即ち、③の八の宮の場合は自分の嘆きではなく、また④の弁の尼の場合も会話の相手と同じ嘆きを共有するから、共に心情部分が引かれるのである。

ところで、伊東祐子は会話文中に見られる引歌について、興味深い事実を指摘している。(注9) まず、会話に引かれた三一六例中、源氏が群を抜いて多いのは当然のこととして、老婦人が目立つことに注目する。女性の例の中では、弁の尼七例が最も多く、中将の君も紫上・大君といったヒロインたちと並んで六例認められる。伊東は彼女たちが「よしある」人物と評されており、長年の間に培ってきた素養が言葉の端にうかがえるような、上品でもの柔らかな話しぶりをしているのではないかとする。④弁の尼と②中将の君の引歌表現も、このような例に含まれる。

以上の会話文に見える四例は、相手に直接語りかけ共感が予想される人間関係の中で使われている。また中の君の場合は薫との仲を疑われたことを恨んでいるのだが、これがきっかけとなって匂宮の情愛が深まるという展開になることを思えば、やはり共感可能な場合として捉えてよいのではないか。

とすると、残りの六例は自分ひとりだけで抱えなければならない苦悩に直面する状況における例であることが推測される。源氏における三例はそのことをよく示している。

須磨流離が、

(5)　なべての世うく思し乱れし　②蓬生巻・三二六頁

と回想されるのは彼の青春の蹉跌として当然であるが、あとの二例は御息所の生霊・死霊に対する感懐である。

(6)　うしと思ひしみにし世もなべて厭はしうなりたまひて、かかる絆だに添はざらましかば、願はしきさまにもなりなましと思すには、　②葵巻・五〇頁

生霊事件への厭わしさから出家願望まで持つ条であるが、これは少し前の、葵上が急逝した条を受けている。

大将殿は、悲しきことに事を添へて、世の中をいとうきものに思ししみぬれば、ただならぬ御あたりのとぶらひどもも心憂しとのみぞなべて思さるる。　同・四六〜七頁

葵上逝去という「悲しきこと」に加えて生霊事件までが加わって、「世の中」が厭わしいのであるが、これも貫之の引歌に準ずる表現とみてよいのではなかろうか。そして御息所の死霊が出現し、取り憑かれた紫上が蘇生した折には、次のように記される。

(7)　かく、生き出でたまひての後しも、恐ろしく思して、またまたいみじき法どもを尽くして加へ行はせたまふ。うつし人にてだに、むくつけかりし人の御けはひの、まして世かはり、あやしきもののさまになりたまへらむを思しやるに、いと心憂ければ、中宮をあつかひきこえたまふさへぞ、このをりはものうく、言ひもてゆけば、女の身はみな同じ罪深きもとゐぞかしと、なべての世の中いとはしく、　④若菜下・二四〇〜一頁

源氏には御息所の妄執のすさまじさから秋好中宮までも疎ましく、さらには女性全般が罪深い存在だと映る。生霊・

死霊事件は誰にも話すことができず、源氏がたったひとりで抱え込まねばならなかった心の暗部であるが、そのような源氏の孤絶した心のありようを象る表現として、貫之の歌は選ばれている。王者性を付与された源氏であっても生霊・死霊はどうすることもできない。源氏は自分を超越した存在に脅かされ、自らの無力を思い知らされるのである。このように考えると、ここに引かれなかった「我が身ひとつの」という物象的表現がきわめてくっきりとした陰影を帯びて浮かび上がってくる。

鈴木日出男が説くように、引歌の多くは物象部分を引いて、心情部分を連想させるというパターンが多い(注10)が、ここではいわば逆転現象が起こっている。ここには、物の怪と向かい合わなければならない「我が身ひとつ」の存在、誰にも打ち明けることのできない秘密を抱え込んだ孤独な存在としての源氏が象られているのである。

(8) 御息所の、御身の苦しうなりたまふらむありさま、いかなる煙の中にまどひたまふらん、亡き影にても、人に疎まれたてまつりたまふ御名のりなどの出で来けること、かの院にはいみじう隠したまひけるを、おのづから人の口さがなくて伝へ聞こしめしける後、いと悲しういみじくて、なべての世の厭はしく思しなりて、

④鈴虫巻・三八八頁

ところで物怪と向かい合わなければならない人物がもうひとりいる。秋好中宮である。

秋好は物怪となった御息所が地獄の業火に焼かれて苦しんでいることを案じ、出家したいとまで思うようになった。源氏はその出家の志を諫め、秋好はこれを受け容れるが、物怪のことはどうしても尋ねることができない。事実や実体を知らされず、それでもなお母親の罪を引き受けざるを得ない秋好の「我が身ひとつ」の姿がここにはある。この女君もまた源氏同様、一生、ひとりでこの秘密を背負っていかねばならない。

貫之の引歌は先に見た(1)～(4)のような対話したり共感することのできる状況で引かれる場合と、これらとは正反対

の(5)~(8)のようなひとりで秘密を抱え込んで苦しむ場面においても活用されている。だが、同様に孤独な場合であっても、源氏や秋好よりもさらに精神的に追いつめられた位相を示すのが柏木である。

三、

死の病にとりつかれた柏木の思惟を描く柏木巻冒頭は、さまざまな引歌表現に彩られる特異な文体を形成する場面として知られるが、(注11)その最初にたちあらわれるのが貫之の当該歌である。

(9)　何ごとをも人にいま一際まさらむと、公私のことにふれて、なのめならず思ひのぼりしかど、その心かなひがたかりけりと、一つ二つのふしごとに、身を思ひおとしてしこなた、なべての世の中すさまじう思ひなりて、後の世の行ひに本意深くすすみにしを、親たちの御恨みを思ひて、野山にもあくがれむ道の重き絆なるべくおぼえしかば、　④柏木巻・二八九頁

柏木は快方に向かうこともないままに、自らの人生を回想し、出家を願い死を選ぼうとする自分の心を見つめている。

高橋亨はこの柏木巻冒頭部分にみえる五首の引歌に着目して、柏木の内省とも言うべき「独白」の叙述に引歌がみられることの意義を次のように論じている。(注12)引歌は出家に関する叙述、恋に殉じようとする部分に集中しており、貫之歌の「わが身ひとつのうきからに」が柏木の心情と重層して印象づけられ、「すさまじう」という抽象的な概念が、「うらみつる」というより強い直接的な語意を包摂し、厭世意識が強く前面にあらわれ交響的な効果によって出家の文脈へと加速している。さらに貫之の引歌前後の表現や状況設定は、『平中物語』初段と響き合う歌物語的な様相を呈していると分析する。

ところで野村精一は柏木の出家への意思はそれまで語られていなかったのにもかかわらず、ここで突然、その新事実が記されることを「捏造」と捉えるが、(注13)柏木巻冒頭部分における貫之の引歌表現こそが出家や死という社会から疎外される極限状況を創り出し、出家の意思もその文脈から語り出されたのだと考えられるのではないか。貫之の引歌は外にも空蟬の心内語として引かれる例があった。

⑽　とあるもかかるも世の道理なれば、身ひとつのうきことにて嘆き明かし暮らす。　②関屋巻・三六四頁

夫の死後、義理の息子のことで悩み誰にも相談できずに出家を決意する場面である。この例を加えると⑤～⑩の六例のうち、実に⑥⑧⑨⑩の四例が出家に関するものであり、貫之の引歌表現が出家と深くかかわることが知られ、この引歌表現こそが出家の意思を導き出しているのだといえよう。柏木が以前から出家の意思を抱いていたとする心内語は、引歌表現によって自分が出家の意思を持っていたことに今、気づいたという趣である。「なべての世の中すさまじう」と引歌をした瞬間に、それまで自覚していなかった出家の意思があらわになり、さらに死への渇望への端緒が拓かれる。それは決して唐突でもなければ「捏造」でもなく、貫之の引歌が持つベクトルによって必然的に導き出され得るものであったといえよう。

そしてそのような柏木の自己幻想における、そもそもの原因にも貫之の引歌が深く関与している。女三の宮との出会いは、あの蹴鞠の夕べのかいま見の時であった。鈴木宏子は、このかいま見の前後の文脈には、貫之の、

山桜霞の間よりほのかにも見てし人こそ恋しかりけれ　古今集・恋一・四七九

という歌が引かれていると指摘する。(注14)満開の桜と春霞の中でかいま見ることに加え、その直後に柏木の心が次のように語られるからである。

宰相の君は、よろづの罪をもをさをさたどられず、おぼえぬ物の隙より、ほのかにも、それと見たてまつりつる

にも、わが昔よりの心ざしのしるしあるべきにやと契りうれしき心地して、飽かずのみおぼゆ。

④若菜上巻・一四四頁

「ほのかに見る」ことが柏木の恋の憧憬としてかいま見から密通までを特徴づけているとし、さらに密通から死に至る運命の主導調となるのが次の歌だとする。

あはれともいふべき人は思ほえで身のいたづらに成ぬべきかな　　拾遺集・恋五・九五〇・一条摂政

この歌は柏木の生の輪郭を形成し、「身のいたづらになる」という動詞的な要素が引かれており、貫之の「ほのかに見る」という表現と共に柏木の恋と死の軌跡のすべてをあらわしている。

この二首は確かに柏木の恋の初めと破滅への予感を形作っているが、一条摂政の歌は「身のいたづらになる」ことを予想する段階での引歌である。このような過程を経て、柏木は自らの運命を受け容れ、自ら死を望み、出家を願うに至るのである。貫之歌の「なべての世の中すさまじう」はこの最後の自らの生を諦めと出家と死を願う場面で引かれている。柏木の恋は貫之の「ほのかに見る」歌に始まり、その生も「なべての世の中すさまじう」という貫之の引歌によって閉じられようとしている。貫之の歌は柏木の恋物語の発端と最後をいわば統括する枠組みとして機能するのである。

〔注〕

1　人麿の一一首がこれに続く。残りは一桁。引歌数は、池田亀鑑「和歌作者索引」（所引詩歌仏典索引）『源氏物語事典』（東京堂、一九六〇年）及び伊井春樹『源氏物語引歌索引』（笠間索引叢刊、一九七七年）による。

2　『貫之集』七六四、『拾遺集』三三〇、『古今六帖』二三五〇にもみえ、現存伝本では「ものとはなしに」はすべて「ものならなくに」となっている。
3　小町谷照彦「風景の解読―「総角」の表現構造」（『源氏物語の歌ことば表現』東大出版会、一九八四年）
4　久冨木原玲「生霊の歌をめぐって―六条御息所と和歌」（『源氏物語歌と呪性』若草書房、一九九七年）
5　貫之歌は、「明日香河我が身ひとつの淵瀬ゆゑなべての世をも怨みつる哉」（『後撰集』巻一七・雑三・一二三二）というよみ人しらず歌と酷似する。（初句「明日香河」が「おほかたの」に、「淵瀬」が「うきからに」という点だけが異なる。貫之歌は『貫之集』に見えないので、あるいは訛伝の可能性も考えられるが、ここではひとまず『後撰集』よみ人しらず歌を本歌とすると考えておく。
6　新大系は、「我が身一つのうきからに」を「我から」（拾遺集九八六。稿者注、実は九八六には「我から」の語はなく、九八七の間違い）を根拠にして、「全部自分から起こったこと」で、「すべての不快なことや悪いことを、世の中に転嫁して恨んできた」「我が身の不運と達観する」とするが、「我から」の語は貫之歌には見えず、不審。
7　外の歌は四ケ所、三ケ所、その他は一ケ所ずつである。
8　新編全集頭注は、引歌としてもう一首「世の中は昔よりやは憂かりけむわが身ひとつのためになれるか」（古今集巻一八雑下九四八よみ人しらず）を挙げる。
9　伊東祐子「源氏物語の引歌の種々相」『源氏物語の探究第十二輯』（風間書房、一九八七年）
10　鈴木日出男「引歌の成立」『古代和歌史論』（東大出版会、一九九〇年）
11　古注以来、指摘されるところで、新編全集頭注にも特筆され（④柏木巻・二九一）、後述するように高橋亨もこれに注目して魅力的な論を展開する。
12　高橋亨「源氏物語の〈ことば〉と〈思想〉」『源氏物語の対位法』（東大出版会、一九八二年）
13　野村精一「源氏物語の文体批評―第二部の問題―」『源氏物語文体論序説』（有精堂、一九七〇年）
14　鈴木宏子「柏木の物語と引歌」『国語と国文学』（至文堂、一九九二年六月）のち、『古今和歌集表現論』（笠間書院、二〇〇〇年）所収。

第15章　物語創出の場としての『古今集』「雑歌」―源氏物語論のために―

一、物語歌の多様性 ―笑いのゆくえ―

『源氏物語』には七九五首の和歌があるが、そのほとんどは雑歌だといってよい。五四帖中、三四帖ですべての歌が雑歌だと考えられ、大まかに見通しただけでもその歌数は六一四首にのぼる。そこには雑恋・旅歌的なものも含まれるが、勅撰集の部立をあてはめてみてわかるのは、四季や恋の部に入りにくい歌が非常に多いということである。この六一四首は全体の七七パーセントにあたり、実に八割近くにのぼる。『古今集』の雑歌（巻一七・巻一八）は一一一首中、一三七首で、一二パーセントにすぎないことを考えると、この数字には物語における和歌のありようの一端が如実に示されているといえよう。(注1)

『古今集』雑歌は無常観によって纏め上げられているとされてきたが、(注2)小嶋菜温子が指摘するようにその底流には無常観とは異質の「まどふ」心、「完全な遁世など不可能だという認識」があり、単一的には捉えられない多様な世界を示している。(注3)

このような古今集雑歌と源氏の和歌はどのように相関するのであろうか。まずは古今雑歌の多様性をみるために、無常観とは対照的な笑いの歌に着目してみたい。笑いの歌そのものは雑歌・巻一七・一八に続く巻一九の誹諧歌に集められているため多くはないものの、笑いの充満する場で詠まれた歌を取り出すことは可能であり、詞書に「わらひ」を持つ歌を二首認めることができる。少々長くなるが本論の趣旨と密接にかかわるので全文を掲げる。

寛平御時に、殿上の侍に侍りける男ども、瓶を持たせて、后宮の御方に大御酒の下しと聞こえに奉りたりけるを、蔵人ども笑ひて、瓶を御前に持て出でて、ともかくも言はずなりにければ、使の帰りきて、さなむありつると言ひければ、蔵人の中に贈りける

敏行の朝臣

玉だれのこがめやいづらこよろぎの磯の浪わけおきに出でにけり　古今集・雑上・八七四

女どもの、見て笑ひければ、よめる　兼芸法師

かたちこそ深山がくれの朽木なれ心は花になさばなりなむ　同・八七五

八七四・八七五共に複数の人々が笑いあう場で詠まれている。すでに竹岡正夫によって指摘されているように八七四の「玉だれのこがめ」は男性性器を匂わす表現であり、下句も風俗歌をふまえたもので全体に「きわどい意味を匂わした好色的な戯咲歌」だと考えられる。(注4)風俗歌は、

たまたれの　をがめを　なかにすゑて　あるじはも　や　さかなまぎに　さかなとりに　こゆるぎの　いその　わかめ　かりあげに

（太万多礼乃　乎加女乎　奈加仁須恵天　阿流之者毛　也　佐加奈末幾二　佐加難止利仁　己由流木乃　伊曽乃　和加女　加利阿介二）　三

というもので、これと八七五との関連性についてはすでに諸注によって指摘されてはいるのだが、竹岡はさらに「玉垂れのをがめ（小亀）を中に据えて」「磯のわかめ（わかい女の子）を刈り上げに」行くというのは「好色的な戯咲を

ねらった歌謡で、宴会などの席で歌われたもの」と解している。竹岡は特にふれてはいないが、本章で特に注目したいのは、この歌はやはり宮廷で楽しまれたと思われる万葉巻一六の性的な表現の充満する歌を連想させるという点である。

次の八七五の歌も同様で、「女ども」が法師の「かたち」を笑ったのに応えた歌である点で注目される。「かたち」が具体的に何を指すのかは不明だが、外見を笑う歌の源流としてやはり万葉集巻一六の戯咲歌がある。そこにはお互いに体の特徴を笑いあって歌をやりとりする臨場感ゆたかな場があった。また、法師を笑うというのも戯咲歌の特色のひとつとしてあったことを考え併せると右の二首には共に万葉集戯咲歌の流れを汲む歌が配されていると見ることができる。[注5]単に「好色的な戯咲をねらった歌謡」であるにとどまらず、万葉巻一六に溢れる性的表現の流れを汲むことを押さえておきたい。

さらにこの歌に「朽木」という語が見えることに留意したい。この語は宇治十帖のキイ・ワードとしての機能を持つからである。「橋姫」巻から「手習」巻に至る間に五例みえ、一例目は弁の尼が自分自身を指している（橋姫巻）が、二例目では中の君を指し、三、四例目で再び「弁の尼」を指し示す語に戻り、最後の手習巻では浮舟が自分自身のことを「朽ち木」としている。つまりこの語は弁の尼を語る表現であったにもかかわらず、中の君へと転換し、さらに弁を媒介にしつつ最後はヒロインの浮舟の語となっていく。中の君の場合には大君が妹を「朽ち木」にはしたくないと考えており、中の君自身の言葉ではない。つまり自己認識の表現としては、弁の尼から浮舟へと引き継がれていくわけである。古今雑歌における笑いの場の歌は『源氏物語』では悲劇的なヒロイン自身の言葉になっていく点で興味深い。

そして『古今集』「朽木」の歌は、もうひとつ別の局面へと展開していく。これは薫の、

よそにてはもぎ木なりとやさだむらんしたに匂へる梅の初花　⑤竹河巻

という歌を想起させるのである。「もぎ木」は同時代にもそれ以前にも用例がなく、後代においても院政期に三首詠まれただけのきわめて特異な歌語だが、[注6]「枯れて枝のない木」（新全集頭注）であるから意味としては「くち木」とほぼ同義であり、さらにこの歌は女房たちのひとりが戯れて薫に詠みかけた歌であるから、『古今集』「けむげいほうし」の歌が詠まれた状況と類似する。「くち木・花」に対して「もぎ木・花」という表現も対応しており、薫は「けむげいほうし」の歌を念頭に置きながら自分は「もぎ木」のように見えるかも知れないが実は「花」なのだと応じているわけである。ここには「まめ人」薫が、戯れの要素を残しつつも自らを「花」とする自己認識が示されている。「くち木」の語は弁の尼・中の君・浮舟と一貫して女性たちのありかたを語るもので、特に実際に尼になった弁の尼・浮舟の自己認識の表現であるのに対して、薫は逆にこれを否定して「もぎ木」ではなく「花」だとする点で、「けむげいほうし」の歌の姿勢を受け継いでいるのである。法師が自らを「花」だと言い、「まめ人」もまた自らを「花」だとする。ここにはある種のおかしみが漂っており、橋姫巻以降の、道心を持ちながら宇治の女君たちを追い求めて恋に迷っていく薫の姿がここにすでに映し出されているともいえよう。万葉集戯咲歌における笑いの場を揺曳させる古今雑歌は、源氏物語においては一方では女性たちを「くち木」として肯定して悲劇性を帯びる方向性を持ち、一方では「まめ人」としての男の矛盾するおかしみを感じさせる方向性との二重性をもって機能する。

さらに『古今集』「雑歌」における悲劇性を帯びた歌が『源氏物語』では滑稽譚に関与する場合もある。業平が惟喬親王を訪ねる歌が小野里で出家する浮舟物語の舞台となっているのはよく知られているが、

わすれては夢かとぞ思ふ思ひきや雪ふみわけて君を見むとは　古今集・雑下・九七〇

という歌が末摘花巻で「夢かとぞ見る」と引歌されていることに注目したい。「常陸宮邸の荒廃した雪景色を、業平

が小野に隠棲している惟喬親王を同じ正月に訪問したときの雪景色によそえている」（新全集頭注）のだが、この引歌の効果はこれにとどまらない。業平が深い雪の中で出家した惟喬親王を訪問した折の慨嘆は、雪の光の中で末摘花の醜い姿を見た時の驚きをこそ響かせているのではあるまいか。正月の少し前の条で雪が降り積もって「踏みあけたる跡もなく、はるばると荒れわたりて、いみじうさびしげな」常陸宮邸でその「雪の光」によって思いがけなくも末摘花の醜い姿を見てしまい驚愕するあの有名な場面である。それこそが引歌によって「雪ふみわけて君を見むとは」という驚きをあらためて導き出し強調する。引歌は古今雑歌の悲劇的な物語を反転させ、雪の光の中に普賢菩薩の乗り物のような鼻を見た驚きを再び刻印するのである。

また『古今集』「雑上」のよみ人しらず詠には、

大荒木の森の下草老いぬれば駒もすさめず刈る人もなし　同・雑上・八九二

という作がある。紅葉賀巻で源典侍が年齢に似つかわしくない派手な扇で源氏を誘惑する場面があるが、その赤い扇に書かれていたのが「森の下草老いぬれば」というものであった。古今雑歌においては、この歌の後には

数ふれば止まらぬ物をとしといひて今年はいたく老いぞしにける　同・八九三

おしてるやなにはのみつにやく塩のからくも我は老いにけるかな　同・八九四

などといった歌が配されているように、典型的な老いを嘆く歌群に置かれているのだが、『源氏物語』はこれを若い男を誘惑する滑稽な場面に変換しているのである。

『源氏物語』は『古今集』「雑歌」における笑いの歌を悲劇的な物語に反転させ、またこれとは逆に悲劇性を帯びた物語的な歌を引いて笑いの場面を創り上げる。その笑いと悲劇とが転換し、交響する物語空間は『古今集』「雑歌」の内包する多様性と無関係ではない。

二、「まどふ」・「山姫」・「岩のかけ道」・「奈良」など

「けむげいほうし」の「くち木・花」を受けつつ「もぎ木・花」と詠んだ薫のあり方を一語で示すならば、「まどふ」の語に凝縮される。源氏物語最後の薫の歌はこのことを象徴している。

法の師とたづぬる道をしるべにて思はぬ山にふみまどふかな　⑥夢浮橋巻

『古今集』「雑下」の「まどふ」については、その底流には無常観とは異質の「おもひみだるる」心「まどふ」心があり、完全な遁世など不可能だという認識があった(注7)が、薫の歌はまさしく古今集雑下の世界を物語化したものだと考えられる。

そしてこの歌は光源氏の次の詠と照応している。

死出の山超えにし人をしたふとて跡を見つつもなほまどふかな　④幻巻

これは紫上死後一年を終えてその文殻を焼く場面での歌であるから、死別した最愛の女君を慕いつつ詠まれたものであるのに対して、薫の歌は大君を慕いつつ、さらに生き別れた浮舟にまどっている点で類似する。ただ、それだけにあからさまに道心を打ち出しているにもかかわらず「思はぬ山にふみまどふ」薫の歌は、やはり古今雑下、素性法師の、

いづくにか世をば厭はむ心こそ野にも山にも迷ふべらなれ　古今集・雑下・九四七

という作を想い起こさせるのである。『源氏物語』における「まどふ」の用例は、恋七首、雑六首で合計一三首だが、雑六首中三首は恋に関連すると思われるものを除くと、前掲の幻巻の源氏歌、夢浮橋巻の薫歌の外には総角巻の薫詠、

しるべせしわれやかへりてまどふべき心もゆかぬ明けぐれの道　⑤総角巻

の一首のみが残るが、これもまた道心の「しるべ」として八の宮を来訪するにもかかわらず大君に「まどふ」薫の心が表白されており、素性法師の「のにもやまにもまどふ」歌と相通ずるものになっている。薫の「まどふ」は古今集雑下の底流に流れているものと軌を一にするのであり、それは同時に宇治十帖の世界そのものを象徴するであろう。

このほかにも宇治十帖と古今雑歌の歌語との結びつきは深い。たとえば「山姫」の語は総角巻における薫と大君・中の君との唱和の場面で、

同じ枝をわきて染めける山姫にいづれか深き色と問はばや　同

山姫の染むる心は分かねどもうつろふかたや深きなるらむ　同

と詠まれているが、これは伊勢の、

竜門にまうでて滝のもとにてよめる

裁ち縫はぬ衣きし人もなき物をなに山姫の布さらすらむ　古今集・雑上・九二六

という名歌に認められるのであるが、源氏以前にはほとんど歌に詠まれることはなく『後撰集』に一首みえるのみであるから、源氏以降に詠まれるようになるのは宇治十帖の物語効果だと考えられる。また、父八の宮に先立たれた大君が中の君と唱和する歌に、

君なくて岩のかけ道絶えしより松の雪をもなにとかは見る　⑤椎本巻

とあるが、「岩のかけ道」は『古今集』よみ人しらず歌に、

世にふれば憂さこそまされみ吉野の岩のかけ道ふみならしてむ　古今集・雑下・九五一

に見える語で、上句の「憂さこそまされ」を呼び起こすものである。これもまた源氏以前には詠まれることはなく、

宇治十帖と古今雑歌の世界との結びつきを示している。

そもそも宇治十帖の物語は喜撰法師の、

わが庵は宮この辰巳しかぞ住む世をうぢ山と人はいふなり　古今集・雑下・九八三

という歌がその基底にあることは周知だが、さらに注目したいのはこれに続く三首である。

よみ人しらず

荒れにけりあはれいくよの宿なれや住みけむ人のおとづれもせぬ　同・九八四

奈良へまかりける時に、荒れたる家に、女の、琴ひきけるを聞きて、よみて、入れたりける

よしみねのむねさだ

わび人のすむべき宿と見るなへに歎き加はる琴のねぞする　同・九八五

初瀬にまうづる道に、ならの京に宿れりける時、よめる　二条

人ふるす里をいとひて来しかどもならの宮こもうき名なりけり　同・九八六

「あれにけり」という詠嘆に始まる「宿」（九八三）、さらに「荒れたる家」で女が琴を弾くのを聞いて「わびとのすむべきやど」だとする歌が置かれ、次に「奈良の京」に宿った時の歌が配されている。宇治の後に続く三首は「荒れた家」・「わびとのすむべきやど」であり、それは「奈良」へと通ずるかたちで配置されている。「荒れた宿」「憂き宿」は喜撰法師の宇治から二条の歌の「奈良」へとつながるが、それは初瀬詣でにおける宇治から奈良へ、そして初瀬へという経路でもある。そして奈良へ行った折に荒れた家で女が琴を弾いていたという二首目の歌は、『伊勢物語』初段における「女はらから」をかいま見る物語を連想させ、さらにこの場面を生かした橋姫巻のかいま見場面をも想起させるのである。橋姫巻かいま見場面には、「琴と琵琶」の音を聞くことがもうひとつのポ

イントとしてあったからだ。伊勢初段に琴を重ね合わせた橋姫巻の場面もまた、この『古今集』「雑歌」を核として創造されたものとおぼしい。そして初瀬詣での歌。宇治・奈良・初瀬という経路自体は、初瀬詣でにおいてはごくふつうの一続きの地名であるが、入水未遂した浮舟が再度登場してくる状況を思い起こすと、この歌は橋姫巻に加えて手習巻で浮舟が見いだされる物語の発端としての機能を帯びてたちあらわれてくる。大木の下に倒れ伏している浮舟が発見されるのは、母尼が初瀬詣でした帰り道においてであった。そしてこの時、「奈良」と「宇治」が特に記されるのである。母尼は「奈良坂」で体調を崩し、「宇治」で休息することになったのであり、それゆえにこそ浮舟の再登場が可能になったのであった。「奈良坂」は浮舟再登場におけるきわめて重要な場所なのである。

それまで『源氏物語』は玉鬘の初瀬詣でを描き、浮舟自身のそれも語っているが、玉鬘においては宇治が記されることはない。浮舟の初瀬詣での際には「宇治」は記されるものの「奈良」が記されることはなかった。そして『源氏物語』に「奈良」の例はほかに一例しか認められないのである。きわめて用例の少ない「奈良」が記されることの意義を見過ごすわけにはいかないであろう。そして「奈良」の地名は入水する采女の物語への連想を導き出すものであり、そのことと入水した浮舟の再登場とは無縁ではない。(注8)

三、物語創出の場としての『古今集』「雑歌」

『古今集』「雑歌」の世界が及ぼす範囲は宇治十帖に限られているわけではない。そこには『源氏物語』における歌や物語を創作する上で核になったと思われるものが散見される。『古今集』「雑歌」には流離・配流にかかわる歌が多く、行平の須磨配流や惟喬親王における小野隠棲の歌が源氏の須磨流離、浮舟の小野里での出家の物語を形作る核になっていることはよく知られており、それだけでも『源氏物語』の主要な物語的要素を形成している。また第一節でみた八七五「朽木」の次に置かれた作をみると、

方違へに、人の家にまかれりける時に、主の、衣を着せたりけるを、朝に返すとて、よみける

きのとものり

蝉の羽の夜の衣はうすけれど移り香こくもにほひぬるかな　古今集・雑上・八七六

とあり、これは空蝉巻の核をなすものだと知られる。（注9）「方たがへ」「あるじのきぬをきせる」ことに加え、歌の「うつりがこく」は『源氏物語』本文の「かの薄衣は小袿のいとなつかしき人香に染める」という箇所を想起させる。

また、よみ人しらず歌の、

さかさまに年も行かなむ取りもあへず過ぐる齢やともに帰ると　同・八九六

は、光源氏の嘆老の言葉「さかさまにいかぬ年月よ」という名言を導き出すものとしてよく知られている。さらに「雑下」の、

物思ひける時、幼きこを見て、よめる

今更になに生ひづらむ竹の子の憂きふししげき世とはしらずや　同・雑下・九五七

という歌は幼い薫が竹の子を食べる場面、

御歯の生ひ出づるに食ひ当てむとて、筍をつと握り持ちて、雫もよよと食ひ濡らしたまへば、「いとねぢけたる色ごのみかな」とて、

うきふしも忘れずながらくれ竹のこは棄てがたきものにぞありける　④横笛巻

で、無邪気で生命力溢れる薫を見る光源氏の複雑な心境が右の『古今集』の雑歌を核としつつ形成されている。

『古今集』「雑歌」は宇治十帖だけでなく、須磨流離の物語の発端となっていて『源氏物語』の主要な世界を形作っている。前半が須磨で後半が宇治流離だとすれば、『源氏物語』の主要な流離の物語は古今雑歌をその端緒とするのだということができる。そしてそれは主要な世界にとどまらず、空蝉の物語や晩年の光源氏の感慨などをも紡ぎ出している。さらに重要なのは古今雑歌が万葉巻一六の世界を揺曳させる笑いの場を含んでおり、それが『源氏物語』においても笑いの方向性を持ち、あるいはまたこれとは逆に悲劇的な方向性への展開もなされて悲劇と喜劇とが交錯する世界が創出されているということである。

振り返ってみると、『万葉集』巻一六は戯咲歌を中間に置いて前半には男女間の愛を語る物語的な歌が並び、後半には鎮魂を初めとする歌が置かれている。巻一六とは愛と笑いと鎮魂という、およそ物語のテーマというテーマのほとんどを包摂しているのである。しかも中間の戯咲歌の中には「無常」を題とする、

世間の無常を厭ふ歌二首

生死の二つの海を厭はしみ潮干の山を偲ひつるかも　　万葉集・巻一六・三八四九

世の中の繁き仮廬に住み住みて至らむ国のたづき知らずも　　同・三八五〇

右の歌二首、河原寺の仏堂の裏に、倭琴の面に在り。

の二首がある。『万葉集』にはたとえば、

世の中を何に喩へむ朝開き漕ぎ去にし船の跡なきごとし　　巻四・三五一・沙弥満誓

といった世の無常を詠んだ作がみえるが、そのような歌が巻一六に置かれていることに注目したい。

『古今集』「雑歌」は、このような巻一六の多様な世界を確かに受け継いでいる。『万葉集』巻一六よりも無常観の色合いが濃いが、無常を感じつつもさまざまに惑う人間の心の襞を表現する歌もまた織り込まれている。ある時は愛

の物語に心揺り動かされ、ある時は笑い興じ、またある時は無常観や死者の鎮魂歌に共感する『万葉集』巻一六は人間の日常におけるさまざまな物語的な要素を抽出して見せてくれるのだが、それは『古今集』「雑歌」にも多少なりとも受け継がれており、それらは『源氏物語』の重要な要素となって多彩な物語を織り上げているである。

〔注〕

1　源氏物語中、雑歌と認められる歌数を挙げる。巻名に○を冠したものは、巻中、すべての歌が雑歌であることを示す。

巻名	雑歌の数	巻中の歌数	備考
○桐壺	9	9	
帚木	14	14	
空蝉	0	2	恋
夕顔	0	19	恋の始まりから終わりまで。さらに哀傷歌。
若紫	21	25	
○末摘花	14	14	
○紅葉賀	17	17	
花の宴	1	8	
葵	5	34	生霊の歌など以外は哀傷14
賢木	29	33	
○花散里	4	4	
須磨	29	48	
明石	14	30	雑・恋・別・雑という構成

○澪標	17	17	
○蓬生	6	6	
○関屋	3	3	旅とすべきか
○絵合	9	9	
○松風	16	16	雑別6・雑恋2を含む
○薄雲	10	10	
○朝顔	23	23	雑恋を含む
○少女	16	16	
○玉鬘	14	14	
○初音	6	6	
○胡蝶	14	14	
蛍	4	8	
○常夏	4	4	
○篝火	2	2	雑恋
○野分	4	4	
○行幸	9	9	雑恋2含む
藤袴	3	8	
真木柱	5	21	
○梅枝	11	11	雑恋2含む
藤裏葉	15	20	雑恋5含む
若菜上	16	24	雑祝2含む
若菜下	16	18	雑恋1含む

柏木	3	11	
○横笛	8	8	
○鈴虫	6	6	
夕霧	19	26	
御法	8	12	
幻		26	紫上への哀傷歌
○匂宮	1	1	
○紅梅	4	4	
○竹河	24	24	
○橋姫	13	13	
○椎本	31	31	
総角	20	31	
○早蕨	15	15	
○宿木	24	24	
○東屋	11	11	
浮舟	7	22	
蜻蛉	11	11	
○手習	28		
○夢浮橋	1		

2　松田武夫『古今集の構造に関する研究』、風間書房、一九八九年。

3　小嶋菜温子「宇治十帖から『古今集』巻十八（雑下）へ」『源氏物語批評』有精堂出版、一九八一年。なお、『古今集』（雑下）と『源氏物語』との関係については、鈴木宏子「三代集と『源氏物語』―引歌を中心として」（『王朝和歌の想像力―古今集と源氏物語』笠間書院・二〇一二年）にも言及されている。

4　竹岡正夫『古今和歌集全評釈』（補訂版）、右文書院、一九八一年。

5　久富木原玲「誹諧歌―和歌史の構想・序説」『源氏物語　歌と呪性』、若草書房、一九九七年。

6　散木奇歌集に二首、為忠後度歌合に一首見えるだけである。

7　注3に同じ。

8　奈良という地名と浮舟物語とが密接に関連することについては、「平城天皇というトポス―歴史の記憶と源氏物語の創造」（本書、第30章）および浮舟物語と采女伝承との結びつきについては同「源氏物語における采女伝承―「安積山の歌語りをめぐって―」（本書・第29章）参照。

9　すでに竹岡正夫『古今和歌集全評釈』において指摘されている。

第Ⅳ部　源氏物語の和歌

——浮舟論へ向けて

第16章　六条御息所と朧月夜 ―後朝の歌をめぐって―

はじめに

六条御息所と朧月夜はふたりとも大臣の娘であるから、入内して皇子を生み、その皇子は皇太子、天皇になるべく期待されていた。ところが、御息所は前皇太子との間に女宮をもうけたが、夫に先立たれ六条の実家に帰って来ていた。一方、朧月夜は入内して妃になる予定であったが、光源氏と関係ができたため御櫛笥殿となり、さらに尚侍になって、朱雀帝に寵愛された。このふたりは『源氏物語』においては対照的な恋をする。御息所のそれを「愛しすぎる一途な恋」だとすれば、朧月夜は「帝と光源氏、ふたりに愛される恋」である。

一、六条御息所 ―一途に恋して―

1　六条御息所には後朝の歌がない？

「夕顔」巻の冒頭に「六条わたりの御忍び歩きのころ」とあって御息所の物語は始まるが、御息所と光源氏はいつ、どのようにして逢うようになったか、書かれていない。これに対して、夕顔に興味を持った光源氏は惟光に夕顔の素性を調べさせる。惟光は女が夕陽を浴びてもの思わし気な様子であったのを光源氏に報告しているが、どのような人物であるかわからない。素性のわからない謎めいた夕顔に対して、誰知らぬ者のない前の皇太子妃であった御息所は対照的に描かれる。高貴な御息所に対して夕顔の花の咲く賤しい家に住まう夕顔。御息所の邸宅へ行くと、朝顔の花が咲き乱れて情趣があり、夕顔の家のことなど忘れてしまうのであった。その朝顔を手折って持って来る童は、夕顔の家の女童と対になるように描かれている。

をかしげなる侍童の姿好ましう、ことさらめきたる、指貫の裾露けげに、花の中にまじりて朝顔折りてまゐるほどなど、絵に描かまほしげなり。　①夕顔巻・一四八頁

これは「夕顔」巻冒頭で、光源氏が夕顔の花を折らせたところ、中から女童が出て来て「白き扇のいたうこがしたる」を差し出す、よく知られた場面を想起させる。

この場面で注目されるのは、御息所との後朝の歌がないということである。光源氏が御息所を訪ねて一夜を過ごし、霧がいっぱいに立ちこめている朝、帰っていくところが描かれているのだが、後朝の歌については言及されていない。代わりに、光源氏と「中将のおもと」という御息所付きの上臈女房との歌のやりとりが記される。まずはその前の描写を記しておく。

霧のいと深き朝、いたくそそのかされたまひて、ねぶたげなる気色にうち嘆きつつ出でたまふを、中将のおもと、御格子一間上げて、見たてまつり送りたまへとおぼしく、御几帳ひきやりたれば、御頭もたげて見出したまへり。前栽の色々乱れたるを、過ぎがてにやすらひたまへるさま、げにたぐひなし。　①夕顔巻・一四七頁

「中将のおもと」は、見送りもできないでいる御息所のために几帳を引きのけると、女君は御頭をもたげて外へ目をお向けになる。光源氏の訪問は久々のことであったのだろうか、あるいはこの場面のすぐ前に述べられているよう

に性格的にものごとを思い詰める傾向があり、年齢を気にして恨めしい夜々を過ごしているから、いつもこのような具合であったのだろうか、朝、男君が帰っていく時刻になっても起きあがれないでいる。だが、頭をもたげて見送る御息所の心に広がっているのは、単に恨めしい感情ばかりではないであろう。その視線の向かうところには、何とも形容し難いほど魅力的な光源氏の姿がある。植え込みが色さまざまに咲き乱れているのを、そのまま見過ごし難く立ち止まっている光源氏の様子は類のない美しさである。このような光源氏と一夜を共にした御息所は光源氏が帰る時刻になっても、その余韻が消えやらず陶酔感に浸っているのではないか。中将のおもとはこのような御息所の心理をよく理解しており、光源氏から歌を詠みかけられるとそれを御息所への歌ととりなして即座に返歌する。

このように機転を利かすところは、御息所の女房に相応しいみごとなふるまいである。これは秋の出来事であったが、実は夏にも御息所を訪ねる場面があった。それは夕顔から贈られた白い扇に書かれた歌に光源氏が返信する場面に続くものであった。

御心ざしの所には、木立、前栽などなべての所に似ず、いとのどかに心にくく住みなしたまへり。うちとけぬ御ありさまなどの気色ことなるに、ありつる垣根思ほし出でらるべくもあらずかし。つとめて、すこし寝すぐしたまひて、日さし出るほどに出でたまふ。朝明の姿は、げに、人のめできこえんもことわりなる御さまなりけり。

①夕顔巻・一四二頁

御息所は木立、前栽などがすばらしく心にくく住みなしていること、光源氏が帰っていくその朝の姿が魅力的であることも述べられている。それは夕顔の住む「ありつる垣根」とは全く異なることを言うためであったのだが、ここでもやはり後朝の歌については言及されていない。すでに光源氏と夕顔においては歌の贈答がなされており、また前掲の秋の描写では光源氏と女房の歌のやりとりがあり、さらに中秋の夜には、夕顔の家に泊まった光源氏と夕顔との間に歌が交わされたのにもかかわらず、御息所との歌の掛け合いは全く認められないのである。

2 女から詠む後朝の歌

御息所の歌が記されるのは、葵巻に入ってからである。夕顔巻では夕顔の恋を焦点化して語るために、御息所の歌は記されなかったのであろう。出逢いの場面を欠く御息所は後朝の歌も書き留められない。夕顔にのめりこんでいく光源氏と後朝の歌さえ記されない御息所との対比。

車争いのために物思いに乱れる御息所は光源氏の訪問を受け、男君が帰ってから次の歌を贈った。

袖ぬるるこひぢとかつは知りながら下り立つ田子のみづからぞうき　②葵巻・三五頁

光源氏の返歌は次のようであった。

「袖のみ濡るるやいかに。深からぬ御事になむ。

浅みにや人は下り立つわが方は身もそぼつまで深きこひぢを

おぼろけにてや、この御返りをみづから聞こえさせぬ」などあり。　同右

「袖濡るる」は女から男へ贈られた異例ともいうべき歌であった。

一般的に女から歌を詠むのは珍しく、女が危機的状況にある時だといわれるが、高木和子は女から贈る歌には多様性があり、危機的状況に限定することはできないと説く。(注1)高木は『和泉式部日記』を例にしてこのことを説いているが、『源氏物語』においてもほぼ同様のことが指摘できる。(注2)ただ、六条御息所の「袖濡るる」の歌は単に女から詠まれたというにとどまらず、後朝の歌ともいうべき意味合いを持つ歌を女の方から贈っている点で異例だといえよう。

光源氏は御息所を訪れ、夕方になってから手紙を送った。ふつうなら、帰ってすぐ後朝の歌を贈るところである。

そこで御息所は前掲の「袖ぬるる」の歌を女の方から贈ったのであるが、この場合はどのように捉えることができるであろうか。

車争い後、物思いに乱れる御息所は、斎宮の御所ではできない御修法をするために他所に移っていた。そのことを聞いた光源氏は御息所を案じて、その場所まで忍んで出かけたのであった。そして重態の葵の上のことを話し、理解を求めた。重態である間だけでも嫉妬せずに穏やかにいてほしいというのである。

ふたりは十分に心を通わすこともなく朝を迎えた。御息所は明け方に帰っていく光源氏のすばらしさに、やはりこの方を振り捨てて伊勢へ下向することはできないと考え直すのであった。葵の上に子が授かってしまえば、光源氏の愛情はそちらへ向いてしまうことであろう、自分はこうしてただ待ち続けているだけでは、どうすることもできない悲しみを味わわされることになるのであろう、こうしてなまじ見舞ってくれるだけに、かえって物思いが呼び覚まされる気持ちでいるところに、光源氏の手紙だけが夕方になってから届く。後朝の歌ではなく、手紙だけが、それも暮れ方になってから届いたのである。

そこで御息所は「袖濡るる」の歌を贈る。この御息所歌は、当然贈られてよいはずの後朝の歌がないために女の方から詠んだ後朝の歌という趣を持つ。光源氏の返歌を見ても女と男とが逆転しているという印象がある。というのは、光源氏の返歌は女の心が「浅い」こと、自分の方は「深い恋路」であると言ってきており、こうしたスタイルは通常ならば、女が男の歌を受けて切り返すという女歌の特色をあらわしているからだ。

「浅い」「深い」を問題にする光源氏の歌は、『古今和歌集』恋歌三、六一八番の業平歌、これを物語化した『伊勢物語』第一〇七段の発想と同じく、相手（男）の歌を切り返す女の立場から詠まれた歌だった（浅みこそ袖はひつらめ涙川身さへ流ると聞かばたのまむ）。当時『古今和歌集』も『伊勢物語』もよく知られた古典であったことを考えれば、光源氏の言う「深い」歌は、二番煎じの表現に過ぎない。この歌を受け取った御息所はどのように思ったか。その反応は書かれてはいない。だが、和歌で心と心をつなぐのは、もはや不可能だと思い、より深い絶望にうちひしがれたのではないか。

光源氏の歌は御息所の歌の「こひぢ」というキーワードを使い、歌の前にも「袖のみ濡るる」とあり、御息所の歌の言葉と対応している(前掲の贈答歌の傍線部分参照)。高野晴代は『蜻蛉日記』の贈答歌を例に、言葉の対応がむしろ心の隔たりを助長したことを指摘し、そのような男と女の世界は右の御息所と光源氏の歌に応用されていると説く。(注3)

右のような歌のやり取りに続けて、『源氏物語』は次の一文を置いている。

大殿には、御物の怪いたう起こりていみじうわづらひたまふ。　②葵巻・三五頁

「御物の怪」が憑いて葵の上がたいそう苦しんでいる。女から詠みかけずにはいられなかった後朝の歌を以てしても、どうすることもできない男の心浅さを思い知らされた時、その魂は生霊となってしまうのである。

3　生霊の歌―追いつめられて

御息所の「後朝の歌」は生霊の歌へと急展開する。御息所は前節で見た「袖ぬるる」の歌を光源氏に投げつける。光源氏は返歌をするが、その歌は御息所の心を慰めるような歌ではなく、在り来たりの発想や表現に象られた平凡な歌にすぎなかった。そして次に御息所の歌として記されるのは、

なげきわび空に乱るるわが魂を結びとどめよしたがひのつま　②葵巻・四〇頁

という生霊の歌であった。この歌を導き出したのは、後朝の歌があるべき時になく、後朝の歌であるべく御息所から詠みかけた歌に対しても少しも御息所の心を捉えることはなかったからに違いない。

ところでこの歌は『袋草紙』や『拾芥抄』に、「人魂を見た時の歌」として載っているものと酷似する。右の「なげきわび」の歌はこの伝承歌を用いて生霊の歌としたものであろうと考えられる。

魂は見つ主は誰とも知らねども結びとどめつしたがひのつま

『袋草紙』上巻「誦文歌」には人魂を見た人が自分の魂が抜け出していかないようにこの歌を三回唱えることとしている。この場合には詠者が自分のきものの「つま」を結ぶのだが、『源氏物語』の方は「結びとどめよ」とあって、相手に結んでほしいと訴えている。伝承歌を土台にすることによって、生霊の歌はその背後に何人もの人々の浮遊する魂を抱え込んでいると思わせる効果がある。また、「なげきわび」という「初句」は、浮舟の歌の初句と同じであることに着目したい。(注4)

なげきわび身をば棄つとも亡き影にうき名流さむことをこそ思へ　⑥浮舟巻・一九三頁

浮舟も御息所も魂があくがれ出でていく人物として共通点がある。

生霊の歌のすぐ前には、「もの思ふ人の魂はげにあくがるるものになむありける」という御息所自身の感懐が語られている。浮舟の方は本人ではなく右近が「かくのみものを思ほせば、もの思ふ人の魂はあくがるるなるものなれば、夢も騒がしきならむかし」(⑥「浮舟」一九六頁)と、浮舟の魂が浮遊して母君の許を訪れ、夢にあらわれたのだとする。この時、浮舟はすでに自死することを心に決めているのに対し、御息所の方は生霊となってあらわれている。ひとりは自死、もうひとりは葵の上に取り憑いて相手を死なせているが、それは「もの思ふ魂」が自分へと向かうか、第三者へと向かうかというだけの違いである。

いずれにしても六条御息所の三首の歌は非常に速いテンポで悲劇へと向っている。車争いの後の「影をのみ」の独詠歌、「後朝の歌」としてあるべきであった歌を女の側から詠みかけ、それでも満足を得られず歌を詠んだ時はすでに生霊になっていた。そして四番目の歌は、御息所自身の生霊によって葵の上が亡くなった時の弔いの歌であった。五番目の歌は光源氏が野宮にこもる御息所を訪ねた折の歌で、しばしば絵に描かれる名場面である。何かの間違いではないか、榊を折って訪ねていらしたのは、とする御息所からの歌は、初めから切り口上である。

だが、それは御息所の強がりにすぎなかった。光源氏の方も今夜の久しぶりの対面が昔を思い出させるにつけても、万感がこみあげ、心弱くも泣いてしまう。御息所は自分も悩み苦しんでいることを気取られぬように隠しているが、とても辛抱できない様子であるのを光源氏はますますいたわしく思い、今からでも伊勢下向は思いとどまるように申し上げる様子である。御息所は長い年月心にとどめ置いた恨めしさも消えてしまいそうな気持ちになるのだった。やはり懸念していた通りだったと、逢ったがためにかえって決心がにぶり、思い迷っている。

ここで御息所は初めて「女」と記されている。ひとりの女として光源氏と向かいあっているのである。この場面はまた、背景として特に「空」の様子が描かれている。初めは「あはれなる空をながめつつ」とあるが、初めてひとりの「女」として向かいあった御息所であるが、時間は待ってはくれない。光源氏は「やうやう明けゆく空のけしき」、つまり別れの時が迫ってくる中で、歌を詠む。

（光源氏）あかつきの別れはいつも露けきをこは世に知らぬ秋の空かな

出でがてに、御手をとらへてやすらひたまへる、いみじうなつかし。—中略—

（御息所）おほかたの秋の別れもかなしきに鳴く音な添へそ野辺の松虫

悔しきこと多かれど、かひなければ、明けゆく空もはしたなうて出でたまふ、道のほどいと露けし。

女もえ心強からず、なごりあはれにてながめたまふ。　②賢木巻・八九～九〇頁

ここに至って、ようやく光源氏から歌が詠まれ、御息所もまた歌で応じた。一夜を共に過ごし、別れの朝に歌を交

わしているから、これこそは後朝の歌と捉えてよいのであろう。空の様子は前掲の「やうやう明けゆく空のけしき」から、歌に詠まれた「こは世に知らぬ秋の空」、実際に「明けゆく空もはしたなうて」帰っていく場面と連続的に、しかし別れの時が刻々と迫っていることを示す表現として用いられている。光源氏は帰ってから、「常よりもこまやかなる」「御文」をよこすとあるから、今まで後朝の手紙は届いていたことになる。だが、読者にとってはこの日が初めての後朝の歌なのである。伊勢へ下れば、あるいは一生逢えないかも知れない。そのような別れの時にあたって、ふたりは歌を交わしあって、かろうじて心が通じたのであった。

こうして御息所との不幸な愛は終わりを迎えたのだが、なんとこの女君は後に死霊となってあらわれる。

わが身こそあらぬさまなれそれながらそらおぼれする君は君なり　④若菜下巻・二三六頁

死霊はこの歌を詠み、娘である秋好中宮をよく世話していることに感謝するが、一方では紫の上を相手に御息所についてよからぬ批評をした、そのことがまことに恨めしいと訴える。「紫の上に対する憎しみはないのだが、光源氏は神仏の加護が強く近づくことができない。今は成仏できない私の罪が軽くなるように供養してほしい。修法、読経と騒ぎ立てることも、この身には苦しくつらい炎となってまつわりつくばかりで、尊い声も耳に入らないのがまことに悲しいのです。中宮にも、このよしを伝えてほしい。宮仕えの間に決してほかの人と張り合ったり、嫉み心を起こしたりなさらぬよう。斎宮の頃の罪が軽くなるような功徳を積まれるよう、」などと言い続けるが、物の怪と話をするのも見苦しいことなので、この憑坐を閉じこめてしまった。

だが御息所の死霊は、「柏木」巻にもあらわれる。

後夜の御加持に、御物の怪出で来て、「かうぞあるよ。いとかしこう取り返しつと、一人をば思したりしが、いとねたかりしかば、このわたりにさりげなくてなむ日ごろさぶらひつる。今は帰りなむ」とてうち笑ふ。

「一人」というのは紫の上を危篤に陥らせたことを指すが、光源氏が紫の上から物の怪を退散させたことをいう。女三の宮は無事、男子を出産するが、出家を望みついにそれを果たした。

しかしこの出家も死霊のしわざであったことがわかる。御息所の愛しすぎる悲しみがもたらした悲劇であった。死霊の歌に見えるように、「君は君なり」と光源氏を相対化できるのは御息所だけである。女はこういう時、どうすれば救われるのだろう。御息所は生きている時も死んだ後でも、このただひとつの問いを繰り返すのである。

④柏木巻・三一〇頁

二、朧月夜の君 ―光源氏と帝に愛されて

1　禁忌の恋に身を委ね

朧月夜は右大臣の六番目の娘であり、光源氏の腹違いの兄朱雀帝に入内する予定であった。ところがこの女君は入内前に光源氏と出逢い契りを結んでしまった。それゆえ、正式な女御などではなく、尚侍として仕えることになったのだった。この尚侍という身分は妃と変わらぬ寵愛を受ける場合が多かったが、朧月夜もまた朱雀帝から熱烈な寵愛を受けた。このように帝に愛されながら、朧月夜は光源氏に惹かれ逢い引きを続けた。禁忌の恋に身を委ねた女君の行く末は、どのようになっていったのだろうか。

朧月夜の光源氏との出逢いは、「声」を媒介にしたロマンティックな物語を創出する。まずはその場面を見てみよう。


弘徽殿の細殿に立ち寄りたまへれば、三の口開きたり。―中略―人はみな寝たるべし。いと若うをかしげなる声

の、なべての人とは聞こえぬ、「朧月夜に似るものぞなき」とうち誦じてこなたざまには来るものか。いとうれしくて、ふと袖をとらへたまふ。女、恐ろしと思へる気色にて、「あなむくつけ。こは誰そ」とのたまへど、「何かうとましき」とて、

深き夜のあはれを知るも入る月のおぼろけならぬ契りとぞ思ふ

とて、やをら抱き降ろして、戸は押し立てつ。あさましきにあきれたるさま、いとなつかしうをかしげなり。わななくわななく、「ここに、人」とのたまへど、「まろは、皆人にゆるされたれば、召し寄せたりとも、なんでふことかあらん。ただ忍びてこそ」とのたまふ声に、この君なりけりと聞き定めて、いささか慰めけり。

①花宴巻・三五六～七頁

花の宴の後、弘徽殿の三の口が開いていたのでそこから中に入ったところ「いと若うをかしげなる声」で、女君が歌を口ずさんでこちらへやって来る。光源氏は「いとうれしくてふと袖をとらへ」たが、それが誰であるのか、光源氏自身にもわからなかった。だが、女君の声によって、この女君は「なべての人」とは思えない。女君も相手が光源氏だと知ったのは、やはり「声」によってであった。『源氏物語』において出逢いのきっかけを作るのはかいま見が多いのだが、この場面では光源氏も朧月夜もそれぞれに「声」によって相手のことを知るのである。

朧月夜は「声」だけで、光源氏だとわかる。ところが光源氏の方は、弘徽殿で出逢ったのだから、右大臣の娘であることは察しがついたものの、六人のうちの何番目の女君なのかわからない。それがわかるのは、一ヶ月後の右大臣家の藤花の宴においてであった。光源氏は几帳の向こう側にいる女君たちに向かって、歌いかける。

「扇を取られてからきめを見る」と、うちおほどけたる声に言ひなして、寄りゐたまへり。―中略―答へはせで、ただ時々うち嘆くけはひする方に寄りかかりて、几帳ごしに手をとらへて、

「あづさ弓いるさの山にまどふかなほの見し月の影やみゆると
何ゆゑか」とおしあてにのたまふを、え忍ばぬなるべし、
心いる方ならませばゆみはりのつきなき空に迷はましやは
といふ声、ただそれなり。いとうれしきものから。
同・三六五～六頁

光源氏はいったい、どのお方なのだろうと胸をときめかせて「扇を取られてからきめを見る」と歌いかけた。これは催馬楽「石川」の「帯を取られて　からき悔する」という歌詞の「帯」を「扇」に代えたものである。それが理解できるのは、先月、花の宴の後、弘徽殿の細殿で契りを結び、扇を取り替えたあの女君以外にいない。周囲の女房たちは「帯」とあるべきところに「扇」が歌われたのを不審がる。光源氏はそんな中でただ時々深くため息をつく気配のする方へ寄りかかって、几帳ごしに手をとらえた。そして「あづさ弓」の歌を詠み、「なぜこのように」と当て推量に言うと、相手もこらえきれないのであろう、「心いる」の歌を詠んだが、その声は紛れもなくあの女君であった。傍線で示した通り、おおらかな「声」で歌いかける光源氏、そして返歌を詠む朧月夜の声。声は朧月夜の物語における大切な要素であった。最後の地の文が「いとうれしきものから」とあるのは、朧月夜をようやく探し当てたものの、未だ「声」だけであり、しかも相手は右大臣の娘ということで、手放しに喜ぶわけにいかないという光源氏の複雑な気持ちが込められている。

このように、「声」だけで、恋の進展をたどるのは「花宴」巻に限られているのだが、この場面に必須の催馬楽「石川」の一節の替え歌「扇を取られて　からき悔する」は、この「聞く」場面から「見られる」場面への伏線として機能することになる。

「見られる場面」とは何か。それは光源氏と逢い引きする朧月夜が父大臣に「見られる」のである。

雷鳴りやみ、雨少しをやみぬるほどに、大臣渡りたまひて、まづ宮の御方におはしけるを、村雨の紛れにて、え知りたまはぬに、軽らかにふと這ひ入りたまひて、御簾ひき上げたまふままに、「いかにぞ。いとうたてありつる夜のさまに思ひやりきこえながら参り来でなむ。中将、宮の亮などさぶらひつや」などのたまふけはひの舌疾にあはつけきを、大将はものの紛れにも、左大臣の御ありさま、ふと思しくらべられて、たとしへなうぞほほ笑まれたまふ。げに入りはててものたまへかしな。

尚侍の君いとわびしう思されて、やをらゐざり出でたまふに、面のいたう赤みたるを、なほなやましう思さるるにやと見たまひて、「など御気色の例ならぬ。物の怪などのむつかしきを。修法延べさすべかりけり」とのたまふに、薄二藍なる帯の御衣にまつはれて引き出でられたるを見つけたまひて、あやしと思すに、また畳紙の手習などしたる、御几帳のもとに落ちたりけり。

②賢木巻・一四四～五頁

光源氏は朧月夜と一緒に閨にいるところを右大臣に目撃された。惑乱した右大臣は光源氏の筆跡の残る畳紙を持って、長女である弘徽殿大后の許へ走る。右大臣はしばらくはこのことを問題にするつもりになかったが、激しい性格の弘徽殿は好機到来と判断して光源氏を陥れる手段を考える。右大臣に「見られた」ことが光源氏の須磨退去へと展開していく軸になるのである。「扇をとられてからき悔する」という催馬楽「石川」の替え歌は、ここで「帯をとられてからき悔する」という本来の歌詞を引き出す。右大臣に取られたのは「畳紙の手習などしたる」ものであったが、光源氏との密会が知られることになったのは、男物の帯であった。「薄二藍なる帯の御衣にまつわれて引き出でられたるを見つけたまひてあやしと思す」とあるように、突然、父大臣が来て驚いた朧月夜が、男物の「帯」を御衣にからませた姿で御簾の中から出て来たのであった。

光源氏と朧月夜との密会が第三者によって「見られる」のは、既にこの前にも描かれていた。帝が五壇の御修法で慎んでおられる時に、ふたりはあの、初めて契りを交わした弘徽殿の細殿で逢い引きをする。御修法の期間ゆえ、人目の多いことを気にしながらの逢瀬であった。「寅一つ」という声に、急き立てられるように後朝の歌を交わして帰るが、光源氏は承香殿女御の兄、藤少将に「見られて」いたのを知らずに通り過ぎるのであった。

この後、弘徽殿大后の甥、頭弁が「白虹日を貫けり。太子畏ぢたり」と誦じたのを光源氏は聞いていられぬ思いであった。なぜかといえば、中国の故事に燕の太子丹が秦の始皇帝を討つべく刺客を遣わしたが、その時、虹が太陽を貫くのを見て謀の失敗を恐れたという話があり、燕の太子丹に光源氏をたとえて光源氏には謀反心があるとして頭弁があてこすったのである。このことがあってから、光源氏は心にやましく思う朧月夜との密会について世の中を煩わしく思って、朧月夜に便りせずに久しい時が過ぎた。すると朧月夜の方から、便りがあった。光源氏は人目を忍んで書いたらしい朧月夜の気持ちもいとおしくて、使者を待たせておいて御厨子を開けさせて特にすばらしいのをあれこれと吟味し、こまやかな手紙に返歌を認めるのであった。

このように、右大臣邸での密会の前にすでに朧月夜と密会をして、弘徽殿から帰って行く光源氏は藤少将に見られていたのであった。藤少将は朱雀帝の承香殿女御の兄で右大臣方の勢力に連なる。そして弘徽殿大后の甥で朱雀帝女御の兄、頭弁が光源氏には謀反心があるとあてこすりを言ったことがあった。光源氏は承香殿女御の兄に「見られ」、また麗景殿女御の兄には謀反心があると言われたが、これらが光源氏の須磨退去への伏線になっていることは言うまでもない。

2　朧月夜と後朝の歌

光源氏と朧月夜は、後朝の歌を毎回交わしている。最初に出逢った時は勿論だが、二度目に弘徽殿の細殿で逢い引

きをした時も、

（朧月夜）心からかたがた袖をぬらすかなあくとをしふる声につけても

（光源氏）嘆きつつわがよはかくて過ぐせとや胸のあくべき時ぞともなく　②賢木巻・一〇六頁

と詠んでいる。「心から」の歌意は「自分から求めてあれやこれやと涙に袖が濡れることです。夜が明けるのを教える声を聞くにつけても、あなたがこの私を飽きるというふうに聞こえて」。「嘆きつつ」は「嘆きを繰り返しながら、我が世をこうして過ごせというのであろうか。夜は明けても胸の思いのおけるときもなくて」。

ただし、この場合は朧月夜の方から歌いかけている。女からの後朝の歌は珍しいが、最初の逢瀬では、契りを結ぶ前に、光源氏が詠みかけた。

深き夜のあはれを知るも入る月のおぼろけならぬ契りとぞ思ふ　①花宴巻・三五六頁

「こうしてめぐりあうのもひとかたならぬ縁ゆえ」と詠んで細殿の中に抱き下ろした。そして「私は、皆人にゆるされているので人を呼んでも特にどうということもありません。そっと静かにしていらっしゃい」という声で光源氏の声だとわかり、朧月夜は少しほっとして契りを結ぶ。さて契りを結ぶと、ふたりは次の歌を交わす。

うき身世にやがて消えなば尋ねても草の原をば問はじとや思ふ　同・三五七頁

いづれぞと露のやどりをわかむまに小篠が原に風もこそ吹け　同・三五八頁

どちらが男の詠でどちらが女の詠であろうか。一首目「うき身世に」の歌には「草の原をば問はじとや思ふ」とある。これはいわゆる恋死の歌なので、一般的に言えば、男詠としての可能性が高い。だが、次の歌の上句が「露のやどり」を探している間に、小篠が原に風が吹いて、噂になってしまうと心配している、つまりこれは探す側によって詠まれていることになる。通常は男から女へ、女から男へと交わされる後朝の歌は、朧月夜の場合、まず女君によって詠まれ、これに男が応えているのであった。朧月夜は唯一、女の方から後朝の歌を詠んでいるのである。(注5)朧月夜の歌は全部で九首あるが、うち三首が女から詠んだ歌である。右に見たように、二首は共に契りを結んですぐに詠まれたのであったが、残りの一首は、頭弁が口ずさんだ「白虹日を貫けり」という言葉が気になって煩わしいことは避けようと思い、光源氏は朧月夜の許へも便りをしなくなった。それが長期間に及んだので朧月夜の方から消息を送ったのであった。

　木枯の吹くにつけつつ待ちし間におぼつかなさのころもへにけり　②賢木巻・一二七頁

光源氏はこの返事に意を用い、紙も筆も特別みごとなものを選び出して、

　あひ見ずてしのぶるころの涙をもなべての空の時雨とや見る　同・一二八頁

と返歌を認める。ここではふたりの逢瀬は書かれていないが、いろいろな機会をとらえて逢っていたものと思われる。そして「賢木」巻の末近くになって、突然、光源氏と朧月夜との密会が描かれる。前掲の二回は弘徽殿の細殿での逢瀬であったが、ここではこともあろうに右大臣邸で逢ったのである。朧月夜は長い間、瘧病にかかっていたので、実家に帰り光源氏と連絡を取り合って、逢瀬を重ねていたのだった。そして右大臣はその現場に際会した。朧月夜はあまりのことに「我かの心地して死ぬべく」思うほどに動揺し、光源氏は女君の様子に困ったことになったと思いつつ、女君をあれこれと慰めるのが精一杯であった。

むすび

ふたりとも、『源氏物語』中、もっとも情熱的な女君であったということになるが、その情熱のありようは対照的

であった。御息所のそれはプライドが高いために内向していく恋であり、朧月夜の場合は、帝寵に背く禁忌の恋であるにもかかわらず、その情熱のままに自らを解放していった。だが帝は朧月夜を責めたりすることなく、温かな心で朧月夜を包んでいる。須磨流離の時、朧月夜も参内停止の処分を受けたが、光源氏が都に戻ってからは朧月夜は全くその誘いに乗らなかった。すばらしい帝が自分を思ってくださるのに、なぜ自分はあのようなことをしたのかと悔いている。光源氏はそれほど愛してくれたわけではないが、帝はいつも変わらぬ愛で包んでくれるということに思い至り、帝のすばらしいところに今さらながら気がつくのである。朧月夜は情熱的ではあるが、結局はどれだけ愛されたか、というところに落ち着いている。千年前も今も、愛されているということに女性は愛の原点、あるいは意味を見いだす場合が多いのではなかろうか。またこの朧月夜像は『伊勢物語』第六五段の話に拠っている、いわば前例のある愛の物語なのである。

これに対して、六条御息所はあきらめるということを知らず、どこまでも愛し、またそれゆえに傷ついてしまう。さらに死霊となっては、光源氏そのひとに取り憑こうとする。それは果たせずに終わるが、御息所のモデルはない。だが生きている時はもちろんのこと、死んでなお光源氏に固執する御息所の暗い情念は数多くの女性の心の暗部を象徴しているのかも知れない。（注6）

〔注〕

1　高木和子「女から歌を詠むのは異例か」『女から詠む歌―源氏物語の贈答歌』（青簡舎、二〇〇八年）

2　まず藤壺であるが、女の側からの歌は二例認められる。それらは桐壺院在世中のにぎやかだった頃を忍ぶ歌と須磨流離の際の見舞いの歌である（②「賢木」一一六頁・②「須磨」一八〇頁）。密通の時は歌を交わしているが、通常の男から女への後朝の歌である。空蟬が贈ったのも、病気見舞いの歌であり（①「夕顔」一九〇頁）、契りを結んだ時はやはり光源氏からであった。夕顔は最初、花を載せた扇に歌を認めて贈っているが、契りを結んだ時はやはり光源氏から詠んだのであり、明石の君もまた後朝の歌は男から女へ贈っている。紫の上は初めての契りの時は、ショックを受けて後朝の歌を詠むことができなかったが、光源氏の結び文が置かれているので、やはり男からの後朝の歌である。

例外は六条御息所、朧月夜である。御息所とは何回も歌を交わしたはずであるが、書かれていない。ただ、右に示したように、「袖濡るる」は女からの後朝の歌に準じて考えていいのではないか。朧月夜は唯一、女の側から後朝の歌を贈る存在である。

明石の君の場合、贈歌四首があるが、一首は都に帰ることになった光源氏に別れを惜しむ歌（②「明石」二六六頁）、次は入道が新調した旅の衣に縫い込まれた明石の君の歌（②「明石」二六八頁）、さらに明石の姫君を手放さなければならない時に詠まれた悲痛な歌（②「薄雲」四三四頁）、また光源氏が大堰を訪れ歌を交わした時のものである。つまり明石の地を離れる時の歌二首、明石の姫君との別れに際しての一首、四首目は上記のような境遇にある自分を顧みて自身を「うき舟」にたとえている。いずれも別れにかかわる歌であるが、初めて契りを結んだ時はもちろん、光源氏からの贈歌に応える形であった。

女三の宮についてはどうであろうか。光源氏に贈った歌は二首あり、紫の上が小康状態になった時、訪れた光源氏に贈った歌で、光源氏はかわいく思ってその夜は泊まることにした（④「若菜下」二四九頁）。そして二首目はすでに出家した女三の宮が鈴虫の声を聞いて詠んだ歌が優雅だったので、光源氏もこれに応える歌を詠んだのだが（④「鈴虫」三八二頁）、皮肉なことに柏木と密通した時は、定石通り男から女へと詠まれている。

紫上についても見ておかねばならない。自分から光源氏に贈った歌は八首ある。うち二首は須磨・明石をさまよった折の見舞いの歌（②「須磨」一九二頁・②「明石」二二四頁）、明石の君のことを聞き、自分は死んでしまった方がよかったと嘆く歌（②「澪標」二九三頁）、須磨の絵日記を見せてくれなかったことを恨む歌（②「絵合」三七四頁）、明石の君の所へ出かける光源氏を恨む歌（②「薄雲」四三九頁）、月がきれいな折に詠んだ歌（②「朝顔」四九四頁）、紫の上が小康を得、光源氏が涙を浮かべてもうだめかと思ったと言うのを聞いて詠んだ歌（④「若菜下」二四五頁）、小康状態の紫の上を喜ぶ光源氏の姿を見て、いよいよという時はどんなに嘆かれるかと悲しい気持ちになって詠んだ歌。光源氏を恨んだ歌もあるが、自分がいなくなった時、どんなにか気を落とされることだろうかと光源氏を心配する歌などさまざまな形があり、女からの贈歌もまた個々に詠歌の背景を見ていくべきで、高木和子の指摘するように一概に魂の危機的状況にあるとか、珍しいとかはいえない。しかし、六条御息所の場合はやはり危機的な情念を含んでいる。

3　高野晴代「贈答歌の方法―竹取物語をめぐって」（『古筆と和歌』笠間書院、二〇〇八年）

4　この歌語については、本書第21章「なげきわび―浮舟と六条御息所」参照。

5　朧月夜だけが女の方から後朝の歌を詠むのは、この女君が『伊勢物語』第六九段の斎宮に擬せられているからである。斎宮は「昔男」と契りを結んだ時、女の方から歌を詠んでいる（久富木原「朧月夜の物語―源氏物語と禁忌と王権」『源氏物語歌と呪性』若草書房、一九九七年）。

6　新作能「紫上」（深瀬サキ作）では、紫上が亡くなった後、成仏できず死霊としてあらわれるという設定になっている。そして多くの女性と関係を持った光源氏を近づけず鋭い言葉で退けようとする。その言葉の中には、『源氏物語』における六条御息所の死霊の言葉がちりばめられている。現代人から見れば、紫上こそ死霊になって当然なのかも知れない。

第17章　秋好中宮の和歌と人物造型

はじめに

秋好中宮物語はまとまった場面がなく、断片的な場面に終始する。だがその物語は鈴虫巻までの長い射程を持ち、(注1)六条御息所の物語を継承して、(注2)統一的な相貌を帯びたものとして捉えることが可能である。(注3)作中人物としては、紫上の地位を向上させ、(注4)冷泉皇統の補完的役割を負うといった機能的補完的な役割を担っている。(注5)また、最近の論考では「頬杖をつく秋好中宮」の姿態に着目した太田敦子が「母の遺言に耳を傾けて沈思するかのごときもの」としてとらえ、「六条御息所という女性の人生史に思いを馳せ、見つめている姿」であり、「「澪標」巻で再登場した秋好中宮はすでに恋の「もの悲しさ」を知る「大人びた」女君として顕ち現れていた」のだと説いた。(注6)

秋好は一貫して太田の説くような面差しを持ちつづける。それは賢木巻で母御息所と共に伊勢に下ることを喜んだ少女時代の斎宮とは全く異なる大人びた秋好であった。そのような秋好であったからこそ源氏や冷泉帝の心をつかんだのである。そもそも源氏は伊勢下向する時の秋好の返事が大人びていたから興味を持ったのであった。さらに秋好は源氏や朱雀院に懸想されながらもきわめて賢明に身を処していく。この賢明さが秋好の人物像の根幹をなすものと考えられるが、いまひとつ秋好の属性として重要なのは斎宮であったことである。川名淳子は斎宮は退下後もその聖性を持ち続けると説いている。(注7)『源氏物語』に多大な影響を与えた『伊勢物語』の最大の禁忌も斎宮との密通だったことを考えれば、源氏が懸想するたびに、読者ははらはらしながらことのなりゆきを見守ったに違いない。ここでは源氏の懸想と秋好の和歌を通して、その人物像の一端に迫りたい。

一、源氏の懸想

源氏の秋好への関心は、賢木巻で斎宮となって伊勢へ下る時に始まる。それはその母六条御息所が源氏との愛を清算して、娘の斎宮に従って都を離れることになった時のことであった。群行の日、野宮を出発する斎宮の許に、源氏は歌を届ける。斎宮の返事が大人びているので、実際の年齢よりも美しい成長ぶりであろうと心を動かされたのであった。(注8)源氏はいくらでも見ることができたはずの幼い頃の斎宮に接する機会がなかったのは残念だが、世の中は不定なものであるから、帝の譲位や崩御などで斎宮が帰京することもあろう、そうすればいつかきっと対面する機会もあるにちがいない、と思っている。

六年経って、源氏が予想した通り朱雀帝は譲位し、秋好は斎宮の任を終えて帰京する。間もなく病を得て出家した六条御息所を見舞った源氏は、すでに秋好に対する関心を抑えきれない。このとき源氏は御几帳の綻びから御息所と秋好をかいま見ている。ただ、それは「心もとなき灯影」におけるかいま見であったため、後に繰り返し秋好を見たことがない、なんとかして見てみたいと思うのである。

帳の東面に添ひ臥したまへるぞ宮ならむかし、御几帳のしどけなく引きやられたるより、御目とどめて見通したまへれば、頬杖つきて、いともの悲しと思いたるさまなり。はつかなれど、いとうつくしげならむと見ゆ。御髪のかかりたるほど、頭つきけはひあてに気高きものから、ひちちかに愛嬌づきたまへるけはひしるく見えたまへば、心もとなくゆかしきにも、さばかりのたまふものをと、と思し返す。　②澪標巻・三一二頁

このように、源氏は秋好の姿勢や表情、その美しさ、髪のかかり具合、頭の格好や感じが生き生きとしていてかわいらしいと思って見ている。そして、御息所の死後も、「いかでさやかに御容貌を見てしがな」（澪標巻三一七頁）と望み、さらに、朱雀院が秋好を所望しているという噂を聞いた時の源氏は、

人の御ありさまのいとらうたげに、見放たむはまた口惜しうて、入道の宮にぞ聞こえたまひける。　同・三一九頁

このように藤壺と図って冷泉帝への入内の話を進めるのであった。にもかかわらず、こうして入内してもなお、

（朱雀院が）めでたしと思ほししみにける御容貌、いかやうなるをかしさにかとゆかしう思ひきこえたまへど、さらにえ見たてまつりたまはぬをねたう思ほす。　③絵合巻・三七五頁

という具合に、朱雀院がすばらしいと感嘆した秋好の顔をなんとか見てみたい、それなのにちっとも見ることができないのを残念に思うのであった。

このような源氏の気持ちを見通していた六条御息所は秋好の後事を託すとき、男女の関係になることはしてくれるなと釘をさすのを忘れなかった。源氏と御息所との対話は次のようであった。

（源氏）「かかる御事なくてだに、思ひ放ちきこえさすべきにもあらぬを、まして心の及ばむに従ひては、何ごとも後見きこえむとなん思うたまふる。さらにうしろめたくな思ひきこえたまひそ」など聞こえたまへば、

（御息所）「いと難きこと。まことにうち頼むべき親などにて見ゆづる人だに、女親に離れぬるは、いとあはれなることにこそはべるめれ。まして、思ほし人めかさむにつけても、あぢきなき方やうちまじり、人に心もおかれ

たまはむ。うたてある思ひやりごとなれど、かけてさやうの世づいたる筋に思し寄るな。うき身をつみはべるにも、女は思ひの外にてもの思ひを添ふるものになむはべりければ、いかでさる方をもて離れて見たてまつらむと思うたまふる」など聞こえたまへば、　②澪標巻・三一〇〜一頁

源氏は後見をちゃんとやるから安心するようにと言うのだが、御息所は父親がいてさえ、女親に先立たれた娘は不慣なものなのに、ましてや後見をしてくれる人から思い人のように扱われるのはよくない事態も起こってくるから、決して好色がましいことを考えないでように、この娘はそういう色恋の憂き目とは縁のないようにしてやりたいと願っているのだと切々と訴えるのであった。

だが、源氏の秋好への関心はどうしても止むことはない。

なほさる御心癖なれば、中宮なども、いとうるはしくやは思ひきこえたまへる、事にふれつつ、ただならず聞こえ動かしなどしたまへど、やむごとなき方のおよびなくわづらはしさに、下り立ちあらはしきこえ寄りたまはぬを、　③蛍巻・二〇二〜三頁

このように、秋好にも何かの折々には穏やかならず気を引くようなことをしているが、秋好はやはり高貴な身分でどうすることもできないほど厄介なので、本気になって露骨に言い寄ることまではしないというのである。（注9）

そして源氏の懸想において注目されるのが、「あはれとだにのたまはせずは、いかにかひなくはべらむ」（②薄雲巻・四六〇頁）という言葉である。

「あはれとだにのたま」ふという表現ですぐさま想起されるのは、柏木の女三の宮に対する訴えである。柏木が初めて女三の宮の許に忍び込んだとき、「あはれとだにのたまはせば、それをうけたまはりてまかでなむ」（④若菜下巻・二二五頁）とかきくどく場面がよく知られている。この「あはれとだにのたまはせよ」という言葉は、この後二回繰

り返されて、柏木の恋のキー・ワードとしての機能を帯びている。その二例とは、ひとつは思いを遂げた柏木が、ただただ驚いて何も言えずにいる女三の宮に向かって、「あはれとだにのたまはせよ」（④若菜下・二二八頁）と脅し、結果的に後朝の歌を得てその場を離れる条である。もうひとつは小侍従を介してひそかに女三の宮と贈答する柏木の、これもまたよく知られた、

いまはとて燃えむ煙もむすぼほれ絶えぬ思ひのなほや残らむ　④柏木巻・二九一頁

の歌に続けて発せられた「あはれとだにのたまはせよ」であった。柏木は手の届かぬ朱雀院鍾愛の皇女であり、今をときめく権力者である源氏の正妻女三の宮に対しては、ただひたすら「あはれ」という共感の言葉、憐憫の言葉をかけてもらうことしか念頭にない。だが、源氏にとっても前坊の皇女であり、わが息子ながら冷泉帝の后、秋好中宮に恋心を訴えるとなれば、柏木同様、「あはれ」という言葉を望むほかなかったのである。こうした意味で、源氏は秋好中宮に対しては柏木の如く弱い立場にいた。しかも、前述のごとく源氏は秋好中宮の容姿を未だ直接には見たことがないのである。この点では、六条院の蹴鞠の場面で女三の宮をかいま見した柏木の方が恋の条件を得ているといえよう。無論、別れの儀の折に斎宮を直接見ることのできた朱雀院は当然、恋する必然を有している。

いとらうたげにて、うち身じろきたまふほどもあさましくやはらかになまめきておはすべかめる、見たてまつらぬこそ口惜しけれと、胸のうちつぶるるぞうたてあるや。　②薄雲巻・四五九頁

このように、源氏は秋好の姿を見られないのをひどく残念に思っており、語り手はこれを「うたて」と評している。そして源氏は自分が秋好の後見をすることを並大抵ではない辛抱を重ねているのだと言い、それゆえ「あはれとだにのたまはせずは、いかにかひなくはべらむ」と訴えているのである。

源氏はその前に、「つひに心もとけずむすぼほれてやみぬること、二つなむはべる。」として、六条御息所の「燃え

し煙のむすぼほれたまひけむはなほいぶせうこそ思うたまへらるれ」と述べ、さらに花散里への経済的な援助という現実的な話へと話題を転換している。秋好に恋情を訴えるのに、なぜ「むすぼほれ」た恋の経験と、これとは逆に夫婦関係のなくなった「さはやかな」花散里の話題を出さねばならなかったのであろうか。

これは御息所とは格別の繋がりがあったことを述べて、それゆえに秋好の後見を殊の外、熱心にしていること、また花散里のように夫婦関係のなくなった相手であっても大切に後見していることを付け加えて、いわんや母御息所と格別な縁のあった秋好には特に心を砕いて奉仕しているのであるから、自分に好意を持ってくれてもいいはずだという論理だと考えることができる。

この後、春秋優劣論を持ち出した源氏に、秋好は母御息所が秋に逝去した縁で秋の方が懐かしく感じられると答えるが、そこで源氏は次の歌を詠んでいる。

君もさはあはれをかはせ人しれずわが身にしむる秋の夕風　②薄雲巻・四六三頁

ここでもまた源氏は「あはれをかはせ」と熱望している。これは前述の「あはれとだにのたまはせずは」という会話をより凝縮させたものであるが、秋好はこれには返歌をしていない。源氏の気持ちに応える気がないことの絶対的な意思表示である。

ところでこの一連の「あはれ」の前に、すでに「あはれ」は語られていた。

秋の雨いと静かに降りて、御前の前栽の色々乱れたる露のしげさに、いにしへのことどもかきつづけ思し出でられて、御袖も濡れつつ、女御の御方に渡りたまへり。―中略―

「前栽どもこそ残りなく紐ときはべりにけれ。いとものすさまじき年なるを、心やりて時知り顔なるもあはれにこそ」とて、柱に寄りゐたまへる夕映えいとめでたし。昔の御事ども、かの野宮に立ちわづらひし曙などを聞こ

え出でたまふ、いとものあはれと思したり。　②薄雲巻・四五八〜九頁

源氏は秋の雨が静かに降って、庭先の植え込みが色とりどりに乱れて露がしとどに濡れているのを見て、二条院に下って来た秋好の部屋にやって来たのだが、この場の風景と御息所との野宮での思い出に触発されて感慨深いのであった。

このような「あはれ」深い状況の中で、秋好への「あはれとだにのたまはせずは」という言葉が発せられ、「あはれをかはせ」という歌も詠まれたのであった。秋好とのこの場面は終始「あはれ」に彩られ、とりわけ御息所との思い出と分かち難く結びついているのである。

なお「あはれ」と共に注目されるのは、「むすぼほれ」という表現である。源氏は「つひに心もとけずむすぼほれてやみぬること」と御息所ともうひとり、藤壺のことは言いさしたものの、このように言及している。さらに、

燃えし煙のむすぼほれたまひけむはなほいぶせうこそ思うたまへらるれ　同・四六〇頁

と、御息所が源氏に執心し、そのために苦悩が長く続いたことを「燃えし煙のむすぼほれ」と今度は御息所の側から述べている。源氏にとっても御息所にとってもふたりの恋は「むすぼほれ」たものであった。そして「むすぼほれ」という言葉もまた柏木と縁のある表現であった。前述のごとく、柏木は女三の宮との贈答歌において、

いまはとて燃えむ煙もむすぼほれ絶えぬ思ひのなほや残らむ

と詠んでいる。

即ち、右の傍線部にみえるように、

(源氏・御息所について)燃えし煙のむすぼほれ

(柏木)いまはとて燃えむ煙もむすぼほれ

となる。(注10) 源氏と御息所は契りは結んでも、心の通い合いという点で禍根を残す恋となったが、柏木と女三の宮もまた同様であった。このように「むすぼほれ」た思いは、「あはれ」と結びつき、あるいは「あはれ」を求める。

御息所との「むすぼほれ」た恋を経験した源氏は、その娘秋好と「あはれをかは」すことを熱望するのであるが、秋好はその誘いには乗らない。それどころか、嫌悪さえしている。「あはれをかはせ」という源氏の歌に対して秋好は、

いづこの御答へかはあらむ、心得ずと思したる御気色なり。このついでに、え籠めたまはで恨みきこえたまふことどももあるべし。いますこしひがこともしたまひつべけれども、いとうたてと思いたるもことわりに、

②薄雲巻・四六三頁

「心得ず」「いとうたて」と思っている。これは秋好の賢明さと共に中年になった源氏がもはや若い頃のような積極的な行動に出られないことを示すものである。柏木物語と比べてみても、あの蹴鞠の場面で、見物する側になっている源氏の立場に明らかなように、もう若い源氏ではないのであった。桐壺、朱雀というふたりの帝の寵姫を犯した源氏が秋好を盗めば、それ以上の禁忌を犯すことになったのであろうが、玉鬘をも諦めた中年の源氏は秋好を奪うことはできないのである。またそうなれば、自らの権勢を犯すという皮肉な結果にならざるを得ないのであった。なお秋好中宮への懸想が叶わなくなった頃に、女三の宮がその身代わりのように登場するのは示唆的である。

二、秋好の和歌

秋好が初めて歌を詠むのは、母御息所が死去した折、源氏の慰めの歌に応じた時であった。朱雀帝が退位し、冷泉

帝が即位したのに伴って六年ぶりに斎宮母子は帰京し、六条の旧邸宅を手入れして風流な生活に心をつないでいた。この間、御息所は昔でさえ冷淡だった源氏のことはすっかり諦めているので、源氏の方もわざわざ出かけていくようなことはしない。けれども源氏は、斎宮がどんなにか美しく成人したことであろうかとそれが知りたくてたまらない。そうこうしているうちに、御息所は重くわずらって出家してしまったため、驚いた源氏はようやく訪れる。

そこで御息所が頼むのは、娘の斎宮のことであった。源氏も後見を申し出るが、御息所は用心深く、男女の関係にはならぬようにと釘をさした。そして七、八日経って、御息所は逝去した。雪や霙が降り乱れて荒れ模様のある日、源氏は秋好に使者を差し向けた。

　　ただ今の空を、いかに御覧ずらむ。　　②澪標巻・三一五頁

　降りみだれひまなき空に亡きひとの天かけるらむ宿ぞかなしき

秋好は、女房たちに代筆では都合が悪いと言われて、

　消えがてにふるぞ悲しきかきくらしわが身それとも思ほえぬ世に　　同・三一六頁

と返歌する。「ふる」「身それ」という掛詞がふたつに、「消え」「ふる」「かきくらし」「霙」という縁語が用いられている。源氏の歌が技巧のない率直な歌であるのに対して、秋好の歌は技巧的であるが、しかしそれを感じさせずに荒涼たる心象風景を描いており、悲しみの中にも秋好の才気が造型されている。

　次に秋好が歌を詠むのは、冷泉帝に入内して朱雀院から豪華な贈り物が届いた時である。源氏と藤壺は朱雀院の秋好への思いを知りながら秋好を冷泉帝に入内させることにしたのだが、その秋好に朱雀院は次の歌とともに豪華な贈り物をする。

　わかれ路に添へし小櫛をかごとにてはるけき仲と神やいさめし　　②絵合巻・三七〇頁

これを見た源氏は朱雀院の心の内を思いやり、秋好に返事をするように勧める。秋好は斎宮として別れの櫛の儀に臨んだ昔のことを思い出すと、あのときのことがただ今のことのように思われ、母御息所のことも悲しく思い出されるので、

別るとてはるかに言ひしひとこともかへりてものは今ぞかなしき　同・三七二頁

とだけ詠んだ。都へ帰って来て、かえって今の方が悲しい、昔が恋しいというのである。神に仕えた昔、母御息所が健在であった昔、その昔が恋しいとは、院の治世を懐かしんでいることになる。ただそれはお互いに逢うことの不可能な期間にあたるから、院の懸想をやんわりと退けていることになる。ここでも聡明な秋好の人物像が造型されている。翻ってみれば、今、源氏の権力争いの駒としてある自分の立場を顧みての気持ちも含み込んでいるであろうか。

実際、源氏は、

院の御ありさまは、女にて見たてまつらまほしきを、この御けはひも似げなからず、いとよき御あはひなめるを、内裏はまだいといはけなくおはしますめるに、かくひき違へきこゆるを、人知れずものしとや思すらむ、　同・三七二頁

などと、秋好には幼い冷泉帝より朱雀院の方が似つかわしいので、秋好も不快で気にくわないと思っているのではないかと気を回している。源氏はこの秋好の歌を見てはいないのだが、「今ぞかなしき」という秋好歌の結句には、万感の思いが込められていよう。女御としての栄えある立場、朱雀院からの懸想、故母御息所のことなどなどである。しかし秋好は「いとつつましげにおほどかにて、ささやかにあえかなるけはひ」であり、「人ざまもいたうしめり恥づかしげ」な様子で、弘徽殿女御と共に「隙間なくて二ところさぶらひたま」ふのであった。そして、秋好は否応なく、次の権力争いの当事者となっていくのである。

三首目の歌もまた、絵合巻における朱雀院との贈答歌で、院が秘蔵の絵巻を秋好に贈った時であった。それは朱雀院が自身の在世中の絵を描かせた巻に、斎宮が下向する日の大極殿の儀式の描き方まで、くわしく指示して見事に出来上った絵であった。

かの大極殿の御輿寄せたる所の神々しきに、

（院）身こそかくしめのほかなれそのかみの心のうちを忘れしもせず

とのみあり。聞こえたまはざらむもいとかたじけなければ、苦しう思しながら、昔の御髪ざしの端をいささか折りて、

（秋好）しめのうちは昔にあらぬ心地して神代のことも今ぞ恋しき

とて、縹の唐の紙につつみて参らせたまふ。　同・三八四～五頁

朱雀院はこの返歌を見て、「限りなくあはれと思すにぞ、ありし世を取り返さまほしく思」うのであった。すでに冷泉帝女御となっている秋好に執心する朱雀院。それは同時に自身の御世を取り返したいという願望へと膨んでいく。秋好に贈った絵も、在世中の絵であった。朱雀院の執心は帝の地位と不可分なものとしてある。そして、斎宮もまた、帝と不可分な立場にあった。斎宮は帝の御世一代限りに仕える国家最高の巫女であり、いわば帝の代わりとして伊勢神宮に仕えたのである。ゆえに、「ありし世を取り返さまほしく」思うのは、矛盾している。(注11) 帝の在世中に戻れたとしても、伊勢に仕えている斎宮と逢うことはできないからである。にもかかわらず、院が在世中の絵を描かせ、大極殿での別れの櫛の儀の様子を描かせるのはなぜなのだろうか。その理由はただひとつ、別れの時ではあっても、秋好に直接、接する機会であったからである。院の歌はその気持ちを吐露したものであり、秋好の返歌も「しめのほか」に対して「しめのうち」としつつも、結句で「今ぞ恋しき」と応じて共感の姿勢を見せている。別れの櫛の儀の

折の、櫛の端を少し折って添えるのも同様の気持ちからである。これは源氏の懸想に不快感を持つ秋好の気持ちとは対照的である。院の絵は弘徽殿大后から伝わって弘徽殿女御の方にも多く進上されたのであったが、秋好に対しては、院はこのように新しい絵を準備して贈ったのであった。

朱雀院との贈答歌はもうひと組ある。女三の宮の裳着の当日、秋好は装束や御櫛上の具などを贈った。

中宮よりも、御装束、櫛の箱心ことに調ぜさせたまひて、かの昔の御髪上の具、ゆゑあるさまに改め加へて、さすがにもとの心ばへも失はず、それと見せて、その日の夕つ方奉れさせたまふ。―中略―

（秋好）さしながら昔を今につたふれば玉の小櫛ぞ神さびにける

院御覧じつけて、あはれに思し出でらるることもありけり。あえものけしうはあらじと譲りきこえたまへるほど、げに面だたしき簪なれば、御返りも、昔のあはれをばさしおきて、

（朱雀院）さしつぎに見るものにもが万代をつげの小櫛の神さぶるまで

とぞ祝ひきこえたまへる。　　④若菜上巻・四三〜四頁

秋好は装束や櫛の箱などを調えて贈ったのだが、その中には昔、冷泉帝に入内したときに朱雀院から贈られた御髪上げの調度を由緒あるように趣向を加えたものもあった。秋好と朱雀院との間において、櫛は重要なアイテムであった。別れの櫛の儀と秋好入内の折の御髪上の具、そして、女三の宮の裳着の際に今度は秋好の方からこの髪上げの具を贈ったのであった。一方朱雀院は秋好の歌を見て、昔のことを「あはれ」と思うのであったが、昔の「あはれ」（失恋の感傷）は表には出さないで返歌をする。歌の表現は「さしながら」「さしつぎに」、「玉の御櫛」「つげの御櫛」、「神さびにける」「神さぶるまで」というように秋好の歌と密接に照応している。院の返歌には秋好に対する今も変わらぬ思いがにじみ出ているのである。

五首目は六条院が完成した後、紫上に贈った歌である。

九月になれば、紅葉むらむら色づきて、宮の御前えもいはずおもしろし。風うち吹きたる夕暮に、御箱の蓋に、いろいろの花紅葉をこきまぜて、こなたに奉らせたまへり。―中略―御消息には、

心から春まつ苑はわがやどの紅葉を風のつてにだに見よ

若き人々、御使もてはやすさまどもをかし。御返りは、この御箱の蓋に苔敷き、巌などの心ばへして、五葉の枝に、

風に散る紅葉はかろし春のいろを岩ねの松にかけてこそ見め

この岩根の松も、こまかに見れば、えならぬつくりごとどもなりけり。

③少女巻・八一～二頁

これは秋好と紫上との春秋争いの一環をなす場面だが、(注12) 秋好の優位が語られている。まず、九月に秋好からの、いわば挑戦状が送られているのは、六条院の完成が秋たけなわの八月だったということと関係している。翌月になると、右の引用文にみえるように紅葉が色づいて美しいので、秋好からの歌が贈られることになったのである。これに対して紫上は永遠に変わらぬ緑の「岩ねの松」で応じるが、源氏は、

「この紅葉の消息、いとねたげなめり。春の花盛りに、この御答へは聞こえたまへ。このころ紅葉を言ひくたさむは、竜田姫の思はんこともあるを、さし退きて、花の陰に立ち隠れてこそ強き言は出で来め」

同・八二～三頁

と言っている。反論しても勝ち目はないので、この答えは春の花盛りにするようにという。四季の巡りを基本とする六条院だが、今、この時が秋であるということは絶対なのである。秋という季節を動かすことはできない。それは西南の町がもともと六条御息所の土地であったことと無関係ではないだろう。六条院の完成と方々の引っ越しが秋に設

定されているのは、六条院の歴史が秋に始まるということを意味する。六条院の建設は御息所の鎮魂と密接な関係にあるから、その季節も秋を始発とするのである。

なお、紫上は岩根の松で対抗するが、松は冬の御方、明石君の町のトレード・マークであり、

西の町は、北面築きわけて、御倉町なり。隔ての垣に松の木しげく雪をもてあそばんたよりによせたり。

同・七九頁

とあり、明石巻においても、松風巻においても、明石君と松とは切り離せない関係にある。従って、紫上が松を引き合いに出しても、説得力に欠けるのである。

紫上は春の来るのを待って、秋好に歌を贈る。

（紫上）　花ぞののこてふをさへや下草に秋まつむしはうとく見るらむ

宮、かの紅葉の御返りなりけりとほほ笑みて御覧ず。昨日の女房たちも、「げに春の色はえおとさせたまふまじかりけり」と花におれつつ聞こえあへり。―中略―

御返り（中宮）「昨日は音に泣きぬべくこそは。

（秋好）　こてふにもさそはれなまし心ありて八重山吹をへだてざりせば

③胡蝶巻・一七二〜三頁

こうして、秋の季節に勝った中宮は、春に捲土重来を期した紫上に勝ちを譲ることになる。これで春と秋とが円満な形で引き分けになる。

ただ、紫上と秋好の贈答歌の前日、紫上方に招かれた秋好の女房たちは、次のような歌を詠んでいる。

風吹けば波の花さへいろ見えてこや名にたてる山ぶきの崎

春の池や井手のかはせにかよふらん岸の山吹そこもにほへり

亀の上の山もたづねじ舟のうちに老いせぬ名をばここに残さむ

春の日のうらららにさして行く舟は棹のしづくも花ぞちりける　　同・一六七頁

桜はよそではもう盛りが過ぎているのだが、ここでは今が盛りで、しかも右の和歌に詠まれているように初夏の花である山吹や藤の花までも咲き誇っている。桜に関する記述には、若紫巻の、

三月のつごもりなれば、京の花、盛りはみな過ぎにけり。山の桜はまだ盛りにて、　①若紫巻・一九九〜二〇〇頁

という条が想起される。北山は一種の仙境であったが、この東南の町もこれに通じるような仙宮として描かれる。そして北山よりもはるかに贅沢な空間として演出されているのである。

竜頭鷁首を、唐の装ひにことごとしうしつらひて、楫とりの棹さす童べ、みな角髪結ひて、唐土だたせて、さる大きなる池の中にさし出たれば、まことの知らぬ国に来たらむ心地して、あはれにおもしろく、見ならはぬ女房などは思ふ。　③胡蝶巻・一六六頁

唐風の空間として演出した(注13)この遊びには、さすがの秋好も「物隔ててねたう聞こしめしけり」という具合であった。これは紫上の東南の町の女主人としての圧倒的な存在感を示すものであるが、春と秋とでは、どちらかといえば秋をよしとする和歌の伝統があるゆえに、春の町は力を込めて描かれてようやく秋と同等になるという意識があったのではなかろうか。

たとえば、三代集を参考にすると、

古今集　春歌　一三四首　　秋歌　一四五首
後撰集　春歌　一四六首　　秋歌　二二六首

拾遺集　春歌　七八首　　秋歌　　七八首

となるように、『拾遺集』に至ってようやく春歌と夏歌が同数になる。それまでは秋歌の方が多く、特に『後撰集』ではその差は八〇首に及ぶ。時代を遡ると、『万葉集』では額田王が秋に軍配を上げた。

このような伝統的な美意識があったがゆえに、春の町は特に強調される必要があったのではないかと思われる。

秋好の七首目（これですべてである）は、紫上が逝去した折の弔問の和歌である。

冷泉院の后の宮よりも、あはれなる御消息絶えず、尽きせぬことども聞こえたまひて、

「枯れはつる野辺をうしとや亡き人の秋に心をとどめざりけん

今なんことわり知られはべりぬる」とありけるを、ものおぼえぬ御心にも、うち返し、置きがたく見たまふ。言ふかひありをかしからむ方の慰めには、この宮ばかりこそおはしけれと、いささかのもの紛るるやうに思しつづくるにも涙のこぼるるを、袖の暇なく、え書きやりたまはず。

のぼりにし雲居ながらもかへり見よわれあきはてぬ常ならぬ世に

おし包みたまひても、とばかりうちながめておはす。　④御法巻・五一七頁

傍線で示したように、源氏はあちこちから弔問があるにもかかわらず、少しも心慰むことがないのだが、秋好の歌にだけは心が動かされるのであった。秋好の歌は、「草木の枯れ果ててしまった風情を厭われて、紫上は秋に心をお止めにならなかったのでしょうか、今になってようやくそのわけがわかりました」というものであった。この歌には、紫上と秋好が春秋の争いをしたことが織り込められている。そのような優雅な争いをした紫上への記憶を紡ぎ出すような歌で、秋好は源氏の心を捉えるのである。今となってはもう、「この宮ばかりこそおはしけれ」と源氏は思う。秋好はこれまで源氏の懸想にも全く応じることはなかったが、源氏が身も世もあらぬほど落胆している時、

秋好はそのような源氏を受け止める。ここぞというときに、胸にしみ入る歌とことばで悲しみを分かち合うのである。

この歌に秋好の真の人間性があらわれているといえよう。そして源氏が返歌として詠んだ歌は、

のぼりにし雲居ながらもかへり見よわれあきはてぬ常ならぬ世に　　同・五一七頁

というものであった。この歌は秋好への返歌になりきっておらず、(注14)自らの悲しみに溺れてしまっている。この場面の前にある致仕大臣との贈答歌と比較すれば、そのことはよりいっそう鮮明になる。

あはれなることなどこまやかに聞こえたまひて、端に、

（致仕大臣）いにしへの秋さへ今の心地してぬれにし袖に露ぞおきそふ

御返し、

（源氏）露けさはむかし今とも思ほえずおほかた秋の夜こそつらけれ

もののみ悲しき御心のままならば、待ちとりたまひては、心弱くもと、目とどめたまひつべき大臣の御心ざまなれば、めやすきほどにと、「たびたびのなほざりならぬ御とぶらひの重なりぬること」とよろこび聞こえたまふ。　　同・五一五頁

かつての親友、頭中将には、「露ぞおきそふ」に対して「露けさは」、そして秋という言葉が対応していて、返歌の体裁をなしている。それどころか、源氏はたびたびの弔問に対して「よろこび聞こえたまふ」のであった。本音を言えず、強がりの勝った形式的な贈答歌になっている。

ところが秋好への歌は完全に贈答歌のかたちから外れているのである。(注15)源氏は、世俗の決まり事など何もかも忘れて、ただひたすら自分の悲しみを訴えている。それを許す度量が秋好にはある。ここには今までの源氏と秋好の関係

の変化があらわれている。不幸だった御息所の娘とその養父、中宮とその後見、それでも好色な関心を抱き続ける源氏とこれを嫌悪する秋好、といった関係から、精神的な結びつきが顕著に見られるのである。

以上、秋好の和歌は源氏に対しても朱雀院に対しても、自分の立場をよくわきまえ、また礼を失しない歌を詠んでいるが、源氏に対してはすでに見たように返歌をしないというきっぱりとした態度も示している。だが紫上逝去の際には、源氏の悲しみを発露させその心の琴線にふれるような弔問歌もあった。時と場合に応じた秋好の歌の魅力がいかんなく発揮されているといえよう。

三、六条御息所と秋好中宮の役割

秋好は物語の中ではいわば脇役である。だが、六条御息所の存在感には絶大なものがある。生霊、死霊という外の登場人物は全く負うことのなかった役割を御息所はひとりで担っている。歴史上、実際には確認できないものであった生霊にさえもなっている。(注16)そしてこれらの生霊、死霊の出現がなかったならば、物語は展開していかなかった。生霊は葵上の死、御息所の伊勢下向、そして紫上が正妻格になる物語を拓き、死霊は紫上の発病、柏木と女三の宮の密通、女三の宮の出家という六条院の内部崩壊をもたらした。明石の物語が夢を実現していく物語だとすれば、御息所の生霊、死霊は物語の暗部を支え展開させていくのである。

そして、明石の物語と御息所の物語とは、別々に進行するのではなく、実は同じ結び目を持っているのである。『源氏物語』は「紫のゆかり」を基軸として展開するが、これと縄をなうようにして潜在する「もうひとつのゆかり」が物語を支えている。それは源氏自身にさえ明確には意識されないがしかし、しかも「紫のゆかり」以上に物語を突

き動かす原動力になっている。「もうひとつのゆかり」は、次のようなかたちで図式化することができる。(注17)

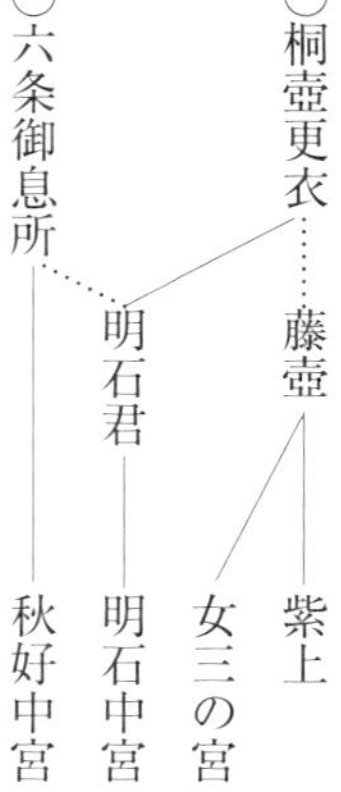

まず桐壺更衣は明石入道と従兄弟どうしであるから明石君とは血縁関係にある。その娘は入内して桐壺に入り皇太子となるべき皇子を生んだ時に「御息所」と称された。桐壺更衣もまた源氏という男子があるから「御息所」と呼ばれていた。一方、明石君は源氏が初めて逢った時、

「ほのかなるけはひ、伊勢の御息所にいとようおぼえたり」

という印象を抱いている。明石君と六条御息所との間に血縁関係はないが、よく似ているのである。そもそも「紫のゆかり」も血縁関係だけでなく、桐壺更衣と藤壺とは他人の空似なのであった。「紫のゆかり」が亡き母の面影を激しく追い求めて意志的積極的であるのに対して、「もうひとつのゆかり」の方は源氏本人は全く気づいていない。だがそれは源氏の知らないところで彼を導いている。それこそ桐壺更衣の御息所として現世に残した執着なのではあるまいか。更衣は桐壺帝の寵愛を一身に受け皇子まで授かったが、他の妃たちの恨みを買い、無念の死を遂げねばならなかった。しかもその皇子は源氏姓を賜り臣下に下ろされた。このような更衣のあり方は、東宮妃にまでなりながら東宮に先立たれた六条御息所の運命と相似するものがある。権力への至近距離にありながら、夢やぶれ恨みを残してこの世を去るという点では共通するのである。従って、明石中宮が血縁と他人の空似とのふたつの要素を受け継ぎ「御息所」となって栄華を極めるのは、このようなふたりの御息所の恨みを晴らし鎮魂することを意味している。

そもそもゆかりの物語としての源氏物語は、このふたりの御息所に発すると言っても過言ではない。それらを共に受け止める明石の君は、物語の深層においては「紫のゆかり」の女性たちよりも重い存在だともいえるのである。源氏が激しく追い求める「紫のゆかり」の裏側で、恨みを抱いて亡くなった御息所たちが自己の回復を求める物語が深々と横たわっている。

それは秋好中宮、明石中宮によって実現されるが、六条御息所の怨念はそれでもまだ癒されない。それは陣野英則が説くように六条御息所は藤壺・紫上・女三の宮という「紫のゆかり」の、源氏ゆえに苦しみ抜いたありようを包摂しうる唯一の存在でもあったからである。(注18) 陣野は言う。「そうした存在たりうることを最終的に保証するのが、死霊であるがゆえに獲得された超越的知覚能力なのであろう。光源氏の心理まで見透かしてしまうこの能力は、光源氏の、対女性関係におけるあらゆる罪を暴くために獲得されたということができるのではないか」。

物の怪はそれを知覚する者の良心の呵責によって引き起こされる幻覚なのだという合理的な見方に対して、陣野は源氏物語の「語り」のありようを分析して六条御息所の死霊の言葉が物の怪が語った言葉として受け止められるように語られているとする。(注19)

しかし、生霊の言葉も死霊の言葉もいずれも源氏によってしか受け止められていないことも事実であり、この点が、源氏の「幻覚」と捉えられてきた主な理由であるが、六条御息所の「語り」を受け止める源氏という構図は、神話のある場面を彷彿とさせる。それは、神がかりする巫女がいてこれを聞いて解釈するサニハがいるという場面である。神はすべてを知覚し、託宣をする。これを神懸かりした巫女が聞いてサニハはそれを解釈し、言語化する。(注20)

神懸かりする巫女、それは斎宮の母と称される御息所の面影を伝えるものではなかろうか。生霊も死霊も源氏の罪を暴く神の視点からのもので、御息所はそれを物の怪という形で体現し、源氏はそれを物の怪という一種の神の言葉として受け止めるのである。従って源氏だけしか聞いていないが、それは幻影などではなく、神話に見えるような神懸かりする巫女とサニハという古い型に載せた物語的現実なのだといえよう。そのようにして、御息所の物の怪は『源氏物語』を動かす原動力となった。

ところで斎宮といえば、『伊勢物語』六九段の昔男との密通が想起される。そしてその密通は斎宮の母によって実現されたものと言っても過言ではない。六九段は、次のように描いている。

むかし、男ありけり。その男、伊勢の国に狩の使にいきけるに、かの伊勢の斎宮なりける人の親、「つねの使よりは、この人よくいたはれ」といひやれりければ、親の言なりければ、いとねむごろにいたはりけり。

斎宮の母親が「この人よくいたはれ」と言ってやったので、斎宮は自分の御座所の殿舎に泊め心をこめてもてなした。昔男はそんな斎宮の親身のもてなしに心を奪われた。もし、斎宮の殿舎以外の場所に泊まっていたら、ふたりの逢瀬は実現しなかったに違いない。斎宮に惹かれたのも、実際に逢瀬を遂げることができたのも、母の言葉ゆえであった。斎宮の母はふたりの恋のきっかけを作り、さらにそれを可能にした。母の意志がなかったらこの恋は生まれようがなかった。

源氏が斎宮・秋好に心動かされる場面では、読者は当然この昔男の物語を連想したはずである。ところがそれは最後の最後まで実現されずに終わってしまう。すでに見たように、そこには御息所の遺言が大きく立ちはだかっていた。六九段の母親は積極的にふたりを近づけようとしたが、御息所は逆に源氏と秋好が男女の関係になるのを極度に警戒している。それは御息所自身が語っているように、自分のような苦しみを味わわせたくないという親心によるものであったろう。この遺言に阻まれるようにして、源氏は遂に秋好と恋をする機会に恵まれなかったのである。このように『源氏物語』は『伊勢物語』において縁結びの役割を果たした母の機能を反転させてあらたな展開を見せていくのである。だが、斎宮との密通を果たせなかった源氏は、まるでその身代わりのように宮中で斎宮の役割を果たす尚侍朧月夜との密通を果たす。(注21)

秋好は斎宮になったが、巫女的な面影は全くない。それどころか御息所とは対照的な人生を送る。冷泉帝に特にその絵の才能によって寵愛され中宮に冊立され、女性として最高位を極めるのであった。だが、秋好は母御息所の死霊に気づいていて、成仏しない御息所の供養を心を込めて行っている。秋好は母の愛執をその死後もなお引き受け鎮魂する役割を負っているのである。

また、秋好の役割としては、源氏四十の賀を祝うということもあった。武者小路辰子によれば、秋好も含めて四十賀を祝う玉鬘たちはすべてその母たちと源氏との間に不幸なできごとがあった人ばかりである。(注22)陣野はこれを六条御息所の怨念との関連で捉えている。(注23)その通りであって、特に秋好が「近き京」四十寺にとどまらず、「奈良の京の七大寺」にまで広げて豪華なお祝い品を用意しているのは、母御息所との因縁浅からぬ理由によるものである。それはまたこの母子が廃太子であったかも知れない前東宮の運命を背負う悲劇的な存在であったこととも関係していよう。(注24)

秋好は父宮・母御息所の悲劇を引き受け鎮魂する役割を負った。秋好は朱雀帝にも源氏にも懸想されたが、これに惑わされずただひたすら父母を鎮魂し、冷泉帝の中宮として源氏の栄華に寄与した。恋をした第一世代の女君たちはそれぞれに不幸であったが、恋をせず賢く生きた秋好は六条御息所を代表とするこれらの第一世代の女君たちの不幸を繰り返すことなく鎮魂する役割を負ったのだといえよう。(注25)

ただ秋好は源氏の罪のとばっちりを受けて子に恵まれない。(注26)しかも玉鬘大君が入内してくると寵愛は大君に移っていってしまい、その後半生は寂しいものであった。『源氏物語』は高貴で賢く生きた秋好にさえも愛されない不幸を与えたのであった。

〔注〕

1　倉田実「鈴虫巻の位置づけをめぐって―物語第二部終末の諸相―」（『学芸国語国文学』一九八四年三月）

2　橋本真理子「六条院を支える物語―秋好中宮をめぐって―」『物語・日記文学とその周辺』（桜楓社、一九八〇年）

3　楢原茂子「秋好中宮―その統一的位相―」（『源氏物語作中人物論集』勉誠社、一九九三年）

4　山田利博（「秋好中宮論―その機能的側面についての考察―」（『宮崎大学教育学部紀要』八三、一九九七年九月））

5　吉野瑞恵「光源氏の皇統形成―前坊の娘・秋好入内の意味」（『ことばが拓く古代文学史』笠間書院、一九九九年）

6　太田敦子「頬杖をつく秋好中宮―『源氏物語』「澪標」巻を起点として―」（『文学・語学　第一八九号』二〇〇七年一一月）

7　川名淳子は、斎宮は退下後もその属性を持ち、それは公的拘束から解放された後も容易に断ち切れるものではなく、特に前斎宮の恋愛や結婚は神の妻であった身に背反することと受けとめられていたと説く（「秋好中宮について―澪標巻・鈴虫巻を中心に―」『中古文学』一九八六年六月）。

8　実際には、秋好の歌ではなく、女別当の代作である。

9　大朝雄二は「一方では冷泉帝の女御として源氏の栄華の支えであり、他方、源氏のひそかな懸想の対象である」としながらも、玉蔓巻以降では前者だけが受け継がれ、後者は「そっくり玉蔓に委譲されることになる」とする（「六条院物語の成立をめぐって」『源氏物語正編の研究』桜楓社、一九八〇年）。これに対して陣野英則は玉鬘を養女に迎えた後にも秋好中宮への恋情が確認されていることに注意を促している（「秋好中宮と光源氏―第二部における二人の関係性をめぐって―『源氏物語の和声と表現世界』勉誠出版、二〇〇四年一一月）

10　高田祐彦はこの柏木の歌に先行する作として、能宣集の「しのびて思ふことある人につかはすこの世をものちをもいかにいかがせんもえむけぶりもむすぼほれつつ」を挙げている。また「煙」と「むすぼほる」が連関して用いられた例としてこの二例のほかに総角巻の例を挙げつつも、柏木と六条御息所は「むすぼほれたる煙」に象徴される現世への執着という点で結びつけられていると指摘する（「身のはての想像力」『源氏物語の文学史』東京大学出版会二〇〇三年九月）。柏木と六条御息所の「煙」の共通性については、佐竹弥生「女三の宮と柏木の贈答歌について―おくるべうやは」『平安文学研究』六四一九八〇年一二月」においても言及されている。

11　川名淳子はこれを「時代錯誤」と評する。（注7論文参照）

12　春秋争いについて詳しく論じたものに、本橋裕美「『源氏物語』における春秋優劣論の展開―秋好中宮の役割と関連して―」『学芸古典文学』二〇〇八年三月がある。

13　唐風文化についてのまとまった論考に河添房江『源氏物語と東アジア世界』（NHKブックス、二〇〇八年）、『光源氏が愛した王朝ブランド品』（角川選書四二〇、二〇〇八年）がある。

14　高野晴代「贈答歌の方法―『竹取物語』をめぐって」『古筆と和歌』笠間叢書三七二、二〇〇八年一月は言葉の密接な対応が親愛を生む贈答歌になり得るとは限らず、また表面の言葉としての対応がない場合であっても、そこに潜む連鎖の技を読み取ることが求められると説く。

15　新編全集④五一七頁頭注一六

16　藤本勝義『源氏物語の物の怪―文学と記録の狭間』古典ライブラリー4、笠間書院、一九九四年

17　以下、詳しくは久富木原玲「もうひとつのゆかり―桐壺更衣・六条御息所から明石君・明石姫君へ」『源氏物語　歌と呪性』（若草書房、一九九七年一〇月）参照。

18　陣野英則「六条御息所の死霊と光源氏の罪」『源氏物語の和声と表現世界』（勉誠出版、二〇〇四年一一月）

19　たしかに六条御息所の生霊も死霊も和歌を詠んでいるところなどは、物の怪が語った言葉としてしか解しようがないのではないか。

20　典型的な例として想起されるのは、卑弥呼と男弟、神功皇后と武内宿禰である。

21　久富木原玲「朧月夜の物語―源氏物語の禁忌と王権」注17前掲書所収。

22　武者小路辰子「若菜巻の賀宴」『源氏物語生と死と』（武蔵野書院、一九八八年）

23　陣野英則注18論文参照。

24　本書第32章「平城太上天皇の変（薬子の変）と平安文学―歴史意識をめぐって―」参照。

25　本橋裕美「別れ路に添へし小櫛」が繋ぐもの―秋好中宮と朱雀院の恋」（『物語研究』第八号、二〇〇八年三月）は秋好と

朱雀院の恋をテーマにするが、果たして秋好の方に恋愛感情があったかどうか。秋好の方には恋愛感情はなかったのではないか。

26　陣野英則注18論文。

付記　秋好中宮は斎宮、斎宮女御、梅壺御方、中宮、后と呼称が変化するが、本稿では、原則として「秋好」という呼称を使用した。なお管見に入った秋好関係の論考は以下の通りである。

橋本真理子「六条院を支える物語―秋好中宮をめぐって―」『物語・日記文学とその周辺』（桜楓社、一九八〇年）、斎藤暁子「秋好中宮」（『別冊国文学一三　源氏物語必携Ⅱ』學燈社一九八二年）、倉田実「鈴虫巻の位置づけをめぐって―物語第二部終末の諸相―」（『学芸国語国文学』一九八四年三月）、加納重文「秋好中宮」『源氏物語の研究』（望稜舎一九八六年）、依田瑞穂「秋好中宮」（『物語を織りなす人々源氏物語講座２』勉誠社、一九九二年）、楢原茂子「秋好中宮―その統一的位相―」（『源氏物語作中人物論集』、勉誠社一九九三年）、山田利博「秋好中宮論―その機能的側面についての考察―」（『宮崎大学教育学部紀要』八三、一九九七年九月）、太田敦子「絵を描く梅壺女御―「絵合」巻における冷泉朝の位相―」（『源氏物語絵巻とその周辺』新典社、二〇〇一年）、齋藤奈美「長恨歌、王昭君などやうなる絵は」―絵合巻の引用と秋好中宮―」『中古文学』二〇〇二年五月、太田敦子「頬杖をつく秋好中宮―『源氏物語』「澪標」巻を起点として―」（『文学・語学第一八九号』二〇〇七年一一月）、本橋裕美「『源氏物語』における春秋優劣論の展開―秋好中宮の役割と関連して―」（『学芸古典文学』第一号二〇〇八年三月）。なお、この本橋論文は、注25に挙げた論考と共に、斎宮に関して、中世までを視野に入れた好論『斎宮の文学史』（翰林書房、二〇一六年）に収められた。

第18章　源氏物語の儀礼と和歌 ―裳着を中心に―

はじめに

『源氏物語』には、子どもの誕生から成長の過程における儀礼を経て、結婚し、算賀を受け、死を迎えての葬送及び服喪に至るまで人生の区切りとなるさまざまな儀礼が描かれている。そのような儀礼において、和歌がどのような役割を果たしているかというのが本稿におけるテーマである。人生義礼は多岐にわたるため、ここでは子どもの成長の過程における主な儀礼について考察する。それらの儀礼としては、産養、五十日の祝い、袴着、元服、裳着が挙げられるが、次に示すように、和歌に着目した場合、かなりの偏りがみられる。(注1)

巻名	人物	和歌
【産養】		
1葵	夕霧	ナシ
2若菜上	明石女御所生の皇子	ナシ
3柏木	薫ナシ	
4竹河	玉鬘大君所生の皇子	ナシ

5宿木　中の君所生の皇子　ナシ

※産養は盛大で、三日・五日・七日の祝いについても記述されるが、和歌は記されない。

【五十日の祝い】

6柏木　薫　ナシ

7宿木　中の君の皇子　ナシ

8澪標　明石姫君　二首（二五四・二五五）

※薫が心を尽くして祝いの品を贈る。

【袴着】

9桐壺　源氏　ナシ

10薄雲　明石姫君　ナシ

【元服】

11桐壺　源氏　二首（八・九）

12少女　夕霧　ナシ

13梅枝　東宮　ナシ

14匂兵部卿　薫　ナシ

【裳着】

15葵　紫上　ナシ

16行幸　玉鬘　五首（三九四〜三九八）

17梅枝　明石姫君　ナシ
[18]若菜上　女三の宮　二首（四五九・四六〇）
19紅梅　大納言の姫君　ナシ
20早蕨　六の君　ナシ
21宿木　女三の宮　ナシ

（　）内は『国歌大観』番号による。

このように、成長過程における儀礼では、産養と袴着には和歌は全く記されず、[8]明石姫君の「五十日の祝い」に二首、[11]源氏の元服に二首、裳着には16[玉]鬘の五首、18[女]三の宮の二首の四場面の合計一一首が認められるが、玉鬘の裳着五首（行幸巻）がとりわけ多く、これに女三の宮の裳着一首（若菜上）を付け加えると、裳着だけで七首を占める点が注目されるため、ここでは歌数の最も多い裳着を中心に考察していく。

一、玉鬘の裳着

1研究史に関して

玉鬘の裳着について最も新しく充実した論考として川名淳子「玉鬘十帖について―玉鬘の裳着」が挙げられる。(注2)以下、この論文を紹介しながら玉鬘の裳着にかかわる諸問題及び先行研究についてふれておきたい。氏は玉鬘の裳着が物語展開に策略的に用いられており、そのことが結果的に源氏が玉鬘を手放さざるを得ない事態を招いていくことを論じつつ、玉鬘の裳着が物語の展開においてどのような意義を担ったかを説く。まず玉鬘の裳着が二十歳を過ぎた年齢まで「棚上げされた」ことについて、源氏には当初、玉鬘の裳着を行う心づもりはなかったにもかかわらず、急遽、行うことになった理由について次のように説く。即ち、源氏は自らの玉鬘への恋情が膠着状態に陥ったため、その打開策として玉鬘を尚侍として後宮へ送り込む決意をしたのだとする。ではなぜ玉鬘を尚侍にする必要があったのかと言えば、後宮の女官という立場にしておけば、玉鬘を今まで通り「親ざま」に世話しながら婿を通わせ、密かに情を通じる可能性を保持できるからである。源氏自身が玉鬘と結婚した場合、内大臣の婿として遇される煩わしさがあり、また玉鬘を紫上以上に遇する気もないといった現実的な問題を避けた上での頽廃の相を帯びた妙案であり、しかもそれは冷泉帝の皇后への道は閉ざされていたことを確認する。後藤祥子の説くように、源氏のこの処遇は「尚侍のもつ皇妃的でありながら皇妃ではない性質を利用して、内大臣側の弘徽殿女御ともまた源氏自身が後見する秋好中宮とも真っ向から対立しない立場に立たせて冷泉後宮への布石とする一方、求婚者達の手出しを封じて自分自らのための余裕を残しておく」という巧妙な策略であったと考えられる。(注3)

かくして源氏は六条院を玉鬘の里邸として、宮中からの退出時には秘密裏に関係を続けることを目論んだのであり、玉鬘の裳着はこのような意図を含み込んで実行されたのであった。しかし尚侍はアマテラスを祀る内侍所に仕える身であるため、氏素性を明らかにする必要に迫られた。(注4)そこで裳着には実父である内大臣の認知が不可欠となり、「藤原氏」の「未婚の」娘であるという二点を強調する機会として利用したというわけである。

それでもなお、なぜ「尚侍」かということを対外的に説得する必要があった。川名氏はこのことを「なぜ今まで玉鬘のことを内大臣に知らせなかったのか」という事由と絡めて後藤祥子論文を引いて、源氏は見事な嘘、というよりも隠し事自体を無化させる会話文の積み重ねによって正当化して冷泉帝から尚侍の人材捜しの打診があったことによって、玉鬘の素性が判明したのだと説明する。(注5)

このようにして、玉鬘の裳着は執り行われることになった。だが、内大臣は実父であることによって腰結役を務めることを要請されたにもかかわらず、事実上、排除された形で進められていく。裳着は源氏主導の下に行われ、内大臣が実父として振る舞うことを制し、実父であることを公表することもしなかった。さらに源氏は夕顔の話題も出さぬよう釘を刺し、御簾外の人々にも親と気取られぬよう他人として振る舞ってほしいと念を押す有様であったから、内大臣は単なる箔付けのための役割しか果たせなかった。このように娘の通過儀礼で疎外されたことが内大臣の猜疑心を煽り、ひいては内大臣と髭黒との紐帯を強め、やがて髭黒の暴走へと導くこととなって、玉鬘の裳着は源氏の予期せぬ方向へと展開していくと説く。

最後に川名論文は斎藤暁子論文を引きつつ、裳着の五ヶ月後に夕霧の口から伝わった内大臣の言葉に着目する。即ち内大臣は「源氏はすでに玉鬘と関係を持っているが妻にする気はないので、半ば捨てるつもりで自分に押しつけてきたのだ、その上で宮仕えの形で世間を欺き、玉鬘を手元に置いて独り占めしようとしている」と言った場面である。(注6)氏はこれをわざわざ夕霧が伝えたという点に、源氏が玉鬘を潔白なままで手放さざるを得ない理由を見る。この時、源氏は夕霧に対して、あからさまな嘘をつく。内大臣が助け出さないのを見かねて玉鬘をかわいそうに思って引き取ったら、今度は急に内大臣が態度を変えたのだなどと言うのである。このような源氏の言動には、裳着の折の巧みな言葉の構築性は見られず、ただひたすら防御に務めざるを得ない源氏の焦りが色濃くにじみ出ている。源氏は宮仕えを隠れ蓑にした懸想を見破った内大臣を不気味に思い、またこのことを夕霧から突きつけられたことに加えて、夕霧が源氏を介さずに玉鬘に言い寄ったことも相俟って、すべてが自分の管理下で廻っているわけではないことを認識し、残された道は自らの威信と美学にかけて、玉鬘を潔白なままで手放す決断をするしかないと悟ったのである。

源氏のこの決断は、玉鬘に社会的に安定した結婚を招来すると同時に、田坂憲二が指摘するように、玉鬘が持つ政治的火種を未然に防ぐことにもなった。(注7) さらに源氏にとっては玉鬘が予想外に髭黒と結婚したことで恋の「敗者」にならずに済み、この後の梅枝・藤裏葉巻において、今度は明石姫君の裳着を挙行して入内を果たす王者の風格を見せつけていく。そしてこれを玉鬘の裳着という通過儀礼の観点からみた時、以後の展開について次のような把握ができるとする。即ち、若菜上巻で玉鬘が真っ先に六条院に参上して長寿を祝い、彼に老齢を意識させることは、この裳着と響きあっているのであり、それは第二部の源氏像が通過儀礼に欺かれる姿として捉えられる。玉鬘の裳着のあやになる展開が彼をして「錯誤の人」にしてしまった延長上にこの物語は進んでいったのであると。

物語における玉鬘の裳着をこのように捉えた上で、本稿では和歌に着目して、さらに新たな分析を加えていきたい。

2末摘花との贈答歌

玉鬘の裳着の折、末摘花はお祝いの衣裳を贈り、これに左の和歌を添えて送った。源氏はこれに返歌するが、その贈答歌は後述するように『源氏物語』の中で最も珍妙なやりとりとして知られる二組の贈答歌のうちの一組である。玉鬘の裳着には、なぜこのような笑いの歌が組み込まれているのであろうか。

末摘花の贈歌

わが身こそうらみられけれ唐衣君がたもとになれずと思へば

源氏の返歌

唐衣またからころもからころもかへすがへすもからころもなる　③行幸巻・三一五頁

源氏は「いとまめやかに、かの人の立てて好む筋なれば、ものしてはべるなり」、つまり「末摘花がとりわけ好んでいる趣向だから、こちらもこのように詠んでみたのです」と言って、玉鬘にわざわざ自分の歌を見せている。すると玉鬘はからかっているようだと気の毒がるが、ここで彼女は「いとにほひやかに笑ひたまひ」つつ、この言葉を発している。源氏は末摘花を愚弄することによって玉鬘を笑わせて、いわばふたりだけの親密な共同体を創り出しているのである。

末摘花の歌のレトリックは「唐衣」にかかわる縁語・掛詞ずくめであったため、源氏はこれを上回る形で「唐衣」の語を四回も繰り返す歌に仕立て上げたのだが、そもそも末摘花は祝儀であるのに「青鈍細長一襲」などといった凶事用の衣を入れるなど、その非常識ぶりをさらし、源氏は玉鬘の手前、こんな妻妾を持っていることを恥じて顔を赤らめる。そして「あやしき古人にこそあれ。」と言って、こんな古い感覚の人は引っ込んでいればいいのに自分まで恥をさらすことだと言いつつも、故常陸宮が大切にしていた女宮だからやはり返事はするようにと指示する。ところが、贈り物の小袿の袂に末摘花の歌を見つけた源氏は、多忙にもかかわらず自ら返歌を詠む気になったのである。

初め源氏は末摘花の筆跡がどうしようもなく縮こまっていて彫りつけたように固く強く書いてあることに対して「憎きものの、をかしさをばえ念じたまはで」と、憎らしさと笑いとが入り混じった感想を抱くのだが、返歌は「憎さに書きたまう」た結果、「唐衣」を四回も重ねて詠んだ。ここには末摘花の、時と場所を弁えない突飛な贈り物や歌のレトリックに対する痛烈な皮肉が込められ、玉鬘を笑わせている。末摘花の歌は、源氏に積極的に歌を詠ませ笑いを引き起こす機能を発揮していることになる。

このような効果を生み出しているのは、末摘花の「古めかしさ」である。源氏はこの女君から贈り物が届いた時、まず、次のような感想を抱いた。

常陸の宮の御方、あやしうものうるはしう、さるべきことのをり過ぐさぬ古代の御心にて、いかでかこの御いそぎをよそのこととは聞き過ぐさむと思して、型のごとなむし出でたまうける。

③行幸巻・三一四頁

古くからのしきたり通りの「型」にはまったやり方ではナンセンスだというのであろう。さらに「昔の人のめでたうしける袷の袴一具」と続くから、全く昔風の好みのままに「をり過ぐさぬ」態度が「古代の心」とされ、衣の選び方も「昔の人」の好みだとするのであるが、和歌についても同様のことが言える。源氏は末摘花の「立てて好む筋」だからとしてからかって「唐衣」を何度も繰り返す歌を詠むが、このように同語を繰り返すレトリックは末摘花の「古代」性・「昔の人」という属性を象徴するものであったから、源氏はあえてこのような古色蒼然とした歌を投げつけたのである。(注8)

同じ語を反復する歌は、古代においては実は特別な呪力を持った言語表現であった。(注9)末摘花が背負ったこうした古代性は、当代にあっては時代遅れで笑いの対象にされてしまうのであるが、しかし実は縁語・掛詞ずくめの歌は、それほど古めかしいレトリックではない。末摘花の歌は「恨み」に「唐衣」の縁語としての「裏」、「身」に衣の「身ごろ」を掛け、「馴れ」に「萎れ」を掛けて、さらに「袂」までも縁語にしているが、たとえばこれは、

唐衣着つつなれにしつましあればはるばるきぬる旅をしぞおもふ

古今集・羇旅・四一〇

という業平の歌を想起すると、この名歌もまた「唐衣」の縁語（「着つつ」「馴れにし」「褄」「張る」）と掛詞（「妻」「はるばる」「きぬる」）などに彩られており、末摘花の歌のレトリックとそれほど変わらない。いわば末摘花の歌は古今歌風なのである。内容的に祝儀にふさわしくない恨み歌になっている点を除けば、レトリックそのものは業平の名歌とよく似ていることがわかる。

そこで注目されるのが大宮の歌である。玉鬘の裳着に最も早くお祝いの品と歌を贈ったのは内大臣の母大宮であった。玉鬘が自分の孫娘だとわかったのだから、その喜びはひとしおであった。

ふた方にいひもてゆけば玉くしげわが身はなれぬかけごなりけり

と、いと古めかしうわななきたまへるを、殿もこなたにおはしまして、事ども御覧じ定むるほどなれば、見たまうて、「古代なる御文書きなれど、いたしや、この御手よ。昔は上手にものしたまひけるを、年にそへてあやしく老いゆくものにこそありけれ。いとからく御手震ひにけり」など、うち返し見たまうて、「よくも玉くしげにまつはれたるかな。三十一字の中に、他文字は少なく添へたることの難きなり」と忍びて笑ひたまふ。

③行幸巻・三一二～三頁

源氏は大宮の歌の文字について、「いと古めかしうわななきたまへる」とし、さらに「古代なる御文書」、即ち昔風の詠み方ではあるが、手が震えて文字がぶれており、高齢になるとこんな風にひどい字になっていくものだなのだという感想を抱く。そしてさらに「よくも玉くしげにまつはれたるかな。三十一字の中に他文字は少なく添へたることの難きなり」と「忍びて笑」っている。大宮の歌が「玉くしげ」にかかわる掛詞・縁語仕立てで詠まれているからである。「ふた方」は源氏と内大臣のふたりを養父及び実父とすること、「蓋」に「実」を、「かけご」に「子」を掛ける。どちらの子にせよ、玉鬘は自分の孫だから深い縁があるのだとするのだが、源氏はこのような『古今集』的な掛詞や縁語尽くしのレトリックをこそ笑っているのである。(注10)

源氏にとっては、大宮の歌は筆跡も詠み方もひどいものであった。大宮は桐壺院の妹宮という立派な身分であり、さらに源氏にとっては叔母であり、同時に葵上の母にあたるが、和歌のレトリックや筆跡に関する批評はなかなか手厳しい。急な日取りであったにもかかわらず、大宮が病を押して立派な「御櫛の箱」などを整え、これに添えて心を込めて書いたであろう、その手紙の筆跡について冷淡に客観的に批評し、さらに歌のレトリックに関しても、よくもまあ、こんなに「玉くしげ」の縁語、掛詞ばかりを寄せ集めたものだとひそかに笑っている。大宮の歌はさすがに玉鬘に見せたりはしないが、大宮もまた笑われている。そしてこの場合も、「古めかし」「古代なる御文書」とあるように、筆跡や歌のレトリックの古さが笑われている。「古代」というコメントを共通項として、末摘花と大宮の歌は笑いの対象とされているのである。

即ち大宮の歌も縁語・掛詞尽くしになっていて、その点では末摘花と同じなのである。物語では、まず大宮からお祝いがあり次に秋好中宮からも装束などの立派なお祝いの品々が届く。その中には、「白き御裳、唐衣」があった。これらは裳着のための衣裳であり、ここにも当然、和歌が添えられていたはずであるが、これら秋好中宮からの歌は記されることはなく次に届いた末摘花からのお祝いの品々と歌への言及がなされる。玉鬘の裳着には、オーソドックスな和歌は書き留められることはない。つまり、大宮と末摘花の歌は笑われるためにこそ記される必要があったのだということができる。

このように、和歌の面から見ると、玉鬘の裳着は大宮という血縁の、しかも桐壺院の妹宮という高貴な人の古めかしい歌と、同じく高貴な常陸宮の姫君である末摘花の歌を笑うことに焦点が当てられている。高貴だが、古めかしいセンスの歌を笑うのである。大宮や末摘花は地方で育って筑紫にさすらった玉鬘とは対照的な存在であるが、ここではそのような高貴な人々が笑われることに主眼が置かれている。そうすることによって、玉鬘という存在が新たな価値を得て光彩を放つのである。

さらに付け加えれば、末摘花の歌を笑う条は源氏が玉鬘との、いわば最小の親密な共同体を創り上げている点で重要である。笑うという行為によって、源氏は玉鬘だけに通じる世界を持つのである。それはかつて、源氏が末摘花の赤鼻を目撃した後に、自分の鼻に紅をつけて紫上に見せた場面を想起させる（末摘花巻）。その当時、紫上はまだ新枕を交わす前で、源氏のつけた紅がこのまま落ちないのではないかと心配する少女だったために笑いを共有するには至らなかった。しかし玉鬘の場合は、裳着の直前とはいえ、すでに二十二、三歳の女君であるため、源氏が自分にだけ心を許して笑っていることは十分、承知していた。この源氏の妻妾を笑う歌は、ふたりだけで共有する、いわば秘密の笑いなのである。末摘花を笑う歌は高貴な女君を笑って玉鬘の存在価値を高めるだけでなく、玉鬘を源氏の側に立たせて妻妾を笑うことのできる特別な存在として遇し、ふたりで共有する空間を現出する意義をも担っている。

3 内大臣と源氏の贈答歌

玉鬘十帖は地方をさすらった女君が都へ戻り、華やかな求婚譚を繰り広げる一種の祝祭的な時空を描いている。源氏自身が「すき者どもの心尽くさするくさはひにて、いといたうもてなさむ」（玉鬘巻）いう意図を以て六条院に迎え入れたのであったから、その求婚譚の前提としての裳着の場面が笑いに彩られるのは当然であったのかも知れない。前掲の源氏の「唐ころも」の歌と対をなす常夏巻における贈答歌もまた、玉鬘と対比的に描かれる人物をめぐる笑いの歌であった。

近江君

　草わかみひたちの浦のいかが崎いかであひ見んたごの浦波

弘徽殿女御方の中納言

　ひたちなるするがの海のすまの浦に波立ち出でよ箱崎の松

③常夏巻・二四九～二五〇頁

右の贈答歌は、近江君が歌枕を三カ所も詠んでよこしたのに対して弘徽殿女御付きの女房がそれを上回る四カ所の地名を詠み込んでからかったものである。居合わせた若い女房たちはおかしくてたまらず、皆くすくす笑っている。

この贈答歌は、相手のレトリックをさらに極端な形にして笑う点で、前掲の末摘花・源氏の贈答歌と対応している。筆跡についても、近江君は「いと草がちに、怒れる手の」などと評されている。万葉仮名の草体で書かれ、当世風でなくて優美さとはほど遠いとされているから、この点では「強う固う」と批評された末摘花の筆跡と似通っている。また末摘花と近江君とは、無口な女君とおしゃべりで早口の女君という点でも対比的に描かれているが、前者が赤鼻であるのに対して後者は右の贈答歌のすぐ後の場面でほお紅を下品なほど真赤に塗りつけているところなどは類似した描き方になっている。

このように末摘花と近江君というふたりの女君は、ひとりずつ源氏の側と内大臣の側に分かれて笑いを提供するが、玉鬘十帖においては共に玉鬘を引き立てる役割を演じている。近江君は源氏が娘を探し出したことを聞いた内大臣が源氏の真似をして見つけて来たのであったから、初めから玉鬘を持ち上げるための役回りを負って登場しているといえよう。

行幸巻に戻ると、この巻の最後は柏木たち貴公子が尚侍になりたいと望む近江君をからかって笑いものにし、最終的には内大臣までからかい戯れる場面で閉じられる。行幸巻は玉鬘が大原野行幸で冷泉帝を見て、源氏が勧める尚侍就任について心を動かすところから始まり、次に玉鬘の裳着の話題が置かれ、最後に近江君の尚侍になりたいという高望みを実の兄弟や父親がからかい笑うという三つの話から成り立っている。その第二のパートに置かれた玉鬘の裳着では末摘花の笑いの歌がその中心に据えられ、第三のパートでは自身の娘でありながら源氏に取られてしまった内大臣が、その悔しさをあたかも自嘲するがごとくに、もうひとりの実の娘、近江君を笑うのである。このような構図の中で内大臣は玉鬘の腰結役を複雑な思いで務めたのであった。

その折の贈答歌が、次の二首である。

内大臣の贈歌

うらめしやおきつ玉もをかづくまで磯がくれける海人の心よ

源氏の返歌

よるべなみかかる渚にうち寄せて海人もたづねぬもくづとぞ見し　③行幸巻・三一七頁

内大臣の歌は、初句にあるように今まで長い間名乗りをしなかった玉鬘への恨みを詠んでいる。もちろんそこには源氏が玉鬘を養女にして隠していたことへの不満が込められている。すると源氏は内大臣が玉鬘を「もくづ（藻屑）」のようなものとして大切に扱わずにきちんと探さなかったから、「渚」（源氏の許）に打ち寄せられるようにして身を寄せることになったのだと切り返す。ゆえに内大臣は、「いと道理になん」と答えて引き下がるしかなかった。内大臣が玉鬘を「玉も（藻）」と美称をつけて呼ぶのに対して、源氏は「もくづ（藻屑）」と表現する。内大臣に対して、あなたは玉鬘を「玉藻」どころか誰にも顧みられない「藻屑」として扱って来たのだとする源氏の言葉には、痛烈な皮肉が込められている。

前掲の末摘花との笑いの歌も特殊だったが、この実父と養父とのやりとりもまたあやにくな人間関係を示す贈答歌である。玉鬘の裳着は、前述のごとく源氏の策略通りに進められるが[注11]、右の贈答歌には常に源氏に先手を打たれて負けを認めるしかない内大臣の悔しさがにじみ出ている。

またこの贈答歌には「玉も」「かづく」「磯がくれ」「海人」「藻屑」、さらに「渚」「藻屑」などという海に関連する表現が詠み込まれているのは、玉鬘が九州をさすらった女君であることによるが[注12]、このような「さすらいの女君」が裳着を終えて求婚譚のヒロインになるためには、それ相応の手続きを踏むことを必要とするであろう。その意味で皇族の女宮たちの古めかしさを笑うことは劣り腹の上に地方で育った玉鬘の弱点を相対化し、その存在価値を高める機能を持つのであった。

ところで、ここで詠まれる「磯がくれ」という表現は、歌ことばとしてはかなり珍しい表現である。『源氏物語』以前では、好忠集と紫式部集に一首ずつしか認められない。

いとまなみかひなき身さへいそかくれみたまのふゆとむべもいひけり

好忠集・三六七（「十二月をはり」十首の一首）

又いそのはまにつるのこゑごゑなくを

いそがくれおなじこころにたづぞなくなにおもひいづる人やたれぞも

紫式部集・二一

これ以降も、数首しか認められない表現であり、注目される。このように特殊な表現が用いられているのは、内大臣が玉鬘の置かれていた状況をきわめて特異なものと受け止めていることを示している。（注13）

なお、この裳着の後には異母兄弟の柏木たちが近江君を愚弄し、さらに内大臣までも近江君をからかい戯れる場面がある。近江君は玉鬘が尚侍になることを聞いて、玉鬘も自分と同じく「劣り腹」なのだから自分もなりたいなど と、とんでもない高望みをして失笑を買う。前節で述べたように、行幸巻では玉鬘の裳着をめぐる話を中心に置いた形で、前半には大宮・末摘花の笑いの歌が、後半には笑いの対象とされる近江君の言動が配されているのである。即ち前半では高貴な人々を、後半では玉鬘と同じく実父に知られず地方で育った女君だが、おこ的な人物である近江君を配置して玉鬘の裳着が語られる。玉鬘の裳着は笑われる歌と笑われる言動によって一種の祝祭空間を形成している。裳着はこのような笑いの演出に彩られ、さらなる祝祭空間である玉鬘求婚譚へと展開していく。

玉鬘の裳着に配された五首の歌のうち、三首は大宮と末摘花を笑うことによって相対的に玉鬘の価値を高め、残りの二首は実父と養父とのあやにくな関係と心理を浮かびあがらせる歌として機能している。初めの三首の笑いの歌は、近江君の言動を笑う巻のとじ目と連動している。また内大臣と源氏の贈答歌は養父の源氏が圧倒的に優位にあることを如実に示すものとして機能している。

前者三首は玉鬘の存在とその裳着の価値を高めるためのものであり、後者二首は養父と実父との力関係を描くためのものであって、明石姫君の裳着とは、全く異なる意味を帯びていた。明石の場合、笑いの要素が入り込む余地はないからである。同じく地方出身の女君ではあるが、源氏の実の娘であり、紫上の養女になった明石姫君は笑いの祝祭空間を形作って格上げする必要はないのである。玉鬘は源氏にとって六条院に彩りを添える「くさはひ」であったのに対して、明石姫君は后がねとしての掌中の玉に外ならなった。ゆえにふたりの女君の差は決定的であった。

野村倫子は玉鬘は明石姫君が幼すぎて求婚譚の主役になれなかったために、その身代わりとして六条院に入って求婚譚と裳着の儀礼が語られ、これが済んでから明石姫君の裳着と入内が語られるのだとして、玉鬘の裳着は明石姫君のそれの露払いだと説く(注14)が、そうではないだろう。

明石姫君の年齢が妙齢に達していたとしても、源氏が考えるのは、ただひとつ、東宮に入内させるということだけであり、外のいかなる人物との結婚も脳裡にはなかったし、周囲もそのことはよくわかっていた。玉鬘の場合は素性が明確でなく、源氏の目的も求婚譚のような華やいだ雰囲気を作ることにあったのであり、そこに決定的な違いがあった。また次節で取り上げるように女三の宮の場合には、朱雀院が誰に降嫁させたらよいか迷っているという条件があって高貴な内親王の求婚譚が語られる余地があったのである。

和歌的視座からすれば、玉鬘の裳着と求婚譚は明石姫君ではなく、むしろ女三の宮のそれとの関連の方が浮かびあがる。明石姫君の裳着は盛大に行われたのに、和歌は一首も記されていないのである。明石姫君は源氏の実の娘として最高の未来を約されているために、裳着もまたオーソドックスな祝儀の歌ばかりが寄せられたに違いない。従って、それらの歌は書き留められる必要はなかったのである。

玉鬘と明石姫君の裳着は源氏にとって、全く質の異なるものであったといえよう。玉鬘の裳着と求婚譚は明石姫君とではなくむしろ女三の宮のそれと対応していると考えられるが、これについては次節で検討する。

二、女三の宮の裳着

女三の宮の裳着の歌においては、和歌が二首詠まれている。朱雀院は宮の裳着を盛大に執り行ない、国内の綾・錦は用いず、舶来の皇后の室内装飾を想像して「うるはしくことごとしく、輝くばかり調へさせ」た。太政大臣が腰結い役を務め、左右大臣、親王八人、殿上人は当然のことながら帝や春宮もすべて参列するほどのきらびやかさである。蔵人所・納殿、それに六条院からも人々の禄や太政大臣への引き出物などを奉った。秋好中宮からも装束や櫛の箱を特に念入りに整えて女三の宮に差し上げたが、その中に和歌があった。これを見た朱雀院は、返歌をする。

秋好中宮の贈歌

さしながら昔を今につたふれば玉の小櫛ぞ神さびにける

朱雀院の返歌

さしつぎに見るものにもが万代をつげの小櫛の神さぶるまで　④若菜上・四三～四頁

玉鬘の裳着の際にも、中宮は装束などの立派なお祝いを贈っているが、当然添えられていたであろう和歌が記されることはなかった。ではなぜここでは書き留められたのか。それは中宮が「かの昔の御櫛上の具」、つまり斎宮として伊勢下向する折の「別れの櫛の儀」で、朱雀帝が挿した御櫛上げの調度をさらに趣向を凝らして奉ったからである。朱雀帝は櫛を挿す時、斎宮への恋情から涙したと描かれる（賢木巻）が、今回の贈り物はそうした昔の出来事を思い出させたので、帝はしみじみとした感懐を抱いたのであった（絵合巻）。しかし今回は娘である女三の宮の裳着であるから、秋好への感情を吐露する場面ではない。それゆえ昔の心情は表に出さずに返歌したのである。ただ、すでに指摘されているように朱雀院の歌の表現は中宮の表現と密接に対応しており、公式の祝い歌ながら院の中宮への思いの深さを見て取ることができるものであった（注15）。

中宮と院の贈答歌は、院が斎宮時代から中宮に心を寄せ、今もなおそのような気持ちは消えていないというあやにくな関係であるからこそ記されたのであった。それは玉鬘の裳着の時に実父と養父とが複雑な事情を抱えていたことと軌を一にする。オーソドックスな祝いの和歌は書き留められず、裳着の儀式を取り巻くあやにくな人間模様が浮かび上がる歌だからこそ記されたのだと解される。

では、このような女三の宮の裳着に玉鬘物語との関連性はどのように見出せるのであろうか。

まず女三の宮は朱雀院鍾愛の内親王であり身分的には玉鬘とは比較にならないが、求婚者が複数現れることでは共通する。女三の宮の時は、柏木、兵部卿宮、藤大納言、夕霧の四人がその意思を持っていたが、結局は「親ざま」の後見ということで源氏に降嫁することになった。だがふりかえってみると、これらの求婚者たちのうち兵部卿宮と柏木は玉鬘の場合と重なっている。さらに胡蝶巻では兵部卿宮と柏木とが玉鬘に懸想文を出したことが記されているが、特に注目されるのは柏木である。源氏は求婚者たちの文をすべて見比べた中で、特に柏木の文と和歌を選んで批評している。

唐の縹の紙の、いとなつかしうしみ深う匂へるを、いと細く小さく結びたるあり。「これはいかなれば、かく結ぼほれたるにか」とてひきあけたまへり。手いとをかしうて、

思ふとも君は知らじなわきかへり岩漏る水に色し見えねば

書きざまいまめかしうそぼれたり。

③胡蝶巻・一七七頁

ここで、源氏は柏木の文の筆跡を見ているわけだが、後年、源氏は女三の宮の降嫁後にも柏木の文を手にすることになる。それは柏木と宮の密通の後、病を得た紫上に付き添っていた源氏が六条院の女三の宮を訪ねて泊まり、翌朝、扇を落としたと言って引き返して来た時のことである。

御褥のすこしまよひたるつまより、浅緑の薄様なる文の押しまきたる端見ゆるを、何心もなく引き出でて御覧ずるに、男の手なり。紙の香などいと艶に、ことさらめきたる書きざまなり。二重ねにこまごまと書きたるを見たまふに、紛るべく方なくその人の手なりけりと見たまひつ。

④若菜下巻・二五〇頁

「男の手」の文を見て「紛るべく方なくその人の手なりけり」という確信を持ったのは、以前に玉鬘に届けられた柏木の文を読んだ時に「手いとをかしくて」「書きざまいまめかしうそぼれたり」という感想を持ったからであろう。

玉鬘求婚譚では、柏木は実姉である玉鬘に懸想文を出していたことになるが、女三の宮の時は求婚の意思はありながら叶わずに遂に密通し、源氏はその事実を柏木の手紙によって知ることになる。玉鬘求婚譚の折には源氏は玉鬘の養父として求婚者たちを批評する側にいたが、批評され値踏みされる側にあった柏木が、今は立場が逆転して正妻女三の宮を奪い、源氏の権威とプライドを危機に陥れている。それは柏木の青年貴公子としての成長ぶりと源氏の老いを際立たせる。

このように、玉鬘求婚譚における柏木の懸想文は、後の女三の宮求婚譚を経て密通後の文へと展開していく重要な要件となっている。玉鬘求婚譚は柏木・兵部卿宮という人物を媒介にしつつ女三の宮の求婚譚に接続しており、中でも柏木は取るに足りない懸想人のひとりであったにもかかわらずその思い込みの激しさから女三の宮と密通を果たすのである。これは源氏の予想と願望を大きく裏切る点で、髭黒との想定外の結婚と類似するものといえよう。女三の宮の密通による打撃の大きさは玉鬘と髭黒との結婚とは比較にならないが、玉鬘の場合は源氏が手紙などまで管理・掌握するにもかかわらず髭黒に取られ、女三の宮の方は正妻として降嫁したのに密通されて、その事実を突きつけられるようにして柏木の手紙を読む羽目に陥ったわけで、いずれにしても玉鬘求婚譚と女三の宮求婚譚後の展開は、柏木の手紙を源氏が読むという同様の場面によって結びつけられているのである。

玉鬘と女三の宮の裳着は、このような物語構造の中に位置づけられる。だとすれば、玉鬘の求婚譚は明石の姫君の求婚譚の露払い(注16)というよりも、むしろ女三の宮求婚譚と対応するものとしてある。裳着は求婚譚の必要条件であるから、もちろん両者の裳着もまた、同様の性格を帯びるであろう。玉鬘における柏木の懸想文は懸想の段階で源氏に批評されるだけで終わったが、女三の宮の時には逆に、源氏の方が柏木の手紙によって密通の事実を突きつけられた。源氏は懸想文を値踏みして裁定する立場から一転して正妻を寝取られた男の立場を甘受しなければならなかったのである。こうしてみると、柏木に当初は玉鬘求婚譚の華麗な祝祭的空間を盛り上げる存在にすぎなかったが、後には女三の宮の求婚譚を密通へと導き、深刻な事態を招く存在へと変貌する。玉鬘と女三の宮の裳着は、このような展開の中に位置づけられる。

三、「明石姫君の五十日の祝い」と「み島がくれ」

澪標巻で明石姫君は五十日の祝いを迎える。五月五日がその日にあたっていたが、源氏が「かならずその日違へずまかり着け」と命じ、使いはその言葉通りに五日に明石に到着した。届けられた贈り物には手紙が添えられており、思い切って上京するようにと記されている。そこには一首の和歌が認められていた。

源氏

海松や時ぞともなきかげにゐて何のあやめもいかにわくらむ　②澪標巻・二九四頁

源氏は海草のように岩陰に隠れて暮らす明石姫君は、五十日の祝いという特別なお祝いの時、しかもあやめの節句という特別な日をふだんと変わらずに迎えるのであろうと詠んで、源氏自身、都で自分が祝ってやれない姫君の境遇を非常に残念に物足りなく思っている。これに対する明石君の返歌は、

数ならぬみ島がくれに鳴く鶴を今日もいかにととふ人ぞなき　同・二九六頁

というものであった。源氏の歌の「かげ」を受けて、明石君が島陰で鳴く鶴のように人数にも入らぬ存在であり、そのような自分を頼りにしているのが姫君なので、この日の祝いを尋ねてくれる人などいないのだと嘆く。明石では、

よろづところせきまで思ひ設けたりけれど、この御使なくは、闇の夜にてこそ暮れぬべかりけれ。　同・二九五頁

とあるように、入道が盛大な祝いをしているのだが、都の人々に知られずにいる状態は「闇夜」にいるのと変わりがなく栄々しさに欠けるというのである。また源氏の歌と明石君の返歌との間には、乳母が明石君に向かって源氏がいかに権勢を誇っているかを語り聴かせ、明石君はようやく姫君を授かった自分の宿世を自覚するようになったと記されている。明石君の歌はこのような自分の立場がわかってきたところで詠まれている。だが源氏がすばらしい人であればあるほど、明石君は自分たち母娘の身分の低さを強く意識せざるを得ない。「かげ」という源氏の歌表現に対応する明石君の「み島がくれ」という言葉は、このような明石母娘の都の人々に知られることのない境遇をいっそう強調し象徴する表現だといえよう。

ところで、この「み島がくれ」という歌表現は、唯一、『紫式部集』にのみ認められるものである。

亡くなりし人のむすめの親の手書きつけたりけるものを見ていひたりし　　四二

夕霧にみ島がくれし鴛の子の跡をみる〳〵まとはるるかな

亡くなった夫宣孝の娘が父親の筆跡を真似て書いたものを見て、作者も亡き夫のことが偲ばれて、継娘の心情に思いを重ねて詠んだものである。南波浩は「み島がくれ」の語は「島陰にかくれてしまったの意に『見し間もなく隠れ去った―結婚してわずかの間に死んでしまった』という気持ちを含めている」と指摘し、さらに「島がくれ」ならば『源氏物語』以前に『万葉集』などに八例見られるが、「み島がくれ」の用例は皆無であり、これを歌語として初めて用い定着させたのは紫式部ではなかったかと説く。(注17)

明石君の歌には「死ぬ」という意味はないのだが、島陰に隠れているような目立たない存在であることを強く印象づける特殊な表現であるということは確かであろう。そしてそれまで用例の全くなかった表現が用いられたのにはもうひとつ別の理由があったと考えられる。この表現は玉鬘の裳着の場面で内大臣が詠んだ、

うらめしやおきつ玉もをかづくまで磯がくれける海人の心よ　　③行幸巻・三一七頁

の歌の「磯がくれ」と照応するからである。前述したように、これもまた用例はわずかに二首にすぎず、しかもその一例はやはり『紫式部集』に見られる表現であった。つまり「み島がくれ」と「磯がくれ」という歌ことばは『紫式部集』から特に選び取られた可能性が高いのである。このように類似した、しかも用例のほとんどない表現を明石姫君の「五十日の祝い」と玉鬘の裳着の場面に刻みつけられるのは両者が海浜で育つにもかかわらず、後に上京して栄華を極めるとか、華やかな求婚譚を繰り広げるヒロインとして成長することと密接な関連性を持つ。その意味で明石姫君と玉鬘は、『源氏物語』において特異で特別な存在なのである。裳着を軸とした物語の展開においては、両者に

は必ずしも共通性は認められなかったが、少々ずれる形で「五十日の祝い」と裳着に『紫式部集』の歌表現が用いられていることには注目してよいだろう。

なおこのふたりの場合には明石姫君には実母と養母がおり、玉鬘には実父と養父がいるということでも共通点がある。玉鬘の裳着における源氏と内大臣とのあやにくな関係はすでに見た通りだが、明石姫君においても、明石君と紫上もまた実母と養母という因縁深い関係になるが、この「五十日の祝い」の条でも、明石君からの手紙を何回も読み返す源氏を見て、紫上が嫉妬する場面が描かれている。

いずれにしても「み島がくれ」「磯がくれ」という特異な表現によって、明石姫君の「五十日の祝い」と玉鬘の裳着は照応するものとして書き記されているのである。

ところで、「五十日の祝い」が描かれるのは明石姫君以外では薫と中の君の皇子だけで、いずれも宇治十帖に限られる。即ち正編では明石姫君だけに祝いの記事及び和歌が記されているのである。それは明石姫君がこの時点では「み島がくれ」という存在ではあるものの、将来、源氏の栄華を支え、同時に明石一族の破格の栄華を語っていくという物語の構想にかかわるがゆえであろう。都で人並みに知られて祝ってもらえないという特殊な境遇だからこそ、あえて記されたのである。思いがけず最高の栄華を築いていく特別な姫君が、海草のように海辺で五十日の祝いを迎えるという、一種の貴種流離譚的な物語になっている点が重要で、ここに和歌が記される必然性があった。

最後に源氏の元服時に、和歌が二首詠まれていることに言及しておきたい。これ以外の元服の記事は少女巻の夕霧、梅枝巻における明石女御が入内する東宮、匂兵部卿巻の薫の三箇所しかない。東宮を除けば、源氏、夕霧、薫という源氏三代の元服が描かれているわけだが、和歌が記されるのは源氏に限られる。第二部以降、元服・裳着が簡略になっていくのに対して、生誕儀礼が増加してくることに関して、池田節子は『源氏物語』が恋物語を超えて「家と血の物語」に変化しているのを示すのだと指摘するが、(注18)源氏三代の元服が描かれるのは、それゆえにこそやはりこの三人の恋物語が構想されたことを示すものであろう。その中で源氏の場合にのみ和歌が詠まれるのは、桐壺帝の皇子として生を享け、帝の愛を一身に受けながら臣下に下ろされるという、実にあやにくな人生を歩み出す主人公の第一歩が和歌によって彩られる必要があったのだとひとまず考えておく。

〔注〕

1　青木慎一・長谷川範彰・馬場淳子「『源氏物語』通過儀礼一覧儀礼別目次」『平安文学と隣接諸学3　王朝文学と通過儀礼』（小嶋菜温子編、竹林舎、二〇〇七年）の一覧が参考になる。

2　川名淳子「玉鬘十帖について—玉鬘の裳着」『平安文学と隣接諸学3　王朝文学と通過儀礼』（小嶋菜温子編、竹林舎、二〇〇七年）。

3　後藤祥子「尚侍—朧月夜と玉鬘」『源氏物語の史的空間』（東京大学出版会、一九八六年）

4　坂本和子「『尚侍玉鬘』考—春日・大原野斎女」（『国語と国文学』一九七三年八月）

5　後藤祥子「玉鬘物語の方法」『日本文学』一九六五年六月。

6　斎藤暁子「玉鬘の結婚をめぐって」『源氏物語の探究』第八輯、（風間書房、一九八三年）

7　田坂憲二「玉鬘十帖の結末について—若菜巻への一視点」『源氏物語の人物と構想』（和泉書院、一九九三年）

8　源氏は玉鬘巻においても末摘花の歌を評して、「古代の歌詠みは、唐衣、袂濡るるかごとこそ離れねな。まろもその列ぞかし。さらに一筋にまつはれて、いまめきたる言の葉にゆるぎたまはぬこそ妬きことははたあれ。以下略（一三八頁）」と言って笑っている。

9　久富木原玲「誹諧歌から和歌へ—和歌史構想のために」『源氏物語　歌と呪性』（中古文学研究叢書5、若草書房、一九九九七年）において指摘した。

10　後藤祥子「源氏物語の和歌―その史的位相」（『源氏物語と和歌研究と資料Ⅱ　古代文学論叢』第八輯、紫式部学会編、武蔵野書院、一九八二年）は、『源氏物語』が一貫して公宴和歌を軽視しており、専門女流歌人とは異なる和歌意識を持っていたこと、鋭い批評意識を持ち、物語や家集の主調とは異質な緊張を示すこと、さらに物語中の陳腐な和歌に対する厳しい批判は寛弘前後の新旧交替のせめぎあいを反映しており、その対象は『後撰集』時代だとするなど興味深い分析を行っている。

11　注2川名論文参照。

12　久富木原玲「歌人としての紫式部―逸脱する源氏物語作中歌―」（本書・第13章）において、特殊な人物造型には特異な表現が用いられていることを指摘した。明石入道は、その代表的な例。

13　同様の例として、六条御息所の死霊が語る言葉に「そらおぼれ」があるが、これも『紫式部集』にのみみえる表現である。注12論文参照。

14　野村倫子「「玉鬘」筑紫流離小考―袴着と裳着をめぐって」（『古代文学研究』第二次、一九九二年一〇月）

15　新編全集④「若菜上」四三頁頭注二四に指摘される。

16　注14に同じ

17　南波浩『紫式部集全評釈』（笠間注釈叢刊9、笠間書院、一九八三年）

18　池田節子「源氏物語の生誕―産養を中心に」『平安文学と隣接諸学3　王朝文学と通過儀礼』（小嶋菜温子編、竹林舎、二〇〇七年）

第19章　浮舟 ―女の物語へ―

一、「人形」としての光源氏と浮舟

浮舟は大君の形代としてあり、「人形（ひとがた）」という表現がこの女君の代名詞になっていることは周知の通りである。それは亡き大君を慕う薫が中の君から浮舟のことを聞く場面で語られている。

（薫）「思うたまへわびにてはべり。音なしの里求めまほしきを、かの山里のわたりに、わざと寺などはなくとも、昔おぼゆる人形をも作り、絵にも描きとりて、行ひはべらむとなん思うたまへなりにたる」とのたまへば、（中の君）「あはれなる御願ひに、また、うたて御手洗川近き心地する人形こそ、思ひやりいとほしくはべれ、黄金求むる絵師もこそなどうしろめたくぞはべるぞや」とのたまへば、―中略―

（中の君）「人形のついでに、いとあやしく、思ひよるまじきことをこそ思ひ出ではべれ」

⑤宿木巻・四四八～九頁

大君恋しさに、中の君の手を捉えようとする薫を「うるさく」思いながら、中の君は「さりげなく」「あやしきまで昔人の御けはひに通」っている浮舟の話を始める。浮舟は「人形のついで」に語り出される存在なのであった。

ところが一方で光源氏もまた「人形」にたとえられている。光源氏は須磨で三月上巳の祓えをする折に、自らを

「人形」によそえているのである。

弥生の朔日に出で来たる巳の日、「今日なむ、かく思すことある人は、禊したまふべき」と、なまさかしき人の聞こゆれば、海づらもゆかしうまで出でたまふ。いとおろそかに、軟障ばかりを引きめぐらして、この国に通ひける陰陽師召して、祓せさせたまふ。舟にことごとしき人形のせて流すを見たまふにも、よそへられて、

知らざりし大海の原に流れきてひとかたにやはものは悲しき　②須磨巻・二一七頁

源氏は禊祓のために舟に乗せて流される人形に自分白身を「よそへ」ている。和歌において「ひとかた」に「人形」を掛けるのは異例だが、物語はあえてこのようなレトリックを用い、「人形」としての源氏を場面にせり出させるのである。

『源氏物語』の中で「人形」にたとえられるのは浮舟と源氏のみである。早くこれを指摘した林田孝和は源氏・浮舟は「うり二つ」だとして、浮舟は光源氏の罪を贖う「贖罪の女君」として登場するのであり、「源氏が神の子であるがゆえに語りきれなかった贖罪の物語を、彼の肩代わりとなるゆかりの主人公たちを登場させることによって」描くのが匂宮・紅梅・竹河三帖と宇治十帖の世界だと説いた(注1)。林田論文はさらに浮舟は「天人」にたとえられて、

われかくてうき世の中にめぐるとも誰かは知らむ月の都に　⑥手習巻・三〇二〜三頁

と「月の都」を口ずさみ、『竹取物語』のかぐや姫を念頭に置いて書かれているが、「かぐや姫」こそ罪をつぐなうために下界に天下った「贖罪の女君」であり、浮舟こそが光源氏の罪を贖うのだと結論づけている。

だが、実は須磨の地で源氏もまた「月の都」を詠んでいるのである。

見るほどぞしばしなぐさむめぐりあはん月の都は遙かなれども　②須磨巻・二〇三頁

この日は八月十五夜、源氏は都をなつかしんで「月の顔のみ」見ている。そして三年の流離の後、都に召還されるか

ら、源氏もまた「かぐや姫」になぞらえられているといえよう。(注2)

光源氏という呼称は神的な存在を示すが、浮舟もまた天人であるかぐや姫その人に比定される特別な存在なのであり、双方ともおのおの密通の罪を贖うべく流離するのである。ただし、源氏の罪は藤壺との密通という王権にかかるものであったが、浮舟の罪は果たして密通といえるのかどうか。薫の正式な妻ではないにもかかわらず、なぜ入水へと追いつめられなければならなかったのか。ここには万葉集・大和物語以来の水辺で死ぬ歌語りの世界が受け継がれ、また記紀神話に見られる伝承的世界における古代天皇と采女の物語を揺曳させてはいるものの、(注3)光源氏のように明らかな王権物語が語られることはない。このような差異はあるが、源氏も浮舟も生命の危機に直面すると、救い出してくれる人物・神仏が現れる。須磨巻では故桐壺院が住吉神と連携して源氏を救い、また六条御息所の死霊からは神仏がその身を守る。

まもり強く、いと御あたり遠き心地してえ近づき参らず、御声をだにほのかになむ聞きはべる。

④若菜下巻・二三七頁

六条御息所の死霊は、このように源氏に対する神仏の加護が強いために近づくことができないと語っている。

浮舟の場合も同様で、入水未遂後に僧都の加持によって現われた物の怪は次のように言う。

「おのれは、ここまで参で来て、かく調ぜられたてまつるべき身にもあらず。昔は、行ひせし法師の、いささかなる世に恨みをとどめて漂ひ歩きしほどに、よき女のあまた住みたまひし所に住みつきて、かたへは失ひてしに、この人は、心と世を恨みたまひて、我いかで死なんといふことを、夜昼のたまひしに頼りを得て、いと暗き夜、独りものしたまひしをとりてしなり。されど観音とざまかうざまにはぐくみたまひければ、この僧都に負けたてまつりぬ。今はまかりなん」とののしる。

⑥手習巻・二九四～五頁

物の怪は一旦は浮舟に取り憑いたものの、「観音」の守りが強いために僧都の祈祷に負けてしまったと述べている。これは、御息所の死霊が神仏の加護の強い源氏にとり憑けずに去っていくのと同じである。死霊・物の怪が憑くにもかかわらず、神仏が守り抜いてくれるのは源氏と浮舟以外にはなく、両者の同質性があらためて確認されよう。ただし、それは浮舟が源氏その人を贖罪する人物としてのテーマを背負うのではないと思われる。後述するように浮舟は光源氏の王権物語を相対化し、女の物語の扉を開いていく。

「人形」は、従来、受動的で寄る辺ない浮舟を象徴する語として捉えられてきたが、実は光源氏その人との同一性を端的に示す表現でもあった。浮舟においては、「人形」の語は薫・中の君の会話に見られ、歌には詠まれないものの、「人形」をさらに直接的に言い換えた「なでもの」という表現が選ばれている。それは浮舟を託された中の君が薫に形代を勧める場面であった。(注4)

流離は物語の主人公としての特権であるが、浮舟はその中核をなす「人形」という表現を光源氏と共に付与され、同時にかぐや姫にまつわる「月の都」という歌語も所有する。しかも源氏は須磨という海辺、浮舟は宇治川という川辺において、共に生命の危機に見舞われた末に救われる。須磨での禊で「舟にことごとしき人形のせて流す」(注5)という舟に乗せられて流される等身大の人形はそのまま宇治川のほとりで生死の境をさまよう浮舟の姿を呼び起こす。「人形」にたとえられる点で、浮舟は源氏と好一対をなす貴種流離譚の主人公なのである。

なお、源氏と浮舟は「人形」「月の都」のほか、「小萩」という歌語も共有する。(注6)この歌語がみえるのは物語中、三カ所のみである。まず桐壺帝が亡き更衣の里に、靫負命婦を使いに出す場面(桐壺巻)、次は匂宮が父八の宮に先立たれた宇治の大君・中の君姉妹を見舞う場面(椎本巻)、そして浮舟の母中将の君が浮舟のかつての婚約者左近少将と歌を交わす場面(東屋巻)である。つまり「小萩」の語が与えられているのは母を亡くした幼い源氏と父宮を亡くした宇治の三姉妹だけなのである。ここには海辺にさすらう源氏に対して、その弟八の宮の三人の娘たちが川辺にさすらうという構図を見ることができる。

そして最後の浮舟の母・中将の君の、

しめ結ひし小萩がうへもまよはぬいかなる露にうつる下葉ぞ

という歌に着目すると、(注7)「小萩」の語は椎本巻の匂宮歌を挟んで、桐壺帝から中将の君へ、つまり父から母へと反転していることがわかる。しかもそれは臣籍降下以前の源氏に対して帝が発する歌語が、王権とは無縁の中将の君によって歌い出されている点で興味深い。浮舟が「貴種」であるのならば、少将に対して恨みの歌など送ることはなかったのではないか。ここでは貴種が全くその機能を果たさない。物語の基底に古代天皇と采女の王権物語を響かせながらも浮舟物語は王権や貴種を現実的には全く無化する方向へ進めていくのである。

「人形」・「月の都」・「小萩」という共通の歌語を背負い、(注8)共に流離の物語を生きる源氏と浮舟だが、「小萩」という歌語は王権そのものとはほとんど無縁の、女の言葉としてあらたな陰影を帯びて登場している。光源氏の物語を反転させる形で女の物語が紡ぎ出されてくるのである。

二、欲望の物語を生きる　―女の意志と行動―

1　形代の方法の変質

源氏は須磨に流離し、しかも、この禊の直後に暴風雨と落雷に襲われて身の危険に晒される。これは浮舟が常陸から都へ、都からさらに宇治へとさすらい、入水未遂する流離の半生と対応している。これ以外には玉鬘が流離の半生を送るものの、彼女には源氏や浮舟のように生死を分けるような事件は起らない。しかし玉鬘は新たな形代のかたちを作り出す点で注目される。竹河巻ですでに夫髭黒に先立たれた玉鬘は息子の反対を押し切って、自ら大君の結婚問題について決断を下した。かつて自分を望んだ冷泉院にわが娘を奉ろうというのである。

それまでは男が形代を求めて展開する物語としてあったのに対して、玉鬘の行動はそれを逆方向へと変えてしまうのである。玉鬘が娘を帝に入内させれば、小ぶりながらも王権物語になったであろう。筑紫までさすらった女君であれば、第二の明石君のように国母に上りつめることもあり得たからである。だが物語は玉鬘に逆の行動をとらせて、その可能性を封じ、王権物語とは異なる展開を志向するのである。

玉鬘が創ったこの流れは宇治十帖に引き継がれていく。薫は宇治大君の形代を求めて中の君・浮舟へと彷徨し、表面上は薫が形代を求める恋物語になっているが、しかし、ことの発端は大君が自分の代わりに中の君を差しだそうとしたことによる（宿木巻）。そして大君の死後、中の君は懐妊中の自分に言い寄ってくる薫が煩わしいがゆえに異母妹浮舟の存在を明かすのであり（宿木巻）、やはり自分にゆかりの者を形代として差し出していることになる。宇治十帖は薫が大君ゆかりの女君を求める物語になってはいるが、しかしそれは正編のように男が主体となって形代を求めていくのではなく、逆に女が形代を差し出す形で物語を展開させていく。竹河巻の玉鬘の行動を転回点として、ゆかりを求める物語に大きな変化が現れてきているのである。女の意思と行動がゆかりを求めていく契機あるいは原動力として機能している。玉鬘大君の入内について語ろうとする竹河巻の冒頭に「紫のゆかりにも似ざめれど」と置かれているのは、女の側が形代を創出して「紫のゆかり」を相対化することに言及したものではなかったか。

玉鬘の行動は宇治十帖の形代の方法を規定していく。物語の内実は男の欲望の物語から女の欲望ないしは意志的行動の物語へと変化し宇治十帖の発端をなすものとなっている。

2　夢見る浮舟

正編は男主人公の流離とその後の物語であり、宇治十帖は女主人公の流離とその後の物語へと向かって進む。そして男が愛する人の代わりを求めていく物語から、逆に女が形代を差し出し、形代を追いかけさせることによって物語は紡がれていく。勿論、最後の女君・浮舟は形代を差し出すことはないが、この女君はそれまで見られなかった能動性を発揮する。

宇治川の対岸の隠れ家で匂宮と浮舟は二回にわたって耽溺の日々を過ごす。そして宮の帰京後、浮舟は彼の夢を見る。

わが心にも、それこそはあるべきことにはじめより待ちわたれ、とは思ひながら、あながちなる人の御事を思ひ出づるに、恨みたまひしさま、のたまひしことども面影につとそひて、いささかまどろめば、夢に見えたまひつつ、いとうたてあるまでおぼゆ。

⑥浮舟巻・一五七頁

浮舟は薫が自分を京に引き取る準備を進めているのを嬉しく思って待ちわびていたのだったが、匂宮を思い出すと宮が夢に現れてしまうのである。これは「夢枕に宮が現れるのは、匂宮が自分を深く思っているのでその魂が身を離れてやってきたのか、と気味がわるい」（新全集頭注）のだと、一応は考えることができる。しかしここで注目したいのは宮が夢枕に立つのは、浮舟自身が宮を「思ひ出づる」（引用破線部分）からだということである。物語は浮舟が宮を思い出すからこそ、その夢を見るのだという因果関係を明確に提示する。浮舟が匂宮を恋しく思うからこそ夢を見るのである。

これは恋する女として自然なことだと思われがちであるが、実は平安時代の文学には女が恋する人の夢を見る例は稀なのである。よく知られている『蜻蛉日記』や『更級日記』の夢の記述は神仏の夢を見るのであり、恋しい男の夢を見るのではない。和歌文学においては小町の夢歌が著名で、夢で恋しい人を見るのはごく当たり前のことのようだが、実は『万葉集』以来、恋しい人を夢に見るのは女の場合、例外的なことであった。(注9)『源氏物語』においても女が男の夢を見る場合、父親であって恋人ではない。(注10)和歌や物語の系譜から見れば、浮舟の夢もまた特殊な部類に属し、小町の系譜に連なるといえよう。小町詠には男性的な主体が仮構されていると読むことも可能で、(注11)浮舟の夢もこれに準じて考えることができる。恋する相手を夢に見るのは極めて能動的で男性的な行為なのである。ちなみに空蟬が源氏と逢った時は、夫の夢に見えるのではないかと心配している（空蟬巻）。女は夢を見るのではなく、「見られる」ものなのであった。

3　かぐや姫・浮舟

浮舟が「かぐや姫」にたとえられているのは周知の通りである。しかし前述の通り源氏もまたかぐや姫の世界を負っていた。紫上・宇治大君・中の君にもかぐや姫の面影はあるが、罪を犯して流離し、「月の都」の歌を詠むという『竹取物語』のテーマそのものを負うのは源氏・浮舟だけである。さらに両者は恋する人の手紙を焼く点でも共通する。源氏が紫上の手紙を焼くのは幻巻で、浮舟が匂宮の手紙を焼くのは浮舟巻である。両者は対応するが、ここでは浮舟巻の本文を掲げる。

むつかしき反故など破りて、おどろおどろしく一たびにもしたためず、灯台の火に焼き、水に投げ入れさせなどやうやう失ふ。心知らぬ御達は、ものへ渡りたまふべければ、つれづれなる月日を経て、はかなくし集めたまへる手習などを破りたまふなめりと思ふ。　⑥浮舟巻・一八五頁

幻巻の源氏は出家を決意しているのに対して、この巻の浮舟は入水を決意している。両者共に人生の大きな区切りに

際して、最愛の人の手紙を処分するのである。

ただし、かぐや姫の手紙を焼くのは帝の命によってなされるから、源氏・浮舟の行為は帝のそれの焼き直しということになる。源氏は准太上天皇であるから、『竹取物語』の帝の行為に比されるのはわかるが、これを浮舟が行っているのは注目に値する。本来、帝の行為であったものが、浮舟のそれに転化されているからである。ここには帝から権力とは無縁な者へ、そしてさらに男性から女性へという二重の反転が見られる。前に見た「小萩」の場合と同様である。浮舟は「かぐや姫」にたとえられつつも、王権の物語から遙かに遠いところでかつて男のものとして描かれた行為を生きる女の物語を紡いでいくのである。

4　昔男・浮舟

浮舟はまた「花を折る」女君でもあった。すでに出家した浮舟が庭に咲き誇る紅梅を手折らせる場面がある。

閨のつま近き紅梅の色も香も変らぬを、春や昔のと、こと花よりもこれに心寄せのあるは、飽かざりし匂ひのしみにけるにや。後夜に閼伽奉らせたまふ。下臈の尼のすこし若きがある召し出でて花折らすれば、かごとがましく散るに、いとど匂ひ来れば、

袖ふれし人こそ見えね花の香のそれかとにほふ春のあけぼの　⑥手習巻・三五六頁

「花を折る」行為にはしばしば男が女をわがものにする意が込められる。宿木巻で薫は帝の御前で菊の枝を折っているが、それは帝の女二の宮を手中にしたことを意味していた。手習巻でも、妹尼の庵に美しく若い女がいることを不審に思った中将が、

前近き女郎花を折りて、「何にほふらん」と口ずさびて、独りごち立てり　同・三〇九頁

という場面があるが、花を折る動作は無論、浮舟へのなみなみならぬ関心を物語っている。だが、さきの場面では浮舟が「花折らせ」ているのである。しかもその匂いに「袖ふれし人」を思い出している。「春や昔の」とあるように、梅の香にかつての恋人を思い出し懐かしむのは、『伊勢物語』における昔男の行為であった。(注12)それを今、浮舟が演じている。しかも「花を折らせ」て。ここでの浮舟は二重の意味で男性的なのである。さらにこの歌の初句は、浮舟と出会う前に薫が中の君に対して詠んだのと同じ表現なのであった。

袖ふれし梅はかはらぬにほひにて根ごめうつろふ宿やことなる　⑤早蕨巻・三五七頁

中の君が二条院へ移っていくのをどうすることもできずにただ手をこまねくしかない薫が無念の思いを抱えながら詠んでいる。これに対して恋する人の匂いが未だ息づいている浮舟の身体には、梅花の香によって突然、(注13)匂宮の身体が呼び覚まされてくるのである。浮舟の「袖ふれし」はそのような官能のつぶやきである。薫の身体感覚の希薄な「袖ふれし」と比べると、浮舟の身体感覚がさらに際だつのである。

むすびにかえて

かつて益田勝実は夢浮橋巻について、

この帖が女主人公浮舟の君を中心に物語っているか、男主人公薫中心の物語になっているかは、なかみを読んでみますと、わかるでしょう。……中略……（この帖は）浮舟の出家してからの行動や心情をこまかに、浮舟中心に物語ったものではありません。薫の側からの浮舟喪失の嘆きが書かれています。

と説いた。(注14)これは「夢」という表現を「浮沈の甚しかった浮舟の身の上話の末端」（日本古典文学大系）を意味するとか、あるいは「悪夢のような浮舟の半生」（日本古典文学全集）を象徴するなどと浮舟の側に視点を置く説に対する批判であった。確かに益田説のように、「夢」とは「高唐賦」の、「巫山の女神に去られたあとの先王」であり、夢浮橋巻の最後の一文は、まさにそのような立場の薫の感慨を述べたものとして考えることができる。

だが、この巻における浮舟の変貌ぶりはどうであろう。ここには、「語り出す浮舟」が描かれている。光源氏と共に流離の主人公としての歌語を共有しながら、彼とは対照的に、受動的に生きてきたように見える浮舟であるが、ここで確実に変貌している。薫に会う気はないと尼君に訴える浮舟の語りは長々と続き、尼君を圧倒する。入水さえも物の怪の仕業とされた浮舟だが、ここでの語りは本人以外の誰の意思でも行為でもない、すでに浮舟は出家の願いを横川僧都に訴え、剃髪時には自ら髪を掻き出すなど能動的な行動を示すが、彼女の発する言葉は短く、行動や行為の方が目立っていた。だが夢浮橋巻に至って浮舟は自分の思いを言葉で紡いでいこうとする。浮舟は妹尼に切々と訴える。それまでごく短い言葉しか発しなかった浮舟が、ここに至って入水後の自身の状態や、他者の話によって薫を思い出すことがあること、今ここに来ている弟に対する懐かしい感情についても語っている。だが、それでもやはり薫にも弟にも会う気はない。そしてただひとり、母親にだけ逢いたいと訴える。このような浮舟の語りはやはり「身の上話」（日本古典文学大系）だと言うべきであろう。だが、このような語りが浮舟物語に初めて現れることに注目しなければならない。新全集を例にして、一ページを越える浮舟の語りに「いと難いことかな。」と答える妹尼の言葉は、浮舟に圧倒されている。夢浮橋巻は他者によって「人形」「形代」「なでもの」として規定された浮舟が、意志的行為に加え、自らの言葉を獲得して語り始める姿を描き出すのである。対するに最後の最後まで「人の隠しすゑたるにやあらん」と浮舟を疑い、新しい事態に対応することのできない薫。夢浮橋巻は浮舟・薫の双方の側から描かれているが、自らの言葉を獲得し、変貌を遂げる浮舟の姿こそが読者の心を捉えるのである。ここに光源氏の王権物語を相対化しつつ、自らの意思を語り始める女の物語が始まろうとしている。

〔注〕

1 林田孝和「贖罪の女君」『源氏物語の発想』「第四章浮舟物語発生史論」（桜楓社、一九八〇年）

2 小嶋菜温子「光源氏とかぐや姫」『源氏物語批評』（有精堂、一九九五年七月）は、「須磨の源氏のその原像は、かぐや姫に求められる」と論じている。

3 本書・第29章「源氏物語における采女伝承」。

4 浮舟を母中将の君から託された中の君は、訪ねて来た薫に「かの人形のたまひ出で」たところ、薫と中の君は次のような歌を唱和する。（薫）「見し人の形代ならば身にそへて恋しき瀬々のなでものにせむ」（中の君）「みそぎ河瀬々にいださんなでものを身に添ふかげとたれか頼まん」（⑥東屋巻・五二〜三頁）。ここには、「人形」「形代」「なでもの」が同一のものの言い換えとして語られ、詠まれている。原岡文子は林田説を受けて、浮舟は「正編以来の光源氏その人の問題に発し、薫や匂宮に受け継がれた『罪』を、逆転して『女の存在感覚』の中に、まさしく『なでもの』、即ち身代りとして、引き受ける存在」だと説く。（「雨・贖罪・そして出家へ」『源氏物語の人物と表現─その両義的展開』翰林書房、一九九三年。なお、「女の存在感覚」については高橋亨「存在感覚の思想─〈浮舟〉について」『源氏物語の対位法』（東大出版会、一九八二年）を参照されたい。

5 『修紫田舎源氏』の絵には舟に乗せられた等身大の「人形」が描かれており『源氏物語』本文の「ことごとしき人形」の様子をよくあらわしている。

6 和歌の分野で「小萩」を子どもの意に用いるのは、『赤染衛門集』三五七「あらくふく風ぞいかにとみや木のこはぎがうへを露もとへかし」のみである。詞書に、「野わきしたるあしたに、をさなき人をいかにともいはぬをとこにやる人にかはりて」とみえる。野分の後、離れて暮らす子どもの様子を尋ねよという内容で、桐壺巻で帝が使いをやる折の歌表現と状況が類似する。ただし、ここでは、母親が父親に要求している。

7　母中将の君に応えた少将の歌には「宮城野」が見え、貴種としての「小萩」をあらわしている。（宮城野の小萩がもとと知らませば露も心をわかすぞあらまし）ただし貴種だと知っていたらと悔やんでみせてもやはり常陸介の実娘の方を結婚相手に選んだであろう。

8　浮舟の場合は、「人形」は会話中に見え、歌では「形代」「なでもの」という表現に言い換えられている。注4参照。

9　本書・第4章「夢歌の位相―小野小町以前・以後」参照

10　末摘花が故常陸宮を、中の君が故八の宮の夢を見ている。

11　後藤祥子「女流による男歌―式子内親王への一視点」『平安文学論集』風間書房、一九九二年、小嶋菜温子「恋歌とジェンダー業平・小町・遍照」（『国文学』学燈社、一九九六年一〇月）

12　鈴木裕子「浮舟の独詠歌―物語世界終焉へ向けて―」『東京女子大学日本文学』第九五号

13　これを匂宮とするか薫とするかについては古来、諸説があるが、比較的最近の論考に藤原克己「「袖ふれし人」薫か匂宮か―手習巻の浮舟の歌をめぐって―」（『国際学術シンポジウム　源氏物語と和歌世界』新典社選書19、二〇〇六年）がある。氏は諸説を整理し精緻な読みを施した上で「誰の匂いなのかが曖昧にされていることが、むしろ重要」なのだと説く。というのは「限定視点の語り手が作中人物を不透明化することで、作中人物の現前性が高まる」からである。説得力ある論だが、稿者はやはり匂宮説にこだわりたい。後述のように、身体感覚を問題にしたいからである。なお、久富木原玲「「袖ふれし」の歌をめぐって―和歌の人称に関する覚書―」（本書・第20章）では、別の観点から、匂宮説を支持している。

14　益田勝実「夢の浮橋再説」（『日本文学誌要』第四〇号法政大学国文学会、一九八九年二月法政大学国文学会）のち『益田勝実の仕事2』（ちくま学芸文庫）年所収。

第20章「袖ふれし」の歌をめぐって ―和歌の人称に関する覚書―

雑誌『日本文学』掲載の内藤まりこ氏の論文を興味深く読んだ。[注1] 結論にかかわる部分だけを紹介すると、従来、詠歌主体と自然とは「叙景」という枠組みによって切り分けられてきたが、人称という視座を導入すると、実在の詠歌主体による一人称表現だけでなく、一首の中に複数の人称によって築かれる重層的な虚構（物語）の空間を解明する可能性が拓かれるという論であった。

たとえば氏は、源俊頼の次の例を挙げて、

田上にて鹿の声のはるかに聞えければ

妻恋ふる鹿のとごゑにおどろけばかすかにも身のなりにけるかな　散木奇歌集・四四七

（傍線私。以下同様）

ここでは鹿の声を聞いた俊頼が鹿に成り代わって詠んでいて、「身」とは俊頼の「身」であると同時に鹿の「身」でもあって、ここに俊頼自身と鹿のふたつの人称の位相が浮かび上がるのだとする。

和歌が他者の立場に立って詠まれるのはよくあることだが、内藤論文を読んで、昔考えたことが思い出された。

夕されば野辺の秋風身にしみてうづらなくなり深草のさと　　千載集・秋上・二五九

有名な藤原俊成の自讃歌である。中世の歌論書『無名抄』は、俊恵の、「身にしみて」という表現が実に残念で俊成にはもっと優れた歌があるのにという評を紹介しているが、私はこの「身にしみて」という表現こそが俊成歌の眼目だと考えた。

言うまでもなく、この歌は『伊勢物語』一二三段の、去って行く男を引き留めようとする女が自らの全存在を賭けて詠んだ、

野とならば鶉となりてなきをらむかりにだにやは君は来ざらむ

という哀切な和歌の本歌取りである。物語世界に身を置いて歌を詠むことを標榜した新古今時代の歌人たちには、俊成の「身にしみて」という歌人自身の直叙的な表現は、せっかくの物語空間を現実の次元に引き下ろし、平板にしたと映ったらしい。俊恵は、

おもかげに花のすがたをさきだてていくへこえきぬ峰の白雲　　新勅撰集・春上・五七

という歌が世評に名高いと俊成に伝えたが、考えを変えなかったという。

俊成の企図するところは「身にしみて」という表現を通じて、自身の身体と心情を物語世界にすべり込ませ、女主人公と同じく深草の野に身を置きつつ虚構の世界を共に体験し味わうことにあったのではなかったか。この「身にしみて」という表現は詠者と物語世界の女を繋ぎ、しかもそれぞれの思いにリアリティを付与するキー・ワードだったのだと考えられる。これを媒介として、俊成は一首の中に詠歌主体と物語の女主人公というふたりの身体・心情を浮かび上がらせる。内藤氏の言葉を借りるなら、ここには一人称と三人称との重層構造が鮮烈にあらわれている。このような手法による歌の達成にこそ、俊成が自讃歌とした理由があったのではなかろうか。内藤論文は私が考えていた

ことに理論的な裏付けを与えてくれたということになろうか。

ところで俊成の息定家は次のような歌を詠んでいる。

帰るさの物とや人のながむらむ待つ夜ながらのありあけの月　　新古今集・恋三・一二〇六

定家は虚構の中の女を詠むのだが、女は「待つ女」としての立場を表明するものの、自らの心情は吐露せずに別の女性の許から帰る時に月を眺める男の姿態を思い浮かべる。すると「待つ女」と共に男の姿も思い起こされ、立体的な空間が立ち上がる。この歌では歌人が女を詠歌主体として虚構し、さらに女の想像的視線が男の行動を浮かび上がらせるのであって、一首は「歌人→女→男」といういわば入れ子型の構造になっていることがわかる。これを人称で説明するには、やや無理があるものの、一種、重層的な構造ではある。このきわめて物語的な歌を定家は自讃歌とし、当時から秀歌の誉れ高い作品であった。だが物語の中で詠まれる独詠歌はこれほど複雑ではなくて、逆に一人称的な主体がその思いをストレートにあらわす場合が多く、それが物語の人物の心情をきわやかに象っている。浮舟の例を挙げよう。

袖ふれし人こそ見えね花の香のそれかとにほふ春のあけぼの　　⑥手習巻・三五六頁

これは尼姿の浮舟が紅梅の香に男の性的身体をふと感じてしまう瞬間を詠んだ官能的な一首であるが、その心情は女自身のものに外ならない。但し、「袖ふれし人」が誰なのかをめぐって解釈に揺れがあり、未だに決着を見ていない。薫か匂宮か、その両方かという三様の理解がなされているのだが、私見を述べれば、すぐ前で詠まれた独詠歌が有力な手がかりになると思われる。

年も返りぬ。春のしるしも見えず、凍りわたれる水の音せぬさへ心細くて、「君にぞまどふ」とのたまひし人は、心憂しと思ひはてにたれど、なほそのをりなどのことは忘れず、

かきくらす野山の雪をながめてもふりにしことぞ今日も悲しき　　同・三五四〜五頁

浮舟は「君にぞまどふ」と訴えた人、つまり匂宮を今もなお忘れることができないでいる。彼がその言葉を発したのは、宇治川を小舟に乗って渡った対岸での耽溺の逢瀬の時だった。そして浮舟は今、小野の里で「野山の雪をながめ」つつ、匂宮と逢った「そのをり」を「悲し」く思い起こしているが、その逢瀬もまた初めから終わりまで雪景色に彩られていた。雪を眺める浮舟は、その逢瀬の記憶のただ中にいるのである。

「袖ふれし人」の歌は、そのような時に詠み出された。ならば、この直後、むせかえるように漂ってくる紅梅の香に想起されたのは誰か、それは自明のことのように思われる。「袖ふれし人」の歌は、この「かきくらす」の独詠歌と共に読まれるべきであろう。(注2)

このように物語中の独詠歌の場合、詠歌対象の解釈に揺れが見られても、詠歌主体としての心情はきわめて明確である。即ち浮舟のこれらの独詠歌は登場人物の心情を吐露させることによって、その個性を際立たせる効果的な方法として、詠歌主体の一人称性がいかんなく発揮される。即ち、前掲の俊成・定家の作品のように、和歌が物語を志向する場合と、浮舟歌のごとく物語が一人称の和歌を虚構する場合とでは、和歌における人称は全く対照的に機能するのである。当然のこととはいえ、こうした視座もまた、和歌における人称のあらわれ方を考える一助となるのではないかと思われる。

〔注〕

1　内藤まりこ「詩的言語と人称―和歌解釈の枠組を考える―」『日本文学』二〇一一年七月。

2　実は、すでに後藤祥子氏がこの歌との関連性に言及している（「手習の歌」『講座源氏物語の世界』第九集、有斐閣、一九八四）。

第21章　なげきわび —浮舟と六条御息所—

一、

『源氏物語』には、それまでの歌に例を見ない、あるいは用例の少ない表現が散見されるが、それらは物語の場の状況や人物造型に密接に関与する場合が多い。たとえば末摘花や北山僧都、明石君などには、それが顕著である。(注1)そして今回採り上げる「なげきわび」も、ごくありふれた表現のように見えて実は用例のほとんどないものである。まず浮舟の歌を挙げてみよう。

なげきわび身をば棄つとも亡き影にうき名流さむことをこそ思へ　⑥浮舟巻・一九三頁

この歌はあまり印象に残らないのであろうか、従来、ほとんど論の対象にされることはなかったように思われるが、浮舟という人物や物語の展開を考える上できわめて重要だと考えられる。

これは匂宮との関係が薫に知られて後、匂宮が厳戒下の宇治に赴くが浮舟に逢えずに泣く泣く帰る場面で詠んだ、

いづくにか身をば棄てむと白雲のかからぬ山もなくなくぞ行く　同・一九二頁

という歌が届けられた時に詠まれたものであった。浮舟詠の「身をば棄つ」の語は匂宮の「身をば棄てむ」という表現に呼応するものであり、一見、贈答歌のようだが実は浮舟はこの歌を匂宮には届けなかった。ひとり自らに向かっ

て詠まれた独詠なのである。そして浮舟は「身を棄」てる決心をした後、匂宮に、

からをだにうき世の中にとどめずはいづこをはかと君もうらみむ　　同・一九四頁

という歌を送る。

和歌的なレトリックとしては、さきに挙げた「なげきわび」の方が匂宮の「身をば棄てむ」に対応しており、返歌として相応しいのだが、「なげきわび」の歌によって初めて入水への想念が湧き起こり、この歌を経て、次の「からをだに」において入水した後の自らの亡骸への具体的な連想へと導かれている。いわば「なげきわび」の歌は入水の決心時の詠であり、「からをだに」の歌は決心直後の歌なのである。「なげきわび」の歌の直前の本文を掲げる。

右近は、言ひ切りつるよし言ひゐたるに、君は、いよいよ思ひ乱るること多くて臥したまへるに、入り来てありつるさま語るに、答へもせねど、枕のやうやう浮きぬるを、かつはいかに見るらむとつつまし。つとめても、あやしからむまみを思へば、無期に臥したり。ものはかなげに帯などして経読む。ア親に先立ちなむ罪失ひたまへとのみ思ふ。イありし絵を取り出でて見て、描きたまひし手つき、顔のにほひなどの向かひきこえたらむやうにおぼゆれば、昨夜一言をだに聞こえずなりにしは、なほいま一重まさりていみじと思ふ。―中略―

なげきわび身をば棄つとも亡き影にうき名流さむことをこそ思へ　　⑥同・一九二〜三頁

ここには追いつめられた浮舟が「親に先立ちなむ罪」を許してくださいと経を読む姿が描かれている（傍線部ア）。同時に、匂宮が描いてくれた絵を取り出して宮を思い、昨夜、折角、宇治まで来てくれた宮と一言も言葉を交わさないままになってしまったことを悔やんでいる（傍線部イ）。引用部分のすぐ後に薫のことも思い出し、分別がなく不埒な女だと世間の笑い者になることを恐れたことが記されているが、このようにあれこれと、物思いを続けて遂に死を決意して詠んだのが「なげきわび」の歌なのであった。浮舟はこの歌を詠むことによって入水という具体的な死の方向

へと思いをめぐらしていくのである。

この歌の後には、次のような本文が続く。

親もいと恋しく、例は、ことに思ひ出でぬはらからの醜やかなるも恋し。宮の上を思ひ出できこゆるにも、すべていま一たびゆかしき人多かり。人は、みな、おのおの物染め急ぎ、何やかやと言へど、耳にも入らず、夜となれば、人に見つけられず出でて行くべき方を思ひまうけつつ、寝られぬままに、心地もあしく、みな違ひにたり。明けたてば、川の方を見やりつつ、羊の歩みよりもほどなき心地す。宮はいみじきことどもをのたまへり。今さらに、人や見むと思へば、この御返り事をだに、思ふままにも書かず。

からをだにうき世の中にとどめずはいづこをはかと君もうらみむ　⑥同・一九三〜四頁

こうして入水の決心をした浮舟は、匂宮と母・中将の君に告別の歌を詠むのである。前掲の「なげきわび」の歌は匂宮と母への告別の歌の前に、まさしく「川の方を見やりつつ」（傍線部ウ）死地に赴こうとする浮舟の心境を物語るものであった。匂宮への返歌の体裁をとりながらも、それは宮には返されず、死ぬことを決心した浮舟が宮に送ったのが、

からをだにうき世の中にとどめずはいづこをはかと君もうらみむ

という歌だったのである（傍線部エ）。

ところで、すでに述べたように、この「なげきわび」の歌の初句は意外に用例の少ない表現である。『源氏物語』以前では、『蜻蛉日記』の長歌に、

あはれいまは　かくいふかひも　なけれども　思ひしことは　春の末　花なむ散ると　騒ぎしを　あはれあはれ

と　聞きしまに　西のみやまの　鶯は　かぎりの声を　ふりたてて　君が昔の　あたご山　さして入りぬと　聞きしかど　人言しげく　ありしかば　道なきことと　嘆きわび　谷隠れなる　山水の　つひに流ると―以下略―

中巻（安和二年六月）

とみえるのみである。これは前左大臣源高明が安和の変によって太宰の権帥に流罪になった折に、道綱母が同情してその室愛宮に充てたものである。ここでは高明への処遇が道理の通らぬことだとして悲嘆にくれるという意味で、強くショックを受けている道綱母の心情が伺える。そして、源氏以前には短歌において詠まれた例は認められないのである。『源氏物語』そのものにおいても、「なげきわび」と詠を詠んでいる人物は、浮舟以外にはただひとりで、六条御息所だけである。

二、

『源氏物語』において前例のない表現、あるいは用例の希な歌の表現が詠まれている場合には、巻を隔ててはいても、人物造型やその人物を取り巻く状況が似通っていることがある。たとえば、「いさらゐ」という源氏以前に全く用例のない表現は藤裏葉巻と松風巻の二ヵ所に認められ、登場人物は全く異なるのだが、その状況が酷似するという現象が見られる。（注2）浮舟の「なげきわび」と六条御息所の「なげきわび」の場合も同様だと思われる。

六条御息所の歌は、

なげきわび空に乱るるわが魂を結びとどめよしたがひのつま　②葵巻・四〇頁

というものであるが、これは周知の通り、魂があくがれ出て生霊となった折の歌である。

この歌は、

魂は見つ主は誰とも知らねども結びとどめつしたがひのつま

という伝承歌を改作したものではないかと考えられる。(注3) 確認可能な最も早い例は平安後期の『袋草紙』になるが、そこでは「希代歌」の最後に付け加えられた「誦文歌」に、「見人魂歌」として挙げられており、「三反これを誦して、男は左、女は右のつまをむすびて、三日を経てこれを解くと云々。」とある。人魂に遭遇した時、その人魂が誰のものかはわからないけれども、衣服の端を結んで自身の魂が浮遊して行かないようにした、そのためにはこれを三回唱えて着物の褄を結んで三日経ってから解くというおまじないである。『源氏物語』よりも後代のものになるが、当時、既に知られていた呪文であったと考えられる。『袋草紙』「誦文歌」には、「夜行途中歌」「逢死人時歌」などと共に、この歌が挙げられている。『源氏物語』は人魂を見た人物が唱える呪文歌を生霊という物の怪自身が詠む歌として反転させているのである。その反転のさまは、伝承歌が「結びとどめつ」であるのに対して、御息所の方は「むすびとどめよ」となっていることに明確にあらわれている。行為の主体が明らかに反転しているのである。つまり、伝承歌は「人魂を見た人」があわてて衣服を結んでいるのだが、御息所は相手(源氏)に衣服の端を結んでほしいと訴えているのである。わずか一文字によって見事に主客の転倒がなされていることがわかる。

このようにして、伝承歌では自分の身を守るための呪文だったのが、『源氏物語』では、あくがれ出て行った魂それ自体が、「こうしてさまよい出て来ないように、私の着物の褄を結んで下さい」と懇願する哀切な歌へと一瞬にして変化しているのである。

ただ、この伝承歌が哀切な響きを持つのは、この主客の入れ替わりのみによるのではない。六条御息所の魂の叫びとして、もうひとつ重要なのは、まさしく「なげきわび」という初句の表現であろう。物思いの限りを尽くし、どうしようもなくなるほど嘆いて、その結果、魂がさまよい出てしまうのであり、「なげきわび」とは、いわば生霊になるための条件だったのである。

三、

生霊になるおぞましい六条御息所と、運命に翻弄される浮舟ではその印象は全く異なるが、「なげきわび」に関しては共通するものがある。どうすることもできないほど嘆くのは、前者は愛されずに悩み、後者はふたりの男の板挟みになるという違いこそあれ、愛の悩みによるということでは同じなのである。さらに浮舟が入水に及んだのは、物怪に取り憑かれていたからであることが後に語られている。つまり六条御息所は「なげきわび」て物の怪になって葵上を殺し、浮舟は物怪に取り憑かれて自殺未遂をする。それはいずれも魂があくがれ出ていった結果であり、その魂が他人を殺す方向性をもつか、自分を殺す方向性をもつかという相違なのである。ベクトルの向きが異なるだけなのであり、「なげきわび」る魂が非日常的な次元へとあくがれ出ていく点では同一なのだといえよう。

このように『源氏物語』において、用例のきわめて少ない表現、特に歌ことばの場合、顕著に認められるのは、一見、全く異なる人物や状況であっても、その核の部分は軌を一にしているということである。六条御息所の「なげきわび」の歌はよく知られているが、浮舟の「なげきわび」もまた同様の状況下で詠み出されたのである。

浮舟の「なげきわび」の歌をめぐる六条御息所との共通性はほかにも見いだされる。再度、浮舟の歌を記す。

　　なげきわび身をば棄つとも亡き影にうき名流さむことをこそ思へ

第二句「身をば棄つとも」という表現は、六条御息所が葵上に乱暴をはたらく夢を見て、白身の魂があくがれ出て行ったことを認識する条で、「あな心憂や。げに身を棄ててや往にけむと、うつつし心ならずおぼえたまふをりをりあれば」とあるのに対応する。この場合、浮舟の方は死ぬことを意味し、御息所の方は遊離魂のことをいっているのだが、しかし、両者共に「もの思ふ人の魂があくがれ出ていくこと」を認識したり、認識されたりしていることは共通している。

葵巻で物の怪が話題になる条では、御息所自身が物思いに苦しんでいる。そして「身ひとつのうき嘆きよりほかに人をあしかれなど思ふ心もなけれど、もの思ひにあくがるなる魂は、さもやあらむと思し知らるることもあり。」と認識し、さらに生き霊となって現れたその時には、はっきりと「もの思ふ人の魂はげにあくがるるものになむありける」と言っている。

これに対して浮舟の方は既に入水の決心をしているが、そうとは知らない右近がもの思いにふけって食事もしない浮舟の様子を見て次のように言って嘆いている。

「もの思ふ人の魂はあくがるなるものなれば、夢も騒がしきならむかし。いづ方と思しさだまりて、いかにもいかにもおはしまさなむ」　⑥浮舟巻・一九六～七頁

ここでは第三者によって認識されているわけである。

さらに下句「うき名流さむことをこそ思へ」という表現についてだが、御息所の方も、「うき名」を流すことを非常に恐れている。源氏と葵上追悼の贈答をしつつも、もの思いは収まらない。

かく心より外に、若々しきもの思ひをして、つひにうき名をさへ流しはてつべきこと、と思し乱るるに、なほ例のさまにもおはせず　②葵巻・五三頁

その後、御息所が野宮に籠もり、源氏と文を交わしあっていた時にも、

あはあはしう心うき名をのみ流して、あさましき身のありさまを、今はじめたらむやうに、ほど近くなるままに、起き臥し嘆きたまふ　②賢木巻・九一頁

とみえ、ここでは「心憂き」と「浮き名」との掛詞になっていると考えられる。

また注目されるのは、「みたらし川」の用例である。葵巻の車争いの後、憤懣やるかたない六条御息所は、

影をのみみたらし川のつれなきに身のうきほどぞいとど知らるる　②葵巻・二四頁

と詠んでいた。浮舟は歌には詠んでいないが、体調が悪く痩せてきてしまったのを案じてその心のうちを知らない家の者たちが

なやましげに痩せたまへるを、乳母にも言ひて、さるべき御祈祷などせさせたまへ、祭、祓などもすべきやうなど言ふ。御手洗川に禊せまほしげなるを、かくも知らでよろづに言ひ騒ぐ　⑥浮舟巻・一六八頁

とみえる。「御手洗川」の用例は、物語中、この二例の外には次の例が見えるのみである。それは「宿木」巻で、薫が中の君に大君を偲ぶよすがに「人形」を作りたいと話した時に中の君が、

「あはれなる御願ひに、また、うたて御手洗川近き心地する人形こそ、思ひやりいとほしくはべれ。黄金求むる絵師もこそなど、うしろめたくはべるや」　⑤宿木巻・四四八〜九頁

と応えている。そして「人形のついでに」思い出したと言って、浮舟のことを言い出す場面に続いていくから、「御手洗川」はまさしくさきの「浮舟」巻の場面へと展開する、その発端のところに配置されていることになる。

なお、謡曲「浮舟」では、入水を決心する時のことを語る浮舟の霊（後シテ）が、

「あさましやもとよりわれは浮舟のよる方分かで漂ふ世にうき名洩れんと思ひ侘びこの世になくもならばやと」

と語っているが、傍線を施した部分は、まさしく浮舟の、

なげきわび身をば棄つとも亡き影にうき名流さむことをこそ思へ

という歌を次のように、詞章化したものであった。

なげきわび　↓　思ひ侘び
身をば棄つとも　↓　この世になくもならばやと
うき名流さむこと　↓　うき名洩れんと

謡曲「浮舟」は、詞章の中に「浮舟」という名前の由来になった、

橘の小島の色は変はらじをこの浮舟ぞ寄るべ知られぬ

という歌(注4)を地謡として取り入れているため、入水を決心する時の歌はそのままでは使わず、シテの詞章として活かしたのであった。

ところで、謡曲「浮舟」には、「カケリ」という特殊な演出がある。入水を決心する時の浮舟の不安定な心理を演技化したものであるが、一般的には修羅道に墜ちた武士の苦悩や妄執を残して死んだ者の無念のさまを表す舞で、浮舟は静かで気品のある序の舞や基本となる中の舞ではなく、この「カケリ」という物の怪によって狂乱した姿を見せる。謡曲「浮舟」は主人公が亡霊として現れて過去の出来事を回想するいわゆる夢幻能であり、その形式は三番目物・鬘物であるが、舞の方はこれらで舞われるものとは異なっている。つまり謡曲においても、浮舟は狂乱した一種の物の怪として演出されているのである。そしてその時、「浮舟は憂き名漏れんと思ひ侘び」ている。これは前述の如く「なげきわびうき名流さむ」を詞章化したものであった。そしてこの「なげきわび」の歌こそ、入水を決心する時の心理を演技化した「カケリ」なのではないかと考えられる。

〔注〕

1　本書第13章「歌人としての紫式部—逸脱する源氏物語作中歌」参照。

2　本書第29章「源氏物語における采女伝承—『安積山の歌語り』をめぐって」参照。

3　『源氏物語二』新潮日本古典集成の頭注に拾芥抄の例と共に挙げられている。いずれも源氏物語以後の例であるが、本稿ではこの呪文歌の方が先で、六条御息所の歌はこれをふまえつつ詠まれたものだと考える。

4　『源氏物語』における浮丹の歌は、「橘の小島の色はかはらじをこの浮舟ぞゆくへ知られぬ」で、謡曲の方は「寄るべ」となっている。

第22章　宇治十帖の雪景色 ―恋死の歌から官能的な生の歌へ―

はじめに

『源氏物語』には多様な雪景色が描かれている。(注1) たとえば朝顔巻の雪まろばしの場面などは印象的で、英語訳では表紙のデザインに用いられてもいる。(注2)

だが物語のテーマとかかわる雪景色といえば、やはり宇治十帖が独自の位置を占める。雪の用例としては、『源氏物語』には九六例が認められるが、その約三分の一近くにあたる三一例が宇治十帖なのである。さらにそれらは次に示すように、特定の巻の特定のテーマに集中する。

椎本巻……一〇例→八の宮の死
総角巻……　七例→大君の死
浮舟巻……一〇例→密通と入水
手習巻……　四例→出家後の浮舟

このように四つの巻のほとんどが死と深くかかわっている。宇治十帖は八の宮・大君の死及び大君の形代である浮舟の入水と再生の物語であるが、雪景色はこれらのテーマをくっきりと浮かび上がらせる。さらに注目されるのは、

「雪」がそれぞれの巻を象徴する和歌の中に鍵語としてたちあらわれることである。ここではこのような各巻のテーマを焦点化する歌と歌ことばを採り上げて考察する。

一、椎本巻・総角巻―死者への追慕

椎本巻で、秋八月に八の宮は亡くなる。冬を迎えると、残された姫君たちの寂しさはひとしおで、雪の降り積もる中、中の君は、次の歌を詠む。

奥山の松葉につもる雪とだに消えにし人を思はましかば　⑤椎本巻・二〇五頁

せめてこの雪が父宮ならいいのにと、「雪」を父宮になぞらえつつ追慕の心を込めている。

次の総角巻で大君が死を迎えるのは十一月の豊明節会の夜であった。都で華やかな宴が催されている時、薫は臨終の大君の傍らにいた。風も雪も激しく荒れた宇治で大君は薫に看取られて命を終える。大君を偲んで薫は宇治にとどまったが、その間、雪は降り続いていた。そんな雪の晴れ間に十二月の月があらわれた時、薫は、

恋ひわびて死ぬるくすりのゆかしきに雪の山にや跡を消なまし　⑤総角巻・三三三頁

と、大君の後を追って雪の山に入って死んでしまいたいという歌を詠む。紫上を亡くした源氏さえも詠まなかったような激しい絶唱である。だが、「雪の山」は死者の追慕にとどまらず、死者に対する恋死の歌ことばとして選択されている点で注目される。恋死の歌は『万葉集』以来、数多く詠まれてきたが、死者を恋うて死にたいとする歌が詠まれた例を私は知らない。この歌は、その点で異彩を放っている。

二、浮舟巻・手習巻 —情熱の恋と甘美な歌

浮舟巻のハイライトは匂宮が浮舟を小舟に乗せて、宇治川を渡り隠れ家で耽溺の日々を過ごす場面である。匂宮が宇治を訪れるところから川を渡って隠れ家で過ごす間もずっと雪は降り続いていた。ふたりはその雪景色を見ながら、次の歌を詠み交わす。

峰の雪みぎはの氷踏みわけて君にぞまどふ道はまどはず　匂宮

降りみだれみぎはにこほる雪よりも中空にてぞわれは消ぬべき　浮舟

⑥浮舟巻・一五四頁

物語屈指の情熱的な歌が「雪」に彩られていることに注目したい。ここを頂点として浮舟は入水へと追い詰められていくわけだが、この後、浮舟は手習巻において助けられ小野里の庵で介抱されるが、遂には出家に至る。そして尼姿となった浮舟にも新しい年がめぐって来る。その時にまず、浮舟の眼に映ったのもやはり雪景色であった。

かきくらす野山の雪をながめてもふりにしことぞ今日も悲しき

「雪」を眺めていると過去の事が悲しく思い出されて手習の歌をしたためるのである。

「君にぞまどふ」とのたまひし人は、心憂しと思ひはてにたれど、なほその折のことは忘れず

⑥手習巻・三五四～五頁

というように地の文には、浮舟の歌の詞書のような説明が加えられている。浮舟は、あの雪景色の逢瀬で匂宮が詠みかけた「君にぞまどふ」という歌を、今もなお忘れられずにいるのである。(注3)

庭に目を移すと、紅梅が咲いている。浮舟が下﨟の若い尼に枝を折らせたところ、花の香がむせかえるように匂っ

て来て、次の歌がふと心に浮かぶ。

袖ふれし人こそ見えね花の香のそれかとにほふ春のあけぼの　　同・三五六頁

この「袖ふれし人」が薫なのか匂宮なのか、あるいは双方なのか未だに定説を見ない。しかし小野の雪景色の中で「君にぞまどふ」と詠みかけた匂宮の歌を忘れられない浮舟、そして紅梅の花の香に「袖ふれし人」を我知らず身に感じてしまう尼姿の浮舟の甘美な記憶は、すべて雪景色に包まれたあの隠れ家のできごとに由来する。だとすれば、「袖ふれし人」は匂宮以外にはあり得ない。さらに近年では、隠れ家での逢瀬の時、浮舟が「紅梅の衣」に着替えたことに注目する論も出ている。(注4) 即ち、尼姿の浮舟が紅梅の花に「袖ふれし人」を想起するのは、まさしくあの時「紅梅の衣」を着ていた逢瀬の日々が重ねられているとするのである。

今ひとつ心に留めておきたいのは、この時、浮舟は「こと花よりもこれに心寄せ」があったと記されている点である。つまり他の花よりもとりわけ紅梅に心惹かれていたからこそ折らせたわけである。匂宮は紫上遺愛の紅梅を譲り受けており、紅梅とは縁が深い。浮舟はそのことを知る由もないが、この時、自ら花を折らせたのは雪景色によって匂宮との逢瀬を思い出し、その匂宮の香りにふれたくて、そのような行為へと向かったように読めるのである。

梅の香は『伊勢物語』以来、追憶の恋と結びつけられてきたが、この手習巻の浮舟の場合、過去の恋を想起させるのは「野山の雪」である。これを契機として、浮舟は自ら紅梅の枝を折らせ、その香りに「ふれ」、その香りを肌にまとう。それはもはや過去の追憶ではなく、今まさに「袖ふれし人」に触れ、その香りに包み込まれているのである。ここには官能的としか言いようのない瑞々しい生の感覚がある。入水は未遂に終わったが、その後、長く自殺願望に取り憑かれるという苦しみを経て、ようやくたどり着いた尼姿であったが、この歌からは尼衣の内側からあふれ出てくる匂いやかさ、つややかさがある。その艶然たる雰囲気は紅梅の花と渾然一体化している。

宇治十帖の雪景色は確かに死と深く結びついているが、それぞれの巻の表情をさまざまに変化させせつつ、物語の場面と人物を彩っていく。椎本巻では父宮追慕の雪としてあり、総角巻では恋死のキーワードとして機能し、浮舟巻では死への不安を孕みつつも恋の高揚した場面を描く。そして最後の手習巻における雪景色は、死をくぐり抜けた浮舟に匂宮との情熱的な逢瀬を想起させ、そのことが紅梅の枝を折らせるという行為を導き出す。能動的な浮舟のこの行動によって、彼女は再び匂宮の香りを身にまとう。それは一瞬にして心身の内奥へ染みこんで「生」への欲望を引き出した。雪景色は浮舟の心身に「生」の息吹を吹き込む契機として機能するのである。運命に翻弄された苦しみと悩みの果てに、それでもなお「生」の方へと手を伸ばして行く浮舟の姿がここにはある。

〔注〕

1　三苫浩輔「源氏物語の雪、絶望と滅びの徴し」（愛知学院大学人間文化研究所紀要『人間文化』第七号、一九九二年九月）は、『源氏物語』における雪を「絶望と滅びの徴し」として捉えている。本稿は、三苫論文を首肯しつつも、宇治十帖の雪景色が正編とは異なる意味を帯びていることについて考察する。

2　サイデンステッカー訳『源氏物語』一九九二年刊（アメリカ・イギリス・カナダ）の表紙カバーはチェスター・ビーティ・ライブラリ蔵「朝顔巻」の木版画をデザイン化したものである。

3　「君にぞまどふ」の歌が「袖ふれし」の歌と関連することは、すでに後藤祥子（「手習いの歌」『講座源氏物語の世界』第九集、有斐閣、一九八四年）が指摘する。

4　飯塚ひろみ「「袖ふれし」歌と〈紅梅〉」『源氏物語　歌ことばの時空』（翰林書房、二〇一一年）

付記　本稿は第23回源氏物語アカデミー（二〇一〇年越前市市政施行5周年記念）における講演「宇治十帖の雪景色―大君・浮舟における」の一部を基に改稿したものである。

第23章　浮舟の和歌 ―伊勢物語の喚起するもの―

一、『伊勢物語』四段をめぐって

手習巻の浮舟の独詠歌に、

袖ふれし人こそ見えね花の香のそれかとにほふ春のあけぼの

というたいへん印象深い歌がある。そして、この歌のすぐ前には次のような文章が置かれている。

閨のつま近き紅梅の色も香も変らぬを、春や昔のと、こと花よりもこれに心寄せのあるは、飽かざりし匂ひのしみにけるにや。後夜に閼伽奉らせたまふ。下﨟の尼のすこし若きがある召し出でて花折らすれば、かごとがましく散るに、いとど匂ひ来れば、　⑥手習巻・三五六頁

「春や昔の」という表現は『伊勢物語』四段を踏まえたものであるが、鈴木裕子はこの四段をめぐる問題について、興味深い説を展開している。即ち、

浮舟を「昔男」になぞらえてみるとして問題なのは、『源氏物語』では浮舟は恋人の前から姿を隠したのは浮舟自身であることだろう。しかも浮舟は「我が身ひとつはもとの身」であるどころか、一年前には想像もしなかった尼姿に変わり果てた身となっている。そうすると、別のメッセージをも探りたくなる。

と述べて、

姿を隠した女を男が忍んで独詠するという『伊勢物語』四段の歌の引用行為自体に、浮舟の惑いの基底をほの見ることはできないだろうか。つまり、浮舟は四段の物語に具体的には書かれていないが、姿を隠して「昔男」を嘆かせている女に、無意識のうちに自身を置き換えているのだと語り手は示唆している。―中略―匂宮の記憶の中に、今も私が忘れられずにいるとしたら、どんなに嬉しいことだろうか。(注1)

鈴木は「別のメッセージ」をこのように提示する。確かに浮舟は尼姿になっていて、「我が身ひとつはもとの身にして」というのとは逆の状況になっている。尼姿へと大きく変化した浮舟にはそぐわないという鈴木説は説得力がある。

だが、果たして浮舟は四段の「女」の立場に立っているだろうか。ここで想起したいのは、「袖ふれし」の歌には「花の香」の、えも言われぬエロスが漂っており、浮舟は「袖ふれし人」の香と紛うような「花の香」を全身で感じとっているということである。尼姿になっているのに、いや、尼姿になってもなお、浮舟の身体はエロスに反応する。この紅梅の花の香は薫であるとも匂宮だとも、あるいはまた両者が渾然一体となったものだともいわれ、(注2)未だ定説を見ないが、いずれにしても浮舟がかつて交情のあった男性の香りを感じている点ではどの説も一致している。

さらに浮舟が自らエロスの香りを放つ存在であることは、中将がかいま見する場面に描かれている。

薄鈍色の綾、中には萱草など澄みたる色を着て、いとささやかに、様態をかしく、いまめきたる容貌に、髪は五重の扇を広げたるやうにこちたき末つきなり。こまかにうつくしき面様の、化粧をいみじくしたらむやうに、赤くにほひたり。

⑥手習巻・三五〇～一頁

小野の妹尼のかつての娘聟である中将が妹尼にせがんで「障子の掛金のもとにあきたる穴」からかいま見た時の様子

である。浮舟は髪も頬も身体の内側からほとばしり出るような生気に溢れている。しかし、この場面は単なる生気ではない。浮舟にはこの外にも三例、顔を赤らめる場面がある。最初は浮舟が匂宮と通じていることを知った薫が浮舟を詰問する手紙を届けた時、浮舟は宛先が違うととぼけて返したが、右近はそれを途中で開けて見てしまい、浮舟に密通が露見したのですねと告げた。浮舟はその時、顔を赤らめるのである。薫に知られたことを右近に指摘され、さらに周りの女房たちが皆、このことを知っているのだと思うと、浮舟の顔は上気するのである。

また手習巻の出家の少し前にも、浮舟の手習歌を見た妹尼が恋しいひとがいるのでしょうと、言い当てたので、浮舟は「胸つぶれて面赤らめ」ている。さらに「二本」という語は浮舟に恋人がふたりいたことを示すから、ますます恥ずかしく当惑するのである。三例目は夢浮橋巻で「なにがしの僧都」からの手紙で妹尼が薫との関係を知る場面であり、やはり男君との関係を知られて顔を赤くしている。

顔を赤らめるのは、浮舟以外にも朧月夜に二例見え、右大臣邸での密会場面で顔を赤くしている。もう一例は朱雀帝が源氏と自分を比較しながら、朧月夜に対する執着心について話すのを聞いている場面がある。朧月夜は源氏との交情あるいはそれが問題にされる条において顔を赤らめているのであり、浮舟の場合と同様、異性関係が原因で顔を赤らめていることになる。浮舟も朧月夜も異性との交情が話題になっている時、身体がそれに反応して「顔が赤くなる」状態を引き起こすのである。前掲の「赤くにほふ」顔も、これに準じて考えてよいのではなかろうか。(注3)浮舟は男との逢瀬の記憶の中で頬を赤く染めているのではないか。エロスを発し、感じる身体として。

浮舟は以前とは変わり果てた尼姿だから、「我が身ひとつはもとの身にして」というのは、当たらないとするのが鈴木説である。小野里で尼になった浮舟が『伊勢物語』四段の、姿を隠して昔男を嘆かせる女に自分を置き換えているのだとする。だが、尼姿になってもなお、「袖ふれし人」のことを身に感じ、逢瀬の記憶で頬を染める浮舟は、「もとの身」と本質的には全く変わっていないのではないか。姿ではなく、衣の下の身体そのものは「もとの身」のままだということを証しだてているのがこの場面ではなかろうか。だとすれば「我が身ひとつはもとの身にして」とはまさしく浮舟自身の感懐であり、浮舟は昔男の思いと身振りを奪っていることになる。

二、『伊勢物語』六五段をめぐって

浮舟には四段の「昔男」だけでなく、六五段の「昔男」の心情も重ねられていると思われる。浮舟巻には次のようにみえる。

①　あやにくにのたまふ人、はた、八重たつ山に籠るともかならずたづねて、我も人もいたづらになりぬべし、なほ、心やすく隠れなむことを思へと、今日ものたまへるを、いかにせむ、と心地あしくて臥したまへり。
⑥浮舟巻・一六四頁

②　なやましげにて痩せたまへるを、乳母にも言ひて、さるべき御祈祷などせさせたまへ、禊、祓などもすべきやうなど言ふ。御手洗川に禊せまほしげなるを、かくも知らでよろづに言ひ騒ぐ。
同・一六八頁

①における「我も人もいたづらになりぬべし」という条は、『伊勢物語』六五段の昔男の心情「身もいたづらになりぬべければつひに亡びぬべし」を意識したものであり、さらに、②の「禊、祓」、「御手洗川に禊せまほしげなるを」という箇所もまた、『伊勢物語』の「陰陽師、神巫よびて、恋せじといふ祓の具してなむいきける」という本文、さらに「恋せじとみたらし河にせしみそぎ神はうけずもなりにけるかな」という歌との関連性が認められる。いずれの場合も昔男の感懐なのだが、それが浮舟の心情に移し替えられているのである。恋の達人、昔男のやむにやまれぬ恋

が浮舟という人物に嵌め込まれていることがわかる。

②の場面では浮舟の具合が悪そうなので、周囲が心配して、「祭、祓などもすべき」と騒いでいるのだが、浮舟は「恋せじ」と御手洗川に禊をしたいほどだと思っている。この禊は浮舟その人の願望としてである。六五段では昔男自身が禊をした。そしてここでは浮舟自身が禊をしたいと強く思っていることに注目したい。浮舟は六五段のふたりの男に愛されている女になぞらえられながら、もう一歩踏み込んで昔男の位置にも立っているのである。

前述のように、鈴木裕子は浮舟が『伊勢物語』四段の、姿を隠して昔男を嘆かせている女に自身を置き換えていると説いた。さらに「我が身ひとつはもとの身にして」という歌の下の句についても、尼姿へと大きく変化した浮舟にはそぐわないとするのであった。

だが、浮舟は恋する心を止めるために禊をしたいという昔男の行動を襲っている。愛されるだけでなく、自ら恋する女、行動する主体としての浮舟の姿がここには描き出されている。(注4)

ここで、六五段と浮舟の人物造型の関連性についてふれておきたい。六五段では女は帝と昔男のふたりから愛されているので、その意味では浮舟も同様である。また初めは情熱的な昔男に惹かれたものの、後には帝の素晴らしさに気づく女の心も、浮舟の心情と一致する。

宮を、すこしもあはれと思ひきこえけん心ぞいとけしからぬ、ただ、[ア]この人の御ゆかりにさすらへぬるぞと思へば、小島の色を例に契りたまひしを、などてをかしと思ひきこえけん、とこよなく飽きたる心地す。はじめより、[イ]薄きながらものどやかにものしたまひし人は、このをりかのをりなど、思ひ出づるぞこよなかりける。

⑥手習巻・三三一頁

傍線アが匂宮、イが薫についての感慨である。そして『源氏物語』には、六五段がその人物造型に影響を与えている女君が外にもうひとりいる。朧月夜である。この女君は朱雀帝の寵愛を受けながら源氏を慕い続け、密会を続けたことが露見して源氏が須磨流離することになる。だが、帝から変わることのない愛情を訴えられ女君は次のように思い返す。

（帝の）御容貌などなまめかしうきよらにて、限りなき御心ざしの年月にそふやうにもてなさせたまふに、めでたき人なれど、さしも思ひたまへらざりし気色心ばへなど、もの思ひ知られたまふままに、などてわが心の若くいはけなきにまかせて、さる騒ぎをさへひき出でて、わが名をばさらにもいはず、人の御ためさへ、など思し出づるにいとうき御身なり。　②澪標巻・二八一頁

帝は年月と共に深まっていくかのように情愛深く扱って下さるのに対して、源氏はすばらしいお方であるけれども、自分に対してそれほどにも思ってはくれなかったと思い直すのである。これも六五段の女が情熱的な昔男からいつも変わらぬ愛を注いでくれる帝に応えるのと軌を一にしている。

浮舟と朧月夜との共通点はさらに「涙川」（或いは「涙の川」）という歌語においても繋がりがある。『源氏物語』における「涙川」の用例は次の五首である。

1　逢ふ瀬なき涙の川に沈みしや流るるみをのはじめなりけむ　須磨巻・源氏
2　涙川うかぶみなわも消えぬべし流れてのちの瀬をもまたずて　須磨巻・朧月夜
3　さきにたつ涙の川に身を投げば人におくれぬ命ならまし　早蕨巻・弁
4　身を投げむ涙の川にしづみても恋しき瀬々に忘れしもせじ　早蕨巻・薫
5　身を投げし涙の川のはやき瀬をしがらみかけて誰かとどめし　手習巻・浮舟

5の浮舟歌を除いて1から4は贈答歌で、1・2は須磨流離の折の歌、3・4は大君の死を嘆く歌である。大君の死

が浮舟という最後のヒロインを登場させる契機になったことを想起すれば、3・4は1・2の流離・密通と5を繋ぐ位置にあるといえよう。「涙川」は源氏・朧月夜と浮舟という密通の当事者と、弁・薫という密通の関係者のみに限って詠まれていることがわかる。

さらに3・4と5に詠まれている「身を投ぐ」について見てみよう。玉鬘求婚譚における源氏と蛍宮の兄弟によるいわば戯れの贈答があるが、これを除くと、源氏と朧月夜が二十年ぶりに逢い、須磨退去時を思い出した歌を詠んでいる。

沈みしも忘れぬものをこりずまに身もなげつべき宿のふぢ波　源氏・若菜上巻

身をなげむふちもまことのふちならでかけじやさらにこりずまの波　朧月夜・同

この源氏・朧月夜の二首は、密通のテーマを浮かびあがらせ3・4を媒介項として5の浮舟歌に収斂していく。3・4の弁・薫は柏木・女三の宮の密通を薫に伝える者とその密通による不義の子という組み合わせであり、さらに薫は浮舟紹介を弁に迫る人物である。いずれも密通する女君たちと密接にかかわっている。3・4は大君に先立たれた弁と薫によって詠まれているのだが、大君の死こそがその形代としての浮舟を物語に呼び込んでいく作用を果たした。(注5)

こうしてみると、浮舟は朧月夜がふたりの男に思われて、初めは情熱的な男に惹かれるが、のちにいつも自分を思ってくれる帝への愛に目覚めるという点で、朧月夜と同様に六五段の枠組みを持っている。さらに浮舟は「涙川」の語も朧月夜と共有しており、また前述したように男性とのことが話題になったとき、顔を赤らめるという点でも共通する。

だが、朧月夜との根本的な相違は前掲①の如く「身もいたづらになりぬべければ」という男の感懐が浮舟にも与えられているということである。六五段では、女も男も「身も亡びなむ」「つひに亡ぶべし」というように、「亡ぶ」の語は共通するが、「身もいたづらに」というのは、男だけに認められる語であった。朧月夜はふたりの男性に思われて帝の方が変わらぬ愛を注いでくれたのに対して、源氏はそれほどにも思ってくれなかったことに気づいて、最終的には帝を選んだ。これは六五段の女の造型を受け継ぐのに対して、浮舟は「女」の造型を襲うとともに「昔男」の言葉と行動をも引き継いでいるのである。

三、「袖ふれし人」の歌をめぐって

手習巻の、

袖ふれし人こそ見えね花の香のそれかとにほふ春のあけぼの　⑥手習巻・三五六頁

の歌は、同じ初句を持つ、早蕨巻の、

袖ふれし梅はかはらぬにほひにて根ごめうつろふ宿やことなる

という歌を想起させる。

御前近き紅梅の色も香もなつかしきに、鶯だに見過ぐしがたげにうち鳴きて渡るめれば、まして「春や昔の」と心をまどはしたまふどちの御物語に、をりあはれなりかし。風のさと吹き入るるに、花の香も客人の御匂ひも、橘ならねど昔思ひ出でらるるつまなり。―中略―

袖ふれし梅はかはらぬにほひにて根ごめうつろふ宿やことなる　⑤早蕨巻・三五六〜七頁

これは薫が宇治の故八の宮邸で、匂宮邸に引き取られていく中の君との別れを詠んだ歌であるが、ここにも「春や昔の」という『伊勢物語』四段の世界が薫の心情の枠組みとして機能している。さらにこのふたつの場面は歌も地の文も状況設定が酷似する。(注6) 薫は中の君との別れを哀惜しつつ死別した大君を思い出しており、浮舟は生き別れとなった男君との過去の逢瀬を思い出しているのである。

さて、「袖ふれし」であるが、薫の場合は当然、薫が中の君の袖にふれたことを意味する。かつて薫が大君・中の君姉妹の部屋に忍び入った時、大君が素早く身を隠してしまったために、薫と中の君は共に一夜を語り明かしたことがあった（総角巻⑥二五一～三頁）。ふたりの間には何も起こらなかったのだが、薫は一夜を語り明かした仲だということを、いかにも何かがあったかのように「袖ふれし」と詠んだのである。

では、浮舟の方はどうであろうか。参考までに新編全集の訳を紹介したい。

かつて私が袖を触れたことのあるこの梅は、今も変らぬ香りににおっておりますのに、

とある。この例に従うと、手習巻の浮舟の歌は、

かつて私が袖を触れて匂いを移したお方の姿は見えないけれど、

となるのではなかろうか。ところが、新編全集の訳は次のようになっている。

袖を触れて私ににおいを移したお方の姿は見えないけれど、そのお方のそれかと思わせるように花の香りがにおってくる春の明け方よ

薫の歌の場合は薫が行為の主体だが、浮舟の場合は行為の対象として扱われているのである。いずれも初句は「袖ふれし」であり、これに続く語もそれぞれ「袖」「にほひ」という体言が続いているが、訳は異なっている。「し」（き）という助動詞は詠者の直接体験をあらわすから、浮舟の「袖ふれし」も浮舟自身の動作を示しているという解釈も成り立つのではなかろうか。新編全集の訳は、男性は行為の主体となるが、女性は主体とはなり得ず客体になるという予断に基づいているのではあるまいか。

飯塚ひろみによれば、浮舟の「袖」の歌五首は、すべて能動的に詠まれている。(注7) さらに飯塚は「閨のつま近き紅梅の色も香も変わらぬ」は、浮舟巻で浮舟が身につけた紅梅の色目と匂宮の香りとが交じり合った逢瀬の艶めかしさを表すと説く。そして、「春や昔の」は、『伊勢物語』第四段の「月やあらぬ春や昔の春ならぬわが身ひとつはもとの身にして」の下の句を誘導し、みずからを「もとの身」と思う浮舟の心理を表すとして彼女の衣装は尼衣へと変わり、外部の視線は彼女を尼と見るのだが、浮舟自身の想う「わが身」は「紅梅」の衣装をまとったあの日のままなのだ、と結論づける。姿は尼衣に変わっても、その身は出家前と変わらないとする飯塚説に、賛意を表したい。

なお近藤みゆきによれば、浮舟の出家後の三首は次に傍線で示したように、すべて男性語を含んでおり、

かきくらす野山の雪をながめてもふりにしことぞ今日もかなしき

袖ふれし人こそ見えね花の香のそれかとにほふ春のあけぼの

あまごろもかはれる身にやありし世の形見に袖をかけてしのばん

特に「袖ふれし」などは『伊勢物語』の昔男を連想させるような、まるで男性の歌の趣であると指摘している。(注8)

ちなみに入水を決意した時、浮舟は、

むつかしき反故など破りて、おどろおどろしく一たびにもしたためず灯台の火に焼き、水に投げ入れさせなどやうやう失ふ。　⑥浮舟巻・一八五頁

という行動を取っている。これは幻巻で光源氏が紫上との形見の手紙を処分する場面と呼応しており、さらにそれは、『竹取物語』で帝が富士山の山頂で不死の薬と手紙を焼かせる場面とも対応している。(注9) また浮舟には匂宮の夢を見る場面もあった。『源氏物語』では、女は男の夢を見ない。見る場合には、末摘花や中の君のように、父親の夢であった。このように、浮舟の行動には、本来男性が主体となってするものが多く見受けられる。(注10)「袖ふれし」の歌は、

官能的な雰囲気に満ちた歌であると共に、このように能動的な浮舟造型を象徴する一首なのである。

四、一〇段をめぐって

ひたぶるにうれしからまし世の中にあらぬところと思はましかば　⑥東屋巻・八四頁

浮舟が物語に登場して初めて詠む歌である。ここには『伊勢物語』がかかわっており、彼女の現在と未来とが暗示されていると考えられる。

左近少将との結婚が破談になり、浮舟の母中将君は、浮舟を中の君に託すことにした。だが、そこで浮舟が匂宮に迫られるという事件があったため、中将の君はやむなく三条の小家に浮舟を移す。三条の仮の住まいは所在なくて、庭の草も手入れもされずに生い茂っている上に、下品な東国訛りの者たちが出入りしている。浮舟は中の君の優雅な生活を思い出して恋しくてならないが、それと同時に匂宮に迫られた時の移り香や恐ろしかった気持ちも思い出されてくる。そんな時、中将君は浮舟がどうしているかと案じて手紙を書くのであった。その返事に詠まれたのが「ひたぶるに」の歌である。

この歌に関しても、すでに鈴木裕子に卓論があり浮舟の心情に寄り添った的確な分析がなされている。(注11) 即ち、浮舟は匂宮との触れあいによって官能的な身体感覚としての「恋」に目覚めつつあるのであり、母の思うままではない意思を持って未成熟から成熟へと向かっている。そのような母と娘の食い違いの構造が最初の贈答歌に語られている。そしてそれは最後まで不変で、入水を選び取るところまで貫かれているのだとする。

たしかに鈴木の説く通りなのだが、「ひたぶるに」という語はまた別の歌を呼び起こす。この時、浮舟は三条の小

家にいたが、浮舟を取り巻く環境は、

旅の宿はつれづれにて、庭の草もいぶせき心地するに、賤しき東国声したる者どもばかりのみ出で入り、慰めに見るべき前栽の花もなし。

⑥東屋巻・八三頁

といったものであった。右の「東声」という表現および母親が強くかかわっていることからすぐに連想されるのは、『伊勢物語』一〇段である。

前半部分を引用する。

むかし、男、武蔵の国までまどひ歩きけり。さてその国にある女をよばひけり。父はこと人にあはせむといひけるを、母なむあてなる人に心つけたりける。父はなほ人にて、母なむ藤原なりける。さてなむあてなる人にと思ひける。このむこがねによみておこせたりける。すむ所なむ入間の郡、みよしのの里なりける。

みよしののたのむの雁もひたぶるに君が方にぞよると鳴くなる―以下略―

傍線を付したように、「ひたぶるに」の歌は、東国と結びついているのである。(注12)

東国とは浮舟の育った場所であり、三条の小家に移った浮舟を取り巻くのは、「東声」であった。それだけではない。この『伊勢物語』一〇段は、「母なむ藤原なりける」人物で、娘を「あてなる人」と結婚させたいと思っているという話であった。浮舟の物語は母親との歌の贈答で始まり伊勢一〇段の東国の物語が重ね合わされたものであった。浮舟の母中将は「あてなる人」としての薫をかいま見て感嘆し、次のような感想を抱いた。

天の川を渡りても、かかる彦星の光をこそ待ちつけさせめ、わがむすめは、なのめならん人に見せんは惜しげなるさまを、夷めきたる人をのみ見ならひて、少将をかしこきものに思ひけるを、悔しきまで思ひなりにけり。

⑥東屋巻・五四頁

ここにも『伊勢物語』一〇段に見られたような「あてなる人（東屋巻ではなのめならん人）」と結婚させたい、「夷めきたる人」すなわち東国の田舎じみた人ばかりを見ていたために、少将風情の者をたいした者と思っていたなんて、という中将君の感懐が描かれている。浮舟の物語は薫によって大君の形代として位置づけられて出発したが、この浮舟の歌は東国で育った娘を都人と結婚させるという母親の願いが失敗するという物語を先取りするものでもあった。

だが小野の浮舟は、都にいた時と東国のとらえ方に変化が生じている。三条の小家にいたときは、「賤しき東声したる者どもばかりのみ出で入り」と東国を蔑み、中の君のいる二条院を恋しがっているが、入水後、命をとりとめて小野里で過ごす彼女は、次のように感じている。

　　秋になりゆけば、空のけしきもあはれなるを、門田の稲刈るとて、所につけたるものまねびしつつ、若き女どもは歌うたひ興じあへり。引板ひき鳴らす音もをかし。見し東国路のことなども思ひ出でられて。

⑥手習巻・三〇一頁

門田の稲を刈り取るというので、下働きの若い女たちが田夫のまねをして歌を歌い興じている。引田を引き鳴らす音も面白く聞こえてくる。幼少の頃暮らしていた常陸の国のことがなつかしく思い出されて浮舟の心を和ませるのであった。東国の田園風景に心惹かれるというのは、浮舟が都や都の人々を相対化し、そのことがそのまま自らの存在証明になっていることを示してる。そして最初の歌で、

　　ひたぶるにうれしからまし世の中にあらぬところと思はましかば

⑥東屋巻・八四頁

「あらぬところ」と詠んだ、その「あらぬところ」とはこの常陸の国の雰囲気にも似た小野の里であったとおぼしい。

そもそも「あらぬところ」とは、出家した女三の宮が父朱雀院に向かって詠んだものであった。浮舟の最初の歌は憂き世を離れた別世界である「あらぬところ」があればと願っている。この表現は朱雀院が出家後の女三の宮に宛て

た歌、

世をわかれ入りなむ道はおくるとも同じところを君もたづねよ

に対して、

うき世にはあらぬところのゆかしくてそむく山路に思ひこそ入れ　④横笛巻・三四七～八頁

という歌に見えるものであった。女三の宮が父院のいる山路に入ってしまいたいとするので、源氏は「うしろめたげなる御気色なるに、このあらぬ所もとめたまへる、いとうたて心憂し」と面目を潰されて不満気である。

「あらぬところ」は、

世の中にあらぬ所も得てしかな年ふりにたる形隠さむ　拾遺集・雑上・五〇六

こひわびてへじとぞ思ふよのなかにあらぬところやいづこなるらむ　好忠集・五三三

といった例があるが、これらの歌の「年ふりにたる」も「こひわびて」もいずれも女三の宮の状況とは一致しない。それよりも、浮舟と女三の宮が同じ表現を共有することに注目したい。

女三の宮はすでに出家しているが、浮舟はまだ物語に登場したばかりである。それなのに最初の歌から憂き世とは別の「あらぬところ」を求めている。女三の宮は密通後に出家しているが、浮舟は物語に登場したその時から「あらぬところ」を求めているのである。「あらぬところ」という表現は用例が少なく、それゆえにインパクトの大きい語だといえよう。女三の宮の場合には父娘の間で交わされた歌であり父娘の心は通じあっているが、これを傍らで聞いている源氏は前掲のごとく「このあらぬ所もとめたまへる、いとうたて心憂し」と思っている。源氏は女三の宮の出家の時もそうだったが、この時も父娘から疎外されている。さらに女三の宮歌は父娘の間で交わされ、浮舟の場合は母娘の間で交わされた点で類似しており、女三の宮と共通するということは、のちの出家の伏線になっていると考え

られる。母中将の君は、

うき世にはあらぬところをもとめても君がさかりを見るよしもがな　⑥東屋巻・八四頁

とみえるように、やはり浮舟の「あらぬところ」を受け止めて応じている。しかし母にとっては浮舟のありかたはあくまでも「盛り」の姿なのであって、浮舟の言う「あらぬところ」とは何かということには全く理解が及んでいない。もちろん浮舟自身も、出家を意味するなどとわかっていたわけではないが、少なくとも浮舟にとって「あらぬところ」とはどこか、浮舟が最終的にたどりつく場所はどこかという謎を読者に投げかけたものであろう。物語が浮舟にこのような歌を詠ませたのは、女三の宮同様、密通して出家するという物語の展開を暗示するものだったのではあるまいか。

〔注〕

1　鈴木裕子「浮舟の独詠歌——物語世界終焉へ向けて」(『東京女子大学　日本文学』95号室伏信助教授記念号、二〇〇一年三月)

2　「飽かざりし匂ひ」および「袖ふれし人」は匂宮か薫、あるいは両者かで従来見解が分かれ、定説をみない。『玉上評釈』『全集』『集成』『新大系』『新全集』はいずれも匂宮説、新しい論では、金秀姫「浮舟における嗅覚表現——「袖ふれし人」をめぐって」(『国語と国文学』二〇〇一年一月)がある。薫説には『湖月抄』、小林正明「最後の浮舟」(『物語研究』新時代社、一九八六年)、吉野瑞恵「浮舟と手習——存在とことば」(『むらさき』二四、一九八七年七月)、藤原克己「源氏物語の文体・表現と漢詩文」(『源氏物語研究集成第三巻　源氏物語の表現と文体』風間書房、一九九八年)などがある。なお高田祐彦は「梅の香に喩えられるのは圧倒的薫が多く、匂宮は——中略——むしろ梅を賞美する人」(「浮舟物語と和歌」『源氏物語の文学史』東京大学出版会二〇〇三年)として薫説をとる。両者共とする説としては、『細流抄』『岷江入楚』、池田和臣「手習巻物怪考——浮舟物語の主題と構造」『源氏物語表現構造と水脈』(武蔵野書院、二〇〇一年)、三田村雅子「方法としての「香」」

『源氏物語　感覚の論理』（有精堂、一九九六年）などがある。なお近年の論考に藤原克己「袖ふれし人」薫か匂宮か―手習巻の浮舟の歌をめぐって―」（『国際学術シンポジウム源氏物語と和歌世界』新典社選書19、二〇〇六年）は、諸説を整理し精緻な読みを展開した上で、「誰の匂いなのかが曖昧にされていることが、むしろ重要」なのだと説く。というのは、「限定視点の語り手が作中人物を不透明化することで、作中人物の現前性が高まる」からだとする。

3　本書第24章「尼姿とエロス―源氏物語における女人出家の位相」参照。

4　鈴木裕子は浮舟が詠む二首目の歌について、「またぶり」という表現には「つれづれのエネルギーを増大しつつある浮舟の「恋」の欲望のありようが暗示される」として、浮舟の、無意識かも知れないものの能動的な姿勢を読み取っている。（「浮舟の和歌について―初期の贈答歌二首の再検討」『中古文学』五七、一九九六年五月）

5　本書第29章「源氏物語における采女伝承」参照。

6　三田村雅子（「方法としての香」『源氏物語感覚の論理』有精堂一九九六年）は、「共通して梅の香によって過去を呼び起こし、取り戻す文脈を語って酷似している」と説く。

7　飯塚ひろみ「「袖ふれし」歌と〈紅梅〉」『源氏物語歌ことばの時空』（翰林書房、二〇〇一年）。なお「袖」の歌は次の五首である。

ア　涙をもほどなき袖にせきかねていかに別れをとどむべき身ぞ（匂宮への返歌）　浮舟巻一三六

イ　つれづれと身を知る雨のをやまねば袖さへいとどみかさまさりて（薫への返歌）　浮舟巻一六一

ウ　心には秋の夕をわかねどもながむる袖に露ぞみだるる　独詠　手習巻三二七

エ　袖ふれし人こそ見えね花の香のそれかとにほふ春のあけぼの　独詠　手習巻三五六

オ　尼衣かはれる身にやありし世のかたみに袖をかけてしのばん　独詠　手習巻三六一

8　近藤みゆき「男と女の『ことば』の行方」『源氏研究』第9号、（翰林書房、二〇〇四年四月、のち『王朝和歌研究の方法』笠間書院、二〇一五年所収）

9　久富木原「天界を恋うる姫君たち―大君・浮舟物語と竹取物語」『源氏物語歌と呪性』（中古文学研究叢書5、若草書房、一九九七年）

10　本書第19章「浮舟―女の物語へ―」参照。
11　注4参照。
12　「ひたぶるに」には次のような歌も見られる。少々、長くなるが、浮舟の歌とかかわると思われるので、以下に記しておく。
カ　ひたぶるに思ひなわびそふるさるる人の心はそれぞよのつね　後撰集・八三〇
キ　うけれども悲しきものをひたぶるに我をや人の思ひすつらん　後撰集・一二〇三
ク　ひたぶるにしなばなにかはさもあらばあれいきてかひなき物思ふ身は　拾遺集・九三四
ケ　ひたぶるにきえばきえなむ露の身のたまともならずおきまがふらん　伊勢集・三三八
コ　うしとおもふよをひたぶるにそむきなばなにいまさらにときもとむらむ　大斎院前御集・二八六
クは、下句に「いきてかひなき物思ふ身は」とあり、入水に至る浮舟の心情と重なるものがある。ケもまた、「露の身の玉ともならずおきまがふらん」とあり、「ひたぶるに」という語が身の置き所のない状態と繋がっていることが知られる。「うしとおもふよをひたぶるにそむきなば」とある5は、出家する浮舟の姿を連想させる。
こうして「ひたぶるに」は先行する和歌の世界では、生死にかかわる歌や出家の歌に関連しているが、カとキもまた、「人の心」「人の思ひ」が詠まれている点で注目される。「人の心」は移り変わっていくものだから嘆かないように、あるいは人が自分を忘れ去ってしまうことがつらく悲しいというのであるが、これは浮舟がもう一首詠む反実仮想の歌と一脈通ずるものがある。

心をばなげかざらまし命のみさだめなき世と思はましかば　⑥浮舟巻・一二三頁

これは匂宮と浮舟が春のひと日を酔いしれる場面での匂宮の、

長き世を頼めてもなほかなしきはただ明日知らぬ命なりけり

という歌に和したものである。行く末長くと願っても人の命は明日のことさえわからないとするのに対して、浮舟は人の心の定め難さを嘆かないではいられません、この世で不定なのは命だけだと思っていいのだとしましたら、と応じている。浮舟は匂宮との恋の最中に、不定なのは命だけでなく、人の心もまたかわりやすく、あなたもいつか私を忘れるのではないかと訴えているのである。

第24章　尼姿とエロス ―源氏物語における女人出家の位相―

一、「赤くにほふ」類 ―尼姿の浮舟―

『源氏物語』には尼姿の浮舟がかいま見される印象的な場面がある。

薄鈍色の綾、中には萱草など澄みたる色を着て、いとささやかに、様体をかしく、いまめきたる容貌に、髪は五重の扇を広げたるやうにこちたき末つきなり。こまかにうつくしき面様の、化粧をいみじくしたらむやうに、赤くにほひたり。行ひなどをしたまふも、なほ数珠は近き几帳にうち懸けて、経に心を入れて読みたまへるさま、絵にも描かまほし。⑥手習巻・三五〇～一頁

小野の妹尼のかつての娘婿である中将が妹尼にせがんで「障子の掛金のもとにあきたる穴」からかいま見た時の様子である。浮舟の美しさは格別だが、それは中将という中流の身分の男の審美眼に帰せられるものではない。浮舟を初めてかいま見た折の薫は大君そっくりだと感涙にむせんでおり（宿木巻）、また匂宮も浮舟に魅せられて即座に「衣の裾」を捉えている（東屋巻）。

だがここで注目すべきは、中将は薫も匂宮も見たことのない尼姿の浮舟を目の当たりにしているということである。その姿は傍線部分のように、「いまめきたる容貌」で「髪は五重の扇を広げたるやうに」豊かで、顔は「化粧を

いみじくしたらむやうに、赤くにほひたり」と描写されており、若紫巻のかいま見場面とよく似ている。あまりにも有名な条だが、該当箇所を掲げる。

中の柱に寄りゐて、脇息の上に経を置きて、いとなやましげに読みゐたる尼君、ただ人と見えず。四十余ばかりにて、いと白うあてに痩せたれど、つらつきふくらかに、まみのほど、髪のうつくしげにそがれたる末も、なかなか長きよりもこよなういまめかしきものかな、とあはれに見たまふ。

きよげなる大人二人ばかり、さては童べぞ出で入り遊ぶ。中に、十ばかりやあらむと見えて、白き衣、山吹などの萎えたる着て走り来たる女子、あまた見えつる子どもに似るべうもあらず、いみじく生ひ先見えてうつくしげなる容貌なり。髪は扇をひろげたるやうにゆらゆらとして、顔はいと赤くすりなして立てり。

①若紫巻・二〇六頁

若紫と尼姿の浮舟は共に美しい髪に加え、頬も赤く上気している。さらに浮舟は若紫のように走り回っているわけではないのに、身体の内側から生気が溢れ出しているかのようだ。「化粧をいみじくしたらむやうに」という描写には「尼姿は性の否定」(注1)という制約を突き抜けたエロスが発現する。

それにしても浮舟の顔はなぜ赤いのだろうか。この時浮舟は「経に心を入れ」、しかも「数珠は几帳にうちかけ」たままであった。浮舟は経典に語られるドラマによみふけり、そこに没入し、その登場人物になりきって次々に起こる劇的な物語を自分の身に引き受ける姿を映し出し、経典というドラマをリアルに生きているのかも知れない。(注2)その興奮が少女のように顔を上気させているのではないか。だが浮舟には外に三例、「顔を赤らめる」描写がある。これらを見ると教典への没入とは別の可能性も浮かびあがってくる。

初めの例は浮舟が匂宮と通じていることを知った薫が浮舟を詰問する手紙を届けた時、浮舟は宛先が違うととぼけて返してしまった。ところが右近はそれを途中で開けて見てしまい、浮舟に薫が密通の事実を知ってしまったのですねと告げた。浮舟が顔を赤らめるのはこの時である。

(1) 右近来て、「殿の文は、などて返したてまつらせたまひつるぞ。ゆゆしく、忌みはべるなるものを」、「ひが事のあるやうに見えつれば、所違へかとて」とのたまふ。あやしと見ければ、道にて開けて見けるなりけり。よからずの右近がさまやな。見つとは言はで、「あないとほし。苦しき御事どもにこそはべれ。殿はもののけしき御覧じたるべし」と言ふに、おもてさと赤みて、ものものたまはず。文見つらむと思はねば、異ざまにて、かの御気色見る人の語りたるにこそはと思ふに、「誰かさ言ふぞ」などもえ問ひたまはず、この人々の見思ふらむことも、いみじく恥づかし。⑥浮舟巻・一七七〜八頁

薫に知られたことを右近に指摘され、さらに周囲の女房たちが皆、匂宮とのことを知っていると思うと、浮舟は恥ずかしくてしかたがないのである。

また手習巻の出家の少し前には次のような場面がみえる。

(2) はかなくて世にふる川のうき瀬にはたづねもゆかじ二本の杉

と手習にまじりたるを、尼君見つけて、「二本は、またもあひきこえんと思ひたまふ人あるべし」と、戯れ言を言ひあてたるに、胸つぶれて面赤めたまへるも、いと愛敬づきうつくしげなり。⑥手習巻・三二四頁

浮舟の手習歌を見て、妹尼が恋しい人がいるのでしょうと言い当てたので、浮舟は「胸つぶれて面赤め」ている。さらに「二本」という言葉は浮舟に恋人がふたりいたことを無意識に示すから、ますます恥ずかしく当惑するのである。

もう一例は夢浮橋巻で「なにがしの僧都」からの手紙で妹尼が薫との関係を知る場面である。

(3)（僧都の手紙を読んで）これは何ごとぞと尼君驚きて、こなたへもて渡りて見せたてまつりたまへば、面うち赤みて、ものの聞こえのあるにやと苦しう、もの隠ししけると恨みられんを思ひつづくるに、答へん方なくてゐたまへるに、　⑥夢浮橋巻・三八五頁

ここでもやはり、男君との関係を知られて顔を赤くしている。

「顔を赤くする」のは浮舟を除くと一〇例みえるが、特に注目されるのは朧月夜の二例である。(注3)

(4)尚侍の君いとわびしう思されて、やをらゐざり出でたまふに、面のいたう赤みたるを、なほやましう思さるるにやと見たまひて、「など御気色の例ならぬ。物の怪などのむつかしきを。修法延べさすべかりけり」とのたまふに、薄二藍なる帯の御衣にまつはれて引き出でられたるを見つけたまひて、あやしと思すに、また畳紙の手習などしたる、御几帳のもとに落ちたりけり。　②賢木巻・一四五頁

(5)女君、顔はいとあかくにほひて、こぼるばかりの御愛敬にて、涙もこぼれぬるを、よろづの罪忘れて、あはれにらうたしと御覧ぜらる。　②澪標巻・二八〇～一頁

(4)は右大臣邸での源氏との密会場面であり、(5)は朱雀帝が源氏と自分を比べつつ、それでも朧月夜に対する限りない執着心について話すのを聞いている場面である。つまり朧月夜は源氏との交情あるいはそれが問題にされる条において顔を赤らめているのである。特に(4)では瘧病の熱に加えて、源氏との逢瀬による心身の高ぶりによって顔が上気しているのであろう。(5)は朱雀帝に対して恥ずかしく申し訳ないという感情によるが、それもまた源氏との交情ゆえである。このような交情を(4)では父大臣に見とがめられ(5)では朱雀帝にとがめられているから、結局のところ異性関係が顔を赤らめさせる原因になっている。

以上の用例を見ると、朧月夜も浮舟も異性との交情が話題となっている時、身体がそれに反応して「顔が赤くな

る」状態を引き起こすことがわかる。最初に挙げた尼姿の「赤くにほふ」頬もこれに準じて考えてよいのではなかろうか。特に浮舟の場合、出家の前後を問わない。ちなみに尼姿の浮舟には我知らず過去に交情のあった男性をその身に感じてしまう場面がある。紅梅の香りが匂ってきて、その枝を折らせる条で、エロスの匂いたつような瞬間を詠んでいる。

袖ふれし人こそ見えね花の香のそれかとにほふ春のあけぼの　⑥手習巻・三五六頁

浮舟の身体にはふとしたきっかけでエロスが表面化するのである。

二、尼の性

行いすました尼が、その臨終の時に「まらがくるぞや」と叫んで死んでいった話がある（古今著聞集巻一六・五二二話）。性欲は生きている限りつきまとうが、それは命ある者の証だともいえよう。「経に心を入れて」いるように見える浮舟だが、実は異性との交情を生々しく実感している場面かも知れないのである。『源氏物語』は浮舟を描くにあたって尼の性の問題を採り上げようとしているらしい。

さてここで、尼を見る先例としての若紫巻のかいま見の特殊性について述べておこう。尼君・若紫のふたりをかいま見するのは、『源氏物語』のかいま見場面では外に例を見ない。主要な人物のかいま見場面には尼姿の例はなく、また少女の例もないからである。さらに原則として、かいま見された女君はかいま見した男性と契りを結ぶ。つまり『源氏物語』におけるかいま見は、性愛の対象としての成人女性を見るのである。ではなぜ若紫巻では尼と少女のかいま見が描かれるのか。それはこのかいま見がすぐ後に語られる藤壷との密通場面と表裏の関係において語られているからだ。尼と少女という犯すべからざる対象をかいま見させた後、物語は父帝の后・藤壷との密通場面を用意する。源氏は尼・少女を犯すことはないが、王権を侵犯するのである。若紫巻の、一見うららかな春の夕暮れのかいま見場面は、藤壺との密通を予告すると同時にそれと表裏の関係にあるものとして構造化されている。さらに密通場面の後には若紫の寝室に侵入して一夜を明かすなど、少女を犯すスレスレの場面も展開する。

従って浮舟かいま見場面もまた、若紫かいま見場面に酷似することによって、この後に禁忌を犯すような展開になることが推測される。それは語られないままに物語は終焉を迎えるが、若紫巻と違って老境にさしかかった尼でもなく少女でもない、成人した尼をかいま見るのは重要なのである。尼が性愛の対象になっているからである。しかも若紫巻において少女に託された表現は浮舟に重ねられている。つまり浮舟は尼姿のまま犯される恐れがあるのだ。[注4]「いみじく化粧をしたらむやうに」上気した顔に生気を漲らせている浮舟は、それを挑発するかのようだ。

出家者のエロスに関していえば『源氏物語』では僧が物の怪となって女に取り憑くという例がある。宇治の大君がそうであったし、浮舟の場合も大君を取り殺したこの憎が入水へと導いたのであった。入水時に浮舟はこの僧を「清げなる男」として認識しており、生前の僧のエロスが死後に物の怪となって発動していることがわかる。しかし亡くなった尼が取り憑くという話は『源氏物語』には見えない。また尼になっても色香を漂わせる描写も見当たらない。わずかに前述の若紫の祖母尼君が「いまめかしい」魅力を漂わせているだけである。

これに対し、浮舟は「いまめかし」さはもちろんのこと、出家してもなお美しい髪や赤い頬といった少女のようでしかも艶やかな輝きを保ち続けている。それは単にヘアスタイルが少女のそれと同じというにとどまらない。浮舟の髪はとりわけ剃髪時にそのエロスを発散させる。横川僧都に浮舟の髪を削ぐよう命じられた阿闍梨は「几帳の帷子の綻び」から浮舟自ら掻き出す髪に圧倒されて、鋏を持ったまましばしためらうほどであった。[注5]

（僧都）「いづら、大徳たち。ここに」と呼ぶ。はじめ見つけたてまつりし、二人ながら供にありければ、呼び入れて、（僧都）「御髪おろしたてまつれ」と言ふ。げにいみじかりし人の御ありさまなれば、うつし人にては、世におはせんもうたてこそあらめと、この阿闍梨もことわりに思ふに、ア几帳の帷子の綻びより、御髪をかき出したまへるが、いとあたらしくをかしげなるになむ、しばし鋏をもてやすらひける。―中略―「流転三界中」など言ふにも、断ちはててしものをと思ひ出づるも、さすがなりけり。イ御髪も削ぎわづらひて、「のどやかに、尼君たちしてなほさせたまへ」と言ふ。額は僧都ぞ削ぎたまふ。

⑥手習巻・三三八〜九頁

扇を広げたような浮舟の髪はこのようにして削がれたのだったが、その髪は削がれてなお、というより削がれた後、かえって生命の輝きを増していく。そして若紫の場合にもまた「髪削ぎ」の場面はあった。若紫を伴って葵祭の見物に出かける源氏が「君の御髪は我削がむ」と言って髪削ぎをしているが、（葵巻）その時、源氏は若紫の豊かな髪を「削ぎわづら」うのである。同様に阿闍梨も浮舟の髪を「削ぎわづら」っているのが、傍線部イにみえる。

尼姿の浮舟の豊かで美しい髪と髪削ぎの場面は、若紫巻に意識的に重ね合わせながら描かれている。そしてそれぞれの「髪削ぎ」は前者は源氏だけの妻となるべくエロスを封じ込め。後者では逆にエロスが引き出されていく。「経に心を入れて」読みふける浮舟は「化粧をいみじくしたらむやうに」美しく、男の心をつかんで放さない。浮舟は出家によって「人形」から生気あふれる血の色をその身に取り戻した。（注6）浮舟においては出家それ自体がエロスを強烈に発現させていくのである。それゆえに浮舟の出家生活は極めて難しいものになるはずである。その上、はかばかしい後見のない身にはその困難は明らかであろう。

若紫巻で尼君が若紫の行く末を心配する条があるが、その尼君の心配は的中した。尼君亡き後、源氏は早速、若紫を盗み出したのだから。はかばかしい後見がないというのは、こういうことなのである。源氏は若紫を大切に扱ったが、それは明らかに少女誘拐であり二条院に連れて行かれた若紫は当初、恐怖におびえている。浮舟も小野の妹尼という当面の庇護者を失ったらどうなるであろうか。薫に奪い返されるか、中将のようにもっと身分の低い者に連れ去られるか、あるいはどこの誰ともわからぬ者の手に落ちるのか。浮舟の性は本人の問題だけでなく、浮舟を性的対象とする男の側から見ても寄る辺なくあやうい。夢浮橋巻で薫が抱く、誰か男に囲われているのではないかという疑念は、しばしば彼の俗物性に帰されるが、実は最も現実的な判断だった。

三、障子の穴　―俗世からの視線―

浮舟は今、小野の里にいる。入水未遂した浮舟を助けた「なにがしの僧都」の母尼と妹尼が小野に庵を結んでいるからである。そこで親身に介抱されて、ようやく元気を取り戻したのであった。

浮舟を助けた「なにがしの僧都」は源信僧都（恵心僧都）がモデルだとされている。源信は慈恵大師（良源）の弟子として、極楽往生するためのテキストである『往生要集』を著して当時の貴族たちに大きな影響を与えた。小野の里は比叡山延暦寺の麓にあたる地域で、西坂本の地にあたる。西口順子によれば、そこは東坂本と共に比叡山の里坊が集まっていた所で、高僧の母、たとえば最澄・空海・良源らの母たちの伝承が伝えられている。その多くは結界によって隔てられた山上の息子に会えない母のために、息子が山下に住まわせて孝養を尽くした話である。(注7)源信の話として伝わるものは諸書に見え、特によく知られている『今昔物語集』一五によれば、法華八講に呼ばれて賜った品を母に送ったところ、僧として勉学に努めることこそが本意だとの返事がきて源信は恥じ入り、以後、山籠もりを続けて母の臨終の時にようやく山を降りて対面したという。

この話では母は臨終の時まで逢わなかったというから、『源氏物語』に描かれた「なにがしの僧都」とその母の関係とは相違するが、先に記したような比叡山の麓、坂本の里房に母や姉妹が住んで孝養を尽くした話に類似している。おそらくは源信の伝承に他の高僧の伝承が付加される形で「なにがしの僧都」の一族の物語は描かれているのであろう。実際、源信の師、良源が比叡山の麓に住まわせた母は女性の信仰の対象となっている。(注8)

だが、「なにがし僧都」の母尼・妹尼の行動は、得意になって東琴を弾いたり浮舟を「障子の穴」から元の娘婿に見せたりするなど信仰の対象として伝えられた良源の母のような伝承とはかけ離れている。前節に挙げた尼姿の浮舟をかいま見する場面は、妹尼が浮舟の尼姿があまりにも美しいので、ましてや浮舟に懸想する男はどんな気持ちで見ることであろうかと「障子の掛金のもとにあきたる穴を教え」た上に、邪魔になりそうな几帳など引きのけておいてのぞき見させてやったとある。総じて小野里の母尼は「あはれの世界を相対化する」(注9)人物として描かれているが、妹尼も同様なのである。ここには里房に伝わる高僧の母たちの伝承を俗な世界へとずらしつつ相対化する眼差しがある。『源氏物語』は源信僧都をモデルにしながら、その高僧と一体化した母・妹という血族を俗物的な人間として描く。

辻博之によれば、中世には山門における房は妻帯世襲を前提とする父子相続で、山上の房は血縁によって相互に統合して同族的結合集団を形成し、山下の里房では所領は俗系の女子が伝領するという構造を持ち、妻子・俗人を抱え込み、家を形成し、武力を行使し、荘園を支配し、年貢の収納や運搬、あるいは商活動まで行って山上の生活を支えたという。(注10)母尼・妹尼の行動には、このような中世の里房に住む人々の生活の前段階としての一端がうかがわれる。

浮舟のヘアスタイルである尼削ぎは、完全剃髪とは異なり「見習い尼」の髪型であった。勝浦令子によれば、それは密通などに対する刑罰として髪を切られた姿とも類似しており、また髪の長さが身分を象徴する時代で、肩までの髪の長さは身分の低い女性と同じでもあったため、尼削ぎの尼は身分的にも不安定な状態にあった。このため後見がしっかりしていて経済的にも恵まれていた貴族女性を除くと、尼削ぎの女性が充実した宗教生活を送ることには困難が伴った。(注11)

このような観点から見ても、浮舟の出家生活がきわめて不安定なものであったことがわかる。そして浮舟を中将に配したいという妹尼の願望は、浮舟の若さと美貌を惜しむだけでなく、自分自身もまた中将の住む俗世間と交わりたい、そこに通じるパイプを持ちたいという欲望に支えられていたのではないか。「障子の穴」は中将が尼姿の浮舟をかいま見する手段であると共に妹尼が俗世間と交わるための手段でもあった。だから妹尼は「障子の穴」だけでなく、几帳まで押しのけてかいま見する場所を提供するのである。

浮舟の出家は『源氏物語』のどの女人の出家とも異なっている。藤壺や女三の宮、それに朧月夜は身分も高くしっかりした後見があって出家し、出家後の生活も安定していた。また空蝉のような中流階級の女君は源氏の庇護を受けて出家生活を送ることができた。浮舟もある程度の年齢を重ねていれば、性的対象であることを免れて、たとえば空蝉のように薫の庇護を受ける可能性があったかも知れない。しかし物語は、ここで全く前例のない展開を目論んでいる。尼姿の身体からは生身の女のエロスがあふれ出ているにもかかわらず、守ってくれる庇護者はいない。それどころか現在の庇護者は自らの欲望を重ね合わせて男との交渉の機会を創り出そうとしている。安定した出家生活を送ることのできた今までの女君とは全く異なる状況を描いていこうとしているのである。この難しい局面を浮舟はどのようにして乗り切っていくのか。

「障子の穴」は中将の目線の低さであると共に、妹尼やこれに庇護される浮舟の置かれた安定度の低さでもある。

四、「旅寝」する中将

かいま見する直前、妹尼と中将は次のような歌を交わしている。

（妹尼）木枯の吹きにし山のふもとにはたち隠るべきかげだにぞなき

（中将）待つ人もあらじと思ふ山里の梢を見つつなほぞ過ぎうき

歌に添えられた中将の言葉に注目したい。

「暇ありて、つれづれなる心地しはべるに、紅葉もいかにと思ひたまへてなむ。なほたち返り旅寝もしつべき木のもとにこそ」とて、見出だしたまへり。　⑥手習巻・三五〇頁

傍線部の表現は宿木巻の巻名の由来になった、

やどり木と思ひいでずは木のもとの旅寝もいかにさびしからまし　⑤宿木巻・四六二頁

という歌語をそのまま受けた表現であるから、中将は薫のふるまいを襲っていることになる。さらに「旅寝」の語は若紫巻で源氏が北山に行った時の、

初草の若葉のうへを見つるより旅寝の袖もつゆぞかわかぬ　①若紫巻・二一六頁

という歌語でもある。「旅寝」の歌語は源氏・薫という男主人公のみによって詠まれているのである。なお「旅寝」の語はもう一首、蜻蛉巻に「旅寝してなほこころみよ女郎花さかりの色にうつりうつらず」という弁の歌にみえる。これは薫の好き心を挑発する歌であり、「旅寝」の語が薫の恋と密接にかかわることがわかる。

また妹尼の歌も、

山おろしにたへぬ木の葉の露よりもあやなくもろきわが涙かな　⑤橋姫巻・一三六頁

という橋姫巻の薫の歌が詠まれた状況を想起させる。薫の場合は独詠だが「ほろほろと落ち乱るる木の葉の露の散りかかる」中を宇治へと急ぐ道中で詠まれたものである。そして中将も「紅葉のいとおもしろく、ほかの紅に染めましたる色々なれば」という風景の中を小野里にやってくる。さらに薫の「山おろし」の歌は源氏の、

吹き迷ふ深山おろしに夢さめて涙もよほす滝の音かな　①若紫巻・二一九頁

と薫詠を媒介にしつつ源氏の歌の系譜に連なっている。中将の歌は直接的に源氏詠とつながるわけではないが、「旅寝」の語「山おろし」「涙」という表現を響かせている。そして三者共それぞれ北山の僧都との対座、あるいは俗聖である八の宮との対座を予定したもの、さらに妹尼との対座という状況の中で詠まれている。しかも、それぞれの歌の直前、あるいは直後にかいま見場面が設定されている。さらにいうならば、若紫巻の源氏も橋姫巻の薫も中将で、尼姿の浮舟をかいま見するのも中将である。これは手習巻の中将が源氏・薫を受け継ぐ存在として設定されていることの証左であろう。

浮舟の相手は最初は少将で、次は薫・匂宮、最後は妹尼の元娘婿・中将なのである。常陸介・中の君邸・妹尼の庵と居所が変わるのに応じて、相手は居所に見合った男性に変化していく。中将との今後は描かれてはいないが、浮舟が妹尼の庵にいる限り、その懸想からは逃れられないことを予想させる。薫の求めに応じるか、さもなくば中将と妹尼の欲望にからめとられるか。中将のかいま見は単なる挿話ではないだろう。

薫が小野を訪れて空しく帰っていく場面は浮舟の視点から次のように描かれている。

小野には、いと深く茂りたる青葉の山に向かひて、紛るることなく、遣水の蛍ばかりを昔おぼゆる慰めにてながめゐたまへるに、例の、遥かに見やらるる谷の軒端より、前駈心ことに追ひて、いと多うともしたる灯ののどか

ならぬ光を見るとて、尼君たちも端に出でゐたり。　⑥夢浮橋巻・三八一〜二頁。

ちょうどこれと対照的に、やはり浮舟が向こうからやって来る人を見る場面がある。

端の方に立ち出でて見れば、遙かなる軒端より、狩衣姿色々に立ちまじりて見ゆ。山へ登る人なりとても、こなたの道には、通ふ人もいとたまさかなり。黒谷とかいふ方より歩く法師の跡のみ、まれまれは見ゆるを、例の姿見つけたるは、あいなくめづらしきに、この恨みわびし中将なりけり。　⑥手習巻・三四九頁

法師より外には通わぬ「谷」を通ってくるのは、薫と中将だけなのである。薫・匂宮の物語から薫・中将の物語へとずらされていることがよくわかる。

浮舟は果たして薫と中将のいずれにもからめとられずに「我も、今は、山伏ぞかし」（手習巻三四九頁）という境地を貫くことができるのか。物語は尼姿の浮舟に「化粧をいみじくしたらむやうに」上気するエロスを発散する女の身体を発現させて、新たな物語の可能性を問いかけている。(注12)

〔注〕

1　勝浦令子「尼削ぎ弥髪型から見た尼の存在形態」（『シリーズ女性と仏教尼と尼寺』平凡社、一九八九年）

2　猪俣ときわ氏のご教示による。

3　一〇例の内訳は朧月夜2、夕霧・惟光娘・玉鬘・女三の宮が各一で、うち六例が男女関係にかかわっている。残り三例はみっともないことを恥じ、もう一例は紫上が源氏に対して少女のような恥じらいを見せる条。

4　久保田淳「女人遁世」『中世文学の時空』（中世文学研究叢書、若草書房、一九九八年）には、尼が男と愛欲の関係を持つ種々の例を挙げ（七女性遁世者の性）、勝浦令子は右大臣顕光の娘元子が尼になってもまだ恋人を通わせていた例を紹介して

いる（注1参照）。『枕草子』に描かれる乞食尼に女房たちが「男やある」と問いかける話もよく知られており、中世の例になるが、『とはずがたり』では後深草院が尼になった二条の男性関係を疑っている。なお、浅見和彦は室町時代の『七十一番職人歌合』六七に尼僧の恋が詠まれていることから尼僧の恋は禁戒にふれるが誰しもが『懸想人』を持っており、尼僧の恋は決して珍事ではなかったとする。「中世文学に見る破戒の尼僧」（『解釈と鑑賞』特集「女性と仏教」二〇〇四年六月）

5　瀬戸内寂聴の短編小説「髪」および新作能「夢浮橋」は、この場面を基にした印象深い作品である。

6　小嶋菜温子は「かぐや姫」と対照させつつ「かぐや姫は、地上の身体の消去とともに、〈罪〉からも解放されたが、それに対して、浮舟は、〈空白の身体〉という身体性の残留によって、〈女の身〉ゆえの〈罪〉に縛られ続けている」と説く（「源氏物語に描かれた女性と仏教―浮舟と女の罪」（『解釈と鑑賞』二〇〇〇年三月）

7　西口順子「山・里・女人」『女の力―古代の女性と仏教―』（平凡社選書一一〇、一九八七年）

8　注6参照。および高僧の母の理想化については勝浦令子『古代・中世の女性と仏教』（日本史リブレット・山川出版社、二〇〇三年三月）

9　原岡文子「あはれの世界の相対化」『源氏物語の人物と表現―その両義的展開』（翰林書房、二〇〇三年）

10　辻博之「中世山門衆徒の同族結合と里房」（『大阪大学文学部　待兼山論叢』一三、一九七九年）

11　注7西口および注1勝浦論文参照。

12　京楽真帆子は「乞食尼」について「零落した女房の末路を暗示する存在」だとしつつも、一一世紀頃から生活手段を失った女性の命を救うのは得度ではなく「出家姿」という身体標識だったこと。まだ共同体による保証が成立していない平安京において自分の力だけを便りに生き抜く女性のたくましさの象徴だと捉えている（「平安時代の女性と出家姿」『ジェンダーの日本史上』東京大学出版会、一九九四年）で浮舟の時代にはこのような現実が横たわっていた。

第V部　源氏物語の表現とその機能

第25章　藤壺造型の位相 ―逆流する『伊勢物語』前史―

はじめに

藤壺という女君は光源氏最愛の人で、『源氏物語』のバックボーンをなす禁忌の恋の主人公である。帝妃でありながら帝の皇子として生まれた源氏の愛を受け容れ、その不義の子を帝位につけるという大胆な物語を生きるわけだが、このような構想はそれまでの日本の文学に列を見ない。いったい、どのようにしてこんな物語が紡ぎ出されたのか。

さまざまなアプローチがある中で、たとえば後藤祥子は義母との密通という物語の要素に着目して、通過儀礼としての継子物的受苦を読みとろうとする。(注1)継母による結婚妨害をモチーフとする女継子物語に対して、男継子が継母による誘惑によって受苦の運命をたどる男継子物語の系譜は日本にも西洋にも、そして当然のことながら、中国にもある。『源氏物語』では恋をしかけるのは源氏の方だが、継母との過ちによって男継子が流離するという点でたしかに話の基本形としては一致するのである。(注2)

藤壺との密通もまたこのような義母との恋の物語がその基底にあったと考えられる。しかし、やはりどうしても気になるのは、皇統を乱す物語が当の宮廷で書かれ、読まれていたということである。すでに実権は摂関家に移っていたとはいえ、制度的には天皇を王として仰ぎ、位置づける古代天皇制が存在していた時代に、こうした物語が創作され享受されるという契機ないし基盤をどこに求めればいいのであろうか。

このように考えるとき、『源氏物語』に多大な影響を与えた『伊勢物語』について考察することによって、何らかの糸口が見いだせるのではないかと思われるのである。藤壺の造型が『伊勢物語』におげる主要なテーマである二条后及び斎宮物語と格別に深い関係を持つのは言うまでもないが、藤壺と『伊勢物語』との関わりを注意深く見ていくことによって、『源氏物語』の抱え込んでいる問題が浮き彫りにされ、藤壺密通事件の持つ物語的な深さと歴史的な広がりの一端が明らかになるものと思われる。

一、伊勢物語と藤壺

『源氏物語』は『伊勢物語』から絶大な影響を受けており、いわばこの物語のバックボーンとしての役割を果たしていると言っても過言ではない。『伊勢物語』から得た源泉や素材がさまざまな箇所にちりばめられているのは言うまでもないが、特に重要なのは藤壺との密通や朧月夜との恋、またその結果としての須磨退去へと展開する構想の基軸に『伊勢物語』が据えられているということである。

石川徹は、夙に藤壺・朧月夜との恋は本質的に「帝の御妻をあやまつ物語」であり、二条后高子と業平との密通伝承と『花鳥余情』が伝える陽成帝の実父疑惑は、かたちの上では藤壺事件に、軽はずみな素行という点では朧月夜事件に分けて投影されたものと説いた。さらに若紫巻の藤壺との密通場面が『伊勢物語』六九段と密接な関連を持つことを指摘して、『源氏物語』の主軸に秩序を乱し禁忌の垣をも乗り越える昔男の生き方が深くかかわっていることに

も言及している。(注3)

このように光源氏が昔男の気概を持った人物として描かれ、そのことが『源氏物語』の主題に関与することは現在ではすでに周知の事実になっている。しかし、『伊勢物語』の問題を考えるときにさらに重要だと思われるのは、光源氏が昔男の面影を背負いつつ行動する存在であることが、ほかならぬ藤壺の言葉によって追認されるかたちになっているということである。即ち絵合巻において、藤壺は「業平が名をや朽たすべき」という平内侍の言葉を再度強調して自ら「在五中将の名をばえ朽さじ」と発言し、さらに歌を詠んでこれを勝ちとする判定を下している。(注4)有名な場面だが、その折の状況を簡単に記しておこう。

源氏を養父とする斎宮女御は先に入内していた弘徽殿女御とともに帝の寵愛を二分したが、絵画を好む帝は絵に堪能な斎宮女御の方に次第に惹かれていった。そこで弘徽殿方も負けじと物語絵を収集し、帝の歓心を買おうと躍起になり、物語絵合が行われることとなった。最初は藤壺を判者としてその御前で行われたが、双方から『伊勢物語』と『正三位』が出されて勝敗決しがたいとき、藤壺は自ら「在五中将の名をばえ朽さじ」と言って『伊勢物語』に軍配を挙げて決着をつける。そしてあらためて帝の御前での絵合が催されることになり、そこで源氏の須磨の絵日記が出されて源氏方が圧勝するわけだが、その後、源氏はこの絵日記を藤壺に献上する。この条には、

かの浦々の巻は中宮にさぶらはせたまへ　②絵合巻・三九一頁

と記され、さらに絵合以前に紫上と一緒にこの絵日記を眺める場面にも、

(この絵日記は) 中宮ばかりには見せたてまつるべきものなり　同・三七八頁

という源氏の心情を基調とした叙述がなされている。須磨の絵日記はほんとうは「中宮ばかり」即ち藤壺だけに見せるべきものであって、だからこそ絵合の後、藤壺に献上されたのであった。(注5)須磨の絵日記は源氏と藤壺のふたりだけ

が共有する秘密そのものだったのである。つまり藤壺は『伊勢物語』の主人公をたたえることによって、源氏が昔男のありかたを襲う存在であることをここではっきりと宣言しているのである。

光源氏はこのようにして、藤壺によって『伊勢物語』を生き直す主人公としてあらためて確認される。と同時に帝の妻をあやまち、流謫の日々を送った源氏もまた、そのことを象徴する須磨の絵日記を藤壺その人にのみ見せるべきものと考え、藤壺に献上した。つまり源氏と藤壺との密通は『伊勢物語』の主要なテーマを踏まえながら展開していき、絵合巻でそのことがあらためて、そしてはっきりと追認されるという構成になっているのである。そして藤壺が自ら発言し判定を下すことで、『伊勢物語』を生きるのは光源氏だけではなく、藤壺自身の生もまた、源氏同様に『伊勢物語』のテーマに沿っていたことが示されていることになる。源氏と藤壺は密通という秘密を共有しつつ、ともにその秘密を守り抜くという意志を強く持って『伊勢物語』の世界を生きているのである。

ところで石川徹の指摘にもあったが、藤壺だけでなく朧月夜との恋もまた「帝の妻をあやまつ物語」なのであり、藤壺物語あるいは藤壺の人物造型を考えるとき、朧月夜もまた同時に考えていく必要がある。ちなみに朧月夜と藤壺は呼称の点から見て、物語の女君たちの中ではともに独特の存在だということができる。藤壺は「かかやく日の宮」と呼ばれ、朧月夜の方は「有明の君」と呼ばれているからである。

このように日もしくは月をその呼称として持つ人物は、藤壺と朧月夜しかいない。(注6)この点だけをとってもこれらふたりの女君には、人物造型の上でなんらかの共通性なり対照性なりのあることが予想される。

そもそも、藤壺と朧月夜とは『伊勢物語』六九段の斎宮の物語がその造型の基底にある。斎宮と昔男とが交わす歌は若紫巻の藤壺と源氏の密会の歌に反映されており、朧月夜の場合には花宴の出会いの描写の時点から活かされている。このふたりの女君たちとの出会いはあたかも縄をなうように交互に語られ、またいずれも六九段の歌のキイ・

ワードである「夢」が織り込まれて語られるのである。(注7) このふたりの女君たちとの恋は源氏物語において最も禁忌性の強い恋であり、源氏の須磨流離にしても、朧月夜がその直接的な原因となり、藤壺との密通はその深層の原因とされるのも、(注8) ふたりの人物が斎宮との密通という同根の物語から派生することによる。とすれば、斎宮は天照大神に仕える巫女であるが、伊勢神宮には天照大神とともに月読命も祀られ、日と月はともに皇統にたとえられるから、斎宮の面影を持つ朧月夜が、日と月の両方の表現にかかわるのもゆえなしとしない。即ち朧月夜の歌を口ずさみ、「有明の月」の呼び名が冠される女君は勿論のこと、藤壺が「かかやく日の宮」という呼称を与えられているのもまた、斎宮の物語との関連性をも考えるべきではないかと思われるのである。「ひのみや」という呼称については準拠というレベルでは尊子内親王などが説かれているが、(注9) 物語的な想像力という点からすれば、六九段の斎宮、つまり天照大神に仕える巫女の物語を背負った藤壺は当然「かかやく日の宮」でなければならなかったのだといえよう。

源氏は単に帝妃というだけではなく、日と月をその呼称に持つ藤壺と朧月夜をこそ犯す宿命にあったのだといえよう。そして、尚侍としての朧月夜が斎宮の役割とその物語を背負っていることを考え併せれば、源氏の犯したものは究極的には天照大神という日の神なのだということになろう。「かかやく日の宮」即ち藤壺は、その呼称自体が日の神を連想させる。藤壺と朧月夜（有明の君）の呼称は日と月に分かれるが、本質的にはふたりとも「ひるめ」につながる日の神を幻視させるのである。そうした日の光のイメージを包含し、「かかやく日の宮」と呼ばれる藤壺だからこそ最も聖なる禁忌の恋の主役になり得たのである。(注10)

藤壺の和歌においても、最初の若紫巻の和歌と最後の絵合巻の歌に『伊勢物語』との緊密な関係が認められ、川島絹江が指摘するように首尾呼応するかたちになっている。藤壺には十二首の歌があるが、川島論文はそのすべての和歌について分析しつつ、藤壺の和歌を有機的に関連づける。その上で川島論文は、

源氏
見てもまたあふよまれなる夢の中にやがてまぎるるわが身ともがな

藤壺
世がたりに人や伝へんたぐひなくうき身を醒めぬ夢になしても

①若紫巻・二三一〜二頁

という密通時の歌が六九段に拠っているのは「虚構の人物を実在の人物に仕立てるための一つの方法であった」と結論づける。(注11)

氏は当時、『伊勢物語』は在原業平の秘話を伝える史実として享受されていたこと、さらに六九段も実話であり、この一夜の契りで生まれたのが高階師尚だとする言い伝えが信じられており、藤壺は自らの密事がまさしくこのような「世がたり」として広まることを恐れたのだと説き、『源氏物語』の作中人物自身にとっても、『伊勢物語』が前提としてあって、藤壺は「世がたり」される事態を避けるべく我が身を律していくのだとするのである。そして、なぜ六九段なのかとして、『伊勢物語』第一の秘事ということのほかに、「六九段の昔男と斎宮は一夜のはかない契りを結んだだけで、その後再び逢うことはできなかった。光源氏と藤壺も始めての密通ではないにしても、この密通以後契りを結ぶことはない。」という理由を挙げる。読者は六九段を連想することによって、源氏と藤壺との恋の行方が暗示されて、ふたりはこの後もう逢うことはできないのではないかという思いを抱かされるのだと説くのである。

藤壺が登場人物として、『伊勢物語』という物語をただなぞっていくのではなく、いわばあらたに生き直して自分の物語を創っていくというのはその通りであろう。しかし、なぜ六九段なのかという理由については、右の説明のほかに、次のようなことが考えられるのではないかではないか。まず、六九段を連想させる場合、もうふたりは逢えないのだと読者にアピールするのだとすれば、朧月夜の場合はどうなのであろうか。花宴巻で源氏と初めて出逢う場面は、まさしく六九段において、おぼろなる月の下、斎宮が男の許を訪れるところを彷彿とさせる。朧月夜もまた伊勢の斎宮の面影を色濃く宿しており、あまつさえ宮中における斎宮に比定される尚侍でもあるが(注12)、朧月夜との恋は、この後ますます情熱的に展開していく。従って六九段を連想させることがそのまま、以後の逢瀬がないことの暗示もしくは伏線になるとはいえないのである。

そしてなぜ藤壺に六九段の投影が見られるのかと考えるとき、この段が『伊勢物語』の中で、最大の禁忌の恋だからという理由のほかに、斎宮と昔男との間に子が生まれるという伝承がある点も重要なのではなかろうか。ふたりの間の子として伝えられる実在の人物が存在するという「世がたり」があり、そのために高階氏を外戚に持つ定子皇后の皇子の立太子が阻まれるという同時代の現実があるということ(注13)自体、単に「虚構の人物を実在の人物に仕立てるための一つの方法」(川島論文)であっただけではなく、むしろ、秘密の子をなすという伝承をもつ斎宮の物語を背負うために、藤壺においてはより積極的に六九段が選ばれなければならなかったのではないか(注14)。史実として考えられていた斎宮の血筋は、まさしく『源氏物語』と同時代に皇統から外され、逆に物語の不義の子は天皇になる。この現実との対比が物語にますます緊迫感を与えていくのである。

ところで、藤壺と『伊勢物語』との結びつきは六九段・六五段といった斎宮・二条后関係の章段にとどまらない。玉上琢弥の指摘するように、密通のなされる若紫巻の構成と、『伊勢物語』初段とは緊密に響き合っている(注15)。「女はらから」をかいま見する初段と尼君と少女を見つけるという若紫巻の場面は対比的に描かれながら、初段の場面を彷彿とさせる手法が用いられており、それまで「若紫」という一語のかたちでの表現が若紫巻に見えず不審とされてきたことに対して、巻名自体もここに由来すると説いたのである。三谷邦明は、この玉上論をさらに進めて、北山でのかいま見の際に尼君と女房が唱和する歌が兄妹の近親相姦を暗示する『伊勢物語』四九段の章段を踏まえていることを指摘する。そしてこの四九段が初段の「女はらから」と同じ表現を持つことから、初段の「女はらから」もまた「男」の同母の姉もしくは妹と読める可能性があることを説いた。つまり、初段が四九段と結合することで、若紫巻は主題的にも近親相姦的な罪の世界を表出する新たな相貌を帯びてくるとするのである。さらに三谷は、北山で明石君の噂話を聞く場面に言及して、ここに「富士の山、なにがしの嶽」という表現が見えるが、それは『伊勢物語』八段の「浅間の嶽」や九段の「富士の山」といった東下りの場面を連想させ、それゆえに「流離」を暗示しているのだと説き、『伊勢物語』という「前本文(プレテキスト)」によって、「罪」の犯しに続き贖いとしての「流離」を算出しようとしているのだと読み解いている。(注16) 藤壺との密通及び流離は、『伊勢物語』を幾重にも重ね合わせることによって構成されているといえよう。特に初段の和歌にみられる「忍ぶのみだれ」は、三谷も説くように藤壺密通のキイ・ワードでもあった。

ともかく、密通の事実は外部に漏れることなく守られ、藤壺はこの秘事を守り通すために自ら「流離」することを選んだ源氏の労をねぎらうかのように、絵合巻の中で『伊勢物語』を引き合いに出して源氏の須磨の絵日記に軍配を挙げる歌を詠んだ。藤壺のこの行為は『伊勢物語』のテーマを生きたふたりの愛を確かめ、秘密が守り通されたことを確認するものでもあった。藤壺はこのようにして自らの生涯を締めくくって薄雲巻で亡くなるのだが、問題になるのはその崩御記事である。

二、「事の乱れなく」—藤壺崩御記事をめぐって—

薄雲巻における藤壺崩御は次のように記されている。

かしこき御身のほどと聞こゆる中にも、御心ばへなどの、世のためにもあまねくあはれにおはしまして、豪家にこと寄せて、人の愁へとあることなどもおのづからうちまじるを、(1)いささかもさやうなる事の乱れなく、人の仕うまつることをも、世の苦しみとあるべきことをばとどめたまふ。功徳の方とても、勧むるによりたまひて、いかめしうめづらしうしたまふ人など、昔のさかしき世にみなありけるを、(2)これはさやうなることなく、ただもとよりの財物、得たまふべき年官、年爵、御封のものの、さるべき限りして、まことに心深きことどもの限りをしおかせたまへれば、何とわくまじき山伏などまで惜しみきこゆ。をさめたてまつるにも、世の中響きて悲しと思はぬ人なし。殿上人などなべて一つ色に黒みわたりて、ものの栄なき春の暮なり。　②薄雲巻・四四七～八頁

右の傍線部⑴「いささかもさやうなる事の乱れなく」は、あきらかに⑵の「これはさやうなることなく」という部分と対になっている。そしてこの一対の表現は藤壺という人物の独自なありかたを浮かび上がらせる。田中隆昭は、この藤壺の崩御記事全体は六国史后妃伝の形式にならったものであるが、物語はその上で独自の藤壺像を描こうとしている(注17)と説く。たとえば波線部「世のためにもあまねくあはれにおはしまして」という箇所は光明子や正子内親王の、「太后仁慈、志在救物」（光明子）、「太后慈仁天至、済物在勤」（正子内親王）といった表現を言い換えたものだが、同時に、「これはさやうなることなく」とするのは、たとえば光明子よりもずっと質素であり、それなのにその慈悲の心は山伏のような人々に至るまであまねく伝わっていたということを印象づけている。身分や地位や財力や寵愛をいたずらに利用することなく、真に慈悲の心を持った人物として描き、今までのどんな后よりもすばらしい人であったと賛仰するのである。

とすれば、対句的表現のもうひとつ、「事の乱れなく」（傍線部1）の箇所も、同様に歴史上の后妃と比較しつつ藤壺を賛美する文脈をなすのだと考えられる。田中論文はこれについて「事の乱れ」のあった例として、「巧求愛媚。恩寵隆渥。所言之事。无不聴容。百司衆務。吐納自由。威福之盛。薫灼四方。属倉卒之際。與天皇同輦。」と記され

た薬子の伝が思い合わされたのであろうかとする。その可能性なきにしもあらずと考えられるのは、田中論文の引く右の『日本後記』弘仁元年九月十二日条よりも、その前に記された十日条の詔の記事の方によってである。そこには二重傍線部で示したように、「大乱」・「擾乱」の語が認められる。

詔曰。天皇詔旨止良麻勅御命乎。親王諸王諸臣百官人等天下公民衆聞食止宣。尚侍正三位藤原朝臣薬子者。挂畏柏原（桓武）朝廷乃御時尓。春宮坊宣旨止為氏任賜比支。而其為レ性不レ能所乎知食氏。退賜比去賜支氏。然物乎百方趁氏。太上天皇尓近支奉流。今太上天皇乃譲レ国給流閇大慈深志乎不レ知之氏己我威権乎擅為止之氏。非二御言一事乎御言止云々都。褒貶許止任レ心氏。曽无レ所二恐憚一。如レ此悪事種種在止毛。太上天皇乎親仕奉尓依氏思忍々都御坐。然猶不二飽足一止之氏。二所朝庭乎母言隔氏。遂尓波大乱可レ起。又先帝乃万代宮止定賜流閇平安京乎。棄賜比停賜之氏平城古京尓遷左牟止奏勧氏。天下乎擾乱百姓乎亡弊。又其兄仲成。己我妹乃不レ能所乎波不二教正一之氏。還恃二其勢一氏。以二虚詐事一。先帝乃親王夫人乎凌侮氏。棄レ家乗レ路氏東西辛苦世之牟。如レ此罪悪不レ可二数尽一。理乃任尓勘賜比罪奈閇賜布久閇有止毛。所思行有依氏。軽賜比宥賜比氏。薬子者位官解氏自二宮中一退賜比。仲成者佐渡国権守退比宣。天皇詔旨乎衆聞止宣。」

このように平安初期の大事件に関与した薬子と「乱れ」の語は分かち難く結びついているのである。後述するように、藤壺崩御の後に「乱れ」の語が連鎖的に繰り返し記されることを考えあわせれば、この崩御記事の「事の乱れなく」という一節は、藤壺の一生がまさしく「事の乱れ」を起こす危険性に満ち満ちた危ういものであったことを読者にあらためて思い起こさせるのではなかろうか。

玉上琢弥『源氏物語評釈』はこの崩御記事について、

藤壺の宮という人は、この物語の中心人物であり、光源氏の一生を支配した人である。政治家としての光る源氏も、恋愛人としての光る源氏も、すべて、藤壺の宮に支配されている。―中略―ところが、その宮が、この長い物語の中で正面きってあらわれるということはほとんどない。いつも御簾の奥にあるという感じで、直接的な行動や言葉はほとんど見られない。「若紫」の巻と「賢木」の巻ぐらいのものである。それだけにまた、ここの批評は読者に強い力を持つ。宮に直面したことのない読者には、この批評をそのままうけいれるしかないのだ。これは、作者が権力者に対する希望を述べたものであり、女院の理想像を描いたものであろう。

第四巻・一九四〜五頁

と述べている。

この崩御記事は、たしかに理想像を述べたものであろう。しかし、ただ単に藤壺を礼賛する目的であれば、光明子などの立派な后の伝に拠り、それ以上にすばらしい后であったことを称揚すれば十分なのではないか。后妃崩御伝の体裁をなすこの条で、あえて「事の乱れなく」と記して藤壺の密事を想起させるかのような仕掛けがなされているのはなぜなのであろうか。この崩御記事を直接的に皇統の乱れや世の乱れに結びつけるのは、強引の譏りを免れないであろう。しかし、ここでの「事の乱れ」の前後には皇統の乱れや国の乱れを連想させるに十分な記述が張り巡らされているのである。このことについては後述するが、いずれにしても后妃伝のスタイルからみたときに、薬子の伝が連想されるという田中論文の指摘は貴重だと思われる。

薬子と藤壺とでは身分にしても人物像にしても、あまりにも隔たりがありすぎる。しかし考えてみれば、薬子こそは藤壺が生涯背負ってきた『伊勢物語』前史に深くかかわっている。『伊勢物語』が奈良の都、春日の里を訪れる場面から始まるのは、業平が平城上皇の孫で、この物語の発端が上皇にあるからだということはよく知られている。薬子はその「奈良の帝」平城上皇の寵愛を受け、兄仲成とともに上皇の重祚を企て嵯峨天皇から皇位を奪い取ろうとした。(注18)だが、事はうまく運ばず、仲成は射殺され、薬子は毒をあおって自殺している。平城上皇は出家して事実上、奈良に幽閉されてその一生を終えた。しかし悲劇は上皇と薬子だけを襲ったのではなかった。この事件によって、上皇の皇子高丘親王は廃太子となり、これをもって上皇の系統は皇位継承から完全に排除されることとなったのである。

平城太上天皇の変（薬子の変）による「事の乱れ」は平城上皇だけでなく、その皇子にも及んだわけで、藤壺とて一歩間違えば自分自身と源氏の身の破滅はもちろんのこと、東宮冷泉の廃太子という憂き目に遭う危険性は十分すぎるほどであった。その意味で崩御伝における「事の乱れ」という表現が呼び起こすものは大きい。藤壺の密通は自らの積極的な意思ではなかったにせよ、実質的に「事の乱れ」を引き起こし、これを隠しおおせたのだとその崩御記事は語っているのではないか。いや、むしろこれをうち消すことで逆に薬子の事件と、あり得たかも知れない悲劇への想像をかきたてるのである。そうすると、藤壺は『伊勢物語』前史としての平城上皇と薬子との危険な関係をも引き受けて物語を生ききったのだとよめてくる。

さて、薬子は天皇を惑わした悪女であり、平城太上天皇の変という大事件はひとえに薬子とその兄仲成の悪巧みによって引き起こされたと『日本後記』は記しており、当然のことながら、藤壺とは極めて対昭的であり、あまりにもかけ離れている。しかし薬子が「尚侍」になったという事実は興味深い。(注19) 天皇に寵愛されたが、事情があって正式の妃になれず尚侍になるというのは、まさに朧月夜と同じだからである。密通かどうかの相違はあるが、今上帝に対して不誠実な行為に及び、それが発覚するという点も同様であり、その結末に関しても、薬子と朧月夜の場合、前者は自殺、後者は参内停止という処分で軽重の差はあるにしても、ともに咎を負っており、「事の乱れ」が発覚するという点では同じなのである。こうしてみると、藤壺と朧月夜は『伊勢物語』だけでなく、その前史においても人物像としてのルーツを共有しているということになる。

藤壺は『伊勢物語』の斎宮や二条后だけでなく、薬子の危険な人生を背負ってもいた。しかし、『伊勢物語』における斎宮や二条后との恋は国家最高の巫女を奪い、天皇の妃と密通するという意味で、確かに禁忌を犯すものであったが、考えてみればこれらによって皇統が乱されたわけではなかった。天皇や天皇制はなんらの変更も受けていないのである。昔男業平は祖父平城上皇は天皇重祚の夢破れ、叔父高丘親王もまた廃太子となり、自らの父阿保親王は太宰府へ流されるという一族の無惨な結果に対して、血と家への意識を強く抱きつつ禁忌に挑戦したけれども、実際には歴史になんらの変更も加えることができなかった。斎宮との間に生まれたという高階師尚の話が史実として享受されるほど、『伊勢物語』は歴史としての重みを持ったが、皮肉にもそれを理由に業平の子孫が立太子を阻まれるという逆効果しか招くことができなかった。マイナスの意味でしか、皇統に変更を加えられなかったのである。

これに対して、藤壺の物語は単なる禁忌の恋であることを越えて明らかに積極的に皇統に変更を加えるものである。その意味で、『源氏物語』は『伊勢物語』を襲いつつ、その眼差しはさらに遡って『伊勢物語』前史をもかかえこんでいたのではないか。そして「事の乱れ」を引き起こしながら、自滅せずにそれを隠蔽しおおせるという新しい物語を生きる女君を創造したのではなかったか。

藤壺の一生が秘密を守り通すことに費やされたのは、この崩御記事の後の記述によってさらに強く印象づけられる。即ち、崩御記事に引き続き、次のようなことが語られている。まず、夜居の僧都が冷泉帝に秘密の大事を奏上する。煩悶する帝は源氏に譲位をほのめかす一方で皇統の乱れの先例を典籍に求め、源氏は源氏で秘密漏洩について命婦に質す。つまり崩御記事に「事の乱れなく」と記されたそのすぐ後に、秘密は帝自身の知るところとなるのであり、その秘密に関する記事が連ねられていくのである。しかもそこには「乱れ」という言葉が繰り返し織り込まれていく。

最初の「乱れ」は帝が秘密を聞いて、

恐ろしうも悲しうも、さまざまに御心乱れたり。 ②薄雲巻・四五一頁

とあるように、精神的に追いつめられる様子を描く。

上は、夢のやうにいみじきことを聞かせたまひて、いろいろに思し乱れさせたまふ。 同・四五三頁

という具合に「思し乱れ」る状態が続き、ついに源氏に譲位をほのめかすに至る。驚いた源氏は、

いとあるまじき御事なり。世の静かならぬことは、かならず政の直くゆがめるにもよりはべらず。さかしき世にしもなむよからぬことどもはべりける。聖の帝の世に横さまの乱れ出で来ること、唐土にもはべりける。わが国にもさなむはべる。以下略 同・四五四頁

と述べて帝を諫める。ここにも「横さまの乱れ出で来ること」と「乱れ」の語が見える。帝が秘密を聞いてしまったことなど思いもかけぬ源氏は、母である藤壺を失った悲しみや世の中の騒がしいことから気弱になっていると思い、昔の賢い帝の時代にも非道な乱れ事が出来することがあったとなどを説いて、譲位など考えないように諭している。帝にしてみればピントの外れた源氏の言葉に納得するはずもない。あらためて源氏に尋ねてみようと思うが、それもなかなかできず、皇統乱脈の先例を典籍によって確認しようとする。

上は、王命婦にくはしきことは問はまほしう思しめせど、今さらに、しか忍びたまひけむこと知りにけり、とかの人にも思はれじ、ただ大臣にいかでほのめかし問ひきこえて、さきざきのかかることの例はありけりやと聞かむ、とぞ思せど、さらについでもなければ、いよいよ御学問をせさせたまひつつさまざまの書どもを御覧ずるに、唐土には、顕れても忍びても乱りがはしきことといと多かりけり。日本には、さらに御覧じうるところなし。たとひあらむにても、かやうに忍びたらむことをば、いかでか伝へ知るやうのあらむとする。一世の源氏、また納言、大臣になりて後に、さらに親王にもなり、位にも即きたまひつるも、あまたの例ありけり。人柄のかしこ

きに事よせて、さもや譲りきこえまし、などよろづにぞ思しける。

同・四五五～六頁

帝は唐の書物には帝王の血筋が乱れる例は多いが、日本にはそのような前例を文献上では見出すことができないとしながらも、「かやうに忍びたらむことをば、いかでか伝へ知るやうのあらむとする」と思いをめぐらしている。書物にないからといって、実際になかったとはいえないと考え、源氏への譲位を考えているのは、この秘密をそのまま事実として認めているということになる。唐に多い「乱りがはしきこと」を自分自身の上に認めているのである。藤壺崩御記事の「事の乱れなく」という表現と右の「乱りがはしきこと」は、あきらかに響き合っている

以上のように、崩御記事の後には、

1僧都の秘事奏上
2秘密を知った帝の煩悶と譲位の意思
3帝の皇統乱脈の先例調査
4源氏が秘密漏洩について王命婦を質す

という場面が続き、1・2・3の三場面で四回にわたって「乱れ」の語が組み込まれていく。1・2における「乱れ」は帝が密通の事実によって精神的なショックを強く受けていることを示す。これに対して源氏は「聖の帝の世に横さまの乱れ出で来ること」と答え、政治のレベルの問題としている。しかし3になると帝は密通の事実を確信するに至る。「たとひあらむにても、かやうに忍びたらむことをば、いかでか伝へ知るやうのあらむとする。」とは、唐に伝えられる多くの「乱りがはしきこと」は日本でも十分にあり得ることだと考えているのである[注20]。帝がこのように確信すると、源氏が王命婦を質す4の場面ではもう「乱れ」の語は出てこない。源氏は王命婦が秘密を漏らしたわけではないということしか知り得ない。源氏の想像の及ばぬところで秘密が漏れたということを認めるしかないわけで、

この密通に関する話はここで終わり、後は一見全く関係ない斎宮女御に対する懸想の話へと転換していくのである。(注21)

このように1から4までの場面は、帝が密通の事実に対して煩悶しながらも、これを確認しついには確信に至る過程が示され、源氏もまた秘密が漏れたこと、帝がそのことに対して確信を抱いていることを認めざるを得ないことを示している。この一連の記事は「事の乱れなく」と記された藤壺の崩御記事をいわば内側から、まさしく「事の乱れ」の事実がたしかに存在したことを暴き出しているのである。果たして藤壺崩御の直前に、次のような記述がみえる。

その年、(1)おほかた世の中騒がしくて、公ざまに物のさとししげく、のどかならで、(2)天つ空にも、例に違へる月日星の光見え、雲のたたずまひありとのみ世の人おどろくこと多くて、道々の勘文ども奉れるにも、あやしく世になべてならぬことどもまじりたり。(3)内大臣のみなむ、御心の中にわづらはしく思し知ることありける。

②薄雲巻・四四三頁

天変地異は政治に関わることが多い（傍線部(1)・(2)）が、源氏にだけは思い当たるふしがある（傍線部(3)）というのだから、「物のさとし」（傍線(1)）はやはり藤壺事件に関する罪だと考えているわけである。ここでそのことは明言されないが、藤壺崩御後、帝に秘密を奏上した僧都は、はっきりと次のように述べている。

さらに。なにがしと王命婦とより外の人、このことのけしき見たるはべらず。さるによりなむ、いと恐ろしうはべる。(1)天変頻りにさとし、世の中静かならぬはこのけなり。いときなくものの心知ろしめすまじかりつるほどこそはべりつれ、(2)やうやう御齢足りおはしまして、何ごともわきまへさせたまふべき時にいたりて咎をも示すなり。(3)よろづのこと、親の御世よりはじまるにこそはべるなれ。何の罪とも知ろしめさぬが恐ろしきにより、思ひたまへ消ちてしことを、さらに心より出だしはべりぬること」と、泣く泣く聞こゆるほどに明けはてぬれ

ば、まかでぬ。　　　　　　　　　　　　　　　　　　　　同・四五二頁

僧都はこのところの天変地異は密通に由来するものであり（傍線部①）、帝がようやく成長した今、その咎が示されるのであり（傍線部②）、これはすべて親の世に始まったことなのだと述べる（傍線部③）。藤壺崩御直前の天変地異はまさしく不義密通に対する「さとし」だと説く。藤壺の崩御記事は、天変地異の記事とこの僧都のことばとの間に挟まれた形で置かれているのである。このような構成も、藤壺の生涯が「事の乱れなく」というようなものでは決してなく、逆に「事の乱れ」があったことを浮かび上がらせるしかけとして機能しているといえよう。

三、伊勢物語前史へ

1　桐壺更衣と藤壺中宮

藤壺は桐壺更衣によく似ているということで、いわば更衣の形代として入内してきたのであったが、この更衣という人物こそ身分不相応な愛され方をして世の「乱れ」が懸念されたのであった。

桐壺巻の冒頭部分近くに、

唐土にも、かかる事の起こりにこそ、世も乱れあしかりけれと、やうやう、天の下にも、あぢきなう人のもてなやみぐさになりて、楊貴妃の例もひき出でつべくなりゆくに、　　　　①桐壺巻・一七～八頁

とあるように、楊貴妃にたとえられているのだが、その死の記述は藤壺と同様、やはり后妃伝に拠っている。(注22)桐壺更衣は初めから尋常ならざる寵愛のために世が「乱れ」るという不安を周囲に抱かせる人物として登場しているのである。では周囲が心配する「乱れ」とは何か。物語がいうように「楊貴妃の例」になぞらえれば、帝が政治を顧みず国

内に戦乱が起こるということであろうが、日本では『源氏物語』以前の歴史において異常な寵愛を契機として朝廷内で争いが起こり武力の発動にまで至ったのは、「平城太上天皇の変」（薬子の変）だけである。このとき、嵯峨天皇と平城上皇との間に「二所朝廷」という険悪な対立が引き起こされ、朝廷側は弘仁元（八一〇）年九月六日、上皇側との対決に踏み切った。平城上皇も自ら兵を率いたが、朝廷の軍に前途を遮断されて為すすべがなく出家するに至ったため、戦闘には及ばなかったが、上皇との対立による朝廷の武力発動という点に限ってみても、約三五〇年後の保元の乱を待たなければ同様の例は見出せないのである。このように、『源氏物語』以前にわが国で異常なほどの寵愛を受けたことが契機となって国が乱れた例はこの変以外にないのであり、日本史上きわめて特異な出来事であった。さらに重要なことは、この変はただ単に格別の寵愛を受けたために「乱れ」が起こったのではなく、帝位がからんだがゆえの事件であったということに留意すべきであろう。(注23)この点で楊貴妃における「乱れ」とは根本的に異なるのだということを確認しておく必要がある。桐壺巻は楊貴妃と玄宗皇帝との悲恋物語を前面に打ち出すが、桐壺更衣の引き起こす「乱れ」とは決して悲恋の要素だけではあり得ない。なぜなら、「世の乱れ」の語を背負って登場する桐壺更衣に酷似するという理由で入内した藤壺こそが皇統の乱れを実現してしまうからである。藤壺の崩御記事に「事の乱れなく」と記されるのは、桐壺更衣に関して「世も乱れあしかりければ」と記されているのとみごとに呼応している。しかも冷泉帝は出生の秘密を知らされたとき、日本の典籍には「乱りがはしきこと」は見いだせないが、あり得ないことではないと考え、源氏への譲位までほのめかしている。それは自分自身が「乱りがはしきこと」を体現する存在であると認めることにほかならない。

桐壺更衣の皇子が立太子すれば「乱れ」が起こりかねないが、藤壺の皇子ならば、秘密さえ守り通せば、少なくとも表面的にはそうした「事の乱れ」を避けることができるのである。ここに光源氏と母更衣に酷似する藤壺との恋が語られる必然性がある。

さらに注目されるのは、薬子の母娘関係である。薬子の長女は平城上皇の皇太子時代に東宮妃として入内したのだが、その折に薬子自身も東宮宣旨として仕え、一時、父帝桓武天皇より退けられたものの、皇太子の即位後、ふたたび尚侍となって平城天皇に仕えた。つまり母娘で同じ天皇の寵を受けたことになる。これを藤壺の場合と比較するとどうであろうか。平たく言えば、藤壺という妃を桐壺帝とその子光源氏が共有していることになり、ちょうど平城天皇と薬子母娘の場合の構図を男女裏返したかたちになるのである。継母を挟んで実の父と子という図に対して、薬子の場合は天皇を挟んで実の母娘という関係になる。桓武天皇が一時、薬子を退けたのは、やはりこのような事態を避けるためであったのだろう。『源氏物語』はたとえ同時でなくとも、母との関係があった場合にはその娘との関係は決して持たせないようにしていることはよく知られているが、平城の、母娘を同時に寵愛するという構図を逆転させれば、桐壺帝とその子光源氏の両方に愛される藤壺の像が浮かび上がってくる。

こうしてみると、源氏と藤壺との密通事件は日本においては歴史にも物語にも例のないことではあるが、『伊勢物語』前史としての国の乱れの歴史及び薬子と平城上皇をめぐる人間関係をずらし、さらにここに后妃の密通のテーマを組み込めば、導き出せる発想だったということもできる。平安時代初めの薬子の変という大事件は、こんなかたちで『源氏物語』という「乱れの物語」の核の部分に関与するのではなかろうか。

さらに興味深いのは、薬子の娘が安殿皇太子（平城上皇）の東宮妃になった時期、皇太子は寵妃藤原帯子を失って悲嘆に暮れていたといわれることである。(注24)このときふたりの内親王が入内しても皇太子の寵は移らず、その後薬子の女が入内して、意外にもその母薬子の方が皇太子の寵をほしいままにするのであるが、これは桐壺更衣を失って悲嘆にくれる帝に入内し、その寵を得る藤壺の置かれた状況とよく似通っている。藤壺という人物は、薬子と微妙に重ね合わされたりずらされたりしながら、今までに例を見ない独特の造型がなされているのだといえよう。「乱れ」の語の連鎖は物語の中で、このように『伊勢物語』前史を呼び起こしていく。

2 桐壺更衣と楊貴妃

桐壺巻は帝に異常なほどに寵愛される桐壺更衣を、

唐土にも、かかる事の起こりにこそ、世も乱れあしかりけれと、やうやう、天の下にも、あぢきなう人のもてなやみぐさになりて、楊貴妃の例もひき出つべなりゆくに、

と語り、玄宗皇帝に愛された楊貴妃になぞらえている。だが、藤井貞和は、(注25)「源氏物語の冒頭は、けっして、『長恨歌の冒頭の句を見ながら、この文を案じ出だした(注26)』というような、簡単な仕掛けを経て生み出されたものではないだろう。実状は、おそらく、われわれの想像するよりもはるかに複雑であることによって、作者の真実に近づくのにちがいない。」と述べ、桐壺巻が「更衣をめぐる愛と死」、「光源氏の生誕と成長」、「藤壺の登場とこのひとへ寄せる光源氏の思慕」という三本の虚構の軸が設定されているが、『長恨歌』の影響が見られるのは第一の更衣をめぐる愛と死の虚構軸のみであることに着目している。そして、後宮の女性たちの嫉妬や排斥、それらの恨みを買った更衣の病臥、またそれゆえに帝はますます更衣を溺愛するという重要な要素が、実は『長恨歌』の文言には直接には見出すことができないという事実を指摘する。そこから、『長恨歌』説話のほかに、もうひとり別の女性、つまり李夫人のイメージもまたこの巻に影を落としていると説くのである。李夫人の話はけっして高貴ではない身分の家から召されて入内し、皇子ひとりを生んで病没したこと、その死後、帝はひたすら魂を恋うたなどの点において、桐壺更衣の場合と合致する。それは楊貴妃とは比較にならないほどの高い偶合性があり、偶合以上の暗合であるとする通りである。

藤井はさらに「構想の基軸はあきらかに李夫人のためしであるにもかかわらず、作者はひた隠しに隠した。李夫人のためしとは言わず、場面的に『楊貴妃のためし』であるとした。桐壺帝と更衣との愛の時間は、それゆえ、他をかえりみない無謀な愛であるということにさせられる。それは国難の招来さえ予想されるはげしいものでなければならなかった。」と説き、「楊貴妃のためし」を「李夫人のためし」と言い換えるのは、一方は遠い漢代のこと、それにたいする一方は耳新しい唐代の大事件であるから、実際上無意味であり、またここに、国を傾けたというイメージにおいて「楊貴妃のためし」といわれている設定に注意を向けておいてよいとして、「楊貴妃の例」という表現が国の乱れということと不可分なものとしてあることに注目している。しかし、藤井は、

　楊貴妃の例もひき出でつべくなりゆくに、いとはしたなきこと多かれど　①桐壺巻・一八頁

という条について、「楊貴妃の先例を引きあいに出しながら、実際に第二の楊貴妃事件が引き起こされる可能性そのものは否定する」として、「物語の事件的暗転をこのことは絶対的に救っている。楊貴妃事件的な方向へ物語を進ませてゆく道をみずから戸鎖し」、「李夫人の説話のかたちの方へ別の道を開いてゆくことは大きな試練であった。戸鎖される道と開かれる道とのあいだにひきしぼられる一本の軸をわれわれは見い出してもよいだろう。その軸のうえに立つ桐壺更衣は、不安定に、なよなよと、寵愛と迫害との中間ではかなく生きる人物としてしか物語の中に位座を持たない」、そういう受動的な女主人公の敷設をしたのがこの物語の中での最初の女主人公の発見だったのだとする。このような女主人公が中国文学の先行作品と深くかかわりつつ創造されたのだと論じるのである。

　以上の藤井論文は、物語最初の女主人公を定位させるために確かに妥当であり、必要な手続きである。しかしながら、物語は果たして楊貴妃事件的な方向へ進んでいくことをほんとうの意味で閉ざしてしまったのだろうか。そして物語は、楊貴妃ではなく、寵愛と迫害という李夫人的な説話の方へとひらかれていったのか。もしそうであるなら

ば、「楊貴妃の例」はいったい何のために引き合いに出されなければならなかったのか。それはまさしく藤井が言うように、「国を傾けたというイメージ」にポイントがあるわけだが、その方向性を全く諦めるのだとすれば、なぜわざわざ一楊貴妃の例」を語る必要があったのか。さらに言えば、桐壺更衣は果たしてほんとうに「寵愛と迫害との中間ではかなく生きる人物」でしかあり得ないのか。

物語が「楊貴妃の例」を引きつつ、最初の女主人公を語り始めるのには、それに見合うだけの十分な理由があったはずだ。楊貴妃と更衣との共通点は国が乱れる、あるいは乱れそうなほどに時の最高権力者から異常な寵愛を受けるということにあるが、それこそはこのふたりの女性の持つ一種の魔力によるものというべきであろう。それは魅力というレベルを越えて、帝王を盲目にさせ、国を傾ける力を発揮する。楊貴妃の場合は実際に国が乱れたが、更衣の方は彼女の死によってそれは未然に回避された。しかし、「楊貴妃の例」が引き合いに出されているのは、生きていれば必ずそのような事態になることを暗示するのではあるまいか。実際、更衣の存命中は、

人の譏りをもえ憚らせたまはず、世の例にもなりぬべき御もてなしなり。上達部、上人などもあいなく目を側めつつ、いとまばゆき人の御おぼえなり。唐土にも、かかる事の起こりにこそ、世も乱れあしかりけれと、やうやう、天の下にも、あぢきなう人のもてなやみぐさになりて、楊貴妃の例もひき出つべくなりゆくに、（同・一八頁）

という状態だった。後宮だけでなく、上達部や殿上人までが目をそむけるほどの寵愛ぶりで、果ては宮中にとどまらず世間の人々の間でもにがにがしく取りざたされるまでになったというのだから、もはや楊貴妃のように国が乱れるのは必定というところまで事態は深刻化していると物語は語っているのである。ここで死ななかったら、楊貴妃と同じ展開になってもおかしくはないのである。その意味で、あらたな物語をひらくためにも、更衣はただ死ぬために登場したのだとする藤井論文は正鵠を得ている。しかし、国が乱れそうなほどの魔力を持っていた更衣がはかなく死ん

で、その母が娘の死を「よこさまなるやうにて」、つまり横死したと帝の使いである靫負命婦に対してかき口説く、そのような死に方だったことを考えれば、死霊となってもいいはずなのに、なぜならなかったのか。即ち物語はこの後ずっと更衣のこの無念をはらすために語られ、それが実現していくことによって、あえて死霊となる必要はなかったのであるとしか考えようがない。つまり更衣の遺志は源氏の子冷泉帝が生まれて即位し、一方で更衣の血筋にあたる明石君と源氏との間に生まれる明石姫君が中宮となり、そこから東宮、天皇を生み出していくかたちで実現されていることは周知の通りである。

だとすれば、更衣の「世を乱」すほどの力は物語の深層を一筋に貫いているということができる。その更衣の遺児が高麗の相人によって、

「国の親となりて、帝王の上なき位にのぼるべき相おはします人の、そなたにて見れば、乱れ憂うることやあらむ。朝廷のかためとなりて、天の下を輔くる方にて見れば、またその相違ふべし」　同・三九～四〇頁

と予言されたことによって、帝はこの若宮を臣下に下して源氏姓を賜ったのであるが、この光源氏という主人公の未来を占う言葉の中に、またしても「乱れ憂うる」という表現が出てくることに驚かざるを得ない。天皇になる相があるが、そうなった場合、世が乱れ民の苦しむことがあるかも知れないというのだが、彼は母桐壺更衣同様、世が乱れる可能性を背負って登場するのである。だからこそ帝は臣下に下しだのではあるが、相人の予言は謎めいていて、天皇になれば世が乱れ、そうではないとして判断すると、それもまたその相が合わないというのである。ずっと後になって、冷泉天皇の実父として準太上天皇になるのだと明かされて、ここでの予言の通り、天皇でもなければ臣下でもないということの意味が判明するわけだが、そのような地位に就くためには藤壺との密通を犯す以外にない。つまり、この予言は天皇になると世が乱れ、そうでなくとも皇統を乱すということだったのだと知られる。そしてこの

高麗の相人の場面のすぐ後に引き続いて、後に密通することになる藤壺入内のことが語られ、桐壺更衣に酷似するこの宮を源氏が慕う展開となる。「乱れ」は間を置かず、しっかりと敷設されていくのである。更衣のもたらす「乱れ」は周囲の人々、いや、世間の人々の口の端にまでのぼるほどあきらかなものであったが、源氏の場合の「乱れ」はまず臣籍降下して天皇になる道が閉じられた時点で、隠蔽され続けなければならないものとして機能していく。そして、それを隠しおおせた藤壺崩御の時点に至って初めて「事の乱れなく」と記されるのである。そしてこの秘密を知った冷泉帝のことばに「乱りがはしきこと」とあったのはすでに見たとおりである。むろん、これらの乱れは、

更衣の乱れ → 源氏の乱れ → 藤壺の乱れ → 冷泉帝の乱れ
国の乱れ　恋の惑乱と密通　皇統の乱れの実現

という具合に、「国の乱れ」から「密通」、「皇統の乱れ」へとその内実をずらされていく。ただし、いずれも帝もしくは帝位に関与する乱れなのである。

桐壺更衣の持っていた「世の乱れ」を引き起こす魔力を源氏もまた生まれながらに受け継いでおり、これを発揮して目に見えないところで皇統を乱し、桐壺更衣の悲願を実現していく。これに巻き込まれた藤壺もまた、この乱れを隠し通すことに全生涯を傾けたといえるだろう。それは『伊勢物語』の二条后や斎宮との密通だけでなく、さらに『伊勢物語』前史としての薬子の変をも抱き込んだ激しくも暗い欲望を秘めたものだった。それは準拠というよりも『伊勢物語』を背負ったこの物語が当初からかかえこんでいた暗いエネルギーだったのだと言うほかない。

「平城太上天皇の変」（薬子の変）が、当時どれほど知られていたかということについては今、確認する材料を持たない。わずかに道真撰の『類聚国史』を通してよく知られていたのではないかと推測できる程度である。しかしこの事件は前にふれたように「二所朝廷」という事態を引き起こし、そのために蔵人という令外の官を設けざるを得な

くなるという制度的な面でも平安時代の新たな出発点となった。[注27] そして上皇と帝とが相争い、武力行使に至る例は、「平城太上天皇の変」(薬子の変)後、約三百五十年を経た保元・平治の乱を待たねばならないのである。

このようにこの変は平安初期の政治的な大事件なのであって、無論有名ではあっただろうが、果たして『源氏物語』と重ねて読まれたかどうか、古注釈類でも全く言及していないところをみると、その関連性には思い至ってはいなかったのであろう。しかし、同時代の読者はどうだっただろうか。『伊勢物語』の昔男が容易に連想されるこの物語に『伊勢物語』前史を重ねなかったとは断言できない。自明のことは書かないということは十分にあり得るからだ。少なくとも、作者は『日本後紀』を参照していたことは確かなことであろう。平城太上天皇の変を準拠にしたというよりも、ひとりの女性を異常なまでに寵愛する帝、それを受ける身分違いの女という組み合わせが招く国の乱れという物語の始発、あるいは源泉にも似たものをここに見出していた可能性はあり得るのではないか。藤井は桐壺巻を「異国物語的な、——わるくいえばどこかの国の王さまとお后さまのおはなし、といった感じを持たされる」[注28]と評するが、『伊勢物語』前史として知られるこの薬子の変は日本の歴史に特筆される事件としてあった。たとえば、桐壺帝は醍醐帝、宇多天皇のみならず仁明天皇など[注29]に比定されつつも、実在の天皇とは異なる独自な形象がなされている。その場合、更衣のみを寵愛して世が乱れかねない事態にまでなった点について『伊勢物語』前史と比べてみるとき、薬子を寵愛して「所言之事。无不聴容。」という状態に陥り、結果的に世が乱れた平城上皇と確実に重なり合うところがあるのである。従来、桐壺帝の準拠として挙げられる天皇は身分の低いひとりの女性のみを寵愛して国の乱れを引き起こしたというような事跡は伝えられていない。その意味でも、桐壺帝には平城上皇の面影を見出すことができる。[注30] 身分高からぬ更衣ひとりを熱愛する桐壺帝について秋山虔は「帝王としての威厳とは無縁の狂気の人のイメージ」があると指摘するが、それは平城上皇についても言い得る。実際、平城は「風病」に悩まされ、これが原因となって退位したが、この「風病」とは神経疾患、今でいう躁鬱病に近いものであろうとされている。(注31)その一方で平城上皇は極めて利発であって、天皇に即位するとそれまでの二十六年にわたる桓武天皇の治世を刷新すべくさまざまな改革を行っている。橋本義彦は平城天皇の治績について、造都・造宮と征夷に終始し、遊猟や宴会を好んだ桓武天皇とは対照的に官制改革を行い、禁欲的な政治姿勢を示すと説く。(注32)平城はこのように父桓武天皇の政治に批判的で自らの理想を実現していく実行力を発揮する賢帝の面も持ち合わせていたのである。賢帝と狂気の人のイメージをふたつながら備えた平城は、桐壺帝の人物造型にも通ずるものがあるといえよう。

だがここで私は平城が桐壺帝の準拠であるといおうとしているのではない。準拠という方法で押さえられるものと全く無縁というわけではないが、平城はむしろ物語の原動力あるいは物語の底にうごめくエネルギーのようなものをもって迫ってくる存在であるということを確認しておきたいのである。『伊勢物語』もこの平城天皇という大物の歴史を持たなかったとしたら、果たして今のようなかたちであったかどうか。ともあれ、準拠がある時代の実在の人物を彷彿とさせることによって物語に現実性を付与するのに対して、平城帝の場合は時代設定や人物を特定するというよりは、物語の乱れ、もしくは乱れの物語をつむいでいく核のようなものとしてあるのではないか。

これに対してたとえば、桐壺更衣の人生ときわめてよく似た履歴の女性として挙げられる仁明天皇の女御藤原沢子の例がある。(注33)しかもその皇子時康は渤海国の大使文矩から「天位に登る相」を予言された(『三代実録』「光孝天皇即位前紀」嘉祥二年)という逸話まで残されており、光源氏が高麗の相人によって予言された話とよく似ている。篠原昭二は、桐壺巻と『日本紀』にみる沢子と光孝天皇との物語との近似性から、物語がふたりの事績を動機として語られた可能性を積極的に認めようとしている。光孝天皇は光源氏のように臣下に下ることはなかったが、寵愛の盛りに世を去った妃の残した皇子が数奇な運命によって至貴の位に登ったということにおいてである。「数奇な運命」とは、仁明朝以後、文徳・清和・陽成と皇統は直系に相続されてきたにもかかわらず、突然、三代を遡って仁明皇子の光孝帝が即位したことで、これは全くの異例であって何か特別の事情が伏在したことは間違いなく、氏はそこに一種のクーデターがあったのだとする。(注34)光孝帝の即位がクーデターによるものなのかどうか、にわかには判断しかねるが、沢子とその皇子の事績とが物語の動機のひとつをなすことは十分に考えられよう。しかし、たとえ光孝天皇即位がクーデターによるものであったとしても、楊貴妃の事件と匹敵するようなスケールの大きな国の乱れといえば、日本では平城太上天皇の変を措いてほかにないのである。桐壺帝と桐壺更衣の関係はまさしくそのような危険性を帯びていたことを物語は初めから語っていくのであって、篠原論文がクーデター説を唱えるのも物語の語りの中に不穏なものを感じ取っているからだと思われる。そのような不穏なひびきを凝縮したものが、「楊貴妃の例」なのである。そして「楊貴妃の例」を日本に置き換えた場合、「平城太上天皇の変」(薬子の変)に行き着くしかない。桐壺帝と更衣の話は「どこかのくにの話」などではなく、まさに『伊勢物語』前史という物語を生成していくパワーを持った歴史的事件を想起させるのである。

ところで楊貴妃と薬子との相違は女が帝位に関する欲望を持ったかどうかという点であろう。無論、薬子自身が帝位を望めるわけなどないが、「言ふ所の事、聴き容れられざるはなし」とされるほどに平城上皇の寵愛を受け、信任の厚かった薬子が上皇の重祚を望むのはごく自然の成り行きであろう。そのような意味合いにおける帝位への欲望であるが、『源氏物語』における桐壺更衣のありかたは、薬子とは対照的に内向する女の欲望を語っていくものであり、その更衣の悲願は藤壺を通じて達成されていく。

冷泉帝の後は皇統は明石中宮の血筋に引き継がれていくが、しかし、明石君との出会いも藤壺との密通による須磨流離を経なければあり得なかったことに留意したい。藤壺と源氏にとって須磨がどんなに重要な意味を負っていた

か、絵合巻の須磨の絵日記の場面を想起するだけでも十分だが、たとえば白方勝「かがやく日の宮論」[注35]は、

中宮ばかりには、見せたてまつるべきものなり　②絵合巻・三七八頁

という条の「中宮ばかり」という表現に着目している。この絵日記を見せる真の相手は紫の上ではなく藤壺だということが示されているとするのである。藤壺は『伊勢物語』を引き合いにしつつ、この絵日記を勝にしているし、源氏はこれを藤壺に献上しているから、たしかに須磨の絵日記がふたりの関係を象徴するものであったことは間違いない。そして、白方論文は右の「中宮ばかり」という表現が、

入道の宮ばかりには、めづらかにて蘇るさまなど聞こえたまふ。　②明石巻・二三五頁

と対応するかたちで置かれているのを見逃さない。源氏は藤壺にだけ「よみがへり」を告げているのである。須磨流離は藤壺が「わが身をなきになしても」（賢木巻一三八頁）東宮を守りたいという一念に対して源氏もまた「惜しげなき身は亡きになしても」（須磨巻一七九頁）という気持ちで応えた結果であった。白方論文が説くように、ふたりとも「わが身をなきになしても」という覚悟で臨んだことゆえ、暴風雨の後、「よみがへり」という藤壺にだけ通じることばとなって表出されたのであろう。

この「よみがへり」とは、だから、単に命拾いしたというものではなく、身を捨てるに等しい覚悟をした源氏に大いなる光明をもたらすものであった。これによって先をも知れぬ未来に希望が与えられたのであった。「我が身を亡きになしても」という言葉を共有するふたりだからこそ、藤壺にだけは「よみがへり」が伝えられねばならなかったのである。こうして「よみがへ」ってすぐ、源氏は明石入道に迎えられ明石君と出逢って、復権への準備が整っていく。藤壺との密通こそ、更衣の悲願を明石一族に手渡し、委ねるものとして機能したのである。

しかし、藤壺は単なる桐壺更衣の代理ではなかった。吉海直人は藤壺が自分の皇子を得て、後宮での地位をゆるぎ

ないものにしたいという欲望を持つのは自然の成り行きであって、そのためには老帝桐壺を裏切ってでも行動に移すということがあり得たという見解を示している。(注36)

たしかに、このように考えると、母になってから政治的な人物に変貌する藤壺は、初めからかなり思慮深く、したたかに自分の人生を生きてきたという見方もできないわけではない。かてて加えて、坂本共展は源氏との密通と冷泉の立坊はむしろ桐壺帝自身が更衣の横死と帝王相を備えた愛子源氏への贖罪として意識的にその実現に導いた可能性について説いている。(注37)深澤三千男もまた同様に、源氏との密通は期待の皇子を得られなかった桐壺帝と藤壺によってたくらまれたのだとする。そして「実は桐壺帝こそ、秘子作り→皇統乱しの首謀者ではなかったか」とし、それは源氏の皇位継承を断念せざるを得なかった桐壺帝が自ら秘かに修正にかかった結果ではなかったか。だからこそ故桐壺院は藤壺同様、冥界に安んじ得なかったのだと説くのである。(注38)桐壺院の積極的な企てであったかどうか、ここでは判断を保留するほかないが、紅葉賀巻で帝が源氏と源典侍が戯れる場面をのぞき見する場面があること、若菜下巻で自身、密通された源氏が父帝は藤壺との密通を知っていたのではないかと考える場面のあることは示唆的である。父帝が秘密を知っていた可能性は十分にある。そして、藤壺が処世的な賢明さにとどまらず、自分の運命や我が子の招来がかかっているとは言え、帝位に関して非常な執着心を持って政治的な才能を発揮したことを考え併せると、帝位にからんで国の乱れを招いた薬子のように発覚はしなかったものの、自らの意思と欲望を貫いた藤壺像というものが自ら浮かびあがってくるのである。

振り返ってみれば、藤壺との密通が語られる若紫巻には、「罪の交響楽」としての『伊勢物語』が織り込まれていた。(注39)そこには初段を初めとして、東下りの段や兄妹の近親相姦を暗示する四九段、そして斎宮との密通を語る六九段など、『伊勢物語』のさまざまな章段が響きあって構成されている。そして藤壺との密通はこの若紫巻でこそ語られ

なければならなかった。それは若紫という巻名の由来になっている初段の、

　　春日野の若むらさきのすりごろも忍ぶの乱れかぎりしられず

という歌を連想させるためである。「昔男」が「女はらから」をかいま見して惑乱するのは若紫巻においては直接的には紫上を発見する場面に活かされているが、「忍ぶの乱れ」という歌のキイ・ワードは実は藤壺にこそ焦点化されるべきものであった。源氏は「忍ぶの乱れ」という秘さなければならない恋ゆえに、病にかかったのであり、その結果として紫上に出逢うわけで、また、帚木巻の冒頭近くに見える「忍ぶの乱れ」も藤壺への思いが語られたものであると考えられる[注40]。桐壺更衣、源氏、藤壺が連鎖的に背負ってきた「乱れ」の語は、この若紫巻における密通と若紫巻という巻名それ自身によって『伊勢物語』初段の「忍ぶの乱れ」に焦点化され、同時にその舞台である奈良の地へと引き戻す。そこは『伊勢物語』前史を呼び起こす地であり、物語と歴史とが響きあう接点としての相貌をあらわにしてくるのである。

　藤壺崩御後の「乱れ」の語の連鎖と「楊貴妃の例」という表現を媒介に、『源氏物語』は「平城太上天皇の変」（薬子の変）という『伊勢物語』前史としての歴史を浮かび上がらせる。楊貴妃も薬子・更衣もいずれも皇帝（上皇・天皇）から異常なまでの寵愛を受け、騒乱、大乱を引き起こし（あるいはそうなりかねないような状況になり）、女の方だけが死ぬ結果になっている。また、これらの場合、いずれも国乱に関与するだけでなく、親子関係の乱れを引き起こしている点でも共通する。「平城太上天皇の変」という歴史が直接的に『源氏物語』に投影しているとは言い切れない。ここでは、「楊貴妃の例」や藤壺崩御後の「乱れ」の語の連鎖といった記事の連関において、「平城太上天皇の変」がたぐり寄せられてくるのだということを指摘しておきたい。いわば『源氏物語』の読みそのものが平城太上天皇の変という歴史を物語内に発見させるのであって、その意味で『源氏物語』自身が『伊勢物語』前史へと逆流させる構図

を持っているということなのである。「平城太上天皇の変」（薬子の変）は、道真撰の『類聚国史』に記載されており、当時の読者たちは当然知っていたと考えられるが、はたして物語とこの歴史的事件を結びつけて読んでいたかどうかということについては速断できない。薬子に関する伝承は平安後期になってようやく認められるようになる。それまではこの事件について語ること自体がタブーだったということなのかも知れないが、この問題については稿を改めることにする。

〔注〕

1　後藤祥子「藤壺宮の造型」（森一郎編『源氏物語作中人物論集』勉誠社一九九三年）

2　後藤祥子は『高崎正秀著作集』六の、律令以前の紀に開化天皇が父孝元天皇の妃を皇后として崇神天皇を儲けたことが憚りなく記されているという指摘、及び藤井貞和の日本には本来庶母婚に対するタブー意識がなかったとする説（「タブーと結婚」定本『源氏物語の始原と現在』冬樹社、一九八〇年）、また日向一雅の開化紀において前王妃を娶ることは父帝の霊力を継承する呪術的行為とする説（『源氏物語の王権と流離』新典社、一九九四年）を紹介しつつも、『源氏物語』においては亡くなった父帝の妃ではなく、「いままさに父帝の妻である人を身ごもらせ自分には遂に許されなかった皇権を、秘密の子によって領略するという藤壺犯しの構想は、古代一般に黙認されていた庶母婚の習俗を超えて、著しく反社会的なものというほかない」とする（注1論文参照）。

3　石川徹「伊勢物語の発展としての源氏物語の主想―輝く日の宮と光る君と―」（『源氏物語講座』中巻一九四九年のち『古代小説史稿』一九五八年再収）。なお、『河港抄』は夙に藤壺と朧月夜は二条后から分けて造型されたと説いている。

4　清水好子は、おのが秘密に相似する業平の物語を認めることによって、ひそかに光源氏の恋を認めようとする藤壺の姿には、藤壺と伊勢物語を結びつけることによってふたりの恋を容認しようとする物語作者の意図が窺われると説く（「源氏物語絵合巻の考察」『源氏物語の文体と方法』東大出版会、一九八〇年）これは読者の側からすれば、まさしく藤壺自身が自己の密通を認める発言として捉えられるだろうと思われる。

5　白方勝「かがやく日の宮論」『源氏物語の探究』第三輯（風間書房、一九七七年）

6　藤壺の呼称の問題に関しては、従来の論では朧月夜との比較はなされておらず、「光る君」との対比、もしくは「かかやく日の宮」だけが取り上げられて論じられている。なお「日の宮」に関する論考については注9、「光る君」との関係については注10参照。

7　久富木原「朧月夜の物語—源氏物語の禁忌と王権」『源氏物語歌と呪性』（若草書房、一九九七年）

8　三谷邦明「源典侍物語の構造—織物性あるいは藤壺事件と朧月夜事件」（『物語文学の方法Ⅱ』有精堂、一九八九年）及び久富木原7論文参照。

9　「日の宮」に関する主な研究を挙げておく。北山谿太は「日」は「妃」であってこそ、対称にふさわしい（「かがやく妃の宮・人めきてなど」『源氏物語のことばと方法』一九五六年と説き、小松登美はこれを受けつつ妃の実例を調査し、その大部分が内親王で占められていること、為子・尊子内親王を最後に妃の制度はなくなったと推定し、「妃の宮」に「日の宮」を掛けた可能性を示唆した（「『妃の宮』考」『跡見学園短大紀要第七第八集』、一九七一年三月）。また今西祐一郎も内親王の任女御は史実に例を見いだせず、女御にはならぬ了解が生き続けており、作中でも藤壺女御と呼ばれた可能性はないとし、小松論文と同じく「妃の宮」と「日の宮」は掛詞であったが、印象深い「日の宮」だけが藤壺の呼称として生き残ったのではないかとする（「『かがやくひの宮』考」『文学』一九八二年七月）。これらの論に対して、増田繁夫は小松、今西両論文に異議を唱え、挙例を点検して、たとえば禎子内親王が立后まで「妃」とも「女御」とも呼ばれなかったように身分は曖昧で後宮での身分は「女御」に相当し、「妃」と呼ばれたとしても令制の「妃」ではなく一種の俗称だったのではないかとし、また「妃」と「日」が掛詞になっていたとしても、「女御」と記されていないのは、女御宣下を受けた正式な女御ではないが、実質的には弘徽殿より下位の女御という了解で書かれていて、少なくとも「妃」であったとは考え難いとされた（「藤壺は令制の〈妃〉か」『人文研究』第四三巻第一〇分冊、一九九一年）。なお、「ひのみや」に「火の宮」を掛けたことも考えられることについては、前掲小松論文のほか、今西祐一郎「『火の宮』尊子内親王—『かがやくひの宮』の周辺—」（『国語国文』一九八二年八月）がある。今西論文は尊子内親王が「妃」であったことは確実とし、突然出家した点にも藤壺との共通点を見ている。

10　呼称からみると、藤壺は入内したその時から、源氏と共に光にまつわる表現を負う一対の存在として関係づけられている。河添房江が説くように、光の比喩は源氏と冷泉帝・明石君・明石姫君にまで及び、源氏の王権獲得の道筋を照らしだし、そこから、「光る君」・「かかやく日の宮」という表現も遡及的に収まるのだと考えることができる（「源氏物語の一対の光」『源氏物語表現史』一九九八年）。しかし、ふたりの人物を一対の光の表現でとらえることが『源氏物語』独特の方法であるとすれば尚更のこと、最初に光の比喩で定位される光源氏と藤壺が併称されるべき契機もしくはその基盤としてあるものを探ってみる必要がある。すでに人麻呂の宮廷讃歌にふたりの人物を月日に振り分ける表現のあることはよく知られている。だが、源氏と藤壺はそのパターンにあてはまらないのである。「光る君」・「かかやく日の宮」という呼称は、截然と月日に振り分けられているわけではないからである。のちに不義の子冷泉が成長していくにつれて、源氏と冷泉は「月日の光の空に通ひたるやうに」（紅葉賀巻）よく似ているとされ、さらに明石巻では源氏と明石君、あるいは松風巻では明石君と明石姫君が日月にたとえられていることに照らし合わせると、源氏と藤壺が光の比喩で彩られながら、外の人物たちのように日月に分けた形でなぞられていないことが、かえって印象深い事実として迫ってくる。「光る君」・「かかやく日の宮」とは、日月に振り分けられる以前のレベルの表現あるいは日月とは異なる種類のものである可能性がある。『類聚名義抄』に「映映」を「カカヤク」・「ヒル」と訓んでいることから考えると、「かかやく日の宮」とは照り映えるという意味の語をふたつ重ねた呼称だということになる。本来、「ヒ」は万物の成長する霊力を神格化した「高皇産霊神」の名に端的に示されるように、太陽に限らず強い霊力をあらわす語であり、「ヒル」は「ヒ」を動詞化したものとされている（土橋寛『日本語に探る古代信仰』）。藤壺は必ずしも「日」にのみ限定されない原初的な霊力を負う呼称を付与されていると考えられるのである。

そして、「かかやく日の宮」から形容詞を省いた「日の宮」という実に簡明な呼称は、「ひのひめ」とか「ひるめ」とかいった「日プラス女性」の謂いがそのまま名詞となった例を想起させる。「ひのひめ」は履中天皇即位前紀及び雄略朝に登場する采女だが、もとより固有名詞ではなく、古代の日の神信仰における巫女に受け継がれた名称である。また「ひるめ」には「ひるこ」という対の概念がある。神話においては「ひるこ」は足が立たなかったために「イザナキ」・「イザナミ」によって流されたとされるが、本来は日の神の子と見る説（中村生雄「祟り神と始祖神」『日本の神と王権』一九九四年）もあり、須磨巻で光源氏自身が自分を「ひるこ」に擬していることも思い合わせられる。

　このように、藤壺と源氏は日月に振り分けられて完結するのではない。日月に分化する以前の、「ひるめ」・「ひるこ」という原初的な「光」を抱え込んでいるからこそ、帝をも脅かす力を発揮するのであり、藤壺と源氏はいわば神話的な陰影を帯びた存在なのである。藤壺の造型と「ひるめ」については、今井久代に次のような指摘がある。「そもそも、藤壺と六条御息所は、秋好中宮を媒介にして、光源氏のなかでイメージが重ね合わされている。また、皇女ではない六条御息所が斎宮女御の引用や伊勢下向によって斎宮（巫女）のイメージが付与されてくるというならば、まさしく皇女であり、六九段の引用・輝く日の宮の呼称もつ藤壺こそ、より始原的な『ひるめ』であってよさそうである」（「若菜巻の六条御息所の死霊出現について―藤壺との関わりから―」物語研究会例会通知、一九九七年七月発表要旨）。なお、神話性と密通伝承をかかわらせた論として、深澤三千男「紫式部の皇室秘史幻想への幻想―皇祖神疑惑、神功皇后密通伝承をめぐって、后妃密通物語発想源考」（『源氏物語の深層世界―王権の光と闇をみつめる眼』一九九六年）がある。なお、斎宮は巫女としてだけでなく、天皇の代理という側面を持っており、その意味で斎宮との密通は天皇それ自体を侵犯するという意味合いを帯びている（久富木原「皇太神宮儀式帳における大物忌―斎宮との役割分担―」本書第2章所収。

11　川島絹江「藤壺の和歌―源氏物語における伊勢物語受容の方法―」（『国語国文』一九九二年・一〇月）

12　注7参照。

13　『権記』寛弘八年五月廿七条に「故皇后宮外戚高氏之先、依斎宮事為其後胤之者、皆以不和也」とあり、定子皇后の外戚が高階氏であることを理由に敦康親王の立太子が退けられたことは周知である。

14　『花鳥余情』は、陽成天皇が業平と二条后の子だという俗説を挙げる。（1）の後藤祥子論文は、この伝承は相当時代を遡り得るかも知れないが、后と業平は他人であり、その恋は后の入内前に設定されているから藤壺物語とは異質のものとして退けざるを得ないとする。たしかに藤壺には六九段の歌表現が選ばれており、二条后よりも斎宮との密通というより重いタブーが課せられているといえよう。したがって二条后は準拠としては認められないであろうが、「帝の妻をあやまつ物語」の代表的な例として、藤壺物語の発想の基盤になっていることは否定できない。準拠にならないという点では、六九段も同様であり、準拠や歴史的事実のほかに神話や物語的な発想や義母との密通といった一種の習俗など、さまざまな要素が『源氏物語』を創り上げていると考えられる。

15　玉上琢弥『源氏物語評釈』第二巻の若紫巻の「この巻を読む前に」（角川書店、一九六五年、一月）

16　三谷邦明「藤壺事件の表現構造―若紫巻の方法あるいは〈前本文（プレテキスト）〉としての伊勢物語―」『物語文学の方法Ⅱ』有精堂

17　田中隆昭「六国史后妃伝と藤壺崩御の記事」『平安朝文学研究』（一九八三年・一〇月。のち、『源氏物語　歴史と虚構』一九九三年勉誠社所収）

18　橋本義彦「薬子の変私考」（『平安貴族』平凡社選書九七、一九八六・八）は『日本後紀』大同五（八一〇）年九月十日の詔の記事は薬子を悪事の張本人とするが、ここには平城上皇に責任の及ぶことを極力避けたことが窺われ、この記事を鵜呑みにすることはできないとする。なお『国史大辞典』「藤原仲成」の項は、「事実上の責任者であった平城天皇を表面に出さず薬子兄弟に全責任を負わせようとする傾向があり、事実確定には慎重な配慮が必要である。」としながらも、「ただ、上皇の寵のみに依拠した仲成らの行動が多くの官人たちの反感を買うものであったことは事実であろう。」（執筆者は玉井力）として、薬子兄妹の上皇の威を借りた欲望に基く行動については否定していない。

19　歴史上ではたとえば、村上天皇の寵愛を受けた登子が尚侍に任せられている。登子は重明親王の北の方であったが、夫の死後は公然と登花殿に入内して侍妾として仕え、村上帝の死後、尚侍となったが、薬子の場合、夫は存命であり、平城天皇が即位した大同元年に太宰帥に任ぜられて都を離れている。薬子は大同三年に尚侍正三位となり、当時としては女官の最高位を極めた。

20　日向一雅「平安物語における王権譚の展開」（『源氏物語の准拠と話型』至文堂一九九九・三）は、源氏が若菜下巻で、柏木と女三の宮の密通を知って思案をめぐらす条で「帝の御妻をあやまつたぐひ」は昔もあったと言い、今もあることを暗示する述懐する場面について、冷泉帝が史書にないからといって事実なかったとはいえないと考えたことに裏付けを与えたようなものだとする。

21　薄雲巻の前半は藤壺の死と死後の密事に関する話題だが、後半は一転して斎宮女御への懸想という意外な話へと移る。のちに紫の上を亡くした源氏の延々と続く悲嘆の様子と比べると、あまりにも安易に斎宮女御への懸想が始まるという印象を受けるが、それには十分な理由がある。藤壺の密事と乱れについて語ってきた物語は藤壺造型の源泉としてあった『伊勢物語』の六九段、斎宮との密通を想起せざるを得なかったのではないか。一見、唐突にみえる話題転換も六九段を念頭に置いていることを想起すれば、ごく自然な流れとして捉えられる。もし、斎宮女御との密通が実現すれば、源氏にとっては六条御息所の遺言を破ることになる。それ以上に秋好は源氏の養女であり源氏自身の息子の妃でもある。秋好は源氏にとって藤壺と同様、むしろそれ以上に幾重ものタブーを持つ存在なのである。藤壺崩御とその密事、さらに斎宮女御への懸想が連続して語られることには、こういう理由があったと考えられる。

22 注17の田中隆昭論文参照。

23 薬子兄妹のみに責任を転嫁する見方については修正がなされている。これに関しては、(18)を参照されたい。

24 黛弘道「藤原薬子」(笠原一男編・日本女性史1『めくるめく王朝の女』(日本評論社一九七年一一月)

25 藤井貞和「光源氏物語の端緒の成立」『源氏物語の始原と現在』定本(冬樹社、一九八〇年五月)

26 玉上琢弥「桐壺巻と長恨歌と伊勢の御」『源氏物語評釈』別巻(角川書店)

27 斎院制度が設けられたのも、「平城太上天皇の変」(薬子の変)による世の乱れを鎮めることを目的としたと伝えられる(『平家物語』・『一代要記』・『賀茂皇大神宮記』・『水鏡』など)。なお、本稿で「薬子の変」を「平城太上天皇の変」とするのは、北山茂夫「平城太上天皇の変についての一試論」『続万葉の世紀』東大出版会、一九七五年)の呼称にならった。委しくは、本書第31章「平城太上天皇の変」の波紋としての歴史語り・文学・伝承」の注1参照。

28 注25の藤井貞和論文参照。

29 日向一雅(20)「桐壺帝の物語の方法」参照。

30 秋山虔「桐壺帝と桐壺更衣」『講座　源氏物語の世界』第一集、有斐閣、一九八〇年。なお、篠原昭二は桐壺の物語の現実は聖代のそれとはあまりにも異なると指摘する。後宮の平和は乱れ、国乱も起こりかねない情勢であったというのだから、桐壺帝を聖帝と評価することはできない。源氏物語の時代において延喜天暦聖代意識が広がりつつあり、物語はその聖代とされる時代を準拠としたにもかかわらず、物語世界は聖代と呼ぶに値しない様相を示すと説く(「桐壺の巻の基盤について―準拠・歴史・物語」『源氏物語の論理』東京大学出版会、一九九二年五月)。

31　服部敏良『王朝貴族の病状診断』（吉川弘文館、一九七五年）
32　橋本義彦『薬子の変私考』（平凡社選書97　一九七五年）
33　金田元彦『源氏物語私記』風間書房、一九八九年など。日向一雅「桐壺帝と桐壺更衣」『源氏物語の准拠と話型』は「桐壺更衣の卒伝を書くとすれば、そのまま転用できるに違いない。」とする。
34　注30の篠原昭二論文参照。
35　注5の白方勝論文。
36　吉海直人「藤壺入内の深層―人物論の再検討Ⅱ」（『國學院雑誌』一九九二年四月）
37　坂本共展「正編の主題と構想」『源氏物語構成論』（笠間書院、一九九五年）
38　深澤三千男「藤壺物語主題論」『源氏物語研究集成』第一巻（風間書房、一九九八年）
39　注16参照。
40　西郷信綱は「雨夜の品定め」の条と藤壺事件が「遠くこだましあっている」と指摘する（「作者と作中人物と読者―源氏物語を読み直すために―」『日本文学』一九八〇年三月）。

第26章　源氏物語の密通と病

一、密通と病

『源氏物語』の重要なテーマをかたちづくるものに密通があるが、藤壺や朧月夜、及び女三の宮といった、特に重要な女君たちの密通には病が深くかかわっている。

藤壺との密通は、

藤壺の宮、なやみたまふことありて、まかでたまへり。　①若紫巻・二三〇頁

という語り方によって描かれる。源氏は体調すぐれざる状態になって退出してきた藤壺と密会するのである。さらに、この若紫巻の冒頭が、

瘧病にわづらひたまひて、よろづにまじなひ、加持などまゐらせたまへどしるしなくて、あまたたびおこりたまひければ、　同・一九九頁

と始められていることは周知の通りで、源氏自身が病にかかり、北山に治療に赴いている。そして下山すると、今度は藤壺が病の状態で里下がりしてくるという展開になっている。源氏の瘧病は藤壺を思慕するあまりの、いわば恋わずらいでもあるが、これに呼応するように藤壺もまた、「なやみたまふ」のである。密通直後の藤壺の様子は、

宮も、なほいと心憂き身なりけりと思し嘆くに、なやましさもまさりたまひて、
同・二三二頁

と描かれる。懐妊によって体調を崩しているのだが、「心憂き身」だと嘆くことによってますます具合が悪くなっていくことが端的に示されている。これに続いて、

心憂く、いかならむとのみ思し乱る。

とみえ、「心憂し」という表現が繰り返され、藤壺の体調には単に身体的なものではなく精神的な悩みや苦しみが深く関与することがわかる。ちなみにこのすぐ前には、自分の犯した罪を思うと恐ろしく思わずにいられない源氏が、

内裏へも参らで二三日籠りおはすれば、また、いかなるにかと御心動かせたまふべかめるも、恐ろしうのみおぼえたまふ。
同頁

と語られているが、いわんや、我が身そのものに不義密通の厳然たる証拠を宿す藤壺の精神的な葛藤がいかに大きいかは想像に余りある。

朧月夜との密通においても同様のことがいえる。源氏との密通が発覚するのは、朧月夜が瘧病によって退出したときであった。朧月夜は源氏と契りを結び、彼に惹かれながらも朱雀帝の尚侍となった。寵愛は受けていても、恋する人に逢えない不安定な心が病を引き起こしたものと考えられる。[注1] 源氏物語において、瘧病になるのは源氏そのひとと朧月夜だけであり、いずれも天皇の妃ないしはこれに準ずる女君との恋がからんでいる。しかも、すでに契りを結びながら、逢えない状態のときに罹患するという共通点がある。

瘧病の用例は次の通りである。

①瘧病にわづらひたまひて、よろづにまじなひ、加持などまゐらせたまへどしるしなくて、あまたたびおこりたまひければ、
①若紫巻・冒頭

②僧都あなたより来て、「こなたはあらはにやはべらむ。今日しも端におはしましけるかな。この上の聖の方に、源氏の中将の、瘧病まじなひにものしたまひけるを、ただ今なむ聞きつけはべる。　同・二〇八～九頁

③去ぬる十余日のほどより、瘧病にわづらひはべるを、たび重なりてたへがたうはべれば、（以下略）　同・二一〇頁

④瘧病にわづらひたまひ、人知れぬもの思ひのまぎれも、御心の暇なきやうにて、春夏過ぎぬ。　①末摘花巻・二七七頁

⑤そのころ尚侍の君まかでたまへり。瘧病に久しうなやみたまひて、まじなひなども心やすくせんとてなりけり。　②賢木巻・一四三頁

以上五例のうち①～④の四例は源氏の瘧病だが、①は若紫巻冒頭の地の文で、②は源氏来訪の話を聞いた僧都の言葉であり、③は源氏自身の言葉である。若紫巻においては地の文から僧都、源氏自身へと視点を変えながらも焦点を絞っていくような描かれ方がなされている。瘧病という語は若紫巻の冒頭から、注意深く配置されていることがわかる。瘧病が若紫巻のテーマと分かち難く結びついていることがあらためて理解されよう。そしてそのことは、④によってさらに明確になる。頭中将と末摘花を競いあう条の後に、④の一文は置かれている。ここでは「瘧病」と「人知れぬもの思ひのまぎれ」即ち藤壺との密通が一対のもの、もしくは、ひと続きのものとして挙げられており、若紫巻のテーマを端的に浮かび上がらせている。つまり、瘧病は藤壺との語られざる密通によって起こったものであり、「瘧病」になるほどにもの思いをし、それがまた、次なる密通を呼び寄せるという仕組みになっているのである。この④の一文はそのことをあらためて鮮やかに印象づけている。末摘花巻のコミカルな物語も、しっかりと藤壺の物語に繋がれ、且つ対照的に語られていることが知られる。そして最後の⑤の例は朧月夜が瘧病になって退出し、源氏と

密会し、発覚する有名な条である。

このように、「瘧病」の用例は源氏と朧月夜にのみ偏っており、しかも源氏のそれは藤壺との密通にかかわり、朧月夜の場合は源氏との密通に必須の条件になっている。そして、いずれも帝に対する禁忌を犯している点で共通する。また、藤壺は瘧病にはならないが、すでにみたように心身共に病的な状態で退出した折に密通が起っている。即ち、藤壺も朧月夜も病気によってそれぞれの帝から離れることが可能になったわけで、言い換えれば、格別な寵愛を受けているために病にでもならなければ宮中から里下りすることは難しい。病は密通が起こるための必須条件になっている。この点では柏木と女三の宮の場合も同様である。密通の当事者ではないが、紫の上の発病がなければ源氏が長期にわたって六条院を留守にすることはなく、密通も起こり得なかった。また、女三の宮の物語が始まる若菜上巻が、

朱雀院の帝、ありし御幸の後、そのころほひより、例ならずなやみわたらせたまふ。　④若菜上巻・一七頁

という一文で語り出されているのも注目される。朱雀院の病が「例ならず」というほど重いがゆえに、女三の宮の降嫁が模索されるわけで、この冒頭の一文は源氏物語第二部の事件を予兆する波乱の幕開けとなった。これはそのまま若紫巻の冒頭を想起させる。若紫巻では源氏が病んで、密通を起こすのに対して、若菜巻では朱雀院が病んで、源氏が降嫁を受け入れ、その結果、逆に密通を起こされるのである。病む人間の持つ力が最大限に発揮されているといえよう。第二部においては、もはや病む人間ではない源氏は、ただ受動的にその結果を受け入れるしかないのである。

ところで、柏木巻と御法巻の冒頭は次のような一文で始まっている。

衛門督の君、かくのみなやみわたりたまふことなほおこたらで、年も返りぬ。　④柏木巻・二八九頁

紫の上、いたうわづらひたまひし御心地の後、いとあつしくなりたまひて、そこはかとなくなやみわたりたまふ

こと久しくなりぬ。　　　　④御法巻・四九三頁

密通を犯した柏木も、密通の契機を作った紫の上の場合も、朱雀院と同様に、それぞれの巻の冒頭に全く同じ「なやみわたりたまふ」という表現が配されているのである。冒頭から病む人の一文で始まるのは、源氏物語全体を見渡してみても、若紫・若菜上・柏木・御法の四巻のみである。このことを以てしても、藤壺との密通と柏木の密通が対比的に描かれていることが知られよう。若菜上巻の朱雀院の病に起因する密通は紫の上の病を媒介にして実現し、その結果として柏木と紫の上の重篤なる事態を招き、遂にその死をもたらすのである。

病は密通を引き起こす条件として作用したり、あるいはまた密通の結果としてもたらされるものでもあった。いわば密通は病と表裏の関係にある。それは前述のように、寵愛されている妃と密通するチャンスを創り出すために必要な手続きでもあったわけだが、極言すれば、この物語においては密通自体が病なのだともいえよう。

二、瘧病について

瘧病は源氏と朧月夜のみが罹患しており、源氏物語において特殊な役割を帯びている。神尾暢子はこれについて、次のように指摘している。(注2)まず、源氏は洛外北山に、朧月夜は洛中里邸に転地療養の必要性があり、この二種の転地は須磨への転地の伏線になっており、日常から非日常への転換と関連すること、さらにこのような関係は発作時と正常時が交互にあらわれる「瘧病」独自の症状に類似し、さらに「瘧病」と「えやみ・おこり」は同病の異称であるに(注3)もかかわらず、文学作品においては多数を死亡させる疾病の規定に使用して「瘧病」と区別するが、これは「わらは」という語の表現映像を必要としたのではないかと説いている。

右にいう「表現映像」とは、「わらは」という音によって、「童」のイメージを浮かび上がらせるという意味なのであろう。実際、これに関連して引き起こされる密会は若々しい男女の関係であり、きわめてドラマティックで、藤壺との間には不義の子が生まれる一方、朧月夜との逢瀬は露顕して須磨流離という事態を招く。「瘧病」という病が新たな物語を展開させていくのである。(注4) それは、神尾論文が指摘するように、小野に転地療養した一条御息所と二条院に移って静養した紫の上は快復することなく死没するのと対照的である。特に、源氏の場合は、瘧病を治すために行った北山で、以後の人生を共に歩む少女に出逢っているのであり、「わらは」という語があたかも掛詞のように物語の中に響いている。

「瘧病」という語は文学作品にそれほど多くあらわれるわけではなく、平安時代までの作品としては『大鏡』・『堤中納言物語』・『今昔物語集』といった程度である。『今昔物語集巻』一二～第三五には、閑院太政大臣公季が「童やみはよく祈おとし給」ふという評判の「持経者叡実」を訪ねたところ、たちどころに平癒したとある。(注5) 大鏡では、冒頭近くで世継の妻が「わらはやみ」にかかったことを述べている条がみえる。

右の『今昔物語集』の話で注目されるのは、公季が「若くして三位中将と聞こえける」ときで、「母は延喜天皇の御子に御す」とあり、瘧病にかかったとき、彼が青年だったこと、天皇につながる高貴な生まれであること、さらに中将であったことが記されている点である。というのは、若紫巻の源氏もまた中将であり、高貴であるのは勿論のこと、治療のために高名な僧を訪ねて行くところもよく似ているからである。

また、『堤中納言物語』の「虫めづる姫君」には、この姫君のかたを持つ女房が「蝶はとらふれば、手にきりつきて、いとむつかしきものぞかし。また、蝶はとらふれば、瘧病せさすなり。あなゆゆしとも、ゆゆし。」と語る場面がある。蝶の羽の粉と瘧病との因果関係はないとされているが、この女房が全く根拠のないことを言っているとも考えにくい。科学的根拠はないにしても、当時このような考え方が、ごく一部ではあってもなされていた可能性を否定することはできないように思われる。というのも、蝶は我々人間の目にふれる季節としては春から夏にかけて活動するが、瘧病にかかる時期もまた、ほぼこれと重なるからである。若紫巻の源氏は三月末、賢木巻の朧月夜の罹患は夏のことであった。蝶という誰にでも愛される華やかな存在が、実は瘧病の原因だというのは、甘美な密通とその裏に潜む闇を暗示するようで興味深いものがある。

中世の『十六夜日記』には、「弥生の末つ方、若々しきわらはやみにや、日まぜに起る事二度に成りぬ。あやしう惚れ果てたる心地しながら、三度になるべき暁より起き居て、仏の御前にて心を一にして法華経を読みつ。其験にや、名残なく落ちたる折しも、都の便りあれば、かかる事こそなど、故郷へも告げやるついでに」とみえる。「弥生の末つ方」は、源氏が瘧病にかかって北山に行った時期と全く同じであるから、あるいはこれを意識した描写であることも考えられるが、「若々しきわらはやみ」とか、「あやしう惚れ果てたる心地」といった記述から、瘧病が「若々しい」病だという印象を伴っていることがわかる。(注6) また発熱によるものとはいえ、不思議にぼうっとした状態になると書かれているから、源氏や朧月夜の恋わずらいに用いられた理由の一端が窺い知られるのではないかと思われる。

なお、『大鏡』には「わらべ」・「わらはやみ」の語が続けてあらわれるのも興味深い。「わらべ」とは妻をへりくだっていう語で、その妻が「わらはやみ」にかかっているというのである。源氏の場合もまた、のちに妻になる少女に逢うわけで、「わらはやみ」と「わらは」とは連鎖的に響きあう。作品の中で意識的にこのように表現されたのかどうかはわからないが、そもそも『日本国語大辞典』の「わらわやみ」の項が「童病の意か」とするように、この病気と子どもとは語源的に深くかかわりあっている。『俗語考』や『大言海』は子どもに多いところから、このような病名がついたとし、また俚言集覧はこの病気の鬼が子どもであるという唐の頃の俗説によるとし、また、民俗学では、おこりのとき、子どもが病人の布団の上にのるとふるえがくるという言い伝えによるとするなど、いずれも子どもと関連づけた説明になっている。

しかし源氏物語におけるこの言葉の特殊性はやはり、前節でみたように、源氏と藤壺及び朧月夜との密会に関する場面にのみ出現するのであって、あきらかに意識的に使用されている。

そもそも藤壺と朧月夜には、さまざまな点で共通点や対照性が認められる。このふたりの女君は伊勢物語六五段の、帝の妃と密通する話から生成発展して造型されたものと考えられ、さらに六九段の斎宮物語もこれに関与している。いずれも帝に寵愛を受けており、同時に斎宮の面影をも与えられ、なおかつこのふたりの女君のことはまるで縄をなうように交互に語られるのである。(注7) 朧月夜と初めて逢うのは、花の宴の後、藤壺を求めて逢えずにさまよっているときであったし、朧月夜に逢うと、藤壺への恋慕がかき立てられる。そして、賢木巻で朧月夜との密会が発覚するのも藤壺出家後であった。つまり藤壺と逢えないとき、手が届かなくなったときに、役割を交代するかのように朧月夜が登場し、物語は大きなうねりを見せる。このようにして藤壺と朧月夜は連携しつつ須磨流離を招き寄せるのである。

なお藤壺は帝の正妃、中宮であり、朧月夜は正式な妃ではないが、単なる寵妃ではない。尚侍という内侍所の長官で、そこは宮中における伊勢神宮の機能を果たす場であることから、斎宮に比定される存在である。とすれば、天皇制にかかわる密通と病とは、切り離すことが困難なほど密接に関連しているということになる。

これに対して柏木の密通の場合には、藤壺との密通と対比的に描かれるにもかかわらず、また、源氏が准太上天皇の位にあるにもかかわらず、瘧病はあらわれない。瘧病は源氏の密通のみに結びついているのである。その理由はあきらかではないが、瘧病が「人の発見」を伴っている点には注目してよいだろう。源氏は瘧病に罹患することによって、北山を訪れて若紫を発見するのに対し、朧月夜の瘧病は源氏との密会の現場を発見されてしまう。若紫巻の場合、源氏は童女を発見しており、賢木巻の方では右大臣が自分の娘のしどけない姿を見てしまう。つまり、発見し発見されるのが、童女もしくは父親から見た娘なのである。源氏もまた、若紫の父親代わりの役割を果たすことを考え併せると、このふたつの発見は父親あるいは父親的な存在が娘を発見する関係として捉え直すことができる。とすると、「わらは」という語のもつ喚起力があらためて強く迫ってくる。柏木の密通の場合にも発見は物語の重要な要素としてあるが、それは柏木が成人した女三の宮を、また源氏が柏木の手紙を発見するのであって、「わらは」とは無縁である。もっとも、「立っている人」を発見するという点では、柏木の場合も同様である。源氏は北山で「走り来る女子」を、また、花宴の後には「こなたざまに」立って歩いて来る朧月夜と出逢っている。だが、柏木は女三の宮の立ち姿をかいま見しているにもかかわらず、「瘧病」はあらわれないのである。

三、柏木と夕霧

瘧病はなぜ、源氏の密通にのみ語られて、柏木にはあらわれないのであろうか。この問題を考える一助として柏木と夕霧について考えてみることにしたい。

藤壺、朧月夜、女三の宮の密通に、桜が密接にかかわっていることはすでに説かれているが、(注8)藤壺との密通を予兆する若紫巻のかいま見は、盛りの桜の下でなされ、朧月夜との初めての逢瀬もまた、花宴当日の夜、まさに満開の桜の季節であるのに対し、柏木のかいま見は散る桜の下でなされる。同じく桜の下でのかいま見とは言え、対照的なのである。本文には、花宴が「二月の二十日あまり」とあり、一方、若菜上巻の六条院の蹴鞠の日は「三月の空うらかなるに」とみえる。後者には日付は記されていないが明石女御の出産が十余日で、その後、産養が続くので、蹴鞠が行われたのは三月の末だと考えられている。つまり、花宴よりも一ヶ月ほど後に設定されていることになり、「花の雪のやうに降りかかれば」（一三九頁）、「花乱りがはしく散るめりや。桜は避きてこそ。」（一四〇頁）などと描かれるのもうなずける。(注9)

なお、若紫巻のかいま見は実は三月の末であり、若菜巻の蹴鞠と同じ頃であった。にもかかわらず桜が満開だったのは、「三月のつごもりなれば、京の花、盛りはみな過ぎにけり。山の桜はまだ盛りにて、」と見えるように、北山は春の訪れが遅いからであろう、一ヶ月遅れで満開のときを迎えているのである。柏木のかいま見は、この若紫巻同様、三月末の夕刻だが、そうであればなおさら、六条院の蹴鞠の庭に「乱りがはしく」桜が散る光景は、盛んなときを過ぎて滅び行くものへの連想をかき立てる。それは老いを迎えた源氏のありかたや六条院の崩壊を予兆するとともに、柏木や紫の上を死へといざなうものでもある。「わらは」のエネルギーに満ちた世界ではなく、老いの世界、死の世界なのである。瘧病は満開の桜とも分かち難くつながっているのである。

また、桜の衣に視線を転じてみると、「花の雪のように降りかかる」蹴鞠の庭で「桜の直衣のやや萎えたる」を着て「ものきよげなるうちとけ姿」が描かれるのは、実は柏木ではなく、夕霧の方であった。というのも、花宴巻で朧月夜と契りを結んだ源氏が、右大臣の藤の宴に招かれたとき、うちとけた様子で「桜の唐の綺の御直衣」を着て現れる場面を想起させるからである。源氏の場合は「あざれたるおほきみ姿」ではあるが、この藤の宴にも、「おくれて咲く桜二木」が配されており、源氏の衣装と響きあっている。ここでも若紫巻と同じく源氏の桜は散る花ではなく、あくまでも「咲く」桜なのである。そして花宴の夜に逢ったのが何番目の姫君なのかを確かめようとして、御簾越しに目指す人の手を捉えるのだが、この朧月夜から源氏はすでに「桜の三重がさね」の扇を受け取っていたのであった。このように、桜は密通の相手へと導いていくのであるが、ではなぜ蹴鞠の庭で桜の衣をまとうのが柏木ではなく夕霧の方なのであろうか。

ここで、密通にかかわる語としての「おほけなし」について考えてみる。第二部までの「おほけなし」の用例は二三例である。うち、源氏と藤壺の密通に関連するものが四例、柏木と女三の宮に関するものが一二例、夕霧と女三の宮もしくは紫の上に関するものが三例、その他四例となり、柏木と女三の宮に関して使用されるのが最も多い。しかしここで注目されるのは、女三の宮を得ようとする気持ちがいちはやく語られるのは夕霧の方だということである。

わざとおほけなき心にしもあらねど、見たてまつるをりありなむやとゆかしくおもひきこえたまひけり。

④若菜上巻・一三五頁

夕霧の気持ちは、このように地の文で語られているのだが、この「おほけなし」という語は若菜上巻ではこの一ヶ所だけで、次にあらわれるのは下巻になってからである。しかし、そこではもはや夕霧の女三の宮に対する関心は全く語られず、これに代わって柏木の思いが一二例ほとんど連続してでてくる。そして、その柏木の思いを挟み込むようにして、夕霧の紫の上に対する思慕が語られる。柏木の一二例中、一一例の最初と最後に配するかたちで、夕霧の紫の上への思いが地の文で語られるのである。つまり、若菜下巻に至って、夕霧の女三の宮への思いは紫の上に対する思慕に転換し、これと入れ替わるようにして柏木の女三の宮への思いが募っていくさまがみてとれる。ここには夕霧から柏木へ、女三の宮から紫の上へという二重のずらしがある。

そして夕霧の紫の上に対する思慕が極まるのは、御法巻における紫の上臨終の場面である。夕霧は源氏とともに紫の上の死に顔を見、その美しさに圧倒されるが、それはむろん、野分巻で紫の上をかいま見する場面と照応する。死に顔に接することで夕霧の恋慕は実現し、同時に終焉を迎えるのである。

即ち、第二部の「おほけなし」の用例は中心部分は柏木と女三の宮との密通だが、外側は夕霧の紫の上に対する恋慕によって、くるまれるようなかたちの二重構造になっており、(注10) このふたつが合体してはじめて源氏と藤壺との密通に近いものになる。つまり夕霧の紫の上に対する思慕が柏木の密通の、いわば枠組みとして機能していることがわかる。

このように見てくると蹴鞠の庭における女三の宮かいま見の場面で、柏木ではなく、夕霧が桜の衣を着ている理由がわかってくる。柏木の密通は源氏のそれをずらした夕霧の密通という枠組みがあってはじめて成立するのである。だからこそ、柏木は盛りの桜とも桜の衣とも、また瘧病とも無縁なのではないか。その意味では彼は密通を起こすはずの人物ではなかった。そして、このとき女三の宮もまた、「桜の織物の細長」を着ている。密通を犯す関係にない夕霧と女三の宮のふたりがともに桜の衣を着用しているのは、こうした二重構造、もしくは二重のずらしを映像の上で浮かびあがらせるのである。

本来、第一部の密通、即ち盛りの桜や瘧病に対応する密通は、第二部では夕霧が背負うはずであった。それは実現には至らなかったが、柏木の密通をリードするかのように、女三の宮に対する夕霧の関心がまず描かれているのであった。夕霧にとって紫の上は義母であり、正妻となった女三の宮もまた、かたちの上では義母である。とすれば密通の当事者が夕霧から柏木へと転換することは「母なるもの」に対する密通が避けられて、家族関係のない第三者へと移行したのだと捉えることができる。考えてみれば源氏の密通においては、藤壺・朧月夜のいずれの場合も血縁から逃れられない関係にあった。藤壺は父帝の妃であり、朧月夜は兄帝の寵妃だからである。帝の妃であると同時に父及び兄の妃と密通するというのが、源氏の禁忌の恋の特徴である。さらに朧月夜との密会は父の右大臣に発見され、これによって須磨流離へと追い込まれ、逆に都への復帰は故桐壺院の死霊の力によって実現されたことを考えると、源氏の密通には家族、特に父親が深く関与していることがわかる。このことと、源氏の密通にのみ瘧病があらわれることには何らかの関連性があるのではなかろうか。そもそも女三の宮の密通も降嫁を企図した父朱雀院に、その遠因があったわけで、源氏物語の禁忌の恋には密通の当事者の近親者、特に父親が深くかかわっているが、女三の宮の場合、密通相手である柏木と朱雀院との間には、そのような近しい家族関係はなかった。とすると源氏物語における瘧病は、単に帝の妃との密通という条件だけでなく、血縁上の父子関係を中心に義母や兄弟関係がからみあった禁忌の恋に発現するのだということになる。これが物語において、また同時代において、どのような意味や背景を持つのかということについては、後考をまつことにして、まずは右のことを指摘するにとどめておく。

〔注〕

1　飯沼清子「源氏物語における《病》描写の意味―表現論の一環として―」(『國學院雑誌』八三―一二、一九八二年一二月)は、全編にわたる病の描写を分析して、主人公は病むときこそ最も主人公たり得ていると結論づけている。藤壺が心の悩みをかかえて病に至ったことや、朧月夜の病が「朱雀帝に愛を注がれながら、光源氏を忘れられずにいた、ということに起因する」ことなどについても指摘している。

2　神尾暢子「源氏物語の疾病規定」(『源氏物語の探究』第一六、一九九一年一一月、のち『王朝文学の表現形成』、新典社)

3　室伏信助「源氏物語の発端とその周辺」(『國學院雑誌』、一九五七年六月)は、若紫巻前半に繰り返しあらわれる桜と瘧病との結びつきは疫病の流行を鎮めるべく行われた夜須礼御霊会の信仰を基盤にするものであると説く。とすれば、瘧病の背後には、これと同病の異称である「えやみ」(疫病)のイメージが横たわっているのではなかろうか。

4　島内景二『源氏物語の語型学』(ぺりかん社、一九八九年)は、若紫巻の疾病は光君の人生を変革し、展開させていく能動的なものだとする。

5　『宇治拾遺集』一四一にも同じような話がみえる。

6　小林由佳「古典作品に見る「わらわやみ」」（『東京成徳国文』一八号一九九五年三月）は古典作品の例から、瘧病が必ずしも子どもや若い人だけの病気ではないことを指摘している。ただし、〈例④〉大鏡において、世継が「わらわやみ」にかかったとするのは誤りで、正しくは世継の妻が罹患した。

7　久富木原「源氏物語の禁忌と王権」（『源氏物語歌と呪性』若草書房、一九九七年）

8　原岡文子「源氏物語の桜考」（『源氏物語　両義の糸』、有精堂、一九九一年一月）

9　これに類似する蹴鞠の場面はすでに『うつほ物語』に描かれる（細井貞雄『空物語玉琴』中野幸一編「うつほ物語資料」（武蔵野書院一九八一年）が、原岡論文（注（8）に同じ）が指摘するように、『うつほ物語』では初夏の設定になっているのにもかかわらず、源氏物語において三月が選び取られたのは、ここに桜の影が求められたためであったと考えられる。

10　「おほけなし」に着目した論はいくつかあるが、夕霧と柏木のそれぞれの恋が二重構造になっていることに気づかされたのは、樋野雅子氏の卒業論文執筆時（一九九九年一二月於日本女子大学）にアドバイスを求められた折であることを記しておく。

第Ⅵ部　歌語り・歴史語りの場と表現

第27章　儀礼と私宴 ―葛城王の歌語り―

はじめに

安積山影さへ見ゆる山の井の浅き心を我が思はなくに

『万葉集』巻一六・三八〇七に見えるこの歌は、周知のように短い物語を伴っている。陸奥国を訪れた葛城王が国司の疎略な接待に怒ったが、采女の歌によって機嫌を直すという内容である。この歌は『古今集』「仮名序」によれば、「難波津」の歌とともに手習歌とされ、広く知られている。葛城王は橘諸兄とするのが有力で、改名前の葛城王時代のものと考えられている。諸兄（六八四～七五四）が橘姓を称するのは七三六年以降であるから、この話はほぼ八世紀前半の出来事ということになる。

この歌物語はその骨格をくずすことなく「古今仮名序」に受け継がれ、さらに解体され再構成されつつも『大和物語』『源氏物語』、『今昔物語集』といった平安時代の多様な作品に、さまざまな影を落としていく。たとえば「大納言の娘」が男に盗まれる話になっている『大和・今昔』にはもはや采女は現れず物語も全く異なったものになっているが、同じ「安積山影さへ見ゆる」の歌を伝えている点では、『万葉・古今』と軌を一にするのである。また『源氏物語』「若紫巻」では、光源氏が若紫の祖母・尼君に対して、

あさか山あさくも人を思はぬになど山の井のかけ離るらむ
①若紫巻・二三〇頁

という歌を詠んでいる。これは「安積山」の歌の本歌取りとも言うべき作であるが、この歌が詠まれた後、物語は「大納言の孫娘」（若紫）を盗む出すという展開を見せる。『源氏物語』においては『大和・今昔』の、「大納言の娘」を盗み出すモチーフを受け継ぎつつ、歌が改作されているとみることができる。同時に、盗み出された「大納言の孫娘」若紫は源氏によって手習いの手ほどきを受けるわけで、この部分では「古今仮名序」の「手習い歌」のモチーフが活かされている。歌物語の「歌」と「物語」とは、それぞれ別々に多様なバリエーションを生成していくのである。(注1)

そして「葛城王の歌物語」を語り直す営為は、平安期を待たずに、すでに八世紀の葛城王と同時代、『万葉集』それ自体において始まっているのではないかと思われる。本稿では、この歌語りが神話的な儀礼の枠組みを保ちつつ、同時に現実の儀礼の場とかかわりながら、諸兄の私宴においてあらたな歌物語として語り直された可能性について考える。

一、伝承された歌語り―万葉集巻一六の配列から―

葛城王の話とよく似た話に『古事記』「三重の釆女」説話がある。(注2)雄略天皇に献上した杯に葉が浮いていたので、天皇が怒って斬り殺そうとしたところ、釆女が歌を奉って死罪を免れたという話である。

ふたつの話の共通点として、次の二点が挙げられる

①宴席における天皇（王）の怒り

②釆女が歌と杯（水）で怒りを鎮める

これらには似たような話の型が存在したことがうかがわれ、そこからそれぞれの歌物語が出来上がっていったものと推測される。釆女説話のほとんどは天皇やトヨノアカリにかかわって語られ、天皇自身が登場して死罪にしたり赦したりするなど生殺与奪の権を握っていることを示すものが多い。地方豪族の妹や娘を人質として差し出した釆女の物語は、天皇に対する服属儀礼の陰影を色濃く帯びているのである。(注3)

『万葉集』における「安積山」の「宴」の場合、宮廷儀礼として重要な「トヨノアカリ」の儀式とは趣を異にするとはいえ、「国司」がもてなすのだから、公的、もしくはこれに準じるものであったと思われる。さらに歌と杯で王の怒りを解くのも『古事記』と同じである。釆女は天皇に近侍して酒や水の奉仕をするから、「杯」はその職掌と深くかかわっていた。「葛城王の歌語り」は、宮廷儀礼にかかわる歌語りが人物と場所をずらして新たな歌語りとして創られたことを示唆する。(注4)その際、陸奥が舞台になったのは歌に「安積山」の地名があるから当然としても、葛城王という人物が選び取られたのはなぜなのであろうか。

葛城王橘諸兄が陸奥に行ったという記録はない。だが、王が遙々と陸奥まで出かけていくからには、重要な任務を帯びていたと考えるのが自然であろう。『続日本紀』には葛城王その他の王に関して任官解官、またこれに類する公的な記録が記されているが、陸奥へ出かけ国司の接待を受けているにもかかわらず、なぜ記録に残されなかったのであろうか。たとえ公式のものではなくて記録されなかったとしても、『万葉集』の配列をみると、この歌語りが歴史的事実に基づくものなのかどうかについては疑問が残る。(注5)

この問題を考えるために、まず『万葉集』巻一六の配列を概観してみよう。この巻は「有由縁と雑歌と」即ち物語的な歌を多く含む巻で、平安時代の物語の先駆け的な意義を持つと同時に伝承的な歌を数多く含んでいる。まずは巻全体を概観し、「葛城王の歌語り」がどのような位置にあるかを見てみよう。

A　三七八六〜三八一五

a　「昔」で始まる歌語り三七八六〜三八〇五……桜児・児・竹取翁

b　左注に「伝云」を持つ歌語り三八〇六〜三八一五(注6)……葛城王の話など

B　三八二一〜三八五七

固有名詞が明らかな歌……穂積親王・河村王・佐為王の話など

C　三八五八〜三八八九

筑前ほか、地方が舞台になった歌

(Cには「伝云」一例のみが三八七八みえる)

ごくおおまかに分類すると、右のように三つに分けられる。

Aは「昔」で始まる歌語りと、左注に「伝云」を持つ歌語りからなる。「葛城王の歌語り」はこのAの後半部bに配されているが、固有名詞が記されるのはA全体において、葛城王の一例のみである(注7)。個人を特定する名前が明記されるのはB歌群の方の特色である。Aのaにおける桜児や竹取翁の場合には、まさしく「昔」話的な物語の中で伝承されてきた名前であるから、当然のことながら現実的な一個人とは異なる。つまりA全体の中で、葛城王だけが特定可能な人物なのである。このような巻一六の配列からすれば、特定できる個人にまつわる歌語りはB群に置かれるべきであった。B群には親王や王にかかわる多くの歌が載せられており、その点から言ってもB群に配される方が自然である。A群には「王」にかかわる話は皆無であり、また葛城王の話は「宴」の折のものだが、A群には「宴」の場で詠まれた例は見られず、さらに「宴」の歌はB群に集中しており、B群は冒頭から「宴」の歌で始まるのである。

しかもB群には葛城王の話と同じく「伝云……固有名詞」の左注を持つものが四例みえる。(注8)

三八二四〜三一　伝云……長忌寸意吉麿(ながのいみきおきまろ)
三八三七　　　　伝云……右兵衛
三八四四〜四五　伝云……大舎人土師宿祢水通(はしのすくねみみち)字は志婢麿(しびまろ)
三八五七　　　　伝云……佐為王

四例目の「佐為王」は葛城王橘諸兄の弟であることも考え併せると、「伝云……固有名詞」の左注を持つものはB群に置かれるのが最も自然である。それなのに、なぜ「葛城王の歌語り」だけがA群なのか。巻一六全体の配列から見れば、本来B群にあるはずのものがあえてA群に移されたとしか考えられない。しかもA群に置かれた瞬間に、葛城王は特定の個人ではなく、歌語りとして伝えられる伝承上の人物として立ち現れる。即ち『古事記』「三重の采女説話」に代表されるような、天皇と采女に関する遙かな伝承を色濃く残す歌語りとして、である。

A群における葛城王の話は内容的にも異色である。この話の前後はすべて恋愛譚になっているのに、葛城王の話だけが例外で、これがひとつだけ割り込んだかたちになっているのである。(注9)A群においては、葛城王の話だけが固有名詞を伴い、これだけが「宴」の場で詠まれ、これひとつだけが恋愛譚ではない、というように「葛城王の歌語り」は形式的にも内容的にも、またテーマの面においても異例づくめなのである。

二、佐為王の歌語りと諸兄の私宴 ―「伝云」の場合―

(1)

「葛城王の歌語り」がA群に配されたのはやはり神話的な伝承を担うからであろう。天皇ではなく王の話にずらしたかたちではあるが、『古事記』「三重の釆女」のように権力者が歌によって怒りを鎮めるという基本的な構造は共通している。そこで注目されるのが、B群の最後にある「佐為王」の歌語りである。これは第一節で挙げたように、葛城王の話と同様に「伝云……固有名詞」の体裁をとり、さらに内容的にも葛城王の話と類似するものを持っている。佐為王に仕える婢が、仕事のために夫と逢えないことを嘆く歌を「高声吟詠」し、これを哀れに思った佐為王は以後、彼女の宿直を免じたというのである。王に奉仕する女が歌を吟詠し、それを愛でた王が女を許すというのは、「葛城王の歌語り」と軌を一にする。佐為王に仕える婢は、歌によって王の怒りを解いた「安積山の釆女」の如く、歌によって王から仕事を免除されるのであって、前者の話のバリエーションとして考えることができる。それは、あの『古事記』「三重の釆女」の話とも通底する。

B群には親王によって褒美が与えられる例があるが、(注10)佐為王の話はこれとは根本的に異なる。本文の「免」は重要な意味を担っており、単なる褒美ではなく、あくまでも王が許すというところにポイントがある。「王の慈悲」(注11)を語る佐為王の話は、葛城王の話と共に「三重の釆女」型の歌語りの主人公として、A群とB群にそれぞれ振り分けられる格好になっている。

兄弟の歌語りにおいて、王がすばらしい歌を詠んだ者を許す、免じるというのは、「三重の釆女」型の歌語りの系譜に位置する。葛城王・佐為王の話は「三重の采女」型の歌語りを継承し、兄弟はそのバリエーションを生み出す場を共有していたのではないか。

橘諸兄はたびたび自邸で宴を催しているが、特に注目されるのは、『万葉集』巻六の、諸兄が右大臣に就任した年の宴である。

　　秋八月二十日に、右大臣橘家に宴する歌四首

①長門なる　沖つ借島　奥まへて　我が思ふ君は　千歳にもがも　一〇二四

　　右の一首、長門守巨曽倍対馬朝臣

②奥まへて　我を思へる　我が背子は　千歳五百歳　ありこせぬかも　一〇二五

　　右の一首、右大臣の和ふる歌

③ももしきの　大宮人は　今日もかも　暇をなみと　里に出でざらむ　一〇二六

　　右の一首、右大臣伝へて云はく、故豊島采女が歌なり、といふ。

④橘の　本に道踏む　八衢に　物をそ思ふ　人に知らえず　一〇二七

　　右の一首、右大弁高橋安麻呂卿語りて云はく、故豊島采女が作なり、といふ。ただし、或本に云はく、三方沙弥、妻苑臣に恋ひて作る歌なり、といふ。然らば則ち、豊島采女は当時当所にしてこの歌を口吟へるか。

③の左注によれば、「豊島采女」の歌を諸兄その人が「伝云」している。さらに次の④は、高橋安麻呂が「豊島の采女」の歌だと「語」っている。巻一六には「語」るの語はみえず、歌語り的なものを記す場合には「昔」・「伝」が用いられているが、主賓の安麻呂は主人諸兄に応じて、同じ「豊島采女」歌を披露したと考えられる。諸兄邸の宴において「采女の歌」二首が披露されたこと、うち一首は諸兄自身が伝え、もう一首は同じ采女の作と「語」られる歌が

宴に参集した者によって披露されたのは興味深い事実である。

さて、右の四首がどのような構成になっているかみてみると、①は参集者が主の長寿を言祝ぎ、②はこれに対して主が応え、③④では采女の歌が披露されている。③は宮廷人が精励する様子が詠まれ、④は恋歌で、一見、対応していないようだが、諸兄の姓である「橘」の語が詠み込まれていることからすれば、「私どもは、橘の木の元を踏み行く八衢の道のように、あなた様をあれやこれやとお慕い申し上げている」(注12)という祝意の込められたものと受け止めることができる。いずれにしても、主の諸兄自身が「采女」の歌を「伝云」していることは注目される。というのも、「伝云」の万葉集における用例は限られていて左注にしか見られず、また前掲の『万葉集』巻一六におけるものが一二例で、その他は四例にすぎない。そして、この四例に諸兄の例も入る。合計一六例中、「伝云+固有名詞」の組み合わせは一四例しかないが、その二例を諸兄が占めるのである。さて、巻一六以外の四例のうち、諸兄の私宴における私宴における前掲③歌を除いた残りの三例は次の通りである。

巻五・八一三・八一四　右事伝言、那珂郡伊知郷蓑嶋人建部牛麻呂是也

巻一二・三〇九八　右一首、平群文屋朝臣益人伝云、昔聞、紀皇女竊嫁二高安王一被レ嘖之時、御作二此歌一。……

巻一七・三九一四　右伝云、一時交遊集宴、此日此処、霍公鳥不レ喧、仍作二件歌一以陳二思慕之意一、但其宴所並年月、未レ得二詳審一也。

一首目は神功皇后の鎮懐石伝説を語った「牛麻呂の言に従って詠んだ」とされるもの。二首目は密事が露見して叱られた皇女の詠を聞いた益人という人物が伝えたもの。三首目は家持の日録的な部分で、他人から聞いた歌を載せたもの。つまり、これら三例はすべて人から聞いた歌なのである。特に一首目の神功皇后伝説は「那珂郡」とあるから、

その土地の人が憶良に話したものであるが、憶良は「実はこれ御裳なり」と注を付していて、「口碑より記録の方を重んじる」（新編全集）態度を示している。憶良は筑紫に語り伝えられてきたものを記しつつ、記録とも照合していたことがわかる。また二首目は特殊な状況における歌を聞いた人がいて、それを益人が「昔聞」いて伝えたもの。三首目は家持自身が伝え聞く機会のあったものかと考えられている。

一首目は神功皇后伝承に関するスケールの大きな歌語りであり、二首目は「昔」起こった皇女の事件にかかわって、皇女その人の八つ当たりにも似た怒りの歌を伝えるという、歌にまつわる小さな、しかし印象深い語りが伝えられている。また「伝云」する主体が諸兄の場合同様、明確に記されているのも注目される。三首目は歌の詠まれた事情としては決してドラマティックなものではないが、ホトトギスに寄せる風流な雰囲気を伝えている。このように巻一六以外の「伝云」の三つの例はそれぞれ位相は異なるが、主として口頭で伝えられてきたものであること、歌の場（地域）や歌となんらかのかかわりのある人物が伝えたものと推測される。巻六の諸兄の宴席における二首の釆女歌の場合も、これに準じて考えてよいだろう。即ち、諸兄は釆女の歌を知る機会を得、それを自ら「伝云」し、また釆女の歌を「語云」のを直接聞くことのできる場を持っていたということである。釆女の歌がすでによく知られていたとしても、諸兄が宴の場で「伝云」したことは注目してよい。

さらに注目されるのは「葛城王の歌語り」の場合、葛城王は「伝云」される側であるが、諸兄邸では彼自身が「伝云」する側に立つということである。葛城王が諸兄ならば、『万葉集』中、彼だけが「伝云」し「伝云」される両方の側面を持つ唯一の人物ということになる。しかも、これらふたつの「伝云」はいずれも釆女伝承を伴っており、「宴」の席におけるものである。とすれば釆女の歌を「伝云」し且つ「伝語」される、歴史上明らかな天平一〇年八月の諸兄の私宴は特別な意味を帯びて立ち現れてくる。

（2）

『万葉集』の采女伝承に関しては、諸兄だけが主体となって「伝云」し、さらに客体となって「伝云」されているのはなぜなのであろうか。やはり彼は采女の歌や歌語りになんらかのかたちでかかわっていたのではなかろうか。また、そこには「王」という出自も密接に関与するであろう。

「葛城王の歌語り」は「三重の采女」型の話の、宴の場所を宮廷から陸奥に移し、天皇を王にずらしさえすればいい。諸兄の弟、佐為王の歌語りはこれをさらにずらして、同じパターンを示すことはすでに述べた通りである。諸兄兄弟は采女の歌語りを伝えつつ、同時に采女伝承の、特に「三重の采女」型の話をあらたに語り直し、自ら演じているのではあるまいか。そうでなければ、このようなバリエーションの歌語りが彼ら兄弟の名に附会して伝えられたのであろう。特に佐為王の話の場合は、おそらく事実か、あるいはそれに近い出来事があったものと推察される。あるいは伊藤博が説くように「中国色（遊仙窟）を背景に据えながら日本の王の慈愛を伝えるものとしてもてはやされたのであろう。この場合、歌は、近習の婢が詠んだという形にしたもので、実作者はいることはいうまでもない。」[注13]ことと考えることもできる。後者だとすれば、葛城王の話もまた、彼に附会された創作である可能性が高い。この問題について考えるために佐為王の例を含むB群の「伝云……固有名詞」の体裁を持つ四例の左注について見ておきたい。

① 右一首伝云、一時衆会宴飲也。於レ時夜漏三更、所レ聞二狐声一、尓乃衆諸誘二奥麿一曰、関二此饌具雑器狐声河橋等物一但作歌者、即応レ声作此歌也。　三八二四

② 右歌一首伝云、有右兵衛姓名未詳、多二能歌作之芸一也、于レ時府家備二設酒食一饗二宴府官人等一、於レ是饌食盛之、皆用二荷葉一、諸人酒酣歌舞駱駅、乃誘二兵衛一云、関其而作此歌者、登時（すなはち）応レ声作二斯歌一也。　三八三七

③　右歌者伝云、有㆓大舎人土師宿祢水通字㆒、字曰㆓志斐麿㆒也、於㆑時大舎人巨勢朝臣豊人字曰㆓止月麻呂㆒、与㆓巨勢斐太朝臣㆒（名時忘之也、嶋村大夫之男也）、両人此彼皃黒色焉。於㆑是土師宿祢水通作㆓斯歌㆒嗤笑者、両巨勢朝臣豊人聞㆑之、即作㆓和歌㆒酬咲也　三八四四～五

④　右歌一首伝云、佐為王有㆓近習婢㆒也。于㆑時宿直不㆑遑、夫君難㆑遇、感情馳結、系恋実深。於㆑是当宿之夜、夢裏相見、覚寤探抱、曽無㆑触㆑手、尓乃哽咽歔欷、高声吟㆓詠此歌㆒、因王聞㆑之哀慟、永免㆓侍宿㆒也。三八五七

すべてに固有名詞が記されているのはすでにふれた通りだが、（姓はなくても、名前は記録されている、あるいは名前がわからない場合にはその旨、断っている）、さらに四例中、三例までが「声」にかかわるという共通点がある。①は狐の声が聞こえて来たので、その「声に応じ」て詠まれたものであり、②もまた「応声」して作られたとある。④では「高声」で「吟詠」したとある。①②は宴席、④は佐為王の私邸だが、いずれも歌う「声」を聞いている。③には「声」の語はないが、その場で歌を掛け合って笑いあう様子が見てとれる。笑い声が充満する場なのである。

葛城王の話には「声」の語は見えないが、釆女は葛城王の「膝を撃ち」、この歌を「詠」んだとあるから、④の「吟詠」とほぼ同様に考えてよいだろう。即ち、そこに同席した人々は皆、その声を聞いているわけである。

こうしてみると、葛城王の話がA群に置かれているのは、やはり例外的であり、むしろB群の①～④の話と類似することがわかる。にもかかわらずA群に配されていることから、一回的な宴の話ではなく、A群の特色としてある「昔」という時間の堆積において読むことを要請するのだと考えられる。記紀神話の釆女伝承は天皇・国家との息を呑むような緊張関係を伝えているが、葛城王の話はA群に置かれることによって、このような神話的な時間を提示する。と同時に葛城王という固有名詞が挿入されることによって、橘諸兄による一回的な事績として享受することも可能になる。「葛城王の歌語り」は、このような二重性を帯びているのである。（注14）

ところで、諸兄が「伝云」した歌は「大宮人は暇をなみと里に出でざらむ」というものであった。つまり宮廷に仕えて精励する宮廷人を詠んでいるのである。これを私宴で披露することは、どのような意味を担っているのであろうか。諸兄の私宴では天皇の側近くに仕える采女が、宮廷人として精励する大宮人を詠んでいる歌を私宴で「伝云」するのであり、あたかも諸兄の私邸を宮廷に擬する趣があり、宮廷儀礼から私宴への巧妙なずらしが認められるように思われる。

もう一首の豊島采女の歌は自らの秘めた恋を詠んでおり、これもまた天皇に仕えて恋もままならぬ采女伝承の一翼を担っている。その意味では諸兄の宴における二首の采女歌は好一対の関係にある。

いずれにしても諸兄は采女関係の歌の掌握と、これを語り変えてバリエーションそのものを再生産していく場に関与していたと推測される。たとえば、佐為王の話は「三重の采女」・「葛城王の歌語り」のバリエーションであると同時に、豊島采女の「暇をなみに里に出でざらむ」に対応した歌語りでもある。暇のないことを嘆く配下の者に暇を与えるからである。万葉集には「大宮人」の用例は一三例あるが、ほとんどが旧都を偲ぶ歌、もしくは行幸の際の歌で、「暇」の用例は右歌のほか一例のみである。もう一例はこの歌とは逆で、梅をかざして「野遊」に集う歌である。また、「暇」の語はみえないが、宮廷の外へ出て遊ぶ歌は、ほかに二例、月を愛でて遊ぶ歌（一〇七六）、海で砂取りする歌（一二一八）がある。こうしてみると、豊島采女の歌だけが「暇」がなくて「里」（私宅）へ帰れないと詠んでいるわけで、ほかの大宮人の歌とは趣を異にしており、天皇に近侍し、束縛の大きかった采女の立場から詠まれたものとして享受されたことがうかがわれる。主に仕えてなかなか私宅へ帰れないことを嘆くのが発端になっている佐為王の話は、この豊島の采女における宮廷を王の私邸にずらしたものとみることができる。

諸兄弟の歌語りは「三重の采女」型のバリエーションであり、同時に諸兄の私邸は采女伝承を披瀝、集成する場として機能し、天皇に連なる王という出自によって采女の歌語りを再生産していく格好の場にあった。

三、諸兄と宮廷儀礼

諸兄には、その立場上、「葛城王」の歌語りにその名が組み込まれる、あるいはこの歌語りが再生産される契機としての現実的な儀礼の場があった。東大寺大仏鋳造の最終段階に入った天平二一年二月、陸奥国から金が産出された。大仏に塗る金が不足していた折から、同年四月、聖武天皇は皇太子と共に群臣・百官を引き連れて東大寺に行幸し、工事中の大仏を前に陸奥国から黄金が出たことに感謝する宣命を読み上げさせた。この役を務めたのが左大臣橘諸兄であり、その宣命の中には、次のような文言がみえる。

斯地者無物止念部流仁。聞看食国中能東方陸奥守従五位上百済王敬福伊部内少田郡仁黄金出在奏弖献。

金が出たのは、陸奥国の百済王敬福が管轄する内少田郡であった。

陸奥・王・諸兄の三要素がここに揃っている。諸兄は実際に陸奥へ行ったのではなく、大仏建立時に黄金が出たことに感謝する、その記念すべき行幸で宣命を読み上げたことによって、陸奥と結びつけられたのではないか。しかも、金が出たのは百済王敬福管轄の地であった。従五位上であった彼は、この後従三位になり、陸奥国は調庸を三年間にわたって免じられている。金の産出がいかに大きな功績とされたかがわかる。

そして大仏の前で群臣・百官を従えて宣命を読む諸兄も同じく「王」である。ふたりの「王」が天皇の宣命を媒体として結びつく。「葛城王」の名は、この出来事を契機として陸奥と結合し、さらに天皇の言葉である宣命を読み上げることによって、天皇に代わる立場に立つ。そうした立場は「王」である彼の出自によって可能になる。

采女にまつわる歌語りを「伝云」し、また「伝語」させる場を持っていた諸兄は、このようにして陸奥国と結びつけられ、(あるいは結びつけ)、彼自身が陸奥国へ出かけて采女の歌を聞いたという話が創られていったのではないか。

「葛城王の歌語り」はこのようにして『古事記』「三重の采女」神話に代表されるような「トヨノアカリ」の宮廷儀礼にかかわって伝承され、さらに采女の歌を伝える私宴の場を有していた諸兄に附会されて彼の周辺で語られたものと思われる。また実際の彼の私宴において伝えられた采女の歌二首も采女の宮廷における立場の厳しさを表白するものになっている。即ち、宮廷伝承の一角をなす采女説話が私宴を媒介にして伝えられていることは確かであり、さらに諸兄の私宴は采女の歌語りを生成、再生する場として機能していた可能性が高い。「葛城王の歌語り」は神話的儀礼空間の緊張感を残しつつ、天皇から王へ、宮廷から地方へとずらしつつ語られていったが、弟の佐為王の歌語りにおいては宴の場が消え、さらに罪を許す、怒りを鎮めるというレベルから王の配下の者に対する同情・慈愛へと重心が移っている。

このような視点から眺めた場合、「佐為王の歌語り」とは、「葛城王の歌語り」と同じ枠組を持ちつつ、そこから「采女」の要素が抜け落ちていく瞬間が映し出されているような、きわめて興味深い歌語りだと思われる。この「佐為王の歌語り」は采女が登場しない『大和・今昔』、さらに『源氏物語』「若紫巻」とは、かなりの階梯があるものの、天皇から王へ、王から大納言の(孫)娘の話へとずらされながらあらたな物語が生成されていく、その動態を押さえることができるものと考えられる。

〔注〕

1　歌と物語は必ずしも、ワンセットとして固定されて語り直されるのではないということは、本書・第29章「源氏物語における釆女伝承─安積山の歌語りをめぐって─」を参照されたい。

2　従来の研究では、これらの話が類似すること自体、ほとんど注目されてこなかった。早くは澤瀉久孝『万葉集注釈』、最近では伊藤博『万葉集釋注』一九九八（以下、釋注と略す）に見えるくらいである。後者には、「話の骨格が酷似する」とか、「葛城王と釆女の間には古くから続く流れがあって、平安朝以降にまで伝わったことが知られる」とするなど、やや詳しい解説があるものの、古事記と万葉集相互の関係についてはふれられていない。これらの話にとって重要な意味を担う釆女説話そのものにおける分析もなされていない。万葉集の注釈書という性格もあるが、そもそも、釆女説話と古事記・万葉集に載る歌物語について解明する試みが見受けられないのである。釆女説話は歴史学の対象として（門脇禎二・磯貝正義）、あるいは神の女として信仰的民俗学的に捉える（折口信夫）か、あるいはこのふたつの方法を融合させて論じるというアプローチはある（岡田精司『古代王権の祭祀と神話』・倉塚曄子『巫女の文化』・保坂達雄『神と巫女の古代伝承論』）が、釆女の歌語りがどのようにして創られ、伝えられてきたのかということはあらためて解明されなければならない問題としてある。なお、後者の方法による最近の成果である保坂達雄「釆女」『神と巫女の古代祭祀』は、「倭姫命世記」に拠って釆女とアマテラスとの関連について言及している点で注目される。地方豪族の娘としての釆女がアマテラスに奉仕する巫女として組み替えられていくことを象徴的に示すとしている。

3　門脇禎二『釆女』・磯貝正義『郡司及び釆女制度の研究』などで説かれる通りである。

4　歌語りが人物と場所が入れ替わって伝えられていくものであることは、折口信夫「真間・蘆屋の昔語り」『折口信夫全集第二九巻』に説かれている。なお片桐洋一は、場所や人の相違によって実にさまざまな形になること、さらにその形や内容を異にするさまざまな物語がいとも簡単に結合することを豊富な例に基づいて説いている（「歌物語の発生と展開」『伊勢物語の研究』［研究編］明治書院、二〇〇八年）。

5　磯貝正義「陸奥釆女と葛城王」『郡司及び釆女制度の研究』は、歴史的に見て、葛城王は諸兄に相違ないとし、現在の通説になっている。
6　Aのbには、「伝・昔」とみえるものが二例（三八〇八・三八一〇）あり、いわばaとbを繋ぐ役割を果たしている。
7　A群には娘の姓が車持氏だとするものが一例みえる（三八一三）が、これは個人を特定するわけではない。
8　「伝」一六例中、一例は「伝言」、ほかに「伝誦」九、「伝読」二例がある。『釋注』は、大きく「伝誦型と伝云型」に分類して、前者については「歌そのものを吟誦する」という点に比重が置かれたもので、後者は歌の由来に興味を置いたことばであって、語りの場を反映する語」（『万葉集の表現と方法上　古代和歌史研究5』塙書房、一九七五年、一一六～七頁）と説く。
9　采女説話には悲恋をテーマにするものが多いことを考えれば、葛城王の話は采女の悲恋伝承の連想から置かれたものかとも推測される。この話のすぐ後に愛されなくなった女の嘆きの歌が続くことからも、采女説話による連想によって置かれたか可能性もあることは考えておきたい。
10　舎人親王が歌の褒美に「銭二千文」を取らせた例がみえる（三八三八・三八三九）
11　『釋注』による。
12　巻一六には「伝語」という表現はみえず、歌語り的なものを記す場合には「昔」「伝云」が用いられている。だが、ここでは諸兄の「伝云」に応じて「伝語」とされているので、ほぼ同じ用法とみてよい。
13　「」内引用は『釋注』。なお、同書は、この時の諸兄の私宴歌は①～④の歌だけではなく、本来は一一首からなり、巻六①～④のほか、巻八・一五七四～八〇の七首があるとして次のように説く。諸兄歌③の前には当日の宴の終わるのをいとおしんでいる気持ちを託したと考えられる二首が置かれていて、諸兄はこれに対して、采女の古歌を朗誦し、「あなたは宴の果てるのをいたく悲しんでおられるが、われらは一般の大宮人と違い、今日、みんなで歓を尽くしえているではないか。そんなに寂しがることなかれ」という意を込め、④はこの諸兄に応えて「そう言えば、同じ采女にこんな歌もあります」という次第で披露されたとする。卓見だと思うが、本稿では諸兄の「伝云」に着目して違う角度から論を進めていく。
14　『釋注』は従来から指摘されている『遊仙窟』の影響の色濃いことを述べた上で、「この話は中国色を背景に据えながら日本の王の慈愛を伝えるものとしてもてはやされたのであろう。この場合、歌は、近習の婢が詠んだという形にしたもので、実作者はいることはいうまでもない」と説く。

15　契沖は初稿本『万葉代匠記』によって、非諸兄説の祖となったが、その精撰本『万葉代匠記』では諸兄説へと説を変えている。その理由の一端は、この二重性にあると思われる。

なお、田中大士氏から歌語りの享受と『万葉集』の配列とは、レベルが異なり二重の享受がなされたことにはならないとの教示を受けた。確かに「歌語り」がなされた実態はよくわからないが、ここでは『万葉集』の中にわずかに認められる痕跡らしきものを手がかりにして、歌語りが生み出される場と、そのプロセスの一端について考察を試みた次第である。この問題に関しては、機会をあらためて考えてみたい。

第28章　源氏物語における采女伝承 ―「安積山の歌語り」をめぐって―

はじめに

『源氏物語』若紫巻に、

あさか山あさくも人を思はぬになど山の井のかけ離るらむ

①若紫巻・二二〇頁

という歌がある。北山で若紫をかいま見した源氏が若紫直筆の歌を望んだところ、まだ「難波津」さえも上手に書けないからと断ってきた尼君の歌に対する返歌である。「難波津」と「あさか山」（以下、安積山と記す）の歌は『古今集』「仮名序」で「歌の父母」、つまり手習歌の手本とされており、ここではこれらふたつの歌語が若紫の幼さを際立たせ、さらに源氏に引き取られてから手習いする若紫の姿とも連動する表現になっている。

ところで、この「仮名序」「安積山」の歌（安積山かげさへ見ゆる山の井の浅くは人を思ふものかは）は采女をめぐる歌物語を伴っている。これとほぼ同内容の話がすでに『万葉集』巻一六にみえ、以後、「安積山」の歌は『大和物語』や『今昔物語集』にも受け継がれていく。しかし大和・今昔の話は万葉・古今の話とは全く異なっていて采女は登場しない。むろん若紫巻の場合も同様なのだが、明石君や浮舟の場合には記紀・万葉以来の采女伝承の特色や表現が再浮上して登場人物の造型に深くかかわっていると考えられる。このような視座から「安積山の歌語り」伝承のパターンやメカニズムについて考え、『源氏物語』における釆女伝承を検証する。

一、「安積山の歌語り」伝承の四つのパターン

(1) 歌も物語も同一 ―万葉・古今の場合―

「安積山の歌語り」には四つのパターンが認められる。まず『万葉集』・『古今集』においては前者の歌は「安積山影さへ見ゆる山の井の浅き心を我が思はなくに」とあり、後者は下句が「浅くは人を思ふものかは」となっているが、歌意はほとんど変わらない。この歌に添えられた物語は国司の疎略な接待に怒った葛城王が釆女の詠んだ歌によって機嫌を直すというもので、古今は万葉の話を要約したかたちになっており、表現的には若干の相違があるものの、歌も物語も同一と考えてよいだろう。

(2) 歌は同じで物語が相違する ―大和・今昔の場合―

は、『古今集』と同じ歌を引きつつも物語の方は全く異なる話になっている。大納言の娘を内舎人の男が盗み出し、陸奥国まで逃げて安積山に庵を作って住んだ。ある日、「山の井」で水に映る自分の「影」を見た女は自身の見苦しい姿を恥じて、「安積山」の歌を詠んで死んでしまい、帰って来た男も女の傍らに添い伏して死ぬ。『今昔物語集』巻三〇「大納言の娘、被取内舎人語」にもほぼ同内容の話がみえるが、大和・今昔の話は釆女伝承を欠き、万葉・古今とは全く異なる話になっている。

（3）歌も物語も変容する―若紫巻の場合―

歌語りというのは歌は変化せずに中核に据えられ、物語の方が変化していくものだと考えがちだが、冒頭に挙げた「若紫巻」の源氏歌はどうであろうか。物語が全く異なっており、その上、歌も相違するというケースである。この場合、「安積山の歌語り」とは全く無関係のようだが、源氏歌には「安積山」の語が詠み込まれている点で注目される。「安積山」の歌は数多くの本歌取りを生み出したが、実はこの歌語が直接引かれるのは珍しく、右の源氏歌はそのごくわずかな例のひとつなのである。ちなみに「安積山」の語は源氏以前では古今六帖の一首のみであり(注1)、物語においても「安積山」の語を含む歌は源氏以外には見当らない。

『源氏物語』が「安積山」の語を用いるのは「仮名序」を意識しているからだが、しかし、理由はこれだけではないだろう。というのは大和・今昔型の話には、姫君を盗んで陸奥へ行くことが重要な要素としてあるからだ。若紫を尼君邸から二条院へ連れ去るのは若紫の亡き祖父が陸奥・出羽の監察を司どる按察大納言であったことを思えば、陸奥の地はすでにこの姫君に刻印されていたことになる。

また、もうひとつの話のポイントである姫君と男の自死は『源氏物語』では語られないが、紫上が源氏と過ごした人生を悩み抜いて死を迎える「御法巻」に続いて「幻巻」・「雲隠巻」が置かれていることを考えると、紫上追慕に明け暮れる源氏の姿とその死を伝えるのは、女の後を追って死んでいく大和・今昔の男のバリエーションだと考えられなくもない。いずれにしても、「安積山」の語は陸奥の地を強調し印象づける役割を果たしている。

当時の人々は「若紫巻」の源氏歌に詠まれた「安積山」の語に、「古今仮名序」とともに『大和物語』の話を読みとったであろう。それは即ち、すぐ後の若紫を連れ去る場面を導き出す記号として機能することを意味する。「若紫巻」は「按察大納言」の「孫娘」を盗む男の話なのであり、「安積山」の語は「古今仮名序」だけでなく大和・今昔わば改作される形で変化しているのである。「若紫巻」は「安積山の歌語り」の要点のひとつを残しつつ物語が変容し、歌の方もいわば改作される形で変化しているのである。

（4）歌も物語も変容する—浮舟・明石君物語の場合—

『源氏物語』には③の「若紫巻」のパターンのほか、「安積山」の歌や「安積山」の語がまったく見られないにもかかわらず、「安積山の歌語り」の語り直しかと思わざるを得ない例がある。たとえば浮舟の、男に隠し据えられて入水するという話の運びは大和・今昔型のバリエーションとして捉えることができる。

周知の通り、浮舟の話にはさまざまな古い伝承がかかわっている。たとえば『大和物語』一四七段いわゆる「生田川」の物語は女が入水して男ふたりが後を追って死ぬ話で、浮舟入水譚は万葉以来の妻争い譚も含めてこの伝承を受け継いでいる。(注2) だが、万葉も含めて、生田川の話では女は自分の生まれた場所を離れず、また盗み出されたりもしない。場所の移動（都と地方）が重要な条件となって女が死ぬのは、『大和物語』の中では「生田川」ではなく「安積山」の物語の方なのである。たとえば『伊勢物語』六段、いわゆる芥川の段なども逃避行の末に女を死なせる話で、これも「安積山」型の話としてくることができる。即ち浮舟物語は生田川型の妻争い伝承だけではなく「安積山」や芥川のように女を盗んで逃避行する伝承が合流する形で創り上げられている。このように幾つかの話の組み合わせによって新しい物語が作られていくだけでなく、和歌もまた改作されたり創作されるということはほかならぬ『大和物語』の「生田川」（一四七段）が伝えている。『万葉集』巻一六にも見えるこの歌語りは温子皇后のサロンで楽しまれ、内親王や歌人伊勢、女房たちが物語の登場人物の立場に立って新作の歌を詠む様子を生き生きと描いている。歌物語は必ずしも歌が不変で物語だけが変容していくわけではないのであって、話の要点の幾つかは残しつつ、歌も物語も新しく作られていく場合があり得るのである。浮舟物語はこのパターンで、さらに明石君物語は後述のように浮舟物語と対をなす部分があり、共に采女伝承を浮かびあがらせる点で注目される。采女は万葉・古今の安積山伝承において重要な位置を占めるにもかかわらず、大和・今昔型の話には全く語られていないからである。

ここで再度、「若紫巻」に立ち戻ってみよう。そこでは「仮名序」の言う手習歌としての位置づけと大和・今昔型の姫君を盗む話とが合流しており、采女伝承は全く認められない。歌語りを構成する要素が幾つかに分解され、それが自在に結合しては様々な物語を生み出していくひとつの形を見て取ることができる。つまり各要素の結合の仕方によっては、歌と物語との組み合わせには幾通りものバリエーションが存在し得るのである。

このように浮舟物語は「生田川」だけでなく、逃避行の要素を持つ「安積山」型の話になっているが、浮舟と明石君には「安積山」説話が本来有していた采女の面影がある点で注目される。その最たる特色は両者に入水のイメージがまとわりついているということである。明石君は結果的には入水しないが、父入道から「海に入りね」と言われ、自らも「海にも入りなむ、尼にもなりなむ」と強い意志を示している。周知の通り、浮舟は入水未遂するが、『源氏物語』の中で入水表現で彩られる人物は、このふたり以外にはおらず、また、両者は「うき木」「浮舟」という歌語も共有している。後藤祥子はこれらの歌語を検証し、ふたりの女君が造型的に共通する部分があること、また、特に浮舟の寄る辺ない悲哀感は『俊頼髄脳』「生けごめの采女」のような歌語りに枠取られるのではないかと説く(注3)。たしかに、ふたりの女君にはさすらいの表現が根深くしみついている。さらに明石君を訪ねた源氏は物語最終巻への連想をかき立てる「夢のわたりの浮橋か」という古歌を口ずさんでいて(松風巻)、明石君は水に関連する特別な歌語によって彩られている。

だが、このような共通点を持ちながら、ふたりの人生は全く異なっており正反対でさえある。明石君は入水もしなければ尼にもならないが、浮舟はその両方を背負って生きていかねばならない。水に関連する歌語をさらに見ていくと、明石君はしばしば、この女君にしか認められない特異な歌語で彩られているのに対して、浮舟の場合には歌語の組み合わせによって入水や密通を浮かび上がらせる表現が選び採られていることがわかる。

まず、明石君について見ると、「しほじむ」・「しほどけし」・「しほしほと」「浪のまよひ」など、海に関する語が用いられる。これらは『源氏物語』だけでなく、和歌においても全く詠まれない珍しいものであり、明石君造型のために特に選択され創られた表現だと考えられる。さらに「うき木」「夢のわたりの浮橋」「浮舟」という「浮く」歌語の並びの中にはめ込まれるように置かれた「いさらゐ」という歌語もまた、源氏以前には全く例がない。これは『源氏物語』には二例しか見えず、場面や状況が酷似する。次に示すように、この特異な歌語「いさらゐ」は松風巻と藤裏葉巻において、それぞれ源氏・明石君夫妻と夕霧・雲居雁夫妻が新生活を始める条で用いられている。(注4)

【松風巻】大堰の邸を訪れた源氏が造園を指示する場面

A住みなれし人はかへりてたどれども清水は宿のあるじ顔なる　尼君

B<u>いさらゐ</u>ははやくのことも忘れじをもとのあるじや面がはりせる　源氏

【藤裏葉巻】三条殿を訪れた内大臣が新婚の若夫婦を賛美する場面

Cなれこそは岩もるあるじ見し人のゆくへは知るや宿の真清水　夕霧

Dなき人の影だに見えずつれなくて心をやれる<u>いさらゐ</u>の水　雲居雁

「いさらゐ」はB・Dの返歌において詠まれているが、同時にA・Bには「清水・真清水」の語が見え、対になっている。さらにこのふたつの場面には、次のような類似点がある。

［松風巻］

1登場人物は夫妻と妻の母親
2離れていた夫婦の新生活開始
3新居は旧中務宮邸で皇孫を母に持つ妻邸
4中務宮在世中を思い出して唱和
5旧宅の修理「前栽・遣水」
6遣水修繕後、当該歌を詠む
7「水の心ばへ」
8源氏の姿を賛美
9老人と源氏との対比
10「二葉の松」で行く末を祝う

［藤裏葉巻］

1登場人物は夫妻と妻の父親
2引き離されていたふたりの新婚生活開始
3新居は旧大宮邸で妻の祖母宅
4大宮を思いだして唱和
5旧宅の修理「前栽・遣水」
6遣水修繕後、当該歌を詠む
7「水の心」
8若夫婦の姿を賛美
9父大臣の「翁」に乳母ら「老人」が和す
10「二葉の松」で行末を祝う

歌に「いさらゐ」・「清水（真清水）」を組み込むだけでなく、地の文にも「遣水」「水の心」という表現が見える。水にかかわる表現によって邸宅を言祝ぎ、さらに二組の夫婦の将来を予祝することが、この場面の眼目としてあるだろう。ここでは家誉め・主誉めに水の表現が密接にかかわることを押さえておきたい[注5]。

従って「いさらゐ」という特異な歌語は「さすらい」とは程遠く、ましてや入水とは無縁の語である。雲居雁と共有される「いさらゐ」の語は幸せな生活をスタートさせ、その新たな出発を祝う意味を担っている。雲居雁の場合、後に夫婦仲にひと波乱あるものの、多産の正妻としての地位は揺るぎようがなく、また明石君は正妻ではないが、源氏にとって唯ひとりの娘を産んで結果的には明石一族の繁栄を実現していくから、これらふたつの場面は子を産むふたりの女君の安定と繁栄を予祝するものとして位置づけられる。

さらに「いさらゐ」の語は次のように、松風・藤裏葉の明石君の不安な心を象徴する「うき木」・「夢のわたりの浮橋」・「浮舟」の間に挟み込まれるように配置されているにも拘わらず、浮舟には全く無縁の表現なのである。

【明石君における「いさらゐ」の配置】（浮舟の場合）

aうき木	明石君の歌松風巻		手習巻
※いさらゐ	源氏の歌松風巻		ナシ
b夢のわたりの浮橋か	源氏が口ずさむ歌	薄雲巻	最終巻名
c浮舟	明石君の歌	薄雲巻	浮舟巻

このように「浮く」関連の歌語の中に楔のように挟み込まれた「いさらゐ」は、明石君を「さすらいの女君」から安定を得て繁栄する方向へと転換させていく機能を持つものと考えられる。

さて、「いさらゐ」の歌語を持たぬ浮舟の方は、明石君とは異なる歌語の組み合わせによって密通・入水する人物像が形づくられていく。浮舟を象徴する歌語としての、これも水関連の「身を投ぐ」・「涙の川」について見てみよう。その配置と機能を見るために、他の人物の例も含めて九例すべてを並べてみる。

【身を投ぐ・涙の川の配置と機能】（漢数字は、国歌大観番号）

1一七六　須磨巻　逢ふ瀬なき涙の川に沈みしや流るるみをのはじめなりけむ　源氏

2一七七　同　涙川うかぶみなわも消えぬべし流れてのちの瀬をも待たずて　朧月夜

3三六三　胡蝶巻　むらさきのゆゑに心をしめたればふちに身なげん名やはをしけき　蛍宮

4三六四　同　ふちに身を投げつべしやとこの春は花のあたりを立ちさらで見よ　源氏

5四七一　若菜巻　沈みしも忘れぬものをこりずまに身も投げつべき宿のふぢ波　源氏
6四七二　同　身をなげむふちもまことのふちならでかけじやさらにこりずまの波　朧月夜
7六九一　早蕨巻　さきにたつ涙の川に身を投げば人におくれぬ命ならまし　弁
8六九二　同　身を投げむ涙の川にしづみても恋しき瀬々に忘れしもせじ　薫
9七六七　手習巻　身を投げし涙の川のはやき瀬をしがらみかけて誰かとどめし　浮舟

9の浮舟歌を除いて、1〜8はすべて贈答歌になっている。まず、「涙の川」は非常にポピュラーな歌語のようにみえるが、『源氏物語』の中では実に意識的に使われ、配置されている。まず、1・2の源氏・朧月夜、7・8の弁・薫、9の浮舟の三つの贈答歌（または唱和）をみると、1・2は須磨流離の折の歌、7・8は大君の死を嘆く歌で、一見、関連性はないようにみえる。しかし大君の死こそが浮舟という最後のヒロインを登場させる契機になったことを想起すれば、7・8は1・2の流離・密通と9を繋ぐ位置にあるといえよう。とすれば、「涙の川」は、源氏・朧月夜と浮舟という密通の当事者と、弁・薫という密通の関係者のみに限って詠まれていることがわかる。

次に「身を投ぐ」についてみると、3・4は玉鬘求婚譚における源氏と蛍宮の兄弟による、いわば戯れの贈答である。これに対して5・6は須磨流離の折の苦い思い出を共有する源氏と朧月夜とが二〇年ぶりに逢う場面で詠まれたものである。「身を投ぐ」は両者に共有されることによって、あらたな意味を帯び始める。玉鬘も源氏も共に流離の運命を生きたわけだが、玉鬘の場合は密通とは無縁であった。だが、5・6の源氏・朧月夜の唱和は密通のテーマを映し出し、そのテーマは7・8を媒介項として9の浮舟歌に収斂していく。7・8の弁と薫は外ならぬ柏木と女三の宮の密通を薫に伝える者とその密通による不義の子というコンビであり、さらに薫は浮舟紹介を弁に迫ると人物で、いずれも密通する女君たちに密接にかかわって密通のテーマを浮かび上がらせる。7・8の場面は大君に先立たれた弁と薫によって詠まれているのだが、大君の死こそがその形代としての浮舟を登場させるわけで、7・8はまさしく5・6の源氏・朧月夜の流離・密通と、9の浮舟のそれとを繋ぐ役割を果たすのである。

このように「涙の川」・「身を投ぐ」の歌語は人物においても彼らが背負うテーマにおいても、きわめて選択的意図的に配されている。さらに、このふたつの歌語のうち1〜6においてはいずれかひとつの語しか詠まれていないが、7・8・9になると両方が重ね合わされ、流離と密通のテーマが浮舟へ向かって焦点化されていく。1〜6においても源氏と朧月夜だけは1・2、5・6のように両方の語を詠んでいるから、これらふたつの語が重なり合うことによって、密通・流離のテーマを浮き彫りにする仕掛けになっており、7・8の弁と薫とはこれらの歌語を共に引き受けて浮舟に渡していく形になっている。8薫歌と9浮舟歌を見ると、初句・第二句がほとんど同じで「瀬」という語も一致する。対になっているのは7・8ではなく、8・9の方かと見まがうほどである。だが8・9における決定的な相違は「身を投げむ」と「身を投げし」の「む」・「し」の助動詞にある。8は意思、9は過去の助動詞で直接体験を意味する。8に限らず、ほかの3〜7の五例すべてが「投げつべし」とか「投げば」などというように、意思や仮定として詠まれているのに対して、浮舟だけに直接体験の過去の助動詞があてがわれているのであって、浮舟は唯一、「身を投ぐ」の歌語を現実にその身に引き受ける存在なのである。(注6)

このように明石君と浮舟とは入水の意思を示し、「浮く」表現にかかわる歌語を共有する点で造型的に類似するが、さらに水関連の歌語について見ていくと、実は全く対照的なのである。前者には家誉めを象徴する「いさらゐ」が、後者には流離・密通のテーマを負う「涙の川」「身を投ぐ」の歌語がはめ込まれている。『源氏物語』中、入水の意思を持つただふたりの女君である明石君と浮舟は、こうして全く異なる歌語によって、入水せずに世間的な幸福を手に入れる女君と、逆に密通・入水の果てに尼になる女君とに分かたれていく。だがふたりの女君は、この分かたれた末の造型においても、もうひとつ根を同じくする伝承を負っているとおぼしい。

二、采女伝承について

明石君と浮舟には造型的に共通するものがあり、共に地方出身者で寄る辺ない悲哀感を漂わせているが、それは采女の歌語りに枠取られているからではないかと説いた後藤祥子の指摘は蓋し卓見であった。(注7) 氏は「浮き木」という歌語の由来を「浮き木に乗って天の河へゆく話」としての天漢説話との交渉に求めたが、采女の歌語りについては「あったとすれば」と仮定的に述べられた。ここでは記紀・万葉の采女伝承を探ることによって、采女の歌語りが確かに存在し、古い由来を持つことと、その采女の歌語りの特色を探る。

上代の采女説話は記紀・万葉に二四例見いだすことができ、次のように分類できる。

1 一四例・天皇に対する罪（機嫌を損ねる・死・謀反・盗み・密通）あるいは新嘗（トヨノアカリ）にかかわるもの（杯・水・酒など）

2 七例　・采女の歌（采女が詠まれた歌・采女自身が作った歌）

3 二例　・入水伝承

4 一例　・天皇の絶大な精力

最も多い①の例はすべて、天皇に対する罪を贖ったり、五穀豊穣を祝うことによって天皇の繁栄を祝うものであるが、②の七例中三例及び④もまた天皇賛歌だと言ってよい。即ち二四例中、一八例までが天皇を言祝ぐ話になっており、天皇との結びつきと同時に「死」のテーマが濃厚にあらわれている。(注8) 特に『古事記』「三重の采女」は天皇・

死・水の儀礼にかかわる説話で釆女の典型で、万葉・古今の「安積山の歌語り」との関連も見て取れる。この「三重の釆女」説話の概略は「新嘗祭の折、釆女は杯に葉が浮いていることに気付かずに雄略天皇に酒を奉り、怒った天皇が殺そうとしたところ、釆女は天皇を言祝ぐ歌を詠んで罪を許される。」というものだが、釆女の歌のポイントは杯に葉が浮いた様子を「瑞玉に浮きし脂落ちなづさひ水こをろこをろに」とうたったところにある。「水こをろこをろに」はイザナキ・イザナミが国生みをする際の表現であり、葉の浮いた杯は壮大な国生みの場面の連想へと導く。「浮く」という語はここで釆女の過失から天皇の言祝ぎへと一瞬にして変換し、これによって釆女はその罪を許される。

『万葉集』巻一六・三八〇七の「安積山の歌語り」は、この三重の釆女の話と骨格が酷似する。(注9) 雄略天皇が葛城王とされるなど若干の相違はあるものの、機嫌を損なった王が釆女の歌によって機嫌を直すこと、「杯・酒・水」が重要な要素として語られるのも共通する。釆女説話にしばしば登場するこれらの要素は「水司・膳司」に仕えて「杯・酒・水」を扱い、新嘗祭や大嘗祭においてもこれを以て天皇に近侍するという職掌に由来するものと思われるが、いずれにせよ、このような釆女にかかわる歌語りの類型が古くからあったことはたしかであろう。そして「浮く」という語は「三重の釆女」の話に端的に示されるように、罪と言祝ぎとの両義性をもつ。言祝ぎは罪を贖うためのものであって、両者は表裏をなす。また釆女の伝承には「密通」が多く語られており、この密通と死（あるいは自殺未遂）の要素は浮舟そのひとの人生と切り離せない。一方、言祝ぎは浮舟とは無縁だというほかない。これに対して明石君は六条院の冬の町を占め、豊かな経済力で源氏を支え、自らの一族をも繁栄に導いた。冬の町だけに置かれた御倉町は、上代に宮城の近くに土地を賜った釆女のありかたや、屯倉の設置と釆女が密接に関連すること、また有力な地方豪族の娘が政治的に、あるいは信仰上の必要から、父や兄と引き離されて土地と共に天皇に献上されて天皇を言祝ぐ采女の姿を想起させる。(注10)『源氏物語』では采女伝承の持つ二面性が二分され、言祝ぐ面を明石君が、密通や入水という、もうひとつの面を浮舟が担っているのである。

三、　劇的な死を遂げる歌語り　―水辺の死―

采女の歌語りはどのように伝承されたのか。大和・今昔には「采女」は登場せず、従って「天皇」の要素も脱落して大納言の娘の話となって言祝ぎの要素も捨象されている。だが、平安時代には采女といえば猿沢の池の話に代表されるように、やはり入水譚が想起された。この「死」の要素に着目すると、万葉・古今の「安積山の歌語り」には「死」が語られていないのに対して、大和・今昔では男女ともに死ぬわけで、この点では後者の方が采女伝承の重要なポイントを伝えていることがわかる。このように表層から「采女」の姿が消えていても、その要点のある部分は何らかの形で歌語りに痕跡を残すことがわかる。

試みに万葉から源氏以前までの歌語りを概観し、劇的な死を遂げる歌語りを拾い出してみる。その一一例中、桜児の一例を除いて、すべて水辺で死ぬ話になっている。

万葉集　1九・一八〇七～八、真間手児奈入水譚（三三八四～三三八五にも）
　2九・一八〇一～三、一八〇九～一一、蘆屋兎原娘子の入水譚
　3一六・三七八八～九、縵児の入水譚
伊勢物語4六段　女を盗んで逃げる途中、芥川の近くで鬼に食われる
　5二四段　清水の近くで死ぬ話（宮仕えに行っていた男が三年経って故郷に帰るが、女は死ぬ）

6異本二段　せが井の辺で死ぬ話（女をぬすみてゆく道に、水のある所にて）

大和物語7一四七段　生田川の話（男女とも死ぬ）

8一五〇段　猿沢の池の釆女入水譚（人麻呂集・拾遺集）

9一五四段　盗まれてきた女が「龍田川・水」の歌を詠んで死ぬ

10一五五段　「山の井の水」（男女とも死ぬ・安積山の歌語り）

こうしてみると、一〇例中3を除く九例までが地方を舞台とする（1・2・7）か、地方と都との往還が語られており（4・5・6・8・9・10）、さらに平安期の六つの話のうち、四例（4・6・9・10）は「女を盗む」話を含むということがわかる。これらの「都と地方」「水と死」「女を盗む」というのは、釆女伝承を形づくる重要な要素であった。

地方豪族の娘として人質的な立場で天皇に差し出された釆女は、そうであるがゆえに劇的な死に方である入水伝承を残したし、一方で天皇（王）を言祝ぐ歌を詠み、得意ともした。律令国家草創期は中央と地方を結ぶ緊張関係が最も先鋭化した時代であった。そうした状況の中で釆女説話は生まれ、伝承されていった。だが平安期に入って中央集権化が進み、釆女が下級の雑役として位置づけられるようになると、天皇との緊張関係を語る必然性が失われていったと考えられる。『源氏物語』もまた、釆女と天皇との関係について直接的に語ることはない。しかし明石君や浮舟、さらに若紫巻のように、記紀・万葉以来の釆女伝承の要素は確かに人物や物語語り展開に活かされて再構成され、新たな物語として語られているのである。

〔注〕

1　古今六帖一〇一三、源氏以降は院政期の為忠後百首・久安百首に一首ずつ、新古今時代に三首みえるにすぎない。但し、近世まで対象を広げると、二九首ある。

2　生田川伝説と浮舟物語の関係に関する近年の成果である平林優子「処女塚」『源氏物語研究集成』第八巻（源氏物語における伝承の型と話型）は、研究史を丁寧に辿りつつ、浮舟物語が話型を変換して導入する方法によって生み出されたと論じている。

3　後藤祥子「うき木にのって天の河にゆく話」『源氏物語の史的空間』（東大出版会、一九八六年）

4　特異歌語「いさらゐ」の分析については、別稿を予定している。

5　「（真）清水」など水の表現は記紀・万葉等にみえる言祝ぎ（室誉め）に密接にかかわっている。なお、新間一美はこの場面は漢詩を翻訳したものと説く（「京都―平安京と『源氏物語』」『東アジア比較文化研究』2、二〇〇三年九月、東アジア比較文化国際会議日本支部など）。傾聴すべき説だと思うが、漢詩文だけでは、この場面のテーマである「言祝ぎ」の要素は説明できないと思われる。この問題も含めて別稿を期したい。

6　但し、①の源氏歌は「沈みし」という直接体験の助動詞がみえる。

7　注3に同じ。

8　1～4の内訳は以下の通りだが、個々の説話の分析は別稿に委ねたい。

9　伊藤博『万葉集釋注』（集英社、一九九七年）は両者の骨格が酷似すること、これらの話には古くから続く流れがあると説く。

10　屯倉の設置や人質的なありかたについては、門脇禎二『采女』（中公新書、一九六五年）などによる。

11　若紫巻は女（若紫）を盗む話と天皇の后（藤壺）との密通を表裏一体のものとして描くが、ここには天皇との緊張関係を語る采女伝承が最も先鋭化してあらわれているのかも知れない。この問題に関しては、別稿を期したい。

第29章　平城天皇というトポス —歴史の記憶と源氏物語の創造—

はじめに

『源氏物語』にとって「奈良の京」とは何か。これが記されるのは物語中、わずか一か所、秋好中宮が源氏の四十賀を準備する場面だけである。

> 十二月の二十日あまりのほどに、中宮まかでさせたまひて、今年の残りの御祈りに、奈良の京の七大寺に、御誦経、布四千反、この近き京の四十寺に、絹四百疋を分かちてせさせたまふ。ありがたき御はぐくみを思し知りながら、何ごとにつけてかは深き御心ざしをもあらはし御覧ぜさせたまはむとて、父宮、母御息所のおはせまし御ための心ざしをもとり添へ思すに、かくあながちにおほやけにも聞こえ返させたまへば、事ども多くとどめさせたまひつ。　④若菜上・九七頁

ここで秋好中宮は「四十」に縁のある数字：布四千反、四十寺、絹四疋という豪華なお祝い品を用意しているが、注目されるのは「近き京」の四十寺にとどまらず、「奈良の京の七大寺」にまで広げているということである。

なぜ秋好中宮だけが「奈良の京の七大寺」にまで祈って源氏を祝うのであろうか。物語はこれまで秋好中宮と「奈良の京」との関連については一切語っていない。だがここで注目したいのは、すぐ後に「父宮、母御息所のおはせま

し御ための心ざしをもとり添へ思す」とみえることである。「奈良の京七大寺」にまで「御誦経、布四千反」を分かつのは「父宮、母御息所」在世中の心ざしに添わんがための心遣いなのであった。

秋好中宮の「父宮、母御息所おはせまし御ための心ざし」とは、無論、皇位継承にかかわる願いだったはずで、前春宮亡き後は、娘・秋好中宮が入内して中宮として時めくことであった。中宮は結局、親王に恵まれなかったが、源氏を後見として栄華を極めているから、故父宮・母御息所の期待を一身に背負った自分の現在を「奈良の京の七大寺」にも祈願することによって源氏の四十賀を祝い、その厚意に応えようとしているのである。

「奈良の京」は前時代を代表する都であったが、それは平安京が安定的に発展するための、いわば重要な反措定であった。というのは平安初期、奈良にいた平城上皇によって引き起こされた平城太上天皇の変（薬子の変）が平定されたことによって、遷都後の平安京は、さまざまな意味でようやく都として再出発することになるからである。(注1) だから平安中期の作品である『源氏物語』では、「奈良の京」が話題になることはない。にもかかわらず『源氏物語』第二部の若菜巻に至って突然あらわれる「奈良の京」にはいったいどのような必然性があるのか。結論めいたことを言えば、「奈良の京」は平安初期に起こった平城上皇と嵯峨天皇との確執、および平城太上天皇の変による廃太子事件などの暗い歴史の記憶を呼び覚まし、物語にそのような背景のあったことを思い起こさせるのである。

源氏の四十賀は盛大になされるけれども、これと平行して語られる暗い事件こそ女三の宮の降嫁であり、それに招来される密通である。そして密通によって生まれる薫は廃太子八の宮に惹かれて宇治へ通うようになる。宇治十帖は『源氏物語』において唯一、廃太子の人生を描くのであり、若菜上巻で語られる「奈良の京」はこの廃太子の物語へのひそやかな前触れだったかのように思われる。

なお「奈良」という地名に限っていえば、宇治十帖「手習」巻の冒頭近くに一例のみ用例が見える。初瀬詣でした横川僧都の母尼が「奈良坂」で具合が悪くなって宇治院に宿りすることになり駆けつけた僧都が入水未遂して倒れている浮舟を発見するのである。「奈良坂」は浮舟物語の後半を開始させるための重要な地名であり、奈良と宇治を結びつける機能をもつと考えられる。

本稿では、若菜上巻・手習巻に各一例ずつしかみえない「奈良の京」及び「奈良」という地名をめぐって、それが物語とどのようにかかわり、物語をどのように展開させていくのかという問題を考える。

一、「奈良の京」―廃太子の物語をめぐって

『源氏物語』にわずか二例しか見えない「奈良」は、平安期の他の作品にもそれほど描かれていない。和歌についていえば、人口に膾炙する歌に、

1古の奈良の都の八重桜今日九重に匂ひぬるかな　　新撰朗詠集・四八四・伊勢大輔

があるが、このほかには、

2故郷と成りにしならの都にも色はかはらず花ぞ咲きける　　同・四八七・奈良帝

という作を挙げることができる程度である。作者の「奈良帝」については後述するが、これ以外には『古今集』歌の詞書に一例（九八五）、和歌・詞書の両方に記される一例（九八六）、及び『平中物語』に一例みえるのみである。

3奈良へまかりける時に、荒れたる家に、女の、琴弾きけるを聞きて、よみて、入れたりける

良岑宗貞

わび人のすむべき宿と見るなへに嘆き加はる琴のねぞする　　古今集・雑下・九八五

4初瀬にまうづる道に、奈良の京に宿れりける時、よめる

　二条

　人ふるす里をいとひて来しかどもならの宮こも憂き名なりけり

5わが宿はならの宮こぞをとこやまこゆばかりにしあらばきてとへ

平中物語・三六段

平安期の作品における「奈良」の用例は、後に挙げる「奈良坂」を含めてもごくわずかであり、その意味では『源氏物語』も同時代の作品と軌を一にするといえよう。だが「奈良の京」は『伊勢物語』初段と二段の冒頭に記される点で、きわめて印象深い表現であった。

むかし、男、初冠して、奈良の京春日の里に、しるよしして、狩りにいにけり。（初段）

むかし、男ありけり。奈良の京ははなれ、この京は人の家まだ定まらざりける時に、西の京に女ありけり。（二段）

成人した男の話から死ぬところまでを描く『伊勢物語』は「奈良の京」、から始まるのである。ここで男は「いとなまめいたる女はらから」を「かいまみ」するのだが、この「かいまみ」は『源氏物語』の主要なかいま見場面に深く関与する。「女はらから」のかいま見という点では、「橋姫」巻で薫が大君・中の君を見る場面に該当するが、それより前の、「若紫」巻における若紫・尼君のかいま見はそのバリエーションである。そこでは孫娘と祖母という組み合わせになっているが、血縁関係にあるふたりの女をかいま見する点では共通している。そしてこの「若紫」という巻名こそ、『伊勢物語』初段に由来するのである。玉上琢彌によれば「若紫」という語は『伊勢物語』初段に初めて見えるもので、しかも『源氏物語』五十四帖の中で、ここに一度だけ使われているのは意図的であり、読者は巻名の一語から『伊勢物語』初段を想起しつつ、それとの相違点を注意深く数えてゆかねばならないのだという。（注2）

源氏は「奈良の京」ならぬ平安京の郊外、北山で「いまめかし」い尼君と美少女を見つけて惑乱する。少女を望んで尼君に再三再四、歌を詠んで引き取りたい旨申し込むところは「いちはやきみやび」のバリエーションだとも言い得よう。だが「若紫」巻は源氏が北山を下りる場面に引き続いて藤壺との逢瀬を描くように、若紫のかいま見は密通と表裏の関係にあった。瘧病みで北山へ行ったのも藤壺への恋患いによるものであり、若紫に惑乱するのも藤壺に似ていたからだったことは周知の通りである。そして『伊勢物語』は伊勢斎宮・二条后との密通を昔男の恋の頂点として描くが、これらふたりの人物は明らかに藤壺の造型に反映されており、いずれも王権の侵犯にかかわっている。(注3)

ところで「昔男」のモデルとされる業平は平城天皇の孫にあたる。平城皇子阿保親王の息であるが、彼は父阿保親王が許されて太宰府から帰京した後に生まれた。平城天皇は位を皇太弟に譲り旧都奈良に住むこととなったが、ほどなく平城太上天皇の変が起き、敗北した平城は奈良に幽閉同然の身となって、阿保親王は太宰府に流され皇太子だった高丘親王は廃太子となった。そして、以後、この一族が天皇位に就くことは絶えてなかった。『伊勢物語』は重祚を阻まれた上皇および廃太子となった皇太子の歴史を前史として成立したのである。だから、『伊勢物語』の中で語られる惟喬親王の話は当代における「廃太子」的な物語を浮かび上がらせる。(注4) 皇位に就けない平城の子孫の物語である『伊勢物語』を反転させたかたちで、『源氏物語』は密通によって源氏の子孫が皇位に就くことを実現させる物語になっているのであった。

この意味で両者は共に皇統改変をその物語の基軸に置くのだといえようが、興味深いのは『源氏物語』における『伊勢物語』初段「女はらから」かいま見のバリエーションの配列である。

巻名	見られる対象	見る主体
1若紫巻	尼君・少女（祖母と孫娘　密通と表裏）	源氏

2空蟬巻　継母・継娘（入内できなかった空蟬）　源氏
3竹河巻　玉鬘の大君・中の君の姉妹　蔵人少将
4橋姫巻　大君・中の君の姉妹（廃太子の娘たち）　薫
5椎本巻　再び、大君・中の君姉妹（廃太子の娘たち）　薫（喪服姿　廃太子の死）

右に示すように「女はらから」のかいま見は3～5になるが、3の玉鬘大君は密通によって生まれた冷泉院と結ばれ、4・5は冷泉院立太子のために廃太子となった八の宮の娘たちふたりに限定される。つまり『源氏物語』における姉妹のかいま見は2を除いて藤壺との密通とそれによって引き起こされる皇統改変と廃太子の物語にかかわって描かれるのである。(注5) それ以上に重要なのは『伊勢物語』初段が描く「女はらから」の「かいま見」が3以降になってあらわれるということである。前掲の玉上論のように、初段「女はらから」のかいま見は若紫巻に大きく影を落としているが、「女はらから」それ自体が描かれるようになるのは3竹河巻以降なのである。竹河巻に至って、『伊勢物語』「女はらから」はようやくそのままの形で描かれるようになるのである。

その場合、3竹河巻は冷泉院に入内する玉鬘大君の物語だが、玉鬘大君にはさしたる栄達はなく、冷泉院自身も帝位に就くものの皇子に恵まれず、また宇治の八の宮と薫を引き合わせる存在として機能する点で4・5の前置きとしての意味を担っている。即ち、これら4・5の宇治の姉妹たちのかいま見は伊勢初段の背後にある歴史を想起させ、その後日談あるいは続編として読むことを可能にする。『伊勢物語』初段の歴史的背景は、宇治の大君・中の君に移し替えられて新たな物語を紡ぎ出しているのではあるまいか。廃太子の娘たちの物語として。宇治十帖の橋姫・椎本巻の姉妹のかいま見は、『伊勢物語』初段「女はらから」のかいま見を廃太子の娘たちの物語として新たに語り直す営為なのではないかと考えられる。

問題は宇治十帖にとどまらない。実は『源氏物語』の始発である桐壺巻の冒頭じたいに平城太上天皇の変が重ね合わされていると考えられるからだ。桐壺更衣ひとりを寵愛する帝の姿と、これに批判的な周囲の反応、及び女の死という結末は『源氏物語』に明記されるように楊貴妃の例に倣っているが、実際には日本では楊貴妃における安禄山の乱のような戦は起こっていない。さらに楊貴妃は皇帝に寵愛されたが、皇統の乱れを引き起こすこともなかった。これとは対照的に『源氏物語』は皇統の乱れをこそ描くのである。更衣の代わりとして入内した藤壺が引き起こした「乱れ」こそ皇統の乱れであり、源氏の子孫による皇位奪回を実現するものであった。これを裏付けるかのごとく藤壺の崩御記事には「事の乱れなく」とする表現が刻みつけられており、これは逆説的に平城太上天皇の変をよびおこす。桐壺更衣の代わりとしての藤壺が実現した乱れは楊貴妃におけるような戦乱ではなく皇統の乱れというまさしく「事の乱れ」であった。藤壺崩御後の「乱れ」の語の連鎖は桐壺巻冒頭の「楊貴妃の例」をあらためて呼びさまし、さらには国内の歴史上の人物や事件への想像力をかき立てる。『源氏物語』は『伊勢物語』前史としての平城太上天皇の変をたぐり寄せるのである(注6)。平城太上天皇の変は戦闘には至らなかったものの、上皇軍と天皇軍とが対峙するという非常事態を引き起こした。このような事態は三五〇年後の保元の乱に至るまで日本の歴史に例のない事件であった。平安初期のこのような大事件が『源氏物語』の時代に記憶されていなかったとは考えにくい。後述するように、菅原道真撰の『類聚国史』にも記されており、平城天皇の通称である奈良帝もまた平安初期の文学・伝承にさまざまな影を落としているからである。

二、奈良坂　―浮舟物語の再出発―

奈良の地名は手習巻冒頭にみえる。少し長くなるが引用したい。

そのころ横川に、なにがし僧都とかいひて、いと尊き人住みけり。八十あまりの母、五十ばかりの妹ありけり。古き願ありて、初瀬に詣でたりけり。睦ましうやむごとなく思ふ弟子の阿闍梨を添へて、仏、経供養ずること行ひけり。事ども多くして帰る道に、奈良坂といふ山越えけるほどより、この母の尼君心地あしうしければ、かくては、いかでか残りの道をもおはし着かむともて騒ぎて、宇治のわたりに知りたりける人の家ありけるにとどめて、今日ばかり休めたてまつるに、なほいたうわづらへば、横川に消息したり。山籠りの本意深く、今年は出でじと思ひけれど、限りのさまなる親の道の空にて亡くやならむと驚きて、急ぎものしたまへり。―中略―まづ、僧都渡りたまふ。いといたく荒れて、恐ろしげなる所かなと見たまひて、「大徳たち、経読め」などのたまふ。この初瀬に添ひたりし阿闍梨と、同じやうなる、何ごとのあるにか、つきづきしきほどの下臈法師に灯点させて、人も寄らぬ背後の方に行きたり。森かと見ゆる木の下を、疎ましげのわたりやと見入れたるに、白き物のひろごりたるぞ見ゆる。「かれは何ぞ」と、立ち止まりて、灯を明くなして見れば、もののゐたる姿なり。

⑥手習二七九～二八一頁

横川僧都の母尼が初瀬詣でに出かけた帰り道、体調を崩して宇治院で休むことになった。そこへ連絡を受けて駆けつけた息子の横川僧都が「木の下」で入水未遂して倒れている浮舟を発見する場面である。ここではまだ人間かどうかもわからず、「白き物の広ごりたる」あるいは「もののゐたる」などと、「物」「もの」として描かれており、僧都に付き従っている僧たちは「狐の変化したる」「よからぬ物ならむ」などと口々に言い合い、魔物を退散させようと印を結んだりしている。ところがひとりの僧が灯を点してよく見たところ「髪は長く艶々として、大きなる木の根のいと荒々しきに寄りゐていみじう泣く」姿が見いだされ、横川僧都が自ら確かめに来て「これは人なり」という判断を下し、再度の浮舟物語が語られるのである。

それにしても、なぜこの場面だけに「奈良」の地名が記されるのであろうか。(注7)ここでは初瀬詣での帰途ということになっているが、初瀬詣では玉鬘の場合にも描かれており、また浮舟自身も東屋巻で詣でている。つまり『源氏物語』においてすでに描かれているにもかかわらず、「奈良坂」が記されることはなかったのである。都から初瀬詣でするには、右の引用文に傍線を施した通り宇治・奈良坂を経由する。その「奈良坂」は『大和物語』には「奈良坂のあなたには、人の宿り給ふべき家もさぶらはず」とある。また平安後期の作品になるが、『更級日記』には「初瀬にはあなおそろし、奈良坂にて人にとられなばいかがせむ」とみえ、人気のない寂しい場所であったことがわかる。説話集には「(奈良の)界ノ中ハ悉ク仏ノ境界ト成テ、奈良坂ノ口ニハ、梵王・帝釈・四天王・皆、護リ給」(今昔物語集一二・六)、あるいは「奈良坂には、山だち待まうけて、布施物みなうばいとりてけり」(古今著聞集一二「澄憲法印奈良坂の山賊を教化の事」)などと盗人が出没したことが語られている。

このように「奈良坂」は南都の北口に位置しており奈良と京都を画する境界の地であったが、『源氏物語』においては浮舟後半の物語を導き出す地名として機能すると考えられる。それは浮舟が発見される宇治へと通じる場所だからである。「奈良坂」が『源氏物語』に刻印されるのは、境界の地に出没する盗賊や狐などの印象によるものでもあろう。僧都が「これは人なり」と判断した後でも、付き従った僧たちは「狐、木霊やうのものの、あざむきて取りもて来たるにこそはべらめ」(手習二八三)とか「鬼か、神か、狐か、木霊か。」などと騒ぎ、いよいよ顔を見る時には「昔ありけむ目も鼻もなかりけむ女鬼」ではないかと気味悪がっている。たびたび「狐」「鬼」が話題になっているのは、「おそろし」い場所(前掲『大和物語』)「奈良坂」に続く土地の宇治という一面があると思われる。また、妹尼が初瀬にて夢を見て(同二八六)浮舟は観音から娘の代わりに授かったものと思っているところから、初瀬の観音信仰も重ねられている。

さて浮舟は「宿木」巻で自身、初瀬詣でしており、その帰途に宇治で薫によってかいま見されている。

御随身どもかやかやと言ふを制したまひて、(薫)「何人ぞ」と問はせたまへば、声うちゆがみたる者、「常陸前司殿の姫君の初瀬の御寺に詣でてもどりたまへるなり。はじめもここになん宿りたまへりし」と申すに、おいや、聞きし人ななりと思し出でて、人々をば他方に隠したまひて—中略—つつましげに下るるを見れば、まづ、頭つき様体細やかにあてなるほどは、いとよくもの思ひ出でられぬべし。

—以下略—　⑤宿木四八八〜九頁

これは浮舟が噂話としてではなく実際に登場する最初の場面としてきわめて印象深い。浮舟物語の始発は初回も二回目もいずれにおいても宇治なのである。しかしながら右に示すように、初回は「初瀬詣で」の帰途であるにもかかわらず、「奈良坂」が記されることはない。なぜ二回目の方にのみ記されねばならなかったのか。それは浮舟の入水とかかわるからではないのか。

入水伝承は上代以来、『万葉集』や記紀神話にみえるが、浮舟の入水は一般的にはふたりの男から思われて入水した『万葉集』巻九などの「葦屋の菟原処女」の話を基にした『大和物語』一四七段「生田川」の話によって説明される。だが入水後の浮舟が「奈良坂」を伴った場面で発見されることによって、「生田川」のみならず「奈良」の地がクローズアップされてくるのである。そこには有名な采女の入水伝承があるからだ。

猿沢池の采女入水説話は「生田川」と同じく『大和物語』にみえ、『枕草子』などにも記されていて当時、よく知られた話であった。奈良帝に仕えた采女が帝から再度のお召しがないのを嘆いて猿沢池に入水したという話で、ふたりの男から求婚されて悩む話柄ではないのだが、実は浮舟の人物造型には上代の采女伝承が活かされていることも相俟って注目される。この点について簡単に述べておきたい。

後藤祥子による卓見の通り、明石君と浮舟は造型的に類似する。いずれも地方出身者であり「浮き木」・「浮舟」という、これらふたりの女君たちにしか認められない歌語を共有しており、特に浮舟の寄る辺ない悲哀感は『俊頼随脳』の「生けごめの采女」のような歌語りに枠取られていると考えられるのである。(注8) 後藤説は采女伝承に関しては中世の『俊頼随脳』に残る歌語りに拠り、それ以前の采女の歌語りについては「あったとすれば」という留保をつけたのであったが、私見では采女伝承は記紀神話や万葉集など上代の説話に二四例見受けられ、それらのうち一八例までが天皇を言祝ぐ話になっており、さらに天皇との結びつきと同時に「死」のテーマが濃厚にあらわれる。(注9) 特に『古事記』「三重の采女」は天皇・死・水の儀礼にかかわる采女説話の典型で、万葉・古今の「安積山の歌語り」との関連も見てとれる。この「三重の采女」の話の概略は「新嘗祭の折、采女が雄略天皇に杯に葉の浮いた杯をそれと気づかず奉ったため、天皇は怒って采女を殺そうとしたところ、天皇を言祝ぐ歌を詠んで罪を許される」というものである。上代の采女は地方豪族の娘や妹が人質的な目的で献上され、「杯・水・酒」を扱い、天皇の食事に奉仕する水司・膳司に配属され、新嘗祭や大嘗祭にも仕えた。天皇に近侍する采女は実際に天皇の寵愛を受けることもあり、皇子・内親王を産んだ例も少なくない。天皇からのお召しがないことを嘆いて入水する猿沢池の采女の話は「天皇・水・死」という采女説話のポイントに加えて采女の職掌や天皇からの寵愛の実例も相俟って形成され伝えられたものだと考えられる。

ところで采女伝承には天皇を言祝ぐ点と天皇に対する罪を贖うという点の二面性がある。六条院に御倉町を有して源氏の経済的な豊かさの一翼を担い、また明石姫君を産んで一族の繁栄に寄与する点では「言祝ぎ」にかかわる面を明石の君が受け継ぎ、これと対照的に浮舟は「言祝ぎ」とは無縁であり、罪のひとつである密通と入水の部分を背負いつつ造型されているのだと思われる。前述の「三重の采女」のように葉の浮いた杯で天皇に供する話のほかに密通の罪を疑われる話もあるが、(注10)密通の話柄は天皇の寵愛と表裏の関係にある。浮舟は匂宮という親王に愛される点で天皇に準ずる人物との関係が語られていると考えることができる。浮舟は『大和物語』「生田川」だけでなく「入水する采女」の物語を受け継いでいるのである。そして平安時代に最もよく知られた采女の話こそ、「猿沢の池の采女」であった。浮舟が入水した後に初めて発見される場面に「奈良坂」という地名が刻まれる必然性はここにある。「奈良坂」は奈良の「猿沢池の采女」をたぐり寄せる地であるが、この「猿沢池の采女」こそ、「奈良の帝」の話なのであった。

三、文化的結節点としての平城天皇 ―和歌・歌物語・斎院制度―

『源氏物語』が誘う「伊勢物語前史」とは平城天皇にまつわる歴史であるが、平城上皇は平安遷都によって一旦は取り壊された平城宮(『日本紀略』大同四年一二月四日条)を上皇宮に定め、改めて復活させて、ここから観察使の廃止と参議の復活を求める詔を発している(『日本紀略』弘仁元年六月二八条)。さらに平城上皇は弘仁元年九月平城京への遷都を企て、「二所朝廷」と呼ばれる事態を迎え、天皇・上皇方が武力衝突する局面に立ち至った。しかしこれに迅速機敏に対応した嵯峨天皇によって、平城上皇は髪を下ろし崩御するまで平城宮で過ごすことになった。これが平城太上天皇の変であり、このような事情のために平城天皇は奈良帝と称されるのである。

奈良帝は平安時代の文学に非常に深く大きな影を落としている。物語文学においては、『大和物語』一五〇段～一五三段にみえ、猿沢の采女の話はその最初に置かれている。

あまりにも有名な話だが、『大和物語』一五〇段「猿沢の池」全文を挙げてみよう。

むかし、ならの帝に仕うまつるうねべありけり。顔かたちいみじう清らにて、人々よばひ、殿上人などもよばひけれど、あはざりけり。そのあはぬ心は、帝をかぎりなくめでたきものになむ思ひたてまつりける。帝召してけり。さてのち、またも召さざりければ、かぎりなく心憂しと、思ひけり。夜昼、心にかかりておぼえたまひつつ、恋しう、わびしうおぼえたまひけり。帝は召ししかど、こととおぼさず。さすがに、つねには見えたてまつる。なほ世に経まじき心地しければ、夜、みそかにいでて、猿沢の池に身を投げてけり。かく投げつとも、帝はえしろしめさざりけるを、ことのついでありて、人の奏しければ、聞しめしてけり。いといたうあはれがりたまひて、池のほとりにおほみゆきしたまひて、人々に歌よませたまふ。かきのもとの人麻呂、

わぎもこがねくたれ髪を猿沢の池の玉藻と見るぞかなしき

とよめる時に。帝、

猿沢の池もつらしなわぎもこが玉藻かづかば水ぞひなまし

とよみたまひけり。さて、この池に墓せさせたまひてなむ、かへらせおはしましけるとなむ。

ここにみえる「ならの帝」についてたとえば新編全集三八三頁頭注一六は次のように説く。

あとに柿本人麻呂との贈答があるので、時代的に奈良朝のある天皇ということか。人麻呂は生没年が明らかでなく、最後の歌は文武四（七〇〇）年であり、平城遷都前に没したとも、以後しばらく生存していたともいわれる。

この話は、奈良時代の初期ということになろうか。しかし、伝承の途中でさまざまな虚実がからみあってできあがった話であり、平安時代よりももっと古い時代の天皇と采女の話として受け取ればよいのであろう。

采女伝承はすでにふれた通り、記紀神話や万葉集など上代の説話に多く見られるので、右の説のように「平安時代よりももっと古い時代の」こととして捉えられる。しかし前掲谷戸論文が説くように猿沢池の説話は、文献上では上

代に遡ることができず、捨てられた都となってからあらわれる旧都平城の話なのである。「ならの帝」が猿沢の池という地とともに語られていくのは、この帝が「なら」という名を持つことに由来するからだと考えられるのである。つまり「なら」の像は必ずしも実際の平城（平城京時代）ということではなく、平安期になって旧都平城と結びつけられて意識されていった、平安京によってイメージされるところの「なら」だと考えられるのである。谷戸論文はさらに、右の説話に「人麻呂」が挙げられているのは「古歌」世界の代表的な人物としてであり、『古今集』の成立もこの「古」の世界が意識された上でのひとつの成果とみて、平城京が「古京」と位置付けられるのが嵯峨天皇によって出された平城太上天皇の変の終結への詔「棄て賜ひ停め賜ひてし平城京」（『日本後紀』弘仁元年九月十日条）であったことに着目している。(注11)「奈良の帝」平城天皇は、『大和物語』の中で和歌に造型の深い帝として描かれるだけでなく、平安期の和歌世界においても「古」の世界の代表という文化の結節点としての意義を担っている。『伊勢物語』も、「奈良の帝」は直接的には描かれないものの、物語じたいが歴史上の敗残者であり、廃太子を現出する事件を引き起こした平城天皇という存在を抜きにしては成立し得なかった歌物語であった。平城天皇は『古今集』『大和物語』および『伊勢物語』という平安初期における和歌にかかわる文学に深く関与する存在として捉えられていたのである。

「猿沢の采女」の話は結局のところ、平安朝がイメージした采女の入水譚であり、同時にそれは「奈良の帝」と切り離すことのできないものとしてあった。従来「奈良の帝」は具体的に特定できないとされてきたが、前述の一連の『大和物語』「奈良の帝」譚一五〇段～一五三段のうち、唯一、人物を特定できるのが次の一五三段である。

ならの帝、位におはしましける時、嵯峨の帝は坊におはしまして、よみたてまつりたまうける。

みな人のその香にめづるふぢばかま君のみためと手折りたる今日

帝、御返し、

　　折る人の心にかよふふぢばかまむべ色ことににほひたりけり

これは大同二年九月二一日に平城天皇と皇太子時代の嵯峨天皇が神泉苑で唱和した事実に基づくもので、『日本紀略』には、

　幸神泉苑、琴歌挿菊（大同二年九月二十一日条）

とあり、また『類聚国史』には、

　乙巳（二十一日）、幸神泉苑、琴歌間奏四位已上、共挿菊花、
　時皇太弟頌歌云、美耶比度乃曾能可邇米豆留布智波賀麻
　岐美能於保母能　多乎　利太流祁布。上和レ之日、袁理比度能　己己呂乃麻丹真　布智波賀麻　宇倍伊呂布賀久
　爾保比多理介利。群臣倶称二万歳一、賜五位以上衣被　三十一天皇行幸下

とみえる有名な事績である。

当時の読者は一五〇段～一五三段の「奈良の帝」を同一人物として享受していたと考えるほうが自然なのではあるまいか。そしてその中の特定できる人物こそ平城天皇であった。『大和物語』一五三段も、その源泉となった『類聚国史』の逸話も平城天皇と皇太子嵯峨の仲むつまじい光景を描くのであるが、歴史はこの後、大きく変転することになった。神泉苑での兄弟の唱和は、そのような大事件の前の束の間の平和な瞬間を描き出しているのだが、この平和こそ一触即発の変の前触れとして印象に刻まれる。

ところで、最近、浅尾広良は『源氏物語』に嵯峨朝の音楽が流れていると指摘するが[注12]、それはその陰画としての平城上皇の存在を浮かび上がらせる。嵯峨朝の始発と安定に平城太上天皇の変（薬子の変）の平定があるからだ。言い換えれば、嵯峨朝は平城太上天皇の変（薬子の変）によって、初めて嵯峨朝として機能することになったからである。

地主神として平安京を護る賀茂神に仕える斎院制度を創始したのも平城太上天皇の変（薬子の変）の勝利祈願のため、あるいは勝利を果たしたからだったとされる。賀茂神社関係の資料には次のように記されている。

帝第九女、弘仁元年定、母正五位下交野女王、従五位上山口王女也、斎院始也、是與平城有隙御祈也、嵯峨天皇與平城天皇、昆弟之情不睦、故為祈願特設斎院、使皇女有智侍

賀茂斎院記

ここにみえる「嵯峨天皇與平城天皇、昆弟之情不睦」という部分は、『大和物語』の仲睦じい天皇とその弟の姿を皮肉な形で照らし出す。『本朝月令』四月の項にも同様の記事が見えるが、『賀茂皇太神宮記』には、平城太上天皇の変の原因を薬子に責任転嫁した形で「世の中さわぎののしりて、万民たやすき心ながりけり」とこの変の推移を記しているが、嵯峨天皇が賀茂神社に勅使を遣わして「官軍に神力をそへられ、天下ぶい（「無為」カ？）に帰せしめ給へ、しからば皇女を奉りて、御宮づかへ申さすべし」と勅願して世の中が鎮まったので「御宿願はたし給はんために」、弘仁元年に有智子内親王を斎王にしたとみえる。

これらに見られるように、斎院制度とはいわば平城上皇から平安京を守るためのもので平城排除の装置だった。蔵人所が設けられたのも平城太上天皇の変の後であり、地主神・政治的制度の両面から嵯峨天皇の政治が確立されていくのである。斎院制度とは嵯峨天皇と平城上皇との確執によって創始され、その葵祭は以後、平安京を代表する祭として執り行われるようになっていくわけだが、このことと六条御息所による生霊・死霊という、物語を大きく展開させていくドラマが葵祭の時空に起こることをどのように考えればいいのか。葵祭の時には仏事が行われないために物の怪が跋扈するのではあるが(注13)、理由は果たしてそれだけであろうか。筆者は六条御息所が葵祭に出現することを、かつて都から追放された斎宮の視点から捉えたことがあったが(注14)、もうひとつ、ここで見た斎院創始の事情から考える必要があるのではないか。斎院が排除するのは平城上皇であり奈良である。斎院の祭りの時空に跋扈する御息所の物の

怪は、平城上皇のような政治的敗残者の歴史を背負うのではないかと考えられる。「葵」巻の御息所の生霊事件の折りに故父大臣のことが噂されるのも、御息所が単なる愛情問題ではなく政治的敗者の魂を背負っていることを推測させる。夫であった前坊のことは具体的には語られていないが、皇太子でありながら、何らかの理由で天皇になれなかったのは明らかで、その意味では敗者である。

ここで、あらためて冒頭に挙げた「奈良の京」の唯一の用例が想起される。源氏四十賀に際して、秋好中宮はなぜ「奈良の京の七大寺」に亡き父母の「おはせまし御ための心ざし」に添えて祈るのか。斎院の祭である葵祭に跋扈した六条御息所、皇太子でありながら何らかの理由で天皇になれなかった前坊の存在は「奈良の京」とどこかで結びついている。おそらく平城上皇やその皇太子で廃太子となった高丘親王といった歴史上の敗者たちの寄り憑く存在として六条御息所があったのではないか。そして『源氏物語』は宇治十帖に至って、廃太子である八の宮の物語を描き、その廃太子の娘たちの物語りを紡いでいく。秋好中宮の父宮においては顕在化しなかった廃太子の物語が、平安京と奈良を結ぶ地、宇治を舞台に繰り広げられていくのである。

〔注〕

1　谷戸美穂子「『古今集』仮名序と「ならの帝」」（『日本文学』二〇〇五年四月）は、薬子の変が平城遷都の命によってはじまったことに注目している。政権の復活は、平城京の存在と切り離しては、ありえなかったこと、平城京遷都が企図されることは平安京という新たな都は、この時点ではまだ確定されておらず、不安定な状態であり、この変を通過することによって初めて平城京は旧都として定置されたのだと説く。後述するが、この薬子の変によって創始された斎院制度は平安京を地主神によって鎮護するものであり、同じく変後に設置された蔵人所は嵯峨天皇の力を令外の官として補強し守るものであった。

2　玉上琢彌『源氏物語評釈』第二巻「この巻を読む前に」参照。角川書店、一九六五年。

3　三谷邦明「源典侍物語の構造」『物語文学の方法』Ⅱ（有精堂、一九八九年）及び久富木原「朧月夜の物語―源氏物語の禁忌と王権」『源氏物語歌と呪性』（若草書房、一九七九年）

4　惟喬親王の出家については、古来、立太子争いに敗れ、その見込みがなくなったため（愚見抄）という説と親王の病による（臆断）とする説があるが、現代の注釈書は後者の説に傾いている。その理由としては惟喬親王は第一皇子であったが弱小貴族の紀氏の出身であったため、第四皇子の惟仁親王（清和天皇）が即位したが、その立太子は惟喬親王七歳の時であり、親王はその二二年後に出家しているから、「思ひの外に」出家したのは史実ではなく虚構（全釈）、あるいは「思ひの外に」はおかしいと説くのは平安後期以後の伝承による先入観（鑑賞）だとするもの、史実と結びつけて解釈すべきではない（全評釈）などがある。これらが説くように史実は確かに廃太子ではなかったが、立太子争いに敗れたという平安期以降の伝承が生まれるのには、それなりの理由があった。『伊勢物語』という作品そのものの持つ磁場によるのである。「思ひの外に」という「虚構」はそれを強調するものであると考えられる。

5　2は入内できなかった娘（空蝉）の物語だと捉えることができる。

6　本書第25章「藤壺造型の位相―逆流する伊勢物語前史―」参照。

7　『古今集』雑下・九八五の詞書には、「はつせにまうづる道にならの京にやどれりける時、よめる」（第一節4参照）などとみえ、奈良は初瀬詣でにおける通過地点であることが記されている。

8　後藤祥子「うき木にのって天の河にゆく話」『源氏物語の史的空間』（東京大学出版会、一九八六年）及び本書29章「源氏物語における采女伝承―安積山の歌語りをめぐって」

9　注6論文参照。

10　密通もしくは密通を疑われる話は「伊勢采女」（雄略天皇一二年一〇月）、「百済の池津媛」（同二年七月）、「凡河内直香賜」（同九年二月）、「采女山辺小島子」（同一三年三月）、「新羅人」（允恭天皇四二年一一月）、「三輪君小鷦鷯」（舒明天皇八年三月）などがある。

11　注1の谷戸論文参照。

12　浅尾広良「源氏物語と嵯峨朝准拠の方法」（シンポジウム「源氏物語　重層する歴史の諸相」於明治大学古代学研究所二〇〇五・七・二明治大学）におけるコメント。

13　藤本勝義『源氏物語の〈物の怪〉文学と記録の狭間』古典ライブラリー4、笠間書院、一九九四年

14　久富木原「斎宮の母・六条御息所―源氏物語における伊勢神宮の磁力」『源氏物語歌と呪性』若草書房、一九九七年

第30章 平城太上天皇の変（薬子の変）の波紋としての歴史語り・文学・伝承 —第二次世界大戦時から中世・古代へと遡る—

はじめに —源氏物語と平城太上天皇の変—

『源氏物語』の桐壺巻は冒頭から宮廷の不穏な空気から語り始める。帝が更衣を異常に寵愛するため、後宮の妃たちだけでなく男性の上流貴族たちまでが世が乱れることを危惧し批判的な態度を示す様子を描く。さらにそこには実在の人物である楊貴妃の名が記されて、安禄山の乱のような大乱が起こりかねないという不安を煽る書きぶりになっている。『源氏物語』はいわば「いくさ」の予感から始まっているのである。(注1) 更衣の死によって実際の乱（いくさ）は起こらずに済んだ。その代わりとして物語は源氏の密通による皇統の「乱れ」を描いていくのであるが、当時の人々は楊貴妃の名を「どこかの国の王さまとお后さまとのおはなし」(注2)として享受したわけではないだろう。もっと具体的なイメージを喚起する事件、即ち日本国内で起こった平城太上天皇の変という大事件を重ねながら読んだ可能性がある。それは『源氏物語』が書かれる二〇〇年前、平安初期に起こった事件であるが、その波紋は文学や伝承として後世に伝えられた。またこの事件を契機として、平安時代の政治・制度・文化が大きく転換したことは歴史学においては周知の事実としてある。(注3)

平安時代初期、桓武天皇の後に即位した平城天皇はわずか四年足らずで退位して奈良に移り住んだが、ここからしばしば詔勅を出し、京都の嵯峨天皇との間に二所朝廷の状況を招来し不安定な政治状況を招いた。そして弘仁元（八一〇）年、平城上皇によって平城遷都の詔が出されるに及んで、遂に上皇方と天皇方とが軍事的に対峙するという事態に至った。この時は嵯峨天皇側が機先を制したため実際の戦闘には至らぬままに上皇側が敗れるという結果になったが、この乱が政治や貴族社会、あるいはその文化・文学に与えた影響には計り知れぬものがある。

賀茂神社にはこの「いくさ」の勝利を祈って斎院制度が設けられたと伝えられており（注4）、平安時代最大の祭である葵祭も平安京を守るこの神社のものであり、平安京はこの変以降、「万代の宮」と称されることとなった。「平城太上天皇の変」という「いくさ」を制した結果、さらなる遷都の可能性は封じ込められたのである。そして嵯峨天皇の内親王有智子が京都の地主神・賀茂神社に斎院として仕え、そのことによって賀茂神に守られる形で平安京は安定を得て繁栄し、葵祭などの神事および斎院にかかわる文学や文化が花開いていくことになった。また「平城太上天皇の変」を契機として令外の官としての蔵人所が設けられたこともよく知られている。平安時代はこのようにして、「平城太上天皇の変」の後にあらたな時代としての出発をしたのである。

平安遷都から一七年後の平城遷都の議は人心に深刻な動揺を与えたが、この変の後は遷都の議は全く影をひそめ、嵯峨朝廷によって「万代の宮」と宣言されたのであった（注5）。歴史研究者によれば嵯峨朝廷は政治や文化全般にわたって「平城的なもの」を払拭し「平安的なもの」を育んでいき、嵯峨・淳和から都市的な文化と奢侈に取り囲まれた貴族文化が誕生した（注6）。「平城太上天皇の変」は平安遷都後、平安京が平安京になるための一大転換期であり、この変を境に歴史意識も大きく変化したのである（注7）。

そして「平城太上天皇の変」の約一〇〇年後に成立した『古今集』「仮名序」において平城天皇は「奈良の帝」と

称され君臣相和す時代の理想的な帝として登場している。そこでの平城天皇は「平城太上天皇の変」を起こして、剃髪出家し奈良の地にこもりそこで生涯を終えた敗者としての天皇、あるいは「悲劇の天皇」というイメージは払拭されているように見受けられる。（注8）

しかし『伊勢物語』初段は、平城太上天皇の変が平城天皇の子孫にもたらした暗い影を背景に置きつつ描かれている。初冠した平城天皇の孫業平が奈良・春日野を訪れ、美しい姉妹をかいま見して「いちはやきみやび」をする話だが、華々しい未来が約束されている貴公子であれば、人生の出発点としてことさらに旧都奈良を選ぶ必要などなかったはずである。（注9）

業平の父は「平城太上天皇の変」によって太宰府に流された平城天皇皇子阿保親王で、親王は父天皇が崩御してようやく都に帰ることができた。業平は祖父天皇の崩御によって初めてこの世に生を享けることができたのである。このような形で出生した業平だからこそ、その人生の始発を奈良の地にする必然性があった。奈良は偉大な祖父平城天皇ゆかりの地であると同時に、一族が皇統から疎外される原因をなした、いわば蹉跌の地という両義性を持つ土地でもあった。初冠した業平は華やかな平安京ではなく、父祖の挫折の記憶が刻まれたこの地から人生を始めなければならなかったのであり、『伊勢物語』の始発には「平城太上天皇の変」の影が色濃く影を落としている。（注10）

しかし『伊勢物語』は、実際の「いくさ」には一切、言及しない。これに対して『源氏物語』は、冒頭から歴史上の「いくさ」について語り始める。桐壺帝の異常なほどの寵愛が世の乱れを引き起こすのではないかという人々の不安を描き、さらに楊貴妃に言及することによって歴史上の安史の乱という唐代最大の「いくさ」を想起させるのである。

この楊貴妃への言及は、単に異国で起こった大乱というにとどまらず、当時の読者は、ずっと身近な国内の「いくくさ」を思い浮かべつつ読んだのではないかと考えられる。当時において、「平城太上天皇の変」はおよそ二〇〇年前の出来事であるが、人々にとっては、時代を画するほどの大事件であった。しかも平城天皇は平安時代の貴族たちの規範となる『古今集』「仮名序」に特別な天皇として記され、その孫の業平は歌人として、また『伊勢物語』のモデルとして名を馳せた。さらに平城天皇が寵愛した薬子は実は天皇の皇太子時代に入内した妃の母であったことも周知の事実であったであろう。そして楊貴妃もまた、玄宗皇帝の息子の妃であったのを父皇帝が寵愛したのであった。天皇も皇帝も妃の母あるいは息子の妃を異常に寵愛して、その親族を重用し、その結果乱が起こったのだった。さらに天皇・皇帝は生きながらえ、これに対して寵愛された女性たちとその親族は殺されるという点でも状況が酷似するのである。当時の『源氏物語』の読者はこのようなことなども重ね併せつつ読んだのではなかろうか。(注11)

しかし『源氏物語』は実際の「いくさ」ではなく、皇統の乱れを語っていく。歴史上の唐の大乱に言及しつつ国内に大きな変化をもたらした乱を想起させるという手法を用いて、冒頭から緊迫感に満ちた語り口を用いるのだが、更衣の死によって戦乱としての「いくさ」の可能性は閉じられ、その後は光源氏が皇統の乱れを実現するという意味における「いくさ」の物語へと引き継がれ転換されていくのである。(注12)

『源氏物語』の後、平城天皇一族に関する話は中世初期の説話集等で語られるが、これらには「いくさ」との直接的な関連性は認められない。(注13)また近世・近代には、この一族が特に話題にされた形跡はないようだ。(注14)ところが、第二次世界大戦下において、突然、「いくさ」にかかわって記憶の彼方からよみがえり歴史の表舞台に登場した人物があった。本稿ではまず、その人物をめぐる言説を採り上げることから始め、そこから中世・古代へと遡って「平城太上天皇の変」の波紋としての歴史語り・文学・伝承」について考えていく。

一、第二次世界大戦下における波紋 ―高丘（真如）親王の登場―

第二次世界大戦下の歴史叙述に、「平城太上天皇の変」の関係者が一一〇〇年以上の遙かな過去から呼び戻された。それは、平城天皇の皇子高丘親王（のちの真如親王）である。昭和一八（一九四三）年、その親王の事績が国定教科書『初等科國史』に採択され、全国の小学校で教科書として用いられることになったのである。[注15] 高丘親王は「平城太上天皇の変」（八一〇年）当時、嵯峨天皇の皇太子であったため廃太子となり出家した。そして真如親王と号して空海に師事し、研鑽を積んでその十大弟子のひとりとなった。しかしそれで満足することなく入唐し、さらにインドを目指したが現在のマレー半島あたりで客死した。この希有な経験をした親王については、渋澤龍彦が『高丘親王航海記』[注16]という書物を著したため、平城天皇よりも比較的よく知られているのではないかと思われる。[注17]

さて、昭和一八年二月一七日に発行された国定教科書『初等科國史　上』目録には、第一から第七までの目次があるが、その第四に、

第四　京都と地方
一　平安京
二　太宰府
三　鳳凰堂

とあり、高丘親王は、この「一　平安京」に登場する。[注18] そこには、平安遷都した桓武天皇の事績を記し、この天皇と共に孝明天皇が平安神宮に祀られていることを述べる。孝明天皇は平安京に住んだ最後の天皇であるから、初代の

桓武と共に祀られているのである。そして桓武天皇の命によって坂上田村麻呂が蝦夷を征討し、蝦夷の経営がうまくいったこと、さらに桓武天皇が空海と最澄を重用し、両人は地方の開発に力を尽くしたことが記されている。そして最後に、高丘親王について次のように記している。

　支那では、このころ唐がおとろへ始めたので、大陸との交通も、前ほど盛んでなくなつて来ましたが、しかも尊い御身を以て、支那ばかりか、遠くマライ方面までおでかけになつたお方があります。それは桓武天皇の御孫眞如親王で、親王は、はじめ空海から仏教をおまなびになり、第五十六代清和天皇の御代には唐へ渡つて、その研究をお深めになりました。その後、さらに、唐からインドへおいでにならうとして、廣東を御出発になりました。御よはひも、すでに高くいらせらせながら、遠く異郷にお出ましになつた御心、思へばまことに尊くかしこききはみでありますが、不幸にも途中でおなくなりになりました。土地の人々は日本の尊いお方であると知つて、てあつく御とむらひ申しあげたと伝へてゐます。

ここには桓武天皇の孫という尊い身分でありながらマレー半島にまで出かけたことを「尊くかしこききはみ」であると賞揚し、客死した親王を土地の人々は日本の尊貴な人であると知って手厚く弔ったと紹介されている。

引き続き同年六月には、師範学校用の国定教科書『師範歴史』（本科用巻一）が出され、その第五章第五節「外交と貿易」に「遣唐使の廃止」「真如親王という見出しが付されて、さらに詳しい内容が記される。そこには、

　多くの留学生・学問僧が同行して彼の地に赴き、艱難辛苦を嘗めて修学求法に努め、彼我文化の交流に大なる功績を遺したが、その中で特に銘記すべきは、真如親王の御事績である。

として、親王が客死した時、七〇歳に近い年齢であったこと、「単身」でこの「壮挙を決行」したこと、その気魄にはまことに感激するほかなく、「真に懦夫をして起たしめるの概あり」と記されている。そして二二四頁には、「平家

納経」と共に親王の画像まで載せている。

佐伯有清は国定教科書に真如親王を掲載した理由として、前年の二月に、日本がシンガポールを攻略、占領したことともかかわっていると指摘する。昭和一七（一九四二）年二月のシンガポール陥落直後から研究者や軍人などが真如親王を顕彰する活動が活発になっているからである。(注19)

これら二冊の国定教科書は小学校の教科書と師範学校の生徒用の歴史教科書であるから、当然のことながら歴史的事実に基づいて書かれるべきものであった。しかしながら、前者は親王を「桓武天皇の御孫」として記すのみで、親王の父が平城天皇であることや「平城太上天皇の変」に関する記述はなく、廃太子であることにも言及していない。ただ師範学校教科書の『師範歴史』では、「真如親王」という小見出しを設けて、

> 親王は、平城天皇の皇子高丘親王であらせられるが、弘仁十三年（一四二八〔ママ〕）年仏門に帰依し給ひ名を真如と改め、(注20)——以下略——

とあり、平城天皇の名を記してはいる。だが、やはり皇太子であったことにはひとこともふれず、また天皇の親王がなぜ「仏門に帰依し」たのか、その原因についても全くふれられていない。ひとえに「求法の御志厚く」入唐し、インド行には「単身この壮挙を決行し給」うたことのみを取り上げて賞賛している。

前述のごとく『師範歴史』では親王はインド行を「単身」で「決行」したことになっており、『初等科国史』の記述よりもさらに英雄的に描いている。すでに橋本進吉の研究に明らかなように、インド行の親王の伴人はその名前まで知られているから、(注21)「単身」で「決行」したとするのは、歴史の記述を歪曲し親王を実像よりも偉大な人物として脚色するものだと考えざるを得ない。また前掲の『初等科國史』には、「土地の人々は、日本の尊いお方であると知ってあつく御とむらい申しあげたと伝へてゐます」などとも記されていた。

佐伯有清が指摘するように、この記述は何ら根拠のないものであり、「土地の人々」は親王に対するのと同様に、現在でも日本人を尊敬する態度をとっていると児童に認識させ、その地の占領を正当化する意図が込められていたのだと考えられる。これは矢野暢が説くように、この戦争の最中に日本の南方関与の歴史が歪曲され[(注22)]、「過去の歴史の美化＝ロマン化の必要に迫られたあげく、高岳親王や山田長政など、いくにんかの「南進」日本人を発掘してスターとして祭り上げ[(注23)]」たことがその背景にある。さらに佐伯は親王が寧波に着いてから二年間滞在したという記述についても、親王に随伴した伊勢興房の入唐記録『頭陀親王入唐略記』によれば三ヶ月ほどで浙江省紹興へ移ったとあるので『師範歴史』の記述は正確ではなく、また「貞観七年長安に赴き」とあるのも、正確には「貞観六年」とすべきだとする。また田中卓は『初等科国史』における和気清麻呂に関する記述を検討して「この教科書には、明らかに史実を秘匿したり、故意に省略したりして、国体賛美の目的のために筆を曲げたと、批判されても仕方のないところがある」とするが[(注24)]、高丘親王についても同様の指摘ができるのである。

佐伯はさらに『師範歴史』における親王の記事の締めくくりに「その御気魄はまことに感激のほかなく、真に懦夫をして起たしめるの概あり」と置かれている点に着目する[(注25)]。なぜならこの表現は当時の歴史学の権威である黒板勝美、辻善之助、志田不動麿、宮崎市定らの叙述に影響されたものであり、特に辻善之助のそれをそのまま引き写したのに違いないと考えられるからだ。

ところで、この『初等科國史』は国定教科書としては第六期にあたり、昭和一八年二月に発行されたものだが、敗戦までのわずか二年間しか使用されなかった。戦争の末期には本土までも戦場となって学童疎開が行われたりしたために、これを学習した児童の数は第一期から第五期までの教科書に比べて最も少なかった。だが、家永三郎によれば、その体裁・内容はそれまでのものと一線を画する飛躍的変化を示している[(注26)]。それは「国家が全日本人に学習させようとした日本歴史像としては、もっとも極限的な内容をそなえていて、大日本帝国憲法＝教育勅語体制下の国家権力の歴史観の行きついたはてのすがたを赤裸々に露呈するという意味」で、「大日本帝国の国定歴史観の極限状態を認識する絶好の史料として役立つ」のであり、「戦時下の特殊な内容を示すものというよりは、戦時に入る以前の国定国史観を最も鮮明に表現した文献として見る」ことができるのである。

家永はさらに次のように説く。そもそもこの第六期の国定教科書『初等科国史』においては第五期まで書き継がれてきた憲法発布の歴史的前提としての人民の動きが完全に消し去られ軍国主義・好戦主義が全編にわたり横溢している。それは明治以後の近代的国際戦争の記述だけにとどまらず、防人・元寇などの記述も五期までにない熱気をはらんでおり、表現も極度に美文調になって知識よりも児童の感性を動かすことの方に全力が注がれた文章になっている。これは一五年戦争の末期、特に一九四一（昭和一六）年一二月八日の対米英開戦後に編修されたものであるから、戦争の相手国に対する敵愾心が過去に向かって投射された結果として考えることができる。(注27)

第六期の国定教科書に高丘親王の事跡が突如として書き加えられたのには、このような背景があった。それは歴史教科書でありながら、上皇と天皇とが軍事的対立にまで及ぶという大事件「平城太上天皇の変」を隠蔽し、廃太子であることにも言及せず、しかも親王が単独でインドへ向かったなどという歴史の記録に反する記述を盛り込んでその英雄性を強調し、さらに「日本の尊いお方であると知つて、てあつく御とむらひ申しあげた」として、あたかも現地の人々が千年以上にわたって日本の皇子に共感を抱き続けてきたかのように結ぶのである。大東亜共栄圏を謳う戦時下の国家にとって、親王が一一〇〇年も前からマレー半島付近の人々によって「日本の尊いお方」として受け容れられてきたとするのは、実に都合のよい話であった。これは戦時下の国家が侵略という行為を情緒的なレベルに組み替える目的で「歴史」としてすり替えたものなのである。親王の場合、軍事的な目的ではなく、仏法を学ぶためインドへ赴くという宗教的文化的なものであったため、教科書を編修する側にとっては、一層、効果的だと考えられたであろう。しかも純粋な仏法精神を持った天皇の皇子が目的を達成できないままにその途上で客死する話は貴種流離譚の最たるもので、古くからある日本の物語の根幹をなす話のパターンとして共感され受け容れられやすかったことであろう。典型的な貴種流離譚の主人公である日本の皇子が南方で共感を集め好意的に受け容れられてきたと語ることは、戦時下において現在進行形で侵略している相手国と、あたかも千年以上前から友好的な関係が築かれていたかのような印象を与える意図があったのだと考えられる。

「平城太上天皇の変」に際会して嵯峨朝廷によって廃太子とされた高丘親王は、その無念の事実は隠蔽されたまま、一一〇〇年も前に南方へ進出した大先達として国定教科書『初等科国史』『師範歴史』に登場させられ、侵略戦争のプロパガンダを担わせられることとなったのである。

二、高丘親王と中世説話 ―『閑居友』をめぐって―

高丘親王の事跡は中世においては、どのように伝えられていたのであろうか。親王は空海の十大弟子のひとりとして空海と和歌を交わしたことが知られており、院政期の歌論説話集『俊頼髄脳』（一一一四年成立）には次のようにみえる。

また、高丘の親王、弘法大師に詠ませ給ふ歌、

いふならく奈落の底にいりぬれば利利も修陀もかはらざりけり

御返し、大師、

かくばかり達磨の知れる君なれば多陀謁多までは到るなりけり

もとの歌に、奈落の底と詠まれたるは、地獄を言ふなり。刹利も　といへるは、帝后もといへるなり。修陀もといへるは、あやしの乞丐もといへるなり。地獄に落ちぬれば、よき人もあやしの人も、同じ様なりと詠まれたるなり。返しは、かかる世の道理を、よくしろし召したる人なれば、かく、めでたき身にてはおはしますなりと、詠まれたるなり。

四二〜四三頁

仏の道においては最高の身分の者でも最下層の者でも身分などは全く関係ないと詠むのは、皇太子という最高位に最も近い身分から一転して廃太子となり出家した親王であってこそ説得力をもつ。(注28) 果たして親王自身の歌かどうかはわからないが、少なくともそのような人生の変転を経た親王に共感し、その心中を推し量った歌であることは間違いない。

このように、親王は師空海と歌を交わし、師から達磨（人生の理法）を知っているあなたなればこそ、いつかは仏の境涯に至ることができると称えられるほどの人物として伝えられているのである。

だが、それから約一〇〇年後に成った仏教説話集『閑居友』（一二二二）には、親王が仏の境涯に至るどころか文殊菩薩に試されてこれに応えることができず、その後、虎の害に遭って死んだという話が記されている。

「真如親王、天竺に渡り給ふ事」と題されるその説話は、『閑居友』の冒頭に置かれている。新日本古典文学大系には一一の段落が設けられているが、インド行の途中で死ぬ話を載せた第三段落から第八段落までを、一部省略しつつ掲げる。文頭の③などの数字は段落を示す。第一、第二段落は、奈良帝の第三皇子である親王が日本で修行を積んだが納得できないことが多いとして唐に渡ったので、帝が感動して法味和尚に仰せになって学問を続けたけれども、やはり満足できずついに天竺に向かったという話の概略を記し、親王の事績は「玄奘、法顕」と並び称されるものとしている。

真如親王、天竺に渡り給ふ事

③「錫杖お突きても脚にまかせてひとり行く。^ア 理にも過ぎて煩ひ多し」など侍るお見るにも、悲しみの涙かきやりがたし。玄奘、^イ 法顕などの昔の跡に思ひ合はするにも、さこそは険しく危く侍りけめと、あはれなり。―④は省略―

⑤渡り給ひける道の用意に、大柑子お三持ち給ひたりけるを、飢れたる姿したる人出で来て、^ウ 乞ひければ、取り出でて、中にも小さきを与へ給けり。この人、「同じくは、大きなるを与らばや」といひければ、「我は、これにて末もかぎらぬ道お行くべし。汝は、こゝのもと人也。さしあたりたる飢おふせきては、足りぬべし」とありければ、この人、^エ「菩薩の行は、さる事なし。汝、心小さし。心小さき人の施す物おば受くべからず」とて、かき消ち失せにけり。オ親王、あやしくて、「化人の出来て、我が心をはかり給ひけるにこそ」と悔しくあぢきなし。

⑥さて、やう〳〵進み行くほどに、つひに虎に行き遇ひて、むなしく命終りぬとなん。―⑦は省略―

⑧さても、親王の身ははるかの境にうつり給けれども、貢物は猶あとにそなへられけんこそ、情深く聞こえ侍れ。

まず③の傍線部に注目したい。親王が「ひとり行く」とあるが、前述の『師範歴史』にも同様の記述があった。親王が客死した原因は不明であると言わざるを得ないが、(注29) 虎に襲われて亡くなったという伝説は現代でも歴史研究書あるいは歴史概説書によってかなり普及しているのであるが、(注30) その基になった説話がこの説話なのである。(注31) もっとも国定教科書には『初等科国史』『師範歴史』のいずれにも虎害説話は記されなかった。虎に食われたことなど少しも英雄的でなく、少国民を鼓舞する目的から外れると判断されたのであろう。

一方、国定教科書が「単身」でと記したのは、この説話③「ひとり行く」という表現に拠った可能性がある。だとすれば、説話の記事を任意に取捨選択して歴史的事実として記していることになる。

次に⑤であるが、『閑居友』は親王を「玄奘、法顕」と並び称しながら、意外な話を記している。餓えた人が食物を乞うたところ、親王は三個持っていた蜜柑の、一番小さいものを与えた。すると餓え人は親王を非難し「心の小さい人の施しは受けない」と言って姿を消す。親王はそうなって初めて、文殊菩薩が自分を試したのだと悟るのである（傍線部オ）。

この話は、空海の十大弟子として空海と歌を交わし、「仏の境涯」に至る人物であると讃えられた親王の像とはあまりにもかけ離れている。ここには、ごくわずかな食物で命をつなぐ修行の厳しさがあらわれているのであろう。(注32)だがそれにしても『閑居友』は親王を「玄奘、法顕」と同列に扱うほど高く評価しながらなぜこのような「心小さい」親王を描くのであろうか。

小島孝之は、日本にも中国にも満足させられる学僧はいないというほど大変な学識の持ち主であった親王が「はかり知れぬ辛苦を重ねて天竺に向かったにもかかわらず、虎に食われてしまったとは、はたして真如親王を顕彰する説話になるのであろうか」と疑問を投げかけるものの、作者が真如親王渡天説話を巻頭に据えたのは、「慶政（作者）にとって、真如親王はたとえ目的地到達できなくても、渇仰尊敬の的であることに変わりはな」く、「仰ぎ見る存在だったからに違いな」く、また作者の釈迦信仰にとっても重要な話だったからだとしている。(注33)

しかし、虎に食べられた話をどのように理解して「渇仰尊敬」して冒頭に置いたのか、さらにこのように「小さい」人間をなぜ「渇仰尊敬」しなければならないのかという理由は示されていない。

そこで想起されるのは聖徳太子が餓えた人に出会い、慈悲を示す話である。

聖徳太子、高岡山辺道人の家におはしけるに、餓たる人、道のほとりに臥せり。太子の乗り給へる馬、とどまりて行かず。鞭を上げて打ち給へど、後へ退きてとどまる。太子すなはち馬より下りて、餓(ゑ)へたる人のもとに歩み進み給ひて、紫の上の御衣を脱ぎて、餓人の上に覆ひ給ふ。歌を詠みて、のたまはく、

しなてるや片岡山に飯に餓へて臥せる旅人あはれ親なしになれなれけめや、さす竹のきねはやなき、飯に餓(ゑ)へて、臥(こや)せる旅人あはれあはれといふ歌也

餓人頭をもたげて、御返しを奉る

いかるがや富緒河の絶えばこそ我が大君の御名を忘れめ　拾遺集・巻二〇・哀傷・一三五〇～一

この問答歌は『日本書紀』『三宝絵詞』（中）、『日本霊異記』上（飢え人の歌のみ）、『日本往生極楽記』、『今昔物語集』一一、『沙石集』五などに見え、『俊頼髄脳』『袋草紙』などには太子を救世観音、飢え人を文殊菩薩の化身した達磨とする。聖徳太子は餓え人に慈愛深く対することによって徳を示し、これに応えて菩薩も姿を現す。ところが親王の方は自分が試されていることに気づかず、餓え人に非難され、その姿がかき消えて初めて真相を悟って悔しがるのである。(注34)

道の途中で餓え人に会うということの聖徳太子の話は有名で、空海の十大弟子に飽きたらず入唐し、さらにインドまで赴こうとする親王ほどの人物が知らなかったはずはない。(注35)しかも親王は聖徳太子と同じく皇太子の地位にあったことを考え併せると、親王が餓え人に会う話は聖徳太子の話を反転させたものとして捉えることができる。即ち聖徳太子は太子のままですべてを悟ることができたが、高丘親王は廃太子の憂き目に遭って出家し、修行に励んでインドまでも目指そうとするが、その途次に高徳の人にあるまじき誤りを犯してしまうのである。これは空海が歌によって予言したような「仏の境涯」にはほど遠い姿である。さらに、この記事に引き続いて⑥の虎害説話が記されるため、親王が虎に食われて死ぬのは、あたかも文殊菩薩を見抜けなかった罰が下された結果のように読めるのである。(注36)

また虎に食べられるという話からは、誰しも釈迦の「捨身飼虎」の故事を思い浮かべることであろう。(注37)釈迦が悟りを開けるなら我が身を虎に与えてもいいとして身を投げようとしたところ、菩薩が助けるという話である。ここでも釈迦と親王は全く対照的な語られ方をしている。悟りをひらこうとした釈迦は自身を虎に与えようとして菩薩に救われ、逆に菩薩に試されてこれに応えられなかった親王は虎に食べられてしまうからである。

こうしてみると、『閑居友』の冒頭を飾る高丘（真如）親王の話は、聖徳太子や釈迦の事績の陰画としての相貌を帯びて立ち上がってくる。では、なぜこのような話を冒頭に置くのか。親王は廃太子などの憂き目に遭いながらも出家して人生を生き直し、修行を積んでいく。にもかかわらず彼の人生の集大成としてのインド行の時になって蜜柑の大小を比べて小さい方をやるなど、目先のことにとらわれてしまう、実に「小さい」人間として描かれる。『閑居友』の著者慶政は高丘親王に格別な親近感を持っていたとされるのに、なぜこのように卑小な人間として描いたのであろうか。(注38)

実はこの話は親王がきわめて人間的であり、そうであるがゆえに信仰や修行を成し遂げることがいかに難しいかを語っているのではないか。食物は人間の命を繋ぐための切実な必要最小限の要素である。(注39)聖徳太子は飢え人に自分の衣を着せてやっているが、それは聖徳太子の慈悲深さを示す態度ではあるものの、現実的には、ずれた行為だと言わざるを得ない。餓え人に必要なのは衣ではなく食物の方だからだ。(注40)聖徳太子の慈悲には現実味がなく、きわめて抽象的に語られている。これに対して三個の蜜柑を比べて小さい方を与える高丘親王の行為は、同じ状況に置かれた人間なら誰もが選択するであろう切実さがあり、血の通った生身の人間の姿が描かれているといえる。三個という数、蜜柑という具体的な食物を例示するのは、人生の変転を経験しながらなお信仰を深め、遂にインド行まで決行してしまうような、圧倒的な意思を持つスケールの大きい親王を、英雄としてではなくインドを目指すからこそ最後の最後まで自分の命と食物への切実な欲望を捨てきれなかった親王のあまりにも人間的なあり方をこそ語っているのではあるまいか。「自分はまだまだ道のりが遠い。お前は地元の人間だから、さしあたってはこの小さい蜜柑で餓えを満たせるだろう」という親王の言葉は、読者が自分の身に置き換えてみる時、きわめて身近な人間として感じ、共感することができるであろう。親王の、廃太子という境遇やインド行という日本人として前人未踏の行動は、凡人には全く想像の及ばないものであるが、しかしそうであるからこそ『閑居友』は釈迦や聖徳太子といった信仰の対象としての、いわば偶像的な存在ではなく、親王を自分たちと同じ欲望を持つ生身の人間として、修行する側の生身の人間の目線で描こうとしたのではないか。親王の行動力の凄さと同時に、きわめて人間的な面が共存する、その矛盾と落差の大きさをこそ描いたのではないか。こんなにすぐれた人間でも釈迦や聖徳太子のようにはいかず、あくまでも自分の命にこだわっている。しかもそれは信仰を達成するためなのであって、矛盾している。だが、現実の生身の人間はそのような矛盾をこそ生きている。親王の大きさと小ささは信仰を貫こうとする生身の人間の二律背反するありかたをリアリティを持って浮かび上がらせる。『閑居友』がこの話を冒頭に置いたのは、このような矛盾にこそ意義を見いだしたからではないかと考えられる。

原田行造によれば『閑居友』の冒頭に置かれたこの説話は特別な意味を持つとして、次の三つの点を挙げる。(注41) ひとつは著者慶政は虎害を中心とする新鮮な話材を強調しようとしたこと、二つ目は異国を舞台としており、実際に宋に渡った慶政の目的に最高に合致すること、三つ目は親王が「薬子の乱」のために廃太子となり不遇な運命を甘受した悲境が身体不自由のため貴位と無縁な遁世僧として生きざるを得なかった自身の境遇と似ているため、いたく同情したこと、としている。このような著者にとって親王は聖徳太子や釈迦のような信仰の対象ではなく、高貴な身分に生まれながらその世界で活躍する道を閉ざされ、遠く異国の地まで出かけて修行するという、まさに修行主体としての自己を投影し、共感する存在だったのではなかろうか。それゆえに冒頭に置かれたのだと考えられる。その根本には、「薬子の変」のために廃太子となって唐から東南アジアを流離し、その上、虎に食べられてしまうという悲劇的な結末に対する哀惜の念があったのではないかと思われる。作者の境涯や信仰心の深さに類似する親王への共感と共に、望みが達せられることなく客死した悲劇の親王への限りない心寄せを示したものと考えられる。虎害説話は、「薬子の変」の被害者としての親王の悲劇をさらに劇的に象るものであった。

国定教科書『師範歴史』「第五章第五節」「外交と貿易」における「真如親王」の項における「単身この壮挙を決行し給ひ」という表現は、この『閑居友』の、

③「錫杖お突きても脚にまかせてアひとり行く

という条に拠っているものと考えられる。「単身」という点に、「勇猛果敢」な親王の姿を見、さらに「真に懦夫をして起たしめるの概あり」と結ぶのは、このような親王の悲劇には全く顧慮せず、虎害にも触れず（これは事実ではないとするのが通説だが）、親王の英雄性を称揚する箇所だけを取り上げていることがわかる。

なお最後の⑧には親王の死後の話として、「貢物は猶あとにそなへられけんこそ、情深く聞こえ侍れ」とある。これは親王の死後も朝廷からの封邑がずっと続けられたことをいうのだが（三代実録・新編日本古典文学全集）、『初等科国史』にみえる結びの一文「日本の尊いお方であると知つて、てあつく御とむらひ申しあげたと伝へてゐます」というのは、その主語を朝廷ではなく土地の人々として「御とむらひ」したと解釈して記したものと考えられる。もしそうだとすれば、平安時代の朝廷が親王の遺族に対して示した温情を、東南アジアの人々が親王に対して示した共感であるかのように書き換えていることになる。

三、平安時代における波紋

高丘親王の話は貴種流離譚をまさしく地で行くものであり、しかも遠く東南アジアまで流離して客死したという点で、平安時代の人々の耳目を集めたことであろう。たとえば久松潜一は『うつほ物語』における俊蔭の波斯国漂流とそれからの記述について、次のように述べている。(注42)

宇津保物語の波斯国漂流とそれからの記述は法華経の普門品にある大海に入って黒風にあったら観世音菩薩の名号を称えれば羅刹の難を免れるというような記述の影響もあるかと思われる。—中略—更に平安初期に入唐され南方に向かわれる途中で世を去られた真如親王の御事績をとり入れたかも知れない。橋本博士の「真如親王と共に渡天の途に上つた入唐僧円覚」(注43)によると、真如親王が貞観四年（西暦八六二年）七月太宰府を発して渡唐の途に上られた時にはこれに随うもの僧侶すべて六十人の多きに上ったが、それより四年の後、支那から天竺に向って出発せられた時には、その御供をしたものは極めて小数でその名の伝わっているもの、安展、円覚、丈部秋丸の三人であるという。親王は長安から広州に赴きそこから船で印度に向われ、馬来半島の一部の羅越国で薨ぜられたと伝えられているが、真如親王の御事はこういう漂流譚に影響することが多かったと思う。

高丘親王の事績は、このように平安時代の物語に大きな影響を与えた可能性がある。では、「平城太上天皇の変」の最高責任者である平城天皇の場合はどのようであったか。すでにふれたように『伊勢物語』の背景には平城天皇が存在しており、『大和物語』には天皇自身が「奈良の帝」として登場する。後者においては、天皇自身が和歌を詠んでいる。「ふるさと奈良」を思いやる歌や天皇の皇太子時代の実弟・嵯峨天皇（当時は皇太子）と歌を贈答する話があり、また采女に慕われその死を悼んだ和歌を詠む理想的な天皇として描かれる。このような平城天皇像は『大和物語』に限らず、『古今集仮名序』にも認められる。

古より、かく伝はる内にも、平城の御時よりぞ、広まりにける。かの御世や、歌の心を、知ろし召したりけむ。かの御時に、正三位、柿本人麿なむ、歌の仙なりける。これは、君も人も、身を合せたりと言ふなるべし。秋の夕べ、竜田河に流るゝ紅葉をば、帝の御目に、錦と見給ひ、春の朝、吉野の桜は、人麿が心には、雲かとのみなむ覚えける。—中略—平城帝の御歌、竜田河紅葉乱れて流るめり渡らば錦中や絶えなむ—中略—この人々を置きて、又、優れたる人も、呉竹の、世々に聞え、片糸の、より〳〵に絶えずぞ有りける。これより前の歌を集めてなむ、万葉集と名付けられたりける。—中略—

かの御時よりこの方、年は百年あまり、世は十継になむ、成りにける。古の事をも、歌をも知れる人、詠む人多からず。—以下略—

右の「平城の御時」は一般的には「奈良に都があった時代」の意(注44)、あるいは「元明・元正・聖武・孝謙・淳仁・称徳・光仁・平城天皇の御世御世」(注45)などとされるが、以下に述べるようにこれは平城天皇としか考えられない。

右の文章に続く、

かの御時よりこのかた、年は百年あまり、世は十継になむなりにけり。

という一文は、「その天皇の御代」とは、具体的には「年は百年余り……」から逆に数えると平城天皇の時代となり、「世は十継」とあるから、平城天皇即位の年から醍醐天皇の延喜(九〇五)年までちょうど百年、天皇は十代であり、「真名序」の、

昔平城天子。詔二侍臣一。令レ撰二万葉集一。自レ爾以来。時暦二十代一。数過二百年一。

という記述とも照応している。仮名序の執筆者が「時代を知らなかった[注46]」わけではない。

熊谷直春は「―御時」という表現を検証してこれが特定の天皇を指すものであり、「ならの御時」は平城天皇を指すという見解を示している[注47]。片桐洋一は中世歌学者たちの間で、聖武説（清輔・俊成）、平城説（顕昭）、文武説（定家）、などと諸説あることを紹介して、これらは歴史的事実から逆に類推して「仮名序」の本文を無理に読んでいるのであって、そのまま読めば「平城天皇」とせざるを得ないとする。それは伝承を基盤としていて、当時の人々はそれを真実だと思っていて、貫之はあるいは事実を知っていたけれどもいわば虚実皮膜として書いたのではないか、とする[注48]。藤岡忠美は『大和物語』には「奈良の帝」の話が四段分もあって、そのうち人麻呂と結びついたものがふたつあることに着目して、「奈良の帝」と人麻呂はすでにもう歌語り化されて結びついており、それを前提にして話が進められていると指摘する[注49]。さらに谷戸美穂子は、人麻呂と同時代という矛盾を侵してでも「なら」に託さなければならない何かがあったとして、それは「君も人も身を合はせたり」とした君臣唱和の理念を体現させたものであるとして、人麻呂を「歌のひじり」として位置づけ、「ならの帝」の臣下におくことで、歌の心を理解し、これを広めたとする理想的な時代を描き出すと説き、この場合の「なら」は必ずしも実際の平城（平城天皇の時代）ではなく、平安期になってから平安京がイメージした旧都平城としての「なら」なのだと論じている[注50]。

「仮名序」の「なら」については谷戸の説く通りであると考える。しかし、「仮名序」はあえて「矛盾を侵して」、平城帝を引き合いに出しているのだろうか。やはり片桐や藤岡の説くように、平城帝はすでに歌語りとして伝承された帝、人麻呂と対にして語られる帝として「仮名序」に登場しているのではなかろうか。それは矛盾を犯すことではなく、この帝こそが人麻呂という歌の「聖」と対比されるべき存在、君臣唱和の理念を体現する存在として捉えられていたのだと考えられる。

すでに述べたように、歴史研究では「平城太上天皇の変」以降の嵯峨朝から、「万代の宮」としての平安時代が意識化されたことが明らかにされている。平安時代の人々の意識においては、真の平安時代というのは嵯峨朝後の時代なのである。(注51)だからこそ、前時代の代表的な歌人としての人麻呂を挙げ、これに『万葉集』が広まった平城帝を前代を代表する帝として番えるのは少しも不自然ではない。時代錯誤的なのではなく、またあえて矛盾を犯したのでもなく、人麻呂と並んで前代の和歌を体現した帝として、積極的に平城天皇と人麻呂を対にして示し、併せてそれぞれの和歌をも載せたのだと考えられる。平城天皇は桓武天皇の第一皇子であり、弟の嵯峨天皇は平城天皇の皇太弟だったのだから、桓武・平城・嵯峨と続く父及び兄弟の天皇に関して「仮名序」が人麿の時代と混同することなどあり得ない。

だが、それにしても、なぜ平城帝なのであろうか。『万葉集』がこの帝の時に撰集され広まったと言い伝えられてきたのはなぜか。(注52)「仮名序」が、この帝を前代を代表する帝、「国風文化に傾倒した天皇」(注53)として受け止めたのはなぜなのであろうか。薬子兄妹に責任のすべてが押しつけられた形にされたとはいえ、(注54)「平城太上天皇の変」はやはり嵯峨天皇側からいえば歴史の汚点であり、平城天皇の子孫は皇統から未来永劫にわたり排除されたにもかかわらず、この帝はなぜ前代を代表し「君臣相和す」天皇として称揚されるのであろうか。勅撰集という、天皇と国家が撰ぶ和歌集に、なぜこの天皇がただひとり選ばれてその名と和歌を記しとどめられるのか。

ちなみに『大和物語』における「ならの帝」についてみると、一般的には「奈良朝のある天皇ということか」（新全集、頭注）とされるが、

一五〇段　ならの帝
一五一段　おなじ帝

一五二段　　同じ帝
一五三段　　ならの帝（平城天皇）

という配列を見れば、当時の人々はこの四つの話を平城天皇の物語として受け止めていたと考えるのが自然であろう。四つの話の初めと終わりに「ならの帝」と記し、途中は「同じ帝」としている。「古今仮名序」における「ならの帝」も『大和物語』のそれも、平城天皇を指すのであり、「真名序」もまた同様であった。『万葉集』は「平城朝的なるもの」を象徴するものであり、聖帝で和歌に秀でた平城天皇によって「撰集」されたのである。歴史家たちの一致した見解である、「平城太上天皇の変」を境とする「平城的なるもの」と「平安的なるもの」において、前者は文化・文学の分野において「平安的なるもの」に対置される往古の時代として認識されているのだと考えられる。(注55)

しかしながら、『古今集』という国家を代表する、しかも初めての勅撰集において、「平城太上天皇の変」に敗れ、剃髪して奈良にひきこもった平城がなぜ他の並み居る天皇たちの中から唯一選ばれて「仮名序」にも「真名序」にも記しとどめられるべき存在として認識されたのであろうか。平城御製として知られているものは「仮名序」に一首、『大和物語』に三首（「仮名序」所載の歌を除く）でごくわずかであり、家集なども残っていない。また『万葉集』にかかわった奈良時代の天皇ならば外にも挙げることはできたはずである。人麻呂と同時代であれば、持統天皇などでもよかったはずである。敢えて平城天皇を記す理由は何処にあるのであろうか。

たとえば藤岡忠美は「仮名序から見た『古今集』撰集の意図」において、人麻呂と同じく平城天皇もやはり伝承的・説話的なものがあるはずで、薬子との関係や、平城京が廃都の「ふるさと」になっていることから、かなり悲劇的なヒーローになっている」という可能性を指摘していたことはすでに見たところであるが、(注56)このことと「仮名序」の記述には関連性があるのであろうか。結論的に述べれば、政治的に挫折した天皇だからこそ、平城天皇が特別に伝承される帝として文学化され、選ばれたのではないか。

これより前の条で「仮名序」は次のように述べている。

あらかねの地にしては、素盞烏尊よりぞ、起りける。ちはやぶる神世には、歌の文字も定まらず、素直にして、事の心分き難かりけらし。人の世と成りて、素盞烏尊よりぞ、三十一文字あまり一文字は、詠みける。（以下、「八雲立つ」の歌を記す）

スサノヲが出雲の国に「女と住み給はむとして」宮造りした時に詠んだ「八雲立つ」の歌が三十一文字の歌の創始だとする。スサノヲは出雲でヤマタノオロチを退治して英雄になったが、彼は高天原で罪を犯して追い払われた身であった。ところが「人の世」に降りて来て、英雄となり定型の和歌を創始した。山岡敬和によれば、スサノヲは出雲で「正統な王」の印として草薙剣を得るが、本来ならアマテラス打倒へと向かうべきなのに、そうせずに不完全に終わっていくのであって、その無念さや恨みが「短歌」となって表れたのであり、その「正統な王」として敵を討つはずの力が新しい文学形態を生み出したのだと説く。それは連歌を生み出したヤマトタケルの場合も同様で、草薙剣を手に初めて東国に足を踏み入れる「始原の王」の姿を示しながらも父を倒すことなく死んでいく、その無念さが片歌の問答、即ち連歌を生み出したのだとするのである。（注57）ヤマトタケルは実の兄を急襲して、その手足をちぎり取るという残忍なやり方で殺害し、その乱暴な性格のために父景行天皇に疎まれて熊襲や東国征伐に派遣される。スサノヲと同じく罪を犯したために征討という名目の下に追放されるわけだが、追放された地で英雄的な存在になり、連歌という新しい歌の形を創始する。和歌も連歌も罪を得て流離する貴種から生まれるという創始神話があるのである。この構図は「平城太上天皇の変」を起こして平安時代とそれ以前の時代との画期をなした帝である平城天皇という存在とも軌を一にする。

中世の古今注である『三流抄』は『万葉集』には四人の天皇がかかわっているとしながらも、「平城天皇ヲ以テ万葉ノ主トスル歟」とする。(注58) 聖武、孝謙、桓武、平城の四人の天皇を挙げながら、なぜ平城を選ぶのであろうか。そこには『万葉集』を広めたという理由が付されているけれども、「発起ヲ云ヘバ聖武天皇ナルベシ」とされているから聖武でもよかったのではないか。聖武なら、れっきとした奈良時代の帝である。だが、やはり平城こそが「万葉ノ主」なのである。それは「仮名序」の「かの御時よりこの方、年は百年あまり、世は十継になむ、成りにける。」という記述によれば、平城でなくてはならないのではあるが、ここには、ただ単に『万葉集』が広まった時の天皇という以上の理由が潜んでいるように思われる。

『古今集』が前代の和歌集に言及する時、『万葉集』は勅撰集ではないものの、天皇がかかわった最初の和歌集としての意義を担っている。和歌集の創始としての『万葉集』を位置づける場合、聖武や孝謙や桓武ではその意義を担うことはできなかったのではないか。「平城」という名を負っていることも「奈良」を代表する帝としてふさわしいと考えられたことは容易に推測できるが、(注59) これに加えて『万葉集』という最初の和歌集を位置づける場合、和歌や連歌といった韻文を創始したスサノヲやヤマトタケルと同じく罪を犯し貴種流離の陰影を帯びた天皇でなくてはならなかったのではないか。

それは『万葉集』の巻頭が「オオカミ」と呼ばれ「非道」「悪行の王」と記された、いわば王たるべき資格の欠落した雄略天皇の歌によって飾られていることともどこかで繋がっているように思われる。しかも『万葉集』の巻頭歌は自信に満ちあふれた求婚の歌で瑞々しい魅力のある作品である。だが、『日本書紀』という「歴史」の世界ではどのように描かれていたかというと、そこでの雄略は残忍な天皇として「オオカミ」に喩えられている（雄略紀五年春二月）。雄略に向かって突進してきたイノシシが雄略に向かって突進してきた時、舎人が怖がって木の上に上って逃げたので、雄略がこれを殺そうとしたところ、皇后がそのような行為は「オオカミ」と異なるところはないと諌めた。また鳥官の禽が犬に食われて死んだ時、怒った雄略はこの鳥官の顔に入れ墨をしてその身分を落として鳥養部としたところ、宿直していた信濃と武蔵の直丁（よほろ）が「天皇は一羽のために人の顔に入れ墨をした。はなはだ非道である。悪行の王である」（新全集の訳による）と言ったところ、天皇は彼らをも（罰として）鳥養部とした（雄略紀十一年冬十月）。このように、雄略天皇は、残忍なオオカミに喩えられ、さらには非道で悪道の王と評される常軌を逸した天皇だとされているのである。（注60）

和歌の初源には、このような罪の世界、日常を逸脱する世界が横たわっている。罪深いと同時に英雄であるという両義的な人物から詠み出された和歌が『万葉集』という初めての和歌集の巻頭を飾るのである。

しかし、このように道から外れる非日常的な天皇だからこそ、それとは正反対の明るく伸びやかな和歌が巻頭に配される必然性があるのではないか。一方、平城天皇は「平城太上天皇の変」を起こし、その一族は二度と皇統に復帰できず、廃太子となった高丘親王は遠くマレー半島まで流離して客死、阿保親王は太宰府に流され、その子行平は須磨に流された伝承を持ち、同じく業平は東下りした人物としてその名を馳せた。業平の場合、貴種流離だけでなく、斎宮との密通や二条后との関係など反社会的な要素が『伊勢物語』の核となっているが、平城天皇はこのような反社会性および貴種流離譚の歴史と文学・伝承の結節点であり、その創始をなす存在である。このような歴史事実や文学・伝承を負っているからこそ「仮名序」は、この天皇を『万葉集』という我が国最初の和歌集を撰び広めた象徴的存在として必要としたのではなかったろうか。

『古今集』は勅撰集である。だが、和歌の歴史を遡ると、スサノヲに逢着する。罪を犯して追放された神が「人の世」に降りて初めて和歌を詠んだ。そして「仮名序」はこれと対比させるかのように、罪を犯して奈良にこもった平城天皇によって初めての和歌集『万葉集』は世に広まったとする。さらに「真名序」は平城天皇が『万葉集』を撰集したと記す。これが『古今集』の構想する和歌史なのであり、「仮名序」「真名序」は和歌をそのような文学として位置づけているのである。『古今集』はスサノヲや平城のように、「秩序からはみ出し、反乱していく存在を含み込みつつ統合するもの(注61)」として最初の勅撰集を成立させ、新しい王権の象徴としたのである。

〔注〕

1　本書・第32章「薬子の変と平安文学―歴史意識をめぐって」参照。本稿では従来、称されてきた「薬子の変」ではなく「平城太上天皇の変」とした。理由は、北山茂夫「平城太上天皇の変についての一試論」（『続万葉の世紀』東大出版会、一九七五年）以来、この呼称に従う論文は多いが、近年、高校の教科書にも採用され（あるいは併記）されたことを上原作和氏のご教示によって知ったことによる。ちなみに『詳説日本史　改訂版』（石井進也ほか著、山川出版社、二〇〇一年）においては、「平城太上天皇の変、薬子の変ともいう」と記されている。

2　藤井貞和「光源氏物語の端緒の成立」『源氏物語の始原と現在』定本（冬樹社、一九八〇年）。藤井は、もちろん、「異国物語」をそのままに受け止めているのではなく、「異国」によって「物語世界」が確保され表現構造そのものが現実から底上げされるための不可欠な要素だと位置づけている。

3　橋本義彦「〝薬子の変〟私考」『平安貴族』（平凡社選書97、一九八六年）及び大塚徳郎「平城朝の政治」（『平安初期政治史研究』一九六九年、吉川弘文館）など。注1の拙稿参照。

4　『賀茂皇太神宮記』は、薬子の変の折に「賀茂皇大神へ勅使をたてられし御事也、御祈ねがはくは官軍に神力をそへられ、天下ぶいに帰せしめ給へ、しからば皇女を奉りて、御宮づかへ申さすべしとぞ勅願ふかく仰せられける、―以下略―」と記す。

5　注3参照。

6　保立道久『平安王朝』（岩波新書、一九九六年）

7　注1参照。

8　藤岡忠美・片桐洋一・増田繁夫・小町谷照彦・藤平春男。対談『シンポジウム　日本文学2　古今集』（学生社、一九七六年）における座談会で、藤岡は（古今集撰者たちは）平城天皇を「悲劇の天皇」とする意識を持っていたのではないかと発言している。

9　春名宏昭は天長元（八二四）年、平城天皇が歿した翌年、政府は平城旧宮を平城太上天皇の遺領として、その親王たちに与えたことにふれ、「平安京の人々にとって平城京はもう何の価値もない土地だったのだろう」とする（「第四薬子の変」『平城天皇』吉川弘文館、二〇〇九年）。なお、春名は上掲書において「薬子の変」の中心は橋本義彦の説くように（注3参照）、平城太上天皇であることを認めた上で、実際のところは嵯峨天皇が平城太上天皇の専制的な国政運営を押しとどめるために起こしたクーデターだとする新しい見解を示す。春名が指摘するように、この変の時、薬子の兄仲成が平安京にいて捉えられたことを見れば、平城側が周到に準備して仕掛けた乱だとは考えにくい。もしクーデターであったとするならば、平城天皇の悲劇性はさらに強まることになろう。

10　多田一臣は平城天皇は文学史の側で興味深い事実がいくつか出てくると述べて、『万葉集』の成立がこの天皇と結びつけられていることを挙げ、「それ以上に重要なのは『伊勢物語』との関係である」とする。それは主人公の反俗性や反体制的な生き方を浮かび上がらせ業平の卒伝に「放縦拘ラズ」とあるのも、平城の血を受け継ぐものといえるかも知れない」と説く（「藤原薬子—悪女譚の始原—」『額田王論—万葉論集』（若草書房、二〇〇一年）。なお、春名前掲書は、平城崩御の翌年、政府は平城旧宮を遺領として、その親王たちに与えたことを紹介する。『伊勢物語』初段の「しるところありて」は、かなりリアリティをもった表現だということになる。

11　多田一臣は「平城と薬子の関係は、唐の玄宗皇帝と楊貴妃の関係にも類似する。しかし、これを文学的な素材として取り上げた例はほとんどない」とする（注10論文参照）が、稿者は『源氏物語』がその希有な例だと考える。本書・第25章「藤壺造型の位相—逆流する『伊勢物語』前史」参照。

12　本書・第25章、注11論文参照。

13　院政期に大江親通『七大寺巡礼私記』（一一四〇年）があり、「世人伝云」として、平城天皇と淳和天皇との「合戦」の時、平城天皇の后が猿沢池に身を投げたという伝承が記されているが、「合戦」という表現はあるものの、焦点は后の入水譚にある。なお、石川透氏紹介の奈良絵本に、『四十二の物あらそひ』があり、その内容は平城の帝の時、帝が春宮の御所へ行って春秋争いから四二の物争いをするもの（石川透編『奈良絵本・絵巻の魅力展示解説』丸善名古屋栄店、二〇〇七年八月）で、「和歌による物合わせ」の一作品とされるが、帝と東宮（のちの嵯峨天皇）との歌のやりとりは『大和物語』一五三段の贈答を連想させる。「あらそひ」の話になっている点は、「平城太上天皇の変」における両者の「いくさ」の記憶が伝承された可能性もあろう。

14　廣田収「奈良猿沢池伝説」（『奈良市民間説話調査報告書』金壽堂出版、二〇〇四年）は、江戸期における平城天皇伝説（『奈良名所八重桜』）などを紹介しているが、これは采女の入水説話に焦点を当てたもので「いくさ」との関連性はない。なお平城即ち奈良帝は『大和物語』以来、采女説話と共に語られることが多いが、それはひとつには、平城天皇が采女制度を廃止したという歴史的事実が逆に奈良帝と采女とを結びつけるものとして記憶に刻まれて伝承された可能性もあるのではないかと考える。

15　佐伯有清（『高丘親王入唐記―廃太子と虎害伝説の真相―』吉川弘文館、二〇〇二年）が指摘する。

16　澁澤龍彦『高丘親王航海記』文藝春秋、一九六七年（初出『文学界』一九六五～一九六七年連載）

17　春名宏昭は前掲書（注9）の「はしがき」で、「平城天皇を知っている人は一体どれくらいいるだろうか。―中略―無名の天皇が「人物叢書」の一冊として企画されたのか、いぶかしく思う人があるのはむしろ当然だと思う。」と記している。

18　ちなみに、昭和九（一九三四）年度版『尋常小学国史』上巻では、この時期に相当する記事は「第一一桓武天皇・第一二最澄と空海・第一三菅原道真・第一四藤原氏の専横・第一五後三条天皇」となっている。

19　佐伯有清は注15前掲書でシンガポール陥落の昭和一七年以降、新村出が「真如親王奉讃」（新村出全集第一〇巻）を発表したことに加えて、放送、講演、執筆に幾多の真如親王論を発表し、讃えたこと、翌一八（一九四三）年には久野芳隆『真如親王』（照文閣）も上梓され、その巻頭の序は真如親王奉賛会会長細川護立によって、この年から国定教科書に載るから、「少国民」は「悉く真如親王に就て知識を有つ様になると思ふ」とされていること、さらに同会理事長で陸軍少将の松室孝良の「序」では「今や大東亜戦争を遂行するに当て前途幾多の障害のあることを覚悟せねばならぬ。それには親王の泰然とした動ぜざる御勇猛心を我々は学ばなければならぬ」と記していることを紹介している。松室は昭和一九（一九四四）年に刊行された志賀白鷹『南進の先学真如親王』にも同様の「序」を寄せている。なお、昭和一七年九月に、細川護立を会長として高丘親王奉賛会が発足し、翌年三月真如親王奉賛会と改称された。同じ月の三〇日付の「序」で細川会長が本年四月から真如親王のことが『初等科國史』に記載されることになったと述べている。（注15の佐伯前掲書を参照）。佐伯が指摘するように教科書掲載にこの会が関与したことがうかがわれる。

20　「一四八二年」は実際には八二二年であるが、「一四八二年」は皇紀上の年で記されている。。

21　橋本進吉「真如親王と共に渡天の途に上つた入唐僧円覚」『伝記・典籍研究』岩波書店一九七一（橋本進吉著作集第一二冊・初出は『高野山時報』第二七一号、大正一一年八月）には、「支那から天竺に向つて出発せられた時には、其の御共に渡つたものは極めて少数であつたらしく、其の名の今に伝はつて居るのは、安展、円覚、及び丈部秋丸の三人に過ぎない。（頭陀親王入唐略記所載の事実に拠る）」とある。なお、氏は虎害に遭ったというのは後世の俗説で信じるに足りないことは既に定説になっており、熱病に罹ったか、高齢のため病に罹患したか、あるいは暴風に遭って難破したか賊に遭つて殺害されたのかも知れないが、いずれも断定すべき根拠はない、とする。

22　矢野暢『「南進」の系譜』（中公新書412、一九七五年）

23　同『日本の南洋史観』（中公新書549、一九七九年）

24　田中卓「四、戦時中、皇国美化史観の国定教科書―曇らされた和気清麻呂の忠義―」『平泉史学と皇国史観』（田中卓論集2、青々企画、二〇〇〇年）

25　辻善之助増訂『海外交通史話』昭和五（一九三〇年、昭和一七（一九四二）年には五版が発行されている。）内外書籍株式会社（大正六（一九一七））。辻は上代から近世末期までの歴史を「一～三九」項に分けて祖述するが、「六遣唐使と国民元気の萎縮」の次に、特に「七高岳親王」という項目を立て、薬子の乱から客死するに到るまで『撰集抄』なども紹介しつつ詳しく記す。当該箇所には「その大勇猛心に至つては、全く懦夫をして起たしめるの概ありと云はねばならぬ。」とある。この後、昭和一五（一九四〇）年の志田不動麿『東洋史上の日本』（四海書房）、及び昭和一八（一九四三）年の宮崎市定『日出づる國と日暮るる處』（星野書店・著者は当時、京都帝国大学助教授）など、いずれも「懦夫をして起たしめるの概あり」という辻の文言に倣った表現になっている。ただし、佐伯前掲書は黒板勝美『国史の研究』（文會堂書店、明治四一（一九〇八））も挙げるが、ここにはそのような記述は認められない。

26　家永三郎「国史―所収教科書の解説」『復刻　国定教科書（国民学校期）解説』（ほるぷ出版、一九八二年）

27　注26に同じ。

28　杉本直治郎は空海と親王の歌が入れ替わって記載されている例を挙げ（『真如親王『弘法大師行状記』（『大師状集記』）、親王の歌は、「いふならく」の方が親王にふさわしいとする（『真如親王伝研究』吉川弘文館・一九六五）。なお『宝物集』でも歌の作者が入れ替わっている。この外、親王の歌は『西方寺縁起』に二首みえる。冬に坂上田村麻呂が親王の山居を訪れて歌を詠み交わした話である。年代が合わないのでむろん事実ではなく伝承だが、山居を訪ねて雪の歌を詠むというのは、『伊勢物語』八三段における小野の惟喬親王の話を想起させる。

29　注21橋本進吉論文参照。

30　たとえば藤木邦彦『日本全史』（3古代Ⅱ、東京大学出版会、一九五九年）には、「単身海路インドに向かった。その後消息を絶ったが、―中略―親王が羅越国（マレー半島）で虎害によって歿せられたことが知られた。」と記す。

31　『閑居友』の著者は慶政と考えられる（永井義憲「閑居友の作者成立及び素材について」『大正大学研究紀要』四〇編一九五五・三）が、上巻の第一話から第五話において、筆録した説話が先行文献にはない新事実であることを執拗に確認しており、浅見和彦が言うように新事実を後世に伝達しようとする強烈な意識が認められる（「慶政の思想とその文学」『国語と国文学』一九七三年四月）。慶政が「隠れた新しい事実」の採録に努めたことについては、すでに小林保治「女性のための著述と文体」（『古典遺産』一三号・一九六四年五月）に指摘されている。

32　木下資一「閑居の友―説話と説話配列をめぐる覚書―」『説話の講座』第五巻（説話集の世界Ⅱ―中世、勉誠社、一九九三年）

33　小島孝之「閑居友解説『閑居友』の構成と思想」新大系『宝物集閑居友比良山古人霊託』（岩波書店、一九九三年）

34　ここには聖徳太子と廃太子高丘親王の対比が認められるのだが、聖徳太子が飢え人に遭うのが「高岡山」ということと、同じくかつては「太子」であった高丘親王との連想上の結び付きがあったのではなかろうか。

35　佐伯が紹介するように、文殊菩薩が貧女に化身する話は宋の『広清涼伝』巻中の「菩薩化身為貧女八」にみえる。貧しい母親が子どもふたり分を含めた三人分の食べ物と犬の分まで要求したが、僧は言われるままに与えた。ところが女は腹の中の子どものための食べ物までを要求したのでさすがに僧は腹を立てた。すると貧女はたちまちに文殊菩薩になったので、僧は女が真の聖であることを見極めなかったことを悔やみ、刀で目を抉ろうとしたのを傍らにいた人々が止めたという話である。五台山の巡礼をした慈覚大師円仁（七九四～八六四）もこの話を『入唐求法巡礼行記』（八四〇年七月四日条）に書き留めている。高丘親王が入唐したのは八六二年であるから、当時、このような文殊菩薩の話が唐で語られていたことがわかる。『閑居友』の著者慶政も食物を乞う貧女の話を知っていた可能性が高い。しかし彼は聖徳太子に傾倒したことで知られている。浅見和彦が指摘するように太子ゆかりの法隆寺や上宮王院に関する記述が多く、法隆寺の舎利堂、夢殿、塔下石壇、塔下北方涅槃像、上宮王院の正堂の石壇、礼堂、廻廊などの造立、あるいは修補の中心人物になっている（注31浅見論文参照）ことを勘案すれば、後述するように聖徳太子と皇太子であった高丘親王を対比させる意図で書かれたものと考える。

36　佐伯も「虎害伝説と飢人布施説話とは連続している」（前掲書二一五頁）とし、求法のためとはいえ、自己の命を守ることにこだわって慈悲の実践をしなかったことの「悪の報い」という話ではないかとする。

37　これはひとつの有力な見解としてあり、たとえば辻善之助は「親王の御行蹟を壮んにせんが為に、古来仏本生譚に伝へられた餓虎投身の伝説を附会したものであらう」とし（注25の辻前掲書）、鷲尾順敬「高岳親王の御出家及び御入竺の壮挙」『日本仏教文化史研究』（冨山房、一九三八年）も早くからこの伝説の「縁飾」だと指摘している。だが、佐伯有清は高丘親王の話と捨身飼虎の、飢えて瀕死の虎の親子を我が身を投げ出して救ったのとは大きくかけ離れていて、「縁飾」であったとしても捨身飼虎の物語の影響を受けたものとは到底考えられないばかりか、のちの『撰集抄』では、錫杖で虎を追い払おうとしており、捨身飼虎どころではなく、全く相反する話であることに注意すべきだとしてこれを否定する（注15前掲書、二二六～七頁）。私見では後述するように、このように相反する点にこそ『閑居友』の企図するものがあったと考える。なお佐伯には中国古代の高僧たちが虎を馴伏させて立ち去らせたり、「虎災」を終息させた話、あるいは捨身飼虎の話をめぐる所伝について記した「中国古代の高僧と虎の説話―高丘親王「虎害」伝説に寄せて」（『東方』二五九、東方書店、二〇〇二年九月）がある。高丘親王の話は、このような高僧たちの崇高な話とは全く異なり、虎に食べられてしまうのは、やはり三つの柑子のすべてを施さなかった説話と一連のもの、即ち悪報を得る縁として捉える必要があるとする。

38　小島孝之注33前掲書では、この疑問が投げかけられているが、結局、「渇仰尊敬」していたからだとしているが、その理由は明確にはなされていない。

39　注32木下前掲書は、修行者は食物をぎりぎりまで切り詰めて修行したことが『閑居友』の節食説話群に反映しており、冒頭の親王の説話もこれと連動すると説く。

40　『撰集抄』巻三〜第七話には、雲居寺の瞻西上人が寒い日に異様な女から衣を恵んでほしいと頼まれて与えた。女は翌日また貰いに来たので、三度目には断ったところ、女は「汝は極めてこころ小さかりけり。こころ小さき人の施をば、我は受けず」と言って消えた話を載せている。上人は「化人の来りて、我心をはかり給へるにこそ」と自分の度量の狭さを後悔し嘆いたので、説話の作者は、しみじみと有り難く思われると結んでいる。この説話の典拠は明らかではないが、「化人」に試されてなじられるというパターンの話は仏典などにあったのではないかと推測される。

41　原田行造「真如親王虎害説話形成の謎」『中世説話文学の研究』（第二章、第一節、桜楓社、一九八二年）。慶政は九条良経の息として生を享けたが、幼少の頃に不慮の事故で身体に障害を持ったとされている。なお、氏はこの論文において、九条家と醍醐寺との関係が密接であったところから、この説話の入手経路として、醍醐寺三宝院を想定している。

42　久松潜一「宇津保物語と波斯国など」『日本古典文学大系』月報32、（一九五九年三月、日本古典文学大系第10巻附録）。

43　注21橋本進吉論文参照。（筆者注）

44　新編全集頭注。

45　新日本古典文学大系脚注は、「平城の御時」とは「初めに元明天皇を想定し、記述の進行に従って元正天皇から桓武天皇までを想起し、終りに平城天皇を想定して理解すればよい」とするが、これでは説明になっていない。

46　目崎徳衛「平城朝の政治史的考察」『平安文化史論』桜楓社、一九六八年

47　熊谷直春「古今集両序の「ならの帝」と山柿」『国文学研究』五八、一九七六年三月

48　片桐洋一の発言。注8参照

49　藤岡忠美の発言。同右。

50　谷戸美穂子「『古今和歌集』仮名序と「ならの帝」」(『日本文学』二〇〇五年四月)

51　多田一臣「『歌経標式』から『古今集』へ」(『文学』岩波書店、二〇〇八年一・二月)において、次のように述べている。「平安時代の始まりを桓武天皇の平安遷都に置くのが一般的な常識だが、おそらくそれは誤っている。平城天皇が嵯峨天皇に譲位した後、薬子の変が起こる。それを鎮めた後の嵯峨朝からが、本当の平安時代の始まりと考えるべきである。平城天皇と嵯峨天皇との間には大きな断絶がある。ここで注目したいのは、『古今集』において、平城天皇の存在がきわめて重視されていることである。とくに「仮名序」において、その像は歴史的な存在以上に肥大化されている。そこでの平城天皇には、あきらかに旧時代の象徴としての意味が与えられている。」

52　中世においても、たとえば世阿弥など謡曲作者が拠ったことが知られ権威を持っていた古今注の『三流抄』によれば、「古ノヨ、ノ帝」「四代の帝」に聖武、孝謙、桓武、平城を充てる。なお、「校訂古今和歌集序聞書」(後掲)によれば、「古ノヨ、ノ帝」「四代の帝」に聖武、孝謙、桓武、平城を充てる。さらに『三流抄』上巻には、『万葉集』撰集に「古ノヨ、ノ帝」がかかわり、平城天皇の時に世に広まったとし、下巻には「問、万葉ノ主ニ奈良ノ帝ト書ケルハ何ノ御帝ゾヤ答云、発起ヲ云ヘバ聖武天皇ナルベシ。雖然、奈良帝ヨリ已来十代と書ルニ知リヌ平城天皇ヲ以テ万葉ノ主トスル歟」とする。(片桐洋一によれば『三流抄』は鎌倉時代成立。書名も同氏による。「古今和歌集聞書三流抄―解題と本文―」『女子大国文』第二二号、一九七一年二月)

53　多田一臣は「仮名序が平城の時代を「平城の御時」と呼び、人麻呂・赤人が活躍し、『万葉集』が編纂された時代と捉えているのは、平城が「和歌を含む国風文化に傾倒した天皇であったことを裏側から証し立てる意味をもっている。」とする(「『歌経標式』から『古今集』へ」『文学』岩波書店、二〇〇八年一・二月)

54　北山茂夫「平城太上天皇の変についての一試論」(『続万葉の世紀』東大出版会、一九七五年)は、「平城太上天皇の変」の中心には平城太上天皇がいたことを説く。

55　注1久富木原論文参照

56　注8藤岡発言参照

57　山岡敬和「「貴種流離譚」とは何か」『国文学』学燈社、二〇〇九年三月

58　注48『三流抄』に関する記述参照。

59　廣田収は平城天皇という名そのものが都人による伝承であり、平城天皇伝説の成立そのものであって、上皇でありながら、さすらいの果ての悲劇的な運命をもつところに伝説の主人公としての強烈な像を結ぶと説く（「平城天皇伝説」南都文化組織研究発表二〇〇七年七月二二日）

60　前者の舎人に関しては、結果的には皇后が天皇をいさめたために、舎人は殺されずに済んだ。

61　三田村雅子氏のご教示による。なお、同氏からは漢詩文は大津皇子から始まるとされているように（『古今集』「真名序」）、追放された王統をその始祖としてこだわること、あるいは雄略天皇の歌が『万葉集』の巻頭に置かれていることについては、雄略の統御されない色好み、過剰な性との関連性があるのではないかとの意見も頂戴した。さらに私見では、高天原で荒々しい行為に及んだスサノヲが、他方では「八雲立つ」という瑞々しい結婚讃歌をうたうように、やはり基本的には、両義性を有する存在だという点も重要だと考える。

なお雄略について補足すると、彼は追放されたのではなく、むしろ王として最も大きな存在感と威厳を持ち強烈な印象を残す天皇だが、その像は多種多様である。『万葉集』では明るく自信に満ちて若々しく、『日本書紀』では部下に対して残忍な命令をして皇后から「狼」にたとえられ、『古事記』では猪に追われて咄嗟に木に登ってしまい、さらに『日本霊異記』冒頭の説話では、皇后と同衾する姿を部下に見られて恥ずかしがっている。このようにきわめて多彩な面を持つ天皇として描かれる雄略は常識的な意味では統一的な像は結びにくい。だが、分裂した顔を持つ天皇でありながら、（あるいは分裂しているからこそ）『万葉集』の巻頭に置かれることの意味については、さらに考えていく必要がある。

第31章　平城太上天皇の変と平安文学 ―歴史意識をめぐって―

はじめに

平安初期の八一〇年、平城上皇が起こした平城太上天皇の変（薬子の変、以下、原則として「平城太上天皇の変」と呼ぶ。）は機先を制した嵯峨天皇の対応が効を奏して、実際には戦闘状態には立ち至らなかったが、上皇と天皇が武力をもって対峙する事態は、実に三五〇年後の保元平治の乱までなかったという点で注目すべき事件であった。この変の結果と、変の前後に設けられた蔵人所及び斎院制度の創設は平安時代の政治・文化・文学に大きく関わっていくことになる。

ここでは歴史学における先行研究を確認しつつ、桓武天皇を継いだ平城天皇の時代までは平安京は未だ万世の都としての安定を得るに至っておらず、平城太上天皇の変を契機として、政治機構の変更及び地主神としての賀茂神社と朝廷の結びつきの強化がなされたこと、そしてそれらによって文学や文化にもそれを示す特色があらわれ、平安時代という意識が育まれたことを見ていく。

真の平安時代はこの変の収束後の嵯峨天皇の治世から始まるのである。なお本稿では「薬子の変」ではなく、「平城太上天皇の変」と称する。(注1)それは北山茂夫が説くように、この変の真の当事者は平城上皇であるということと、近年では両方の名称が教科書にも併記されるようになったことに鑑みてのことである。

平安初期の八一〇年、平城上皇が起こした平城太上天皇の変（薬子の変）[注1]は機先を制した嵯峨天皇の対応が功を奏して、実際に戦闘状態には立ち至らなかった。だが、上皇と天皇が武力を以て対峙する二所朝廷の事態は実に三五〇年後の保元・平治の乱までなかったという点で注目すべき変であった。そしてこの変の結果と、変の前後に設けられた蔵人所及び斎院制度の創設は平安時代の政治・文化・文学に大きく関わっていくことになる。

一、平城太上天皇の変

平城上皇は実在位わずか三年にして、八〇九（大同四）年四月一日皇太弟神野親王に位を譲った。天皇はこの春に発病し（『日本後紀』同年正月壬申条）、なかなか回復しなかったためである。天皇は「風病」に悩まされており、医学史家の説明によれば神経系疾患の一種で現在の躁鬱病に近いものだという。[注2]親王は再三にわたり固持したが、結局一三日には即位して嵯峨天皇となり、翌日、上皇の皇子高丘親王を皇太子にたてた（『日本紀略』前編一四）。上皇となった平城は平安京を離れ、「病を数処に避け、五遷の後、平城に宮す」（『日本後紀』一七）とあるように、五回に亘って居所を変えた。

この間は「二所朝廷」（『日本後紀』巻二〇）という事態ではなかったと考えられるが、一一月に入ると、上皇をめぐる情勢が急展開を遂げる。五日、右近衛中将藤原真夏らが摂津及び平城旧都に派遣されたのである。それは上皇の宮地を占うためであった（『類聚国史』巻二五　帝王五）。そして一二月に摂津から水路、平城古京に入った（『日本後紀逸文』大同四年十一月丁未条）。北山茂夫はこのように平安京を離れようとしたところに上皇の心境の変化があらわれているとし、おそらく上皇の疾病は本復に向かったのであろうとする。(注3)それから七日後に、朝廷は右兵衛督藤原仲成その他を平城旧都に上皇のための新宮を造るために遣わしている。そして上皇はまだ宮殿が完成していない一二月四日、水路から平城に向かい、故右大臣大中清麻呂の邸第に仮に居所を定めた。北山はさらに、その翌年の正月に入ると、嵯峨天皇の発病によって「二所朝廷」の状況に著しい緊張関係が生じたと説く。そこで朝廷は同年三月一〇日に、巨勢野足、藤原冬嗣の二人を蔵人頭に任命した（『公卿補任』）。これは川上多助が指摘するように、「巨勢野足、藤原冬嗣を蔵人頭に補して機密の文書を掌らしめ、その外部に漏るるを防いだ」のである。(注4)『日本後紀』には、これに関する記事が欠けているために、この人事にまつわる事情はよくわからないが、天皇に直属する機関が創設されたのは特筆すべきことであった。

北山はこの川上説に賛意を示しながらも、さらに嵯峨天皇の、旧年末から年頭におよぶ病状を主体者側の条件として、つまり朝廷の内と外との緊迫した事情のもとに蔵人所が創設されたと考えている。二所朝廷の諜報活動が激しさを加えてくる中で蔵人所が設けられ、天皇に最も信頼される二人がその頭の位置に就いたのである。

これは上皇をいたく刺激した。六月二八日に至って、上皇が詔を発して観察使を廃止して参議を復活させ、封邑の制もまた旧数によるべきと宣布した（『日本紀略』前篇一四）ことを以て、北山は「これは、平城が、上皇の名において、この重要な官制の改廃に介入したことを意味しよう」と説く。

そして九月六日、上皇は平安京を廃して都を平城の地に遷すことを命令した、とされている。『日本後紀』の記事は簡略すぎて、この命令が上皇から天皇ないし朝廷に伝達されたのか、あるいは上皇の詔として天下に宣布されたのかよくわからない。これに先だつ七月中旬に嵯峨天皇は再び病に罹り、本復までにほぼ一ヶ月を要した（『日本紀略』前編一四）。

このような嵯峨天皇不豫の直後、平城上皇は遷都の命令を下したのであった。しかし朝廷は四日後の一〇日には、上皇の出方に備えて強硬な対策を講じている。北山は、一、攻防体制の整備、二、仲成の拘束、三、嵯峨天皇の態度の三点を挙げて考察している。まず一に関しては、「伊勢、近江、美濃、三国府並びに故関」を鎮護するために、使節を派遣した。この体制が特に東方に対してとられたのは、上皇の東国入りの情報を掴んでいたか、あるいはそのような可能性が大きいことを見込んでいたものであろう。とりわけ伊勢國と鈴鹿故関を重視して伊勢使長官として蔵人頭巨勢野足を置いた。さらに同日、朝廷は機先を制して上皇派の首謀者と目される参議右兵衛督藤原仲成を捕らえた。仲成は遷都をめぐって騒然たる状況にあったにもかかわらず、平安京にとどまっていたのであって、上皇側の挙兵計画がどの程度進んでいたのか疑わしいとする。（注5）また嵯峨天皇は「二所朝廷」の疎隔、平城遷都の企てなどすべてが薬子の策謀によるという建前に立ち、次のように述べている。

詔曰。天皇詔旨良麻止勅御命乎。親王諸王諸臣百官人等天下公民衆聞食止宣。尚侍正三位藤原朝臣薬子者。挂畏栢原朝廷乃御時你春宮坊宣旨止爲氏任賜比支。而其爲レ性能不レ能所乎知食氏。退賜比去賜支氏。然百方趁氏。太上天皇尓近支奉流。今太上天皇乃譲レ国給閇流大慈深志乎不レ知之氏。己我威権乎擅為止之氏。非二御言一事乎御言止云都々。褒貶許止任レ心氏。曽无二所恐憚一。如レ此悪事種種在止毛。太上天皇乎親仕奉尓依氏思忍都々御坐。然猶不飽足止之氏。二所朝庭乎母言隔氏。遂波大你乱可レ起。又先帝乃万代宮止定賜閇流平安京乎棄賜比停賜氏之平城古京尓遷左牟止奏勸氏。天下乎擾乱百姓乎亡弊。又其兄仲成。己我妹乃不レ能所乎波不二教正一之氏。還恃二其勢一氏。以二虚詐事一。先帝乃親王夫人乎凌侮氏。棄レ家乗レ路氏東西辛苦世之牟。如レ此罪悪不レ可二数尽一。理乃任氏勘賜比罪奈閇賜布閇久有止毛。所思行有依氏。軽賜比宥賜比。薬子者位官解氏自二宮中一退賜比。仲成者佐渡国権守退比宣。天皇詔旨乎衆聞止宣。

とある。平城太上天皇の変（薬子の変）は日本の歴史の中で唯一、女性の名が冠された変であり一般的には薬子と仲成が上皇をそそのかしたと言われるが、北山の説く通り、平城上皇は決して暗愚の天子ではなかった。『類聚國史』巻二五には「天皇（平城）識度沈敏にして、智謀潜通し、躬ら萬機を親くし、己に克て精を励し、煩費省撤し、珍費を棄絶し、法令厳しにして、群下蕭然……」とある。この兄妹が関与していたにしても、これらの重大事に臨んでの行動の主体はあくまでも、上皇その人であり、上皇は薬子、仲成によって操られる傀儡ではなかった。北山茂夫はこのように説いて、論文タイトルも「平城上皇の変についての一試論」とするのである。

また橋本義彦も、前掲『日本後紀』の記事について、ここで眼目とされているのは薬子をくさぐさの悪事の張本人と断じ、仲成をその追随者と位置づける反面、平城太上天皇に責任の及ぶことを極力避けている点で、いわば勝者の主張であり、その間には矛盾撞着がないわけではない、とする。(注6) 橋本は仲成の経歴から、一応優れた事務能力を持ち地方民政にも経験を積んでいたことがわかるとし、平城天皇自身も、造都・造宮と征夷に終始し、遊猟や宴会を好んだ桓武天皇の事績とは対照的であるとし、また先帝が『続日本紀』からいったん削除させた藤原種継暗殺事件に関する記事を天皇が復活させたことも、先朝の事績に対する反発修正として無視できない、とする。

なお、この変の直接の引き金になった平城遷都であるが、これも薬子たちの勧めによるものと一般に考えられているものの、橋本は朝廷が変事の中心人物である平城上皇の責任を追及するのを避け、薬子を「悪行の首」と断じ、平城京脱出さえも「太上天皇を伊勢に行幸せしめたる諸人等」の責任として上皇を極力かばっている姿勢が目立つとし、この事件に薬子の名前を冠するのは適切でない、とする点で、前掲北山説と立場を同じくする。(注7)

また門脇禎二は、そこに旧京の東大寺を中心とする旧寺勢力との関係があったことを指摘している。即ち、遷都の命令の前年に東大寺の封物を東大寺の封庫二千戸を還収し、もとのように封物を東大寺の別庫に納めさせることにしていた（『類聚三代格』大同三年三月二六日太政官符）。これは桓武朝に、諸司の煩を除くためこの二千戸の封物も官倉に納めることにしていた（『類聚三代格』延暦一四年六月一一日太政官符）ことに対する修正措置であり、乱の前史として注意すべきであろうとするのである。さらに平安京へ移った人々と違って、依然として平城古京に残ったままの下級官人や富豪らがあり[注8]、それらの人々が平城遷都を望む人々であったろうとする。平城天皇の側についていた人々の人数や顔ぶれは、『日本後紀逸文』大同五年四月戊子条、『日本後紀』弘仁元年九月庚戌条、同九月壬子などから知ることができる。

さて、朝廷は一〇日に平城上皇に対する攻防的態勢をととのえた。翌一一日には大外記の上毛野穎人が平城から馳け戻って来て「太上天皇今日の早朝川口道を取りて東国に入れり。凡その諸司並びに宿衛の兵悉く皆従ひぬ」（『日本後紀』）という最新の報告をした。そこで朝廷は穎人の報に接してすぐに坂上田村麻呂が「軽鋭卒」を率いて美濃道から東国に出ようとする上皇の軍を迎え撃つことにした。そしてその夜、朝廷は藤原仲成を射殺した。一方、平城上皇は嵯峨天皇が一〇日に詔を発して尚侍薬子の位官を奪い、仲成を左降したことを聞くに及んで、ついに自ら東国に赴き兵を結集して朝廷に反撃しようとしたのである。中納言藤原葛野麻呂、左馬頭藤原真雄らが反対する中、上皇は薬子を伴って平城宮から出発した。この時、「陪従人等周章して図を失ふ」（『類聚國史』巻六六）という混乱ぶりで、途中、逃がれ出る兵士が続出したという。そして上皇が大和國添上郡越田村に至った時、朝廷軍によって前方が遮られて進退に窮しやむなく平城宮に引き返し、上皇は剃髪して出家し、薬子は毒を仰いで自害した[注9]。

大塚徳郎は、この変の関係者を挙げて、次のように説いている。式家が中心であることがわかるが、それに大伴・紀・大中臣などの旧氏族たる中級貴族の諸氏、帰化人出身として桓武に重んぜられた菅野氏、および地方豪族から学者として勢力を得てきた吉備氏などが参加している。だが、氏全体の参加ということではなくて、どこまでも個人的参加の形をとっている。ただ、旧い時代を背負ったというか、奈良時代的な性格を持っているというか、そのような

傾向を持った氏が、時代からとり残されて行く過程が察せられるとする。（注10）

なお平安時代を「王の年代記」という視点から捉える保立道久によれば、平城太上天皇の変（薬子の変）は奈良時代の政争と同様の血腥さをもって展開した天武系王統から天智系王統への切り替えが終了し、貴族社会の秩序の再編も含めて、光仁・桓武王統が確立したことを意味しており、王家の側においては、嵯峨天皇が圧倒的な支配権を獲得するとともに、高丘の立太子によって、王位継承権を否定されたかに見えた淳和が立太子して桓武の王位継承の構想が全体として再認識されたのであるとする。（注11）視点は異なるが、大塚・保立ともに平城太上天皇の変が新時代への分岐点になっているとすることに注目しておきたい。

二、平城朝の政治

平城天皇の政治史的意義について取り上げた論文はそれほど多くはない。目崎徳衛はその理由について、在位期間が短かったこと、一見、積極的な施策の乏しかったこと、薬子との関係に溺れ内乱によって一切の政治的業績をご破算にしたことなどから、『日本後紀』も平城を無視したのだと述べている。（注12）

だが、大塚徳郎も説くように、平安初期の政治を把握するためには、この時期を等閑視することはできない。（注13）また平城天皇の施策をみることは、彼が暗愚の天皇であったかどうかを知る指針となるという点からも重要だと思われる。大塚は、全般的に見て、平城天皇は律令体制を縮少して、その体制の維持をはかった政治を行ったとする。即ち、造都と征夷で財政的に破綻しかけた桓武天皇の政治を受け継いで、地方政治を刷新し、新しく台頭してきた地方豪族にも対処していくために、中央の有力官人を観察使に任命したのは意義ある政策で、光仁・桓武以来の政治の路線をさらに推進しようとする方向性を持ち、同時に無用の宮司・官人の整理・統合によって、膨張した財政を引き締めようとする意図が見られるのだが、天皇の病身と天皇を取り巻く中央官人等の勢力争いがあったために、集中化された強力な権力組織を作り出すことができずに終わったと説くのである。母が藤原氏ではなかった桓武天皇の時代に、天皇への強力な権力組織が作られたが、このような集中化された天皇権力を継承したのが、平城天皇であり、この場合、天皇への権力集中を阻む要素があった。それは天皇自身の健康であり、もうひとつは藤原氏出身者を母とすることからくる藤原氏の圧迫であった。

平城天皇は宝亀五年八月安殿親王として誕生し、延暦四年一二歳で立太子、ついで同七年元服したが、同一〇年には「枕席不安、久不平復」（続日本紀　延暦十年十月甲寅条）ということで、伊勢太神宮に平癒祈念するほど病弱であった。その病気は即位後も回復せず、大同四年二月にはそれが甚だしくなり、同年四月、それが理由で退位することになったのである。ゆえに大塚は、このように病身であったことが「性多猜忌、居上不寛」という猜疑心の強い性格を生み、そのことがまた「傾心内寵、委政婦人」という薬子の政治介入を招いたのであって、「識度沈敏、智謀潜通」で「躬親万機」とされるように政治には熱心であったけれども、独裁的権力を形成することができなかったのだとするのである。

このようにしつつも大塚は、平城天皇の政策について、

①令制強調の政策

②観察使

③官司・官人の統合・整理

これら三点について、詳細な検討を行っている。まず①に関しては、一六の項目を挙げて分析する。

在位期間は短かったが、令制を強調した点に特色があり、政治の大勢を動かすような大改革は見られないにしても、官人の職務の厳正を要求したり形式を令制にかえしたものもある。ただ時代の趨勢には逆行してただ令制を強調しただけのものもあり、さらに令制を強調しながらも、妥協せざるを得なかったものもある。こうしてみると、なんらかの改革を推し進めようとする意図は伺われるものの、その結果においては積極的な改革にはならなかった。

次に②観察使であるが、これは平城天皇の即位に始まり、その退位によって生命を失ったもので、全く平城在任中のみ存在した職であり、この制度の性格を考えることは、平城の政治を理解するのに欠くことのできないものである。観察使は延暦二五年五月一八日の平城即位の数日後に、当時参議であった者が任ぜられている。(注14) 観察使創置は、延暦五年四月一一日に諸国庸調支度物などが常に未納であり、、また民を治めるのに朝廷に背く国郡司のために禁制をつくれという詔があって、これに応じて一六か条の条例が作られたが、その後これが遵守されていないので、この一六か条を確実に実施するために観察使を置いたのである。

大塚論文は、観察使になった者が観察使としての立場から奏言したことによって、なんらかの改革のなされたものを時代順に表にして示し、これを分析して、ひとつには平城が桓武の都城造営、征夷などによって困窮した民の救済を、その政策の主眼としていたことを示し、次に租の納入、出挙の徴収の確実を期す政策であり、さらには国司に対する政策が示されているとしている。平城の政治が桓武の政治を受けて地方政治の引き締め、国司の監督を厳しくすることにあったことがわかるとする。

さらに平城朝の政治の特色のひとつとして、官司・官人の相当数の廃止・併合が行われたことを挙げ、光仁・桓武の政策を受け継いで、令内官の整理に着手したのであり、不要のものを削減することによって、財政引き締めを行おうとしたものである。大塚は大同元年七月二一日中務省中内記を廃止したことを初めとして、一三項目に及ぶ減員を総計し、概算だとしながらもその数は一五九三人＋αに及ぶのであり、三年間にこれだけの削減をなしたことは非常に大きな成果でありそれだけ経費の節約になったのだと述べている。（一五五頁）

そして大塚は削減する一方で、必要なところには増員していることに注目する必要があるとしている。大同三年七月二十六日大舎人寮を合併してつくった際に、少属一人を残しているし、同日に少納言三人を四人とし、内蔵寮に「供御忙劇」の理由で少属を増し、大蔵省には「出納事官員闕少」の理由で、大丞一人、少録一人を増し、大膳職には「省筥陶司、併於件職、又主菓餅等、雖謂従停廃、其れ政復帰職、然則務繁人少」との理由で少一人、少属一人を増員しているのである（大同三年七月二十六日付太政官謹奏「加置官員事」）。

その他、大塚が指摘していることは、事務繁忙な下級官人を優遇して、その責務を果たさしめることという政策を行ったこと、大同三年九月二十四日には諸司廃合の目的を明らかにし、職務が均等化された現在においては、職の閑劇によっている元の給与法を改めて衆司に平等に給与する趣旨を述べる詔を出し、また四年壬二月四日には四位以下初位以上に要劇料をあまねく給わる趣旨を述べ、米価が高いので旧によって銭を給わることにしている。これでも「劇官以外不給衣服」の状態であったので、あまねく給わる方の態度を定めたもので、同年四月一日にはさらにそれを具体化している。冗官を削減し、整理した結果として、皆、同程度の事務量になったとして、これを均等に与えることにしたのであり、このようなところにも実際的、現実的であった平城の政治の一端が窺われる。

大塚は「むすび」の中で次のように述べる。平城は病身であり、しかも藤原氏内部の紛争およびその他の氏との抗争の中にあって、造都と征夷のために弛緩した前代の桓武天皇の政治を引き締めるために努力した。まず財政緊縮と民力の休養をはかり官司・官員の大量の削減を行い、さらに種々の面で民力の休養をはかった。一方、桓武から受け継いだ地方官の監督を厳しくするために観察使を置いた。観察使の設置による政策の徹底、官員の適切な配置と下級官人の優遇なども実質的な政治の効果を上げるためのものであった。しかし、平城も薬子などの政治介入に見られるような圧力に服し、観察使もその創置の意義を失い、桓武の政治の後始末的な政治の効果も過小に評価されるようになった。そして次の嵯峨の時代を迎えるが、大塚もまた橋本義彦と同様に「真の意味の奈良時代的なものはこの乱とともに去り、新しい平安的なものは、ここから出発するとも見られる」と述べている。

三、蔵人所の設置

平城は決して暗愚の天皇ではなかった。それがまた譲位の後の「二所朝廷」の事態を招く結果にもなった。そして平城・嵯峨の対立が誰の目にも明らかになった、その最中に設置されたのが蔵人所であった。

朝廷で大臣・納言・参議が何事かを議決したとしても、それを天皇に奏上して裁可を得るまでには複雑な手続きと相当の日数を要する。その内容を上皇方に知られたくないとしても、詔勅として発布するまでには多くの官人の手を経なければならないから、上皇方に内通する者があれば、内容はすぐに通報されてしまう。ゆえに黛弘道は、「天皇と上皇の対立が露骨になればなるほど秘密の保持が要請される」として、天皇方がその対応策を講ずる必要に迫られてくると説く(注15)。蔵人は機密の文書や訴訟のこと、上奏宣伝のことまで扱う要職であり、初めは一時の便宜のために設置されたものであるが、その後も廃止されることなく存続した。笠原は大同五年(薬子の変以前)の廟堂には右大臣藤原内麻呂(北家)、大納言園人(北家)、中納言坂上田村麻呂、藤原葛野麿(北家)、参議同縄主(式家)、菅野真道、藤原緒継(式家)、吉備泉、藤原仲成(式家)、同真夏(北家)、紀広浜、多入鹿が顔を連ねていたが、この中で明らかに平城上皇方と目されるのは、参議藤原仲成のほか同真夏、多入鹿らであり、これに近い者として藤原葛野麿がおり、太政官における上皇方の勢力も決して過小評価できないものであって、蔵人所の設置は天皇方が真剣に対応策を考えた結果であったことがよくわかるとする。さらに、天皇側を刺激したこととして、大同四年九月二四日、三品葛原親王が嵯峨天皇に物を奉って敬意を表す儀式である奉献を行った翌日、皇太子高丘親王は天皇にではなく、実父である平城上皇に奉献していることに注目している。この時には上皇から春宮坊の役人や諸々の皇族たち、それに藤原（平城の生母乙牟漏の実家、式家）、阿倍（平城の乳母の家）、伊勢（高丘の生母伊勢継子の家）等の諸氏に広く物を賜っているのである。退位した天皇に奉献することは絶無であったから、皇太子高丘親王の平城上皇に対する奉献は異常なものであり、前日の奉献に対する巻き返しともとれるこの行為は、平城上皇こそ天下の実権を握っているとデモンストレーションしたようなもので、天皇は心中穏やかではなかったはずだと篤弘道は説く。

巨勢野足と藤原冬嗣が蔵人頭に任命されたのは、その約半年後の大同五年三月一〇日であった。蔵人所もこの時、設置されたものと考えられている。

渡辺直彦は蔵人所成立の時点、理由および創設当初の機能などについて、諸学説を整理して次のように述べている。（注16）

①和田英松は初めは機密文書や訴訟のことを掌ったこともあったと考えられ、後には詔勅を伝宣することにも関係して、少納言や侍従の職務にも介入し、遂に禁中一切のことを総掌するようになったとする。（注17）

②ついで川上多助は右の和田氏の見解を踏襲・発展させ、嵯峨天皇は平城上皇との間に確執があるため、機密の文書あるいは訴訟を取り扱う場合、太政官を通じて規定の手続きを経れば、機密が上皇に漏洩する危惧があるため、近親を殿上に侍せしめ、これを掌らしめるために創設したとする。蔵人所は、その当初は一時の措置であっただろうが、その後常置の職となり、常に禁中に侍して勅命を伝宣するところから、権甚だ重く、少納言・侍従

等、太政官の官制によって宣伝を掌ったものは形式的な詔勅のみを取り扱い、政治的に重要な天皇の命令は、内侍宣により内侍がこれを奉って蔵人頭に伝宣するようになったとする(注18)が、この川上説は蔵人所の設置を薬子の変と有機的に関連づけて考察したもので、その主旨は概ね通説の基礎となっている。

③また吉村茂樹の見解は、蔵人所の創設時日、その設置理由、初期の蔵人の職掌、令制官司への影響のうち、中務省を付加する(注19)。

④さらに藤木邦彦説も以上の三論文を踏襲したものであるが、ただ蔵人は元来、累代の書物を納めてある納殿を管掌していたもので、それが蔵人所の設置以後は天皇の秘書官的なものとなり、且つ天皇の命令が簡単に蔵人宣や蔵人下文をもって出されることとなり、これによって形式的な律令政治の弊害は大いに改善されたと指摘する(注20)。

以上が現在ほぼ通説化した見解であるが、これに対し、

⑤角田文衛は蔵人所の前身として勅旨所を想定する。天平宝字六年五月頃に創設されたと思われる勅旨省は、延暦元年四月一一日の詔により廃止されたが、実質的には勅旨所と改称して存続していることに着目し、その勅旨所は1機密保持や勅旨の速やかな下達、2皇室料地の管理を職掌とするものであるが、このうち1の機能は蔵人所によって奪われ、2のみが残ったが、これも後には内蔵寮や蔵人所などに移管されたようだと推定する。そして蔵人所を設置したのは通説では嵯峨天皇だとするが、実はその主唱者は藤原内麻呂・冬嗣らであり、平城上皇と嵯峨天皇との確執を奇貨とし、両人が巧みに勧めて設置したと推測している(注21)。この角田説はその後、目崎徳衛によって「穿った説」と評されつつも、この時期の政治情勢は平城・嵯峨両朝の対立だけからすべて解釈できるものではないとして、概ね賛意を示しており(注22)、弥永貞三は角田説を「蔵人所の先駆的形態と考える見解」として取り上げ(注23)、亀田隆之も「一説たるを失わない」とする(注24)。

⑥また弥永貞三は、蔵人頭巨勢野足・藤原冬嗣の武官としての履歴に意味を持たせ、天皇の護衛を堅くするという意図もあったのではないかと推測する一方、蔵人に補せられた清原夏野・朝野鹿取は著名な文人で、これらの人々が天皇の側近として一つの令外官体制を創り上げていたともいう。そして蔵人に関する当初の職掌内容は伝わってはいないが、後の史料から考えて、殿上に近侍し、文書・命令を伝達し、機密の漏洩を防ぐ重要な役職で、天皇の家政機関の中枢と論じている。さらに初代の蔵人頭となった野足と冬嗣は、天皇の東宮時代に春宮坊の官人であり、天皇と個人的なつながりの強い人材が選ばれていることを指摘し、そこでは形骸化した中務省の官人には依存できない枢機を扱うことができたであろうと推定する。(注25)

⑦このほか、亀田隆之は、従来の研究はいずれも蔵人所を真正面から扱ったものでないことを指摘し、嵯峨朝の政治と関連づけて特に設立期の蔵人を主体に論じる。弘仁元年に蔵人頭は初めて置かれたが、蔵人はそれ以前から置かれていたのではないか。蔵人は令外官としても、かなり特殊な存在であり、蔵人頭のみは当時の政治情勢が生んだ異例の措置であり、一時的便宜的な性格の職であったと考えられること。つまり、最初からひとつの宮司として活動を開始したのではなく、天皇の私的な関係にある官人たちが、天皇の命を受けて活動するという色彩の濃いものではなかったろうか、と推論する。(注26)

これらの通説に対して、

⑧森田悌は、蔵人の創設が薬子の変と関連があると説く従来の通説を批判して、変と関係があるとすれば変後の蔵人所が停廃されないで、発展したことの説明がつかないとする。蔵人所は皇室の家政や天皇の身辺の雑事に奉仕する内廷の家務機関ともいうべきもので、蔵人により、内廷関係諸司の再編強化を図ったところにその意義があるとする。(注27)

渡辺直彦は概ね、右のように諸説整理した上で、およそ令外に官司が設けられるには、それを置かねばならないような、その時点における然るべき事情・理由が存在するはずであるとして、蔵人所の成立過程について当時の実情に即して、次のように五点を挙げて説く。(注28)

（1）尚侍としての藤原薬子

内侍司は男官の中務省に相当し、常侍・奏請・宣伝などに供奉する重職であり、令職ではその長官である尚侍はふたりである。薬子は平城上皇の東宮時代、藤原縄主との間の長女が東宮に入内したのを契機として「東宮宣旨」として仕え（日本後記弘仁元年九月丁未一〇日、己酉一二日の各条）、東宮即位後、大同の初年より「典侍」となり、ついで「尚侍」になった。その威勢は「百司衆務、吐納自由」（日本後記・弘仁元年九月己酉一二日）、「常侍帷房、驕託百端」（日本後記・大同四年四月戊寅三日条）という具合であった。

そして大同二年四月二六日には桓武天皇の後宮夫人以下の任官を停止し（類聚國史巻四十後宮部、官人職員）、同年一二月一八日には後宮の宮人のうち、内侍司の処遇改善が進められる一方で、他の後宮職員の任官停止や男官への切替えなど女官排除の傾向が目につく。即ち後宮の官人のうち、内侍所の職員のみについて、その給禄の品秩を改定し、尚侍は従五位から従三位、典侍は従六位から従四位、掌侍は従七位から従五位の官に準じた待遇を受けることになった（『類従國史』巻四十　後宮部、内侍司）。この一連の施策は、寵を一身に集めた薬子の恣意の現れと見てよかろうとする。

（2）二所朝廷と諸司分直

平城上皇の平城宮遷御に伴って、嵯峨天皇の内裏百官諸司のうち、中納言一人・参議五人・外記一人、そのほか馬寮・水部・酒部などが平城宮に供奉した。このほかにもつき従った官人のあったことは、変後の左遷や解官の記事によって推測されるとし、このうち参議以上は六人で、当時の公卿十二人のうち、その半分が上皇の平城宮に供奉していたわけで、まさに「二所朝廷」という表現の通りの事態であり、このような状態では内裏における官議の運営は相当に困難で政務の遂行にも支障を来したことが予測される。

（3）嵯峨天皇不予

嵯峨天皇は即位後、暫くして不予となり、弘仁元年正月頃から同年八月頃までは早良・伊予両親王の怨霊の祟りのこともあり、その平癒のためにいろいろと手段を尽くしている。蔵人所が創設されたのは、この期間中のことである。

（4）蔵人所と枢密院

蔵人所の蔵人、特に蔵人頭と唐代に枢密院に置かれた「内枢密使」とは類似する点が少なくない。枢密使は内外の間に介在して勅旨を中書・門下両省に宣伝するパイプ役で、朝恩ある宦官（内侍）が多く補せられたという。蔵人が果たして唐代の枢密使の制に倣って創設されたのかどうかは裏付けることはできないが、蔵人所の設置以前に、唐朝の枢密使のことはわが国で知られていたものであろう。

（5）内侍宣と蔵人

土田直鎮は、平安初期の内侍宣はその形は様々だが平安中期の、様式が整備され且つ主として宮廷内の単純な取り次ぎや儀式的な事柄に関与するようになった内侍宣に比べると、かなり充実した内容の事柄をも取り扱った事実を指摘しており内侍宣が平安初期に於いて最も行政面に接近していたことを物語るとする。（注29）そして陣に布幔を懸ける事を命じた記事（天長二年一二月九日内侍宣『西宮記』一九、左近陣座廊）の中に「掌侍当麻真人浦虫子仰右中弁藤原朝臣愛発云」とあるが、藤原愛発は当時、蔵人頭右中弁であって、内侍宣を蔵人頭が承ったことが知られるのは、わずかに一例に過ぎないが、貴重な記事であると指摘する。そして内侍宣は平安中期にはその形式を整えると同時に甚だ影の薄いものとなり、その実は蔵人の宣に変わって行ったが、その理由を曾て東宮宣旨であり平城天皇即位の後、尚侍として寵をほしいままにした藤原薬子の「悲しむべき事変の記憶が内侍の活動を制する方向に働いたのかも知れない」と推論する。

渡辺直彦も「内侍宣の機能が高度に発揮され、且つ乱用された時代があったとすれば、それは大同年間における尚侍藤原薬子の時をおいては、他に思い当たらないのである」(注30)として、土田説に賛意を表する。令制内侍(尚侍・典侍)の職権の一部、それも奏請・宣伝という内廷・諸司間のパイプ的機能が次第に実際面において令外の蔵人に移行・凌駕されていったことは間違いないであろう。この意味で蔵人は職制上、内侍の系譜を引くものと見なしてよい。

渡辺はこのように蔵人の成立要因として五点について検討して、次のように結論づける。平城天皇の寵愛をほしいままにした薬子は尚侍という立場から他の後宮宮人の任官を停止するなどして権力を行使しようとした。加えて事実上の「二所朝廷」が出現したため政務の渋滞や混雑が起きたことが推測される。しかも嵯峨天皇の病も重く、万機も擁滞し、一時は神璽を奉還しようとしたほどであった。ここにおいて尚侍に代わって置かれたのが蔵人ではないか。大同年間以来、薬子の恣意によって尚侍の職掌が乱用された忌まわしい事態に鑑み、尚侍(女官)に代わるに蔵人(男官)を以て奏請・宣伝・諸司の職を掌らせのではなかろうか。

第二節でみた、平城朝のきめ細やかな政治からすれば、「後宮宮人の任官を停止する」というようなことは、天皇自身の判断によるもので、どの程度薬子が関与したかは不明であるというべきであろう。だが、内侍所の職掌が蔵人に、女性官人から男性官人へと移って行ったこと、その転換点に平城太上天皇の変(薬子の変)があったことは確かである。

四、平城太上天皇の変の歴史・文化への影響

(1)

橋本義彦は平城太上天皇の変（薬子の変）があっけない幕切れで終わったのとは対照的に、これを転機として歴史の流れが大きく変わっていったとして、次の三点を挙げる。(注31)

まず第一に、平安京が「万代の宮」の帝都の地位を確立したことである。長岡遷都から二十五年、平安遷都から数えても十七年を経た時点で起きた平城遷都の議は、人心に深刻な動揺を与え、これがこの争乱の中心であった。ところがこの変の後は遷都の議は全く影をひそめ、嵯峨朝廷によって「万代の宮」と宣言された平安京は政治や文化全般にわたって「平城的なもの」を払拭し、「平安的なもの」を育んでいった。そしてその「平安的なもの」こそ、日本の歴史・文化の根幹として現在まで生き続けているのである、とする。

第二に太上天皇の政治的地位に一定のけじめをつけたとする。令制における太上天皇の地位は概ね天皇に準ずるものとされており、その敬称は陛下とし、自称は朕といい、その言詞は詔または勅と称された。岸俊男によれば、その政治上の地位も、中国の太上皇帝の例や奈良時代の実例に徴すると、太上天皇はもともと政治の場から完全に閉め出されたわけではなく、潜在的には天皇と同等の大権を保持していたとされる。(注32)従って平城太上天皇の場合も同様で、その政治行動もとりわけ異常なものとするにはあたらないが、この変乱を機としていわゆる「二所朝廷」的な状況が清算され上皇の政治的地位は大きく後退した。そしてこの変を教訓とした嵯峨天皇は、譲位後は自ら「万機の務、賢

嗣に伝え、八柄の権、復た知る所にあらず」として、一君万民的な観念を標榜し天皇と太上天皇とのけじめを宣明した（『類聚国史』巻二五、弘仁一四年四月辛亥嵯峨太上天皇勅書）。こうして、太上天皇は中国の太上皇帝型から「父子の義」を前面に押し出した「院」へと変貌していくと説く。

第三として、この変乱を境にして、藤原北家が急速に勢力を伸ばし、政界制覇を成し遂げるに至ったことである。京家、南家はすでに失脚し、式家は仲成がこの変乱で処刑されて大きく後退したが、北家は右大臣内麻呂がこの変乱を乗り越え、特にその嫡子冬嗣は嵯峨天皇の腹心として活躍し、これを契機にして急速に昇進を遂げた。さらに冬嗣の男良房も嵯峨上皇にその才幹を見込まれて皇女潔姫を賜り北家の覇権を政界に確立し、藤原貴族政権の成立に大きく踏み出したと説く。

では、橋本の説く「平安的なもの」とは何か、「日本の歴史・文化の根幹」として現在まで生き続けているものとはいったい、何であろうか。目崎徳衛は「伊予親王的タイプこそ、ほかならぬ平安貴族文化形成の方向を示す」として、その方向性は神野親王（嵯峨天皇）にも存したとすべきであり、「従って当然神野親王の身辺にも、平城朝の政治方針に対するある程度の違和感があったと考えられる。」とする。(注33) 目崎は伊予親王が無実の罪によって幽閉自決に追いやられた伊予親王事件を親王の派手好みな性格が平城朝の緊縮方針に合わなかったことをその一因と考えている。伊予親王は父桓武天皇に非常に愛されたが、それは彼がすこぶる遊宴を好み、風流を愛する派手な性格で、山荘を数カ所に持ち、たびたび父帝の行幸を迎えているのだが、そのような行状が緊縮政治を絶対に必要とする現実から出発し、これを鋭意推進した平城朝の方針と大きく食い違ったところに、伊予親王事件の遠因があると説く。即ち、桓武・嵯峨・淳和の諸帝王の盛んな遊猟・遊宴の間にあって、平城のみはほとんどこれを行わず、神泉苑を除いてはわずかに大堰・北野の各一回の郊外遊幸を数えるに過ぎないとして、これは平城が遊猟・遊宴を行った期間が在位当初一年間の父帝の服喪と、大同三年秋以降のおそらく病気に悩まされた期間を除くと、わずかに二年そこそこであったことを考慮に入れても驚くべき質実さだと述べる。

そして次のように結論づける。

> ともあれ、嵯峨朝以降の政治は平城朝の緊縮政策と正に対照的な性格を次第に明らかにした。そして朝儀と唐風文化の絢爛たる開花に向かうのである。この華やかさを支えたものが、勅旨田・公営田の広範な設置などの巧妙な財源獲得の新方法であったことはいうまでもない。それは長い眼で見れば古代国家の崩壊を一歩進めるものであったにもせよ、平城朝の政策がひたすら財政支出を緊縮する消極的・硬化的なものであったことに比べれば、はるかに積極的・弾力的なものであった。平城朝はこのいわば「平安朝的なもの」の生まれ出るための苦悶であったといえないだろうか。

「財政支出」と「唐風文化の絢爛たる開花」が即ち「平安朝的なもの」であるのかどうか、筆者はにわかには判断を下し難い。ただ、前述したように、目崎に限らず、大塚徳郎にせよ、橋本義彦にせよ、平城太上天皇の変を境にして、「平城朝的なもの」から「平安朝的なるもの」へと転換したとしており、また近年、「王の年代記」という視座に立つ保立道久も嵯峨・淳和から都市的な文化と奢侈に取り囲まれた貴族文化が誕生したと説く(注34)。平城太上天皇の変がその一大転換期であったことは、歴史研究において通説化していることを確認しておきたい。

なお保立道久はさらに次のように説く。嵯峨・淳和の王朝は奈良時代の律令制的な国家のありかた、王権・貴族・官衙のありかたとは大きく相違する平安時代の政治や宮廷制度の基本的な枠組みを作り出した。奈良時代の律令制的な王権と国家は畿内の有力氏族が「氏」の名負の姓に従って宮廷・官衙組織を担い、その集団が同時に官僚組織として全国を支配し、それを代表する専制的な王権に対して貢納を集中するような体制であり、官僚制的・機構的な全国支配の概観を呈するものの、実際には古代的な氏族が氏の代表として太政官の議政組織の中核を担う「公卿」を出して宮廷と官衙の双方を担い、宮廷・貴族社会と官衙がまだ十分に区別されていないような体制であった。これに対して、嵯峨・淳和の王朝の体制は、中央都市・京都を固有の支配領域とする都市的な王権であり、そこに畿内の本貫地からは離れて平安京に集住するようになった都市貴族が結集して宮廷を構成し、そのさらに下に紀伝道（文章）・算道（計数）などの「道」に専業するようになった官人が官衙組織を構成するような、分節化された支配組織であったとし、そこでは宮廷の中枢は天皇とその限られた範囲の閥族によって構成されそれを蔵人所以下の組織が取り囲み、官衙組織は押し出されてその周縁に配置されることになり、これは律令制の導入以来、一世紀の時間が経過する中で中央の政治組織が充実・肥大化し、王と上級貴族社会が直接に行政に携わらなくても、政治が可能な程度にまで官衙組織が発展したことを意味しているとして、ここに本格的な都市王権と都市貴族の都市宮廷世界、都市的な文化と奢侈に取り囲まれた貴族世界が生まれることになったと論じている。

さて、このように平城太上天皇の変（薬子の変）を境にして、「平城朝的なもの」から「平安朝的なもの」へと転換していったのだとするとき、想起されるのが『古今集』仮名序である。仮名序は平城時代を古い時代の代表として捉えていると考えられるからである。

古より、かく伝はる内にも、平城の御時よりぞ、広まりにける。かの御代や、歌の心を、知ろしめしたりけむ。かの御時に、正三位柿本人麻呂なむ、歌の仙なりける。これは、君も人も、身を合はせたりと言ふなるべし。秋の夕べ、龍田川に流るる紅葉をば帝の御目に、錦と見給ひ、春の朝、吉野の山の桜は人麿が心には、雲かとのみ覚えける。又、山の辺の赤人と言ふ人有けり。歌に奇しく、妙なりけり。人麿は、赤人が上に立たむこと難く、赤人は、人麿が下に立たむこと難くなむ、有りける。

平城帝の御歌

龍田川紅葉乱れて流るめり渡らば錦中や絶えなむ

人麿

梅の花それとも見えずひさかたの天霧る雪のなべて降れれば

ほのぼのと明石の浦の朝霧に島隠れ行く舟をしぞ思ふ

赤人

春の野に菫摘みにと来し我ぞ野をなつかしみ一夜寝にける

和歌の浦に潮満ちくれば方を無み葦べを指して鶴鳴き渡る

ここで、「ならの御時」と柿本人麻呂が同列に並べられていることから、「ならの御時」がどの天皇の時代を指すのか、さまざまな説が提示されているが(注35)、この後に、

かの御時よりこのかた、年は百年余り、世は十つぎになむなりにけり。

と続くから、「かの御時（その天皇の御代）」は、具体的には「年は百年余り……」から逆に数えて平城天皇の時代となり、「世は十つぎ」とあるが、平城天皇即位の年から醍醐天皇の延喜五（九〇五）年までちょうど「百年、天皇は十代」であり、真名序の記述もこれと照応している。

昔平城天子詔二侍臣一。令レ撰二万葉集一。自レ爾以来。時歴十代。数過二百年一。(注36)

人麻呂と平城天皇を同時代とするのは、仮名序の執筆者が「時代を知らなかった」のではなく、まさしく平城天皇までが前代であり、嵯峨以降が当代であるという認識に立つのではないかと考えられる。

谷戸美穂子はこれを、人麻呂と同時代という矛盾を犯してでも「なら」に託さなければならない何かがあったとし

て、それは右の『古今集』「仮名序」の傍線部にみえる「君も人も身を合はせたり」とした君臣唱和の理念を体現させたものであり、『万葉集』の中心的な歌人である人麻呂を「歌のひじり」として位置づけ、「ならの帝」の臣下におくことで、歌の心を理解しこれを広めたとする理想的な時代を描き出しているとし、「ならの帝」と人麻呂との組み合わせは、『大和物語』にも見え、帝を慕う釆女の入水が記されているが、釆女と天皇といえば、雄略天皇に代表されるように、卓越した行為に彩られている。従って「ならの帝」が釆女に慕われるというのも聖帝として魅力的な天皇像が示されているのだとする。また右の「龍田川」も『大和物語』に見える「ならの帝」の歌だが、「猿沢の池」・「龍田川」の紅葉が和歌の世界で結びついてくるのは、平安期に入ってからであり、「なら」の像は必ずしも実際の平城（平城京時代）ということではなく、平安期になって旧都平城のゆかりと意識されていった、平安京がイメージする「なら」なのであると論じている。(注37)

同様のことは『大和物語』についてもいえる。

一五〇段　ならの帝　猿沢の池
一五一段　おなじ帝　紅葉の錦
一五二段　おなじ帝　いはで思ふ
一五三段　ならの帝　藤袴　　　平城天皇

一五〇段「ならの帝」では人麻呂が歌を詠んでいるため、一般的には次のように説かれる。「時代的に奈良朝のある天皇ということか。人麻呂は生没が明らかでなく、最後の歌は文武四（七〇〇）年であり、平城遷都前に没したとも、以後しばらく生存していたともいわれる。この話は奈良時代初期ということになろうか。しかし、伝承の途中でさまざまな虚実が絡み合って出来上がった話であり、平安時代よりもっと古い時代の天皇と釆女の物語として受け取ればよいのであろう」（『新全集』頭注）。

だが、一五三段の「ならの帝」は平城天皇であることが明らかであり、ここに「奈良の帝」「おなじみかど」の話が四話続くということは、これら四つの話を当時の人々は平城天皇の物語として享受していたと考える方が自然ではなかろうか。「ならの帝」とは即ち平城天皇であり、平城天皇によって代表される、平城太上天皇の変（薬子の変）以前の聖帝の総称なのではなかろうか。このように考えると、「真名序」が『万葉集』は平城天皇によって撰集されたとすることも、辻褄が合うのである。いわば『万葉集』は「平城朝的なるもの」を象徴するものなのであり、一時代前の文化を代表する『万葉集』は聖帝で和歌に秀でた平城天皇によって「撰集」されたのである。

歴史家の一致した見解であった、平城太上天皇の変（薬子の変）を境とする「平城朝的なるもの」と「平安朝的なるもの」において、前者は文化・文学の分野においては、平城帝の時代に限定されずに「平安朝的なるもの」に対置される往古の時代として認識されていたのだと言うことができる。

(2)

歴史研究では特に触れられていない(注38)が、平城太上天皇の変（薬子の変）と深くかかわるもので、「平安朝的な」文芸に関連するものに斎院制度があることに注目したい。賀茂神社は平安京の地主神であるが、特に斎院制度が設けられた事情についいては、次のように説明されている。

『一代要記』

有智内親王　帝第九女、弘仁元年卜定、母正五位下交野女王、従五位上山口王女也、斎院始也、是與有平城隙御祈也、嵯峨天皇與平城天皇、昆弟之情不睦、故為祈願特設斎院、使皇女有智侍焉、

『賀茂皇太神宮記』

桓武天皇の御後は、御位を第一の御子ぞつぎ給ひける、これを大同の天皇と申しけり、天下をしろしめす事、わづか四年にして、御くらゐをば御弟のみこ嵯峨の天皇にゆづり給ひて、先帝は奈良の故郷にすみ給ひけり、さてこそ平城天皇とは申なれ、―中略―其頃先帝内侍のかみ藤原薬子を御てうあいましまして、なにごとも此の人の申さるるにぞうちまかせ給ける、これは宰相種嗣のむすめなり、心さがしくたけだけしき男子にもまさりたり、をりにふれて先帝へ奏し給ひけるは、いくほどなう御くらゐをさらせ給事口おしさよ、玉躰御つつがもましまさずして、いかでかくおぼし立けるぞとなげきかなしみ申給ければ、先帝くやしき事におぼしめして、御くらゐにかへりつかせ給はむとの御用意ども侍りけり。内侍のかみよろこびて、先帝くらゐにつかせ給はば、われは后にぞなるべしといさみをなし、せうとの兵衛のかみ藤原仲成といふ人を大将として、畿内の兵をめしあつめ、いくさをととのへられけるほどに、世の中さわぎののしりて、万民たやすき心なかりけり、みかど此よしきこしめし、―中略―賀茂皇大神へ勅使をたてられし御事也、御祈ねがはくは官軍に神力をそへられ、天下ぶいに帰せしめ給へ、しからば皇女を奉りて、御宮づかへ申さすべしとぞ勅願ふかく仰せられける、―中略―かくて、世の中静りしかば、御門御宿願はたし給はんために、有智内親王と申姫宮を斎王になし給ひて、弘仁元年四月に賀茂皇大神へ参らせ給ふ、此れいをもて、代々のみかどの御代はじめには、皇女を賀茂の斎にそなへらる、

『本朝月令』中西賀茂祭事

或記云、延暦十二年癸酉、北野山中天皇行幸、而諸臣却奉各去〈各二字年中行事秘抄為后〉也、于時遭大火給、祈申始奉鴨上下両神大祭事、率供奉諸司並奉斎内親王、又説云、嵯峨天皇與平城天皇有隙不穆、于時嵯峨天皇祈祷有感、初奉斎王云云〈又見年中行事秘抄〉

○按ズルニ、斎院ノ創置ハ、嵯峨天皇ノ弘仁元年ナルコト、上来引用スル諸書ニテ明ナリ、然ルニ帝王編年記ニ弘仁九年五月以て皇女有智子内親王始置賀茂斎院トアルハ、蓋シ斎院司創置ノ事ヨリ誤リシモノナラン、

このように、斎院の創置は嵯峨天皇が平城上皇との対立を克服するために賀茂神に祈願して冥助を得たので、皇女有智子内親王を献じたことに始まると伝えられている。平城太上天皇の変（薬子の変）直後の弘仁元年説（一代要記・賀茂皇大神記）と斎院司の置かれた弘仁九年説とがあるが、いずれにしても斎院制度とは、平城上皇の脅威から平安京を守り、平安京を永住の都とするために置かれたもので、それは蔵人と同じく平城上皇排除の力学に基づいていた。特に斎院制度は賀茂祭に具現化されるように「平安朝なるもの」を象徴するものだったといえよう。また、都の中にある斎院には来訪者も多く、後宮外の女流文学サロンを形成した例も多い。よく知られているように、選子・式子などが在位中も退下後もしばしば歌合を行っており、『源氏物語』や『狭衣物語』などの成立も斎院の文学サロンと深くかかわっている。斎院制度は「平安朝的な」文化・文学のひとつの象徴だと考えることができる。

特に『源氏物語』には朝顔斎院が登場し、紫上は賀茂神の聖女とされ[注39]、また賀茂祭の時空は物語の展開上、欠くべからざるものとしてあり、いずれも生霊・死霊の発動する時空間である。祭の間は仏事が行われないため、物の怪が跳梁するわけだが[注40]、理由はこれに限らないであろう。筆者はかつてその背景に、都から追放された斎宮が仕える天照大神との確執があることを考察したが[注41]、もうひとつ、斎院創始の事情を考え併せるならば、斎院制度が排除しようとしたものこそが、この祭の時空にたち現れるのではないかと考えられる。物語の想像力は、かつて平城上皇と嵯峨天皇が対立した時、嵯峨天皇が平安京の地主神賀茂神に祈願した葵祭の場に斎院創始の記憶を引き出してくるのではないか。

斎院制度が排除しようとしたものは平城上皇と旧都奈良であった。これは『源氏物語』において、賀茂祭の時空に

生霊、死霊がかかわることと何らかの関連があるのではなかろうか。

その生霊、死霊になる六条御息所と奈良とはかすかに繋がっている。源氏四十賀の折に秋好中宮が、

十二月の二十日あまりのほどに、中宮まかでさせたまひて、今年の残りの御祈りに、奈良の京の七大寺に、御誦経、布四千反、この近き京の四十寺に、絹四百疋を分かちてせさせたまふ。ありがたき御はぐくみを思し知りながら、何ごとにつけてかは深き御心ざしをもあらはし御覧ぜさせたまはむとて、父宮、母御息所のおはせまし御ための心ざしをもとり添へ思すに、かくあながちにおほやけにも聞こえ返させたまへば、事ども多くとどめさせたまひつ。

④若菜上巻・九七頁

ここで注目されるのは、「近き京」四十寺にとどまらず、「奈良の京の七大寺」にまでひろげて豪華なお祝い品を用意しているということである。なぜ秋好中宮だけが「奈良の京の七大寺」にまで祈って源氏を祝うのであろうか。すぐ後にみえる「父宮、母御息所」在世中の志に添わんがための心遣いであったのであれば、もちろん「父宮、母御息所のおはせまし御ための心ざし」とは皇位継承にかかわる願いだったはずで、父春宮亡き後は娘の秋好中宮が入内して時めくことであったであろう。これについてはすでに述べたことがあるので簡単に記すと、(注42)「奈良」という地名は、『源氏物語』を通じて二例のみである。第一部には全く見えず、第二部の若菜上巻に「奈良の京」が、また宇治十帖の手習巻に「奈良坂」が認められるのみであるが、後者は入水未遂した浮舟が再登場する場面に関わって語られる重要な場所である。秋好中宮における「奈良の京」もまた、一例だけではあるが鮮烈なイメージを内包している。というのは、平安期の和歌その他の作品にも「奈良」あるいは「奈良の京」はほとんど描かれていないのだが、「奈良の京」という語句によって喚起される極めて印象深い作品があるからである。

むかし、男、初冠して、奈良の京春日の里に、しるよしして、狩にいにけり。

伊勢物語・初段

むかし、男ありけり。奈良の京ははなれ、この京は人の家まだ定まらざりける時に、西の京に女ありけり。

同・二段

初段と二段に続いて出てくる。初段の場所は「奈良の京」、時代は二段の記述によって平安遷都して間もない頃と読める。ちょうど平城天皇前後の時代である。そして「男」は上皇の孫、業平。当然、業平には平城上皇がオーバーラップされてくる。また周知の通り、初段の女はらからをかいま見する場面は『源氏物語』若紫巻に移し替えられている。若紫巻では祖母の尼君と孫娘の組み合わせにずらされているが、『源氏物語』は匂宮三帖の竹河巻に至って、「女はらから」のかいま見を描き始める。三田村雅子が説くように、(注43)竹河巻における姉妹の描き方は対照的で、宇治の大君・中の君へと深化しながら書き進められている。竹河巻の姉妹は玉鬘の娘たちであったが、宇治の姉妹は八の宮の娘たちである。そして八の宮は廃太子であった。浮舟も含めて、宇治十帖とは、廃太子の娘たちの物語なのである。橋姫巻で姉妹をかいま見する場面は、そのまま『伊勢物語』初段を想起させる。平安遷都間もない頃の奈良、旧都に取り残された姉妹、それは平城太上天皇の変における廃太子事件への連想にも繋がる。

廃太子となった高丘親王は平安時代、よく知られた人物であった。皇太子を廃された後、出家して真如親王となった高丘親王は、空海の十大弟子となり有名な歌を交わしている。

また、高丘親王、弘法大師に詠ませ給ふ歌、

いふならく奈落の底にいりぬれば利利も修陀もかはらざりけり

御かへし、大師、

かくばかり達磨の知れる君なれば多陀謁多までは到るなりけり

俊頼髄脳(注44)

また、親王としてはただひとり入唐して、さらに南方に向かい、その途上で命を落とした。久松潜一は、うつほ物語

の波斯国漂流とそれからの記述は、この親王の事跡をとりいれたかも知れないと述べている。(注45) 貞観四(八六二)年七月、真如親王が唐に渡る時にはこれに従う僧侶は六十人にのぼったが、それより四年後中国からインドに向かって出発した時には、そのお伴をしたものは極めて少数で名前の伝わっている者は三人だけだという。(注46) 親王は長安から広州に赴きそこから船でインドに向かったが、マレー半島の羅越国で薨じた。

『伊勢物語』初段にはこのような廃太子流離の実話が対置されているのである。では『源氏物語』において廃太子はどのように語られているか。正編における前東宮は廃太子であったのかどうか。望月郁子は現在、有力視されている説のひとつに、前坊は物語の冒頭以前に亡くなったとする説があるが、それに従えば、今、一四歳の斎宮は生まれることができないから、『源氏物語』は東宮空位時代から始まるとし、前坊廃太子説を唱えている。(注47)

いずれにしても六条御息所が生霊・死霊として繰り返し祟り、また生霊事件の折には故父大臣の霊が祟るのだと噂されることなどから、廃太子の可能性が全くないとはいえない。前述したように、秋好中宮は「奈良の京の七大寺」に「父宮、母御息所のおはせまし御ための心ざしをもとり添へ思」しており、奈良との結びつきがあり、そして宇治十帖は確かに廃太子とその娘たちの物語である。しかも『伊勢物語』初段と同じく姉妹の物語を語り、最後の浮舟は前に少しふれたように、『源氏物語』中、もう一例の奈良の用例を契機として語られる。(注48) また采女の入水伝承がその人物造型に関与するなど、浮舟は奈良及び「ならの帝」に関するイメージともつながっている。(注49)『源氏物語』の正編は賜姓源氏の物語だが、最後は廃太子とその娘たちの物語に行き着くのである。また浮舟と采女との結びつきは、「ならの帝」平城天皇をも浮かび上がらせる。

ところで平城天皇は実は、『源氏物語』の始発にも深くかかわっている。桐壺巻の尋常ではない更衣への愛は薬子に対する平城のそれを想起させるからである。

人の譏りをもえ憚らせたまはず、世の例にもなりぬべき御もてなしなり。上達部、上人などもあいなく目を側めつつ、いとまばゆき人の御おぼえなり。唐土にも、かかる事の起こりにこそ、世も乱れあしかりけれと、やうやう、天の下にも、あぢきなう人のもてなやみぐさになりて、

①桐壺巻・一七〜八頁

これらの表現は、今にも乱が起こりそうな不穏な空気を伝えている。藤井貞和は桐壺巻を「異国物語的な—悪くいえばどこかの国の王さまとお后さまのおはなし、といった感じを持たされる」(注50)としているが果たしてそうであろうか。ここで玄宗皇帝と楊貴妃の話だけでなく異常な寵愛の末に乱に至った歴史的大事件として、平城太上天皇の変が想起されたとしても不思議ではない。目崎徳衛も、平城太上天皇の変は有夫の婦人を奪って寵を与え、その一族が立身して衆人の怨みを買い、反乱が起こって都を逃れ、寵妃は死んで帝は生き残るという筋書きは、奇しくも半世紀以前唐に起こった安史の乱における玄宗と、ほとんど符節を合すると指摘している。(注51)玄宗は息子である皇太子の妃楊貴妃を寵愛し、平城は自分の妃の母を寵愛する点でも類似しているのである。

ちなみに秋山虔はこの時の桐壺帝には「帝王としての威厳とは無縁の狂気の人」のイメージがあるとし、(注52)篠原昭二もまた桐壺の物語の現実に聖代のそれとはあまりにも異なると述べ、後宮の平和は乱れ国乱も起こりかねない情勢であったというのだから、桐壺帝を聖帝と評価することはできず、『源氏物語』の時代において、延喜天暦聖代意識が広がりつつあり、物語はその聖代とされる時代を準拠としたにもかかわらず、物語世界は聖代と呼ぶに値しないと説くのである。(注53)だが、『源氏物語』では乱は起こらない。しかし更衣の代わりに入内した藤壺が皇統の乱れを引き起こす。(注54)この皇統の乱れが正編を貫くテーマになっていることは言うまでもない。そして注目されるのは、藤壺の崩御記事である。

かしこき御身のほどと聞こゆる中にも、御心ばへなどの、世のためにもあまねくあはれにおはしまして、豪家に

こと寄せて、人の愁へとあることなどもおのづからうちまじるを、いささかもさやうなる事の乱れなく、人の仕うまつることをも、世の苦しみとあるべきことをばとどめたまふ。功徳の方とても、勧むるによりたまひて、いかめしうめづらしうしたまふ人など、昔のさかしき世にみなありけるを、これはさやうなることなく、

②薄雲巻・四四七〜八頁

田中隆昭は、この藤壺の崩御記事全体は六国史后妃伝の形式にならったものであるとした上で、「事の乱れ」のあった例として「巧求愛媚。恩寵隆渥。所言之事。无不聴容。百司衆務。吐納自由。威福之盛。薫灼四方。属倉卒之際。與天皇同輦。」（『日本後紀』弘仁元年九月十二日条）と記される薬子の伝が思い合わされたのではないかとするが、(注55)注目されるのは、さらにその二日前の条である。

詔曰。天皇詔旨良麻止勅御命乎。親王諸王諸臣百官人等天下公民衆聞食止宣。尚侍正三位藤原朝臣薬子者。挂畏柏原朝廷乃御時你春宮坊宣旨止爲氏任賜比。而其爲レ性能不レ能所乎知食氏。退賜比去賜支。然百方趁氏。太上天皇尓近支奉流。今太上天皇乃譲レ国給流閇大慈深志乎不レ知之氏氏己我威権乎擅為止之氏。非二御言一事乎御言止云都々。褒貶許止任レ心氏。曽无所二恐憚一。如レ此悪事種種在止毛。太上天皇乎親仕奉尓依氏思忍都々御坐。然猶不飽足止之氏。二所朝庭乎母言隔氏。遂你波大乱可レ起。又先帝乃万代宮止定賜閇流平安京乎棄賜比停賜氏之平城古京尓遷左牟止奏勧氏。天下乎擾乱百姓乎亡弊。

とみえる。平安初期の大事件に関与した薬子と「乱れ」の語は分かち難く結びついている。そして、藤壺崩御後に「乱れ」の語が繰り返し連鎖的に記されることを考え併せれば、この崩御記事の「事の乱れなく」という一節は、藤壺の一生がまさしく「事の乱れ」を引き起こしたものであったことをあらためて思い起こさせる。平城太上天皇の変による「事の乱れ」は平城上皇だけでなく、その皇子高丘皇太子にも及んだ。藤壺とて一歩間違えば自分自身と源氏の身の破滅はもちろんのこと、春宮冷泉の廃太子という憂き目に遭う危険性は十分すぎるほどあった。その意味で

崩御伝における「事の乱れ」という表現が呼び起こすものは大きい。藤壺の密通は実質的に「事の乱れ」を引き起こし、これを隠しおおせたのだとこの崩御記事は語っているのではないか。そしてこれを打ち消すことで、逆に薬子の事件と、あり得たかも知れない藤壺の悲劇への想像をかき立てるのである。

保立道久は、『源氏物語』のこの、王権にとってはきわめて危険な虚構を筋道として王家の歴史を語った物語は、一般的にいわれる「延喜・天暦時代」ではなく、歴史学の立場からすると、むしろ平安時代の貴族は、このような破倫の神話を九世紀、特に清和・陽成朝の時代相の中に置いていた可能性が高いとする。(注56) つまり清和の皇子貞数親王は「時の人、中将（業平）の子となむ言ひける」（『伊勢物語』七九段）とか、清和皇后高子の不予は僧の善祐の子を身ごもったためであるという伝聞が残されている（『宇多天皇日記』・寛平一年）が、これらは都市宮廷のいわば神話時代から生まれた物語が『伊勢物語』であり、それを受けてさらにフィクションを組み立てていったのが『源氏物語』であったとするのである。

しかし、その『伊勢物語』は平城天皇の時代、奈良の京から始まる。『伊勢物語』は平城天皇の歴史を抱え込む形で成立しているのである。そして『源氏物語』は平城太上天皇の変を思わせる始まりになっており、宇治十帖では廃太子とその娘達の物語になり、最後の浮舟は采女伝承を負いつつ、奈良という地名と共に再登場する。さらに『大和物語』には平城太上天皇の変とは対照的な平城天皇と皇太弟との仲睦まじい唱和が載せられており、また『古今集』「仮名序」に見られたように、平城朝は「柿本人麻呂を擁した聖帝の時代」でもあった。平安朝から見た時、平城朝は君臣相和す理想的な時代であると同時に上皇と天皇が武力を以て対峙するという乱が起こった危険な時代でもあった。だが、その両義的なあり方を担う平城太上天皇の変（薬子変）こそは物語の想像力における「九世紀の神話時代」の「乱れ」の物語を紡いでいく核になっているもの、あるいは物語の底にうごめく原動力になっていると考えることができる。

「ならの帝」を平城天皇とするのは古くは『俊成卿万葉集時代考』、近世では賀茂真淵『大和物語直解』、また現代では前掲の論文の外に雨海博洋の説などがある。(注57) また益田勝実は、次のような大江親通『七大寺巡礼私記』(一一四〇年)が猿沢の池に入水した采女を悼んで詠んだ「ならの帝」の歌と平城太上天皇の変との関連について紹介している。(注58) 即ち、変に敗れた平城上皇が高丘親王を伴って東国へ下ったことから、その母継子が猿沢の池に投身したのを平城上皇が悲しんで詠んだとするのである。平安後期には平城太上天皇の変と『大和物語』の話とが関連づけられて解釈されていたことが窺われる。

平城天皇が伝承的人物であったことについては、藤岡忠美が「薬子との関係や、平城京が廃都の「ふるさと」になっているから、かなり悲劇的なヒーローになっている、というような可能性」に言及しているが、(注59) 近年では廣田収が平城天皇という名そのものが都人による伝承であり、平城天皇伝説の成立そのものだということ、さらに平城帝という呼称を結合させ、待偶させることが伝承の生成になるとして、上皇でありながらさすらいの果ての悲劇的な運命を持つところに伝説の主人公としての強烈な像が結ばれるのだと説く。(注60)

廣田収が説くように、平城天皇は都人による伝承・伝説を呼び起こす強烈な磁場としての機能を持つ。『伊勢物語』の初段において、「初冠」した昔男が「奈良の京・春日の里」に行くのは祖父である平城天皇のヒーローとしての悲劇と陰影を抱え込んでいるのであり、それゆえにこそ後段の二条后との恋や伊勢の斎宮との密通が特別な意味を帯びてくるのである。

本章本節でふれたように、『源氏物語』の発端である桐壺巻の冒頭の不穏な語り出しが、この物語の基底をなす藤壺との密通へと導いていくプロローグとなっていることとも相まって、平城太上天皇の変は歴史意識のみならず文化や文学という諸領域に関わる時代の意識を大きく転換させる事件であった。

〔注〕

1　北山茂夫「平城上皇の変についての一考察」『続万葉の世紀』（東京大学出版会、一九七五年）
2　服部敏良『王朝貴族の病状診断』（吉川弘文館、一九七五年）
3　注1に同じ。以下、北山説の引用は同書による。
4　川上多助『綜合日本史大系3平安朝上』九九頁
5　春名宏昭『平城天皇』（人物叢書新装版・吉川弘文館、二〇〇九年）は、この事件は嵯峨天皇側が仕掛けた一種のクーデターだとする。本章「付記」を参照されたい。
6　橋本義彦「薬子の変」私考『平安貴族』（平凡社選書97、一九八六年）
7　門脇禎二「Ⅱ律令政治の展開過程　第四章　律令体制の変貌　二薬子の乱」『日本古代政治史論』二八二頁、及び三〇四頁、注39、塙書房、一九八一年
8　村山修一『日本都市生活の源流』四〇～四一頁の表から伺われるコメント。
9　注1北山論文は、「この変の、宮廷外に起こした唯一の波紋というべきものがある」として、越前介阿倍清継、権少掾百済王愛筌らが、上皇が伊勢國に赴いたことを聞き込み、兵を挙げてこれに応じようとして、新任の介登美藤津を捕らえるという事件が起こったが、すぐに朝廷に鎮圧されてしまった（『日本後紀』巻二十）ことを記している。三三一頁。
10　大塚徳郎「平城朝の政治」『平安初期政治史研究』（吉川弘文館、三六頁、一九六九年）
11　保立道久『平安王朝』（岩波新書、一九九六年）
12　目崎徳衛「平城朝の政治史的考察」『平安文化史論』（一九六八年）
13　注10大塚論文に同じ。
14　注10大塚論文。平城が大同四年四月一三日に位を皇太弟に譲って上皇となり嵯峨天皇が即位すると、その即位の数日後には従来内官であった観察使を外官の兼任として、その食封を停止する勅を出し（日本紀略大同五年六月丙申条）、その勢力をそごうとした。これを見ると、嵯峨天皇は二所朝廷の事態が起こる前に、上皇の政治の重要な勢力をそぐことに意を用いて

いるのであり、これは上皇をいたく刺激したのではなかろうか。そこで上皇は大同五年六月二八日に異例の上皇の勅を下して、観察使の制を廃止しその全員を参議に復さしめて、これを内官にとどめて食封の維持をはかった。四四頁

15　黛弘道「藤原薬子」笠原一男編・日本女性史1『めくるめく王朝の女』日本評論社、一九七二年。以下の黛論文は本書による。但し、「平城上皇が嵯峨天皇に政治の全権を委ねず、さながら二天皇併立の情況であったことは、―中略―このような上皇方の態度には薬子の意向が強く影響している」（二三三頁）としているが、このように薬子の力を過大評価することには賛同できない。

16　渡辺直彦「第五篇蔵人所の研究」『日本古代官位制度の基礎的研究』増訂版（吉川弘文館、一九七八年）

17　和田英松『訂修官職要解』一八三頁。

18　注3川上論文一〇四頁。

19　吉村茂樹『岩波講座日本歴史』第二巻「平安時代の政治」二四～三一頁（一九三三年）

20　藤木邦彦『日本全史』3古代Ⅱ、五一頁

21　角田文衛「勅旨省と勅旨所」『律令国家の展開』三五三～三九三頁。

22　注12の目崎論文参照。六七頁。

23　弥永貞三『体系日本史叢書』1政治史Ⅰ、一〇三頁。

24　亀田隆之「成立期の蔵人に関する一考察」『日本歴史』二六三号。

25　注23弥永論文参照。一〇三頁。

26　注24亀田論文参照。

27　森田悌『日本古代官司制度史研究序説』一八五～二一四頁。

28　注16渡辺論文。

29　土田直鎮「内侍宣について」『奈良平安時代史研究』（一九九二年、吉川弘文館）

30　注16渡辺論文参照。

31　橋本義彦「〝薬子の変〟私考」『平安貴族』（平凡社選書97、一九八六年）

32　岸俊男「元明太上天皇の崩御」『日本古代政治史研究』（塙書房、一九六六年）
33　注12目崎論文参照。三五～三七頁。
34　注11に同じ。
35　熊谷直春は「―の御時」という表現を検証して、これが特定の天皇を指す表現であることを論じ、「ならの御時」は平城天皇を指すとの見解を示している（「古今集両序の「ならの帝」と山柿」『国文学研究』五八、一九七六年）。
36　注12の目崎論文参照。
37　谷戸美穂子「『古今和歌集』仮名序と「ならの帝」」（『日本文学』二〇〇五年四月）
38　注4の川上論文だけが蔵人所と並べて、賀茂斎院の創設について記している。
39　小山利彦「紫上と朝顔斎院―賀茂神に関わる聖女として」『源氏物語宮廷行事の展開』（桜楓社、一九九一年）
40　藤本勝義『源氏物語の「物の怪」―文学と記録の狭間』（笠間書院、一九九四年）
41　久富木原「斎宮の母　六条御息所」『源氏物語歌と呪性』（若草書房、一九九七年）
42　久富木原「平城天皇というトポス―歴史の記憶と源氏物語の創造」『源氏物語　重層する歴史の諸相』（竹林舍、二〇〇六年）
43　三田村雅子「第三部発端の構造―語りの多層性と姉妹物語」『源氏物語　感覚の論理』（有精堂出版、一九九六年）
44　『続千載集』釈教九二八に入る。なお、『袋草紙』「希代の歌」には順序が逆になって収録されている。
45　久松潜一「宇津保物語と波斯国など」（『日本古典文学大系　月報』32、一九五九年一二月）
46　橋本進吉「真如親王と共に渡天の途に上つた入唐僧円覚」『伝記・典籍研究』橋本進吉博士著作集第一二冊（岩波書店、一九七二年五月）
47　望月郁子「「前坊」廃太子」（『二松学舎大学人文論叢』63の21、一九九九年一〇月）
48　注42久富木原論文参照。
49　久富木原「源氏物語と釆女伝承―「安積山の歌語り」をめぐって―」本書第28章所収。
50　藤井貞和「光源氏物語の端緒の成立」『源氏物語の始原と現在』定本（冬樹社、一九八〇年）

51　注12の目崎論文参照。

52　秋山虔「桐壺帝と桐壺更衣」『講座　源氏物語の世界』第一集（有斐閣、一九八〇年）

53　篠原昭二「桐壺巻の基盤について─準拠・歴史・物語」『源氏物語の論理』（東京大学出版会、一九九二年）

54　久富木原「藤壺造型の位相─逆流する『伊勢物語』前史」（『源氏物語研究集成』第五巻、源氏物語の人物論　風間書房、二〇〇〇年）

55　田中隆昭「六国史后妃伝と藤壺崩御の記事」『源氏物語　歴史と虚構』（勉誠社、一九九三年）

56　注11の保立論文参照。

57　雨海博洋「『大和物語』の「ならの帝」」（『二松学舎大学論集』、一九七一年三月）

58　益田勝実「説話におけるフィクションとフィクションの物語」（『国語と国文学』一九五九年四月）

59　藤岡忠美の発言「『仮名序』からみた『古今集』撰集の意図」『シンポジウム　日本文学2　古今集』（藤岡・片桐洋一・増田繁夫・小町谷照彦・藤平春男によるシンポジウム、学生社、一九七六年）

60　廣田収「平城天皇伝説」南都文化研究組織研究発表、二〇〇七年七月、後、「平城天皇伝説─諱という伝承─」『帝位・見果てぬ夢の物語　皇位継承伝説』の第一章、平安書院、二〇一三年、所収

付記　注5に挙げた春名宏昭『平城天皇』が二〇〇九年に「人物叢書　新装版」として上梓されたことは、非常に意義深いことであった。本稿で見て来たように、平城天皇は古代の政治のみならず文学、文化においても大きな影響を与えた存在であったが、一般的にはあまり知られていない。この人物叢書の著書自らがその「はしがき」で「平城天皇を知っている人は、どれくらいいるだろうか。研究者は別として、一般の方々はほとんど知らないのではなかろうか。」と述べている通りである。さらに「なぜ、そのような「無名」の天皇が「人物叢書」の一冊として企画されたのが、いぶがしく思う人があるのはむしろ当然だと思う。」とまで記しているが、文学研究においても事情はあまり変わらない。平城天皇を採り上げた論文はごくわずかであり、著書に至ってはほとんど見当たらないのが現状である。ゆえに平城天皇という人物を歴史の視点から総体的にとらえる本書は、文学研究においても資するところが大きいと思われる。

本書で示された平城天皇の政治その他について、本稿では詳しく紹介する余裕がなかったため、ここでごく簡単に補足しておきたい。

桓武天皇も平城天皇も目指したのは律令国家の再構築だったが、桓武が「軍事と造作」を強力に推進したのに対して、平城は社会の安定＝民衆の幸せを最優先に考え、これを実現することで国家財政・地方財政の安定を図ろうとした（第三「平城天皇の治世」一四五頁）。

また観察使の停止や内侍司の地位昇進については、平城太上天皇が自身の影響力の強化を図ったものという説が多いが、他の政策をも考え併せると、官僚機構改革の一環であったとしている（同・一四八～五三頁）。

平城太上天皇の変に関しては、注5に挙げたように、嵯峨天皇側のクーデターだという見解をとる。嵯峨天皇の政権が平城太上天皇の専制的な国政運営を押し止めるために起こしたというのが、その本質だとするのである。嵯峨天皇は天皇として軍事発動権や人事権を行使するのに太上天皇の同意を必要としているわけではないから、天皇の行動に問題があったわけではない。だが、その行動が平城太上天皇の意志を押さえ込むものだったことは明らかであるから、それは「クーデター」と呼ぶしかないが、太上天皇は天皇と並ぶ国家の所有者であるが、太上天皇がどのような国政運営を行なおうが、天皇が太上天皇を罰する資格はない。平城太上天皇は嵯峨天皇による処罰対象とはなり得ない、ましてや嵯峨天皇は平城太上天皇に位を譲ってもらったのであるからなおさらである。ゆえにその責めを仲成と薬子を負わせたわけだが、百歩譲って事実が詔の通りであったとしても、彼らを処分する前に平城太上天皇に諫言すべきであると説く。平城太上天皇を説得し、その上で平城太上天皇自身が仲成と薬子を処分すべきであり、刃向かってはならない平城太上天皇に刃向かった嵯峨天皇側の行為は、クーデターと呼ぶしかないとするのである。

さらに天皇の皇位継承に関する考え方について春名は次のように述べる。桓武天皇も嵯峨天皇も、いずれも自分を起点とした皇位継承を構想したが、平城天皇は自分ではなく、桓武天皇を起点として構想した（注・久富木原、自分の皇子に譲るのではなく、共に桓武天皇の皇子で平城の弟である嵯峨天皇に譲位したことを指す）。そのため、いったん皇位を自らの血脈から手放すことになり、その皇位を得た嵯峨天皇の血脈が最終的に皇統に固定し、現代にまで繋がるのだと。（第二「桓武天皇の皇子たち」一一一～二頁）。

なお、今井上「紫式部の歴史認識―『源氏物語』の仁明朝―」（『国語国文』第八五巻第八号・九八四号、二〇一六年八月）は、紫式部の歴史認識として、清水好子の準拠論以降の学説を詳細に検討した結果、紫式部は承和年間の仁明朝追慕の気分を体現したひとりであって、『源氏物語』という虚構世界を創り上げていく際に、その事物や事件を作品に溶かし込むのを可能とした時代のひとつの上限が承和年間だと結論づけている。現在、特に嵯峨朝に照準を定めて魅力的な準拠論を展開している浅尾広良「嵯峨朝復古の桐壺帝」『源氏物語の准拠と系譜』（翰林書房、二〇〇四年）などの論文に関しても、異文のあるところに論を立てることの危うさなども考慮に入れた場合、浅尾論文における「嵯峨朝の舞楽の再現としての青海波」といった論の展開には問題があるとする。今井の手法は精緻を極めており、その限りでは首肯できる。だが結論に関しては疑問を抱かざるを得ない。

今井論文は延喜天暦説を唱えた清水好子説以降、大きくふたつに分かれる議論があったことを押さえる。それは延喜天暦説に加え、紫式部と同時代の一条朝の慣習・制度を認める説、もうひとつはもっと古い時代とのかかわりにも目を向けて、宇多から仁明朝、さらには平城・嵯峨朝あたりの史実や文化も取り込む説で、後者に関しては否定的である。その大きな理由として、「一条朝に生きた生身の人間」である紫式部が「知りうる史実や、目を通しうる書物にも限界があった」ことを挙げ、「仁明朝あたりを想定しておくのが、あらゆる点で穏やかではないか」とするのである。しかしながら、『源氏物語』は「物語」であって、「歴史物語」ではなく、況んや「歴史書」ではない。仮に「生身の」人間が手にして読むことのできる歴史書が仁明朝あたりであったとしても、「物語」の全編が仁明朝までの歴史に則って描かれているわけではないのは周知であろう。ある時代の歴史が彷彿とするように描かれるのは、各場面にリアリティを付与する効果があるからで、その意味では今井説のごとく同時代や比較的近い時代が基準になっていることは十分に考えられる。だが、もしこれらとは別の時代の事柄が書き込まれている可能性がある場合には、なぜ敢えて遠い時代を響かせて描かなければならなかったのかを考察する必要がある。それによって物語が目指すものの一端を知るよすがになる。またドラマティックな事件や展開がなされる場合、時代の枠組みに捕らわれずにさまざまな手段・方法を用いるであろう。その場合、「歴史書」など紐解かなくても当時の読者ならば想像や連想によって共有できるであろう。今井論文も「神話や伝承の類を除いた場合」とするように、すでに「伝承」化した歴史などは効果的に活用されている。

即ち、今井説のように一条朝という同時代や仁明期あたりまでの時代を『源氏物語』の時代設定の基準として認めるとしても、この範囲のみに限定すると、物語の持つ自在さを見失うことになるのではないか。また今井論文は本稿の提示する問題を「準拠」として捉えているが、ここで補足するならば、「平城太上天皇の変」は紫式部個人の歴史意識というより、奈良時代と平安時代を隔てるほどの画期としての事件であって、たとえば廣田収「平城天皇伝説」（注60参照）などの論考も示す通り、伝承や伝説にまでなった歴史的事件を平安期の人々が抱いたであろう歴史認識として捉えているのである。

なお最近、浅尾広良『源氏物語の皇統と論理』（翰林書房、二〇一六年九月）が上梓された。稿者は、今年度後期の期間、海外滞在中であったため、十分に拝読する機会に恵まれなかったが、今井説に関しては浅尾氏の見解が公にされるであろうから、その時を待つことにしたい。

第Ⅶ部　異端へのまなざし

――『源氏物語』近江君の考察から

第32章　王朝和歌 ―正統と異端の十歌人―

正統は必然的に異端を作り出す。王朝和歌は勅撰集的な規範を目指してそこから逸脱する要素を排除していった。だが歌の母胎としてあった掛け合いや口誦性に根ざす表現は、たびたび噴出して和歌を活性化させた。異端が新たな正統を創造していく営みがあった。

一、在原業平 ―心余りて言葉足らず―

月やあらぬ春や昔の春ならぬわが身ひとつはもとの身にして　　古今集・巻一五・恋五・七四七

『古今集』「仮名序」が評する通り、この歌の表現は舌足らずで、『古今集』の長い詞書やほぼ同内容の『伊勢物語』四段の物語と共に享受されてきた。

愛する人との別れを嘆くこの歌は、人々の琴線に触れ後世に愛されて、たとえば『源氏物語』手習巻にも引かれている。運命の変転を経て出家した浮舟が、軒の紅梅の香りにふと別れた恋人を感じる条である。業平の歌も「梅の花盛り」に詠まれたのであったが、浮舟の方は梅の香りに恋人との逢瀬を思い起こすという艶なる場面になっている。尼姿の浮舟の感覚には官能的な趣が漂う。業平の歌と物語は『源氏物語』の最後のヒロインに転化され、新たな物語を紡いでいく。(注1)

三十一文字に収まりきらない溢れんばかりの心は物語を引き寄せる。そのようにして和歌は物語と一体化し、王朝の歌物語を成立させた。「心余りて言葉足らず」の歌は、その歌の由来を物語る散文を伴って新しい文学のスタイルを生み出したのである。

業平の歌はきわめてユニークだが、不思議なことに正統や異端といった制度からも自由で、物語を紡いでいく核のようなものを持っていた。

二、小野小町 ―女の側から男の許へ通う―

夢路には足もやすめず通へどもうつつにひとめ見しごとはあらず　古今集・恋三・六五八

男が通い女は待つだけの時代に、小町は女の方から男の許へ通う歌を詠んだ。夢の中とはいえ、きわめて積極的な行動である。しかも「足もやすめず」通ったのである。

身体表現は和歌にはあまり用いられない。「足」も一般的には「足引きの」という枕詞として使用され、小町のように「足」そのものが詠まれることはなかった。だが小町にはもう一首、「足」の歌がある。

見るめなき我が身をうらと知らねばやかれなであまの足たゆくくる　同・恋三・六二三

「女が通う」・「足」を詠むというふたつの点で小町詠は一風変わっている。それは伝説的美女が閨怨の情を詠むイメージを覆す。

「足」は夢という幻想の空間に奇妙なリアリティをもたらしている。身体を支えるからこそ、最も卑俗で非貴族的なものとしての「足」。小町は夢の通い路を「足」を踏みしめて通う。小町歌の意外性に満ちた強さである。(注2)「女の側から男の許に通う」というシチュエーションは唐代の『鶯々伝』にあり、『伊勢物語』六九段の斎宮の話はこれを翻案したものだとされる。夢路を通う小町歌も同様の文化圏にあったが、それにしても「足」を詠む歌は珍しく、未だ正統に束縛されない六歌仙時代の自由闊達な和歌環境が想像される。

三、紀貫之 ―晴の歌を創る―

水底の月の上より漕ぐ舟の棹にさはるは桂なるらし　　土佐日記・一七日条

貫之は好んで水面や鏡に映る虚像を詠んだ。ここでは月影の映る水面こそは天空なのだと、天地をひっくり返してみせる。しかし、波の下に桂の木が生えているなんてあり得ない。こんな突拍子もなく観念的な歌に何の意味があるのか。貫之は『古今集』「仮名序」に「生きとし生けるもの、いづれか、歌を詠まざりける」と記して、歌とは命あるものなら誰でも自然に詠むものだと高らかに宣言した。それなのになぜ、彼は正反対の作り物の世界を詠むのか。(注3)

写生を標榜した正岡子規が「貫之は下手な歌よみにて『古今集』はくだらぬ集に有之候」(注4)と糾弾したのには、こんな思いも込められていたのではないか。だが、貫之は『万葉集』の、率直に心を表現する「正述心緒」や物や景物に寄せて思いを述べる「寄物陳思」のような表現とは異なる晴の歌を構築する必要に迫られていた。貫之は初めての勅撰和歌集をこの世に送り出す使命を負っていたのである。彼はその時、漢詩を強く意識せざるを得なかった。それまでの勅撰集は漢詩集だったからだ。『古今集』に「仮名序」と並んで「真名序」が置かれたことにもそれはよく示されている。私的な旅を綴った『土佐日記』にも、漢詩に触発され、その内容を踏まえながら歌を詠む場面が記される。その好例が掲載歌である。(注5)

貫之は正統的な文学としての漢詩をどのように和歌に取り込み、どのように相対化すべきか格闘していた。その一端が日記という私的な作品にも如実にあらわれているのである。

貫之の晴歌を創る試みは漢詩との緊張関係のみで語れるものではないが、彼の確立した正統は近代に入って子規の短歌革新を迎えるに至るまで、実に千年の長きにわたって和歌世界に君臨したのである。

四、曽祢好忠 ―異端中の異端―

なけやなけ蓬が杣のきりぎりす過ぎゆく秋はげにぞかなしき　後拾遺集・秋上・二七三

好忠の何が異端なのか。この歌の場合、「蓬が杣」がそれに当たる。杣は樹木の茂った山、木材を伐りだす山のことだから、「蓬が杣」は蓬という小さな草が山のように茂っているのを指し、いかにもオーバーな表現で、和歌には全く詠まれたことのない造語である。

だが、「きりぎりす」という小さな虫にとっては、蓬が生い茂る空間は樹木の茂る大きな山のように感じられるだろう。人間ではなく虫の視点が生きている。

このような造語を好忠は好んで使った。それらの多くは王朝の美意識から外れるものであったが、この歌は幸いにも勅撰集に入集するという栄誉を得た。しかし「蓬が杣」という表現はあまりにも奇抜すぎて、以後これを継承する歌人はひとりも出なかった。

奇抜といえば、次の三首もその部類に入る。

我が背子と小夜の寝衣重ね着てはだへをちかみむつれてぞ寝る　好忠集・二七二

夜は寒し寝床は薄しふるさとの妹がはだへは今ぞ恋しき　同・三二一

荒磯に荒波立ちて荒るる夜も君が寝肌はなつかしきかな　同・三五五

平安時代に「肌」を詠んだのは好忠が初めてである。(注6) 王朝和歌は身体表現、特に性愛に関する表現を極力避け、小町の「足」と同じく「肌」の語は以後もほとんど詠まれなかった。

和歌の正統は人間の生身の身体や性愛表現を抑圧したが、好忠は制約にとらわれず、常に自身の目線と皮膚感覚を拠り所に特異な歌世界を創り上げた。

「肌」が人間賛歌、性愛賛歌の表現として脚光を浴びるのは、近代に入ってからである。

やは肌のあつき血汐にふれも見でさびしからずや道を説く君　みだれ髪・二六

罪おほき男こらせと肌きよく黒髪長くつくられし我れ　同・三六二

与謝野晶子のこれらの作品は近代短歌の幕開けを告げる記念碑的な意義を持つ。好忠の挑戦は近代になってようやく受け容れられ花開いたのである。(注7)

五、和泉式部 ―誹諧歌の名手―

思ふことみなつきねとて麻の葉を切りに切りてもはらへつるかな　後拾遺集・雑六・一二〇四

この歌は和歌的な規範を外れる表現や発想をもつ「誹諧歌」に配されている。「切りに切りても」という動作表現は「麻の葉」をただやみくもに切り刻んでいる姿を連想させ、滑稽感があるからであろう。

これは実は「六月祓」を詠み込んだ物名歌なのだが、『世諺問答』よれば、六月祓には一種の呪歌として詠唱されていたという。歌人塚本邦雄もこの歌を「凄まじい気魄の畳かけ」で「見事呪文となりおほせた」と絶賛している。(注8)言葉遊びの次元を超えて、というより、そうだからこそ新しい表現が生まれたのであろう。

たとえば、次の歌は貴船神社で蛍が飛んでいるのを見て詠んだ有名な歌。

もの思へば沢の蛍も我が身よりあくがれ出づるたまかとぞ見る　　後拾遺集・雑六・一一六二

蛍を暗闇に飛び散る魂とみる発想のルーツは「暗き夜にともす蛍のむねの火を緒しもとけたる玉かとぞみる」（忠岑「宇多院物名歌合」二四）に求められる。これは「子日を惜しむ」という語を詠み込んだ物名歌で、動詞を含む語句を詠み込むことによって「火・緒・玉（魂）」の繋がりが創出された。貴船明神が感動して返歌したと伝えられる和泉の名歌は、このように言葉遊びが拓いた斬新な見立ての系譜の上にあった。(注9)

誹諧歌に代表される言葉遊びは意外な表現や発想を導き出し、それまで誰も歌わなかった心のありようを生き生きと象ったのである。

六、源俊頼　―正統と異端の両極を生きる―

うづら鳴く真野の入江の浜風に尾花なみよる秋のゆふぐれ　　金葉集・秋部・二三九

俊頼は『金葉集』という五番目の勅撰集の撰者であり、歌論書『俊頼髄脳』を著わし、平安後期和歌界のリーダーとして活躍した。だが、彼はこのように、海浜の秋の風情を端正に描いた名歌ばかりを詠んだわけではなかった。自身の家集に『散木奇歌集』という名をつけたことからもわかるように、さまざまな歌材、奇抜な表現を駆使した作品を数多く詠んでいる。特に、

かたちこそ人にすぐれめ何となくしとすることもをかしかりけり　散木奇歌集・一三七五

という歌には驚きを禁じ得ない。見目麗しい人が用を足していたのを見かけて贈った戯れの歌だが、「しとする」という表現は王朝和歌とは相容れないものであった。

しかし、排泄言語はすでに『万葉集』に詠まれている。

からたちの茨(うばら)刈り除(そ)け倉建てむ屎(くそ)遠くまれ櫛造る刀自　万葉集・巻一六・三八三二

『万葉集』にはこれ以外にも「厠」「屎鮒」「屎葛」などの用例がある。これらはその不浄性ゆえに上代においては呪術的な意味を担っていたであろう。(注10)

俊頼はこのように多様な語句を用いて和歌の表現の可能性を突き詰めていく実験的な試みを行なった。『後鳥羽院御口伝』は彼が自在に歌を詠み分けると評するが、それはこのように正統と異端の両極に通ずる才をも指すであろう。

俊頼の、多様な表現を試みる歌実験は、和歌とは何か、和歌表現はどのようにあるべきかといった批評意識を活発化させ、新古今歌風成立への契機となった。

俊頼の詠んだ俗なる要素は中世、近世の和歌からも排除されたが、排泄言語の流れは俳諧に継承されて次の名句が生まれている。(注11)

蚤虱馬の尿する枕もと　奥の細道

芭蕉によって、排泄言語は旅の辛さやわびしさを象る独特の趣を表わす表現になった。俊頼が追求した多様な表現のうち、野卑で下品な要素は俳諧という新たなジャンルにおいて、その中心理念にかかわっていくのである。

七、西行 —生まれながらの歌詠み—

あはれあはれこの世はよしやさもあらばあれ来ん世もかくや苦しかるべき　山家集・七一〇

恋することの苦しみは来世までも続くのかという深い嘆き。恋はこの世の感情であるが、来世における苦しさまでも生々しくうたう。

この歌の「あはれあはれ」という感動詞を重ねた初句、続く「この世はよしやさもあらばあれ」という表現は、いずれも口語的な言い回しである。ふと口を突いて出た言葉がそのまま歌になっているように見える。このようにストレートに思いをあらわす口語的な詠嘆口調が、強烈で孤独な姿を浮かび上がらせる。王朝和歌の規範から外れる表現が逆に魂の叫びを形象化している。

今ひとつ注目されるのは、西行には自問自答的な歌が散見されることである。

おほかたの露には何のなるならんたもとにおくは涙なりけり　山家集・二九四

俊成は「露には何のといへる詞、浅きに似て心殊に深し」（『御裳濯川歌合』）と高く評価した。上句は謎かけ、下句はこれに対する答えという形をとるが、その謎かけの部分が「心」の深さと結びついている。この連歌的な手法はすでに失われかけていた歌の掛け合いを一首の和歌の中に取り込もうとする営為でもあった。これは新古今歌風の三句切れ表現とも無縁ではない。心情を率直に、且つ平明に詠む西行の歌にも新古今歌風の特色ははっきりとあらわれている。

西行の口語性にあふれた歌や自問自答歌は、和歌のルーツにあった問答性、唱和性を心や魂をうたう表現としてよみがえらせたといえよう。(注12)

八、俊成 ―源氏見ざる歌よみは遺恨のことなり―

夕されば野辺の秋風身にしみてうづら鳴くなり深草の里　　千載集・秋上・二五九

俊成は歌人にとって『源氏物語』は必読の書だと力説し、その考えは新古今歌風の理念になっていく。俊成の時代は『古今集』の成立からすでに三〇〇年近くの歳月が流れていた。だから『源氏物語』を念頭に置きながら歌を作るというのは、和歌に物語的な背景を与えると共に、貴族社会全盛期における美的生活世界を再現することを意味しており、同時に武士の台頭してきた時代に貴族のアイデンティティを確認する行為でもあった。

ただ俊成自身はとりわけ印象に残るような源氏取りの歌を詠んではいない。掲載歌は『伊勢物語』一二三段の話をふまえている。男が深草に住む女に飽きて出て行こうとした時、女は鶉になってあなたが狩りに来るのを待っていますという歌を詠んだところ男はそれに感動を覚えて出て行くのをやめた。

俊成は歌によって男の愛を取り戻した物語の女に思いを馳せながら、鶉が鳴くのを聞いているのであり、物語の情緒に自分の思いを交錯させながら詠んだこの歌を、俊成は「自賛歌」(『無名抄』)とした。ここには物語世界に没入する理想的な態度が示されている。俊成が標榜した「幽玄」もまた、このような歌だったか。

なお江戸時代には「ひとつとりふたつとりては焼いて食ふ鶉なくなる深草の里」(蜀山百首・五四)という狂歌が生

まれた。自賛歌がパロディ化されるのは正統の証。鶉（になってしまった女）が鳴く哀切な風情を鶉を「食べる」行為として反転させている。この正統的な古典との落差がおかしみを生み出しているのである。

九、定家 ―謎歌の名人―

春の夜の夢の浮橋とだえして峰にわかるる横雲の空　　新古今集・春上・三八

夢かうつつかわからない幻想的な気分を詠んだ。最大のポイントは『源氏物語』の最終巻名「夢の浮橋」を詠み込んだことにある。だが物語の具体的な場面に基づいているかというと、そうではない。定家は「夢の浮橋」という表現の持つ雰囲気や気分を詠んだのである。だから、意味内容を散文化して訳すことはきわめて難しい。新古今歌風はこのような象徴詩的な歌を標榜し、この歌はリーダー格であった定家の代表作となった。(注13)

ところが定家の孫の為顕が書いた歌論書『竹園抄』はこれを「無心所著」だと評して非難した。意味不明で歌の病に陥っているというのである。鴨長明『無名抄』も定家が新古今歌風を確立する過程で詠んだ作品が「達磨歌」と呼ばれたと記している。同時代の歌人たちにも意味がよくわからなかったのである。

では「無心所著」とは何か。『万葉集』巻一六の無心所著歌（三八三八・三八三九）にそのルーツは求められる。意味はよくわからないが、これらの歌には「銭二千文」の褒美が与えられたとある。意味不明でもその時代に共有される共通理解があったのだ。そもそも古代の歌には謎めいた意味のわからないものがあり、それゆえに呪的な力を発揮したらしい。『万葉集』無心所著歌もそのような系譜の上にある。掲載歌も漢籍や『源氏物語』といった新古今時代の貴族の共通理解を前提とした一種の謎歌だった。

「夢の浮橋」の歌は和歌の持つ呪的なはたらきを中世に再生したことになる。だが、このような歌は、意味が通らない戯れ歌として和歌史から排除されていく。叙景でもなく心情を詠んだわけでもない謎歌は、新古今時代の一時期だけに咲いた象徴詩だったといえよう。

中世以降、無心所著は和歌とは異なるジャンルで生き続ける。それは連歌を活性化させ、近世には談林俳諧において中心的な理念となる。(注14) 正統は異端を生み出し、異端は新たなジャンルを創り出すエネルギーとなるが、それが最も鮮烈にあらわれるのが韻文史における無心所著なのである。

一〇、式子内親王 ―男装の歌人―

玉の緒よ絶えなば絶えねながらへばしのぶることの弱りもぞする
新古今集・恋一・一〇三四

式子は後白河院の皇女で賀茂斎院を務め、生涯独身だった。恋などできない身分だったから、忍ぶ恋の歌はいかにもこの人にふさわしく思われる。だが、王朝時代、忍ぶ恋をするのは女性ではなく男性の方だった。

しのぶれど色に出でにけり我が恋は物や思ふと人の問ふまで
拾遺集・恋一・六二二

平兼盛の作として百人一首でよく知られているこの歌も男性が男性の立場で詠んだものである。忍ぶ恋は男の恋の初期段階に位置した。男が恋をして女に思いを打ち明けた後、女の恋は始まる。女は初めは拒否するが受け容れて契りを結ぶと男の訪れを待ち、訪れがないと男を恨む。これが王朝の一般的な恋のパターンだった。その経緯は『古今集』恋の部の配列によく示されている。

では式子はなぜ忍ぶ恋の歌を詠んだのか。それには新古今時代に流行した『源氏物語』などの登場人物の立場に立つ詠み方が関係している。物語世界に身を置けば、女性も男性になりかわって詠むことができる。後藤祥子はこの「玉の緒よ」の歌を女三の宮に恋した柏木の心情に比定すれば理解しやすいとする。(注15)式子の忍ぶ恋の歌はいわば男装して詠まれたのである。

和歌は基本的には一人称だが、王朝和歌の「私」は現実の生身の「私」ではない。男装したり女装したりして詠歌の主体は自在に入れ替わった。

むすび

正統と異端は、伝統と前衛という言葉に置き換えることができるだろう。王朝和歌における異端は正統に疎外され排除されつつも、前衛として正統を挑発し続けるのである。

〔注〕

1 本書・第23章「浮舟の歌—伊勢物語の喚起するもの」等を参照。
2 本書・第5章「女が夢を見るとき—夢と知りせばさめざらましを」参照。
3 神田龍身『紀貫之—あるかなきかの世にこそありけれ』(ミネルヴァ書房、二〇〇九年)は、このような貫之の発想と、そのレトリックとそれにかかわる多様な問題に鋭く迫る好著。
4 正岡子規『歌よみに与ふる書』岩波文庫
5 この「水底の」の歌の直前に、唐の詩人賈島の作を示した文章が置かれている。「雲の上も、海の底も、同じごとくになむありける。むべも、昔の男は、「棹は穿つ波の上の月を、舟は圧ふ海の中の空を」とはいひけむ。」

6　『万葉集』には一首、認められる。「蒸し衾なごやが下に臥せれども妹とし寝ねば肌し寒くも」(巻四・五二四)

7　本書・第9章「額田王から晶子へ―女性歌人たちの挑戦」参照。

8　塚本邦雄「ことばあそび悦覧記2」(『言語』一九七八年一〇月)

9　久富木原玲「和歌とことばあそび―新古今歌風の成立へ向けて」『源氏物語歌と呪性』(若草書房、一九九七年)

10　同「誹諧歌―和歌史の構想・序説」注9前掲書所収。

11　同「笑いの歌の源流―芭蕉の排泄表現をめぐって」(本書・第37章)において、より詳しく論じた。

12　同「誹諧歌から和歌へ―和歌史構想のために」(注9前掲書)で論じた。

13　「和歌的マジックの方法―定家の梅花詠」注9前掲書所収。及び前掲の注10の論文参照。

14　乾裕幸「周縁の歌学史―《無心所著》の系譜」『周縁の歌学史』(桜楓社、一九九八年)

15　後藤祥子「女流による男歌」(『平安文学論集』風間書房、一九九二年)

第33章 「舌の本性にこそははべらめ」—笑いの身体—

一、呪的言語の力

『源氏物語』には、時に珍妙な言動によって笑いの対象となる人物が登場する。光源氏の妻のひとり末摘花と源氏の良きライバルである内大臣（かつての頭中将）の娘、近江君のふたりはその代表的な存在である。特に早口でまくしたてる近江君は風変わりな笑いをふりまいている。「もののあはれ」をテーマにするともいわれるこの物語に滑稽な場面や人物が描かれるのはなぜなのであろうか。

近江君の場合、物言いがまず特異なのである。父親である内大臣が彼女に、「もう少しゆっくり話すことができないか。そうすれば、自分の寿命も延びるに違いない。」と言うと、彼女は次のように答える。

舌の本性にこそははべらめ。幼くはべりし時だに、故母の常に苦しがり教へはべりし。妙法寺の別当大徳の産屋にはべりける、あえものとなん嘆きはべりたうびし。いかでこの舌疾さやめはべらむ」③常夏・二四四〜五頁

〔訳・舌の生まれつきなのでございましょう。幼うございました折でさえ、亡くなった母がいつも苦にして注意しておりました。妙法寺の別当大徳が私の生まれたときに産屋に控えておりましたが、それにあやかったせいだと嘆いておられました。なんとかして、この早口を直すことにいたしましょう。〕

源氏が玉鬘という美しい女君を養女にしたので、内大臣は自分にも娘がいないかと探したところ、見つかったのが早口でそそっかしく、品のない言葉を次々に口走る近江君だった。右の会話のすぐあとに近江君が異母姉妹の弘徽殿女御に宛てた「草わかみひたちの浦のいかが崎いかであひ見んたごの浦波」（なんとかしてあなた様にお目にかかりとうございます）という歌がみえるが、ここにはこの人物の、滑稽で非常識なもの言いがいかんなく発揮されている。歌に詠まれる地名は歌枕といって、一般的にはひとつだけ入れるのが当時の約束事だったが、この歌には「ひたち」・「いかが崎」・「たごの浦」という三カ所が詠み込まれている。しかもこれらは常陸国・河内国・駿河国の地名であって、お互いに何の脈絡もない。受け取った女御方の女房たちは返歌をするが、そこには四カ所もの地名が詠み込まれ、近江君の歌以上に支離滅裂なものだった。近江君の歌は痛烈に揶揄されているのである。

だが、表現に脈絡がなく、支離滅裂なのは、実は和歌の古いかたちに確かに存在していた。いわゆる無心所著歌がそうで、『万葉集』や最古の歌学書である『歌経標式』にその例がみえる。何のつながりもない名詞が多用された、意味不明の歌である。しかし、それは明らかに歌のひとつの形式として認められているのであり、それどころか、称賛されて褒美を賜ったものもある。これらは意味の通る歌よりもかえってゆたかな想像をかきたてた。つまり意味不明の歌はそのわからなさゆえに、ことばの持つ呪力を逆に効果的に発揮するのである。（注1）

また近江君は「大御大壺とりにも仕うまつりなむ」（便器掃除でもなんでもして役に立ちたい）と父内大臣に訴えている（常夏巻）。当時、女性は「大壺」という便器を用いたがこれを掃除する仕事は「樋洗」といって、侍女が受け持ったのであって、内大臣の娘ともあろう者がすることではない。またこのように褻器に敬称をつけるのも滑稽であり、また敬語をつけたところで褻器そのものを話題にすること自体、決して上品なことではない。なんとか役に立ちたいという健気な気持ちから出たことばではあるが、こういうことばづかいもまた、貴族の言語感覚からすれば、笑うべきことがらにほかならなかった。しかし、このような排泄に関する表現もまた、『万葉集』に認められるのである。

忌部首、数種の物を詠む歌

からたちの茨刈り除(そ)け倉建てむ屎遠くまれ櫛造る刀自　巻一六・三八三二

高宮王、数種の物を詠む歌

皂莢(ざうけふ)に延ひおほとれる屎葛絶ゆることなく宮仕へせむ　同・三八五五

右の二首には「屎」という排泄言語が詠み込まれているが、それは単に戯笑的なものではなかった。二首ともに「数種の物を詠む歌」と題されており、近江君の歌にいくつもの地名が詠み込まれているのと似たパターンを示す。また「からたちの」の歌は意味がよくわからないし、次の「皂莢(ざうけふ)に」の歌も末長く宮仕えしたいという内容であるにもかかわらず、なぜ、一般的な「玉葛」ではなくその正反対で下品な印象の「屎葛」なのか。たとえばこの歌が入っている巻一六には、さきにふれた無心所著歌のような意味不明の歌とともに、恐ろしいものばかりを詠んだ歌も配されており、畏怖するものを言語の力によって克服していこうとする姿勢がうかがわれる。排泄言語もその一種で、たとえばアマテラスが天岩屋戸に隠れたのは、スサノオの数々の野蛮な行為に怒ったからであったが、そのきっかけとなる行為の中には大嘗をする御殿に「屎まり散らしき」ということがあった。この時、アマテラスは、

屎の如きは、酔ひて吐き散らすとこそ、我がなせの命、如此(かくし)為つらめ　古事記・六三頁

（糞のようなものは、酔って吐き散らそうとして私の弟の命がそうしたのでしょう）

と詔り直しているが、これはスサノオに対して寛容なのではなく、忌避すべき「屎」を、言葉に出すことによってけがれを回避しようとしているのである。(注2) 先の『万葉集』歌もこのような上代の言語感覚を共有しているものと思われる。

このようにみてくると、近江君の「舌の本性」によって繰り出される物言いは単に非常識で滑稽な人物を造型する

だけでなく、上代の呪的なことばの力が生きていた時代を想起させる。特に『万葉集』の三八五五番・高宮王の歌は、宮仕えしたいという願いと排泄言語が組み合わされている点で、近江君の便器掃除もいとわず仕えたいと望む言動と類似しており、興味深い。近江君の歌や会話の表現は、『万葉集』の宮廷における笑いを連想させるのである。しかし、同じ笑いであっても、高宮王の歌には戯れの要素だけでなく、排泄言語を入れることによって、逆にけがれを払う呪力を発揮して末永く宮廷に仕えるのだという感覚に支えられていたのだと考えられる。そのような歌の呪力が喪失された『源氏物語』の時代には、近江君は常識をわきまえない笑い者としてしか遇されなかったのである。

二、仏教の罪

近江君がなぜ早口に生まれついたのかということについて、近江君の母は出産時に、産屋に控えていた妙法寺の別当大徳の早口にあやかったのだと嘆いたという。これを聞いた内大臣は「大徳の早口は犯した罪の報いで、おしともりは法華経の悪口を言った罪にも数えられている」と応じている。ちなみに「法華経・譬喩品」には「ひととなること得ては、みみしい・めしい・ことども・おしにして…この経を謗せんがゆへに、つみをえんこと、かくのごとし」とある（新大系注）。ここには内大臣の言う「おしとどもり」の例がみえるが、早口の例は挙げられていない。しかしいずれにしても内大臣は早口を仏教の罪によるさまざまな身体的障害のひとつとして考えているのである。また、この「おしとどもり」というのは末摘花を想起させる。末摘花は近江君とは対照的に無口でほとんど話をしない。源氏がこの女君をからかった和歌には同じことばが繰り返し用いられている。

唐衣またからころもからころもかへすがへすからごろもなる

（唐衣また唐衣から衣、繰り返し唐衣とおっしゃるのですね。）③行幸巻・三一五頁

まるで歌自体がどもっているかのようで、近江君が幾種類もの語を次々に発するのと全く正反対なのである。

しかしこれらの障害は初めから罪とされたのではなかった。たとえば『古事記』には大人になるまで言葉を発しない皇子が登場する（中巻・垂仁天皇・ホムチワケノミコ）。この皇子はあるとき鵠（くぐひ）の音を聞いて初めて声を発したが、それは「真事」即ち意味の通ることばではなかった。天皇は大変心配したが、その後、夢に神があらわれてこれは出雲大神の祟りだと告げる。そこで皇子を出雲大神に参拝させたところ、初めて意味の通じる話をすることができた。つまり言葉を話せないことは神の祟りではあっても仏教の罪とはされていないのである。ちなみに、この皇子が出雲へ行く際には「跛・盲」に遇うところを避けて別の「吉き」ルートを通っていくことが語られている。神話においても身体的な障害は決してプラスのことではなかったようだが、しかしそれは罪ではないのである。

さまざまな身体的な障害は仏教的な観点からみたときにこそ、罪とされるのではないか。それはその人間の前世も含めた行為に責任を求める発想からくるものであろう。無論、このような考え方は古代における神話・仏典の本文とその享受のひとつのありようを示す例であって、どのような視点・立場に立とうとも、身体的障害は根本的に人間の罪に由来するものではあり得ないことを言明しておく。

三、舌が繰り出すおこ物語

『源氏物語』の中で「舌」ということばが使われるのは、笑いの場面に限定される。人物でいうと、右大臣・源典侍と近江君だけである。これらに対してはすべて、その人物をやや見下したニュアンスで「ほほ笑む」という反応が

なされている。

まず、賢木巻の右大臣の場合について見てみよう。

のたまふけはひの舌疾にあはつけきを、大将はものの紛れにも、左大臣の御ありさま、ふと思しくらべられて、たとしへなうぞほほ笑まれたまふ。―中略―大臣は、思ひのままに、籠めたるところおはせぬ本性に、いとど老の御ひがみさへ添ひたまひにたれば、何ごとにかはとどこほりたまはん、ゆくゆくと宮にも愁へきこえたまふ。

②賢木巻・一四五～六頁

〔お話になる様子が早口で浮わついた感じなのを大将はこんなに取り込んでいる最中であるにもかかわらず、ふと左大臣のご様子とお思い比べになって、まるで比較のしようもないなと苦笑せずにはいらっしゃれない。―中略―大臣は思ったままを口に出し胸に収めておくことのできないご気性だが、そのうえ、いよいよ老いのひがみまで加わっておられるので、何をぐずぐずためらったりなさろう、ずけずけと后の宮にも訴え申しあげなさる。〕

右の引用文の前半は源氏が実家に里下りしている朧月夜と密会しているところへ、それとは知らぬ右大臣が突然やって来る場面で、後半部分はふたりの密会現場を見てしまった右大臣が証拠品である源氏の畳紙を持って弘徽殿大后に知らせに行く場面である。「舌疾にあはつけき」（傍線部分）という表現に端的に示されるような右大臣の性格と行動が、密会発覚とその後の須磨退去へと源氏の運命を転回させていく重要な要件になっている。

また朝顔巻では源氏が尼になった源典侍と偶然に再会するが、相変わらず色っぽい源典侍の「舌つき」に「ほほ笑む」つまり苦笑を禁じ得ない。

そして、常夏巻の近江君には、「舌疾」という表現が三回にわたってでてくる。「口疾く」という「舌疾」とほぼ同じ表現も重ねて使われており、さらに、これらと類似するうわずった話し方を示す「声のあはつけさ」・「あはつけき声ざま」といった評も付け加えられ、「舌」「口」「あはつけき声」がかなり強調されている。右の引用文にみえるように右大臣も「舌疾にあはつけき」と評されていた。

以上、右大臣・源典侍・近江君の三人の中で特に注目されるのは右大臣と近江君のふたりで、両者を批評する表現には一致点が多い。「舌疾」・「あはつけき」は無論のこと、「本性」という語も一致している。「本性」の語自体は『源氏物語』中、一五例あって格別に珍しい表現ではないが、「愚かなる本性」とか「よからぬ本性」などとすべて好ましからぬ性情を評する場合に使われている。

このように「舌」という語は、きわめて限定的におこ的な人物・おこ的な場面を創り出すキイ・ワードとして機能するのである。

四、アマテラス神話をめぐって

実は近江君の父内大臣もまた、「おこめいたる大臣」と評され、さらに「おこ言にのたまひなす」ともみえ、冗談を言って戯れる性格であるとされている。彼のおこ的な振る舞いの最も印象的な場面として、紅葉賀巻において源典侍をめぐって源氏に戯れかけた一件が想起される。源氏と源典侍との逢瀬の最中に乱入した頭中将（若き日の内大臣）は、ふたりを驚かして戯れる。とっさに屏風の蔭に隠れた源氏を頭中将が引っ張り出して騒ぐのだが、ふたりはお互いに衣服を引きちぎり、下半身さえも見えかねないあられもない格好である。頭中将は源典侍に通っている男だと勘違いされているのをいいことに、ひどく怒ったふりをして太刀まで引き抜いたので源典侍は必死に拝んで懇願するのだが、この場面はアマテラスの天岩屋戸神話を彷彿させる。屏風に隠れた源氏がアマテラスで、これを引っぱり出す

頭中将がタヂカラオノミコト、そして滑稽な所作で笑いの対象になる源典侍がアメノウズメという具合である。(注3)

宮中でアマテラスを祀る所は内侍所だが、源典侍はそこの女官であり、「舌」の用例があらわれる前掲の三つの笑い話には、共通してこの内侍所との関連性がみられる。右大臣の「舌疾」は、娘の朧月夜の情事が発覚した折のものだが、このとき朧月夜は内侍所の長官・尚侍であった。近江君は実際には尚侍には就任していないが、その地位を望んで周囲の失笑を買っている（行幸巻）。「舌」に関する表現を伴う滑稽な人物と内侍所とが関連するのは、天岩屋戸神話における笑いの充満する空間を彷彿とさせるからであろう。

そして近江君の場合は、はっきりとアマテラスになぞらえられている。彼女が尚侍を望んでいることをからう場面で、柏木ら腹違いの兄弟たちは次のように言っている。「堅き巌も沫雪になしたまうつべき御気色」（近江君の威勢のよさはアマテラスさながらで、誰でも力ずくでうち負かすことができる）とある。これは、「堅庭ヲ踏みて股ニ陥れ、沫雪の若くに蹴散かし」（日本書紀・神代上）をふまえている。そしてこれにつづく「天の磐戸さし籠もりたまひなんや」（天の岩戸を閉ざして中にこもっていらっしゃるほうが無難でしょう）という発言はまさしく岩屋戸神話そのものを念頭に置いている（③行幸巻・三二一頁）。

このように『源氏物語』にはアマテラス神話を彷彿させる滑稽な場面があり、またアマテラスそのもののイメージで語られるおこ的な場面には、必ず内侍所の巫女がかかわっている。これらの笑い話はアマテラスの導き出す神話の祝祭空間をその背景に負っている。そして近江君の場合は、ただ単にアマテラスのイメージだけではなく、アマテラスを描く神話の言語表現そのものを担うことによって祝祭性をさらにあらわにする。そしてそれもまた近江君の「舌の本性」がもたらす効果であり結果なのである。

アマテラスにかかわるおこ物語は前述のように、朧月夜の父、右大臣にみられるようにドラマの展開に重要な役割を果たしたり、物語の主要な流れを対比的に浮かび上がらせたりする機能を持っている。だが、笑い話やおこ的な人物は、単に物語の縦の軸をなす本筋や主人公を引き立てているだけなのではなく、むしろ物語の基底にある上代的・神話的な深々とした横の広がりを映し出し浮かび上らせる。そしてそれは『源氏物語』という古代の文学の、その古代的なるものの様相を鮮やかに照らし出し、『源氏物語』中心のよみへの問い直しを迫るのである。

上代に比べると、呪的言語の受容の様相は、かなり変化していると言わざるを得ない。しかし、それは笑いの対象とされつつも、一種の神降ろしの側面を含んで『源氏物語』の中に確かなかたちで息づいており、ひととおりにはくくれない物語の多様なありかたを示しているのである。

〔注〕

1 久富木原「和歌とことばあそび―新古今歌風の成立に向けて」『源氏物語　歌と呪性』（若草書房、一九九七年）

2 『古事記』六二頁、頭注五

3 久富木原「源氏物語と呪歌―末摘花・近江君の場合」注1前掲書参照。

第34章　いのちの言葉 ―『源氏物語』近江君の躍動する言説から―

はじめに

昭和二〇年代に、益田勝実は近江君について次のような感想を漏らしている。(注1)

　近江の君の行動には、場違いながら真実が籠っており、その場違いを笑う片端で、真実さに打たれずにはおれない。近江の君に向けられる排斥の笑いの底に自ら涙がにじんで来るのを、誰もとどめることが出来ない。―中略―近江の君も結局は社会的矛盾の所産なのだ。―中略―民衆への世界を発見しかけたところにとどまっているように思う。そして、この到達は、源氏に倣った諸作品によって継承されることは絶えてなかったのだ。（傍線部は稿者）

近江君の貴族的な美意識から逸脱する言動は、どれひとつ取っても場違いであり、彼女が登場すると必ず雅びな世界と相容れない言葉を発し、その周囲にはいつも笑いが渦巻くことになる。その笑いは周囲の者たちによる嘲笑なのであったが、彼女自身は常に大まじめなのだった。

　益田の言う通り、このように笑われる存在としての近江君の行動には「真実」が籠もっていて、その「真実さ」に打たれずにはいられないのである。そして、その行動は近江君の一風変わった言葉やそれを支える発想と密接に結びついている。近江君の行動と言葉と発想は一体のものとなって、読者に「真実」を訴えかけてくる。それこそが、『源氏物語』における「きらめく言葉」の一角を担っているのであり。しかもそれは『源氏物語』が内包する「いのち」のきらめきを最も鮮烈に映し出す。

一、近江君の躍動する身体・逸脱する言説

近江君の貴族的な美意識から大きく外れる行動や姿態、言説は、枚挙に暇がない。たとえば父内大臣が近江君の部屋を訪ねて、双六で遊ぶ場面を見る条は、次のように描かれている。

【1】やがて、この御方のたよりに、たたずみおはしてのぞきたまへば、簾高くおし張りて、五節の君とて、されたる若人のあると、双六をぞ打ちたまふ。手をいと切におしもみて、「小賽、小賽」と祈ふ声ぞ、いと舌疾きや。あな、うたてと思して、 ③常夏巻・二四二頁

近江君は簾を身体で押し出すようにして極端に端の方に座っていて、慎みのない姿勢である（傍線部ア）。さらに、もみ手をして相手に良い目が出ないように繰り返し祈る行為が下品で声も早口で騒がしく落ち着きがない（傍線部イ）。もみ手をするという所作は若い女君にはいかにもふさわしくないが、特に「舌疾き」というのは当時としてはきわめて下品なことであったらしい。(注3) この後、内大臣は近江君と会話をするが、その折にも「舌疾」にまくしたてるので内大臣は閉口して、「かくたまさかに逢へる親の孝せむの心あらば、このもののたまふ声を、すこしのどめて聞かせたまへ。さらば命も延びなむかし」（③常夏巻・二四四頁・後掲2の傍線部分）とあきれ顔で言うしかない。近江君の早口は、おおげさな言い方ではあるが、父内大臣の命も縮めてしまいかねないほどの威力を持つのである。近江君は歌を

詠む時も、「三十文字あまり、本末あはぬ歌、口疾くうちつづけなどしたまふ。」（同・二四八頁）といった調子で、会話だけでなく和歌を詠む時も相変わらず早口なのである。（注3）それもそのはず、その早口は「舌の本性にこそははべらめ」（後掲2の引用文の傍線部分）とあるように、「生まれつき」だからである。（注4）しかもそれは母親の言によれば、生まれる時に産屋に控えていた「妙法寺の別当大徳」にあやかったせいであるから、治りようがないし直しようもない。

右のイの傍線部分では、「声」にも言及しているが、近江君の声は独特であった。早口だというだけでなく「あはつけき声ざま」であって、その声は彼女の言語表現と連動している。「あはつけき声ざまにのたまひ出づる言葉こはごはしく、言葉たみて」（同・二四七頁）とみえるように、声そのものに落ち着きがなく、次々に繰り出される言葉は優雅さとは無縁でごつごつしていて、訛っている。早口で、声も悪く、言葉も悪いのである。

さて、【1】の双六の場面の後、近江君は内大臣と会話を交わすが、そこには傍線部分「イ」以上に貴族の美意識から激しく逸脱する言説が認められる。それは近江君という人物の真骨頂を示すものであり、この人物を象徴する表現でもある。

【2】（内大臣が）のたまひさしつる御気色の恥づかしきも見知らず、「何か、そは。ことごとしく思ひたまひてまじらひはべらばこそ、ところせからめ。大御大壺とりにも仕うまつりなむ」と聞こえたまへば、え念じたまはで、うち笑ひたまひて、「似つかはしからぬ役なり。かくたまさかに逢へる親の孝せむの心あらば、このもののたまふ声を、すこしのどめて聞かせたまへ。さらば命も延びなむかし」とをこめいたる大臣にて、ほほ笑みてのたまふ。（近江君は）「舌の本性にこそははべらめ。幼くはべりし時だに、故母の常に苦しがり教へはべりし。

―以下略―」

③常夏巻・二四四頁

右に［　］で示したように、近江君は「大御大壺とり」、即ち、便器の掃除をする樋洗童の仕事を買って出るのである。

この「御大御壺とり」という表現は、褻器に「大御」という大仰な敬称をつけていて、それじたいが滑稽なのだが、そもそも内大臣の娘ともあろう者が樋洗童の仕事をするのは考えられないことであった。

持て余した内大臣は娘の弘徽殿女御が里下りしているから、時々来て行儀見習いでもしてはどうかと提案すると、近江君はたいそう喜んで次のように答える。

【3】「いとうれしきことにこそはべるなれ。ただいかでもいかでも、御方々に数まへ知ろしめされんことをなん、寝ても覚めても、年ごろ何ごとを思ひたまへつるにもあらず。御ゆるしだにはべらば、水を汲み、戴きても仕うまつりなん」と、いとよげにいますこしさへづれば、言ふかひなしと思して、―以下略―　同・二四五～六頁

「大御大壺とり」を申し出ることをものともしない近江君は、さらに「水を汲み、戴きても仕うまつりなむ」と宣言する。水を汲んで、それを頭に載せて運ぶのは、当時の庶民の女性の重労働であった(注5)。

このように近江君の行動と言葉、および発想は、およそ貴族に似つかわしくないことばかりであった。そして物語はさらに近江君の筆跡についても言及する。

【4】いと草がちに、怒れる手の、その筋とも見えず漂ひたる書きざまも、下長に、わりなくゆゑばめり。行のほど、端ざまに筋かひて、倒れぬべく見ゆるを、うち笑みつつ見て、さすがにいと細く小さく巻き結びて、撫子の花につけたり。　同・二四九頁

「怒れる手」ということは、力強い筆跡なのであろうが、それも女君のものとしては似つかわしくないであろう。その上、「漂ひたる書きざま」だとされているから、バランスの取れない書き方で、行はゆがんでひどく斜めになってしまい、倒れてしまいそうなのである。近江君の身体的な躍動感は、筆跡にもそのままあらわれている。近江君という人物は、何を取っても、どうしようもなく下品なのである(注6)。

このように、近江君は一挙手一投足に至るまできわめて躍動的であり、その分、貴族的な規範から激しく逸脱するのである。

二、近江君の目線の低さ ―「大御大壺とり」と「水汲み」―

近江君はなぜ、貴族的な美意識から遠く隔たって育ってしまったのであろうか。これについて、物語は次のように説明する。

【5】よき四位五位たちの、いつききこえて、うち身じろきたまふにもいといかめしき御勢ひなるを見送りきこえて、(近江君)「いで、あなめでたのわが親や。かかりける種ながら、あやしき小家に生ひ出でけること」とのたまふ。　③常夏巻・二四六頁

父内大臣が立派な四位五位の貴族たちを従えて大した権勢ぶりであるのを見て、近江君は、自分はこんなにすばらしい人の娘なのに、ずいぶんとみすぼらしい「小家」に育ったものだとつぶやくのである。続く地の文には、

【6】ただいと鄙び、あやしき下人の中に生ひ出でたまへれば、もの言ふさまも知らず。　同・二四七頁

と記されている。「近江」という地名を冠されるこの女君は、[注7]都に近い土地とは言え、内大臣の落胤として地方のみすぼらしい「小家」で、「あやしき下人」、つまり下賤の者たちに混じって生まれ育ったのである。ゆえに近江君の目線は、当然のことながら、そのような下賤の者たちと同様に低いところにある。

前掲【2】・【3】の引用文にみえる「大御大壺とり」・「水を汲み、戴きても仕うまつりなん」という申し出をすることは、このような最下級の庶民の目線に立たなければ出て来ようのない発想であった。こうした賤しい雑役を内大

臣の娘で、弘徽殿女御の姉妹でもある近江君が口にすることじたい、とんでもなく信じ難いことなのである。だが、近江君が自ら進んで「大御大壺とり」と「水汲み」の仕事を挙げているのは、重要な意味を持つのではないか。というのは、「排泄」と「水」とは人間が生命を維持していくために必要不可欠なものだからである。近江君自身は無自覚であろうが、「いのち」をつないでいくために必要不可欠な仕事をわざわざ選択するかのように買って出ているのである。

この「「大御大壺とり」・「水汲み」の申し出は「いと鄙び、あやしき下人の中」で生まれ育ったために、美意識などひとかけらもない発言として笑いの対象にされてしまうのだが、実はこれは非常に人間的な、人間の「いのち」そのものを支える言葉だといえよう。この言葉を貴族の美意識という、綿密に張り巡らされた秩序や制度にはお構いなく無邪気に言い出すところにこそ、近江君の近江君たる所以があり、そこには真正の「いのち」がきらめくのである。近江君の育ちかたは、その目線を最も低いところに据え付けたが、その視座は「いのち」の根源を支える部分につながっている。

津島昭宏論文に「大御大壺とり」をサブタイトルにした興味深い考察がある。その中に「便器を抱く、近江君」という章があって、近江君が汚物・糞尿にかかわる女君であること、それは厠神・便所神とのかかわりがあって、出産にも繋がっていること、便所は井戸や竈などと同様に異界に通じる特殊な空間だと考えられることなどを指摘する民俗学的な考察もあるが、(注8)『源氏物語』の本文に即したとき最も注目されるのは、やはり「排泄」・「水汲み」が、父内大臣との会話の中で一連の言葉として、いわばセットの形で出てくるということであろう。

さらに、近江君の目線の低さは次の条にも端的に示される。

【7】「この君たちさへみなすげなくしたまふに、ただ御前の御心のあはれにおはしませばさぶらふなり」とて、

いとかやすく、いそしく、下﨟、童べなどの仕うまつりたらぬ雑役をも、立ち走りやすくまどひ歩きつつ、心ざしを尽くして宮仕し歩きて

③行幸巻・三三二頁

ここでは「下﨟、童べなどの仕うまつらぬ雑役」までも引き受けてあちこち走り回って働いている姿が活写される。即ち近江君の目線は「下﨟」「童べ」よりも低い位置にあるということである。それは目線にとどまるのではなく、実際にそのように働いているのであり、近江君の目線と行動は限りなく低い位置にある人々と共にあることが知られる。それは「大御大壺とり」「水汲み」の類以下の雑役であろうと推測され、貴族の美意識や生活感覚からはほど遠く、それゆえに人間の「いのち」に寄り添うものであっただろう。

近江君は貴族社会の埒外にいる下賤の、庶民の世界に生まれ育ち、その人々と同じく最も低い目線を持ち、それゆえに貴族的な美意識や制度に組み込まれることなく、「いのち」に不可欠な雑役を担っているのである。

三、アマテラスに擬される近江君

最下級の目線でものを言い行動する近江君だが、一方で彼女は高級女官である「尚侍」就任をも望んでいる。実のところは尚侍になりたいがために何でもやっているのである。だが、尚侍という職務は貴族社会の常識さえも解さない近江君に務まるはずもない。ゆえに近江君を探し出して来た柏木たち兄弟がとんでもない望みを抱いているとからかうのも無理からぬことではある。

【8】みなほほ笑みて、ア「尚侍あかば、なにがしこそ望まんと思ふを、非道にも思しかけけるかな」などのたまふに、腹立ちて、（近江君）「めでたき御仲に、数ならぬ人はまじるまじかりけり。中将の君ぞつらくおはする。

さかしらに迎へたまひて、軽め嘲りたまふ。せうせうの人は、え立てるまじき殿の内かな。あなかしこあなかしこ」と、後へざまにゐざり退きて見おこせたまふ、憎げもなけれど、[イ]いと腹あしげに眼尻ひきあげたり。―中略―少将は、「かかる方にても、たぐひなき御ありさまを、おろかにはよも思さじ。御心しづめたまうてこそ。[A]堅き厳も沫雪になしたまうつべき御気色なればいとよう思ひかなひたまふ時もありなむ」と、ほほ笑みて言ひゐたまへり。中将も、[B]「天の磐戸さし籠りたまひなんや、めやすく」とて立ちぬれば、[ウ]ほろほろと泣きて、「この君たちさへみなすげなくなしたまふに、ただ御前の御心のあはれにおはしませばさぶらふなり」とて、いとかやすく、いそしく、[エ]下臈、童べなどの仕うまつりたらぬ雑役をも、立ち走りやすくまどひ歩きつつ、心ざしを尽くして宮仕し歩きて、[オ]「尚侍におのれを申しなしなしたまへ」と責めきこゆれば、あさましういかに思ひて言ふことならむと思すに、ものも言はれたまはず。　③行幸巻・三二一～二頁

近江君が「尚侍」を望んでいると言ったところ、少将は「堅き厳も沫雪になしたまうつべき」（文中のA□部分）とからかったのである。これは後述するように、アマテラスが高天原を守ろうと男装して戦闘態勢にある時の行動になぞらえたものである。兄弟たちは近江君の野望に対して「非道」（傍線部ア）だと言って非難し嘲ったので、近江君は後ずさりしながら兄弟たちをにらみつけて「腹あしげに眼尻ひきあげて」（傍点部イ）文句を言うが、その憤懣やるかたない態度を兄弟のひとりである少将が勇ましいアマテラスに喩えたのである。さらに中将は、「天の磐戸さし籠りたまひなんや」（B□部分）と言って、アマテラスが「天の岩戸」に籠もってしまう有名な場面を引き合いに出して、この場から消えてなくなれ、もう帰れ、と言わんばかりなので、近江君は「ほろほろと泣きて」（傍線部ウ）、少将や中将などの兄弟たちは自分に冷淡で当てにならないので、「下臈、童べなどの仕うまつりたらぬ雑役をも、立ち走りやすくまどひ歩きて」（傍線部エ）、姉妹の弘徽殿女御に「尚侍におのれをなしたまへ」（傍線部オ）と、せがみ続ける

のであった。弘徽殿女御はあきれ果てて、どうしてこんな途方もないことを言うのだろうと絶句するばかりである。確かに尚侍は皇祖神アマテラスを祀る内侍所の長官であり、それゆえに天皇に近侍する役割を負うから、近江君には到底、手の届かない地位である。だが近江君は、そんなことは一向に意に介することなく、「下﨟、童べなどの仕うまつりたらぬ雑役」を熱心に務めれば尚侍にしてもらえると思い込んでいるところなど浅はかとしか言いようがない。

近江君がアマテラスに擬されるのは、まさにこの「尚侍」を望んだからであったが、ここでその典拠となった神話本文を見ておくことにしたい。『古事記』・『日本書紀』の該当箇所を挙げる（スサノヲが父イザナキによって追放されたため、地上に赴く前にアマテラスに会おうとして天へ上る条。□で囲んだ箇所が『源氏物語』が下敷きにしたと解される部分）。

【9】乃ち天に参ゐ上る時に、山川悉く動み、国土皆震ひき。爾くして、天照大御神、聞き驚きて詔はく、「我がなせの命の上り来る由は、必ず善き心ならじ。[A]我が国を奪はむと欲へらくのみ」とのりたまひて、即ち御髪を解き、御みづらを纏きて、乃ち左右の御みづらに、亦、左右の御手に、各八尺の勾璁（まがたま）の五百津（いほつ）のみすまるの珠を纏き持ちて、[B]そびらには千入の靫を負ひ、ひらには、五百入の靫を附け、いつの竹鞆を取り佩かして、弓腹を振り立てて、堅庭は、向股に踏みなづみ、沫雪の如く蹶ゑ散して、いつの男と建ぶ。

『古事記』上巻・五六～七頁

【10】始め素戔嗚尊天に昇ります時に、溟渤（おほきうみ）之を以ちて鼓盪（とどろきただよ）ひ、山岳之が為に鳴呴（なりほ）えき。此則ち神性雄健（かむさがたけ）きが然らしむるなり。天照大神、素より其の神の暴悪（あらく）しきことを知ろしめし、来詣（まゐく）る状を聞しめすに至り、乃ち勃然（さかり）に驚きたまひて曰はく、「吾が弟の来ること、豈善意を以ちてせむや。[a]謂ふに国を奪はむとする志有らむか。夫れ父母、既に諸子（もろもろのみこたち）に任（ことよ）さし、各其の境を有たしめたまふ。如何ぞ就くべき国を棄置きて、敢へて此の処

を窺ふや」とのたまひ、[b]乃ち髪を結ひて髻とし、裳を縛ひて袴とし、便ち八坂瓊の五百箇御統を以ちて袴とし、御統、此には美須磨と云ふ。其の髻・鬘と腕とに纏ひ、又背に千箭の靫、千箭此には知能梨と言云ふ。と五百箭の靫とを負ひ、臂に稜威の高鞆を著け、稜威、此には伊都と云ふ弓彇を振起し、剣柄を急握り、堅庭を踏みて股を陥れ沫雪の若くに蹴散し、蹴散、此には倶穢簸邏邏箇須と云ふ。稜威の雄誥を奮はし、雄誥、此には烏多稽眉と云ふ。稜威の嘖譲を発して、嘖譲、此には挙盧毘と云ふ。徑に詰問たまひき。

『日本書紀』神代上〔第六段〕正文・六三〜四頁

『源氏物語』が『古事記』と『日本書紀』のいずれに拠ったのかはわからないが、当時の享受を勘案すれば、『日本書紀』である可能性の方が高いと思われる。だが、いずれにしても、「堅庭を踏」んで「沫雪の如くに蹴散らす」という表現は記紀共に一致している。なお「天の岩屋戸」の場面はこの後に続く条だが、よく知られているので本文全部を掲げるのは省略に従い、必要部分のみ示すこととする。

さて、ここで問題になるのはアマテラスはなぜ男装までして戦闘態勢をとったのかということである。それは【9】・【10】の傍線部Aaにみえるように、イザナキに追放されたスサノヲが高天原に昇ってくるのを見たアマテラスが、スサノヲは「我が国を奪はむ」、即ち高天原を奪おうとしてやって来るのだと考え、これを阻止しようとしたからであった。そこでアマテラスは髪を解いてみづらを結って男装した上で、身を守るための五百の珠を着け、武器も弓にかかわるものをそれぞれ五百ずつ用意して身を固め（傍線部Bb）、弓を振り立てて堅い地面を踏み抜いて大地を「沫雪」（□で囲った部分）のように蹴散らして雄叫びを挙げた。

アマテラスはこのように武装した勇ましい姿で大地を蹴散らし雄叫びを挙げて、スサノヲの暴威から高天原を守ろうとしたわけだが、スサノヲによって高天原とアマテラスは極度の緊張状態に陥れられたのであった。アマテラスはスサノヲを迎え撃つために、可能な限りのパフォーマンスをする。その攻めのパフォーマンスのひとつが「堅庭」が

「沫雪」になってしまうほどに、大地を蹴散らすことであった。

つまり柏木たち近江君の兄弟はスサノヲを撃退できるかどうかという危機的状況にあるアマテラスの行為を近江君に擬したことになるのである。

一方、このような緊張状態に対して、「天の岩屋戸」神話はアメノウズメの姿態に神々が笑い合う、笑いの空間であり、愉快なイメージさえも感じられる。確かにアメノウズメの滑稽な姿態が笑いを呼び起こすので、その意味では近江君を笑うのにふさわしい。しかし中将は近江君をアメノウズメに喩えているのではなく、アマテラスの方を近江君に擬しているのである。岩屋戸神話において笑いの対象になっているのは、アマテラスではなくアメノウズメなのだが、中将はこれをすり替えてアマテラスに喩えて嘲笑する。周知の如く岩屋戸神話における笑いはアマテラスを神降ろしするためであって、その笑いは高天原の深刻な事態を打開するための、いわば秘策中の秘策であった。アマテラスが隠れて暗黒状態となった高天原は「万の妖(わざはひ)は、悉く発(おこ)りき」（『古事記』六三頁）というように、災いに充ち満ちていたが、これはスサノヲがイザナキに「海原」を治めるよう命じられたにもかかわらず、その責務を果たさず、髭ぼうぼうになるまで「啼きいさち」（『古事記』五五頁）続けたために青山は枯れて海は干上がり、その結果「悪しき神の音、狭蠅の如く皆満ち、万の物の妖、悉く発りき」（『古事記』同上）という状況になったのであり、これはアマテラスが岩屋戸にこもった時とほぼ同一の表現になっている。スサノヲは海原を破壊し、引き続き高天原を破壊する。アマテラスが岩屋戸に隠れるのは、スサノヲが高天原に昇って来た後、アマテラスの田の畦を破壊し、大嘗を召す神聖な建物に「屎まり」散らし、聖なる衣を織る「忌服屋」に天の斑馬を生きたまま皮を剥いで投げ込んだため、中にいた服織女をそのショックで死なせてしまうといった、アマテラスの一連の事件のためであった。このようにスサノヲはアマテラスの支配と責務の中心をなす、五穀豊穣と神衣を司るふたつの重要な事柄を否定し尽くすのである。即ち岩屋戸神話は笑いの充満する空間ではあるが、実はスサノヲの脅威に曝され、高天原が破壊される事態に直面していたのであり、その意味では高天原を奪い取ろうとしてやって来るスサノヲを迎え撃つ男装のアマテラスの緊張状態と同様の状況にあったといえる。いや、岩屋戸籠もりにおけるアマテラスはすでに戦意を喪失し、スサノヲの暴威に負けて隠れてしまうのだから、こちらの方がより深刻な事態だったといえよう。

従って少将と中将の兄弟が近江君を愚弄するために用いたアマテラス神話は、近江君を闘うアマテラスに擬するものと、今ひとつは負けて隠れるアマテラスに喩えたものだということになる。前者は高天原をスサノヲの暴威から守るという責務に燃えて立ち向かっているアマテラスを身の程を知らない近江君の浅はかさとその行動を笑うために使い、後者においては、笑いによって神降ろしされるはずのアマテラスを、笑いの対象である滑稽な近江君になぞらえているのである。いずれにしても最高の神であるアマテラスという存在を『源氏物語』は最下層の目線を持ち、実際にそのような雑役までも進んで引き受けている近江君を嘲笑するために利用しているのであって、その落差は限りなく大きい。そしてその落差が大きければ大きいほど笑いの効果も大きくなるのだが、アマテラスをこのように戯画化するのは、今のところ、主たる古典文学の中には見出すことができない。その意味では、この近江君物語は前代未聞であり、同時に空前絶後の例だと言ってよい。このようにアマテラスを滑稽化する例は珍しく、この一事を以てしても近江君物語は文学史において異彩を放っているのである。

では、このようなアマテラス神話に擬される近江君と、最下級に位置づけられる「いのちの言葉」とは、どのようにリンクするのであろうか。次節では、この問題についてみていくことにしたい。

四、近江君とスサノヲ　―排泄言語から―

高天原を暗黒状態にして聖なる生産を破壊し、アマテラスを岩屋戸に籠もらせてしまうスサノヲだが、その暴威の最たるもののひとつとして注目されるのが、排泄である。

【11】爾くして、速須佐之男命、天照大御神に白さく、「我が心清く明きが故に、我が生める子は、手弱女を得つ。此に因りて言はば、自ら我勝ちぬ」と、云ひて、勝ちさびに、天照大御神の営田のあを離ち、其の溝を埋み、亦、其の、大嘗を聞し看す殿に屎り散しき。―中略―猶其の悪しき態、止まずして転たあり。天照大御神、忌服屋に坐して、神御衣を織らしめし時に、其の服屋の頂きを穿ち、天の斑馬を逆剥ぎに剥ぎて、堕し入れたる時に、天の服織女、見驚きて、梭(ひ)に陰上(ほと)を衝きて死にき。

古事記・天の石屋・六三頁

すでに述べたように、スサノヲはアマテラスの田の畦を破壊し、大嘗を召し上がる神聖な建物に排泄して汚し、神聖な機織りの建物を汚して「服織女」を死に至らしめた。これらがアマテラスを岩屋戸に籠もらせる直接の原因となったのだが、アマテラスにとって最も大切な責務は五穀豊穣と神を織ることであった。つまり高天原においても「衣食」が最も重要だったのである。スサノヲは、その「食」にかかわる最も象徴的な儀礼である大嘗を行う殿舎に排泄物をまき散らした。

スサノヲは海原だけでなく高天原の秩序までも破壊するのだが、その重要な原因のひとつなったのが、排泄物であった。だとすると、ここで我々はスサノヲと近江君との間に奇妙な共通点を見出すのである。即ち近江君もまた「大御大壺とり」という排泄言語によって貴族社会の美意識を大いに乱していたからである。ちなみに津島昭宏は近江君は「悪き」という暴力性を持ち、秩序を脅かす存在であると指摘している。(注9) 近江君はアマテラスに擬されることによって、むしろアマテラスを脅かすスサノヲの相貌を帯びて立ち現れる。また両者が秩序を乱すのは、そもそもスサノヲは髭が胸元まで伸びているにもかかわらず、幼児のように「ハハノクニ」を求めて泣きわめいたことに端を発しているが、近江君もまた「童」あるいはそれ以下の視点を持つことはすでに述べたところである。つまり両者は社会制度の枠の外にある子どもの立場から大人の世界である高天原や貴族社会を相対化している側面を持つ。子どもであるからこそ、元々、秩序などとは無縁であり、それゆえに無防備でもあった。スサノヲは大いなる秩序破壊をして追放され、近江君は貴族の美意識にそぐわないために、嘲笑の対象とされた。しかしふたりの姿は子どものまま、裸のままの「いのち」がむき出しになってきらきら輝く存在そのものに見える。

〔注〕

1　益田勝実「源氏物語の端役たち」(『文学』一九五四・二)。本稿の冒頭に「昭和二〇年代」と年代を記したのは近江君という存在を肯定的にとらえた早い例であると思われるからであり、またこのような見方は三〇年代にかけての、おそらく歴史社会科学的な視点による「社会的階層」への着目と軌を一にするものと考えられる。引用文中に「民衆への世界を発見しかけた」(傍線部は稿者)とあるのも、そのような研究状況を映し出している。しかしながら、益田発言は時代や研究方法を超えて我々の胸に迫ってくるものがある。なお「民衆」という表現は、植木朝子「『源氏物語』近江君の造型と今様」(『国語国文』第六七巻第三号―六三、一九九八)でも用いられている。植木論文は近江君と今様の世界との共通性・庶民の世界と発想基盤との重なりがあることを説き、『源氏物語』に「民衆」の中から生まれてくる新しい美意識や興味の萌芽をみる点で、益田論文を継承した形になっている。なお植木論文は「近江君」という名称の由来を論じたものだが、このテーマにかかわるそれ以前の研究史をほぼすべて否定している。

2　新編全集③常夏巻二四二頁・頭注九

3　近江君の個性を象徴し最も輝かせるのは和歌である。この問題については、久富木原「源氏物語と呪歌—末摘花・近江君の場合」『源氏物語　歌と呪性』若草書房、一九九七年等を参照。

4　本書・第33章「舌の本性にこそははべらめ—笑いの身体—」参照。

5　注2に同じ。二四五頁・頭注一。

6　ただし、顔は愛嬌があって髪も美しいとある（常夏巻・二四三頁）

7　近江君の名称の由来については、注1に挙げた植木論文が研究史をたどり、主たる六編の論文に対して根拠を示しつつ批判するが、詳細は植木論文に譲る。

8　津島昭宏「近江の君と内大臣家—「大御大壺とりにも仕うまつりなむ」をめぐって—」『野州国文学』第七〇号、二〇〇二・一〇。なお、津島論文は、近江君は「笑い」によって、また厠神・産神的な性格によって、内大臣家に「福」をもたらすと説く。

9　津島昭宏「「悪き」近江の君」（『中古文学』第五九号・一九九七）。なお武内正彦も近江君は異端児であり、中心の秩序を脅かす存在だと説く（「近江君の賽の目—若菜下巻住吉参詣における明石尼君をめぐって」『中古文学』創立三〇周年記念臨時増刊号、一九七七・三）。

第35章 『源氏物語』笑いの歌の地平 ―近江君の考察から―

はじめに

『源氏物語』には、和歌の躰をなさないような滑稽で珍妙な歌が配されている。近江君はその代表的な存在で、和歌的センスに欠ける奇妙な歌を詠む。ところがそのレトリックは、源氏の笑いの歌と好一対をなすのである。近江君は源氏と対になる歌を詠むことによって、主役も脇役もないアナーキーな世界をあぶり出す。本稿は、このような視座から考察を進めていく。

一、近江君という人物

近江君は、光源氏のライバル・内大臣（若き日の頭中将）の外腹の娘で近江で育ったが、源氏が玉鬘を養女として迎えたのに対抗して、内大臣が探し出して来たのであった。田舎育ちの近江君は貴族社会の常識や美意識から外れた言動で嘲笑の対象となる。たとえば、自ら便器の掃除を申し出たり珍妙な和歌を詠んだりするのである。

近江君がいかに独特の個性を持った人物であるか、またそれにはどのような理由があるのか、次の【1】～【4】

の例を挙げて見てみよう。

【1】便器の掃除を申し出る近江君

（内大臣が）のたまひさしつる御気色の恥づかしきも見知らず、「何か、そは。ことごとしく思ひたまひてまじらひはべらばこそ、ところせからめ。大御大壺とりにも仕うまつりなむ」と聞こえたまへば、え念じたまはで、うち笑ひたまひて、

③常夏巻・二四四頁

近江君は何と、父親の内大臣に対して便器の掃除を買って出るのである。「大御大壺とりにも仕うまつりなむ」というのは、便器の掃除係もいたしますという意味である。内大臣という最上級クラスの貴族の娘が便器の掃除をするなどというのはあり得ないのだが、近江君はそんなことなど気にも留めていない。通常は便器の掃除は、「樋洗童」という下級の童が担当するのだが、近江君はそのような下級の童の仕事であっても全く意に介さない。さらに「大壺」という言葉を使うことさえ下品なのに、その言葉に「大御」という大げさな敬語までつけているので余計に滑稽である。あまりの非常識さゆえに父内大臣は我慢できずに、ただ「うち笑ひたま」う（【1】の傍線部分）しかない。

【2】水くみを申し出る近江君

「御ゆるしだにはべらば、水を汲み、戴きても仕うまつりなん」といとよげにいますこしさへづれば、いふかひなしと思して、―以下略―

同・二四六頁

近江君は、さらに水汲みもしたいと申し出ている。「水汲みは当時の庶民の女性の重労働[注1]」であったから、これも便器掃除と同じく、内大臣の娘がする仕事ではない。また「戴きても」というのは、汲んだ水を頭に載せて運ぶことを指すのだが、こうした労働は貴族とは無縁のものであった。ではなぜ、近江君は【1】の便器掃除や【2】の水汲みのような仕事を発想をするのであろうか。それは次の【3】に示すように、彼女が地方の賤しい人々の中で生まれ

育ったところに原因がある。

【3】下人の中での生い立ち

ただいと鄙び、あやしき下人の中に生ひ出たまへれば、もの言ふさまも知らず。

同・二四七頁

このように都の外の「鄙び」た近江という地方で生まれ、「下人」の中で育ったことが近江君を貴族的な感覚から遠ざけているのである。ゆえに、次の【4】にみえるように、貴族社会の最も底辺で立ち働く下﨟や童べでもしないような雑役までも積極的に引き受けるのである。

【4】「下﨟、童べ」以下の雑役

いとかやすく、いそしく、下﨟、童べなどの仕うまつりたらぬ雑役をも、立ち走りやすくまどひ歩きて、「尚侍におのれを申しなしたまへ」と責めきこゆれば、あさましういかに思ひて言ふことならむと思すに、ものも言はれたまはず。

③行幸巻・三二二頁

近江君という人物は、【3】に描かれるように地方の賤しい人々の中で生まれ育ち、そのために、ほとんど庶民に等しい感覚を持つ、きわめて目線の低い人物なのであった。それは近江君の貴族的な美意識から外れた言動と密接に関わり合っている。「下人」の中での生いたちゆえに、「もの言ふさま」、つまり貴族的な言葉遣いも知らないのであり、そのことが珍妙な和歌を詠む背景としてある。

ちなみに、そのような近江君を父内大臣は、貴族ではなく言葉の通じない賤しい人間のように感じている。【2】の傍点部分「すこしさへづればいふかひなしと思して」という表現には、そのことがよく示されている。「さへづる」とは、鳥などが鳴く時のもので、人間の場合には地方の賤しい人々が意味のわからない言葉を話している時に用いられる。(注2)内大臣にとって貴族に属していない者は言葉の通じない人間であり、その意味では動物にも近いような存在なのである。内大臣はこのように近江君を貴族階級に属する自分たちとは無縁な、わけのわからぬ言葉を発する者として捉えている。それゆえに「いふかひな」き、つまりどうしようもない娘だとしか思えないのであった。

本稿では近江君の滑稽さを特に際立たせる要素として、特に和歌表現に着目して論じていくが、それは彼女のこのような特殊な生い立ちと深くかかわっている。

二、「笑いの歌」を詠む近江君と源氏は〈好一対〉

(1) 近江君の和歌の特異性とそのルーツ

近江君は和歌の躰をなさないような珍妙な歌を詠む。

その歌の特徴は、「名詞（地名）を幾つも詠み込んだ奇妙な歌を詠む」という点にある。これを贈られた弘徽殿女御方の女房は、さらに多くの名詞を詠み込んだ歌を返して近江君をからかうのだが、双方ともに地名はバラバラで関連性は認められない。

【5】近江君の贈答歌　③常夏巻・二四九〜二五〇頁

ア草わかみひたちの浦のいかが崎いかであひ見んたごの浦波　近江君
イひたちなるするがの海のすまの浦に波立ち出でよ箱崎の松　弘徽殿女房

アの歌には傍線で示したように、「ひたちの浦」「いかが崎」「たごの浦」という三つの地名が詠み込まれており、イの歌には「ひたち」「するがの海」「すまの浦」「箱崎」という四つの地名が盛り込まれている。場所は、現代の名称で言うと、アは順に関東、関西、東海地方、イの方は関東、東海、関西、九州地方という順になっていて、両方の歌には複数の地名が全く無関係に詠まれていることがわかる。ただ、「ひたち」だけは共通しており、またイの歌は一応、北から南へという順序は整えられている。だが、いずれにしても地名が羅列されているかのような歌で、きわめて珍妙な贈答歌だと言わざるを得ない。

こんな奇妙な歌が、なぜ雅な王朝物語の代表とされる『源氏物語』に入っているのであろうか。この問題について考えるために、まずは、このような珍妙な和歌のルーツを探ってみたい。

(2) 近江君の贈答歌のルーツは奈良時代に遡る

『源氏物語』の古注釈『萬水一露』『岷江入楚』『花鳥余情』などによると、この近江君の贈答歌は「無心所着の哥也」として、『万葉集』「無心所著」歌に、その原型を求めている。ちなみに「無心所著(着)」とは「心に著く所なき」、つまり「意味がよく通じない」ということである。では『万葉集』の「無心所著の歌」とは、どのような歌なのか見てみよう。

【6】『万葉集』無心所著の歌二首

ウ我妹子が　額に生ふる　双六の　牡の牛の鞍の上の瘡　巻一六・三八三八
(わぎもこがひたひにおふるすぐろくのことひのうしのくらのうへのかさ)

エ我が背子が　犢鼻にする　円石の　吉野の山に　氷魚ぞ懸れる　同・三八三九
(わがせこがたふさぎにするつぶれいしのよしののやまにひをぞさがれる)

この二首は、いずれも「我妹子」と「我が背子」で始まり、男女の贈答歌の体裁をとっていることはわかるが、口語訳しようとしても容易に訳すことはできない。とにかく意味を読み取ることが困難なのである。『万葉集』の左注によれば、これらは舎人親王の命によって「大舎人阿倍朝臣子祖父」（おおとねりあへのあそみこおほぢ）という人が作ったとあるから、複数で交わす贈答歌や唱和歌ではなく、即興でひとりで詠んだものである。なお、この時の舎人親王の命令は、「由る所なき歌を作る人がいたら、褒美に銭・帛を遣わそう」というものであった。「由る所なき歌」とは、まさしく「意味不明の歌」ということだが、この歌の作者は舎人親王から、その場で褒美の品と「銭二千文」を賜ったと記されている。つまりこれは一種の座興の歌であり、ことばあそびの歌だったことがわかる。この時代にはこのような意味不明の歌が賞賛される場が確かに存在したのである。

奈良時代には『万葉集』の例の外にも、同じように名詞を多用した歌の存在が知られている。

【7】『歌経標式』「査体有七　一者　離会　如資人久米広足歌曰」

　オ何須我夜麻　美祢己具不祢能　夜倶旨弖羅阿婆遅能旨麻能　何羅須岐能幣羅

（カスガヤマ　ミネコグフネノ　ヤクシデラ　アハヂノシマノ　カラスキノヘラ）

これは奈良時代に成立した最古の歌論書であるが、

　譬如牛馬犬鼠等一處相会　無有雅意　故曰離会　若謎譬勿論

（譬へば牛・馬・鼠等の類の一処に相ひ会るが如し。雅意有ること無きが故に離会と曰ふ。謎譬（べいひ）の若くには論（あげつ）らふこと勿れ。）

という解説が付されている。即ち、「牛・馬・犬・鼠等が同じ場所に集まっているかのよう」で、「雅意」がないと評されている。ここには「カスガヤマ」「ヤクシデラ」「アハヂノシマ」といった地名的な名詞と「ミネ」「フネ」「カラスキ」「ヘラ」といった名詞が混在しており、名詞づくめの歌で意味は全くわからない。ゆえに「離会」と評されているのであろう。しかし七種類ある「査体」のひとつとされていることから、バラバラの地名を幾つも詠み込む歌であっても、和歌の形式のひとつとして認識されていたということがわかる。

近江君の贈答歌は、平安時代からひと時代前に遡ってみれば、決して特殊な歌ではなく、むしろ宴の場などで歌われ、生き生きと楽しまれ賞賛されていたのだった。

さらに興味深いのは、『源氏物語』には、この近江君の贈答歌と対の関係になる笑いの歌が存在することである。しかもその歌を詠んでいるのは意外にも光源氏なのであった。これはいったい何を意味するのであろうか。

(3) 名詞の多用と同語反復―呪的な歌の特色

1 近江君と源氏の歌は《好一対》

「源氏の笑いの歌」とは、どのようなものか。それはいわゆる「同語反復」型の歌で、同じ表現を何回も繰り返す表現に特色がある。

カわが身こそうらみられけれ唐衣君がたもとになれずと思へば　(末摘花)
キ唐衣またからころもからころもかへすがへすもからころもなる　(源氏)　③行幸巻・三一五頁

玉鬘の裳着を祝って、あちこちからお祝いが寄せられた中に末摘花からの贈り物もあった。しかしその贈り物は凶事用の「青鈍の細長一襲」や古めかしい「袷の袴一具」など、非常識きわまるものばかりで、添えられた和歌もまた、古めかしいレトリックだったので源氏はあきれ果てる。筆跡もひどくてなめらかな連綿体とは似ても似つかず、縮こまって彫りつけたように固く強く書かれている。源氏は末摘花を気の毒に思う一方で、おかしくてたまらず、逆にまた、このように非常識なことをするのが憎らしくもあり、自ら返歌をすることにしたのだった。

末摘花は故常陸宮がかわいがって大切にしていた姫君だが、姿かたちは醜く、源氏との会話も成り立たないほど無口で引っ込み思案であり和歌も苦手である。だが、古風で律儀な末摘花は源氏の養女・玉鬘の裳着のお祝いだということで衣を贈り、和歌まで添えたのであった。しかし、そこには以前にも使ったことのある「唐衣」の語が再び詠み込まれていたために源氏は自ら「唐衣」を四回繰り返した返歌を詠んでセンスのない末摘花の歌を憎み、からかったのである。これは平安和歌の規範から外れた滑稽な歌であるが、実は、このような同一語句の反復と名詞の多用は呪的な歌の典型的な特色なのであった。

ちなみに名詞の列挙は呪言の表現法の大きな特質で、繰り返し表現が多く対句・畳語的な修辞の発達したものであり、これこそが神秘をあらわすともされている[注3]。

即ち、源氏の歌は同一語句の反復であるのに対して、近江君の歌は名詞を列挙する形をとっており、両者は共に「呪的な歌の典型的なレトリック」を示していることになる。

以上のように、源氏の同一語句を繰り返す歌は、近江君の複数の名詞を列挙する形と対応する呪的な歌の典型なのである。

2　源氏の歌は原初の和歌を体現する

では、源氏の歌のルーツは、どこに求められるのか。それは『古今集』仮名序において「三十一文字の初め」とされるスサノヲの「八雲立つ」の歌に遡ることができる。

【8】スサノヲの歌

ク八雲立つ　出雲八重垣　妻籠みに　八重垣作る　その八重垣を　　古事記・七三頁

これは「八重垣」を反復する典型的な同語反復の歌である。そして源氏の歌は、このスサノヲの歌のレトリックと酷似する。

スサノヲの歌は、出雲でヤマタノオロチを退治してクシナダヒメと結婚する時の歓喜に満ちた歌であるから、同語反復という表現方法は、この場合、人と人との繋がりを幾重にも強め、その大きな歓びをあらわすための呪力を持つ原初的なレトリックだといえよう。

同様の例は、実在の天皇の歌にも認めることができる。それは天武天皇による一族の団結を強固なものにするための歌であった。

【9】天武天皇の吉野における歌

天皇（天武）、吉野宮に幸せる時の御製歌〉

よき人の　よしとよく見て　よしと言ひし　吉野よく見よ　よき人よく見　　万葉集・巻一・二七

ここでは、何と「よき（よし・よく）」が八回、「見る」が三回繰り返されており、その翌日には、天武天皇は皇子たちと盟約を結ぶのであった。それは、皇嗣を定め皇子たちの序列を確認する意味を持っていた。「同音の繰り返しは言葉遊びに似るが、祝福性をつよめる呪的なはたらきがある（注4）」とされるゆえんである。

このように源氏の「唐衣」を反復する歌は『古事記』や『万葉集』にみえる呪的な歌の系譜上にある。ゆえに、「光源氏の歌は原初の和歌を体現する」と言うことができる。

さらに近江君と源氏の笑いの歌はレトリックとしては対照的であるが、それぞれ呪的な歌の典型として「好一対」とみなすことができるのである。

3　アマテラスに例えられる近江君と源氏―笑いの時空の中で

近江君と源氏には、呪的な歌のほかにも注目すべき共通点がある。共にアマテラスに喩えられる点でも〈好一対〉をなすのである。

近江君の非常識な言動は、和歌に限らない。たとえば双六に熱中している時の動作や言葉遣いが、あまりにも不作法で滑稽なので、実父の内大臣もおかしくて我慢できずに笑い出す場面がある。近江君の滑稽な言動は、見つけ出して来た実兄の柏木たち異母兄弟にまで愚弄され、からかいの対象にされるだが、このどうしようもなく卑俗な存在としての近江君が、意外なことにアマテラスに擬されるのである。

近江君は高級女官である尚侍になることを望んだために柏木たちから笑われ、アマテラスにたとえられる。神話においてアマテラスは男装して戦闘体勢に入り、岩のように堅い大地を勇ましく蹴散らすのだが、異母兄弟たちは、そんなアマテラスの姿を威勢のいい近江君になぞらえる。

【10】近江君、アマテラスにたとえられる

みなほほ笑みて、「尚侍あかば、なにがしこそ望まんと思ふを、非道にも思しかけけるかな」などのたまふに、腹立ちて、「めでたき御仲に、数ならぬ人はまじるまじかりけり。中将の君ぞつらくおはする。さかしらに迎へたまひて、軽め嘲りたまふ。せうせうの人は、え立てるまじき殿の内かな。あなかしこあなかしこ」と、後へざまにゐざり退きて見おこせたまふ、憎げもなけれど、いと腹あしげに眼尻ひきあげたり。――中略――少将は、「かかる方にても、たぐひなき御ありさまを、おろかにはよも思さじ。御心しづめたまうてこそ。堅き巌も沫雪になしたまうつべき御気色なれば、いとよう思ひかなひたまふ時もありなむ」とほほ笑みて言ひゐたまへり。中将も、「天の磐戸さし籠りたまひなんや、めやすく」とて立ちぬれば、ほろほろと泣きて、「この君たちさへみなすげなくなしたまふに、ただ御前の御心のあはれにおはしませばさぶらふなり」とて、いとかやすく、いそしく、下﨟、童べなどの仕うまつりたらぬ雑役をも、立ち走りやすくまどひ歩きつつ、心ざしを尽くして宮仕し歩きて、「尚侍におのれを申しなしたまへ」と責めきこゆれば、あさましういかに思ひて言ふことならむと思すに、ものも言はれたまは

ず。

右の引用文中、[　]及び傍線で示した部分は、『古事記』『日本書紀』の双方に認められる表現であるが、これについてはすでに言及したことがあるので、(注5)ここでは『古事記』本文のみを挙げることにする。(注6)

③行幸巻・三二一〜二頁

スサノヲはイザナキに追放されて高天原のアマテラスに会うためにやってくるが、これを聞いたアマテラスは高天原を乗っ取るために来るのだと考え、弟を迎え撃とうと決意して待ち構える。

（父イザナキによって追放されたスサノヲはアマテラスに会おうとして天へ上る）乃ち天に参ゐ上る時に、山川悉く動み、国土皆震ひき。爾くして、天照大御神、聞き驚きて詔はく、「我がなせの命の上り来る由は、必ず善き心ならじ。ア我が国を奪はむと欲へらくのみ」とのりたまひて、イ即ち御髪を解き、御みづらを纏きて、乃ち左右の御かづらに、亦、左右の御手に、各八尺の勾璁の五百津のみすまるの珠を纏き持ちて、エそびらには千入の靫を負ひ、ひらには、ウ五百入の靫を附け、亦、いつの竹鞆を取り佩かして、弓腹を振り立てて、堅庭は、向股に踏みなづみ、沫雪の如く蹶ゑ散して、いつの男と建ぶ。

古事記・上巻・五五〜七頁

「国を奪われるのではないか」（傍線部ア）という危機感を抱いたアマテラスはスサノヲと戦うために男装する。まず髪を結んで男性の髪型にして（傍線部イ）、「左右の御手に、各八尺の勾璁（まがたま）の五百津（いほつ）のみすまるの珠」を巻き付け（傍線部ウ）、背中には「千入の靫（ちのりのゆき）」と「五百入の靫を負い、「高鞆（たかとも）」を着けて、「弓」を降り立てて武装して（傍線部エ）、堅い大地をも踏みぬいて股までめくり込ませ、泡のように溶けやすくやわらかい雪のように蹴散らして厳しい姿勢で雄たけびを挙げる（[　]部分）。緊迫感みなぎる場面であるが、『日本書紀』においては武器や男装の過程などをさらに詳しく描写している。

記紀に共通するが、アマテラスは髪型や武器を身につけるだけでなく、声まで男性をまねて雄たけびをあげるのである。これはスサノヲから高天原を守ろうとする必死の行動であった。ところが『源氏物語』は、あろうことか、このアマテラスに近江君という実に滑稽で卑俗な笑われ者を擬しているのである。「日本紀の局」とあだ名された紫式部であるのに、なぜ愚弄され笑われる代表格のような近江君をアマテラスに擬するのであろうか。

この問題は、後に考えることにして、続いて源氏の場合を見てみよう。

⑪源氏もアマテラスにたとえられる

紅葉賀巻に天の石屋戸神話をなぞるパロディが描かれており、源典侍という好色な老婦人をめぐって光源氏と頭中将が笑いのパフォーマンスを繰り広げる。暗闇の中、光源氏が源典侍と逢っている時に、頭中将が驚かしてやろうとして乱入して来たので、源氏は屏風の後ろに隠れるのだが、頭中将はその屏風をたたみ寄せて源氏を外へ引っ張り出すのである。そして源氏と頭中将は、もみ合ってお互いの衣服を引っ張り合い、帯はほどけてしどけない姿になるという騒ぎを起こすのである。

風冷やかにうち吹きて、やや更けゆくほどに、すこしまどろむにやと見ゆる気色なれば、やをら入り来るに、君はとけてしも寝たまはぬ心なればふと聞きつけて、この中将とは思ひよらず、なほ忘れがたくすなる修理大夫にこそあらめと思すに、――中略――直衣ばかりを取りて、(a)屏風の背後に入りたまひぬ。中将、をかしきを念じて、(b)引きたててたまへる屏風のもとに寄りて、ごほごほと畳み寄せて、おどろおどろしう騒がすに、内侍は、ねびたれど、いたくよしばみなよびたる人の、さきざきもかやうにて心動かすをりをりありければ、――中略――かうあらぬさまにもてひがめて、恐ろしげなる気色を見すれど、なかなかしるく見つけたまひて、我と知りてことさらにするなりけりとをこになりぬ。その人なめりと見たまふに、いとをかしければ、太刀抜きたる腕とらへていといたう抓みたまへれば、ねたきものから、えたへで笑ひぬ。「まことはうつし心とかよ。戯れにくしや。(c)いでこの直衣着む」とのたまへど、つととらへてさらにゆるしきこえず。「さらばもろともにこそ」とて、中将の帯をひき解きて脱がせたまへば、脱がじとすまふを、とかくひこしろふほどに、綻びはほろほろと絶えぬ。―中略―うらやみなきしどけな姿に引きなされて、みな出でたまひぬ。

①紅葉賀巻・三四一～四頁

右の場面の舞台は「温明殿」で、そこにはアマテラスを祀る内侍所がある。このことを押さえて、傍線部（a）（b）（c）について、簡単にまとめると、次のようになる。

（a）屏風の後ろに隠れる源氏＝アマテラス
（b）源氏を引っ張り出す頭中将＝タヂカラヲノミコト
（c）源氏と頭中将の衣服を剥いでの笑いの空間の創出→アメノウズメへの連想

このように、頭中将は光源氏が源典侍と逢引している所に乱入し、衣服を引っ張り合ってしどけない姿でやり合うが、そこには「笑い」が充満している。「暗闇・屏風の後ろ・その屏風の陰から引っ張り出す行為」は、アマテラスが天石屋戸に隠れてしまい、それをタヂカラヲノミコトが引っ張り出す天石屋戸神話を彷彿とさせるのである。さらには衣服が乱れてあられもない格好になるのは、アメノウズメの姿態をも思い起こさせるのであり、全体的に天石屋戸神話のパロディになっている。(注7)

この源氏と頭中将がふざける場面は、温明殿という場所と密接な関係がある。温明殿にはアマテラスが祀られており、源典侍はアマテラスに仕える巫女的な女官なのである。一方、源氏がアマテラスに擬せられるのは、天皇になれなかった源氏が後に皇統に連なり、皇統そのものを創り上げていくことを考えると、臣下に降ろされたはずの光源氏こそがアマテラスなのだというよみの可能性も浮かびあがる。「光る君」「光源氏」といった呼称からしても、源氏がアマテラスに比定されることは不自然なことではない。天石屋戸神話において、「笑い」がその祝祭空間の主題になっていることを考え併せれば、屏風に隠れた源氏が引っ張り出される場面は、まさしくアマテラスであり、その笑いの渦を描くことによって源氏に神話的な聖性が付与され、皇統を形成していく必然性を浮かびあがらせる。

では近江君はなぜアマテラスに喩えられるのか。それはひとつには、この女君が尚侍」の職に就きたいと公言してはばからなかったからである（前掲⑩、行幸巻の引用文の冒頭の傍線部分）。尚侍は内侍所の巫女的女官であり、源典侍もまたこの内侍所の次官にあたる。近江君がアマテラスに喩えられるも、前述の源典侍と同じく内侍に関連するからであろう。

「笑い」は天石屋戸神話において最も重要なテーマであり、源典侍をめぐる騒動はその天石屋戸神話のパロディになっている。しかしながら近江君の場合には、男装してスサノヲを迎え撃とうとする緊張感に満ちたアマテラスの姿に擬されているのであり、笑いの要素とは無縁なのである。

ところで天石屋戸神話のテーマが「笑い」であり、その「笑い」がアマテラスの神降ろしとして機能することは明白だが、では、『源氏物語』以外にこの神話を笑いのパロディとして描いた例があったかというと、そのような例は見いだし難い。古代から近世にかけて、アマテラスの名、あるいは天石屋戸神話を引くものは数多く見られるが、それをパロディにしたり笑いとばしたりする作品に管見に入る限り見出すことができないのであり、『源氏物語』のアマテラス享受はかなり特殊だと言わざるを得ない。ちなみに少女時代から『源氏物語』を耽読した菅原孝標女はアマテラスについて『更級日記』に記しているが、それはアマテラスが彼女の夢の中に出て来て、お告げをするという場面においてであった。アマテラス神話をパロディとして扱い、笑いの場面として描いた作品は『源氏物語』以前にも、それ以降にも見当たらないのである。

だとすると源氏をアマテラスに喩えることもまた、独自の価値観によってなされたと考えられるのであるが、それは前述したように「光」という名を持つ物語の主人公として、その神話的な聖性を浮かび上がらせる効果を持つであろう。しかし近江君の場合は、アマテラスとはあまりにもかけ離れている。これは近江君が尚侍を望んだことによるが、それにしても近江君がアマテラスに擬される必然性を理解することは困難である。しかし、笑いの場面とアマテラス神話とは密接に関係しているから、近江君は『源氏物語』の一挿話としてではなく、物語構造の深部を照らし出すものとして捉えることができる。

では近江君の笑いの場面は、いったい何を照らし出すのか。ここであらためて想起したいのが、アマテラスに喩えられて笑いの場面を形成するのは源氏と近江君のふたりだけだということである。つまりアマテラス神話に着目すると、源氏は石屋戸に隠れるアマテラス、近江君はスサノヲを迎え撃つ男装のアマテラスなのであり、その意味でも、ふたりは対の関係になる。源氏と近江君という、スーパースターとしての主役と滑稽きわまる脇役とがアマテラス神話のパロディによる笑いの場面を形成するのであって、その意味でも、ふたりは対の関係としてある。さらに、この対の関係性は、ふたりの笑いの歌と密接に結びついている。即ち、同語反復の滑稽な和歌を詠む源氏に対して、複数の地名を詠み込んだ奇妙な歌を詠む近江君は、呪的な和歌、上代的な古い歌のレトリックを用いる点でも対の関係にあった。

このようにみてくると源氏と近江君という組み合わせには必然性があるということになろう。『源氏物語』の笑いの歌は、皇祖神アマテラスの神話のパロディと響き合って物語の深部を照らし出す。では、その、照らし出される深部とは何か。

それは即ち、『源氏物語』は貴族的な価値観、あるいはそこから生まれる美意識を相対化する視点を持つということである。さらにこれにとどまらず皇祖神アマテラスさえも相対化してしまう、きわめて骨太の姿勢が基底に流れている。

ちなみに「物語出来始めの祖」とされる『竹取物語』は、前半に五人の貴公子による失敗譚・滑稽譚を置いた。これらの五人すべてが笑いの歌を詠んでいることは周知の通りである。そして後半においてはかぐや姫は帝の召しに応じず、結局は帝の意思に逆らうように月へ帰ってしまう。つまり地上における最高権力を相対化する思想のようなものが物語には、すでに備わっていたのである。だが、『竹取物語』における笑いの場面や笑いの歌は地上の最高権力、即ち、帝を相対化するものではなく嘘をついたり間抜けなことをしたりあるいはまた失敗したりした人物たちを笑うものであった。つまり神々の世界の相対化など全く予想外のことであったのであり、それどころか天人たちの月の世界は絶対的な権威、絶対的な力を持つものとして描かれている。

ところが、『源氏物語』では神々の中でも最も高貴なアマテラス神話を笑いの場面として再構築しているのである。天石屋戸神話におけるアマテラスに源氏をなぞらえるばかりか、近江君までもなぞらえている。その上、近江君はスサノヲを迎え撃とうとして緊張の極みにある男装のアマテラスに擬されるのである。その高天原を身を以て守ろうとするアマテラスの勇姿は、近江君という下品で常識がなく、どうしようもなく滑稽な女君に重ねられて笑いの対象とされているのである。

アマテラスと近江君とはあまりにもかけ離れた存在であるが、共通点がある。それは両者共に言葉も行動も激しく積極的で生き生きとしている点である。それは言葉だけでなく、大地を踏みならすといった身体的な行為としてもきわめて具体的に記されており、近江君においても【10】の傍線部分（本書六九一頁）に端的に示されるように荒々しい積極的な言動が記述されているが、このような表現は『源氏物語』の外の女君たちには認められない。

近江君は周囲の貴族的な美意識などにはお構いなく、自分の考え、自分の意思を自由に話し、怒りをぶつけ、泣きわめく。それは尚侍になりたいという一念に因るものであるが、高天原を守るためには男装も厭わず沫雪を蹴散らすほど勢いの良いアマテラスもまた、断固とした意思を行動で示す点では同類なのである。

4　スサノヲの幼児性―近江君・源氏の和歌へ

ここで再び、スサノヲ関連の話に戻る。源氏の同語反復の歌は、スサノヲの原初の和歌と酷似するが、スサノヲは英雄性と共に幼児性をも持ち合わせていた。その幼児性によって、スサノヲは高天原を荒らし回る前に、すでに父イザナキから追放されていたのであった。ゆえにスサノヲは姉アマテラスに会おうとして高天原へ向かったのであったが、アマテラスはスサノヲが高天原を乗っ取ろうとしていると考え、前述のように男装し武装し雄叫びを挙げて迎えたのであった。では、スサノヲの幼児性とは、どのようなものであったのか。

『古事記』によれば、スサノヲはイザナキによって海原を治めるように命じられたが、スサノヲは髭が胸のあたりまで伸びるほどの大人になっても泣きわめくばかりで青山は枯山のようになり、河や海はすっかり泣き乾してしまった。その結果、悪しき神の声が蠅のように満ちてあらゆる災いがすべて起こったために、怒ったイザナキはスサノヲを「神やらひ」して追い払ってしまったのであった。(注8)

故、各拠し賜ひし命の随に知らし看せる中に、速須佐之男命は、命(おほ)せられえし国を治めずして、八拳須心前(こころさき)に至るまで、啼きいさちき。其の泣く状は、青山を枯山のごと泣き枯らし、河海は悉く泣き乾しき。是を以て、悪しき神の音、狭蠅の如く皆満ち、万の物の妖、悉く発りき。故、伊耶那岐大御神、速須佐之男命に詔ひしく、「何の由にか、汝が、事拠さえし国を治めずして、哭きいさちる」とのりたまひき。爾くして、答へて白ししく、「僕は妣が国の根之堅州国に罷らむと欲ふが故に、哭く」とまをしき。爾くして、伊耶那岐大御神、大きに忿怒りて詔はく、「然らば、汝は、此の国に住むべくあらず」とのりたまひて、乃神やらひにやらひ賜ひき。故、其の伊耶那岐大神は、淡海の多賀に坐す。

古事記・上巻・五四〜五頁

スサノヲが泣きわめいていたのは、「妣が国の根之堅州国に罷らむと欲ふ」つまり、母恋のために母の国に行きたかったからであった。大の大人になっても任務を遂行せず、母に会いたいと言って泣きわめく姿は、まさしく幼児のそれである。この幼児性がスサノヲの原像としてある。(注9)

つまりアマテラスの治める高天原で乱暴狼藉を働くのも、スサノヲが秩序をわきまえない幼児的存在だったからである。その点で貴族社会の美意識や秩序が理解できない近江君のあり方と相似形をなす。近江君は、近江という都の外で生育したために、庶民の感覚が身にしみついているが、もうひとつ、重要な視座を持ち併せている。それは、「童」の視点である。前述のごとく、「大御大壺とり」即ち、「便器掃除」を志願するのは、近江君の際立った特徴であるが、注目すべきは単に身分の低い者の役割というにとどまらず、「樋洗童」という「童」の仕事だという点である。

前述【4】(本章六八四頁)で言及したに近江君は、

下臈、童べなどの仕うまつりたらぬ雑役をも、立ち走りやすくまどひ歩きて、

③行幸巻・三一一〜二頁

と描写されるように「下臈、童べ」以下の雑役をも積極的に請け負っている。つまり近江君は「童」の視点、さらに「童」以下の視点をも持ち合わせていることになる。このようなありかたこそが、父内大臣や兄弟姉妹を含む貴族社会に受け入れられない理由の重要な要件のひとつであり、それは同時にスサノヲが父イザナキや姉アマテラスに忌避される重大な理由でもあった。スサノヲと近江君は、共に子どもの視点を持つ点で共通するのである。なお、同じく前掲【4】の、

立ち走りやすくまどひ歩きて

という本文にみえる「立ち走り」「まどひ歩き」といった行動も、とても大人の女君の行動や態度とは言えず、ほとんど雑役に従事する「女童」のようである。

スサノヲは、父イザナキの秩序や姉アマテラスの高天原の秩序に従わず、「妣が国の根之堅州国」という、いわば混沌の世界、根源的な世界を希求するのに対して、近江君は、「大御大壺取り」や「水汲み」に象徴されるように、「排泄」や「水」という人間のいのちそのものに必須の役割を引き受けようとする。それは社会的な階層や秩序・美意識等が発生する前の人間の生そのもの＝混沌の世界、根源的な世界と共にある人間のありかたを体現している。

和歌についても、同様のことが言える。スサノヲの「八雲立つ」の和歌と近江君の名詞を多用した「常陸なる」の和歌は、それぞれ異なる場面状況で詠まれているが、そのレトリックは共に、和歌が勅撰集的な規範や美意識によって洗練される以前の姿を示すものであり、和歌における「混沌の世界」を具現するといえよう。

源氏の場合には、幼児性は見られないものの、幼児期に母と死別し、母恋としての藤壺憧憬ゆえに密通を犯す点ではスサノヲ的な原像を負っているが、いずれにしても、源氏は末摘花の和歌に応じた時点で、原初のスサノヲの和歌に酷似するレトリックの世界に引きずり込まれるのである。相手を笑った途端に、相手よりも際立って珍妙な、しかし根源的な歌を発信してしまう。源氏がそのことに自覚的であったとしても、彼自身の和歌として作中に立ち現れる時、物語中、最も古めかしい滑稽な歌として、近江君の歌と一対の存在にならざるを得ないのである。

これらの近江君・源氏の滑稽な和歌は、主役と笑われ役の、圧倒的な相違を一瞬にして解消させ、同一のレベルの、しかも根源的なところに位置づけてしまう威力を持つ。もちろん近江君に返歌した弘徽殿女御方も同様である。源氏も弘徽殿女御方も、返歌をする側がなおいっそう滑稽なレトリックを発することによって、笑われ役は笑う相手を原初の歌の世界に引きずり込む。(注10) 笑いの歌は、このようにして物語の中の秩序を破壊するのである。

三、むすび

近江君の歌は源氏の笑いの歌と好一対をなし、主役も脇役もないアナーキーな物語世界を映し出す。それは、近江君の最下層からの眼差しによる強烈な社会認識に基づいており、貴族社会の美意識、ひいては社会そのものを相対化する「破れ目」としての機能を持つ。

このことは近江君という、物語の中では滑稽な脇役にすぎない人物が、笑いの歌においては主人公・光源氏と同等の存在感を持つことを意味する。そのような強烈な存在感は、両者が皇祖神アマテラスになぞらえられることによって、さらに強化されることになる。アマテラス神話をパロディ化した物語場面には笑いが渦巻いていた。即ち、笑いの歌・神話の笑いのパロディという「笑いの地平」において、近江君・光源氏は好一対の存在になり得るのである。そのようにして、最下層の視点を持つ近江君と帝の子として人臣の位を極める光源氏が同じレベルに位置することになるが、それは「笑い」が日常の秩序を反転させたり、秩序を破壊したりする力を持つからである。しかしながら、そのような反転や破壊は笑いの空間にのみ限定されるものではない。近江君の目線の低さは貴族的美意識を突き破り、そこから外の世界の空気が流入してくる「破れ目」となる可能性を秘めている。そこには貴族社会を取り巻く、貴族とは異なる価値観によって日々を生きる人々の生活感覚・生活実感が浮かび上がってくる。(注11)そして、近江君が源氏と〈好一対〉であることは、物語が含み持つアナーキーな相貌を照らし出す。その意味で「笑いの地平」は、物語の全貌とかかわらざるを得ない。このような「笑いの地平」を端的に象徴的に示すのが、近江君と源氏の一対の和歌なのである。

〔注〕

1　新編日本古典文学全集・第三巻・二四五頁・頭注一には、「当時の女性には、頭上運搬の風習があった。—中略—水汲みとともに、庶民の重労働である」とされている。なお、この後、父内大臣が「いとしか下りたちて薪拾ひたまはずとも、参りたまひなん云々」と話しているが、これは行基の「法華経をわが得しことは薪こり菜摘み水汲み仕へてぞ得し」（拾遺集・哀傷）を念頭に置く。近江君の歌も、本人が自覚しているかどうかはともかく、内大臣は、労働のことしか念頭にない近江君をからかっているのだが、それは即ち、内大臣自身が近江君の卑俗な発想に引きずり込まれていることを示す。

2　須磨巻二一四頁に須磨の「海人」が源氏に貝などを持って来る場面があるが、彼らの話す言葉にも「さへづる」が用いられている。

3　高崎正秀「童言葉の伝統」『文学以前』（高崎正秀著作集第二巻、桜楓社・一九七一年、二二六〜二七〇頁）

4　多田一臣『万葉集全解』（筑摩書房、二〇〇九年）

5　本書第35章「いのちの言葉—『源氏物語』近江君の躍動する言説から」（翰林書房・二〇一四年）において近江君の貴族的美意識から逸脱する言説・行動に関しては、『日本書紀』その他の例も含めて検討している。詳細はこれに譲る。

6　この当時、『古事記』は果たしてどれほど読まれていたのか。斎藤英喜は、この問題に関して次のように述べている。『日本書紀』が中国史書をモデルとしたいわばグローバルスタンダードを目指した歴史書であって、『古事記』はそのサブテキストだった。日本紀講では、漢字で書かれた『日本書紀』の世界を『古事記』を参照してヤマトの古い言葉＝「古語」「和語」に直して読んだのであり、実際に博士たちは『日本書紀』講読の際の参考書として『古事記』を挙げている。紫式部は父が漢学者で、儒学者たちが運営した「日本紀講」の知的空間にいたのであり、また『源氏物語』に「日本紀などはただかたそばぞかし」と記されるのは、史書に対する物語の優位性を宣言したものであった。これを記紀の関係で考えるならば、『古事記』の重要性を語っていると捉えられる。仮名文は「古語」「倭語」の延長上に作られているからである。『源氏物語』と『古事記』の接点を、このような形で押さえることができるとする（斎藤英喜『古事記不思議な1300年史』新人物往来社・二〇一二年として）、この時代には『日本書紀』と共に『古事記』も読まれていたことを説く。

7　久冨木原「朧月夜の物語―源氏物語の禁忌と王権」『源氏物語　歌と呪性』（若草書房、一九九七年）

8　神話では、スサノヲは父イザナキに追放されるが、近江君も父内大臣に地方に捨て置かれ、後に呼び寄せられた。しかし父はその娘を受け入れられず、笑いの対象とする点、またアマテラスとスサノヲは姉弟関係にあるが、『源氏物語』でも柏木たち兄弟と近江君とは兄妹関係である点で共通する。

9　『日本書紀』においては母イザナミはまだ生きており、母恋のことは語られていない。スサノヲを追放するのも父イザナキと母イザナミのふたりである。

10　弘徽殿方の和歌については内大臣家の分析を必要とするが、後考を俟ちたい。

11　益田勝実「源氏物語の端役たち」（『文学』一九五四年二月）は、近江君の造型は、『源氏物語』が「民衆の世界」を発見しかけていると指摘する。また植木朝子「『源氏物語』近江君の造型と今様」（『国語国文』第六七巻第三号～七六三、一九九八年三月）は、今様に近江が頻出すること、近江君と今様の世界との共通性・庶民の世界との重なりなどから、「民衆」の中から生まれてくる新しい美意識や興味の萌芽の存在を『源氏物語』の中に認めている。

第36章　笑いの歌の源流 ―芭蕉の排泄表現をめぐって―

はじめに

今や俳句は世界文学である。「ハイク」は、そのまま海外で通じるという。最も早くその魅力を受け止めたのはフランスだといわれるが、パリには毎年、日本から俳人が招かれて俳句の紹介と指導をしているとのことである。

つい最近も新聞の俳句欄のコラムに俳人・坂西敦子氏の「パリで生まれた俳句」というエッセイが載り、自身が指導した折にフランス人が作ったという句が紹介されていた。(注1)

あおいそら　たぶんゆきです　こうちゃのむ　（日本語を学んで一年の社会人の作）

大木は　花野原が青く　森のそば　（漢字が大好きな高校生）

西欧だけではない。二〇一三年に稿者の本務校・愛知県立大学でブラジル・サンパウロ大学の日本研究者を招いて国際シンポジウムをした時、(注2)地球の向こう側からはるばると携えて来られたのはブラジル人がブラジル・ポルトガル語で上梓した「句集」であった。(注3)そこには日系ブラジル人による日本語訳が付され、季語はない。日本とは全く自然が異なる南半球では季節も植物も異なるので、季語という概念そのものがあまり意味をなさないのであろう。外国語による俳句は、当然のことながら五七五という定型も持たない。完全に自由律の俳句がそこにはあった。(注4)

西洋にはライト・バースと称される短い詩があると聞く。ならばそのライト・バースという名称でもいいのではないかと思うのだが、なぜ「ハイク」なのか。極東の、日本という海に囲まれた小さな島から発信された浮世絵などの文化と結びついた異文化への興味とも相まって「ハイク」という日本語が魅力的に響くのであろうか。

ブラジルの場合は、世界最大の日系社会の存在が大きく関わっているのであろうが、いずれにしても北半球に限らず、南半球でも「ハイク」は楽しまれ、作られている。世界各地で享受され、しかも作り手までも生み出している俳句は日本文化・日本文学の中でも特異な位置を占めているといえよう。

ところで二一世紀に入ってすぐ、ハルオ・シラネは『芭蕉の風景　文化の記憶』(注5)の中で、俳句を「偉大な季節・地誌のアンソロジー」として捉え、さらに社会的共同体的な交換＝やりとりと対話のプロセスであると同時に日本の文学・美学を代表する文化的な表現形式だと説いて俳句の文学的社会的位置づけに関する研究を世界に開いた。さらに氏はアメリカにおける日本の文化や宗教への関心について、次のように説明する。禅仏教と俳句に対する関心が一九五〇年代に沸き起こったこと、即ち、アラン・ワッツ、D・T・スズキ（鈴木大拙）、サンフランシスコ派の詩人・ビート派のジャック・ケルーアック『ダーマ・バンズ』がベストセラーになり、これらの人々によって一般の人々の関心が集まり、とりわけ貢献度が高かったのは、R・H・ブライス『俳句』（四巻本、一九四九〜五二年）、ケネス・ヤスダ『日本俳句―その本質、歴史、英語での可能性』（一九五七年）、ヘンダーソン『俳句入門―芭蕉より子規にいたる俳句・俳人』（一九五八年）などの著作によって、一九六〇年代に開花し今日まで続く北米における英語のハイク・ムーブメントの舞台が整えられたと説き、さらに一九五八年には日本学術振興会によって英語による最初の学術的な俳句の紹介がなされたことにも言及する。

では、その「ハイク」の源流は、どこに求められるのか。それはどのように受け継がれてきたのか。俳聖・芭蕉を出発点として、その源流をたどってみることにしたい。
そのためにここでは排泄言語に着目する。古代から近世にわたる長い時代をくぐり抜け、どのような要素が俳句の特色として受け継がれていったのかということを排泄言語という突出した表現をひとつの指標として抉り出すためである。人間の生身の生と身体に直接にかかわるこの表現は、俳句のきわめて重要な特質の一端を浮き彫りにするであろう。

一、「蚤しらみ馬の尿する枕もと」―芭蕉の排泄表現―

「蚤しらみ馬の尿する枕もと」の句は『奥の細道』にみえる、あまりにも著名な句である。詠者はようやくのことで陸奥国と出羽国との間の関所を越したが、夕暮れになってしまったので「封人」(国境を守る番人)の家に一夜の宿を乞うた。「よしなき山中」、しかも「風雨あれて」という状況の中で提供されたところは、馬小屋か、それに近い場所であった。そこに充ち満ちている「馬の尿」の、つーんと鼻につく匂いや、一晩中、辺りにうごめいている「蚤しらみ」が全身を這い回り肌を食らい続けているような居心地の悪さが、視覚、嗅覚、皮膚感覚を通して強烈に伝わってくる。

芭蕉は、この外にも、

ア　鶯や餅に糞する縁の先　　芭蕉発句・七三八
イ　この花にまだ人来ぬか鳥の糞　　曠野後集・一二三五
ウ　下京は宇治の糞船(こえぶね)さしつれて　　炭俵・四七三(一六九四年俳諧撰集)

といった句も得ている。当然のごとくに、芭蕉門下の俳人たちにも、次のような句が散見される。

エ　糞とりの年玉寒し洗ひ蕪　　許六・一〇三六

オ　西行の爪糞程や花の時　　傘下・八六

カ　むぎ蒔や駒野の里の馬糞掻き　　支考・一七五

キ　馬糞茸見るもうらめし女郎花　　同・一一〇八

ア「鶯の糞」は化粧品に使用されたりもするが、ここでは「餅に糞する」、つまり食べ物に「糞」を取り合わせる点で、やはり卑俗にすぎる。そしてウ「宇治の糞船」は『源氏物語』宇治十帖でしばしば宇治川の点景として描かれる「宇治の柴舟」を反転させた表現である。「宇治の柴舟」は『源氏物語』においては重要な景物であった。宇治川に浮かぶ小さな舟は「宇治（憂し）」と称される地の表象でもあり、それは宇治川に隔てられ、その川霧に遮られるようにして暮らす宇治の女君たちの表象としての機能も果たしている。特に『源氏物語』最後のヒロイン浮舟が匂宮と共に「橘の小島」に渡る場面では、自分自身をよるべなく漂い揺れる浮舟にたとえた歌を詠んでいる。もちろん「浮舟」はこの場面の後、宇治川に入水未遂する浮舟の象徴でもあるから「宇治の柴舟」は、大君、中の君が眺めた風景と共に、浮舟の流転の半生へのイメージをも連想させる表現であった。

俳諧師たちにとって、『源氏物語』その他の古典は創作活動に欠かせない知の源泉であった。それは俳諧の方法が古典的な美意識・歌語と卑俗な行為や言葉を対比させ、結びつけることによって、そこに生じる落差や一瞬にして反転する世界を創り出すことを目的としたからである。

ちなみにハルオ・シラネは、俳諧の作風は時代と流派によって大きく変化するが、繰り返しあらわれる四つの特徴があると説く。(注6)うち三点を紹介すると、まず第一に、俳諧は多様な言語やサブカルチャーの相互作用、とりわけあらたな民衆文化とエリートの伝統の間での相互作用であるとともに、社会言語上の不調和と差異の結果、ある世界から別の世界への機知に富んだ、唐突な移動によるユーモアや面白みを持つこと、第二にコンテクストの置き換え作業を楽しむこと。即ち、従来の約束事を転位させるという異化作用と、確立された詩的主題を作り替えてあらたな言語や物質文化の中に再編成すること、第三に常に「新しみ」を求めることの三つである。

「宇治の柴舟」を卑俗なレベルに反転させたウ「下京は宇治の糞船さしつれて」は、シラネの説く通り、「約束事になっていた詩的主題を作り替え」、「エリート文化から大衆の言葉への唐突な移動によるおかしみ」にしているのであり、それはそのまま第三の特色である「新しみ」を具現している。それゆえ俳諧師たちにとって古典の知識は創作上、必須のものであった。それにとどまらず近世においては『源氏物語』は俳諧師たちによって受け継がれてきたと言っても過言ではない。

『源氏物語』は初め、院政期末に藤原俊成が「源氏見ざる歌よみは遺恨のことなり」(注7)と述べて以来、歌人必読の書となった。息子定家を中心とする新古今時代の歌人たちは競って『源氏物語』取りの和歌を詠み、それが新古今歌風の特色のひとつとなったことは周知の事実である。しかしその後、中世後期の室町時代あたりから『源氏物語』は公家だけでなく連歌師たちによっても注釈等がなされて受け継がれていく。そして近世初期には、貞門俳諧の祖とされる松永貞徳が九条稙通から『源氏物語』を学び、室町時代に連歌師が著した『萬水一露』を書写し復刻して流布させた。(注8)この後、貞徳の弟子たちのひとりである山本春正は挿絵入りの版本『源氏物語』を編集し、もうひとりの弟子の北村季吟は『湖月抄』を著した。これらの本文には従来の版本にはなかった読点、濁点、傍注が付されて、『源氏物語』享受において画期的な展開をもたらしたのであった。このように『源氏物語』の出版と普及を促すきっかけを作ったのは、俳諧師・松永貞徳であった。(注9)明治時代に初めて現代語訳をした与謝野晶子が読んだ『源氏物語』も、俳諸師・北村季吟の『湖月抄』であったことは、よく知られており、近代に至るまで、近世の俳諧師による『源氏物語』の本文と注釈は絶大な影響力を持ったのである。ちなみに、春正の『源氏物語』の挿絵は一九七〇年代にアーサー・ウェイリーに次ぐ二つ目の英訳として知られるサイデンステッカーの『源氏物語』に挿絵として活用されて広く海外に知られることになった。

このように近世の俳諧師たちは、『源氏物語』理解の最先端にあり、これを受け継ぎ、後世に伝える役割を果たした。芭蕉やその門人たちも和歌はもちろんのこと、『源氏物語』等や漢籍を含む古典を学んでいた。古典の世界をどれだけ反転させ、落差を創り出すかということが俳諧における創作の醍醐味だったからである。ゆえに「糞船」という語は、『源氏物語』の掉尾を飾る宇治十帖の、無常観が色濃く漂う世界を卑俗の極致である排泄言語のレベルへと落とすことによって「新しみ」と「遊び心」を演出するのにきわめて有効だったのである。

オ「西行の爪糞程や花の時」もまた古典和歌を代表する歌人「西行」と「花」との取り合わせによって、憧れてやまないもの、美しいものに対して、あえて俗で汚ない言葉を置いた。西行は漂泊の歌人として芭蕉たち俳諧師の理想であったが、(注10)そうであるからこそ、西行にオ「爪糞」を取り合わせるのである。「花」は西行の「願はくば花の下にて春死なんその如月の望月のころ（西行法師家集・五二番）」という人口に膾炙した歌を想起させる。自分の死期の光景をこれほど高雅に、しかも艶なる雰囲気まで含み込んで表現した和歌はないであろう。満月と満開の桜に彩られる死の華やかさ、それは釈迦の入滅、あるいは極楽浄土への連想へと誘う。そのような西行の歌を想起させておいて、「爪糞」へと一気に俗なレベルに落とすことによって思いもよらないおかしみを創り出すところに、この句のポイントがある。洗練された古典の世界と卑俗な表現との取り合わせは、その落差が大きければ大きいほど印象深い作品になる。排泄物は生身の人間や動物の生理現象のうちでも、決して表に出すべきものではないからこそ極端なおかしみを発散するのである。

一方、支考のカ「むぎ蒔や駒野の里の馬糞搔き」という句は古典との落差を狙ったのではなく、むしろ麦蒔きをする農夫を通して農耕風景を描いていると言ってよいだろう。「馬糞搔き」という農作業は「むぎ蒔き」・「駒野」・「馬糞搔き」の各句がそれぞれ連動して、働く農民の姿を活写している。しかも「駒野」→「馬糞」という言葉続きは、「駒」→「馬」という、和歌的表現から日常の「馬」の語へと接続させる。「駒野」は地名だが、そこに「駒」という歌語を連想させておいて、「馬糞」という排泄言語へとレベルを落とす手法を用いている。

ところが芭蕉の「蚤しらみ」の句は、今まで見て来たような古典の背景などとは全く無縁なのである。ここには古典との落差によって誹諧味を演出する企みは見いだせない。古典との関係ではなく、旅のわびしさ、切なさが「蚤しらみ」に食われる皮膚感覚や枕元に「馬の尿」がしたたり落ちる音や、その鼻を突くような強烈な匂いといった嗅覚を通して伝わってくる。身の置き場のないような、この感覚は第三者からすればユーモラスであり、同時に旅人自身が自己を客観視したおかしみとしても享受できる。古典の力を借りなくとも、旅人が自身で見、感じたことを物象的表現を重ねることによって、その状況と心情を鮮やかに浮かび上がらせている。

このように物象的表現を重ねる手法は『万葉集』に見られる「寄物陳思歌」の上句だけを切り取った形を想起させる。和歌の上句は五七五という一七文字であるから、まさしく俳諧の発句、即ち現代で言う「俳句」そのものなのだが、和歌の場合、物象を重ねた上句だけでは心情は伝わらない。その最もわかりやすい例として、人口に膾炙する『百人一首』歌を挙げてみよう。

足引きの山鳥の尾のしだり尾の／長々し夜をひとりかも寝む　　柿本人麻呂

この上句の五七五「足引きの山鳥の尾のしだり尾の」には、山鳥の尾が長く垂れている姿が描かれているが、どのような心情なのか全くわからない。

このような寄物陳思歌のレトリックは平安時代に入ると序詞として受け継がれていくが、そこでもやはり事情は同じである。

試みに『百人一首』から、さらに二首を挙げてみよう。

みかの原わきて流るるいづみ川／いつ見きとてか恋しかるらむ　　中納言兼輔

瀬をはやみ岩にせかるる滝川の／われても末に逢はんとぞ思ふ　　崇徳院

これら二首の上句は、それぞれ「野原を分けて流れる川」と「岩にせき止められて流れる滝川」という川の景を提示するが、ここにどのような心情が込められているのかということは窺い知ることはできない。しかし、このような景に下句の心情が接続されるや、上句の景はすぐさま恋する人の活き活きとした心象風景となって動き出す。それは人麻呂の「足引きの」の歌と全く同様である。

和歌には叙景歌という、風景だけを詠む歌もないわけではないが、芭蕉の「蚤しらみ」の作は旅人の置かれた情景を客観的に描きながら、同時にその旅人自身の感覚をも体感できる点で特異なのである。そこには古典文学との落差によって笑いを狙う作品とは全く異質のおかしみやペーソスを持つ世界が新たに出現している。

二、中世和歌以前の排泄言語

芭蕉は典雅な発想や知識と排泄言語に代表される卑俗な語や発想とを取り合わせることによって、新奇さやおかしみを狙うことのみに依存しない手法を見出していた。だが排泄言語表現は、実は中世・近世の俳諧の連歌の遙か以前の『万葉集』にまで遡ることができる。それを俳諧は、どのように受け継いできたのであろうか。その例を『古典俳文学大系』で検索してみると、「しと」「屎」を用いた排泄言語は三八四句にのぼる。すでに見たように芭蕉やその門下でも詠まれていたのではあるが、芭蕉以前にも、たとえば次のような作がみえる。

ク　佐保姫の春立ちながらしとをして　　犬筑波集二（「誹諧連歌」あるいは「新撰犬筑波集」天文頃）

ケ　雨だれはただ佐保姫の夜尿かな　　犬子集・二二八（一六三三年）

コ　落ち栗や身をいたづらに虫の糞　　軒端の独活・三九（一六八〇年）

サ　馬糞紙を知らで芭蕉や吹く嵐　　洛陽集・八〇一（同）

クが掲載されている『犬筑波集』は俳諧の連歌集の嚆矢とされる作品だが、春の女神・「佐保姫」が春雨をもたらすという古典の世界を「しとをして」という野卑なレベルに落としており、ケも全く同様の発想である。サは「芭蕉」の葉が広く風に吹かれて破れやすいところから、無常をあらわす喩えとして使われたことを念頭に置いて、(注11)「馬糞紙」という破れにくく日常的な生活感あふれる紙を持ち出して、無常観との落差を演出している。馬糞紙は下等な唐紙の一種で色や繊維が馬糞に似ているところから、このような名称になったと言われる。排泄言語ではないが馬糞を連想させる点でその一種として捉えることができる。

ところで排泄表現があらわれるのは俳諧の連歌が最初かと言うと、そうではない。

平安後期（院政期）の源俊頼の家集『散木奇歌集』には、

うちわたり夜更けて歩きけるに、かたちよしと言はれける人のうちとけてしとしけるを聞きて、しはぶきをしたりければ恥ぢていりにけり。又の日遣はしける

かたちこそ人にすぐれめ何となくしとすることもおかしかりけり　　一三七五

という和歌がみえ、また、これより少し後だが、同じく平安後期の藤原清輔の私撰集『続詞花集』「戯咲」にも、同様の和歌が認められる。

ただすの社に参れりける女房のともなる女の童の、御前にてしとをしたりければ、預かりのさいなみののしるを聞きて女房

千早振るただすの神のみまへにてしとすることのかくれなきかな　戯咲・九九〇

源俊頼は第五番目の勅撰和歌集『金葉集』の撰者であり、『俊頼髄脳』などの歌論書なども著した当代随一の歌人であった。そのような歌人が排泄言語を詠んでいるのである。

さらに藤原清輔の場合には『続詞花集』という私撰集に「しとする」という排泄言語を含んだ和歌を配するが、この『続詞花集』は実は二条天皇の下で勅撰集になるはずであった。天皇の崩御によって結果的に私撰集になってしまったのであって、勅撰集とされるべき歌集に排泄言語を詠んだ歌が撰ばれているということ自体、驚嘆に値する。つまり平安後期の和歌は勅撰集のレベルであっても必ずしも排泄言語を排除していなかったのである。即ち、この時代には最初の勅撰集『古今集』が創り上げた王朝和歌の規範が崩れ始めていることがわかる。当時の和歌世界は大きな変革期を迎えており和歌界の最高のレベルで「戯れ歌の時代」とも言うべき状況が繰り広げられていたのである。(注12)

しかしながら卑俗な表現を和歌に詠むことは、いわば和歌の持つ豊かな裾野を前景化させる行為でもあった。和歌は、その発生の時点で口頭の掛け合いや歌謡と密接に繋がっていたからである。それゆえ生活感あふれる表現や、逆に呪的で謎めいた表現など多彩で多様な表現を包含していたのである。右に挙げた俊頼の排泄言語を詠んだ和歌は、このような和歌の多様性を取り戻そうとする試みであり、清輔が勅撰集となるはずの歌集に同じ排泄表現を持つ歌を配したのは、俊頼という偉大な先達の試みをさらに一歩前に進めようとする試みだったのである。むろん、それはす

べての歌人に受け入れられるものではなく、清輔のライバル、藤原俊成は、これには与せず自らの見識に基づいて七番目の勅撰集である『千載集』を撰集した。

歌の家・六条家が和歌の源流である『万葉集』を重視したのに対して、御子左家の俊成は「源氏見ざる歌よみは遺恨のことなり」」(六百番歌合)という名言によってよく知られているように、平安時代の物語を背景に置くことを標榜し、新古今歌風という新しい歌風の創造への原動力となった。

だが、俊成の目指す王朝物語の枠である『源氏物語』には、実は『万葉集』に見られたような戯れ歌の典型のような和歌も含まれていた。その代表的な例のひとつが近江君の歌である。近江君は、内大臣(嘗ての頭中将)の娘だが、地方で生まれ育ったために都の美意識を身につけていない。それゆえ必死に新しい環境に溶け込もうと涙ぐましい努力をする。それが端的にあらわれているのが次のアの歌である。イの歌は女御になっている異母姉妹と何とか親しくしたい、会いたいと切望して贈ったアに対して、女御の女房がからかって返したものである。

〈近江君の贈答歌〉　③常夏巻・二四九～二五〇頁

ア　草わかみひたちの浦のいかが崎いかであひ見んたごの浦波　近江君

イ　ひたちなるするがの海のすまの浦に波立ち出でよ箱崎の松　弘徽殿女房

一見してわかるように、歌枕が幾つも詠み込まれており、いかにも奇妙である。歌枕はひとつだけ詠まれるのが普通だが、ここでの歌枕は現在の関東地方から九州までバラバラで、お互いの関連性が全く見いだせない。アの近江君の歌は辛うじて下句の「いかであひ見ん」という文言によって、「何とかして会いたい」という意志、またイの方も「波立ち出でよ」という同じく第四句によって辛うじて意味は伝わるものの、歌の姿としては『万葉集』に見られる無心所著歌(意味不明の歌)に酷似する。このことは、すでに『源氏物語』の古注釈によって指摘されている(注13)が、その無心所著歌は意味がよくわからないだけでなく、性的な匂いとその身体性を強烈に発散している。

無心所著の歌二首

我妹子が　額に生ふる　双六の　牡の牛の　鞍の　上の瘡　巻一六・三八三八

我が背子が　犢鼻にする　円石の　吉野の山に　氷魚ぞ懸れる　同・三八三九

右の歌は、舎人親王、侍座に令せて曰く、「或し由る所なき歌を作る人あらば、賜ふに銭・帛を以てせむ」といふ。ここに大舎人安倍朝臣子祖父、乃ちこの歌を作り献上す。登時募る所の物銭二千文を以て給ふ、といふ。

近江君の歌は、このような身体性を極めて豊かに野卑に詠んだ歌に、そのルーツを求めることができる。これらの『万葉集』巻一六に収められた歌は「戯咲歌」と呼ばれているが、これらは当時の宮廷の宴などで貴族が詠んだものであり、必ずしも「野卑」と捉えられていたわけではなかった。そこには「尿」どころか「屎」という排泄言語が詠み込まれた歌もあるが、それは宮廷に末永く仕えたいと願う気持ちを詠んでいる。

高宮王、数種の物を詠む歌二首

蓖莢に　延ひおほとれる　屎葛　絶ゆることなく　宮仕へせむ　巻一六・三八五五

排泄言語を詠み込んだ歌は、外にも散見される。

香・塔・厠・屎・鮒・奴を詠む歌

香塗れる　塔にな寄りそ　川隈の　屎鮒食める　いたき女奴　同・三八二八

忌部首、数種の物を詠む歌一首　名は忘失せり

からたちの　茨刈り除け　倉建てむ　屎遠くまれ　櫛造る刀自　同・三八三二

排泄言語は卑俗な生活言語ではあるが、たとえばスサノヲが高天原の秩序を徹底的に破壊する際にアマテラスの田に排泄物をまき散らすように、秩序の破壊にかかわる呪的な力を持つ特別な表現という側面がある。それゆえにこそ、わざわざ歌に詠み込まれたのであろう。

近江君は、さすがに歌に排泄言語を詠むことはしないが、会話の中で「大御大壺取りにも仕うまつりなむ」（便器掃除の仕事も致します）と父内大臣に言って、呆れさせている。歌枕という名詞（地名）を幾つも重ねた無心所著歌や排泄言語は、勅撰集の枠外の歌集や物語の中に生きていたのである。そしてこのような物語の和歌にさえ詠まれることのなかった排泄言語を平安後期の俊頼と清輔は和歌に再び呼び戻そうとしたのであった。それは『万葉集』の多彩で多様な和歌の世界を現前させる試みであった。

清輔は、このような歌が「笑いの歌」「滑稽な歌」として捉えられていることを十分に承知していて、自身の歌論書の中で、その存在意義を次のように説いている。

> 誹諧の字はわざごととよむ也。是によりてみな人偏に戯言と思へり。かならずしも然らざるか。今案ずるに、滑稽のともがらは道にあらずして、しかも道を成す物なり。又誹諧は王道にあらずして、しかも妙義を述べたる歌なり。故に是を滑稽になずらへる。その趣弁説利口あるもの言語のごとし。火をも水にいひなすなり。或いは狂言にして妙義をあらはす。
>
> 奥義抄・下・一九（日本歌学大系）

ここでは『古今集』以来の伝統的な王朝和歌の規範から外れる「誹諧歌」「滑稽な歌」を、「王道」ではないが「妙義」をあらわすものだと説いている。笑いの歌を何とかして和歌の中に位置づけようとして、和歌が本来、有していた滑稽な笑いの要素を意義あるものとしたのであったが、それは中世和歌においては受け入れられなかったと言ってよい。中世最初の勅撰集『新古今集』において「誹諧歌」の部立が消滅するのは、その端的なあらわれである。

しかし、俊頼や清輔の、即興性に富んだ口語的表現や卑俗で野卑な表現を駆使する歌は、中世になって盛んになる連歌の中で活き活きと蘇る。座の文芸であった連歌は口頭で次々に発句に付けていくという形式だったために、口語や俗語などの卑俗な表現が、ふんだんに使われたのである。それは『万葉集』巻一六の宴の席での座興の歌である「戯咲歌」の世界を彷彿とさせる。俊頼や清輔による、王朝和歌、特に勅撰集という晴の歌から排除されてしまった笑いの歌を取り戻そうとする試みは、中世の連歌、特に誹諧の連歌として花開くこととなった。それは近世の誹諧に受け継がれ、すでにみたように多くの排泄言語を詠み込む作品を生み出した。

明治になって正岡子規は「写生」ということを唱え、俳句からあからさまな俗語や笑いは消えた。近代という時代によって、再度、俳諧から卑俗な「笑い」が排除され、「近代俳句」が成立する契機となったのである。だが、近世以降、そのような笑いの要素は川柳や狂歌となって和歌や俳諧とは別のジャンルを形成して現代に至っている。日本の韻文から笑いの要素が消滅することは決してないのである。

〔注〕

1　坂西敦子「うたをよむ」（朝日新聞二〇一四年一一月九日付「朝日歌壇・俳壇欄エッセイ」）

2　二〇一三年愛知県立大学・サンパウロ大学哲学文学人間名科学部共同国際シンポジウム（一二月一四日・テーマ＝「古典文学の多元的地平―翻訳文学と歴史学との結節点を求めて」）。サンパウロ大学からの出席者は、ジュンコ・オタ教授及びマダレナ・ハシモト教授であった。

3　ブラジルの句集『西ＯＥＳＴＥ』（俳人・Paulo Franchetti、翻訳者・Masuda Goga　二〇〇八年）

4　二〇一四年にブラジルで出版された「俳句・短歌・川柳・詩・ハイカイ」を集めた作品集に接する機会を得た。それは

『合同文芸展示会作品集』（ブラジル日系文学会編）で、日本語で書かれた作品にポルトガル語訳が添えられており、一九〇八年の笠戸丸から二〇一三年までの、一〇五年間にわたる文芸に関連する事項が年譜の形式でまとめられている。そこに所収されている「ブラジルの俳句について」という解説によれば、高浜虚子の弟子佐藤念腹が移民として一九二七年にブラジルに渡って以来、ブラジル全土を行脚して広めたとされる。なお「俳句」は日本語で記された作品を指し、「ハイカイ」はポルトガル語で詠まれたものを指すのだという（「ハイカイとは何か」一三五頁）。ブラジル人は長い間、このハイカイに親しんできたが、一九八七年サンパウロで伝統的な季語を入れたハイカイ・グループ「イペー」が設立され、「日本の俳句精神を失なわ」ずにポルトガル語で「ハイク」を作る可能性が模索されて広められ、一九九六年には日伯修好百周年を記念して、当時の日伯毎日新聞社から『自然・ハイカイの揺籃―季語と例句集』が上梓された（同書「ブラジルにおける《ハイカイ》の歩み」一三五頁）。注3に挙げた翻訳者・Masuda Goga（増田秀一）は、「ゴガ・センセイ」と呼ばれており、この「ハイカイ・グループ「イペー」の中心的役割を果たした。

5　ハルオ・シラネ『芭蕉の風景　文化の記憶』角川選書、二〇〇一年。シラネ氏の私信（二〇一五年六月二七日付）によれば、この日本語版は、ダイジェスト版だという。

6　注4の書四九頁。「異化と再親化」の項、参照。但し内容は、文意を変えず、私にまとめたものである。

7　藤原俊成の判詞『六百番歌合』五六五・五六六番における批評、建久三（一一九二）年。

8　小高敏郎『新訂松永貞徳の研究続編』至文堂、一九五三年六月、のち一九八九年二月、臨川書店より復刻版発行）。なお、小高は「『萬水一露』は能登の永閑（宗祇の門人宗碩の弟子で連歌師）の著であって、貞徳の著書ではないが、貞徳が最初にその価値を認め、また自らこれを書写し、復刻して流布させた点が注目される……」と述べている（同書、二七八〜九頁）。

9　この辺りの事情については、清水婦久子「「絵入源氏物語」の出版と普及」（『武家の文物と源氏物語絵―尾張徳川家伝来品を起点として』翰林書房、二〇一二年）に詳しい。

10　ハルオ・シラネは、芭蕉は「西行の一七世紀における生まれ変わり」だとする。即ち芭蕉の『奥の細道』の中で旅人である「私」は二重のアイデンティティを持っている。その当時の俳人であると共に平安末期の歌人兼旅行家西行なのでもあると。シラネは、このことについて、俳諧の面白さとユーモアは、歌舞伎の場合と同様、社会的・時間的に全く異質な世界同士の相互作用、つまり横の時代の軸によって縦の軸に加えられたひねりから生じることを、歌舞伎の「助六」を例に、町人助六が実は曽我兄弟のひとりだとわかる重ねの面白さから説明する（注4の書、四五頁）。

11　たとえば一一世紀初頭の大歌人藤原公任の『公任集』二九二番には、「唯摩会の十のたとへ」として「この身芭蕉のごとし風吹けばまづやぶれぬる草の葉によそふるからに袖ぞ露けき」という歌がみえる。破れやすい芭蕉の葉を「夢」「幻」などと共に無常の世のたとえとして詠んでいる。

12　平安後期（院政期）を「戯れ歌の時代」としてとらえ、その克服が和歌界の課題となったことは、久冨木原「戯れ歌の時代―平安後期和歌の課題」『源氏物語歌と呪性』（若草書房、一九九七年）を参照されたい。

13　『源氏物語』の古注釈のうち、『花鳥余情』『萬水一路』『岷江入楚』などが指摘している。

付記　『源氏物語』、『万葉集』本文は新編日本古典文学全集に、勅撰集、私撰集、私家集は注記のない限り、新編国歌大観および古典俳文学体系によるが、表記は私に改めた部分がある。『百人一首』は通行の本文による。

平成二六（二〇一四）年一一月一二日、愛知県立大学付属図書館において、誹諧に関する展示を行った。その際に立教大学名誉教授・加藤定彦氏を迎えて講演会を開催した。本章は、この時の久冨木原の講演「『源氏物語』と『万葉集』―俳諧の源流を尋ねて」を基に加筆したものである（愛知県立大学学術情報センター、講演会全体のタイトルは「俳諧の流れ―源流から大河へ」）。

第37章　『源氏物語』『古事記』の笑いへの一視点

―古代文学における自我の発露―

はじめに

一五～六世紀にスペイン・ポルトガルによる大航海時代が花開き、その波は日本にも押し寄せた。鎖国によって、その文化の伝播は短期間に限られたが、隠れキリシタンに象徴されるように、その精神的文化的影響は我々が考えるよりもずっと深く浸透したと考えられる。最近、これに関して比較憲法学の立場から精力的に発信する川畑博昭氏によればキリスト教の受容による抵抗の精神は日本人の主権意識に深く関与する。(注1) 氏は「人民主権の認識とその承認は啓蒙時代に初めて―中略―可能になったとする考え方は、現在、ヨーロッパよりもむしろ日本で強い」（傍点は筆者）と説くホセ・ヨンパルト氏の論(注2)を引き、前近代におけるキリシタン禁制に対して日本人が徹底して見せた「抵抗の姿勢」に、イベリア諸国を中心とする西洋からの「人民主権」思想との接触による可能性を看取するのである。氏はさらに「人民主権」とは、畢竟「抗う」ことであるから「踏みつけられる側」にいてこそ「主権」の「主権性」は発揮され、ゆえに「自我意識」とは「被支配者にこそ宿る」のだとする（二〇一四年九月二一日付・私信）。

「踏みつけられる側」という時、私は『源氏物語』において笑いの対象とされる人々、特に近江君を想い浮かべる。

だが、無知で落ち着きがなく、深く思惟することとは無縁の近江君に、果たして「主権性」の淵源をなす「自我意識」などといったものがあるのかどうか。

一、「近江君」における自我意識

「便器掃除」と「水くみ」と―「庶民・地方」の目線から

近江君の真骨頂を示す言動のひとつに「便器掃除をしたい」という発言がある。最高級の貴族である父内大臣は唖然とするが、近江君は全く意に介さず庶民の女性の重労働である「水くみ」の仕事まで申し出る。だが、そもそもこれらは排泄と飲み水にかかわっていて「いのち」の根源を支える仕事である。近江君は貴族的な美意識や制度に容易に組み込まれることなく、「いのち」に不可欠な雑役を担おうとするのである。

近江君は高位の女官の地位（尚侍）を望むなど、貴族社会の価値観に無関心なわけではなかったが、その地位に就くためにも積極的に「便器掃除」や「水くみ」を遂行しなければならないと考える。このような「ちぐはぐな」発想は、自身の生育環境に基づく最下層の視点及び地方の視座から貴族社会を見る姿勢に由来するわけだが、それは即ち、近江君独自の「自我意識」に外ならないのではないか。

当時の人々は、大多数が賤しい庶民である。ほとんどが地方に住み、その生産活動によって貴族の華麗な生活を支えていた。従って近江君が「便器掃除」や「水くみ」を志願するのは、このような地方の庶民たちの生産活動につながる「いのち」の根源に基づく眼差しによる。それを笑う貴族社会は自らが拠って立つ根拠を見失っているのである。笑われても貴族の美意識から逸脱する「無教養」で「鈍感な」言動を繰り返す近江君だが、その価値判断じたい貴族の側のものでしかない。だとすれば、近江君には別の価値観による強烈な「自我」があると言うべきであろう。もちろん本人は自身の行動を滑稽だとは思っていないから、自覚的な「自我意識」とは言えない。だが近江君は最下層と都外の視点から貴族社会の矛盾を浮かび上がらせる。このような「庶民・非都」に基づく意思表示を「自我の発露」と捉えても、それほど的外れではなかろう。

二、『古事記』における自我意識 ―「木に逃げ登る」雄略天皇

『古事記』には雄略天皇が自らの滑稽な姿を歌う場面が描かれる。葛城山に登って大きな猪を射たところ、猪は唸りながら天皇に近づいて来た。そこで天皇は榛の木の上に逃げ登って、自ら「我が逃げ登りし」と歌う。これは天皇の威厳をそこなうような滑稽な行為だが、なぜこのような場面が描かれるのであろうか。これを自我意識という点から見ると、天皇はここで危険を感じてすぐさま逃げ、体面よりも「いのち」を優先している。つまり天皇もふつうの人間と同じ生身の身体と恐怖心を持っているのである。だとすると、この歌はひとりの人間として「いのち」が助かった歓びを歌っていることになる。『日本書紀』にも同様の場面があるが、そこでは「木に逃げ登る」のは「舎人」とされ、天皇はこの大猪を仕留めて、臆病な「舎人」を処罰しようとする。『紀』の英雄的な天皇は『古事記』における天皇の描かれ方とは全く逆なのである。

むすび

『古事記』の雄略天皇は、ごくふつうの自我意識を持つ人間である。また近江君の言動は人間の根本的なありかたを示す。このような「いのち」に対する自我意識は「平等意識」につながるもので、それが古代の神話や物語に見いだされることの意味は大きい。「いのち」への素朴な、そして絶対的な肯定は、後に宣教師たちが伝えた神の下の平等という考え方の基層に流れるものと共通する要素がある。さらに飛躍を恐れずに言えば、近江君の職業観は大航海時代とほぼ同時期の一六世紀の宗教改革における「職業に貴賤はない」という考え方とも接点を持つであろう。むろんキリスト教の背景や思想とは全く異なるが、近江君の意識は貴族・庶民を問わない人間の肯定と平等、賤しい職業の肯定という点で大航海時代の宣教師たちの教えや宗教改革の思想、さらには啓蒙主義を経て、近代になって一般化する平等意識や職業観に繋がるものを感じさせるのである。

〔注〕

1　川畑博昭「大航海イベリア文書における「人民主権」の原理的意味―「近代法」再考のための「主権」の「抗議性」についての覚書―」『愛知県立大学　文字文化財研究所年報』二〇一三年三月など

2　ホセ・ヨンパルト・桑原武夫『人民主権思想の原点とその展開―スアレスの契約論を中心として』成文堂、一九八六年

付記　本稿は、「愛知県立大学・スペイン共同国際セミナー・ダイナミックな人間社会像を目指して」（二〇一五年一月）にお

ける口頭発表をまとめたものである。これをふまえた論文は「前近代日本文学における自我意識の発露」（『日出づる国と日沈まぬ国—日本・スペイン交流の四〇〇年』勉誠出版、二〇一六年）所収。

初出一覧（原題および掲載誌）

一書にまとめるにあたり、表記の統一、補訂・改稿などを行った。

序にかえて―『源氏物語』という異文化―　書き下ろし
［講演録］「古典文学が放つ権力相対化の力」―『源氏物語』と『ラサリーリョ・デ・トルメスの生涯』―　書き下ろし

第Ⅰ部　神仏をめぐる歌と儀式

第1章「和泉式部と仏教」『国文学　解釈と鑑賞』至文堂、一九九一年五月
第2章「皇太神宮儀式帳をめぐって―斎宮と大物忌―」『古代文学三七号』武蔵野書院、一九九八年三月
第3章「平安和歌における神と仏―袋草紙「希代の歌」をめぐって―『王朝文学と隣接諸学2王朝文学と仏教・神道・陰陽道』竹林舎、二〇〇七年五月

第Ⅱ部　夢歌から源氏物語、源氏物語以後へ

第4章「夢歌の位相―小野小町・以前以後」『万葉への文学史、万葉からの文学史』笠間書院、二〇〇一年
第5章「女が夢を見る時―夢と知りせばさめざらましを―」右文書院、二〇〇三年
第6章「女歌と夢」『想像する平安文学　第5巻』勉誠出版、二〇〇一年
第7章「憑く夢・憑かれる夢―六条御息所と浮舟」『夢と物の怪の源氏物語』翰林書房、二〇一〇年

第8章　「夢想の時代―和歌の夢・散文の夢―」『院政期文化論集5生活誌』森話社、二〇〇五年

第9章　「女流歌人―その挑戦」『和歌史を学ぶ人のために』世界思想社、二〇一一年

第10章　「手枕・・・万葉から和泉式部まで」『古代文学』47武蔵野書院、二〇〇八年

第11章　「歌人伊勢・その詠歌の特色をめぐって」『古今集とその前後』風間書房、一九九四年

第12章　「和泉式部と紫式部」『王朝和歌を学ぶ人のために』）世界思想社、一九九七年

第13章　「歌人としての紫式部―逸脱する源氏物語作中歌」『源氏物語研究集成』第15巻　風間書房、二〇〇一年

第14章　「〈紫式部〉と貫之―『源氏物語』における引歌表現」『紫式部と王朝文芸の表現史』森話社、二〇一二年

第15章　「物語創出の場としての『古今集』「雑歌」」『源氏物語と和歌を学ぶ人のために』世界思想社、二〇〇七年

第Ⅲ部　歌人としての紫式部―源氏物語とその周辺

第Ⅳ部　源氏物語の和歌―浮舟論へ向けて

第16章　「六条御息所と朧月夜の和歌／大臣の娘たち―後朝の歌をめぐって」『女たちの光源氏』新典社、二〇一四年

第17章　「秋好中宮」『王朝文学と隣接諸学6王朝文学と斎宮・斎院』竹林舎、二〇〇九年

第18章　「源氏物語の儀礼と和歌―裳着を中心に」『源氏物語と儀礼』武蔵野書院、二〇一二年

第19章　「浮舟―女の物語へ」『人物で読む源氏物語　浮舟』勉誠出版、二〇〇六年

第20章　「和歌の人称をめぐる覚書」『日本文学』二〇一一年一二月

第21章　「なげきわび―浮舟と六条御息所」愛知県立大学『説林』二〇〇七年三月

第22章　「宇治十帖の雪景色―恋死の歌から官能的な生の歌へ」『むらさき』武蔵野書院、二〇一二年一一月

第23章　「浮舟の歌―伊勢物語の喚起するもの」『源氏物語の歌と人物』翰林書房、二〇〇九年

第24章　「尼姿とエロス―源氏物語における女人出家の位相」『古代文学』45号、武蔵野書院、二〇〇六年三月

第Ⅴ部　源氏物語の表現とその機能

第25章　「藤壺造型の位相―逆流する『伊勢物語』前史」『源氏物語研究集成』第5巻　風間書房、二〇〇〇年

第26章　「源氏物語の密通と病」『日本文学』日本文学協会、二〇〇一年五月

第Ⅵ部　歌語り・歴史語りの場と表現

第27章　「儀礼と私宴―葛城王の歌語り―」『古代文学』43号、武蔵野書院、二〇〇四年三月

第28章　「源氏物語における釆女伝承―安積山の歌語りをめぐって―」『源氏研究』9号、翰林書房、二〇〇〇年4月

第29章　「平城天皇というトポス―歴史の記憶と源氏物語の創造」『源氏物語　重層する歴史の諸相』竹林舎、二〇〇〇年

第30章　「「平城太上天皇の変」の波紋としての歴史語り・文学・伝承―第二次世界大戦下から中世・古代へと遡る」『武家の文物と源氏物語絵―尾張徳川家伝来品を起点として―』（久富木原他編）、翰林書房、二〇一二年

第31章　「薬子の変と平安文学―歴史意識をめぐって」『愛知県立大学文学部論集』第五六号、二〇〇八年三月

第Ⅶ部　異端へのまなざし―『源氏物語』近江君の考察から

第32章　「正統と異端の十歌人」『国文学解釈と鑑賞』至文堂、二〇一〇年一〇月

第33章　「舌の本性にこそはあらめ」『国文学』（7月臨時増刊号）学燈社、二〇〇〇年七月

第34章　「いのちの言葉―『源氏物語』近江君の躍動する言説から―」『源氏物語　煌めくことばの世界』翰林書房、二〇一四年

第35章　「『源氏物語』笑いの歌の地平―近江君の考察から―」『二〇一四年パリ・シンポジウム　源氏物語とポエジー』青簡舎、二〇一五年
第36章　「笑いの歌の源流―芭蕉の排泄表現から」『愛知県立大学文字文化財研究紀要』二〇一六年三月
第37章　「古代文学における自我意識の発露―『源氏物語』『古事記』の笑いへの一視点から」『日本文学』二〇一四年一二月

あとがき ―「異端へのまなざし」をめぐって―

ホセ・マヌエル・ペドロサ・バルトロメというスペインの伝承文学研究者がいる。彼は二〇一五年に、私の本務校・愛知県立大学日本文化学部の教員を中心とする科研による国際シンポジウムに加わり、共に一冊の本を上梓した。(※1) 同書において、私が近江君の便器掃除志願の話と雄略天皇が木に逃げ登る笑い話を採り上げたことに関して、彼は次のような感想を寄せてくれた。(※1 同「神話、島、発見」上川通夫・川畑博昭編『日出づる国と日沈まぬ国―日本スペイン交流の400年』〈勉誠出版、二〇一六年三月刊〉所収)

ヨーロッパの文学の伝統の中では、たくさんの笑える英雄がいます。それらの英雄は木に登ったり、空と地上の間で「宙ぶらりん」になったりするのです。たとえば、すべての神話的なサイクルがあるのだけど、ローマで籠に宙づりになるウェルギリウスも、皆が彼のことを大笑いします。あるいはチョーサーの『カンタベリー物語』の「貿易商人の話」など、このような種類の話はたくさんあります。

ゴミの中に住んだり、あるいは便器を掃除したりする英雄や女性の英雄(ヒロイン)も知られています。西洋では、伝説によれば、非常に多くの家畜の排泄物の中で(モーセ)、鍛冶屋の炭の中で(シグルズ、フェルナン、ゴンザレス)、粉ひき器(圧搾機とか)の粉の中で(シッドー『わがシッドの歌』)、極貧の汚れの中で(ラサリーリョ・デ・トルメス、チャールズ・ディケンズのオリバー・ツイスト)、生まれ育つ英雄がたくさんいます。しかも公衆浴場(便所）の糞便や瓦礫の中という場合すらあります（シリアとレバノンの英雄であるバイバルス）。つまりいつの日か、そういう日本の神話と西洋の神話における比較研究をすることには、大きな意義があるということです。

（※1の編者のひとり・川畑博昭氏に届いた私信における私への伝言。二〇一六年三月一二日付。翻訳は同氏による。）

ペドロサ氏はスペイン国内はもちろんのこと、アマゾン川周辺の文字を持たない人々の伝承を二〇年以上にわたって採集し調査・研究しており、その貴重な映像記録は、現在、一括してマドリッドの国立図書館に保管されている。私は右のメッセージに挙げられた作品のうち、ごくわずかしか知らないが、「滑稽な英雄」「滑稽な主人公」という話がヨーロッパにもかなり一般的なパターンとしてあることを教えられた。

雄略天皇・近江君の話は本書・第37章に収めた小論でも紹介したが、その後、前掲の本の中で、もう少し詳しく論じてみた。右は、それに対するペドロサ氏からのメッセージである。比較文学的な試みは、本書冒頭の「序にかえて」にスペインにおける講演録を収めたものの、私には、この外には全くそのような経験はないし、今後、あらたに試みる機会もないであろう。しかし日本の古典文学を読む際に、このような意識や視点は持っていたいと思う。そうすれば作品が何倍も面白くなるし、日本で書かれたり伝えられたりしたことと似たようなことが世界の他の地域にも見られるのはスリリングであり、それが何を意味するのかを想像しながら日本の古典を味わいたい。それは異文化とか時代の相違を越えて、人間に根本的に共通するものは何か、人間にとって何が最も大切なのかということを考えさせてくれるのではないか。

ところで「異端へのまなざし」という言葉は、本書の最終章第Ⅶ部のテーマだが、これを本書の副題としても掲げた。それが私の研究の原点にあるからだ。私の出発点は大学院生の時、修士論文を基に発表した最初の論文「誹諧歌―和歌史の構想・序説」（『国語と国文学』一九八一年一〇月）である。その頃、私は新古今歌風の、人工的で壊れやすい硝子細工のようなきらめきを放つ不思議な魅力に心を奪われていて、なぜこのような歌風ができたのかを知りたいと思ったのだった。そして、それを歌論の視点から読み解いていこうとしたのだが、新古今歌風成立に指導的役割を果たした俊成・定家の歌論ではどうしても解き明かせないものがあった。それはこの時代前後に盛んに行なわれた歌合で「戯れ歌」が重要な判断基準のひとつとされる事実があったからである。俊成・定家の御子左家は「戯れ歌」に否定的であり、一方、対立する六条家は肯定的だった。ゆえに新古今歌風の成立に関しては、前者が勝って後者が負けたという構図があるように見えるが、ならば、あれほど盛んだった「戯れ歌」の問題は、いったいどのように克服されたのか。だとすれば逆に新古今歌風にほとんど寄与していないようにみえる六条家の歌論の方をこそ見ていく必要があるのではないかと考えた。そうして出会ったのが、藤原清輔『奥義抄』の一節であった。

誹諧の字はわざごととよむ也。是によりてみな人偏に戯言と思へり。かならずしも然らざるか。今案ずるに、滑稽のともがらは道にあらずしてしかも道を成す者なり又誹諧は王道にあらずして、しかも妙義を述べたる歌なり。故に是を滑稽に准ふ。

その趣弁舌利口あるものの言語のごとし。火をも水にいひなすなり。或いは狂言にして妙義をあらはす。

（本文は私に訓み下し、傍線も私に付した。）

この条に出会った時の衝撃は今でも忘れられない。二六歳で大学院に入って以来、約四〇年近くも私の心をとらえ続けている。

きらびやかで洗練された新古今歌風が創造されていく過程で、そうでないものがどのように淘汰され排除され、あるいは取り込まれていくのか。できあがった華麗な歌世界そのものよりも、そこにたどり着く過程そのもの、その裏側というか、「戯れ歌」との緊張関係の中ではかなげで華麗な表現を創り上げていく営為にこそ、時代や人間の営みを映し出す面白さがあると思われた。そして「戯れ歌」とほぼ同義の「誹諧歌」は『新古今集』では姿を消してしまう。結局、「戯れ歌」は天皇＝国家を代表する勅撰和歌集から追放され排除されたのである。私は和歌には「戯れ」や笑いは含まれないとする「常識」は、この時に成立したのだと考えている。それは現代の皇室の「歌会始」を見ても明らかで、そこでは決して卑俗な歌や滑稽な笑いを誘う作品が披露されることはない。

けれども和歌のルーツをたどっていくと、笑いの歌、滑稽な歌、意味のよくわからない珍妙な歌は、古代歌謡や『万葉集』、そして最も古い歌論とされる『歌経標式』などに見出すことができる。そこには本来、和歌が持っていた多様な表現、即ち和歌の母胎としての世界を垣間見ることができる。『新古今集』は、そのような和歌の母胎から、まさに臍の緒を切り取るようにして新しい和歌を創造した。象徴的なのは、その『新古今集』という名称である。古代和歌の規範としてあった『古今集』を一新して新時代にふさわしい和歌を目指したのである。「誹諧歌」の部立を排除したのは、これを端的に示している。「誹諧歌」は最初の勅撰集である『古今集』が創設したれっきとした部立であり、以後の勅撰集にも受け継がれていくが、『新古今集』は、これを決然と消し去ったのであった。

しかしながら、勅撰集から笑いの歌が消去されても、人間の営みからそれが消えることはない。文学や文芸が人間の生の営みをその基本に持つ以上、そこから笑いを完全に排除することは不可能なのである。事実、「誹諧歌」の持つ笑いの要素は、中世には「誹諧の連歌」として即興的な座の文芸の中で活き活きと継承されていく。連歌にも貴族的な美意識を重んじるものはあったが、近世に花開くのは、「俳諧（の連歌）」の方である。それは発句に続いて即興で句を付けていく。自分の句が思いがけない表現によってひっくり返されたり雅が俗に転じたりして次々に場面が変化していくから、その言語空間には、わくわくするようなライブの興奮が充ち満ちていて、人間の生活感覚のさまざまな局面が虚実ない交ぜになって独特の世界を現出させるのである。

こうしてみると前掲の清輔『奥義抄』の一節は、まるで近世の「俳諧」[※2]の出現と展開まで見通していたかのようである。清輔は「戯言」としか思われていない「誹諧」こそが表にあらわれて来ない真実を示すのだと言う。「弁舌利口」のごとく、多彩で多様な表現を駆使することの中に真実があり、「滑稽」や「狂言」の中にこそ、その真実を解く鍵があるのだとする。本来、多面的で雑多であるはずの人間の妙味をつかみだす手がかりがそこにあることを清輔は説いているのだと思う。（※2一般的に古代・中世頃まで「誹諧」と記され、近世以降は「俳諧」とされることが多い）

ところで、私は先に挙げた「誹諧歌―和歌史の構想・序説」を書いた時、和歌の発生から『新古今集』成立の時期までの約五〇〇年にわたる和歌史の構想を試みた。そして、そこからさらに中世・近世を経て、近代に至る韻文史を描きたいと考えた。だが、連歌から俳諧・俳句へと至る後半の七〇〇年を駆け抜けることは、あまりにも難しく、結局のところ、何もできずに現在に至っている。だからそれはもう、私には到底、無理なのだと諦めていたのだが、つい最近、もしかしたらほんの少しでも、それにかかわる仕事ができるかも知れないという希望を持つようになった。それは二〇一六年夏から秋にかけてブラジル・サンパウロ大学大学院で講義をする機会を得、三ヶ月に満たない期間ではあったものの、初めての海外での長期滞在を経験したことによる。その時の講義内容はもちろん『源氏物語』だったが、その講義のかたわら、私はもうひとつの関心であったブラジルの俳句・ハイカイ[※3]について調べてみた。というのはブラジルの俳句・「ハイカイ」は、世界的に見てきわめて特殊で興味深いからである（※3ブラジルにおける「ハイカイ」とはブラジル・ポルトガル語で創られた「ハイク（俳句）」の意）。

どうして特殊なのかという理由については別の機会に譲るが、この調査を通じて私は突然、ブラジルから日本が見えるという感覚を抱いてしまったのである。そして日本の一三〇〇年に及ぶ韻文史の展開が見渡せたように思われた。さらに言えば、ブラジルには近現代の日本の俳句界が狭めてしまった可能性、つまり「俳諧」が本来、持っていた多様で雑多な発想や表現が活き活きと生み出されるダイナミックな「ハイカイ」が生まれつつあるのを垣間見て確かな手がかりを感じることができた。これこそが『源氏物語』をも含めた日本の韻文史を「異端へのまなざし」でとらえた私の眼前に広がっているゆたかな風景である。

ところで「序にかえて」を書いたのは、ブラジルへ発つ少し前の初夏だった。そこでは「異文化から投げかけられる日本文化に対する問いかけをほんの少しでも受け止めていこうという気持ちが芽生えた」と記したが、ブラジルから帰国した今は、「外から見る日本」が具体的な輪郭を伴ってあらわれてきて、日本が丸ごと自分の手の中にあるような感覚がある。そして何とかブラジルと日本を結びつける研究ができたらと切望している。この変化に最も驚いているのは自分自身なのだが、海外から眺めたときに、日本をこれほどまでに親しく感じたことはなかったし、もちろん日本を丸ごとつかんだような気持ちになったこともない。おそらくこれが外から日本を抱きしめるということなのであろう。

この本を上梓するのと時を同じくして、私は定年退職を迎える。今頃になって、ようやくこのような境地に達したのは遅きに失したと言うべきであろうが、しかし間に合ってよかったと思う、幸いにまだ少しは動けるのだから、そのことに感謝したい。そしてこの四〇年近くの間、私をいろいろな形で教え導いて下さった方々に心からの感謝の意を表したい。すべての方を記す余裕がないので、大学院時代に出会った、ごくごく少数の方々のお名前を挙げさせていただくことをお許しいただきたい。

まず指導教授となって下さって以来、公私ともにお世話になり続けた久保田淳先生に心からの感謝を捧げたい。先生がいて下さらなかったら、今日の私はなかった。海のものとも山のものとも知れぬ私を受け容れて下さったことには感謝してもし尽くせない。また昨年、逝去された秋山虔先生には源氏ゼミの講筵に連なる幸運をいただいた。生憎、海外滞在中であったため、お別れにも伺うことができなかったが、この場を借りて泉下の先生にお礼を申し上げたい。後藤祥子先生、原岡文子氏には学恩と共に個人的にも、ひとかたならぬご厚情を賜り、ただひたすら感謝申し上げている。

また同時期に院生時代を過ごした小嶋菜温子氏は、最初の研究発表前に初めて私の発表を聴いてくれた友人である。全く自信のなかった私の背中を押してくれて無事、発表することができた。以来、個人的なことも含め、何かにつけていつも心にかけてもらった。学位も彼女の勧めがなかったら、まだ取得していなかったと思う。渡部泰明氏は院生時代、歌論について語り合う貴重な仲間であった。その後すぐ、私は歌論から離れて主に『源氏物語』を対象とするようになったが、渡部氏と共有したごく短い期間の交流は、今も鮮やかで大切な記憶としてある。その少し後に出会った近藤みゆき氏は、和歌の視点から独自の方法できわやかな『源氏物語』論を展開して、いつも感嘆させられた。

愛知県立大学に移ってからは、大学院の先輩である高橋亨氏にお願いして共編著を編んだり、『源氏物語』パリ国際シンポジウムにご一緒していただいたりと親しくおつきあいいただいた。私は、この愛知県立大学で一一年間を過ごしたが、赴任後まもなく、文学部の改組によって日本文化学部という教員数わずか一八名の小さな学部が発足した。その頃から私の研究に対する意識は大きく変化していった。国語国文学科と歴史文化学科ふたつだけのこの小さな学部は、学部を挙げて、あるいは科研で、国際シンポジウムや海外の大学との学術交流を積極的に進めてきた。こうした中で、私は二〇一三年三月から二〇一七年三月の四年の間に、いつの間にか一一回も海外に出た。毎年、三回近く出ていたことになる。そのことについては「序にかえて」においても、またこの「あとがき」にも少し記したが、学部内について言えば、歴史文化学科の、特に日本中世史の上川通夫氏や比較憲法学の川畑博昭氏の研究に刺激を受けた。とりわけペルーやスペインの憲法学から日本国憲法を論じる川畑氏は、常に外から日本を見て日本の状況や問題をあぶり出す。毎回、その手法と分析の鋭さに驚愕しつつも、彼の研究には必ず現実の場所で生きている市井の人々の姿や体温を感じ取ることができた。憲法学にそのようなヒューマニズムが確かに息づいていることに、机上の研究、研究のための研究、専門家のための専門ということを突き抜けた研究のありかたに共感と感銘を受け続けてきた。さらに驚いたことには、先日、何気なく清輔の言葉を伝えたところ、彼はすぐさまそれに共鳴して揮毫までしてくれたのである。口絵の扇面に書かれたものがそれで、『奥義抄』だから「扇面」なのかどうかは聞いていないが、思いがけない申し出を有難く受けることにした。このような異文化ならぬ異分野の研究者との交流が、私の海外での異文化交流の土台になっていることは間違いない。短い期間だったが、この小さな学部に所属できたことは何よりの歓びである。

最後に、研究のための研究ではなく、一般の人々にも届く問題意識と言葉によって話しをし、文章を書く人として、ノーマ・フィールド氏のことにふれておきたい。彼女とは、院生時代に留学生として出会って以来、四〇年近くのつきあいになる。一昨年（二〇一五年）、私たち日本文化学部はノーマさんを講演に招いた。それまで数年に一度くらい、会う機会はあったのだけれど、この講演を機に今までよりもさらに心の距離が縮まって、会う回数も増え、本音で話す機会にも恵まれた。そして彼女は退職記念として、私の「近江君・雄略天皇」の笑い話の論について、こんな言葉を贈ってくれたのである。

いのちを大事にすることが第三者に滑稽に映っても、やはり大事なのだ。それが人間というものだ。滑稽であることを拒まず、いのちの全体を肯定することこそ「自我意識」と結び付くのであって、それは決して近代のみの産物ではない……

（講演録の付記。講演録、付記共に、『愛知県立大学日本文化学論集』（第八号、二〇一七年三月所収））

と。

私が、近江君は単なる「笑われる存在」ではなく「たくましい笑いの発信者」であり、「木に逃げ登る雄略天皇」もまた「自らのいのちを守るために危険から逃れる主体」だと述べたのに対して、ノーマさんが「滑稽であることを拒まず、いのちの全体を肯定する」行動だと受け止めてくれたのは望外の歓びである。そこには、あの清輔の「滑稽」に関する言説がそのままあてはまる。それにしても、近江君の登場を「エリート社会のどまんなかにパラシュートで落とされたかのように」と評するノーマさんのとらえかたには、唸ってしまった。近江君をこれほど的確に、しかもユーモラスに紹介した例を私は知らない。研究者にも、こんな説明ができたら、どんなにすばらしいことか。これからはそれを目指そう。そう、ノーマさんも元々は『源氏物語』研究者だったのだから。

最後に、青簡舎の大貫祥子社長に心からお礼を申し上げたい。私が日本を留守にした時期もあり、それ以外にも、ずいぶんとご面倒をおかけした。だが、いつも変わらずに的確な対応をしていただき、どれほど有り難かったかわからない。また、魅力的なデザインで本書を彩って下さった水橋真奈美氏にも、とても感謝している。

なお、本書は、愛知県立大学の二〇一六年度の学長特別教員研究費の出版助成を受けた。また索引作成には、名倉ミサ子（本学大学院・国際文化研究科日本文化専攻の博士後期課程）、飯田有希乃（同・博士前期課程）両氏の協力を得た。ここに記して感謝申し上げげる。

卒寿を迎える母と泉下の父に

二〇一七年三月吉日

久富木原　玲

著者紹介

久富木原　玲（くふきはら　れい）

一九五一年生まれ。一九七一年鹿児島県立鶴丸高校卒業後、一九七五年早稲田大学法学部卒業。
一九七九年東京大学大学院人文科学研究科国語国文学専門課程修士課程を修了、同博士課程に進学し、
一九八五年三月同課程単位取得。
一九八七年より鹿児島女子短期大学専任講師、助教授を経て、一九九三年より共立女子短期大学助教授、教授を務めた後、
二〇〇六年より二〇一六年まで愛知県立大学教授。
二〇一六年度サンパウロ大学客員教授。博士（文学）

＊単　著

『源氏物語　歌と呪性』（中古文学研究叢書）若草書房　一九九七年一〇月

『源氏物語の変貌―とはずがたり・たけくらべ・源氏新作能の世界―』おうふう　二〇〇八年

『源氏物語と和歌の論―異端へのまなざし』二〇一七年三月

＊編著・共編著

『和歌とは何か』（『日本文学を読みかえる』3）（編著）有精堂一九九六年六月

『源氏物語の歌と人物』（共編著）翰林書房　二〇〇九年五月

『武家の文物と源氏物語絵―尾張徳川家伝来品を起点として―』翰林書房　二〇一二年

＊共　著

鈴木日出男・藤井貞和編『日本文芸史』第二巻　河出書房新社　一九八六年

久保田淳・野山嘉正・堀信夫編『日本秀歌秀句の辞典』小学館　一九九五年

岩波講座『日本文学史』五　岩波書店　一九九五年　など。

人名索引①

研究者及び歴史上の人物

あ行

か行

さ行

た行

な行

は行

ま行

や行

ら行

わ行

人名索引②

神話・物語等の神々・天皇・登場人物

あ行

か行

ま行

や行

ら行

わ行

書名索引

源氏物語等の巻名を含む

あ行

か行

さ行

た行

な行

は行

ま行

や行

ら行

わ行

事項索引

生霊・死霊・斎宮は原則として事項に入れ、歌ことば等も含む。

あ行

か行

さ行

た行

な行

は行

ま行

や行

ら行

わ行

源氏物語と和歌の論
――異端へのまなざし

二〇一七年三月三一日　初版第一刷発行

著　者　久富木原　玲

発行者　大貫祥子
発行所　株式会社青簡舎
〒一〇一－〇〇五一
東京都千代田区神田神保町二－一四
電　話　〇三－五二一三－四八八一
振　替　〇〇一七〇－九－四六五四五二
装　幀　水橋真奈美
印刷・製本　モリモト印刷株式会社

ISBN978-4-903996-99-8 C3093